쉽게 읽는
일리아스 오디세이아

쉽게 읽는
일리아스 오디세이아

초판 1쇄 발행 | 2022년 6월 20일
      3쇄 발행 | 2024년 6월 15일

지은이 | 호메로스
편   역 | 김대웅
펴낸이 | 김형호
펴낸곳 | 아름다운날
편집책임 | 조종순
디자인 | 디자인표현

주소 | (05220) 서울시 강동구 아리수로72길 66-19
전화 | 02) 3142-8420
팩스 | 02) 3143-4154
출판 등록 | 1999년 11월 22일
이메일 | arumbooks@gmail.com

ISBN 979-11-6709-012-6 (03890)

ILIAS ODYSSEIA

그리스어판 일러스트

쉽게 읽는

일리아스
오디세이아

호메로스 지음 | 김대웅 편역

아름다운날

차례

일리아스

오디세이아

해설 『일리아스』 『오디세이아』

두 서사시의 배경 '트로이 전쟁'

기원전 850년경 전설적인 장님 시인 호메로스(Homeros, 호머)는 서양에서 가장 위대한 장편 서사시 『일리아스』(Ilias, 일리아드)와 『오디세이아』(Odysseia, 오디세이)를 지었다. 이 작품들은 서양 문학의 최초이자 최고의 걸작으로 기원전 8세기경에 구전으로 성립되고, 기원전 6세기경에 문자로 기록되었다고 추정된다. 지금으로부터 무려 수천 년 전의 작품이 그토록 짜임새 있는 구조와 풍부한 내용을 담고 있다는 사실은 지금도 경탄을 자아내고 있다.

그러면 이 두 작품의 배경인 트로이 전쟁은 왜 일어났을까?

무척 아름다웠던 테티스는 제우스가 탐을 내던 '바다의 요정'이었다. 하지만 그녀가 신과 결혼해서 낳은 아들이 아버지를 죽일 것이라는 예언이 있었다. 그래서 제우스는 그녀를 인간인 아이기나 섬의 왕 아이아코스(Aeacus)의 아들 펠레우스(Peleus)와 결혼시켰다.

그런데 실수로 이들의 결혼식에 초대를 받지 못한 '불화의 여신' 에리스(Eris; '전쟁의 신' 아레스의 여동생)는 몹시 화가 나 '최고의 미인에게'라는 글귀를 새긴 황금사과를 결혼식 피로연에 던졌다. 그러자 헤라와 아테나 그리고 아프로디테가 그것을 서로 자기 것이라고 우겼다. 팽팽히 맞선 세 여신들은 하객들에게 물어 결판을 짓자고 했으나, 후환이 두려운 하객들은 아무도 대답을 하지 못했다.

오랜 세월이 흘러도 결판이 나지 않자 보다 못한 제우스가 나서 이다 산의 목동 파리스(Paris)에게 판정을 맡겼다. 그는 원래 트로이의 둘째왕자였다. 하지만 나라를 망치게 하리라는 점괘를 타고나 태어나자마자 들판에 버려졌고, 다행히 양치기 노인에게 발견되어 목동으로 자랐다.

세 여신은 각각 파리스에게 자신을 승자로 뽑아주는 대가로 나름대로 조건들을 내걸었다. 헤라는 부귀영화와 권세를, 아테나는 전쟁에서의 승리와

파리스의 심판

명예를, 아프로디테는 세상에서 가장 아름다운 여인을 주기로 약속했다. 젊은 파리스는 서슴없이 아프로디테를 택했다. 그래서 파리스가 스파르타의 왕 메넬라오스(Menelaos)의 부인인 헬레나(Helena)를 납치해 트로이로 갈 때 아프로디테는 그를 적극적으로 도와주었다.

그러자 부인을 빼앗긴 메넬라오스는 그리스 각처의 왕들에게 동맹군을 결성해 트로이를 치자고 선동했다. 마침내 그의 형이자 미케네와 아르고스의 왕인 아가멤논(Agamemnon)을 총사령관으로 하는 '그리스 동맹군'이 트로이로 진격하면서 전쟁이 시작된다.

『일리아스』와 『오디세이아』에 대한 다양한 해석들

『일리아스』는 10년 동안 트로이 전쟁에서 벌어진 영웅들의 이야기와 전사들의 무용담을 그렸고, 『오디세이아』는 주인공 오디세우스가 트로이

전쟁을 끝내고 다시 10년에 걸친 귀향길에서 겪었던 모험, 사랑과 방랑 등 파란만장한 귀향길 이야기로 꾸며졌다.

트로이는 건설자 트로스(Tros)의 이름을 따서 '트로스의 도시'라는 뜻의 트로이아(Troea, 트로이 Troy)라 불렀으며, 그의 아들 일리오스(Ilios)의 이름을 따 '일리오스의 도시'라는 뜻의 '일리온'(Ilion)이라고도 불렀다. '일리아스'는 '일리온에 대한 이야기, 노래'라는 뜻이며, '오디세이아'는 '오디세우스의 여정, 귀환'이라는 뜻이다.

『일리아스』에서는 모든 사건이 분노의 모티프를 중심으로 전개되지만, 『오디세이아』는 여러 모티프가 복잡하게 얽혀 있다. 두 서사시를 비교해보면 『일리아스』는 비극적이고, 『오디세이아』는 낭만적이라고 흔히들 얘기한다. 『일리아스』가 인간의 조건을 보여주는 데 비해, 『오디세이아』는 인간의 삶이 어떻게 펼쳐지는지를 제시한다는 견해도 있으며, 『일리아스』가 인간은 궁극적으로 죽을 수밖에 없다는 사실에 분노를 표출하는 것인 반면에, 『오디세이아』는 인간으로 태어났다는 사실 자체를 괴로워하는 내용을 담았다는 해석도 있다.

두 서사시의 대조적인 성격으로 인해 기원전 8세기 전후의 인물로 알려진 호메로스가 정말 실존인물이었는가, 호메로스 혼자 썼을까, 아니면 여러 사람들의 합작품인가, 등 작가 호메로스와 두 작품을 둘러싼 논쟁들이 끊이지 않는다. 하지만 누군가가 큰 틀을 잡아놓았고, 그 재료는 오래전부터 전해내려 온 것이라는 주장을 대체로 받아들이고 있다.

어떤 학자들은 『오디세이아』의 구성 등이 기원전 3000년경 메소포타미아의 도시 국가 우룩(Uruk)을 다스린 위대한 왕 길가메시(Gilgamesh)의 이야기에서 영향을 받았다고 주장하기도 한다. 사랑하던 친구의 죽음으로 인한 인간적 한계의 자각과 '영원한 생명'을 찾아 광야를 헤매는 인간적 고뇌의 표현, 몇 개의 에피소드로 나뉘어 전개되는 만남과 연애, 우정, 죽음, 모험의 작품 세계를 지닌 『길가메시』와 세상 끝으로의 여행, 길고 험난한 여행 끝에 귀향으로 마무리되는 것, 주인공에게 조언을 해주는 여인 등을 내용으로 하는 『오디세이아』가 서로 연결되는 점이 많기 때문이다.

『일리아스』와 『오디세이아』의 줄거리

전쟁 10년째 되던 해의 단 50일 정도를 묘사하고 있는 『일리아스』의 줄거리는 간단하다.

그리스 군 용사 아킬레우스는 자신을 무시하는 총사령관 아가멤논에게 화가 잔뜩 나서 전투를 거부한 뒤, 어머니 테티스에게 부탁해 자기편이 지도록 일을 꾸민다. 그래도 그리스 군은 한동안 아킬레우스 없이 잘 싸우지만 끝내 위기에 처한다. 이를 보다 못해 아킬레우스의 절친한 친구 파트로클로스가 아킬레우스의 갑옷을 빌려 입고 나가 전투에 뛰어든다.

그는 잠깐 동안 큰 전공을 세우고 트로이 군을 무찌르지만, 결국 헥토르에게 죽고 만다. 그러자 분노에 찬 아킬레우스는 헤파이스토스가 만든 새로운 갑옷을 입고 나가 헥토르를 죽임으로써 원수를 갚는다. 그래도 화가 풀리지 않은 아킬레우스는 헥토르의 시신을 전차에 매달고 파트로클로스의 무덤을 세 번 돌며 유린한다. 결국 헥토르의 아버지 프리아모스 왕이 밤에 몰래 아킬레우스를 찾아가 황금으로 배상을 하고 아들 헥토르의 시신을 찾아오는 것으로 이야기는 마무리된다.

유명한 '트로이의 목마'가 나오는 부분은 서사시환(敍事詩環, 트로이 전쟁과 관련된 서사시 모음) 중 하나인 〈일리온 성의 함락〉에서 다루고 있다.

『일리아스』에서는 트로이가 멸망할 것이라는 점을 작품 전체에 걸쳐 암시하고 있을 뿐이며,『오디세이아』에서도 '트로이의 목마' 이야기는 다루어지지 않고 있다.

『오디세이아』는 10년 걸린 트로이 전쟁이 끝나고 나서 10년에 걸친 오디세우스의 귀향길을 묘사하고 있다. 오디세우스는 트로이 전쟁에서 혁혁한 공을 세우고 고향 이타카로 돌아가기 위해 항해에 나선다. 올림포스의 신들이 결정한 그의 운명은 이름처럼 고난과 역경으로 가득 차 있다. 이타카 왕인 오디세우스가 자리를 비운 사이 왕비 페넬로페에게 108명의 청혼자들이 몰려들어 오만방자하게 굴지만, 그녀는 낮에 짰던 베를 밤에 다시 푸는 베짜기를 반복하며 남편이 돌아오기만을 기다린다.

오디세우스는 항해 도중 포세이돈의 아들인 외눈박이 거인 폴리페모스의 동굴에 갇혔다가 불에 달군 말뚝으로 그의 외눈을 찌르고 가까스로 탈출에 성공한다. 요정 키르케의 마술에 걸려들어 일행이 모두 돼지로 변하는 위기도 겪고, '사이렌'이라는 말의 어원이 된 세이렌(Seien; 시렌) 자매가 사는 바위 옆도 지난다. 폴리페모스를 장님으로 만든 것에 분노한 포세이돈이 풍랑을 일으켜 그를 요정 칼립소의 섬으로 가게 하고, 그 섬에서 한동안 발이 묶인다. 귀향을 위해 저승까지 찾아갔던 오디세우스는 이후에도 몇 번의 난파와 표류 등 죽을 고비를 넘긴다. 결국 스케리아 섬에서 나우시카 공주에게 구조돼 천신만고 끝에 고향 이타카 섬으로 돌아간다.

고향에 돌아온 오디세우스는 거지 차림을 해서 아무도 알아보지 못했으나 돼지치기 에우마이오스가 알아보고 그를 돕는다. 마침내 오디세우스는 페넬로페를 괴롭히던 청혼자들을 활로 쏘아 죽이고, 집 떠난 지 무려 20여 년 만에 페넬로페와 재회의 감격을 누린다.

부인 페넬로페를 괴롭힌 청혼자들을 활로 쏘아 죽이는 오디세우스

|트로이 전쟁 이후의 이야기|

『일리아스』에서 다루고 있는 것은 '아킬레우스의 분노'와 그것이 가져온 끔찍한 결과이다. 그런데 헥토르가 죽은 직후 오디세우스가 내놓은 소위 '트로이의 목마'라는 책략으로 트로이가 함락된 이후 트로이와 이 서사시의 주인공들은 과연 어떻게 되었는지 『일리아스』에서는 전혀 거론되고 있지 않다. 그것에 대한 상세한 이야기는 베르길리우스(Virgil)의 『아이네이아드』(Æneiad, 아이네이드) 제2권에 서술되어 있다.

중요 인물들의 후일담을 간단히 소개하면 다음과 같다.

아킬레우스는 헥토르가 죽으면서 예언했듯이, 트로이가 함락되기 전 뒤꿈치에 파리스의 화살을 맞고 죽는다.

불행한 노인 프리아모스 왕은 아킬레우스의 아들인 피로스(Pyrrhus, 네오프톨레모스)와 싸우다가 죽는다.

아킬레우스가 죽은 뒤, 큰 아이아스는 헤파이스토스가 만들어준 아킬

레우스의 갑옷을 놓고 오디세우스와 대결을 벌이다 패하자 스스로 분함을 참지 못해 자살하고 만다.

파리스가 죽은 뒤 헬레네는 그의 동생 데이포보스(Deiphobus)와 결혼한다. 하지만 그를 사랑하지 않았던 헬레네는 첫 남편 메넬라오스와 화해하기 위해 그를 배반하고 그리스 군이 트로이를 탈취하는 데 일조했으며, 메넬라오스는 기꺼이 그녀를 받아들인다.

아가멤논은 귀국 후 아내 클리타임네스트라(Clytemnestra)의 사주를 받은 정부(情夫) 아이기스토스(Ægysthus)에게 무참히 살해당한다.

트라키아의 왕 디오메데스(Diomedes, Diomed)는 트로이 멸망 후 조국에서 추방당한다. 아내 아이기알레이아(Aegialeia, Ægiale)에게 배반당해 간신히 도망쳐 마침내 아풀리아(Apulia, 이탈리아 동남부 아드리아 해안 지방)의 다우노스 왕(Daunus)에게 몸을 의지했다가 나중에 왕국을 나눠 갖는다. 그가 어떻게 죽었는지는 불확실하다. 아이기알레이아는 종종 클리타임네스트라와 비교되곤 한다.

네스토르는 자기의 고향 필로스(Pylos)에서 자식들과 평화롭게 살았다.

오디세우스는 수많은 시련을 겪은 뒤 10년 만에 고향 이타카(Ithaca)로 돌아가는데, 이러한 여정이 바로 『오디세이아』의 내용이자 주제이다.

『일리아스』『오디세이아』가 후대 문학에 끼친 영향

이 두 작품은 서양 문학에서 엄청난 영향력을 발휘하는 최고의 고전으로 꼽힌다. 실제로 이 두 서사시에 영향을 받은 작품은 고대에서 현대에 이르기까지 모든 시대를 아울러 상당히 많이 있다.

고대 그리스 3대 비극작가 아이스퀼로스, 소포클레스, 에우리피데스 중 한 사람이자 『오레스테이아』(Oresteia) 3부작의 작가 아이스퀼로스(Aeschylus, 애쉴루스)는 자신의 작품들은 모두 '호메로스의 위대한 만찬의 한 조각'에 지나지 않는다고 말했다.

고대 로마 문학을 대표하는 베르길리우스는 『일리아스』와 『오디세이아』를 종합하여 12편의 로마 건국 서사시 『아이네이스』(Aineis)를 구상했다.

『아라비안 나이트』의 신밧드의 모험 이야기도 일부는 『오디세이아』의 영향을 받았다고 보고 있다.

이탈리아의 알리기에리 단테는 "호메로스야말로 이야기의 기초를 세운 아버지이다."라고 말하면서, 자신의 대작 『신곡』의 '지옥 편' 첫머리에 호메로스를 등장시켰다.

영국의 대문호 윌리엄 셰익스피어도 영어로 된 호메로스의 작품을 읽고 희곡 『트로일로스와 크레시다』(Troilus and Cressida)를 썼다.

독일의 문호 요한 볼프강 괴테는 "호메로스는 나의 원초적 모델이었다."고 말했다.

20세기 최고의 영어소설로 꼽히는 『율리시즈』(Ulysses)의 저자인 아일랜드의 제임스 조이스는 오디세우스의 이름을 소설 주인공으로 삼았는데, 그리스어 '오디세우스'의 영어식 표기가 바로 '율리시즈'이다.

그리고 일부 학자들은 마크 트웨인의 『허클베리 핀의 모험』도 『오디세이아』의 영향을 받았다고 주장하고 있다.

| 트로이 전쟁의 유적 |

『일리아스』와 『오디세이아』의 배경인 트로이라는 고대 도시가 분명 존

재하고, 트로이 전쟁이 역사적 사실이라고 굳게 믿었던 독일의 아마추어 고고학자 하인리히 슐리만(Heinrich Schliemann, 1822~1890)은 마침내 트로이 유적지의 비밀을 밝혀냈다.

슐리만이 여덟 살 때 루터교 목사였던 아버지는 아들에게 크리스마스 선물로 게오르그 루트비히 예러(Georg Ludwig Jerrer)의 『아이들을 위한 세계사』라는 책을 선물했다. 슐리만은 이 책을 읽으며 트로이 군에서 헥토르 다음가는 용사 아이네이아스(Aeneas)가 아내를 잃어버린 채 아버지를 등에 업고 아들과 함께 불타는 트로이를 빠져 나오는 삽화를 보고 트로이라는 신화 속 고대 도시를 발굴하기로 마음먹었다. 아버지가 트로이 전쟁은 신화 속 이야기일 뿐이라고 말했지만, 어린 슐리만은 호메로스의 『일리아스』를 사실로 믿고 트로이 전쟁의 유적지를 발굴해 실체를 확인해 보려는 꿈을 간직했다.

그는 상점 점원, 가게 주인을 거치면서 틈틈이 돈을 모은 뒤, 러시아로 이주해 인디고(푸른색 계열의 염료) 물감을 팔아 엄청난 거부가 되었다. 그리고 마침내 파리에서 고고학을 조금씩 익힌 뒤 트로이 유적지 발굴에 뛰어들었다. 약간의 시행착오를 겪은 그는 1873년, 드디어 3년에 걸친 고된 작업 끝에 그리스 출신 젊은 부인 소피아 엥가스트로노메스(Sophia Engastronomes)와 함께 오늘날 터키 북서쪽의 지중해 가까운 마을 히사를리크(Hissarlik, '궁전'이라는 뜻)에서 트로이의 유적지 발굴에 성공했다.

트로이 유적지에서 발굴한 목걸이를 한 소피아 엥가스트로노메스

『일리아스』와 『오디세이아』에서 유래된 말과 표현들

| 파리스의 심판 |

　트로이 왕 프리아모스가 헤카베(Hekabe, 헤쿠바)에게서 낳은 장남이 헥토르였고 둘째가 파리스이다. 헤카베는 파리스를 낳기 전에 태어날 아이가 장작불로 변하는 꿈을 꾸었는데, 신탁을 들어보니 트로이 멸망의 원인이 될 것이라고 했다. 그래서 아이를 낳자마자 하인에게 맡겨 죽여 없애라고 명령했다. 하지만 하인은 아기를 불쌍히 여겨 산속에 버리고 돌아왔고 파리스는 기적적으로 양치기에게 발견되어 그의 손에서 자랐다. 그가 바로 '불화의 사과'(apple of discord)의 주인을 선택해야만 했던 것이다. 젊은 파리스는 지체 없이 아프로디테를 지목했는데, 이것이 바로 그 유명한 '파리스의 심판'(judgement of Paris)이다. 하지만 정황상 잘잘못을 판단하는 행위가 아니라 일종의 미인대회 심사이므로 '파리스의 심사 또는 판정'이 더 적절한 표현일 것이다. 이것은 사실 제대로 된 판단이었으나 헤라와 아테나는 심한 모욕감을 느낀 나머지 파리스와 트로이를 미워한다. 파리스는 간직하고 있던 증표를 아버지 프리아모스에게 보여주고 아프로디테의 도움을 받아 납치해 온 헬레네와 함께 트로이의 왕궁으로 복귀했다.

　헬레네는 오늘날에도 Helena, Ella, Ellen, Ellena, Ellain, Eleanor, Elenora 등의 이름으로 변형되어 여전히 절세 미녀의 상징으로 사랑받고 있다.

|아킬레스건|

아킬레우스는 펠레우스와 테티스 사이에서 태어난 아들이다. 그런데 펠레우스와 테티스의 결혼식이 끝나고 얼마 되지 않아 트로이 전쟁이 일어났는데, 어느새 아킬레우스가 성장해서 참전까지 한다. 더구나 10년 정도 걸린 전쟁이 끝나기 전에 그의 아들 네오프톨레모스(Neoptolemos, 스키로스 왕 리코메데스의 딸인 데이다미아가 어머니이다. '피로스'라고도 부른다.)까지 참전한다. 신들은 인간의 시간을 초월한 존재이기 때문일까.

아킬레우스는 그리스 신화에서 헤라클레스 다음으로 유명한 영웅이지만, 헤라클레스와는 달리 문무를 겸비한 영웅이었다. 그가 태어나자 어머니 테티스는 그를 스틱스 강물에 담가 불사의 존재로 만들려고 했지만, 아쉽게도 그녀가 잡고 있던 발뒤꿈치 부분을 물에 적시지 못했다. 그래서 트로이 전쟁 도중 파리스가 쏜 화살이 발뒤꿈치에 맞아 목숨을 잃고 말았다. 이 때문에 '치명적인 약점', '급소'를 아킬레스의 뒤꿈치라 하며, 장딴지 근육과 뒤꿈치 뼈를 이어주는 튼튼한 힘줄을 아킬레스건(Achilles tendon)이라고 한다.

아킬레스를 처음 의학용어에 도입한 사람은 플랑드르 출신의 해부학자 페어하인(P. Verheyen, 1648~1711)이다. 그는 자기 발을 직접 잘라 해부하면서 라틴어로 아킬레스건(chorda Achillis)이라 이름 붙였다. 이 용어를 오늘날 사용하는 Tendo Achillis로 바꾼 사람은 독일의 해부학자 하이스터(Lorenz Heister, 1683~1758)이며, 이것이 영어로 Achilles tendon이 되었다.

| 개미군단 뮈르미돈 부대 |

아킬레우스가 이끈 군대를 '뮈르미돈(Myrmidon)'이라 불렀는데, 이것은 '개미'라는 뜻의 그리스어 뮈르메크스(myrmex)에서 나온 이름이다. 어느 날 아킬레우스의 할아버지 아이아코스가 제우스에게 탄원을 하고 있을 때 마침 앞에 참나무가 있었는데, 거기에 수많은 개미들이 열을 지어 지나가고 있었다. 아이아코스가 "나의 백성들도 저 개미처럼 많았으면 좋으련만"이라고 말하자, 다음 날 개미들이 모두 사람으로 변하여 온 나라에 가득 찼다. 이렇게 생긴 사람들을 '개미에서 나온 사람들'이라는 뜻의 뮈르미돈으로 불렀다. 아들 펠레우스에서 손자 아킬레우스에게까지 이어진 뮈르미돈 부대는 나중에 트로이 전쟁에 참가하여 용맹을 떨친다. 영어에서는 '명령을 무조건 수행하는 부하', '충복'(忠僕, faithful servant, old retainer) '튼실한 종자'(solid seed) 라는 뜻으로도 쓰인다.

| 아킬레우스와 헥토르의 대결 |

그리스 동맹군이 트로이를 치기 위해 아울리스(Aulis) 항구로 집결했으나 바람이 불지 않아 출항을 못하고 있었다. 이때 예언가들이 아가멤논의 딸을 아르테미스 신전에 바쳐야 한다고 말했다. 미케네의 왕 아가멤논은 딸 이피게네이아(Iphigeneia, 이피게니아)를 아킬레우스에게 시집보내려 하니 당장 아울리스로 보내라고 아내 클리타임네스트라에게 거짓말로 둘러댔고, 딸을 희생물로 바치자 비로소 바람이 불기 시작했다. 나중에 이 사실을 안 클리타임네스트라는 남편을 증오하게 된다.

트로이 전쟁은 지리멸렬하다가 아가멤논이 아킬레우스와 다투면서부터 활기를 띠기 시작했다. 그런데 일부 전리품의 분배방식을 놓고 언쟁을

벌이다 화가 난 아킬레우스는 파트로클로스와 부하들을 이끌고 후방으로 철수해버렸다. 그 틈을 타 트로이 군이 성 밖으로 나와 그리스 군을 격퇴하기 시작했지만, 아킬레우스는 강 건너 불구경하듯 방관만 하고 있었다.

헥토르를 죽이는 아킬레우스

아킬레우스가 꿈쩍 않자 그리스 동맹군은 패배 일보 직전까지 갔다. 이를 보다 못해 파트로클로스가 아킬레우스를 대신해 그의 갑옷을 빌려 입고 전투에 나섰다. 승승장구하던 파트로클로스는 아킬레우스의 당부도 잊은 채 무모하게 헥토르와 대결하다가 죽고 말았다.

그러자 친구의 죽음에 분노한 아킬레우스는 당장 뛰쳐나가 트로이 군을 격파시키고 헥토르와 맞대결을 벌였다. 이들은 물러설 수 없는 한판 승부를 벌였고 승리는 아킬레우스에게 돌아갔다. 그는 헥토르의 시신을 전차에 매달아 끌고 다니며 유린했다. 그날 밤 트로이의 왕 프리아모스가 아킬레우스의 막사로 몰래 찾아와 아들의 시신을 건네줄 것을 간청하자 헥토르 몸무게만큼의 황금을 받고 되돌려주었다.

『일리아스』에서 헥토르는 항상 멋진 청동 투구에 화려한 갑옷을 입고 트로이 군을 지휘한다. 그래서 hector는 명사로 '뻐기는 사람', 동사로는 '잘난 체하다', '뻐기다', '남을 못살게 굴다'라는 뜻으로 쓰인다.

| 오디세이아 |

메넬라오스는 프리아모스 왕에게 아내 헬레네를 되돌려달라고 요구했

으나 거절당하자 그리스의 모든 지역에 전령을 보내 트로이 공격에 동참할 것을 호소했다. 그러나 이타케 섬의 왕 오디세우스(Odysseus, 라틴어로는 울리세스, 영어로는 율리시즈)는 헬레네의 사촌 페넬로페(Penelope 또는 페넬로페이아Penelopeia)와의 사이에 텔레마코스(Telemachos)라는 아들을 두고 있었기 때문에 참전을 꺼렸다.

하지만 그리스 동맹국 간의 약속을 지켜야 했고, 그가 나서지 않으면 그리스가 패한다는 예언 때문에 결국 참전하여 전쟁을 승리로 이끄는 데 큰 역할을 했다. 그의 아버지 라이르테스(Laertes)도 '콜키스의 황금 양털'을 찾아 떠났던 '50명의 아르고 호 선원' 중 한 사람이었다.

또한 그는 아킬레우스가 죽고 그가 쓰던 갑옷을 가장 용감한 사람에게 물려주게 되었을 때, 큰 아이아스(Ajas, the greater)와 겨루어 이기고 그것을 차지하기도 했다. 전쟁 끝 무렵에는 목마(木馬) 속에 병사를 숨기는 전술을 발휘해 트로이를 함락시키고 헬레네를 구출하기도 했다. 오랜 고생 끝에 마침내 그는 고향 이타카로 돌아간다. 그래서 오디세이(odyssey)는 '여정', '모험 여행'으로, odyssean은 '장기 모험 여행의'라는 뜻으로 쓰인다.

죽은 아킬레우스의 갑옷을 놓고 겨루는 오디세우스와 큰 아이아스

|카산드라의 예언|

카산드라(Cassandra) 공주는 트로이의 마지막 왕 프리아모스의 딸로 〈그

리스 신화〉에 나오는 최고 미녀들 중 한 명이다. 트로이 전쟁에서 트로이 쪽에 서서 싸운 아폴론은 태양의 신이자 예언의 신이다. 아폴론은 카산드라의 미모에 끌려 자신의 구애를 받아들여주면 예언 능력을 주겠다고 제의했다. 카산드라는 이를 받아들였고, 사랑에 눈이 먼 아폴론은 약속대로 그녀에게 뛰어난 예언 능력을 주었다.

그러나 카산드라는 이렇게 큰 선물을 받고도 약속을 지키지 않았다. 화가 머리끝까지 치밀어 오른 아폴론은 그녀에게 저주를 내렸다. 그녀가 미래를 예견할 수는 있지만 아무도 그녀의 말을 믿지 않도록 만들어버린 것이다. 결국 아무도 카산드라의 예언을 믿지 않아 그녀의 예언 능력은 쓸모가 없어졌다. 이것이 '카산드라의 예언'(Cassandra's Prophesies)이자 비극이다. 그래서 이 말은 '겉으로는 그럴듯하지만 현실적으로는 아무 쓸모가 없는 예측'을 가리키기도 한다.

아폴론의 저주 이후 사람들은 모두 카산드라의 말을 무시해버렸고, 그녀를 헛소리나 하는 미치광이라고 여겼다. 시간이 흐르면서 사태는 한층 더 악화되었다. 그리스 군이 성 앞에 목마를 가져다 놓자 카산드라는 그 목마를 성 안에 들여놓으면 트로이가 멸망할 것이라고 경고했다. 하지만 설득력을 잃어버린 그녀의 말을 아무도 믿지 않았고, 결국 트로이는 멸망했다.

카산드라는 승리를 거둔 그리스 군의 영웅 아이아스에게 강간을 당했으며, 총사령관인 아가멤논은 그녀를 미케네로 끌고 갔다. 거기서도 카산드라는 남편인 아가멤논을 살해하려는 클리타임네스트라의 음모에 대해 말하기 시작했다. 하지만 그녀의 예언은 무시당했고 급기야 그녀는 클리타임네스트라에게, 아가멤논은 클리타임네스트라의 정부 아이기스토스에게 살해당하고 만다.

그래서 오늘날 그녀의 이름은 '재앙의 예언자'(The prophets of disaster)
나 '흥을 깨는 사람'(a wet blanket, wowser)이라는 의미로 사용되고 있다.
자신이 말하는 진실을 알아주는 사람이 없다는 것은 크나 큰 고통이 아
닐 수 없다. 카산드라의 예언은 아무리 탁월한 아이디어를 가지고 있더라
도 상대방을 설득할 능력이 없다면 아무 소용이 없다는 교훈을 남겼다.

| 트로이의 목마 |

트로이 전쟁의 승리는 오디세우스의 전술에서 나왔다. 그는 거대한 목
마를 만들어 그 안에 병사들을 가득 태우고 성문 밖에 세워두었다. 나머
지 병사들은 성 위쪽으로 매복하기 위해 승선하고 있었다. 트로이 병사
들은 이를 보고 그리스 동맹군이 철수하는 것으로 착각하고, 목마를 아
테나 여신에게 바치는 전리품으로 여겨 성 안으로 들여놓았다.

아폴론을 모시고 있던 사제 라오콘(Laocoon)은 이런 경솔한 행동에 경
고를 했다. "저는 그리스 인들이 선물을 가져오더라도 두렵기만 합니다."
이 말에는 오랫동안 적대시하던 사람이 갑자기 친절하다고 해서 그를 믿
어서는 안 된다는 경고가 들어 있다. 그러자 그리스 편을 들고 있는 포세
이돈이 바다뱀을 보내 그와 쌍둥이 두 아들을 목 졸라 죽였다.

트로이 군사들이 승리에 도취해 잔치를 벌인 뒤 잠이 들자 목마에 숨
어 있던 그리스 병사들이 뛰쳐나와 성문을 열어주었고, 성 밖에서 매복
해 있던 병사들이 물밀듯이 들이닥쳤다. 트로이는 순식간에 아수라장이
되었고 프리아모스와 그의 아들들도 모두 몰살을 당했다. 헬레네도 붙잡
혔으나 메넬라오스는 너무도 아름다운 그녀를 차마 죽이지 못하고 다시
스파르타로 데려갔다.

이렇게 해서 10여 년에 걸친 트로이 전쟁은 대단원의 막을 내렸다. 로마의 전설에 따르면, 트로이의 왕족인 아이네아스(Aeneas)는 아내를 잃고 아버지와 아들을 데리고 탈출에 성공했고, 그 후손들이 나중에 로마를 건설했다고 한다.

지금도 '적의 심장부에 잠입해 공격 기회를 노리는 집단'을 트로이의 목마라고 부른다.

|엘렉트라 콤플렉스|

아가멤논이 트로이 전쟁에 나간 틈을 타 아가멤논의 아내 클리타임네스트라는 예쁜 딸 이피게네이아를 트로이 전쟁 승리의 제물로 빼앗긴 것에 대한 복수로 아이기스토스와 통정을 하고 만다. 전쟁이 끝나 남편이 귀환하자 그녀는 정부 아이기스토스와 짜고 개선 축하연에서 아가멤논을 독살해버렸다. 그녀는 보복이 두려워 어린 아들 오레스테스(Orestes)까지 없애려고 했다. 이때 아가멤논의 장녀 엘렉트라(Electra, '현명한 사람'이라는 뜻)는 오레스테스를 아가멤논의 처남인 포키스의 왕 스트로피오스(Strophios)에게 보내 훗날을 기약했다. 복수의 기회를 엿보던 엘렉트라는 동생이 장성하자 그를 미케네로 불러들여 어머니와 정부를 죽이고 아버지의 원수를 갚는다.

이처럼 엘렉트라 이야기는 무지한 상태에서 우발적으로 아버지를 죽인 오이디푸스 이야기와는 사뭇 다르다. 엘렉트라는 처음부터 계획적이고 치밀하게 복수를 실행에 옮겼기 때문이다.

이 엄청난 사건은 재판에 부쳐졌다. 모권제(母權制)의 수호자인 퓨리스 세 자매는 모친 살해라는 중죄를 진 오레스테스를 고소했지만 새로운 제도인 부권제(父權制)의 수호자 아폴론은 오레스테스를 옹호했다. 결국 심판장인 아테나가 오레스테스의 손을 들어주었다. 이는 젊은 세대의 신들이 구시대 신들을 이겼다는 의미이자 모권제에 대한 부권제의 승리를 의미한다.

여자아이가 무의식적으로 어머니에 대해 적의를 품고 아버지에 애정을 품는 심리상태, 즉 '친부복합'(親父複合)을 '엘렉트라 콤플렉스'(Electra Complex)라고 한다. 이 용어를 처음 사용한 사람은 스위스의 심리학자 융(Carl Jung, 1875~1961)이다.

엘렉트라는 섬뜩하고 찌릿찌릿한 전율이 흐르는 단어들을 만들어냈다. 엘렉트라는 그리스어로 '호박'(琥珀, amber, 보석의 일종)이라는 뜻도 있는데, 그녀의 눈이 호박색이었다는 이유에서였다. 호박을 명주 천에 문지르면 정전기가 발생한다고 해서 electricity(전기), electric current(전류), electron(전자) 등의 단어들을 그녀의 이름에서 따왔다.

어머니를 살해하는 오레스테스

|오디세우스와 제피로스|

오디세우스(Odysseus)는 '오디움(odium, 그리스어로 미움)을 받은 자'라는 뜻을 가지고 있다. 그의 외할아버지이자 소문난 도둑인 아우톨리코스는 오디세우스가 출생한 직후 이타카를 찾았는데, 이때 유모가 아이의 이름을 지어달라고 부탁했다. 그는 잔인하게도 자신이 이곳에 오기 전에 많은 사람들에게 미움을 받았으므로 외손자에게 오디세우스란 이름을 지어주었다. 이런 불길한 이름 때문에 그의 고난은 트로이 전쟁에서 끝나지 않고 더 많은 시련을 겪게 된다.

10년 가까이 걸린 전쟁이 끝나고 귀향 길에 오른 오디세우스는 집에 당도하기까지도 다시 10여 년의 세월이 걸렸다. 그가 처음 머무른 곳의 원주민들은 로토스(lotus)라는 과일을 먹고 있었는데, 이것을 먹으면 그 맛에 반해 만사를 잊어버리기 때문에 그곳을 떠나려 하지 않았다. 이 이야기에 근거해 무위도식자(lotus-eater), 도원경(lotus land, paradise)이라는 단어가 생겼다. 이 식물은 신화 속에서만 존재하며, 현실에서는 '연꽃'을 가리킨다.

오디세우스는 '바람의 신' 아이올로스(Aeolos)가 살고 있는 섬에서도 머물렀다. 그가 서풍 이외에 바람이 든 주머니를 오디세우스에게 주었기 때문에, 이 자루를 묶어 놓으면 서풍만 불어 고향 이타카 섬까지 갈 수 있었다. 하지만 눈앞에 고향을 두고 방심한 나머지 오디세우스가 잠이 든 사이에 부하들이 호기심을 참지 못하고 자루를 풀어헤치고 말았다. 그러자 온갖 바람이 불어 일행은 다시 망망대해로 표류하게 되었다.

모든 별들의 신 아스트라이오스와 새벽의 여신 이오스의 아들 가운데 보레아스(Boreas)는 매서운 '북풍'인데 영어의 boreal(북쪽의)로 남았으며, 부드러운 '서풍' 제피로스(Zephyros)는 영어 zephyr(서풍)로 남았다.

| 스킬라와 카리브디스 |

스킬라(Scylla)와 카리브디스(Charybdis)는 2대 바다 괴물로 좁은 해협의 양옆에 살았다. 고향 이타카로 가던 오디세우스가 좁은 바다(메시나 해협으로 추정된다.)를 건널 때 그를 공격했던 스킬라는 초자연적인 괴물로, 동굴에 있는 자기의 보금자리로 들어오는 것은 무엇이든지 먹어치웠기 때문에 오디세우스의 동료 6명도 그녀의 먹이가 되었다. 당시 오디세우스가 배와 선원 모두를 소용돌이로 몰아넣는 카리브디스 쪽보다는 몇 명의 선원을 잃는 스킬라 쪽을 택했기 때문이었다.

스킬라의 원래 모습은 사람이었지만 키르케 또는 암피트리테가 그녀를 질투해 마법을 걸어서 무서운 모습으로 만들어버렸다는 설도 있다.

카리브디스는 조금 떨어진 건너편 기슭에서 무화과나무 밑에 몸을 숨기고 하루에 세 번씩 물을 삼켰다가 뱉어냈는데, 이것은 항해하는 배들에게 치명적이었다.

이러한 특성들 때문에 스킬라는 옛날부터 종종 바위나 암초의 의인화로, 카리브디스는 소용돌이의 의인화로 상징되었다. 지금 이곳은 이탈리아 본토와 시칠리아(시실리) 사이의 메시나 해협(the Strait of Messina)을 가리킨다는 게 중론이다.

그래서 between Scylla and Charybdis는 '진퇴양난에 빠져', '선택을 강요당해'라는 뜻으로 쓰인다. 또 Scylla가 상대적으로 Charybdis보다 덜 위험하기 때문에 from Scylla to Charybdis는 '갈수록 태산'이라는 뜻이다.

| 페넬로페의 베짜기 |

오디세우스의 고향 이타카 섬에서는 오디세우스가 이미 죽었다는 풍문이 나돌았고, 온갖 실력자들이 그의 아내 페넬로페에게 청혼을 했다. 하지만 정숙한 아내는 남편이 살아 있음을 확신했기 때문에, 청혼자들에게 시아버지 라에르테스의 수의(壽衣)를 다 짜면 결정하겠다고 둘러댔다. 그녀는 낮에는 수의를 짜고 밤에는 짜 놓은 수의를 다시 풀어버렸는데, 이 일은 하녀 때문에 발각되고 만다.

아들 텔레마코스는 어리고 힘이 없어 어머니를 도울 수 없었다. 그는 스승인 늙은 충신 멘토르(Mentor)의 충고대로 움직였다. 멘토(mentor)는 지금 '조언자', '고문'(顧問)이라는 뜻으로 쓰인다.

오디세우스는 천신만고 끝에 고향으로 돌아왔고, 마음씨 좋은 돼지치기 에우마이오스(Eumaeos)가 거지로 변장한 그에게 도움을 준다. 오디세우스의 집은 청혼자들로 북적거렸으며 거지 차림의 오디세우스도 거기에 잠입해 있었다. 페넬로페는 오디세우스가 쓰던 활로 과녁을 맞히는 사람과 결혼하겠다고 선언했다. 하지만 누구도 활시위를 당기지 못했다. 이때 오디세우스가 나서서 정확히 과녁을 관통했고 페넬로페는 그가 남편임을 한눈에 알아보았다. 그 순간 오디세우스의 충신들이 들이닥쳐 청혼자들을 모두 처치해 버린다.

|영어에 이름을 남긴 트로이 전쟁의 조연들|

필로스(Pylos)의 왕 네스토르(Nestor)는 100살을 넘긴 나이였지만 트로이 전쟁에 그리스 동맹군으로 참전해 끝까지 살아남았다. 그는 경륜이 풍부하고 지혜로운 인물이라 그의 이름은 영어에서도 '지혜로운 자'라는 뜻으로 쓰인다.

전령사 스텐토르(Stentor)는 큰 목소리 덕분에 병사들을 집합시킬 때 아주 쓸모가 있었는데, stentorian(소리가 큰), stentorphone(고성능 확성기) 등에 이름을 남겼다. 『일리아스』에 나오는 못생기고 겁 많은 선동가 테르시테스(Thersites)는 thersitical(소란스러운, 입버릇이 나쁜)이라는 형용사를 낳았다.

아이아스(Aias, 라틴어로 Ajax)는 살라미스의 왕 텔라몬의 아들로 '큰 아이아스'(Ajax the greater)로 불린다. 트로이 전쟁에서 아킬레우스 다음가는 용사로 인정을 받았으나, 아킬레우스가 죽은 후 그의 유품인 갑옷을 놓고 오디세우스와 겨루었다가 패하자 분한 나머지 자살하고 말았다. 그는 네덜란드 축구 명문구단 'AFC 아약스'(1900년 창단. 암스테르담)의 명칭으로 남기도 했다.

트로이 전쟁이 끝난 지 100년도 채 되기 전에 그리스 북부에 살던 일단의 종족들이 남하했다. 도리스 인(Dorians, 도리아인)이라 불리는 그들은 BC 1200년경 철기문명을 가지고 달마치아와 알바니아 지방으로부터 미케네 문명세계인 그리스 본토로 침입해 온 것이다. 이것이 바로 '도리스 인의 침입'(Dorian invasion)이다.

이후 이들은 뮈케나이(미케네)와 튀린스(티린스)를 멸망시키고 그리스의 여러 지역에 정착했다. 이들은 강력한 철제 무기를 가지고 있었기 때문에 청동기 무기를 가지고 있던 그리스 인들은 도저히 그들의 상대가 되지 못했다.

헤라클레스의 자손들과 도리스 인은 긴밀히 연합하여 하나의 사회를 이루었는데, 전설에 따르면 헤라클레스의 후손들이 이들을 데리고 남하했다고 한다. 그래서 도리스 인들은 자신들의 남하를 '헤라클레스 자손들의 귀환'(Return of the Heracleidae)으로 간주했다. 비록 헤라클레스의 직계 자손들(Heraclids)은 그리스에서 쫓겨났었지만, 그 후손들이 다시 그리스로 돌아온 것이라고 주장함으로써 자신들의 그리스 정복을 정당화한 것이다.

이를 뒷받침하기 위해 그들은 헤라클레스의 정복 업적을 과대 포장했으며, 후세의 신화 작가들도 헤라클레스가 수많은 도시들을 정복했다는 내용으로 새로운 이야기를 만들어내야만 했다.

도리스 인들은 건축·도기·조각 등에 뛰어났으며, 그리스 문화 형성에 크게 기여했다. 특히 건축에서는 '그리스 3대 건축양식'(도리아식 → 이오니아식 → 코린트식) 중 하나를 만들어내기도 했다.

이후 그리스 인들, 특히 아테나이(아테네) 인들은 그리스에 계속 남아 있었지만, 다른 종족들은 소아시아(지금의 터키)로 건너갔다. 그리고 본토가 도리스 인들의 지배 하에서 어둠의 시대를 보내고 있었던 것과는 달리, 소아시아에서 본토보다 200여 년 앞선 문명화된 도시를 건설하기도 했다.

사실 도리스 인들의 지배가 시작되면서 그리스 신화의 시대는 막을 내렸다. 신과 인간과 괴물이 어우러져 환상과 전설로 찬란한 불꽃을 피웠던 시대는 스러져가고, 무덤덤한 역사의 시대가 도래한 것이다.

그러나 청동기시대가 완전히 사라진 것은 아니다. 왜냐하면 결코 잊혀지지 않을 이야기들을 우리에게 유산으로 남겨주었기 때문이다. 이 이야기들은 지금 우리의 문학과 예술과 음악과 건축에, 더 나아가 우리의 삶 속에 고스란히 스며들어 있다. 특히 그들에게서 유래된 영어 단어들은 앞으로도 그 화려했던 신들과 영웅들의 시대를 고이 간직하고 있을 것이다.

주요 등장인물과 신들

그리스 동맹군 측

아킬레우스(아킬레스); 『일리아스』의 최고의 영웅. 펠레우스와 바다의 요정 테티스의
아들. 펠레우스는 아들이 트로이 전쟁에서 전사하리라는 신탁을 받고 아킬레우
스를 숨겼으나, 아킬레우스 없이는 트로이를 함락시킬 수 없다는 점괘가 나오
자, 그리스인들은 그를 기어이 찾아냈다. 전쟁 막판에 파리스의 화살에 뒤꿈치
를 맞아 죽는데, 여기서 '치명적인 약점'이라는 뜻의 '아킬레스 건'이라는 말이
나왔다.

오디세우스(율리시즈); 라이르테스와 안티클레이아의 아들이자 이타카의 왕. 아내인
페넬로페와의 사이에 아들 텔레마코스를 낳았다. 인간관계의 위기를 해결하는
데 가장 알맞는 인물으로 등장하며, 그의 용기와 재주가 계속해서 이야기된다.
'트로이 목마' 전술도 그의 지략이다.

아가멤논; 미케네(아르고스)의 왕이자 우유부단한 성격의 그리스 동맹군 총사령관. 클
리타임네스트라와의 사이에서 아들 오레스테스와 딸 이피게네이아·엘렉트라·
크리소테미스를 낳았다. 트로이를 함락한 뒤 귀향해 아내의 정부인 아이기스토
스에게 살해당했다. 오레스테스는 어머니와 아이기스토스를 죽이고 아버지의
원수를 갚는다.

네스토르; 아들 안틸로코스와 트라시메데스와 함께 90척의 배와 필로스 군을 이끌
고 트로이 전쟁에 참가하는데, 이때 나이가 이미 100세 이상되었을 것으로 추정
된다. 『일리아스』에서는 아가멤논과 아킬레우스의 불화를 중재하고 젊은 영웅
들에게 조언을 해주는 현명한 조언자로 묘사된다. 트로이 전쟁이 끝나고 네스토

르는 무사히 고향 필로스로 돌아왔다. 오디세우스의 아들 텔레마코스가 찾아왔을 때 극진히 대접하고 보살펴주었다.

메넬라오스; 아가멤논의 동생이자 헬레네의 남편. 파리스에게 아내를 빼앗겼으나, 트로이가 함락된 뒤 헬레네를 되찾아 집으로 데려온다.

디오메데스(디오메드); 아르고스의 왕으로 80척의 '아르고스 선단'을 지휘했으며, 트로이 전쟁에서 아킬레우스와 아이아스 다음가는 장수로, 『일리아스』 제5권은 대부분 그의 무공을 내용으로 하고 있다. 아프로디테에게 상처를 입히고, 레소스와 그가 이끄는 트라키아인들을 몰살시켰으며, 트로이의 수호 여신 팔라스 아테나의 성상인 '트로이 팔라디움'을 노획하는 등 혁혁한 공적을 세웠다.

파트로클로스; 메노이티오스의 아들이며 아킬레우스가 매우 아꼈던 친구이다. 아킬레우스의 갑옷을 입고 나가 싸우다 전사한다. 그의 죽음으로 트로이 전쟁의 양상이 완전히 뒤바뀌었다.

큰[大] 아이아스; 헤라클레스의 절친한 친구였던 텔라몬과 페리보이아 사이에서 태어난 아들. 엄청나게 큰 체구와 힘을 자랑하는 장사였고, 그리스 동맹군 측에서 아킬레우스 다음가는 무장이지만 지략이 모자랐다. 아킬레우스가 죽고 나자 아킬레우스의 방패와 갑옷 등 유품을 두고 오디세우스와 다투다 오디세우스에게 지자 자살한다. 소(小) 아이아스와 구별하기 위해 대(大) 아이아스 또는 큰 아이아스, 텔라몬의 아들 아이아스로 불린다.

작은[小] 아이아스; 로크리스의 왕 오일레우스의 아들. 잘난 체하고 거만하다.

이도메네우스; 크레테의 왕으로 미노스의 손자이자 데우칼리온의 아들이다. 트로이 전쟁 후 귀향길에 폭풍을 만나자 아들을 제물로 바쳤는데, 그로 인한 천벌로 나라에 돌림병이 돌아 백성들이 그를 국외로 추방하였다고 한다.

헬레네(헬렌); 메넬라오스의 아내. '세상에서 가장 아름다운 여인'으로 선정되어 아프로디테가 파리스에게 넘겨주었다. 헬레네는 백조로 변신한 제우스와 레다 사이의 딸로 알려져 있다. 제우스와 네메시스(Nemesis) 사이에서 낳은 딸인데, 백조의 알로 태어나 레다가 데려다 길렀다는 설도 있다.

안틸로코스; 네스토르의 아들. 용감한 청년 투사. 파트로클로스를 추모하기 위한 장례 경기에서 전차경주 2등, 달리기 경주 3등을 했다.

칼카스; 그리스 동맹군의 예언가, 점쟁이. 그리스 함대가 아울리스에서 심한 풍랑 때문에 트로이로 출발하지 못하고 있을 때 그는 아가멤논이 아르테미스 여신의 분노를 샀기 때문에 벌을 내리셨다면서 아가멤논의 딸 이피게네이아를 희생물로 삼아야 한다고도 예언했다. 또 그리스 진영에 괴질이 돌았을 때도 아폴론 신전의 사제인 크리세이스를 돌려주어야 괴질이 멈춘다고 예언했다. 이 때문에 아가멤논과 아킬레우스의 불화가 시작된다.

테르시테스; 계급이 낮은 평민으로 지독한 독설가이자 수다쟁이. 트로이 진영을 도운 아마조네스의 여왕 펜테실레이아를 죽인 아킬레우스가 그녀의 투구를 벗겼는데, 너무나 아름다워 그만 사랑에 빠지고 말았다. 아킬레우스는 그녀의 시신을 가져와서 겁탈했는데, 이를 보고 테르시테스가 네크로필리아(Necrophilia, 시신·유골 애착증 환자)라며 조롱하자 그를 죽여버렸다.

트로이 군 측

프리아모스(프리암); 트로이의 왕. 헥토르와 파리스 그리고 아가멤논의 포로가 된 공주 카산드라의 아버지. 프리아모스는 '나는 산다'라는 뜻이다.

헤카베(헤쿠바); 프리아모스의 아내.

헥토르; 프리아모스의 장남. 트로이 전쟁에서 아킬레우스 다음의 영웅. 헌신적인 남편이자 자상한 아버지의 면모를 지닌 인물로 묘사되고 있다.

안드로마케; 헥토르의 아내. 현모양처 형의 여성 표본.

안티포스; 프리아모스와 그의 아내 헤카베 사이에서 태어난 50명의 아들 중에 하나. 트로이 전투 중에 큰 아이아스에게 창을 던졌으나 맞히지 못하고 오디세우스의 부하인 레우코스를 죽였다. 아킬레우스가 그를 사로잡았다가 몸값을 받고 풀어주었다고 한다

아스티아낙스; 헥토르와 안드로마케 사이에 난 어린 아들.

파리스; 프리아모스의 차남. '알렉산드로스'라고도 불린다. 트로이 전쟁의 원인인 메넬라오스의 아내 헬레네를 트로이로 데려온다. 그래서 양측으로부터 그리 환영받지 못하지만, 활로 아킬레우스의 뒤꿈치를 쏘아 죽인다.

카산드라; 프리아모스 왕의 딸. 헥토르와 파리스의 여동생. 아폴론이 구애하자, 사랑을 받아들이는 조건으로 예언 능력을 달라고 했지만 예언 능력만 받고 약속을 안 지키자 아폴론은 아무도 그녀의 예언을 아무도 안 믿게 하는 형벌을 내린다. 결국 그녀가 트로이 전쟁에서 그리스 군의 거대한 목마를 성 안으로 들여놓으면 트로이가 멸망할 것이라고 예언했으나 아무도 믿지 않았다

아이네이아스(아이네아스)**;** 아프로디테의 아들이자 트로이 군 서열 2위의 지휘자.

사르페돈; 제우스의 아들로, 트로이 군에서 헥토르, 아이네이아스와 함께 트로이카를 형성하고 있는 영웅이다. 하지만 아킬레우스의 갑옷을 입고 나온 파트로클로스와 싸우다가 창에 찔려 죽는다.

글라우코스; 히플로코스의 아들이자 리키아 군의 장군. 사르페돈의 사촌으로 그의 밑에서 근무했다. 같은 이름의 신들도 몇 명 있다.

판다로스; 뛰어난 활솜씨를 자랑하지만 휴전을 깨뜨리는 반역자. 아테나는 판다로스를 꾀어 메넬라오스에게 활을 쏘아 부상을 입힘으로서 두 진영 사이에 맺은 이전의 협약을 깨버린다.

라오콘; 아폴론을 섬기던 트로이의 사제. 라오콘은 '트로이 목마'를 들여오려는 경솔한 행동에 "저는 그리스 인들이 선물을 가져오더라도 두렵기만 합니다."라고 경고했다. 그러자 그리스 편을 들고 있는 포세이돈이 바다뱀을 보내 그와 두 아들을 목 졸라 죽였다.

크리세스; 아폴론 신전의 사제. 그의 딸 크리세이스가 아가멤논에게 끌려가지만 아폴론의 도움으로 풀려난다.

브리세이스; 리르네소스의 왕 미네스의 왕비이자 브리세우스의 딸이다. 아킬레우스는 트로이를 공격하기 전 이웃 도시 리르네소스도 공격했는데, 그는 미네스를 죽인 뒤 브리세이스를 여종으로 삼았다. 아킬레우스는 그녀를 무척 사랑했다고 한다.

신들

제우스(유피테르, 주피터); 신들의 제왕. 헤라의 남편으로 여자 문제 때문에 그녀와 자주 다툰다. 트로이 전쟁에서는 중립을 지키면서도 은근히 트로이를 돕는다. 테티스의 간청에 따라 아가멤논에게 반기를 드는 그녀의 아들 아킬레우스도 돕는다.

헤라; 제우스의 여동생이자 부인. 모든 여신들의 어머니이지만, 황금사과를 아프로디테에게 빼앗긴 분노로 남편 제우스까지 속여가면서 그리스 편을 든다.

포세이돈(넵투누스, 넵튠); 제우스의 둘째 형. 제우스에게 반기를 들다 트로이로 쫓겨나 라오메돈(Laomedon, 프리아모스 왕의 아버지)을 도와 성을 쌓았으나 노임을 주지 않아 화가 나 트로이 전쟁 때 그리스 편을 든다. 하지만 그리스 군이 자기가 쌓은 성을 파괴하자 그때는 오히려 오디세우스의 귀향을 방해한다.

하데스(플루토); 제우스의 맏형으로 지하세계의 신. 죽은 자들의 노잣돈을 챙겨 돈이 많다. 그래서 경제력이 있는 소수의 부유한 계층이 지배하는 '금권정치'를 영어로 '플루토크라시'(plutocracy)라고 한다.

아테나(미네르바); 제우스의 머리에서 태어난 '지혜와 전쟁의 여신'이다. 지혜의 상징인 올빼미와 함께 다닌다.

아프로디테(베누스, 비너스); '미의 여신'으로 아들은 쿠피도(에로스)이다. 파리스 심판의 최후 승자. 파리스가 헬레네를 납치하는 데 적극적으로 도와준다.

아레스(마르스); '전쟁의 신'이다. 하지만 아테나는 지략과 이성을 지녔고, 아레스는 공격적이며 야만스럽다. 트로이 전쟁 때는 아테나와 사이가 안 좋아 트로이 편에 섰다.

아폴론(포에부스, 아폴로); '궁술과 태양의 신'으로 아르테미스의 쌍둥이 오빠. 아레스와 함께 트로이 편에 섰다.

아르테미스(디아나, 다이아나); '사냥과 달의 여신'으로 아폴론의 쌍둥이 여동생.

헤파이스토스(불카누스, 벌컨); '불과 대장간의 신'. 아프로디테의 남편. 테티스의 부탁을 받고 인간에게는 유일하게 아킬레우스에게 무장을 선물한다.

헤르메스(메르쿠리우스, 머큐리); 올림포스 12신 가운데 막내. '전령의 신'이자 '의학과 장사의 신'이다. 뱀 두 마리가 감긴 '카드케우스'(caduceus)라는 지팡이를 들고 다닌다. 이것은 주로 치료나 의학에 관련된 단체의 엠블렘으로 사용되고 있다.

이리스(아이리스); '전령의 여신'으로, 무지개 형태로 나타난다. 무지개는 하늘과 땅에 걸려 있는 것처럼 보이기 때문에 신의 뜻을 인간에게 전달하는 사자(使者)로 여겨졌다 이리스(Iris)는 영어로 '홍채'(虹彩), '붓꽃'라는 뜻이 있다.

디오네; 『일리아스』에서는 디오네(Dione)가 제우스와의 사이에서 아프로디테를 낳았다고 한다.

테티스; '바다의 요정'으로 아킬레우스의 어머니.

크산토스; 제우스의 아들로 트로이 근처의 '강의 신'. 제21권에서 아킬레우스와 싸우지만 헤라가 보낸 헤파이스토스의 불에 패배한다. 인간들은 그를 스카만드로스(Scamandros)라고 불렀다.

올림포스 신들과 티탄족의 계보

(혼돈)카오스 = 누스(밤)

(하늘)우리노스 = 가이아(땅)

오케아노스 = 네티스
(대양의 신)

크로노스 = 레아
(땅의 신)

이아페토스 = 클리메네

히페리온 =

강의 신들   오케아니스들   메티스 = 제우스

프로메테우스   아틀라스   에파메테우스 = 판도라
(인간에게 불을 선물함) (하늘을 짊어짐)

아테나
(지혜의 여신)

마이아 = 제우스

헤르메스
(목동, 도박꾼, 도둑, 상인, 여행자의 신 /
카드, 천문학, 저울을 만듦)

헤스티아   데메테르 = 제우스   헤라 = 제우스   하데스   포세이돈   암피트리테
(화로의 수호신) (땅의 여신)   (신들의 (하늘의 신) (지하, 저승의 신) (바다의 신)   (바다의 여왕)
                              어머니)

하데스 = 페르세포네

데메테르

아프로디테 = 헤파이스토스   아레스   헤베   아리온   데스포니아
(사랑, 미, (대장장이, (전쟁의 신) (청춘의 여신)   (야생마)   (요정)
욕망의 여신) 연금술과 기술
의 신)

에로스 = 프쉬케

※ =는 부부관계, ㅡ는 자식관계를 나타냄.

테이아　클레이오스　코이오스 = 포이베　테티스 = 펠레우스　므네모시네 = 제우스　키클로프스들

레토 = 제우스　아킬레스　칼리오페 = 트라키아의 왕
(9명의 뮤즈 중
한 사람)

클리메네
ㅣ
파에톤

탈리아
(뮤즈)
ㅣ
코리반트들
(대머리 무용수들)

키레네
ㅣ
아리스타리오스
(양봉, 올리브,
치즈 제조법의 신)

두리오페
(요정)
ㅣ
암피토스
(도시, 사원,
건축의 신)

크로니스
(테살리아의 공주)
ㅣ
아스클레피오스(혹은 에스쿨랍)
(진찰, 수술, 약제처방의 신)

아폴론　아르테미스
(태양의 신)　(달의 여신)

오르페우스 = 에우리디케
(음악의 신, 시인)

그리스·로마 신화에 나오는 신들의 이름 대조표

순서	희랍어이름	라틴어이름	영어이름	비고	관계
1	크로노스 Cronos	사투르누스 Saturnus	새턴 Saturn	천공의 신	2의 남편
2	레아 Rhea	키벨레 Cybele	시빌레 Cybele	동물의 안주인	1의 아내
3	제우스 Zeus	유피테르 Jupiter	주피터 Jupiter	하늘의 신	1과 2의 아들 4의 남편
4	헤라 Hera	유노 Juno	주노 Juno	가정의 여신	1과 2의 딸 3의 아내
5	포세이돈 Poseidon	넵투누스 Neptunus	넵튠 Neptune	바다의 신	1과 2의 아들
6	하데스 Hades	플루톤 Pluton	플루토 Pluto	저승의 신	1과 2의 아들 19의 남편
7	데메테르 Demeter	케레스 Ceres	세레스 Ceres	땅의 여신	1과 2의 딸 19의 어머니
8	헤르메스 Hermes	메르쿠리우스 Mercurius	머큐리 Mercury	전령의 신	3의 아들
9	헤스티아 Hestia	베스타 Vesta		불/화로의 여신	1과 2의 딸
10	헤파이스토스 Hephaestos	불카누스 Vulcanus	벌컨 Vulcan	불/대장간의 신	4의 아들 11의 남편
11	아프로디테 Aphrodite	베누스 Venus	비너스 Venus	미의 여신	10의 아내 17의 어머니
12	아폴론 Apollon	아폴로 Apollo 포에부스 Phoebus	아폴로 Apollo	태양/활의 신	3의 아들
13	아르테미스 Artemis	디아나 Diana	다이아나 Diana	달/사냥의 여신	3의 딸
14	아레스 Ares	마르스 Mars		전쟁의 신	3과 4의 아들
15	아테나 Athena	미네르바 Minerva		지혜/전쟁의 여신	3의 딸
16	디오니소스 Dionisos	바코스 Bacchos	바커스 Bacchus	술의 신	3의 아들

17	에로스 Eros	쿠피도 Cupido	큐피드 Cupid	사랑의 신	11의 아들 20의 남편
18	티케 Tyche	포르투나 Fortuna	포천 Fortune	행운의 여신	
19	페르세포네 Persephone	프로세르피 네Proserpine	리베라 Libera	저승의 여신	3과 7의 딸 6의 아내
20	프수케 psukhe	프시케 psyche	사이키 psyche	정신	17의 아내
21	에오스 Eos	아우로라 Aurora	오로라 Aurora	새벽의 여신	22의 누이
22	헬리오스 Helios	솔 Sol,Sola		태양의 신	티탄족 신
23	셀레네 Selene	루나 Luna		달의 여신	티탄족 여신
24	레토 Leto	라토나 Latona		검은 옷의 처녀	3의 연인 12와 13의 어머니

일리아스

제 1 권

역병과 아킬레우스의 분노

오, 시의 여신(Musae 무사이, Muse 뮤즈)이여, 분노를 노래해주오. 펠레우스의 아들 아킬레우스의 저주스런 분노 때문에 아카이아(Achaea; 고대 그리스) 군은 엄청난 고통을 받고 용감한 병사들이 수없이 죽어갔다. 그리고 그들의 시체는 들개와 독수리의 밥이 되었다. 아트레우스의 아들 아가멤논과 용감한 아킬레우스가 서로 말다툼하고 헤어진 뒤부터 제우스는 자신이 의도한 바를 이루어가고 있었다.

이 두 사람을 싸우게 한 신은 아폴론이었다. 그리고 사제 크리세스(Chryses)를 모욕한 아가멤논에게 재앙을 내리고 아카이아 군에 역병을 퍼트려 수많은 병사들을 쓰러트렸다.

크리세스는 아폴론의 상징인 황금 지팡이를 들고 아카이아 군에게 사로잡힌 딸 크리세이스(Chryseis)를 찾아오기 위해 아카이아 군 진영으로 갔다. 그는 아트레우스 (Atreus; 아르고스의 군주이다. 아가멤논과 메넬라오스의 아버지 또는 할아버지) 가문의 두 왕에게 간청하면서 말했다.

"아트레우스 가문의 여러분, 그리고 용감한 아카이아 군의 어른들이여, 올림포스 신들이 당신네들에게 프리아모스 성의 함락을 승낙하시도록, 그리고 무사히 귀향하시도록 빌겠습니다. 몸값을 지불할 테니 내 딸을 돌려주시오. 제우스의 아들이자 궁술의 신 아폴론의 권위와 나의 청원을 들어주시오."

'음악의 여신' 뮤즈를 불러오는 호메로스

그러자 아카이아 군의 장군들은 모두 그에게 경의를 표하고 몸값을 받아야 한다고 아가멤논에게 말했다. 그러나 아가멤논은 분노하여 그에게 폭언을 퍼부었다.

"이봐, 노인장. 내가 더 이상 당신을 보지 않도록 하시오. 계속 이곳에 있거나 나중에 다시 찾아온다면 신의 지팡이도 당신을 지켜주지 못할 것이오. 그리고 나는 그대의 딸을 돌려주지 않을 테니 썩 돌아가시오! 무사히 돌아가고 싶거든 더 이상 나를 화나게 만들지 마시오."

겁을 먹은 크리세스는 일단 그 말에 복종했으나 곧바로 아폴론 신에게 기도를 올렸다.

"궁술의 신이여, 저의 소원을 들어주십시오. 예전에 제가 신전 지붕을 고쳐드리고 살찐 암소와 산양을 제물로 바친 적이 있으니 제 소원을 들어주십시오. 제 눈물의 앙갚음을 할 수 있도록 해 주십시오."

그러자 아폴론은 진노하며 활을 들고 올림포스 산 봉우리를 내려왔다. 아폴론은 아카이아 군의 진지 가까이 오자 화살을 쏘아대기 시작했다. 그 화살은 역병의 화살이었으니 병사들은 하나둘씩 쓰러져갔다.

아폴론의 화살은 아흐레 동안이나 진중을 싹쓸이했다. 열흘째 되는 날, 자꾸 쓰러져 가는 병사들을 보고 딱한 생각이 든 헤라는 아킬레우스를 충동질해서 무사들을 한데 모으도록 했다. 병사들이 뭉치자 아킬레우스가 말했다.

"이제 우리들이 격퇴당했으니 비록 우리가 죽음을 면했다 하더라도, 싸움과 질병이 하나가 되어 아카이아 군을 패배시키려고 한다면 고향으로 돌아갈 수밖에 없다고 생각합니다. 그러니 점쟁이나 사제, 그렇지 않으면 해몽가에게 물어 봅시다. 꿈은 최고의 신 제우스께서 주신 것입니다. 그들에게 물어 본다면 아폴론이 왜 이리 분노했는지 알려 줄 겁니다. 그리고 새끼 염소나 살찐 산양의 기름진 살을 구운 연기를 받으시고 우리의 역병을 없애 주실 수 있는지 말해 줄 겁니다."

그러자 칼카스(Calchas)가 나섰다. 그는 아폴론으로부터 예언 능력을 받은 자로, 새 점을 치는 최고의 점쟁이며 모든 일에 영통했다. 그가 이렇게 말했다.

"오, 아킬레우스여, 궁술의 신 아폴론께서 노하신 이유를 말하겠습니다. 하지만 내가 하는 말이 어떤 사람을 화나게 할지 모르기 때문에 당신께서 저를 지켜 주겠다고 먼저 맹세해 주시오. 그는 아르고스 인 전부를 다스리며 아카이아 군이 따르고 있는 사람이오. 한 나라의 왕이 아랫 것들에게 화를 낼 때는 신중해야 하는데, 그때는 화를 참을 수 있지만 완전히 풀릴 때까지는 가슴에 담고 있기 마련이오. 그러니 나를 지켜 주겠다는 약속이 필요합니다."

그러자 아킬레우스가 말했다.

"마음 놓고 알고 있는 대로 신의 예언을 말하라. 내가 살아 있는 한 누구도 그대를 건드리지 못할 것이다. 아카이아 군 중에서 가장 높은 아가멤논으로부터도 그대를 지켜주리라."

그러자 그는 용기를 내어 말했다.

"기도나 제물이 아니라, 그 사제 때문입니다. 아가멤논은 그에게 모욕을 주고 딸을 돌려보내지 않았으며 몸값도 받지 않았소. 그래서 아폴론께서 우리에게 재앙을 주었소. 그녀를 돌려보내야 역병이 멈출 것이오. 신의 노여움을 달래려면 몸값을 받지 않고 처녀를 돌려주고 '신에게 제물로 바칠 소 백 마리'(hecatomb)를 준비해야 합니다."

이 말을 듣고 아가멤논은 불쾌한 빛을 감추지 못하고 칼카스를 노려보면서 말했다.

"넌 안 좋은 예언만 하고 지금까지 한 번도 좋은 말을 해준 적이 없다. 늘 나쁜 점만 치고 기뻐하더니 이번에도 넌 우리 병사들의 고난이 내가 크리세스를 보내지 않고 몸값 받는 것을 승낙하지 않았기 때문이라고 했다. 그런데 나와 정식으로 결혼한 클리타임네스트라보다 그 처녀가 더 좋은 걸 어찌할 수가 없구나. 크리세스는 무엇 하나 나무랄 데가 없으나 네가 정 그렇다면 보내주겠다. 그 대신 나에게 다른 포상을 마련해 두어라. 아르고스 군 가운데서 나만이 아무런 포상이 없어서야 말이 되겠느냐?"

이에 아킬레우스가 말했다.

"아무튼 당신은 그 처녀를 신에게 돌려 줘야 하오. 그렇지 않으면 몇 배의 보복을 당하게 될 것이오. 만일 제우스 신이 트로이의 훌륭한 도성을 치게 해준다면 그 처녀를 돌려줘야 하오."

이에 대해 아가멤논이 말했다.

"신과도 견줄 만한 아킬레우스여, 그대는 용사이긴 하지만 절대로 그렇게 생각해선 안 되네. 그대는 나를 설득할 수 없을 테니까. 그러고보니 그대는 포상을 받고 있으면서도 나는 아무것도 받지 못하게 할 요량이군. 그래 나에게 처녀를 돌려주라는 건가? 그렇다면 대신 아카이아 인들이 그녀와 맞먹을 정도의 포상을 주어야 하고, 주지 않는다면 내가 직접 빼앗을 수밖에. 그럼 지금 처녀를 보내도록 바다로 끌어 내려야지. 그리고 백 마리의 소를 실려 보내지. 그리고 궁술의 신 아폴론에게 제사를 지내도록 하자."

그러자 아킬레우스가 왕을 쳐다보면서 말했다.

"가증스럽게도 포상만 생각하시는군. 그런 그대를 누가 따르겠소? 나는 다만 그대를 도우려고 온 것뿐이오. 개 같은 얼굴을 한 그대를 도와 트로이 인에게 보복하려는 것을 그대는 전혀 알려고 하지도 않고, 이제는 내 포상마저 빼앗으려 하다니. 난 지금까지 그대와 같은 포상을 받은 적이 없소. 언젠가 아카이아 군이 트로이의 성들을 함락시켰을 때도 힘든 싸움은 내가 혼자 다했는데도 막상 분배를 하면 그대 몫은 엄청나고 나에게는 겨우 하찮은 것들만 주어졌소. 하지만 이번에야말로 나는 프티아(Phthia; 펠레우스가 다스린 고대 그리스 왕국)로 돌아가겠소. 내 선단을 이끌고 고향으로 돌아가는 게 나을 것 같소. 더 이상 모욕을 당하면서까지 그대를 위해 제물을 쌓을 생각이 없소."

그러자 아가멤논은 말했다.

"네 마음대로 해도 좋다. 나는 더 이상 있어 달라고 사정하지 않겠다. 내게는 아직 훌륭한 인물들이 많이 있다. 더구나 제우스께서 나를 돕고 계신다. 그대야말로 제우스가 지켜 주신 나라들의 왕 중에서도 가장 괘씸한 자이다. 하기야 그대는 용맹하지만 그건 신이 내려주신 것으로 여겨야 할 것이다. 고향으로 돌아가 뮈르미돈(Myrmidon; 아킬레우스가 이끄는 프티아의 병사들)들이나 잘 다스려라. 나는 신경 쓰지 않겠다. 허나 이것만은 해야겠다. 아폴론이 크리세스를 나에게서 빼앗듯이, 내가 직접 군영으로 가서 그대가 포상으로 받은 브리세이스(Briseis)를 끌고 오겠다."

아킬레우스는 분노가 치솟았다. 그가 아가멤논을 죽일 것인가 분함을 참을 것인가 망설이고 있을 때, 아테나가 하늘에서 내려왔다. 그것은 두 사람을 사랑스럽게 여기는 여신 헤라가 보낸 것이었다. 아테나의 모습은 아킬레우스에게만 보일 뿐 누구도 볼 수 없었다. 아킬레우스는 놀랐다. 그리고 이내 그녀가 아테나라는 것을 알았다. 여신의 눈은 무서우리만큼 빛나고 있었다. 아킬레우스는 당당히 말했다.

"어떻게 오셨습니까? 아트레우스의 아들 아가멤논의 못된 짓을 보시려는지. 그는 거만한 마음 때문에 목숨을 잃게 될 것입니다."

이에 지혜의 여신 아테나가 말했다.

"나는 그대의 분노를 가라앉히려고 내려왔다. 나를 보내신 것은 헤라이며 두 사람을 걱정하시고 계신다. 이제 다투지 말고 칼을 빼들지 말라. 그러면 그대는 훌륭한 재물을 지금 당한 모욕의 갑절로 받을 수 있을 것이다."

아킬레우스는 "신의 말씀대로 하겠습니다." 하고 칼자루를 내려놓았다. 아테나는 다시 올림포스로 돌아갔다. 그러나 아킬레우스는 또다시 아가멤논에게 욕설을 퍼부으며 분노를 참지 못했다.

아킬레우스를 진정시키는 아테나

"그대는 얼굴은 뻔뻔스러운 개 같고 심장은 사슴처럼 겁 많은 사나이요. 지금까지 갑옷을 입고 병사들과 같이 싸움에 나가 본 적이 없소. 백성을 잡아먹는 왕이오. 아가멤논이여, 남에게 모욕 주는 일이 이게 마지막일 것이오. 분명히 말해 두겠소. 이 지팡이를 두고 맹세하오. 언젠가는 반드시 아카이아 인의 자식들은 모두 내가 있어 주었으면 하고 생각할 때가 올 것이니, 그때는 아무리 애를 써도 당신을 지켜줄 무엇도 찾아 낼 수 없을 것이오. 그리고 아카이아 군 최고의 용사를 소홀히 여긴 것도 후회할 것이오."

아킬레우스는 이렇게 말하고 지팡이를 땅바닥에 내던졌다. 아가멤논도 역시 화를 내고 있었다.

그러자 웅변가 네스토르(Nestor)가 나섰다. 3대째 사람을 다스리고 있는 노장인 그는 모든 사람에게 말했다.

"허어, 이런 슬픈 일이 일어나다니, 이런 사정을 듣기라도 한다면 트로이 인들도 마음속으로 기뻐할 것이다. 자, 내 말을 따르오. 그대는 비록 권위가 더 높다 하더라도 이 사람으로부터 여인을 빼앗으려고 하지 마오. 그리고 펠레우스의 아들이여, 나라의 군주와 맞서 싸우려 하지 마오. 홀(笏, scepter)을 가진 나라의 왕은 제우스가 영예를 내려주신 것이요, 절대로 남이 미치지 못할 존경을 하늘에서 나누어 받고 있기 때문이오. 그래서 그대가 용맹하고 생모가 여신이더라도 이분의 지체는 그 위에 있소. 또 아트레우스의 아들이여, 그대도 분노를 참으시오. 그러면 내가 아킬레우스에게 노여움을 버리도록 사정하겠소. 아무튼 그는 힘든 전쟁에서 모든 아카이아 인들을 지켜주는 울타리이지 않소."

이에 아가멤논 왕이 말했다.

"아, 노인이여, 그대의 말에 일리가 있소. 하지만 이 사나이는 모두를 자기에게 따르게 하고 다스리고 호령하려고 드니 난 그걸 못 참겠소."

그러자 아킬레우스가 말을 가로채며 말했다.

"말도 안 되는 소리 마오. 어쨌든 난 그대의 지시를 받지 않겠소. 또 절대로 그 여인을 위해서 완력으로 싸우지 않을 것이오. 그것은 나에게 준 자가 다시 빼앗아 가기 때문이오. 그러나 내 배에 있는 모든 것들은 내 허락 없이 하나라도 가져가는 건 용서 못 하오. 이것을 어기면 피 터지는 싸움을 보게 될 것이오."

이처럼 두 사람은 다툰 끝에 자리를 박차고 일어났다. 아킬레우스는 군영 쪽에 있는 배로 파트로클로스(Patroclus)와 병사들을 데리고 갔다.

아가멤논은 배를 바다로 끌어내게 하고 그 안에 20명의 선원을 골라 태운 다음 신을 위해서 소 백 마리를 제물로 싣고 아름다운 크리세스를 데려다 앉혔다. 그리고 통솔자로서 오디세우스가 타고 갔다. 그들은 배를 타고 바다로 나왔다. 병사들은 물로 몸을 씻어 부정을 씻고 아폴론 신에게 암소와 산양 제물을 거친 바닷가에서 바쳤다. 그 기름진 고기가 타는 냄새가 하늘로 치솟았다.

그동안 아가멤논과 아킬레우스의 싸움은 그치지 않고 있었다. 그리고 전령 탈티비오스(Talthybius)와 에우리바테스(Eurybates)에게 명령을 내렸다.

"아킬레우스의 막사로 들어가 요령껏 브리세이스를 데리고 오거라. 만일 돌려주지 않는다면 내가 사람들을 끌고 가서 빼앗아 오겠다."

그래서 이들은 아킬레우스의 막사를 찾아갔다. 그런데 마침 막사 앞에서 아킬레우스와 마주쳤다. 그는 무슨 꿍꿍이로 왔는지 이미 알고 있다는 듯이 두 사람에게 말을 건넸다.

"그대들은 제우스의 심부름꾼이며 인간 세계의 소식을 전하는 자들이니 그대들에게 잘못이 있는 건 아니다. 단지 아가멤논이 브리세이스 때문에 보낸 것이지. 그럼 그녀를 데려가도록 해 주어라."

아킬레우스가 이렇게 말하자, 파트로클로스는 브리세이스를 데리고 나와 두 사람에게 건네 주었다.

아킬레우스는 참고 있던 눈물을 흘리며 먼 바다를 바라보았다. 그리고 어머니인 바다의 여신 테티스에게 빌었다.

"어머님, 저를 명이 짧도록 낳으셨지만 명예만큼은 길게 주십시오. 그런데 지금 제우스는 저를 조금도 생각해주시지 않습니다. 아가멤논이 저에게 모욕을 주고 내가 받은 포상을 빼앗아 갔습니다."

이 소리를 듣고 바다 밑에 있던 어머니가 안개처럼 떠올라 아킬레우스 앞에 나타났다.

"아들아, 울지 말고 내가 잘 알아듣도록 차분하게 얘기해 보거라."

그러자 아킬레우스는 탄식을 하면서 말했다.

"아카이아 군은 강력한 에에티온(Eetion; 헥토르의 아내인 안드로마케의 아버지. '무서운 자'라는 뜻이다.)의 성 테베를 함락하고 그 노획물을 자기네 끼리 나누었는데, 아가멤논에게는 아리따운 크리세이스를 주었어요. 한 데 그녀의 아버지가 딸을 찾기 위해 많은 돈을 가지고 군영을 찾았습니 다. 그러자 아가멤논은 화를 내고 사제에게 모욕을 주어 쫓아냈습니다. 그러자 사제는 돌아가는 길에 아폴론 신께 기도했습니다. 아폴론 신이 들어주시고 재앙의 화살을 퍼붓자 병사들이 잇따라 죽어 갔습니다. 그 래서 점쟁이에게 물어보니 아폴론의 노여움으로 밝혀졌습니다. 그래서 저는 신의 마음을 달래야 한다고 말했습니다. 하지만 아가멤논은 화를 내며 저에게 협박을 했습니다. 그리고 그것을 정말 실행하고 있습니다. 사제의 딸을 보내고 신의 제물을 싣고 크리세(Chryse)로 갔습니다. 그 대 신 저의 포상인 브리세이스를 빼앗아 갔습니다. 그러니 어머님께서 저를 감싸 주시려면 올림포스로 가서 부탁해 주세요. 불사의 신들 가운데서 오직 어머님만이 제우스를 위해 모진 욕을 막아 주셨다는 말씀을 들었 습니다. 그것은 올림포스의 신들이 제우스를 잡아 묶으려고 하던 때였지 요. 이때 어머니는 여신의 몸으로 묶여 있는 제우스를 몰래 풀어 주셨지 요. 제우스께서 그때의 일을 기억하도록 하시고 아카이아 군을 바닷가로 몰아넣어버리도록 해달라고 사정해보세요. 그리고 아가멤논이 자신의 잘못을 깨닫고, 또 아카이아 군 최고의 용사를 소홀히 한다는 것도 깨닫 게 해주세요."

아킬레우스와 헤어지는 브리세이스

그러자 테티스는 눈물을 흘리면서 말했다.

"불쌍한 내 아들아, 네 수명은 아주 짧다는 것을 알고 있으면서도 그렇게 불우한 몸으로 아버님의 집에서 태어나야만 했던가. 나는 제우스 신께 말씀드리기 위해 올림포스 산으로 가겠다. 그러나 너도 아가멤논을 원망할지언정 싸움에는 절대 참가하지 말고 기다리고 있거라. 지금 제우스께서는 다른 신들을 데리고 나가 계신다. 12일 후에나 돌아오실 것이니, 그때 제우스께 사정해 보겠다."

여신은 이렇게 말하고 떠났다. 한편 오디세우스는 제물을 배에 싣고 크리세에 도착했다. 그리고 아폴론에게 바칠 제물을 내려놓고 크리세스도 배에서 내렸다. 지혜가 뛰어난 오디세우스는 그녀를 제단 쪽으로 데리고 가서 아버지에게 넘겨주면서 말했다.

"나를 보낸 것은 아가멤논이오. 딸을 그대에게 데려다 주고 또 다나오이 군(the Danaans)을 위해 아폴론에게 제물을 바치고 신의 마음을 달래기 위해서 왔소."

사제는 그리운 딸을 맞이했다. 그리고 제단을 만들고 기원했다.

"궁술의 신이여, 지금껏 제 소원을 들어주셔서 아카이아 군에게 큰 해를 끼쳐 주었습니다. 그러니 다시 한 번 제 소원을 들어주소서. 이번에는 다나오이 군에게서 이 참혹한 역병을 거두어 주소서."

아폴론은 이 소원을 들어주었다.

한편 아킬레우스는 여전히 검은 쾌속선에 앉은 채 속을 태우고 있었다. 그는 투우장에도 전쟁터에도 나가지 않고 가슴만 조이고 있었다.

그날부터 꼭 12일째 아침이 되자, 제우스 신은 다른 신들과 같이 올림포스로 돌아왔다. 그러자 테티스가 바다의 물결을 뚫고 떠올랐다. 여신은 제우스 신 앞에 나아가서 말했다.

"아버지 제우스 신이시여, 당신이 불사의 신들에게 괴롭힘을 당했을 때 제가 도움이 된 적이 있었다면, 이 소원만은 들어주십시오. 제 아들에게 명예를 주십시오. 그 애는 명이 짧은 운명을 타고났습니다. 그런데 지금 아가멤논이 치욕을 주었습니다. 그 애가 받은 포상을 빼앗아 갔습니다. 오직 아버지 신만이 그 치욕을 씻어주실 수 있습니다. 부디 아카이아 군이 제 아들을 소중히 여기고 높은 명예를 줄 때까지 트로이가 승리하도록 해 주십시오."

그러나 제우스는 묵묵히 앉아 있었다. 테티스는 애원하면서 다시 말했다.

"이번만은 확실히 말해 주십시오."

아킬레우스의 명예를 회복시켜 달라고 제우스에게 간청하는 테티스

그러자 제우스는 당황해하면서 말했다.

"그것은 나를 헤라와 싸우도록 부추기는 꼴이 된다. 그녀는 나를 꾸짖을 것이다. 어쨌든 헤라가 눈치채면 안 되니 너도 어서 세상으로 내려가거라. 네 말을 잘 알아들었으니 잘 되도록 한번 해보마."

제우스는 승낙의 표시로 고개를 끄덕였다.

제우스가 궁전으로 돌아가자 헤라는 아까 제우스가 테티스와 얘기하고 있는 것을 이미 보았기 때문에 제우스에게 쏘아댔다.

"당신은 또 누구와 밀담을 하고 계셨지요? 당신은 늘 내가 없는 데서

일을 벌이시네요."

"헤라, 절대로 내 생각을 모두 알려고 해선 안 되오. 내가 여러 신들과 상의없이 결정지으려는 것을 따져서도 안 되오."

"무슨 말씀이세요. 전 여태껏 캐묻거나 알아내려고 한 적이 없어요. 늘 당신 마음대로 하시지 않았습니까! 하지만 이번만은 마음에 걸립니다. 테티스가 당신에게 뭔가를 요구하지 않았나요. 그 여자가 당신 무릎에 매달린 걸 보아. 분명 당신은 뭔가 단단히 약속하고 승낙하신 거예요. 아킬레우스에게 명예를 주고 아카이아 군에 많은 사람을 죽게 하겠다고 하셨나요?"

"별소릴 다 하는군. 그대는 가만히 있게나. 너무 날뛰면 내 마음에서 그대가 멀어지고, 그러면 당신은 더욱 괴로워질 뿐이야."

이 말에 헤라도 겁을 먹고 입을 다물었다. 그러자 헤파이스토스가 어머니 헤라에게 말했다.

"이건 엄청난 사건이 될 것입니다. 두 분이 인간들을 위한 싸움 때문에 신들 간에 분란을 일으킨다면 아무리 훌륭한 대접도 위안이 되지 않을 것입니다. 어머님께도 충고드립니다. 아버지 제우스 신께 잔소리 좀 그만하세요. 번개를 던지시는 아버님께서 올림포스에 올라가 저희들을 이 자리에서 떨어뜨리려고 한다면 그야말로 큰일입니다. 하지만 어머님이 상냥한 말씀으로 인사드리면 아버님도 저희들을 따뜻이 대해 주실 겁니다."

이렇게 말하고 두 귀가 달린 잔을 어머니 손에 건네주고 다시 말했다.

"어머님, 참으세요. 소중한 어머님께서 맞는 것을 이 눈으로 보지 않도록 해주세요. 언젠가 제가 어머님을 도우려다가 아버님이 제 발을 잡고 내동댕이쳤습니다. 그때 저는 하루 종일 하늘을 날아서 마침 해가 질

무렵에야 렘노스(Lemnos) 섬에 떨어졌는데, 그 섬에 사는 신티에스 인들(the Sintians)이 보살펴 주었지요."

헤파이스토스가 이렇게 말하자 헤라는 미소 지으며 아들이 건네는 잔을 받았다. 그리고 헤파이스토스가 다른 신들에게도 차례차례 신주(神酒; nectar)를 따르며 분주히 돌아다니자, 분위기가 바뀌고 축복받은 신들 사이에서 웃음소리가 끊이지 않았다.

제 2 권

제우스의 속내, 함대의 목록

모두가 잠이 들었을 때 제우스만 혼자 잠을 못 이루면서, 아킬레우스의 명예를 회복시켜 주고, 아카이아 인들을 물리칠 수 있는 방도를 찾는 데 골몰했다.

마침내 제우스는 한 가지 묘수를 떠올렸다. 아가멤논에게 재앙을 가져다 줄 악몽을 보내는 것이었다. 그래서 그는 악몽의 신을 불러 명했다.

"악몽이여. 당장 아가멤논의 진지로 달려가 지금이 바로 트로이의 성을 빼앗을 수 있는 절호의 기회라고 일러주거라. 올림포스의 여러 신들이 이제 의견을 모았고, 헤라 여신이 모든 신들을 강제로 납득시켰기 때문에 이제 트로이 군은 곤경에 빠질 것이라고 전해라."

악몽의 신은 곧바로 아가멤논에게 달려갔다. 그가 존경하는 네스토르의 모습을 빌려 잠들어 있는 그에게 거룩한 신의 목소리로 말했다.

"잠자고 있는가? 전군의 생사를 쥐고 있는 그대가 지금 잠을 자고 있다니, 어서 일어나 내 말을 듣거라. 나는 제우스 신의 전령이다. 제우스께서는 '아카이아 군들을 빨리 무장시켜 트로이를 공격하라, 지금이 기회다!'라고 하셨다. 그것은 올림포스의 신들의 의견 대립이 없었기 때문이다."

아가멤논은 잠에서 깨어나 어리석게도 프리아모스의 성을 함락시킬 것으로 굳게 믿었다. 그는 당장 갑옷을 차려입고 아카이아 군들의 선발대로 이동해 군 수뇌부들과 회의를 열었다.

"여러분, 거룩한 꿈이 나를 찾아온 얘기를 들어보시오. 제우스께서는 아카이아 군을 빨리 무장시켜 트로이를 공격하라고 하셨다. 그러니 여러분, 어서 병사를 무장시키시오. 우선 말로 시험해보겠다. 배에 타고 도망쳐 고향으로 돌아가도록 한번 속여 보겠다. 그때 그대들은 온갖 수단을 동원해 군사들을 타일러 붙잡아 달라."

그러자 네스토르가 말했다.

"사랑하는 제군들, 지금 그 꿈을 꾼 사람은 아카이아 군에서 가장 높은 사람인데 어찌 안 믿겠소. 어서 병사들을 무장시키시오."

이리하여 병사들이 줄을 이어 몰려오니 그것은 마치 한데 뭉친 꿀벌 떼가 바위구멍 속에서 끊임없이 쏟아져 나오는 것 같았다. 드디어 군사들이 모두 모이자 아가멤논 왕은 신의 홀을 들고 일어섰다.

"사랑하는 용사들이여, 제우스 신이 나를 미궁에 빠뜨리셨다. 전에는 일리오스를 함락시키고 나서 귀국시키겠노라고 분명히 약속하셨다. 이번에는 거짓으로 나에게 명령하시는 것이다. 정말 제우스 신이야말로 수많은 성들을 부수었고 앞으로도 함락시키리라. 그처럼 훌륭한 아카이아 군 병사들이 끝나지도 않을 싸움을 헛되이 계속해 왔고, 그것이 언제 끝날지 전혀 모른다는 것은 후세에 부끄러운 일이다. 내 생각에는 아카

아가멤논에게 악몽을 보내는 제우스

이아 군은 이 성안에 살고 있는 트로이 인들보다 훨씬 많다. 그런데 그들
을 도우러 여러 마을에서 창을 휘두르고 병사들이 몰려오기 때문에 나
는 명승지의 성을 함락시키지 못하고 있다. 그동안 '9년이라는 제우스 신
의 세월'(Nine of Jove's years)이 지나갔다. 그동안 선체는 썩고 밧줄도 늘
어나버렸다. 우리의 고향에는 아내와 자식들이 기다리다 지쳐 있을 것이
다. 그리고 우리의 목적은 전혀 이루어지고 있지 않다. 그러니 이제 배를
타고 그리운 고향으로 돌아가자."

앞서 술책을 전혀 모르고 있는 병사들은 마음속에 애틋한 생각을 품게 되었고, 병사들은 술렁이기 시작했다. 그리하여 고함을 지르고 배를 향해 달려가는 병사들의 발밑에는 흙먼지가 높게 일었다.

이리하여 아르고스 군은 천 명을 데리고 귀국할 뻔했다. 이때 마침 헤라가 아테나에게 이렇게 말했다.

"아이기스(Aegis; 이지스, 산양 가죽으로 된 방패)를 지닌 제우스의 딸인 아테나여, 아르고스 군이 정말 그리운 고향으로 도망쳐 가는 것일까? 프리아모스 왕과 트로이 인들이 거드름을 피우도록 헬레네를 두고 갈까? 그 여자 때문에 트로이에서 아카이아 인들이 얼마나 죽었는데. 자, 어서 아카이아 군 속에 들어가 그대의 부드러운 말로 병사들을 붙잡아 놓으세요."

지혜의 여신 아테나는 이 말이 떨어지자, 올림포스 산에서 내려와 순식간에 아카이아 군의 쾌속선이 있는 곳에 도달했다. 그리고 오디세우스가 서 있는 것을 발견한 아테나가 그에게 말했다.

"계략이 뛰어난 오디세우스여, 왜 이렇게 하십니까? 프리아모스 왕과 트로이 인들이 거드름을 피우도록 헬레네를 두고 가나요? 그 여자 때문에 얼마나 많은 아카이아 병사들이 죽어 갔습니까. 곧바로 아카이아 병사들 속으로 들어가 타일러요. 양끝이 위로 굽어 올라간 배들을 바다로 끌어 내리게 해서도 안 돼요."

오디세우스는 곧 아가멤논으로부터 홀을 건네받아 그것을 들고 아카이아 군 맨 앞으로 갔다. 그리고 훌륭한 솜씨로 이렇게 말했다.

"비겁한 사람처럼 도대체 무슨 짓인가. 우선 마음을 안정시키고 병사들을 진정시켜라. 그대는 아가멤논의 본심을 모르고 있다. 지금 그대들의 마음을 떠보고 있는 것이다."

이때 어느 병사가 큰 소리로 아우성치고 있는 것을 보자 오디세우스는 그 병사를 홀로 때리면서 말했다.

"이보게, 잠자코 있어. 지금 너보다 잘난 사람이 말하고 있지 않나."

그는 이렇게 해서 혼란을 수습했다. 대부분의 병사들은 각자 제자리를 찾아갔으나 테르시테스(Thersites)만은 여전히 떠들어댔다. 그리고 아가멤논을 나무라며 말했다.

"아트레우스의 아들이여, 이번에는 무엇이 불만이고 무엇이 탐납니까. 그대의 막사에는 청동으로 차 있으며 여자들도 많습니다. 그들은 우리가 도성을 함락시킬 때마다 그대에게 바쳐 온 전리품들이지요. 그런데도 모자라 황금이 탐납니까. 아니면 젊은 여자를 원합니까? 장수로서 아카이아의 자식을 재난 속으로 끌어들여서는 안 되지요. 이제 고향으로 배를 돌립시다. 그리고 이분은 여기 트로이에 놓아두고 갑시다. 마음대로 포상을 가지도록, 또 언젠가는 깨닫도록 말입니다. 이분은 지금도 자신보다 뛰어난 용사 아킬레우스를 모욕하고 있소. 그런데 아킬레우스는 전혀 화를 내지 않고 있지요. 만일 화를 낸다면 그대는 남을 해치는 일도 이것이 마지막일 것이오."

이처럼 테르시테스가 아가멤논을 욕하고 있자 오디세우스가 다가와서 그에게 호통을 쳤다.

"테르시테스, 넌 잔소리꾼이야. 잠자코 썩 꺼져. 혼자서 여러 왕들과 싸운다고 생각하진 말라! 너에게 말하는데, 너보다 더 망측한 인간은 없을 것이다. 그러니 이젠 절대로 윗사람을 비방하지 말라. 도대체 우리도 이 일이 어떻게 될지 잘 모른다. 우리가 무사히 귀국할 수 있을지, 곤란을 당할지 모른다. 그런데 너는 아가멤논을 비방하고 있잖아. 다시 지금처럼 어리석은 짓을 하면 용서하지 않을 것이다. 그리고 네가 매를 맞고 수치스럽게 울면 배가 있는 데로 쫓아버릴 거다."

이렇게 말하고 지팡이로 테르시테스의 등과 어깨를 후려갈겼다. 그의 몸에서 피가 흘러내렸다. 그는 기가 죽어 주저앉아 아픔을 꾹 참고 얼빠진 얼굴로 눈물을 훔쳤다. 주위에 있는 병사들도 모두 안타깝게 여겼지만, 가까이 있는 자들과 눈짓을 하면서 말했다.

"오디세우스는 훌륭한 일을 하셨다. 언제나 기발한 계획을 세우고 전투태세를 갖추고 있지. 이제는 왕들을 욕하는 일은 없을 거야."

오디세우스가 홀을 들고 일어서니 그 곁에 지혜의 여신 아테나가 전령의 모습을 빌려 병사들에게 조용히 하라고 호령했다. 그래서 오디세우스가 일어나 말했다.

"아트레우스의 아들인 아가멤논 왕이여, 아카이아 군은 그대를 모든 사람들로부터 비난받을 만한 사람으로 만들어 왔다. 그리고 아르고스에서 이곳으로 출발하려고 할 때 맹세했던 약속도 실행할 뜻이 없다. 난공불락(難攻不落)의 일리온을 함락시키고 돌아가자고 한 약속을 잊은 모양이다. 그래서 모두가 고향으로 돌아가고 싶어 울며 슬퍼했다. 그것은 이해할 수 있다. 하지만 우리가 이곳에 머문 지 벌써 9년째이다. 그러니 나로서도 불평을 털어놓았다고 해서 결코 흉이 있다고는 생각지 않는다. 하지만 이토록 오래 있으면서 빈손으로 돌아간다는 건 부끄러운 일이다. 참으라, 그대들이여, 조금만 더 기다려라. 칼카스의 예언을 가슴속에 새기고 참아야 한다. 칼카스가 알리기를 '어찌 그대들은 말을 잃어버리려는가. 상당히 늦겠지만 그 명성은 결코 멸망하지 않을 것이다. 10년째에는 이미 큰 길이 난 성을 함락시킬 수 있을 것이다.' 칼카스는 이렇게 신탁을 풀었다. 그러니 자, 우리 모두 이곳에 머물도록 하자. 위대한 아카이아 인들이여, 프리아모스 왕의 도시를 빼앗을 때까지 싸우자."

그러자 우렁찬 함성이 울려 퍼졌다. 오디세우스의 말에 모두 찬성하자 게렌(Gerene)의 기사 네스토르가 말했다.

"말로만 이러쿵저러쿵하는가? 자신들의 할 일을 잊고 애들처럼 외치면 뭘 하나? 도대체 어떻게 하겠다는 건가? 전에 우리들과의 약속은 불 속에 던져 버리는 게 나을 것이다. 오랫동안 이곳에 있었으면서도 헛된 말다툼만 벌이고 결국 어떤 방책도 제대로 찾아내지 못했으니까 말이다. 아트레우스의 아들이여, 제발 의연한 자세로 아르고스 군을 이끌어 격렬한 싸움이 끝날 때까지 지휘봉을 잡으시오. 확실히 산양가죽의 방패(아이기스)를 가지신 제우스 신께서 하신 약속이 진실인지 아닌지 알기 전까지 말이오. 우리 아르고스 군이 트로이 사람들에게 살육과 죽음의 운명을 가져다주려 출항했던 그날의 위광(威光)은 제우스 신이 승낙하신 표정이라 믿소. 제우스 신께서는 오른쪽으로 번갯불을 번뜩이게 하여 길조를 나타내셨소. 그렇기 때문에 누구든지 집으로 돌아가려고 서둘러서는 안 되오. 트로이 인의 아내를 빼앗아 그들을 완전히 차지하게 되기 전에는, 또 헬레네를 트로이에 빼앗겼다는 것에 대한 분노는 실컷 앙갚음하기 전에는 돌아가려고 해서는 안 되오. 그리고 왕이여, 스스로 잘 판단하고 남의 말에도 귀를 기울이시오. 무사들은 그 부족, 씨족별로 나누시오. 씨족끼리 도울 수 있고 부족끼리 도울 수 있도록 말이오. 그러면 지휘관과 병사들 가운데서 누가 비겁하고 누가 용감한지 금방 가려낼 수 있을 것이오. 그러면 이 성을 함락 못 할 경우라도 그것이 신탁에 의한 것인지, 병사들의 전투력이 약해서인지 그 이유를 알게 될 것이오."

이에 아가멤논이 대답했다.

"노인이여, 그대의 웅변은 훌륭하오. 제우스 아버지 신도 아테나도 아폴론 신도 들어주십시오. 이처럼 내 뜻을 받아주는 사람이 열 사람만 있다면 무엇이 두렵겠소. 그러면 프리아모스 왕의 성도 이미 함락시켰을 것이오. 하지만 제우스 신께서 주신 것은 고통과 괴로움뿐이었소. 얼마 전에도 난 아킬레우스와 여자 때문에 말다툼을 했소. 내가 먼저 화를 냈소. 하지만 우리가 마음을 한데 모은다면 트로이 인들에게 재앙을 가져다 줄 것이오. 자, 그럼 모두 식사를 하러 갑시다. 그리고 곧 전쟁을 준비하시오. 전쟁터를 버리고 뱃전에서 머뭇거리는 자들은 모두 들개나 독수리의 밥이 될 것이오."

그러자 아르고스 군은 함성을 질렀다. 그리고 군영마다 불을 피우고 점심을 먹었다. 또 저마다 격렬한 전쟁에서 죽음을 모면하게 해달라고 신에게 기도를 했다.

아가멤논은 제우스 신에게 소 한 마리를 제물로 바쳤다. 그리고 장로와 장수들을 차례로 불렀다. 먼저 네스토르와 크레타의 이도메네우스 왕(Idomeneus)을, 이어서 두 아이아스와 티데우스의 아들 디오메데스(Diomedes)를, 그리고 오디세우스를 불렀다. 스스로 자진해서 찾아온 이는 메넬라오스였다 그는 자기 형이 속으로 얼마나 다급해하고 있는지를 잘 알고 있었기 때문이었다. 아가멤논 왕은 모든 사람을 대표하여 기도했다.

"영광이 있으시라, 제우스 신이여. 프리아모스 궁의 시꺼멓게 그을린 대들보를 거꾸로 뒤집어엎어 타오르는 불로 성문을 태워버리고 헥토르의 갑옷을 청동 칼로 갈가리 찢을 때까지, 또 헥토르의 시신을 둘러싸고 그 전우들이 흙먼지 속에 엎어져 흙을 입 안에 물 때까지 제발 해가 지거나 어둠이 덮치게 하지 마소서."

기도가 끝나고 모든 의식을 마치자 모두 만족스럽게 아침식사를 시작했다. 이때 모든 사람에게 네스토르가 말했다.

"이제 더 이상 여기서 시간을 허비하지 맙시다. 자, 전령들에게 일러 청동 갑옷을 입은 아카이아 군 병사들에게 명령을 내려 한 사람도 남기지 말고 집합시킵시다. 서둘러 전투를 벌입시다."

아가멤논도 이에 찬성하고 진군 명령을 내렸다. 그리고 지혜의 여신 아테나는 고귀한 산양가죽 방패를 들고 병사들 사이를 누비며 병사들에게 용기를 북돋아주고, 전쟁을 계속하도록 부추겼다.

마침내 광활한 숲을 태우는 매서운 불꽃처럼 몰려오는 병사들이 들고 있는 청동제 병기가 찬란히 빛나 하늘 높이 닿았다. 그리고 대지를 밟는 발소리가 지축을 흔들었다. 아가멤논 왕의 면모와 머리 모양은 번갯불을 번쩍이는 제우스를 닮았고, 허리는 아테나를, 가슴은 포세이돈을 닮았으며, 소 떼에서도 뛰어난 황소가 눈에 띄듯이 이내 알아볼 수 있었다. 이날 제우스는 아가멤논을 뛰어난 영웅들 가운데에서도 더욱 두드러지게 해 주었다.

올림포스 궁전에 계시는 뮤즈의 신들이여. 이번에는 말해 주십시오. 당신들은 모든 일을 알고 계십니다. 그런데 어느 장수가 다나오이 군을 이끌고 갔는지도 풍문으로만 들었을 뿐 아무도 모르고 있습니다.

이처럼 많은 사람들의 이름은 비록 나에게 열 개의 입과 혀가 있더라도, 또 목소리가 아무리 웅장하고 심장이 청동같이 강하더라도 제우스의 딸들이 일리오스 성 밑에 온 병사들을 일일이 모두 일러 주시지 않는다면 그 많은 사람들의 이름을 댈 수도 없기 때문입니다. 그러면 먼저 선단(船團)의 장수들과 선단의 이름을 모두 말하겠습니다.

보이오티아(Boeotia; 코린토스 만 동북쪽 지방)의 군사는 페넬레오스(Peneleos), 레이토스, 알세실라오스, 푸로피놀, 클로니오스가 이끌었다. 포키스(Phokis; 코린토스 만 북쪽 해안에 있는 지방) 군에는 이피토스

호메로스가 생각한 신의 반열. 맨 위가 제우스

(Iphitus)와 그의 아들 스케디오스(Schedius)가 있다. 또 로크리스(Locris; 그리스 중부 지방. 도리스와 포키스에 의하여 동서로 분단되어 있다.) 군 지휘자는 오일레우스의 아들 날렵한 소(小)아이아스였다.

또 에우보이아(Euboea) 섬을 차지하고 기세를 올리고 있는 아반테스(Abantes)들은 칼카스, 아이레트리아, 포도 산지인 히스티아이아, 바다에 접한 케린토스와 디오스의 험준한 성에 자리잡고, 카리스토스를 영유하며 스타라에 살고 있다. 이들을 이끄는 자는 아레스의 친구로 칼코돈(Chalcodon)의 아들이며 용맹스런 아반테스들의 왕 엘레페노르(Elephenor; 40척의 선단을 지휘하며 용감하게 싸웠으나, 전투 중에 트로이의 장로 안테노르의 아들 아게노르(Agenor)에게 죽는다.)였다. 그들은 뒤쪽만 머리칼을 길게 기른 창의 명수로 물푸레나무의 창을 내밀어 적의 가슴에 찌를 기세로 분기탱천하고 있었다.

또 아테나이(아테네) 사람들도 있다. 그곳은 거룩한 에렉테우스(Erechtheus; 아테나이의 왕)의 고향인데 헤파이스토스와 땅의 여신 가이아의 아들인 그도 옛날 아테나 여신이 양육했다. 그래서 아테나이의 젊은이들은 해마다 수소와 새끼 양을 여신에게 제물로 바치는 것이 관습이었다. 또 아반테스들을 이끄는 자는 페테오스의 아들인 메네스데우스(Menestheus; 아테나이 제 15대 왕)였는데 전차와 방패를 가진 무사들을 훈련시키는 데에는 그와 견줄 사람이 없었다. 오직 네스토르만은 나이가 많긴 하지만 유일한 경쟁 상대였다. 그들은 50척의 검은 배를 이끌고 왔다. 또 아이아스는 살라미스 섬에서 12척의 배를 이끌고 와, 아테나이 인의 선단이 진을 치고 있는 데서 대기했다.

그리고 외침소리도 용맹한 디오메데스(Diomedes; 트로이 전쟁에서 활약한 영웅으로 아이아스, 아킬레우스와 함께 그리스 군 최강의 무인으로 손꼽혔으며, 아킬레우스가 없을 때 그에 필적하는 활약을 한다.)와 스테넬로스 (Sthenelus)로, 이 사람들은 세상에 이름을 날리고 있는 카파네우스의 아들이었는데, 이들에 이어 세 번째로 에우리알로스(Euryalus)가 가담했다. 그는 탈라오스의 후예인 메키스테우스(Mecisteus)의 아들로 신 못지않은 용사였다. 이들의 지휘관은 디오메데스로, 80척의 검은 배가 그를 뒤따랐다.

또 아가멤논은 많은 병사를 이끌고 100척의 배를 지휘했다. 자신은 청동 갑옷을 입고 의기양양했으며, 모든 영웅들 중에서 가장 출중한 뛰어난 풍채를 자랑하고 가장 많은 병사들을 거느리고 있었다.

아가멤논의 아우이며 용맹한 메넬라오스(Menelaus)도 많은 병사를 거느리고 60척의 배를 이끌고 멀리 떨어진 곳에서 전투 준비를 하고 있었다. 그는 병사들을 독려하면서 헬레네의 도주로 인한 슬픔과 복수심 때문에 몹시 서두르고 있었다.

또 게렌의 기사 네스토르도 많은 병사를 이끌고 90척의 쾌속선들을 이끌고 전열에 나섰다.

또 앙카이오스의 아들 아가페노르(Agapenor; 아카르디아 군의 지도자. 또한 트로이 목마에 타고 있었던 용사 중에 한 사람이다.)도 많은 병사를 이끌고 60척의 선대를 지휘했다. 이 배에는 전술에 능한 아르카디에의 병사들이 타고 있었다. 아가멤논은 포도주 빛 바다를 건너가도록 일부러 그들에게 노 젓는 자리가 쾌적한 배를 주었는데, 그들이 원래 바다에는 서툰 자들이었기 때문이었다. 그리고 네 사람의 장수에게 많은 병사를 거느리게 하고 그들에게 각각 10척의 쾌속선을 주었다. 그곳에는 에페이오이 인들이 타고 있었다. 앞 두 선단은 각각 크테아토스와 에우리토스의 아들인 암피마코스(Amphimachus)와 탈피오스(Thalpius)가 이끌었다. 또 다른 선단은 아마랑케우스의 아들로 굳세고 용맹한 디오레스(Diores)가 이끌고 있고, 제4선단은 아우게이아스의 손자이자 아가스데네스 왕의 아들 폴틱세이노스가 인솔했다.

또 많은 병사를 이끄는 아레스와도 필적할 만한 인물로, 제우스가 사랑하는 기사 필레우스의 아들 메게스(Meges)도 있었다. 필레우스는 자신의 아버지 아우게이아스의 소행에 화를 내고 둘리키온으로 가서 살았다. 그를 따라온 배는 40척이었다.

그리고 오디세우스도 많은 병사를 이끌고 이물 쪽에 붉은 칠을 한 12척의 배들을 지휘했다.

또 오이네우스의 사위 안드라이몬의 아들 토아스는 아이톨로이 인들을 이끌고 왔는데, 40척의 검은 배를 따르게 했다.

그 밖에 크레타 인을 인솔한 창의 명수 이도메네우스(Idomeneus)와 에니알리오스에게는 80척의 검은 배가 따랐다. 또 틀레폴레모스(Tlepolemus)가 로도스 섬에서 3척의 배를 이끌고 왔다. 그리고 또 쉬메 섬에서 아글라이에와 카로포스 왕 사이에 태어난 아들 니레우스(Nilreus)가 3척의 균형 잡힌 배를 이끌고 왔다. 또 니리스 섬을 비롯하여 여러 섬사람을 이끌고 온 것은 헤라클레스의 손자이자 데살로스의 두 아들 페이디포스(Pheidippus)와 안디포스(Antiphus)였다. 그들 지휘 아래 가운데가 깊숙이 패인 30척의 쾌속선들이 대열에 섰다.

그리고 또 아르고스의 주민, 트레키스 인들이 타고 온 배 50척의 지휘자는 아킬레우스였다. 그들은 전열을 이끌고 갈 사람이 없었기 때문에 진저리나는 전투에는 뜻이 없었다. 아킬레우스는 브리세이스 때문에 화가 나서 막사에 누운 채로 꼼짝 않고 있었다. 그녀는 그가 리르네소스에서 고생을 거듭한 끝에 포상으로 얻은 여인이다. 리르네소스를 함락시켜 테베의 성벽을 뚫었을 때 창을 잘 쓰는 미네스와 에피스트로포스와 셀레피오스의 아들인 에우노스 왕의 두 아들을 무찌른 뒤 얻은 것이다. 그는 이 여인을 아가멤논에게 빼앗겨 괴로워서 누워 있었지만 이내 자리에서 일어나야만 했다.

그리고 또 데메테르 신전이 있는 피라소스의 주민들과 프테레오스의 주민들을 정비시키고 있는 것은 아레스의 친구 포다르케스(Podarces)라는 필라코스의 아들로, 이피클로스의 아들 프로테실라오스(Protesilaus)의 동생이었다. 그러나 프로테실라오스가 나이도 많고 무용에 뛰어났으므로, 병사들은 지휘관에게 불만은 없었으나 돌아간 용감했던 장수들을 생각하며 슬퍼하고 있었다. 이 사람들에게는 배 40척을 따르게 했다.

또 페라 시의 사람들, 이아올코스 사람들의 11척의 배를 이끌고 온 것은 아드메토스의 사랑하는 아들인 에우멜로스(Eumelos)인데, 그는 아드메토스와 인품이 뛰어난 알케스티스가 낳은 아들이었다.

그리고 다우마키에의 사람들과 멜리보이아의 사람들을 이끌고, 궁사 필로크테테스(Philoctetes; 헤라클레스에게서 활과 화살을 얻었다.)가 7척의 배를 이끌고 왔다.

또 트릭케 사람들과 오이칼리에 사람들을 아스클레피오스의 두 아들이 이끌고 왔는데 그들은 의술이 뛰어난 포달레이리오스와 마카온이었다. 이 두 사람에게는 30척의 배가 따랐다.

그다음은 오르메니오스 사람들과 또 히페레이아의 샘 혹은 아스테리온과 티타노스의 반짝이는 하얀 산봉우리에 사는 사람들을 이끌고 에우아이몬의 아들 에우리필로스(Eurypylus)가 40척의 배를 이끌고 왔다.

그다음은 아르기사, 기르토네, 오르데, 엘로네, 하얀 흙의 도시 올로오손 등에 사는 사람들을 이끌고 온 자는 전사 폴리포이테스(Polypoetes)

로, 그는 제우스가 낳은 페이리토오스와 히포다메이아 사이의 아들이다. 폴리포이테스는 혼자가 아니라 아레스의 친구 레온테우스(Leonteus)와 함께 참전했다. 이 두 사람은 40척의 배를 이끌고 왔다.

또 아이니아이아 인들의 지도자 구네우스(Guneus)는 테살리아의 키포스에서 22척의 배를 이끌고 왔고, 또 마그네테스 인들을 데리고 온 텐드레돈의 아들 프로도스에게는 40척의 배가 따랐다.

지금까지가 다나오이 군의 장수들이다. 이 중에서 누가 뛰어난 용사인지 뮤즈 신들이여 말해 주소서. 말 중에서는 페레스 왕의 후예가 거느린 두 필의 말이 우수하다, 발이 빠른 이 말은 에우멜로스만이 새처럼 몰 수 있었다, 두 말이 다 수컷이었으며 아레스의 위엄을 태우고 가는 것 같았다, 또한 무사들 가운데 유달리 뛰어난 자는 아이아스였다, 하지만 아킬레우스가 화가 나서 출전하지 않았기에 그랬다, 아킬레우스가 아이아스보다 뛰어나다 등의 말을 해주소서. 그런데 지금 아킬레우는 통솔자 아가멤논에게 원한을 품고 있으며, 그 병졸들은 바닷가에서 원반던지기나 활쏘기로 시간을 때우고 있다. 말들도 저마다 끄는 전차 옆에서 쉬고 있었고, 그 전차들은 각 병사들의 진영에 덮개가 씌워진 채 방치되어 있다. 그래서 병사들은 무신 아레스가 사랑하는 그들의 장수가 나오지 않음을 유감스럽게 생각하면서도 진중 여기저기를 어슬렁거릴 뿐 전투에는 전혀 나설 생각을 하지 않았다.

그런데 병사들이 쏟아져 나가는 광경은 대지가 온통 불에 덮인 듯 장관을 이루어, 그들의 발밑에서 나는 대지의 신음소리는 마치 그 옛날 티포에우스(Typhoeus; '티폰'이라고도 불리며 100개의 용 머리를 가진 무시무시한 괴물. 화산의 정령.) 때문에 제우스가 화가나 번갯불을 내던지는 대신 아리마 족의 땅에서 채찍을 내리치던 때와 같았다. 이곳은 티포에우스의 주거지로 알려져 있다.

그런데 트로이 편에서는 전령으로서 바람의 발을 가진 날랜 무지개의 여신 이리스(Iris)가 제우스로부터 고뇌에 찬 명령을 가지고 찾아왔다.

마침 사람들이 프리아모스 왕의 진영에서 회의 중이었다. 그 회의장 근처에 발을 멈춘 이리스는 프리아모스의 아들 폴리테스(Polites)로 변신하여 말했다. 이 폴리테스는 발이 빨라 트로이 군의 파수꾼으로 활약했는데, 아이시에테스의 묘지 꼭대기에 앉아 아카이아 군의 선발대가 언제 나오는지를 기다리고 있는데, 그 모습을 보고 전령의 여신 이리스가 말했다.

"지금 피할 수 없는 싸움이 일어나고 있습니다. 여태껏 못 본 나뭇잎만큼, 또 바닷가의 모래알만큼 수많은 병사들이 들판을 가로질러 이곳으로 몰려오고 있습니다. 헥토르여, 그대에게 부탁하노니 이렇게 해 주시오. 우리 성에는 각지에서 몰려든 동맹군들이 엄청나고, 광대한 지역에 걸쳐 흩어져 있는 여러 나라 사람들이 많소. 말도 서로 다르니 각기 휘하의 부족을 다스리도록 하여 제 나라의 백성을 정렬시킨 다음 전투태세를 갖추도록 하라고 이르시오."

헥토르는 여신의 말을 알아듣고 즉시 회의를 해산시켰고, 모든 사람들은 무기를 가지러 달려갔다. 성문이 열리고 병사들이 밀려 나가는 광경은 그야말로 장관이었다.

그런데 성문 앞 벌판에 큰 길에서 멀리 떨어져 있는 곳에 언덕이 있었다. 이 언덕을 사람들은 '가시덤불의 언덕'이라고 불러 왔다. 하지만 불사신들은 '종횡무진하는 미리나의 부모'라고 부르고 있었다. 이곳에 트로이 군과 동맹을 맺은 여러 군대가 진을 쳤다. 트로이 인들의 지휘는 헥토르가 맡았다.

또 다르다노이 군(The Dardanians)을 이끌고 있는 자는 아프로디테와 앙키세스의 아들인 용감한 아이네이아스(Aeneas)이다. 그런데 그는 혼자가 아니라 옆에 전투에 숙달된 아르케로코스(Archilochus)와 아카마스(Acamas)가 있었다. 이들은 안테노르(Antenor; 트로이 원로. 헬레네를 아카이아로 보내도록 주장한 사람)의 두 아들이었다.

또 아드레스테이아 인들을 이끄는 사람은 아드레스토스(Adrestus)와 암피오스(Amphius)인데, 이들은 페르코테의 왕 메롭스(Merops)의 아들들이다.

그리고 페르코테와 프락티오스, 세스토스와 아비도스 인들은 히르타코스의 아들 아시오스(Asius)가 이끌었는데 그는 준마를 타고 왔다.

또 창의 명수 히포도스(Hippothous)는 펠라스고이 부족을 이끌고 왔다. 또 트라키아 군을 이끌고 온 사람은 아카마스(Acama)와 페이로스(Peirous)였다. 또 트로이제노스의 아들 에우페모스(Euphemus)는 창을 잘 쓰는 키코네스 족을 이끌고 왔다. 그리고 또 피라이크메스(Pyraechmes)는 활에 능숙한 파이오네스 족을 이끌고 왔다.

또 파프라고니아 주민을 이끌고 온 사람은 쓸개에 털이 난 사나이 필라이메네스(Pylaemanes)였으며, 할리조네스 부족을 이끌고 온 사람은 오디오스(Odius)와 에피스트로포스(Epistrophus)였다. 그리고 아스카니오스(Ascanius)는 머나 먼 아스카니아에서 전투에 참여하려고 프리기아 족을 이끌고 왔다.

또 메스틀레스(Mesthles)와 안티포스(Antiphus)는 메오네스 족(the Meonians)을 이끌고 왔다. 나스테스(Nastes)는 낯선 언어를 쓰는 카리아 인을 데리고 왔다. 또 사르페돈(Sarpedon)과 글라우코스(Glaucus; 히폴로코스Hippolochus의 아들)는 리키에 군의 통솔자로서 저 멀리서부터 리키에 인을 이끌고 크산토스(Xanthos) 강을 건너왔다.

'고대 그리스'라고 적힌 지도

제 3 권

맹약, 파리스와 메넬라오스의 대결

이리하여 양군이 서로 접근했을 때 트로이 군의 선발에 나선 자는 파리스(Paris)였다. 그는 아르고스 군의 장수가 누구든지 간에 맞서 혼신을 다해 싸우라고 외쳤다.

파리스가 힘차게 앞장서 나오는 모습을 보고 메넬라오스는 기뻐하고 있었다. 그는 전차에서 병기를 가지고 뛰어내렸다. 그런데 파리스는 선두에 선 메넬라오스를 보자 덜컥 겁이 나서 병사들 속으로 달아났다. 그러자 병사들도 물러서 버렸다. 이것을 본 헥토르가 말했다.

"괘씸한 파리스, 충심은 있으나 여자에게 미친 놈. 정말 너 같은 놈은 태어나지 말았어야 했고, 결혼도 못 하고 죽어버렸어야 하는데. 아카이아 군 병사들이 얼마나 통쾌하게 웃었겠나. 바로 그런 놈이 바다를 건너가 아름다운 여자를 데리고 왔구나. 자, 이번에는 네가 기다려 보는 것이 어떠냐, 메넬라오스를. 그러면 반드시 한 사나이의 아름다운 아내를 왜 빼앗아 왔는지 이해가 가겠다. 그런데 트로이 사람들은 흐리멍덩하다. 그렇지 않았더라면 이미 이런 커다란 화를 저지른 죄로 네 몸에 돌 옷(돌을 던져 죽인다는 말)이 입혀졌을 텐데."

이 말에 파리스가 말했다.

"형님의 질책은 마땅하지만 제발 아프로디테의 고마운 선물에 대해선 말하지 마시오. 내가 무기를 들고 싸움에 나서기를 바란다면 다른 트로이 군과 아카이아 군 모두를 땅에 앉히고 나와 메넬라오스를 한가운데에 대치시켜 헬레네와 재화 전부를 걸고 결투하게 해 주시오. 둘 중 한 사람이 승리하여 위대한 사람임을 밝힌 뒤 그 여자랑 모든 재화를 차지하도록 말이오. 그러면 다른 사람들도 화해를 하고 맹약을 한 뒤 고향으로 돌아갈 겁니다."

이 말을 들은 헥토르는 크게 기뻐하며 트로이 군의 중앙을 뚫고 들어가 창 한가운데를 잡고서 그 대열의 소요를 가라앉혔다.

모든 사람이 자리에 앉자 아카이아 군이 그들에게 활을 쏘려고 했다. 이때 아가멤논이 큰 소리로 외쳤다.

"멈춰라, 지금 헥토르가 무슨 말을 하고 있다."

이 말을 듣고 모두 전투태세를 풀자 주위가 잠잠해졌다. 그러자 헥토르가 양군 사이에 서서 말했다.

"잘 들어라, 싸움을 일으킨 장본인 파리스의 말을 잘 들어라. 모두 무기를 땅에 내려놓아라. 그러면 그와 메넬라오스 둘이서 우리들 한가운데서 헬레네와 재화 전부를 걸고 결투하기를 바란다고 한다. 어느 쪽이건 승리한 자가 이 모두를 차지하는 것이다. 그런 후에 우린 화해를 하고 곧 맹약을 하기로 하자."

이에 메넬라오스가 말했다.

"그럼 내 말을 들어라. 벌써 오래전부터 싸움을 그만두어도 좋다고 생각하고 있었다. 그러니 우리 두 사람 가운데 죽음의 운명이 기다리고 있는 쪽이 죽으면 그만이다. 다른 사람들은 모두 싸움을 그만두고 돌아가 주기 바란다. 그러니 흰 양 한 마리와 검은 양 암컷을 가져오너라. 대지와 태양에게 바쳐야 한다. 제우스 신께는 우리 쪽에서 다른 것을 가지고 가겠다. 그리고 왕 자신의 맹약을 굳게 지키기 위해 프리아모스 왕도 모셔 오거라."

이렇게 말하니 양군 병사들은 이제 전쟁이 끝나기라도 한 것처럼 환성을 질렀다.

헥토르가 성 안으로 전령을 보내어 양을 가져오게 하고 또 프리아모스 왕도 오시도록 했다. 한편 아가멤논 왕도 전령 탈티비오스를 시켜 새끼 양을 가져오도록 했다.

한편 무지개 전령의 여신 이리스는 안테노르의 며느리 모습을 빌려 헬레네에게 심부름꾼으로 갔다. 헬레네는 마침 커다란 베틀을 돌리고 있었는데 두 폭의 자줏빛 천에 전쟁의 모습을 수놓고 있었다. 이리스 여신이 그녀에게 말했다.

"사랑하는 동생이여, 알 수 없는 일들을 보는 것 같다네. 지금까지는 말을 길들이는 트로이 군과 청동 갑옷을 입은 아카이아 군이 서로 맞서 싸움을 벌이려 하고 있었지. 들판에서 저주스러운 싸움만을 생각하고 있었는데 어찌 된 영문인지 지금은 잠잠해졌다오. 그러고는 파리스와 메넬라오스가 긴 창을 들고 당신을 두고 결투를 한다는 거예요. 그래서 이기는 자가 당신을 아내로 맞을 거라네."

그러자 헬레네는 눈물을 흘리면서 뛰쳐나갔다. 그런데 이때 프리아모스 왕이 장로들과 함께 성문 위에 자리하고 있었다. 장로들은 헬레네가 성문 쪽으로 달려오는 것을 보고는 조용히 말했다.

"트로이 인들과 아카이아 인들이 저 여인 때문에 그토록 오랫동안 고난을 겪어 온 것이 돼먹지 않은 일이라고만 말할 수도 없구나. 어쩌면 저토록 불사의 여신들과 닮았을까. 그렇더라도 그녀를 배에 태워 돌려보내는 것이 나을 거야."

이렇게 말하는데 프리아모스가 헬레네를 큰 소리로 부르면서 말했다.

"이리 오너라, 전남편이며 시아주버니며 친구들을 바라볼 수 있도록 내 앞에 앉아라. 네 잘못이 아니다. 신들이 나에게 아카이아 군과 비참한 싸움을 하도록 시킨 것이다. 그런데 저기 보이는 키 큰 무사는 누구냐? 아마 왕이 아닌가 싶은데?"

그러자 헬레네가 대답했다.

"아버님, 황송하옵니다. 처음 아드님을 따라 이곳에 왔을 때, 정말 제가 죽었어야 했는데 뜻대로 되지 않았습니다. 그러면 지금 저에게 물으신 것을 대답해드리겠습니다. 저분은 아가멤논 왕으로 저에게는 시아주버님이 되십니다."

이렇게 말하자 늙은 왕이 말했다.

"아, 행복한 아트레우스 집안의 아들이군. 그의 위광 밑에서 따르는 아카이아 젊은이들이 많으리라. 그럼 저자는 누구인가? 아가멤논보다는 작아 보이지만 아주 훌륭해 보이는구나."

"저 사람은 오디세우스라고 하며 책략과 전술에 뛰어난 분입니다."

그러자 이번에는 안테노르가 말했다.

"마님께서 말씀하신 대로입니다. 이전에 오디세우스가 이곳에 온 적이 있었습니다. 당신 일로 메넬라오스와 같이 사절로 왔었는데, 그때 저의 집에 묵었었지요. 이 두 사람은 풍채도 좋고 생각도 깊은 인물들이었습니다. 그런데 모든 사람들을 향해 말할 때 메넬라오스는 가벼이 말했습니다. 말수는 적으나 또렷또렷하게 큰 소리로 확실하게 말했습니다. 그런데 막상 지혜로운 오디세우스가 일어서자, 그는 어딘가 좀 지혜가 모자라는 사람처럼 보였지요. 드디어 오디세우스의 큰 소리가 가슴속에서부터 터져 나오자 어느 누구도 오디세우스에게 대항할 수 없었습니다."

늙은 왕이 세 번째로 아이아스를 보고 물었다.

"저기 또 한 사람의 아카이아 무사는 누구인고? 체구가 당당하게 보이는구나."

카스토르와 폴리데우케스

"저 사람은 거인으로 일컬어지는 아이아스로, 아카이아 군을 지켜주는 담벼락으로 알려진 자이며, 또 한편에는 이도메네우스가 크레타 군 가운데 신처럼 둘러싸여 서 있고 크레타 군의 대장들이 그 둘레에 모여 있습니다. 언젠가 군신(軍神) 아레스의 친구인 메넬라오스가 거인 이도메네우스를 저희 저택으로 초대해 대접한 적이 있습니다. 지금 이렇게 바라보니 반짝이는 아카이아 인들 속에 제가 잘 알고 있는 분들은 대부분 눈에 띄었지만, 병사들을 통솔하는 장수 두 분이 아직 눈에 띄지 않고 있습니다. 그들은 말을 잘 다루는 카스토르(Castor)와 주먹싸움에 능한 폴리데우케스(Polydeuces; 영어로는 Pollux) 쌍둥이 형제(이 둘의 별자리가 '쌍둥이자리'이다)로 저와 같은 어머니 레다(Leda)에게서 태어났습니다. 아마 저로 인한 치욕과 비난이 두려워 싸움에 끼어들지 않으려 했겠지요."

하지만 이 두 사람은 이미 만물을 낳은 어머니, 대지로 돌아가고 없었다. 라케다이모니아(Lacedaemonia, 라코니아Laconia; 펠로폰네소스 반도 남쪽 지역으로 스파르타가 중심도시이다.)에 있는 할아버지 땅에 묻혀 있었던 것이다.

그때 전령들이 두 마리의 양과 마음을 달래는 포도주를 날라 와 늙은 왕에게로 다가오더니 재촉했다.

"일어나십시오, 양쪽 장수들이 서약식을 거행하도록 청하고 있습니다. 저쪽에서는 메넬라오스가 아내를 되찾으려고 싸울 것입니다. 그래서 이

긴 쪽이 여자와 재화를 차지하기로 하고, 다른 사람들은 화해의 맹약을 한 뒤 모두 고향으로 돌아간다는 것입니다."

그러자 늙은 왕은 몸을 떨면서 부하들에게 말을 전차에 매도록 했다. 부하들은 곧바로 늙은 왕의 명령에 따랐다. 드디어 양쪽에서 각각 프리아모스 왕과 아가멤논 왕이 나서게 되었다. 아가멤논 왕은 두 손을 높이 들고 큰 소리로 기도하면서 말했다.

"아버지 제우스 신이여, 태양과 만물을 보시고 들으시는 신이여, 또 모든 강과 대지, 저승에서 누구건 거짓 맹세를 했을 때 그 인간들을 처치하시는 신(Hades; 하데스. 플루토, 플루톤)이여, 여러분께서 이 서약의 증인이 되시고 서약을 굳게 지키도록 해 주시옵소서. 이제 만일 파리스가 메넬라오스를 이길 때는 그가 헬레네와 재화를 모두 다 가질 것이며 우리들도 바다를 건너 고국으로 돌아갈 것이다. 허나 만일 메넬라오스가 이기면 트로이는 헬레네와 재화를 모두 다 돌려주기로 한다. 또 마땅한 배상을 지불하기로 하자. 또 그것이 후세에 널리 전해지도록 하자. 그리고 프리아모스 왕이 파리스가 쓰러지고도 배상금을 지불하지 않을 때는 내가 끝까지 남아서 싸우겠노라."

그러자 양군의 병사들은 모두 제우스 신이여, 그리고 그 밖의 모든 신들이여, 이 서약을 저버려 해를 끼친 자는 어느 쪽이든 이 땅에 붓는 술처럼 자신들의 두개골이 이 땅바닥에 쏟아지도록, 그리고 자신의 것이든 자식들 것이든 그 아내까지도 남의 것이 되도록 해달라고 기도했다. 그러나 제우스는 그들의 기도를 들어주지 않았다. 그들에게 다르다노스의 후예 프리아모스 왕은 말했다.

"잘 들어라, 양군의 모든 병사들이여. 나는 이제부터 내 귀여운 자식이 싸우는 것을 차마 볼 수 없으니 일리오스로 돌아가겠다. 둘 중 누가 죽을 운명으로 정해져 있는지는 오로지 제우스 신만이 아실 것이다."

이리하여 그는 일리오스로 돌아갔다.

헥토르와 오디세우스는 제비를 만들어 어느 쪽이 먼저 청동 창을 던질 것인가를 정하기로 했다. 그동안 양쪽 병사들은 제각기 기도했다.

"제우스 신이여, 두 사람 중 어느 쪽이든 이런 일을 초래하게 한 자를 죽게 하여 하데스의 집으로 들어가게 하소서. 하지만 저희들끼리는 다시 화해를 하도록 해 주시옵소서."

헥토르가 고개를 돌리고 제비를 내두르자, 먼저 파리스의 제비가 뽑혀 나왔다. 그때 두 사람은 저마다 자기 편 속에서 무장을 마치고 양군 사이로 나왔다.

그들의 독기어린 눈빛은 보는 사람들의 몸을 얼어붙게 할 정도였다. 둘은 미리 정해 놓은 지리로 나아가 발을 멈추고 긴 창을 휘둘렀다. 이들은 서로 가슴에 원한을 품고 있었다.

먼저 파리스가 창을 던져 메넬라오스의 방패를 맞혔지만 뚫지는 못하고 한가운데에 꽂히며 휘어버렸다. 그러자 이제 메넬라오스가 창을 들고 제우스 신께 기도했다. "제우스 신이여, 먼저 제가 저 나쁜 놈 파리스에게 복수하도록 해주소서." 하고 높이 치켜 든 창을 던져 파리스의 방패를 맞히자 날카로운 창끝이 방패를 뚫고 갑옷까지 뚫어 속옷을 찢었다. 하지만 파리스는 재빨리 몸을 트는 바람에 가까스로 죽음을 면했다.

그래서 메넬라오스가 칼을 빼어 파리스의 투구를 정통으로 내리치니 칼이 산산조각나면서 손에서 떨어졌다. 메넬라오스는 울부짖었다. "제우스 신이여, 당신은 냉혹합니다. 정말 파리스의 나쁜 짓에 앙갚음하리라고 믿었는데, 지금 이처럼 내 칼은 손바닥 가운데서 산산조각이 나고 던진 창도 제 뜻을 이루지 못하다니." 하면서 곧 파리스에게 달려들어 투구에 달린 말총 장식을 잡고 아카이아 군 쪽으로 끌고 갔다. 마침 이때 아프로디테가 파리스의 투구 끈을 잘라주지 않았더라면 승리는 메넬라오스에게로 돌아갔을 것이다. 결국 메넬라오스에게 끌려간 것은 빈 투구뿐이었다.

메넬라오스는 투구를 아카이아 군을 향해 내던지고 다시 파리스를 향해 청동 창을 던졌다. 그런데 이때도 아프로디테는 파리스를 낚아채 안개 속에 숨기고, 규방으로 데려다 앉혔다. 그리고 자신은 헬레네와 높은 탑의 망루에서 만났다. 거기에는 트로이 여인들이 많이 있었다.

여신은 양털을 빗기는 나이 지긋한 유모의 모습을 빌려 말했다. 이 여자는 원래 헬레네가 라케다이모니아에 살고 있을 때, 그녀를 섬기며 양의 털술을 예쁘게 만들어 주면서 그녀를 돌봐 주던 여자였다. 그런 유모의 모습을 빌려 아프로디테가 말했다.

"파리스 님이 지금 규방의 침상에서 기다리고 계십니다."

그리고 그녀 가슴에 애타는 마음을 불러일으켰으나 헬레네는 여신의 깨끗한 모습을 보자 질겁을 하고 말했다.

"어머나, 정말 야멸차신 분도 계셔라. 어째서 나를 속이려고 하시는 거예요. 혹시 어딘가 더 먼 나라로 데리고 가시려는 건 아닌지. 틀림없이 파리스에게 메넬라오스가 이김으로써 가증스러운 저를 고향으로 데리고 가기 위한 계획을 가슴에 숨기고 오신 거예요. 그렇지만 저는 이제 거기에는 가지 않아요. 트로이 여자라면 누구나 내 뒤에서 욕할 거예요."

그러자 여신 아프로디테가 화를 내면서 말했다.

"나를 화나게 하지 말라. 화가 나서 너를 버린다면 그때는 큰일 날 거야. 내가 트로이 편과 다나오이 편의 양편 사이에 서서 무서운 적의를 부추기면 너는 처참한 최후를 마치게 될 거야."

이 말에 제우스에게서 태어난 헬레네도 기가 죽어 여신의 뒤를 따랐다.

변장을 하고 나타나 헬레네를 부르는 아프로디테

　이리하여 파리스의 집에 다다르자 몸종들은 시중들 준비를 했다. 그리고 헬레네는 침상이 있는 규방으로 갔다. 그리고 두 눈을 내리깐 채 남편에게 말했다.

　"싸움을 피하셨군요. 차라리 당신이 그대로 죽었더라면 좋았을 것을. 전에는 늘 메넬라오스보다 힘으로나 창으로나 뛰어나다고 자랑하셨지요. 그렇다면 다시 한 번 당당히 맞서 싸워 보세요. 하지만 저는 그것을 말리고 싶습니다. 당신이 그 사람의 창에 찔려 죽기라도 하면 큰일이니까요."

　그러자 파리스가 변명하듯 말했다.

헬레네를 파리스에게 안내하는 아프로디테

"내게 짜증 나는 비난은 관두시오. 이번에는 메넬라오스가 아테나 여
신이 돕는 바람에 이겼지만 다음에는 내가 이길 것이오. 신들께서 우리
를 돌봐주고 있으니까요. 하지만 먼저 잠자리에 들어가 사랑을 나눕시
다. 나는 지금처럼 당신을 그리워한 적이 없었소. 맨 처음 내가 라케다이
모니아에서 그대를 빼앗아 바다를 여행하던 배에 태워 오던 길에, 잠시
크라나에(Cranae) 섬에서 사랑을 나누었을 때도 지금의 당신을 향한 그
리움과 애틋한 마음 같지는 않았소."

이렇게 말하고 침상으로 가니 헬레네도 따라갔다.

이리하여 그들은 굴 모양의 침상에서 잠을 청했다. 한편 메넬라오스는 파리스를 찾아 헤맸으나 끝내 찾지 못했다. 그래서 아가멤논이 말했다.

"내 말을 들어라! 승리는 완전히 메넬라오스 것이 되었다. 그러니 헬레네와 재화를 같이 딸려 보내 메넬라오스에게 건네주어라. 또 배상금도 마땅히 치러라."

그러자 아카이아 군은 모두 환호했다.

제 4 권

맹약의 파기와 아가멤논의 사열

제우스 옆에서 신들은 각자 자리를 찾아 앉고, 그 사이를 '영원한 청춘의 여신' 헤베(Hebe)가 신주(神酒)를 따르고 다니자, 신들은 황금 잔을 들어 서로 주고받으면서 트로이 성을 내려다보고 있었다. 이때 제우스가 말했다.

"아르고스의 헤라와 아랄크메네의 아테나, 이 두 여신이 메넬라오스 편을 들고 있군. 그들은 방관하면서 즐기고 있어. 사랑의 여신 아프로디테는 줄곧 파리스 곁을 따라다니면서 죽음의 운명을 막아주고 있고. 하지만 승리는 메넬라오스 것이야. 그러니 이 사건을 어떻게 처리할 것인지를 논해보자. 다시 한 번 무서운 전쟁을 치르든지, 아니면 화해시키든지. 여러분만 좋다면 프리아모스 왕의 성을 그대로 두고 헬레네를 메넬라오스가 다시 데려가게 하는 게 어떨까?"

그러자 헤라는 노여움을 참지 못하고 말했다.

"경애하는 제우스 님, 그게 무슨 말씀입니까. 어째서 당신은 내가 땀을 흘리며 애쓰는 일을 이루지 못하게 합니까? 프리아모스와 그의 자식들에게 앙갚음하려는 병사들을 모으기 위해 내 말까지도 지쳐 떨어지게 했습니다. 다른 신들도 모두 찬성하지 않을 겁니다."

그러자 제우스가 못마땅한 듯 말했다.

"프리아모스와 그의 자식들이 도대체 그대에게 무슨 잘못을 했다고 그러는 거요. 일리오스와 그의 자식들과 다른 트로이 인들까지 산 채로 잡아먹어야 속이 시원하겠소? 그렇다면 마음대로 하시오. 하지만 분명히 말해 둘 게 있소. 내가 반드시 어떤 도시를 멸망시키고자 할 때 그 도시에서 그대가 돕고 있는 무사들이 어떻게 되든 내 노여움을 막으려 해서는 안 되오. 나도 지금 마음이 내키지 않지만 그대가 하자는 대로 했으니까. 지상의 인간들이 저지른 죄들이야 많지만, 그래도 이 신성한 일리오스는 내가 가장 소중히 여기는 도시요. 또 프리아모스와 그의 무사들은 훌륭한 제물을 끊어지게 한 적이 없었기 때문이오. 그런 것을 우리는 즐겨 받았단 말이오."

이 말에 헤라가 말했다.

"제게도 소중하게 여기고 있는 아르고스와 스파르타와 미케네 세 도시가 있습니다. 당신이 이 도시들을 밉게 보신다면 언제라도 멸망시키세요. 방해도 원망도 하지 않겠습니다. 아무리 제가 멸망을 막으려 해도 당신이 나보다 더

헤라

강하니 당신 뜻대로 되고 말 것이기 때문이죠. 하지만 제가 애쓴 일까지

신들의 회의

는 마무리를 봐야겠어요. 저도 당신과 같은 신이자 당신의 아내이기 때문이지요. 이것은 당신이 제게, 제가 당신에게 양보하기로 한 것이니까 다른 불사의 신들도 따를 거예요. 그럼 트로이 군이 먼저 맹약을 어기고 아카이아 군에게 해를 끼치도록 해 주세요.”

이 말에 제우스도 기꺼이 응하여 바로 아테나에게 말했다.

“빨리 군영으로 내려가라. 그리고 트로이 군이 먼저 맹약을 어기게 하고 아카이아 군에게 해를 끼치도록 하거라.”

아테나는 곧 지상으로 날아가 전쟁터 한가운데로 뛰어내렸다.

이것을 바라보고 트로이 군도 아카이아 군도 모두 무슨 일인지 몰라 질겁했다.

“또다시 전쟁이 시작되거나 아니면 화해를 시키려는 것이겠지.”

한편 아테나는 트로이 진영으로 들어가 안테노르의 아들인 라오도코스(Laodocus)의 모습을 빌려 판다로스(Pandarus)에게 말했다.

"어디 한번 마음을 굳게 먹고 메넬라오스에게 활을 쏘지 않겠나. 메넬라오스가 자네 화살을 맞아 죽는다면 자넨 분명히 모든 사람들로부터 감사와 영예의 표적이 될 것이야. 활로써 이름을 얻은 아폴론 신에게 새끼 양을 제물로 바치겠다고 빌게나."

아테나가 어리숙한 남자의 마음을 유혹하자 그는 화살통을 열어 한 번도 쓰지 않은 날개 달린 화살을 꺼냈다. 그리고 아폴론 신에게 기도를 올렸다. 고향에 돌아가면 반드시 새끼 양을 제물로 바치겠다고 약속한 그는 곧바로 혼신을 기울여 활시위를 잡아당겼다. 활은 울고 활시위는 요란스런 소리를 냈으며, 화살은 날카롭게 곧장 군중 속을 뚫고 세차게 날아갔다.

그러나 메넬라오스를 염려하는 불사의 신들은 결코 그를 잊어버리지는 않았다. 우선 아테나가 그 날카로운 화살로부터 메넬라오스를 지켜주었다. 그래서 날카로운 화살은 갑옷을 뚫고 허리띠까지 꿰뚫었지만 살갗만 스쳤을 뿐이었다. 그런데도 검붉은 피가 흘러 나왔다. 마치 새빨간 빛깔로 상아를 물들였을 때처럼 그의 균형 잡힌 두 허벅지와 깨끗한 발 뒤꿈치까지 피에 젖었다.

그러자 아가멤논뿐만 아니라 메넬라오스 자신도 몸을 떨었다. 하지만 화살 끝이 살 밖에 있는 것을 보자 다시금 기운이 솟았다. 그리하여 아가멤논은 모든 사람들 가운데 서서 한숨을 지으며 메넬라오스의 손을 잡고 이렇게 말했다.

"내가 그대를 죽이려고 맹약을 주고받았던가. 그대 홀로 아카이아 군의 선발로서 트로이 군과 싸우려 하다니. 결국 트로이 쪽에서 그대를 쏘아 맹약을 깨뜨렸구나. 하지만 절대로 맹약이나 새끼 양의 피가 헛되지는 않으리라. 지금은 제우스가 그것을 실행하지 않더라도, 결국은 꼭 실행시켜 큰 보상으로 갚게 할 것이기 때문이다. 나는 그걸 잘 알고 있다. 일리오스는 꼭 멸망한다. 그런데 그보다 아우야, 만일 그대가 운명을 달리한다면 엄청난 괴로움이 나를 덮칠 것이다. 그러면 나는 견딜 수 없는 가책을 받고 아르고스로 돌아가야 할 것이다. 머지않아 아카이아 군은 고향 생각이 나 돌아가고 싶어질 것이고, 그대는 소원을 이루지 못한 채 트로이 땅에 묻힐 것이다. 그리고 트로이 인들은 그대 무덤위에 올라가 이렇게 말할 것이다. '제발 이렇게 되어 모든 일에 아가멤논의 노여움이 끝났으면 좋겠다. 이번에 아카이아 군을 여기까지 끌고 온 일이 헛수고가 되었구나. 그리고 용감한 메넬라오스를 버려두고 다시 고향으로 빈 배만 이끌고 돌아갔다.' 하고. 그때는 넓은 대지여, 입을 벌려 나를 삼켜다오."

그러자 메넬라오스가 안심시키려고 말했다.

"안심하시고 병사에게 겁을 먹게 하지 마십시오. 날카로운 화살은 절대로 급소에 꽂힌 것이 아닙니다."

이에 아가멤논이 말했다.

"그렇다면 얼마나 좋겠는가. 그런데 상처는 의사가 치료하고 약을 발라 줄 것이다. 그것이 어쩌면 아픔을 멎게 해 줄지도 모른다."

아가멤논은 이어 슬픔에 젖은 목소리로 전령 탈디비오스에게 말했다.

"어서 '의술의 신' 아이스쿨라피오스의 아들 마카온(Machaon)을 불러와 메넬라오스를 치료하라. 메넬라오스에게 화살을 쏴 다치게 한 트로이 군이나 아카이아 군 궁사 누구에게는 명예로운 일이겠지만 우리에게는 너무나 크나큰 슬픔이다."

전령은 곧 의사 마카온을 찾아가 말했다.

"어서 갑시다. 아가멤논 왕이 부르십니다. 그리고 메넬라오스를 보살펴 주십시오. 양쪽 군 어느 궁사의 화살에 맞았습니다."

마침내 메넬라오스가 상처를 입고 누워 있는 곳으로 달려온. 마카온은 바로 벨트에서 화살을 빼냈다. 그러자 빠져 나오던 화살의 날카로운 갈고리가 부서져 떨어졌다. 마카온은 재빨리 날카로운 화살이 박힌 곳을 살피고 피를 빨아 낸 다음 그곳에 통증을 멎게 하는 약초를 발랐다.

메넬라오스가 치료를 받고 있는 동안 트로이 병사들이 무기를 들고 몰려왔다. 그래서 그들도 다시 무기를 들고 격렬한 전투를 위해 신경을 곤두세웠다.

아가멤논 왕이 병사들을 격려하면서 말했다.

"아르고스 군이여, 절대로 전투태세의 고삐를 늦추지 말라. 제우스께서는 절대로 거짓말쟁이를 도우시지 않을 것이다. 자기 쪽에서 먼저 맹약을 깨고 버린 자들의 통통한 알몸은 굶주린 독수리의 먹이가 될 것이다. 또 그들의 아내와 자식들은 우리가 이 성을 함락시킨 뒤 배에 태워 데리고 갈 것이다."

한편 이 처절한 싸움에서 물러나 몸을 사리고 있는 자들을 발견한 아가멤논은 몹시 화가나 그들을 꾸짖었다.

"너희들은 소리만 지를 뿐 남들의 비난이 두렵지 않은가! 어찌 새끼 사슴처럼 놀란 시늉을 하고 멍하니 서 있는가? 트로이 군이 우리 배까지 쳐들어오길 기다리는가!"

아가멤논 왕은 명령을 내리면서 무사들의 대오를 살폈다. 그동안 크레타 섬에서 온 군대가 있는 곳에 이르자, 때마침 용맹한 이도메네우스(Idomeneus)의 측근들이 갑옷을 입고 싸울 태세를 갖추고 있었다. 선두에 나선 이오메네우스의 기세는 거친 멧돼지 같았고 메리오네스

(Meriones; 크레타인의 지도자인 이도메네우스의 조카뻘이다.)는 맨 뒤의 전열을 독려하고 있었다. 이 광경을 보고 아가멤논은 크게 기뻐하며 그에게 말했다.

"이도메네우스여, 나는 그대가 싸움에 서나 다른 일에서나 모두 잘하고 있다고 생각한다네. 자, 어서 전투에 나서라. 그대가 자랑스런 바로 그 용사라면 씩씩하게 싸워라."

그러자 이도메네우스가 말했다.

"나는 앞으로도 당신의 충실한 벗이 될 것입니다. 우선 아카이아 군의 전열을 가다듬어 곧바로 전투를 개시합시다. 트로이 측이 먼저 맹약을 깼으니 그들에게는 결국 죽음과 재앙이 따를 것입니다."

이 말을 듣고 아가멤논은 기뻐하며 앞으로 나아갔다. 그리고 이번에는 두 아이아스의 주둔지로 갔다. 두 사람은 갑옷을 입었고 주위에는 보병들이 대기하고 있었다. 그들을 본 아가멤논 왕은 크게 기뻐하며 외쳤다.

"두 아이아스여, 청동 갑옷을 입은 아카이아 군의 지휘관인 그대 두 사람에게는 구태여 명령을 내릴 필요가 없기에 난 아무런 지시도 않겠다. 그대들이 스스로 군사들을 힘껏 싸우도록 독려하고 있기 때문이다. 정말 제우스 신, 아테나, 아폴론 신의 이름으로 저마다 그대들만큼 과감한 기세를 보인다면 프리아모스 왕의 성은 금세 우리 손에 떨어져 항복하고 말 텐데."

아가멤논은 그들을 떠나 다른 부대를 찾아갔다. 그리고 필로스에서 온 사람들의 장수인 웅변가 네스토르에게로 갔다. 그는 지금 막 부하들을 격려하여 싸움터로 나가려는 참이었다. 이들은 선두에 전차와 기마병들을 세우고, 후미에 많은 보병을 접전 때의 방어벽으로 배치한 다음, 그 중간에 연약한 자들을 두고 모두 싸우게 하려는 전술을 택했다. 먼저 전차와 기마병들에게 명령하여 저마다 말을 몰아 군중 속에 뛰어들어 혼란을 일으키는 일이 없도록 일렀다.

"누구든 마술(馬術)과 무용을 믿고 혼자 섣불리 트로이 군과 싸우려고 해서는 안 된다. 그리고 후퇴해서도 안 된다. 적의 전차와 맞닿을 때는 창으로 찔러도 좋다."

이와 같이 노장은 격려하고 있었다. 아가멤논 왕은 기뻐하면서 말했다.

"오, 노장군이여. 노령이 그대를 괴롭히다니, 차라리 다른 사람이 늙음을 이어받고 그대를 젊게 해 주었으면 좋으련만."

이에 네스토르가 말했다.

"그것은 나도 바라는 바요. 지난날 힘센 에레우달리온(Ereuthalion)을 죽였을 때처럼 말이오. 허나 신은 인간에게 모든 것을 한꺼번에 주지 않소. 그것보다도 기사들 사이에서 작전 이야기를 하고 격려해 줍시다. 그러면 젊은이들은 힘껏 싸울 것이오."

아가멤논은 기뻐하면서 그 자리를 떠나 메네스테우스가 있는 곳으로 갔다. 좌우에는 공격 태세를 갖추고 있는 아테네 사람들이 줄을 지어 서 있었다. 이들을 본 아가멤논은 큰 소리로 말했다.

"오오, 메네스테우스여, 그리고 오디세우스여. 어째서 그들은 멍청히 서서 다른 부대에 의지하고 있는가!"

그러자 지혜로운 오디세우스가 왕에게 말했다.

"어찌 그런 말을 하십니까? 언제나 트로이 군과 격렬한 싸움을 하고 있습니다. 만일 소원이시라면 트로이 군과 격전을 벌이고 있는 우리의 모습을 봐주십시오."

아가멤논이 웃으면서 말했다.

"책략에 뛰어난 그대를 딱히 나무랄 일도 없고 새삼 독려할 필요도 없다. 난 그대를 잘 알고 있다. 부디 잘 싸워 주오."

아가멤논이 그들을 떠나 이번에는 디오메데스가 서 있는 것을 보았다. 주위에 말과 전차가 있고 그 옆에 스테넬로스가 우두커니 서 있었다. 아가멤논이 책망하면서 말했다.

"어이가 없구나. 뭘 꾸물대는가. 그대의 아버지 티데우스(Tydeus)가 있었더라면 이렇게 하고 있지는 않았을 것이네. 그는 늘 앞장서서 잘 싸웠다. 하기야 그는 폴리네이케스(Polynices)와 같이 군대를 지원받기 위해 전쟁과는 관계없이 사절로 미케네에 온 일도 있다. 그 무렵 그들은 테베의 요새로 원정을 가려 했기에 꼭 정예 지원군을 보내달라고 청하러 왔었지. 그래서 모두 그렇게 하려고 했으나 제우스 신이 불길한 조짐을 보이셔서 못 보냈다. 그래서 그들은 떠나갔다. 그리하여 아소포스 강변에 이르렀을 때 이번에는 아카이아 인인 테베가 티데우스를 배웅해 주기로 했다. 그래서 그는 출발하여 연회를 베풀고 에테오클레스의 성을 찾아갔다. 그때 티데우스는 주객(主客)의 연고도 없는데 혼자서 카드모스 사람과 어울렸을 뿐 아니라 솜씨를 겨루기 위해 그들에게 도전하여 모두 이겨버렸지. 이에 화가 난 카드모스 인들은 그가 돌아가는 길목에 복병을 풀어 죽이려 했다. 하지만 티데우스는 이 복병들에게 수치스러운 죽음을 안겨 주었지. 티데우스는 이렇듯 용감한 용사였다. 그런데 그의 아들인 너는 아버지보다 못한 자로구나."

이에 디오메데스는 아무 대답도 하지 않았다. 왕에게 겸손한 태도를 보였던 것이다. 하지만 스테넬로스가 반박했다.

"왕이여, 거짓말 하지 마시오. 우리는 선친보다 능숙하다고 생각하고 있습니다. 일곱 성문의 테베 성을 함락시킨 것은 우리입니다. 그리고 지금 용감히 싸우고 있으니 우리를 선친과 비교하지 말아 주십시오."

그러자 이를 쏘아보면서 디오메데스가 말했다.

"이봐, 그대는 잠자코 있으라. 나는 왕을 나쁘게 생각하고 싶지 않다. 만일 아카이아 군이 트로이 군을 격파하고 일리오스를 공략한다면 이분도 영예를 얻으실 것이다. 그러나 아카이아 군이 지면 심한 비탄에 잠기시겠지. 그러니 우리 스스로 용기를 되찾도록 하자."

이렇게 말하고 그가 전차에서 뛰어내리자 독이 오른 용장들의 흉갑 언저리에서 굉음이 울리니 끈질기고 참을성 있는 젊은 군사들조차도 무서워 오금을 펼 수가 없었다.

이때 꼬리에 꼬리를 물고 다나오이 군의 대열이 거침없이 몰려가니, 지휘관들은 각자 자기 부대에 명령을 내리고 병사들은 명령에 따라 행군을 시작했다.

한편 트로이 군사들은 웅성거리고 있는 양 떼 같았다. 군사들이 각기 다른 언어를 가지고 있었고 각처에서 모인 동맹군이었기 때문이었다.

한쪽에서는 군신 아레스, 다른 쪽에서는 지혜의 여신 아테나, 공포의 신 등이 군사들의 기세를 붙돋아 주었으며, 데이모스, 궤주(潰走)의 신 포보스, 언제나 외곬으로 기세를 올리는 투쟁의 무사들을 죽이는 아레스의 누이이자 부하이자 발로 지상을 짓밟고 다니는 여신 에리스가 거친 투쟁을 결정으로 이끌고 양쪽 군대 사이에 끼여 들어가 무사들의 신음소리를 한층 고통스럽게 북돋워 놓았다.

마침내 양쪽 간의 결전이 벌어졌다. 죽어가는 사람, 비명소리, 창과 칼이 부딪는 소리! 대지는 피로 물들고 천지가 진동했다.

먼저 안틸로코스(Antilochus)가 트로이 무사 에케폴로스(Echepolus)를 쓰러뜨렸다. 쓰러진 그의 다리를 잡고 끌고 가려는 아반테스의 왕 엘레페노르(Elephenor)는 서둘러 그의 갑옷을 벗기려고 했다. 하지만 아게노르가 시체를 끌고 가려는 엘레페노르를 발견하고 그가 몸을 구부리는 순간 방패 옆으로 드러난 옆구리를 찔러 죽였다.

이렇게 아카이아 군과 트로이 군은 이리 떼같이 서로 번갈아 덤벼들어 무사가 무사를 잇따라 쓰러뜨렸다. 텔라몬의 아들 아이아스는 시모에이시오스(Simoeisius)를 쓰러뜨렸다. 이자는 본래 어머니가 이다 산에서 내려와 시모에이스 강둑에서 낳은 자식이었다. 그때는 양 떼를 지키는 부모가 양 떼를 몰고 자주 내려오곤 했다. 그래서 그는 시모에이시오스라고 불려 왔는데, 부모에게 양육의 은혜를 갚지 못하고 그만 아이아스의 창끝에 쓰러져버린 것이다.

그때 프리아모스의 아들인 안티포스가 아이아스에게 창을 내던졌다. 그러나 그는 맞지 않고 오디세우스의 부하 레우코스가 시체를 끌고 가려다가 맞고 쓰러졌다. 부하가 죽는 것을 본 오디세우스는 노하여 앞장 선 선진을 빠져나가 번쩍이는 창을 집어던지니 놀란 트로이 군이 뒷걸음질 쳤다. 부하가 죽자 화가 난 오디세우스가 창을 던지자 프리아모스의 아들 데모콘(Democoon)의 관자놀이에 꽂혔다.

이에 기가 질린 트로이 군은 헥토르와 같이 뒤로 물러섰다. 이것을 내려다보고 있던 아폴론은 화가 나서 트로이 군을 향해서 큰 소리로 격려했다.

"일어서라, 트로이 군이여! 한 발자국도 물러서지 마라. 아르고스 군의 몸은 돌도 아니고 쇠도 아니다. 더구나 아킬레우스조차도 싸움에 나오지 않았다. 그는 지금 배에서 노여움을 억지로 참고 있다."

한편 아카이아 군을 독려하고 있던 아테나가 답답한 상황을 보고 군사들 속으로 뛰어내려와 격려했다.

그때 마침 디오레스(Diores; 아마린케우스Amarynceus의 아들)가 오른쪽

트로이 평원의 옛 지도

장딴지의 뒤꿈치 부분을 뾰족한 돌덩이에 맞았다. 돌을 던진 자는 트라키아에서 온 군대의 대장 페이로우스(Peirous)라는 사나이였다.

디오레스가 돌에 깔려 있는 것을 본 그는 달려가 창으로 찔러 죽였다. 마침 그가 달려가는 것을 본 아이톨리아 사람 토아스(Thoas)가 창을 던지니 그의 허파에 꽂혔다. 토아스는 성큼성큼 그 옆에 다가가서 창을 가슴에서 뽑기가 무섭게 다시 칼을 뽑아 그의 배 한가운데를 찔러 죽였다.

이렇게 하여 먼지 속에 양쪽 지휘관들이 서로 나란히 쓰러졌다. 또 그 주위에 수많은 병사들이 쓰러졌다. 이날의 싸움에서는 모래 먼지 속에 아카이아 쪽이든 트로이 쪽이든 무수한 사람들이 죽어 갔다.

제 5 권

디오메데스의 투혼

이때 아테나가 디오메데스에게 용기와 담력을 내려주었다. 그의 투구와 큰 방패에서 피로를 모르는 불꽃이 타오르게 했다. 그리고 양쪽 병사들이 가장 많이 얽혀있는 한가운데로 돌진하도록 했다.

한편 트로이 군에 다레스(Dares)라는 지체 높은 자가 있었다. 헤파이스토스 신의 사제로 두 아들 페게우스(Phegeus)와 이다이오스(Idaeus)를 두었는데, 모두 전략과 전술에 능했다. 이 두 사람이 대열에서 떨어져 되돌아서더니 디오메데스를 향해 정면으로 돌진해 왔다. 두 사람은 디오메데스와 서로 마주 보고 접근하여 꽤 가까워졌을 때 페게우스가 먼저 긴 창을 던지니, 그 창의 뾰족한 끝이 디오메데스의 왼쪽 어깨로 날아갔지만 맞지는 않았다.

디오메데스도 창을 쥐고 돌진하니 그 손에서 날아간 창은 페게우스의 가슴에 맞아 그를 전차에서 떨어뜨렸다. 이것을 본 이다이오스는 형의 시체를 걷어 올릴 엄두도 못 내고 전차에서 뛰어내렸다. 그렇지 않으면 자신이 죽을 수 있었기 때문이다.

이때 헤파이스토스가 어두운 구름으로 그를 감싸 무사히 구출했다. 이를 본 늙은 아버지는 슬픔에 휩싸였으나, 디오메데스는 적의 마차에서 말을 떼어내 배 안으로 끌고 가라고 부하들에게 명했다.

한편 기세등등했던 트로이 군도 다레스의 두 아들 중 하나가 간신히 죽음을 면했으나, 다른 아들이 전차 옆에 죽어 있는 것을 보고 모두 가슴이 아팠다. 이때 아테나가 아레스의 손을 잡고 말했다.

"아레스, 인류의 파멸과 살인의 피에 젖어 성체를 파괴하는 자여. 양쪽이 서로 싸우게 놔두고 우리는 그냥 보고만 있으면 어떨까요. 제우스 신께서 어느 쪽에 승리를 주시든지 우리들은 뒤에 물러나 있기로 해요. 그러면 제우스의 분노를 피할 수 있잖아요."

아테나는 아레스를 싸움터에서 데리고 나가 비탈진 스카만드로스의 물가에 앉았다. 그리하여 그리스 군은 트로이 군을 격파했다. 먼저 아가멤논이 장수 오디오스(Odius)를 전차에서 떨어뜨리자 지축을 울리며 쓰러졌다. 그리고 이도메네우스(Idomeneus)는 파이스토스(Phaesus)를 쓰러뜨렸다.

또 메리오네스는 페레클로스(Phereclus)를 쓰러뜨렸다. 페레클로스는 손끝으로 갖가지 정교하기 이를 데 없는 기구를 만드는 여러 가지 기술을 익혔다. 이는 기예의 신 아테나가 돌봐 주었기 때문이었다. 그는 파리스와 전 트로이 사람들을 생각해서도, 또 그 자신을 봐서도 온갖 불행의 근본이 된 균형이 잘 잡힌 배를 만들었다. 그런 재앙을 불러일으킨 것은 결국 여러 신들이 내리는 전조를 충분히 해독할 방법을 모르고 있었기 때문이었을 것이다. 이 사나이를 메리오네스가 쫓아가 붙들어 오른쪽 엉덩이를 창으로 찌르니 비명과 함께 쓰러졌다.

한편에서는 메게스가 페다이오스(Pedaeus)를 죽였다. 페다이오스는 안테노르의 서자로 태어났으나 귀하게 자랐다. 또 에우리필로스는 용감한 힙세노르(Hypsenor)를 죽였다. 그는 스카만드로스 강의 신에게 봉사하는 무당으로, 온 나라 사람들에게서 신처럼 존경받고 있는 기상이 뛰어난 돌로피온(Dolopion)의 아들이었다.

이와 같이 모두 격심한 접전을 벌이고 있는 가운데 디오메데스가 지금 어디에 있는지는 아무도 몰랐다. 그는 불어 오른 강물처럼 평원을 휩쓸고 있었는데, 폭풍우가 거세어지자 물줄기가 세차게 흘러 둑을 허물어 버렸다. 그래서 비록 병사들은 많았지만 트로이 군의 군건한 대열이 혼란에 빠져 그의 공격을 막아내지 못했다.

그런데 디오메데스가 달려오는 것을 판다로스가 발견하고 활로 그의 오른쪽 어깨를 맞혔다. 그러자 시뻘건 피가 튀기면서 갑옷이 금세 벌겋게 물들었다.

판다로스가 외쳤다.

"자, 일어나라. 의기양양한 트로이 병사들이여. 아카이아 군 최고의 용사가 방금 화살을 맞았다. 용을 써 봐도 오래 못 갈 것이다."

하지만 디오메데스는 판다로스의 화살을 맞고도 굴하지 않고 뒤로 물러가 스테넬로스(Sthenelus)에게 외쳤다.

"멈추거라. 카파네우스의 아들아, 전차에서 내려와 내 어깨의 화살을 뽑아다오."

스테넬로스가 전차에서 내려와 화살을 뽑으니 피가 뿜어져 나왔다. 디오메데스는 그 자리에서 기도를 올렸다.

"들어주십시오. 아테나 여신이여, 우리를 염려해 주시고 격렬한 전투 중에도 도와주셨으니 이번에도 도와주십시오. 제가 던지는 창이 닿는 곳까지 저 사나이가 오게 해 주십시오."

이 기도를 들은 아테나는 그의 팔다리를 가볍게 해 주었다. 그리고 말하기를 "디오메데스여, 안심하고 싸우거라. 상대가 신인지 인간인지 똑똑히 구분하라. 그러니 신께서 그대를 시험하러 이곳에 오더라도 결코 그대는 불사의 신들과 맞서 싸우지 마라. 하지만 아프로디테가 싸움에 뛰어들거든 날카로운 창으로 찌르거라." 하고 사라졌다.

디오메데스는 다시 선두에 나섰다. 그는 평소의 세 배나 되는 기운을 갖고 있어 마치 성난 사자와도 같았다. 그는 아스티노스(Astynous)와 히페이론(Hypeiron)을 쓰러뜨렸다. 이어 아바스(Abas)와 폴리도스(Polyidus)에게 덤벼들었다. 이 두 사람은 해몽가 에우리다마스(Eurydamas)의 아들인데, 이들이 출정했을 때 아버지가 해몽을 하지 않았는지 디오메데스에게 죽임을 당했던 것이다.

디오메데스는 다시 크산도스(Xanthus)와 톤(Thoon)이라는 피아노포스의 두 아들에게 달려들어 쓰러뜨렸다. 이어서 그는 한 대의 전차에 같이 타고 있던 프리아모스의 아들 에케몬(Echemmon)과 크로미오스(Chromius)를 붙잡았다. 그리고 가차없이 전차에서 끌어내 갑옷을 벗기고 말 두 필을 자기 부하에게 넘겨 주었다.

이러한 광경을 보고 아이네이아스가 판다로스를 찾아다니다가 마침내 용맹스러운 판다로스를 만나자 그에게 말했다.

"리카온의 아들 판다로스여, 그대의 활과 날개를 가진 화살과 그대의 명성은 어디로 갔는가? 여기서는 그대와 견줄 사람이 없다. 그러니 저자에게 활을 쏘거라. 저자는 지금 우리 트로이에 막대한 손실을 입히고 있다. 만일 어느 신에게 바친 우리의 희생이 마음에 안 드셔서, 그 신이 화를 내시고 우리를 나무라시는 것이 아니라면 제우스 신께 기도하고 활을 쏘거라."

이 말에 판다로스가 말했다.

"나는 티데우스의 아들 디오메데스와 저 사나이가 모든 점이 닮았다고 생각하오. 하지만 신인지 아닌지는 확실히 알 수 없소. 만일 지금 내가 말하는 사나이가 티데우스의 아들이라 하더라도, 신의 도움 없이는 저렇게 날뛰지 못할 것이오. 조금 전에 내가 그에게 활을 쏘아 분명히 오른쪽 어깨를 맞혀 꿰뚫었는데도 저렇게 싸우고 있으니 말이오. 난 저 사나이를 저승으로 보낸 줄 알았소. 어쨌든 여기서는 타고 가려고 해도 말도 없고 전차도 없소. 정말 내가 떠나올 때, 리카온이 자상하게도 여러 가지 주의를 주면서 심한 격전에 임할 때는 말과 전차에 올라타고 트로이 군을 지휘하라고 가르쳐 주었는데, 나는 그 말을 듣지 않았소. 들었더라면 덕을 보았을 텐데. 병사들이 성 안에 있을 때에도 충분히 먹지 못할까 걱정하여 집에 그대로 두고 왔소. 활과 화살을 믿고 말이오. 그런데 그것이 지금은 아무 구실도 못하게 되어버렸소. 나는 이미 두 사람의 대장에게 활을 쏘았고, 분명히 모두 맞고 피를 흘렸으나 오히려 그들을 더욱 흥분시켰을 뿐이오. 내가 만일 고향에 돌아갈 수 있다면, 고국과 아내와 내 집을 이 눈으로 직접 볼 수 있다면, 그때는 당장 내 목을 타국 사람이 베어도 여한이 없을 것이오."

이 말에 아이네이아스가 대답했다.

"그런 말은 하지 말라. 먼저 우리 두 사람이 전차를 끌고 저 무사와 정면으로 대결해 보기 전에는 어떻게 할 수 없을 테지. 그러니 어서 내 전차에 타게. 트로스의 말(the horses of Tros; 제우스로부터 가니메데스가 보상으로 받은 천마)이 어떤 것인지 보여 주마. 이 말은 우리를 안전하게 성에 데려다줄 것이다. 자, 내가 싸우기 위해 전차에서 내릴 테니 그대가 내 창을 맡아 주게. 아니면 내가 전차를 맡아도 좋네."

그러자 판다로스가 말했다.

"그대가 손수 말을 모는 것이 나을 것이오. 그래야만 말을 뜻대로 움직일 수 있으니. 나는 저 사나이가 덤벼들 때 날카로운 창으로 맞설 것이오."

이리하여 두 사람은 기세등등하게 디오메데스를 향해 말을 몰았다. 그모습을 본 스테넬로스가 얼른 디오메데스를 보고 말했다.

"두 명의 무사가 돌진해 옵니다. 한 사람은 활을 잘 쏘는 판다로스이며, 또 한 사람은 아이네이아스입니다. 그러니 얼른 전차를 타고 돌아갑시다. 혹시 귀중한 목숨이라도 잃게 된다면 정말 큰일이오."

그러자 디오메데스가 말했다.

"도망간다는 소리는 하지도 말라. 싸움을 피하는 것은 내 성미에 안 맞는다. 지금 나는 기운이 넘치고 있다. 그대에게 한 가지 해둘 말이 있다. 지략이 뛰어난 아테나 여신이 그 두 사람을 쓰러뜨리는 명예를 주실 경우, 그대는 곧바로 말들을 전차 모서리 난간에서 고삐를 끌어당긴 채 그대로 이곳에 잡아두거라. 그리고 기회를 보다가 아이네이아스의 전차에 달려들어 아카이아 군 쪽으로 말을 몰아라. 저 말들은 원래 제우스 신께서 내려주신 것이다."

이렇게 이야기하고 있는데 바로 앞에서 날쌘 말을 달려 판다로스들이 돌진해 왔다. 판다로스가 디오메데스를 향해 말했다.

"디오메데스여, 어이없게도 내 화살이 그대를 쓰러뜨리지 못했다. 그래서 이번엔 투창으로 시험해 보리라."

그리고 판다로스는 창을 마구 휘둘러 던졌다. 창끝은 디오메데스가 든 방패를 뚫고 가슴받이까지 미쳤다. 그것을 본 판다로스가 큰 소리로 외쳤다.

"맞았다. 그대는 이제 오래가지 못할 것이다. 그대는 결국 나에게 자랑거리를 안겨주었도다."

하지만 디오메데스도 지지 않고 말했다.

"빗나갔으니 싸움은 절대로 멈추지 않을 것이다."

말을 마친 그가 창을 던지니, 아테나 여신이 판다로스의 흰 이빨을 뚫게 했다. 그러자 그는 전차에서 떨어졌다.

그것을 본 아이네이아스가 전차에서 내려 적군이 그 시체를 가지고 갈까 봐 자신의 무용을 믿고 시체 주위에서 으르렁거렸다.

그때 디오메데스가 큰 바위를 들어 아이네이아스의 허리를 부수고 그의 살갗을 갈기갈기 찢어 놓았다. 이때 마침 아프로디테가 발견하지 못했다면 그는 죽었을 것이다. 이 여신은 사랑하는 아들의 옆구리에 자기의 하얀 두 팔을 두르고 여러 겹으로 접은 천을 그 앞에 넓게 펴 창을 막는 벽을 만들었다. 이어 여신은 사랑하는 아들을 싸움터에서 슬쩍 데리고 나가려 했다.

한편 스테넬로스는 디오메데스가 내린 조치를 잊지 않고 아이네이아스의 훌륭한 말을 붙잡아 아카이아 군 쪽으로 몰아 데이필로스(Deipylus)에게 넘겨주면서 배로 끌고 가라고 일렀다. 그리고 스테넬로스는 전차에 올라타 디오메데스가 있는 곳으로 달려갔다.

그때 디오메데스는 키프리스 여신(the Cyprian goddess; 키프리스 섬의 주인 아프로디테)을 향해 청동 칼을 휘두르며 달려들었다. 그는 이 여신이 아테나 여신이나 에니오(Enyo) 여신과 달리 전쟁을 모르며 겁 많고 힘없는 평범한 여신임을 알고 있었기 때문이다.

그리하여 수많은 병사를 헤치고 쫓아간 디오메데스는 키프리스 여신의 연약한 피부를 찔렀다. 그러자 여신은 비명을 지르면서 자기 아들을 놓아 버렸다. 그때 마침 아폴론이 그것을 보고 칠흑 같은 구름으로 가려 그녀를 지켜 주었다. 그러자 디오메데스가 외쳤다.

"제우스의 딸 아프로디테여, 전쟁이나 칼싸움의 자리에서 물러나시오. 당신은 연약한 아녀자들을 입으로 농락하는 것만으로는 부족하시오? 앞으로 당신이 전쟁터에 나오면 싸움이라는 말만 들어도 부들부들 떨게 할 것이오."

이렇게 말하자 여신은 아픔을 꾹 참으며 자리를 떠났다. 그녀는 싸움터의 오른쪽에 기세도 사나운 아레스 신이 어둑어둑한 구름 속에 앉아 있는 것을 발견하자, 몸을 굽혀 애원하면서 황금의 앞가리개를 가진 말을 부탁했다.

"오라버니, 나를 데리고 갈 말과 전차를 빌려 주세요. 상처 입은 자리가 너무 아파요. 언젠가 죽게 되는 인간 무사 디오메데스가 입힌 거예요. 정말 이제는 제우스 아버지와의 싸움도 마다하지 않을 기세입니다. 어서 올림포스로 갈 수 있도록 해 주세요."

여신이 이렇게 말하자 아레스는 여신이 요구하는 말을 빌려 주었다. 그리하여 여신은 전차 앞자리에 올라탔다. 이어 그 옆에 무지개의 여신 이리스가 올라타 고삐를 손에 쥐고 채찍을 휘두르자 전차를 끄는 두 필의 말은 재빨리 달려 순식간에 올림포스에 도착했다.

여신 아프로디테가 어머니 디오네(Dione)의 무릎에 쓰러지자 디오네

손에 상처를 입은 아프로디테를 아레스에게 데려가는 이리스

는 딸을 팔에 안고 쓰다듬으며 말했다.

"오, 도대체 누가 너를 이렇게 만들었느냐. 귀여운 내 딸을 어느 신이 이렇게 만들었느냐."

그러자 사랑의 여신 아프로디테가 얼굴을 들고 말했다.

"디오메데스가 그랬어요. 내가 귀여운 아들 아이네이아스를 싸움터에서 빼낸다고 창으로 찔렀어요. 이제는 이 무서운 전쟁의 소용돌이가 트로이와 아카이아 인의 일만이 아니에요. 다나오이 쪽은 벌써부터 불사신

인 신들과도 싸움을 하려 들고 있어요."

"참아라, 내 딸아. 올림포스의 궁전에 사는 우리 불사신들도 인간의 손에 해를 입는 자가 한둘이 아닌 걸 어찌하겠느냐. 아레스도 참았단다. 오토스(Otus)와 에피알테스(Ephialtes)가 튼튼한 쇠사슬로 그를 묶었을 때 청동으로 된 독 속에 13개월이나 갇혀 있었단다. 그래서 하마터면 그때 죽을 뻔했지. 또 헤라 여신도 참았단다. 암피트리온(Amphitryon)의 힘센 아들 헤라클레스가 헤라의 오른쪽 가슴에 세 가닥 고리가 달린 촉화살을 쏘았을 때였지. 그때 헤라의 상처는 몹시 깊었다더구나. 그리고 저무서운 지하의 신인 하데스조차 다른 신들과 마찬가지로 큰 화살을 맞았단다. 헤라클레스가 필로스에서 그가 송장들과 같이 있는 걸 보고 쏘아 고통을 주었다는 것이지. 그 때문에 하데스는 제우스의 궁전이 있는 올림포스로 아픔을 참고 간신히 찾아왔단다. 어쨌든 디오메데스는 몹쓸짓을 하는 인간이구나. 활로써 올림포스의 신들마저 괴롭히다니. 하지만 너를 쏘도록 디오메데스에게 시킨 것은 아테나란다. 디오메데스는 불사신과 싸우려는 인간은 결코 목숨이 길지 않다는 것을 깨닫지 못하는 바보로구나. 그러니 그자가 아무리 용맹해도 자기보다 강한 자와 붙어선 안 될 거야."

이렇게 말하고 디오네가 두 손으로 딸의 팔에서 피를 닦아주니 금세상처가 나았고 아픔도 사라졌다. 이것을 바라보고 있던 아테나와 헤라, 두 여신이 제우스 신에게 비꼬는 말투로 대들었다.

먼저 아테나가 말했다.

"아버지 제우스 신이여, 정말 어쩌자고 아프로디테는 아카이아의 한 여자를 꾀어서 지금 그녀가 예뻐하는 트로이 편으로 딸려 보내려고 하는지 모르겠어요, 아프로디테는 그 치맛자락이 긴 옷을 입은 여자를 돌

아레스를 생포한 오토스와 에피알테스

보다 황금 브로치에 긁혀 손에 상처까지 입었답니다."

그러자 제우스 신도 웃으면서 아프로디테를 불러 말했다.

"내 딸아, 싸움하는 일은 너의 소관이 아니란다. 그러니 너는 결혼에
관한 일이나 가서 보는 것이 좋을 것이다. 이런 일은 아레스나 아테나가
맡아서 처리할 것이다."

그런데 땅 위에서는 디오메데스가 아이네이아스를 향해 아폴론 신이
지켜주고 있는 것을 알면서도 덤벼들고 있었다. 그러자 궁술의 신 아폴

론은 무섭게 꾸짖었다.

"티데우스의 아들아, 그만 물러나라. 신과 같다고 오만하게 굴어서는 안 된다. 죽음을 모르는 신과 땅을 걷는 인간을 구분하거라."

그러자 디오메데스가 몇 발자국 뒤로 물러났다. 한편 아폴론은 아이네이아스를 데리고 신성한 신전에 뉘었다. 거기서 아르테미스 여신이 넓은 방에서 아이네이아스를 치료하여 본래 모습으로 돌려놓았다.

한편 아폴론은 아이네이아스와 똑같은 환상을 싸움터에 보내고, 그 환상을 둘러싸고 트로이 군과 아카이아 군은 서로 싸움을 계속했다. 때마침 기세등등한 아레스를 향해서 아폴론이 말했다.

"아레스여, 티데우스의 아들을 찾아서 싸움터에서 물러나게 해 주게. 그는 이제 아버지 제우스와도 감히 싸우려고 들 것이네. 그는 아프로디테의 손목을 찌른 뒤 다시 나한테까지 덤벼들었다오."

그래서 아레스는 트로이 군의 진지로 달려가 트라키아 부대의 대장 아카마스(Acamas)의 모습을 빌려 프리아모스 왕의 아들을 격려하면서 말했다.

"오오, 제우스가 지켜주는 프리아모스 왕의 아드님들이여, 언제까지 이러고 있을 거요. 모두들 나와서 용감하게 싸우고 있는 동료들을 구출해 냅시다."

이 말에 모두가 용기를 얻었다. 이때 사르페돈이 헥토르를 비난하면서 말했다.

"그대의 용기는 어디로 갔는가? 이러면 성을 지킬 수 있다고 생각하는가? 나는 먼 곳에서 그대를 도우러 왔다. 그런데 그대는 멍하니 서 있을 뿐 다른 병사들을 독려하여 저항하고 버티면서 처자들을 지키라고 하지도 않다니. 어서 모든 장수들에게 명해 이곳에 꿋꿋이 버티고 있을 수 있도록 하시오."

헥토르는 이 말에 깊은 충격을 받았다. 그래서 즉시 전차에서 내려 창을 휘두르면서 병사들을 격려하며 가공스런 전투를 개시했다. 이에 아카이아 군이 정면으로 맞서 버티고 서니 다시 싸움이 시작되었다. 이때 기세 사나운 아레스가 트로이 편에 가세하려고 사방을 뛰어다니면서 밤을 휘덮었다. 그는 이렇게 아폴론의 부탁을 들어주었다.

아폴론 신은 다나오이 군의 편을 든 아테나가 떠난 것을 확인한 다음 트로이 쪽 기세를 부채질했다. 그리고 아폴론 자신도 궁전에서 아이네이아스를 내보내고 그의 가슴속에 용기를 불어넣어 주었다. 이리하여 그가 위풍당당하게 전열에 합세하자 그가 죽은 줄 알았던 군사들은 모두 기뻐하며 용기를 냈다.

한편 아카이아 군 진영에서도 두 아이아스 형제와 오디세우스가 병사들을 격려하고 있었다. 병사들은 트로이 군의 공격에 겁을 먹지 않고 버티었고, 아가멤논 왕도 이들을 격려했다.

"오, 사나이답게 행동하라. 후퇴하는 자는 어떤 영광도 구원도 얻지 못한다."

이렇게 말하고 아가멤논은 재빨리 창을 던져 선두에 선 트로이 군 무사를 맞혔다. 창을 맞은 데이콘(Deicoon)은 맨 앞에 서서 싸우는 데 빨랐으므로 존경을 받고 있었다. 그때, 이쪽에서는 아이네이아스가 다나오이 군의 대장을 쓰러뜨렸다. 이것을 가련하게 여긴 군신 아레스의 친구 메넬라오스는 빛나는 청동 갑옷을 입고 창을 휘두르면서 맨 앞으로 달려 나갔다. 아레스가 그의 기세를 부채질하여 아이네이아스의 손에 죽게 하려는 속셈이었던 것이다.

바로 그때 안틸로코스(Antilochus)가 그것을 보고 앞으로 헤치고 나갔다. 자기들의 지휘관에게 어떤 불길한 일이라도 일어날까봐 두려워서였다. 그 사이 두 사람은 창을 서로 겨누고 빈틈을 엿보고 있었는데, 거기에 안틸로코스가 메넬라오스와 합세하게 되었다. 그래서 아이네이아스는 더 이상 버틸 수가 없었다. 시체를 아카이아 군 쪽으로 끌고 간 두 사람은 되돌아가서 선진대열에 끼여 계속 싸웠다. 이때 두 사람은 아레스에 못지않은 필라이메네스(Pylaemenes)를 쓰러뜨렸다.

이 광경을 보고 있던 헥토르가 그들을 향해 큰 소리를 지르면서 덤벼들었다. 그 뒤를 트로이 군의 대열이 뒤따랐다. 선두에는 군신 아레스와 에니오 여신이 섰다. 여신이 두려움을 모르고 함성을 외치는 트로이 군사들을 이끌었고, 아레스는 손에 긴 창을 들고 헥토르 주위를 맴돌았다.

이런 광경을 본 디오메데스도 몸서리를 치면서 어쩔 줄 몰라 하며 뒤로 물러서며 병사들에게 말했다.

"병사들이여, 헥토르에게 언제나 신들 중에서 하나가 붙어 있어서 화를 막아주고 있다. 지금도 아레스가 인간의 모습으로 변신해 착 달라붙어 있으니 신과 힘으로 겨뤄보려고 해서는 안 된다."

그러는 동안 트로이 군은 바로 코앞까지 진격해 왔다. 이때 헥토르가 같은 전차에 타고 있던 무사 메네스데스(Menesthes)와 앙키알로스(Anchialus) 두 사람을 죽였다.

그러나 이 두 사람이 쓰러진 것을 아이아스가 가련하게 여겨 곧 그 옆으로 달려가 번쩍이는 창을 암피오스(Amphius)를 향해 던졌다. 아이아스가 벨트를 겨눠 던진 창에 그는 쓰러지고 명예에 빛나는 아이아스가 그의 갑옷을 벗기려고 재빨리 달려갔는데, 트로이 군이 던진 창들이 그의 방패에 가득 꽂혔다.

이처럼 격렬한 전투가 계속되는 동안 엄중하고 가차없는 운명은 신과도 겨룰 만한 사르페돈과 틀레폴레모스(Tlepolemus; 제우스와 알크메네 사이에서 태어난 헤라클레스의 아들)를 맞서게 했다. 한 사람은 제우스의 아들이고 한 사람은 손자였다. 그리하여 두 사람이 서로 접근해 왔을 때 먼저 틀레폴레모스가 말했다.

"사르페돈이여, 리키아 군의 지휘자라는 자가 이렇게 의기소침해 있다니 전쟁에는 아직 미숙하오. 그대가 제우스 신의 아들이란 말은 거짓일 것이오. 그대는 겁쟁이인데다 부하들은 점점 줄어만 가고 있소. 이제 그대가 기꺼이 리키아에서 왔지만 트로이 인에게는 아무런 도움이 되지 않소. 혹 그대가 아무리 용맹스럽더라도 결국엔 내 손에 죽고 말 것이오."

이에 사르페돈이 말했다.

"틀레폴레모스여, 그대 아버지는 존귀한 일리오스를 멸망시켰지만 그것은 저 영예 높은 장부 라오메돈(Laomedon)이 사려 깊지 못했기 때문이지. 그것도 그가 헤라클레스의 은혜를 입으면서도 비난을 하고, 뿐만 아니라 그가 먼 길을 찾아온 목적인 말을 내주지 않았기 때문이야. 허나 내가 장담하는데, 여기서 죽음의 운명을 내가 그대에게 전해 주마. 내 창 끝에 그대는 쓰러져 영광이 나에게 온 다음 그대 혼백은 하데스에게 넘겨지리라."

이렇게 사르페돈이 말하자 틀레폴레모스는 창을 높이 들었다. 순간 두 사람의 손에서 동시에 나무창이 날았다. 그리하여 사르페돈의 창이 상대 목 줄기 한가운데를 관통했다. 결국 틀레폴레모스의 두 눈에는 죽음의 그림자가 덮이고 말았다. 반면에 틀레폴레모스의 긴 창은 사르페돈의 넓적다리 뼈 근처를 뚫었을 뿐이었다. 그의 아버지 제우스 신이 재앙을 막아주었던 것이다.

용감한 부하들이 사르페돈을 부축해왔다. 이쪽에서는 아카이아 군 병사들이 틀레폴레모스를 들고 갔는데, 인내심 깊은 오디세우스조차도 부르르 떨며 곧장 사르페돈을 추격할 것인가, 아니면 리키아 군에 더 많은 죽음을 선사할 것인가를 고민했다.

허나 오디세우스는 사르페돈을 쓰러뜨리도록 하라는 운명에 의해 조종당하지 않았다. 그래서 아테나 여신은 그의 기세를 리키아 부대의 병사들에게로 돌렸다.

이때 오디세우스는 코이라노스(Coeranus), 알라스토르(Alastor), 크로미오스(Chromius), 알칸드로스(Alcandrus), 할리오스(Halius), 노에몬(Noemon), 프리타니스(Prytanis) 등을 마구 찔러 나갔다. 만약 헥토르가 재빨리 이것을 발견하지 않았더라면 더 많은 병사들이 죽어나갔을 것이다. 헥토르는 청동 창을 휘두르며 아카이아 군에게 공포를 주면서 선두로 치고 나갔다. 이것을 본 사르페돈이 기뻐하면서 말했다.

"헥토르여, 포로가 되지 않도록 나를 지켜다오. 난 그 뒤에 죽어도 여한이 없소. 이제 살아서 고향에 돌아간다는 것은 바랄 수도 없게 되었구려."

그러나 헥토르는 묵묵히 그의 앞을 질주해 갈 뿐이었다. 어서 적진으로 뛰어들어 죽어가는 병사들을 구출해야 한다는 생각만 가득했다. 사르페돈이 평소에 사랑하던 부관이자 무술이 뛰어난 펠라곤이 그의 넓적다리에 꽂힌 창을 뽑아내니 잠시 정신을 잃었다가 이내 정신을 차렸다.

한편 아르고스 군대는 아레스와 헥토르에게 밀리면서도 달아나려 하지 않고, 그렇다고 싸움을 걸려고도 하지 않은 채 서서히 물러서기만 했다. 이때 프리아모스의 아들 헥토르와 아레스 신이 누구를 맨 먼저 죽이고 누구를 맨 나중에 죽였던가. 먼저 테우드라스((Teuthras)와 오레스테스(Orestes), 트레코스(Trechus)와 오이노마오스(Oenomaus), 그리고 헬레노스(Helenus)와 오레스비오스(Oresbius)가 쓰러졌다.

헤라가 이와 같이 아르고스 군대가 쓰러져 가는 것을 보고 곧 아테나 여신에게 말했다.

"아테나, 참으로 기막히군. 우리가 만일 재앙의 아레스를 저렇게 설치 도록 놓아두면 메넬라오스와는 지킬 수 없는 약속을 한 셈이 된다네. 그러니 우리도 같이 저기에 나서기로 합시다."

이에 아테나 여신은 아무 말 없이 따랐다. 이리하여 헤라 여신은 전차를 준비했다. 그의 딸 헤베가 차 양쪽에 커다란 바퀴를 달았다. 아테나 여신은 아버지의 궁전 문에 부드러운 천을 깔았다. 그리고 제우스의 갑옷을 입고 눈물에 찬 싸움터에 나섰다. 그녀의 주위를 '궤멸'(Rout)이 원을 그리며 에워쌌다. 그중에 '불화'(Strife)와 '무용'(Strength)과 '공포'(Panic)도 끼어 있으며, 가운데는 무시무시한 고르곤(Gorgon; 그리스 신화에 나오는 괴물로, 부릅뜬 눈을 하고 저주와도 관계가 있다고 한다)의 머리가, 소름 끼치는 무시무시한 괴물이, 아이기스(aegis; 산양 가죽의 방패)를 가진 제우스가 내려 준 괴이한 상징이 붙어 있었다.

여신은 머리 양쪽에 뿔이 돋은 황금 투구를 썼다. 이윽고 창을 든 여신은 불꽃처럼 빛나는 전차가 있는 곳으로 갔다. 헤라도 말에 채찍질을 해 신호를 보내자 하늘의 문이 열리고 전차가 달려 나갔다. 그런데 제우스는 다른 신들과 떨어져 올림포스의 가장 높은 산봉우리에 앉아 있었다. 헤라가 마차를 세우고 제우스에게 물었다.

"지금 아레스가 저토록 잔인한 짓을 마구잡이로 해도 왜 화를 내지 않으십니까? 정말 어처구니없게 제 마음을 아프게 했습니다. 그런데도 신들은 그것을 즐기고 있습니다. 제가 좀 혼내주고 싸움에서 쫓아버린다면 화내실 건가요?"

제우스가 대답했다.

"좋소. 아테나에게 그와 싸우게 하시오. 그 애는 늘 아레스에게 따끔한 맛을 보여줬으니까."

이 말에 헤라는 기꺼이 출발했다. 그리하여 하늘을 날아 트로이의 시모에이스 강과 스카만드로스 강이 합류하는 곳에 내렸다. 그리고 말이 먹을 신의 양식이 잔뜩 돋아나게 했다.

그런 후 여신들은 그리스의 무사들을 지켜주기 위해 걸어갔다. 드디어 수많은 용사들이 디오메데스를 둘러싸고 있는 곳에 이르렀다. 그러자 헤라가 우렁찬 목소리의 스텐토르(Stentor)로 변신해서 말했다.

"아르고스 여러분들, 부끄러운 줄 아시오, 당신들은 제법 그럴싸하게 보이지만 맹비난을 받아야 하오. 용감한 아킬레우스가 싸움터에 나와 있는 동안에는 트로이 군대가 다르다노스 성문(the Dardanian gates) 밖으로 나온 적이 없었소. 그의 창이 무서워서 말이오. 그런데 지금은 성에서 멀리까지 나와 싸우고 있소!"

그녀가 병사들의 용기를 불러일으키는 동안 아테나는 디오메데스에게 달려갔다. 마침 그는 전차 옆에서 판다로스의 활에 맞은 상처를 바람에 식히고 있었다. 아테나는 그에게 큰 소리로 말했다.

"티데우스는 참으로 용맹스런 무사였는데, 정말 저 답지 않은 자식을 낳았구나. 내가 그에게 전쟁터에서 화려한 솜씨를 발휘하도록 허락하지 않았을 때도 그랬다. 그런데 그대는 도대체 어찌 된 일인가. 내가 그대에게 트로이 군과 싸우도록 독려하고 지켜주고 있는데도 말이다. 아무래도 그대의 수족에는 반복된 공격 때문에 피로가 쌓였거나 아니면 마음이 약해 두려움에 사로잡힌 모양이다. 그렇다면 그대는 이제 티데우스의 자식이라고 할 수가 없다."

이 말에 디오메데스가 말했다.

"누구의 말씀인지 저는 알 수 있습니다. 오, 제우스 신의 따님이시여, 진심으로 모든 것을 말씀드리겠습니다. 저는 결코 약하거나 비겁한 무사는 아닙니다. 아까는 저에게 복 받으신 신들과 정면으로 맞붙지 말라고 분명히 말씀하셨습니다. 다만 제우스의 따님 아프로디테 여신이 싸우는 자리에 나타났을 때는 날카로운 창으로 찔러 주라고 하셨습니다. 그래서 지금 저는 이렇게 물러앉아 있으며 아르고스에서 온 다른 사람들에게도 모두 여기 모여 때를 기다리자고 지시한 것입니다. 아레스 신이 싸움 전체를 지배하고 있다는 것을 알았기 때문입니다."

눈이 맑은 여신 아테나가 말했다.

"오, 그대는 정말 탄복할 만한 사람이로구나. 하지만 그대라면 아레스와 그 밖의 어떤 불사신도 무서워할 것 없다. 내가 도와줄 테니 말이다. 그러니까 먼저 아레스를 향해 외발굽 말을 달려 바짝 다가가 찌르거라. 아레스라 할지라도 인정사정 봐줄 필요 없다. 그 신은 거칠게 날뛰긴 하지만 형편없는 불량배인데다가 줏대도 없거든. 얼마 전만 해도 나와 헤라에게 아르고스 편을 지켜주겠다고 큰소리치더니, 지금은 트로이 편을 들고 있다."

말을 마친 아테나는 스테넬로스를 전차에서 밀어내고 대신 디오메데스의 옆자리로 뛰어올랐다. 무서운 여신과 용사가 같이 타고 있으니 그야말로 위풍당당 그 자체였다.

바로 그때 아레스가 거인 페리파스(Periphas; 아이톨리아 최고의 용사로, 오케시오스의 아들)의 갑옷을 벗기고 있었다. 아테나는 아레스에게 들키지 않도록 하데스의 보이지 않는 투구를 썼다. 한편 인간에게 재앙을 끼치는 아레스는 용감한 디오메데스가 보이자, 페리파스는 제쳐두고 그를

아레스에게 창을 던지는 디오메데스

향해 달려갔다. 그러고는 디오메데스보다 선수를 쳐서 그의 목숨을 빼앗
으려고 서둘러 전차의 멍에와 고삐 너머로 청동 창을 내질렀다. 그러자
아테나 여신이 그의 손을 잡아 옆으로 밀쳐 창이 전차 밑 허공으로 빗나
가게 했다.

　이번에는 디오메데스가 창을 내지르자 아테나는 항상 벨트를 두르고
있는 아레스의 배 가장 밑쪽으로 창을 돌려놓았다. 그러자 아레스는 상
처를 입었고 천지가 진동하는 듯한 비명을 질렀다.

　그 비명소리가 너무 커서 전장의 모든 군사는 겁에 질려 와들와들 떨
었다. 이때 디오메데스는 아레스가 구름을 거느리고 드넓은 창공으로
올라가는 것을 보았다. 아레스가 곧 올림포스에 도착하여 괴로워하면서

말했다.

"아버지 제우스 신이여, 이것을 보고도 화내지 않으십니까. 정말 우리 신들은 각자가 제 마음대로 인간들 편을 들어 더없는 고초를 겪고 있습니다. 첫째, 모두 아버지에게 불평을 하고 있습니다. 그렇게 분별없고 저주받은 여자(아테나)를 낳으셨기 때문이죠. 다른 신들은 모두 아버지의 지시에 따르고 존경하고 있습니다. 그런데 그녀가 하는 일만은 아버지께서 모르쇠로 일관하고 있습니다. 아버지께서 혼자 낳으신 딸이라서 그런지는 모르겠지만. 지금도 그녀는 오만한 디오메데스를 도와 불사신들에게 마구 난폭한 짓을 자행하고 있습니다. 처음에는 아프로디테의 손목에 상처를 입혔고, 이번에는 저에게 덤벼들었습니다."

그러자 제우스 신이 대답했다.

"뭐야! 줏대 없는 녀석. 너는 올림포스에서 제일 마음에 안 드는 녀석이다. 너는 언제나 싸움이나 전쟁만 좋아하고, 네 어머니 헤라의 기세 역시 누구도 막을 수 없다. 내가 겨우 말로써 복종시키고 있을 뿐이다. 그러니 너도 네 어머니가 부추겨서 이런 꼬락서니가 되도록 한 게지. 그렇다고 더 이상 네가 괴로워하는 것을 앉아서 보고만 있을 수는 없구나. 아무튼 너는 내 아들이고 네 어머니가 나에게 낳아 준 자식이다. 만일 네가 다른 신에게서 태어나 이렇게 난폭한 짓을 했다면, 넌 벌써 티탄 족보다 훨씬 더 깊은 나락으로 떨어졌을 것이다."

그래서 제우스는 곧 치유의 신 파이안(Paean)을 불러 아레스의 상처를 봐주도록 명했다. 한편 인간에게 화를 끼치는 아레스가 무사들을 죽이지 못하도록 막은 헤라와 아테나도 제우스의 신전으로 돌아왔다.

제 6 권

헥토르와 아내 안드로마케

치열한 전투는 시모에이스와 크산도스 강 사이의 평원으로 옮겨졌다. 먼저 아이아스가 트로이 군의 대열을 돌파하여 아카마스(Acamas)를 죽임으로써 아카이아 군에게 서광을 비춰 주었다. 디오메데스는 악실로스(Axylus)를 죽였다. 에우리알로스는 드레소스(Dresus)와 오펠티오스(Opheltius)를 무찌른 뒤 아이세포스(Aesepus)와 페다소스(Pedasus)를 뒤쫓아가, 이 두 사람을 죽이고 갑옷을 벗겨가버렸다.

또 폴리포이테스(Polypoetes)가 아스티알로스(Astyalus)를 쓰러뜨렸으며, 오디세우스는 청동 창으로 페르코테에서 온 피디테스(Pidytes)를, 그리고 테우크로스(Teucer)는 아레타온(Aretaon)을 무찔렀다. 한편 네스토르의 아들 안틸로코스(Antilochus)는 창으로 아불레로스(Ablerus)를, 아가멤논은 엘라토스(Elatus)를 쓰러뜨렸다. 또 레이토스(Leitus)는 달아나는 필라코스(Phylacus)를 추격 끝에 죽였고, 에우리필로스는 멜란디오스(Melanthus)를 무찔렀다.

그리고 메넬라오스가 아드레스토스(Adrestus)를 생포했다. 그러자 아드레스토스는 메넬라오스에게 매달리며 애원했다.

"제발 목숨만 살려 주시오. 내 몸값으로 엄청난 보물을 주겠소. 나의 아버지는 부자라서 수많은 보물들을 가지고 있소."

결국 메넬라오스가 그를 아카이아 군의 배로 데리고 와서 수행자에게 인계하려고 했다. 그때 아가멤논이 달려와서 말했다.

"그대는 어찌 그리도 마음이 약한가. 고향에서 트로이 인이 그대에게 무슨 훌륭한 일이라도 했기에 이런 자들에게 연민을 베푼단 말인가. 모두 우리 손으로 혹독한 최후를 맞도록 하자."

아가멤논의 말은 동생의 기분을 바꾸었다. 아드레스토스는 곧 아가멤논 왕의 창을 맞고 죽었다.

한편 네스토르는 아르고스 군대를 향해 부르짖었다.

"오, 우리 다나오이 군의 용사들이여. 지금 우리는 전리품을 배로 가져갈 생각으로 갑옷을 벗기는 일에만 몰두해서는 안 된다. 우선 적의 무사들을 쓰러뜨리자. 그러면 갑옷 따위는 지천에 널려 있는 시체들에서 얼마든지 벗겨낼 수 있다."

이때 트로이 군도 아카이아 군에 겁을 먹고 만일 아이네이아스와 헥토르에게 헬레노스라는 새 점을 잘 치는 점쟁이가 예언하지 않았더라면 일리오스로 도주했을는지도 모른다. 그런데 그 사나이는 이렇게 말했던 것이다.

"아이네이아스와 헥토르여, 힘든 일이 모두 당신들에게 맡겨진 것은 당신들의 지략이 뛰어났기 때문이오. 그러니 여기서 버티고 사방을 뛰어다니면서 병사들이 성문 앞에서 멈추도록 하시오. 당신 둘이서 우리 편 군사들을 완전히 멈추어 서게만 해 준다면 우리 쪽에서도 그냥 이대로 서서 싸우겠소. 무슨 일이 있어도 그렇게 해야 합니다. 하지만 헥토르여, 당신은 성에 들어가 당신의 어머니와 나의 어머니에게 말씀하시오. 나이 많은 여자들을 모아 아테나 신에게 참배하게 하고 열두 마리의 살찐 송아지를 제물로 바치도록 이르시오. 만일 여신이 트로이 인의 가정과 아내와 철없는 아이들을 불쌍히 여기신다면 우리를 도와 줄 것이오. 그리고 성스러운 일리오스로부터 티데우스의 아들 디오메데스를 멀리 물러나게 해 줄 것이오."

이 말에 헥토르는 기꺼이 진중을 돌아다니면서 병사들을 격려하여 싸움터로 내몰아 아카이아 군에 맞서게 했다.

그러자 아르고스 군대는 약간 주춤했다. 어느 신이 트로이 군을 돕고 있는 거라고 생각했다.

헥토르는 다시 트로이 군사들을 격려하며 말했다.

"용감한 우리 군사들이여, 내가 지금 일리오스로 돌아가 우리 장로들과 우리 아내들이 신들에게 기도하고 제물을 바칠 것을 맹세시키고 돌아오려 하니, 그동안 군센 무용을 아낌없이 발휘해주도록 하시오."

헥토르는 곧 일리오스를 향해 달렸다. 한편 글라우코스와 디오메데스는 당장 서로 일전을 벌일 기세로 달려 나갔다. 디오메데스가 글라우코스를 향해 소리쳤다.

"그대는 누구인가! 내가 보기에는 그대의 호탕함은 아주 뛰어나지만 나의 무공에 대항하려는 자야말로 불우한 부모의 아들이다. 어쨌든 그대는 불사신 가운데 한 분으로, 하늘에서 내려온 것은 아니겠지? 나로서는 하늘에 계시는 신들과 싸울 생각은 없다. 왜냐하면 용감무쌍한 리코르고스(Lycurgus)조차도 오래 목숨을 부지하지 못했기 때문이다. 그는 누구나 아는 것처럼, 하늘의 신들과 다투어 어떤 때는 미쳐 날뛰는 디오니소스의 유모들을 신성한 니사의 온 산맥을 헤매며 뒤쫓았다. 그 여자들은 모두 사람을 죽이는 리코르고스의 도끼에 맞아 제사의 연장들을 땅에 떨어뜨렸다. 그래서 디오니소스가 겁에 질려 바다의 파도 사이에 숨어 가라앉는 것을 테티스가 받아 겁에 질린 그를 품에 안아 주었다. 그래서 오래도록 안락한 삶을 누리고 있는 신들은 그를 미워하여 먼저 크로노스의 아들 제우스가 그를 장님으로 만들었으며, 다른 신들로부터 미움을 받는 바람에 오래 살지 못했다. 그러니 나는 복을 누리는 신들과 싸우고 싶지 않다. 하지만 그대가 인간이라면 당장 최후의 순간을 맞도록 해 주마."

이 말에 글라우코스가 말했다.

"그대는 어찌하여 나의 신권을 따지고 묻는가. 그대가 정 알고 싶다면 우리 집안의 내력을 알려주겠다. 말을 기르는 아르고스 깊숙한 곳에 에피레라는 도시가 있다. 그곳에 아이올로스의 아들 시쉬포스(Sisyphos)라는 가장 지혜로운 사람이 있었다. 그가 얻은 아들이 글라우코스이며, 그가 인품이 뛰어난 벨레로폰테스(Bellerophon)를 낳았다. 신은 그에게 준수한 용모를 선사했다. 그래서 프로이토스(Proetus)가 가슴속에 은밀히 흉계를 꾸며, 결국 아르고스 사람들이 그를 쫓아내 버렸다. 프로이토스의 아내 안테이아(Anteia)가 그에게 반해서 남몰래 욕망을 채우려 했기 때문이다. 벨레로폰테스는 본래 무용이 뛰어났을 뿐만 아니라 지조 또한 바르고 굳었으므로 조금도 그녀의 말을 들으려 하지 않았다. 그래서 여자는 거짓말을 꾸며 프로이토스 왕에게 고자질하기를 '저를 죽여 버리세요, 프로이토스 님. 아니면 벨레로폰테스를 죽여 주세요. 제가 싫다고 하는데도 자꾸만 살을 섞자고 조르는걸요.' 이렇게 말했다. 이에 속아 넘어간 왕은 정신없이 크게 분노했다. 그러나 죽이지만은 않았다. 왠지 마음에 꺼림칙했기 때문이다. 왕은 리키에에 그를 보내어 겹으로 접은 널빤지에 갖가지 흉측스러운 부첩을 새겨서 들고 가게 했다. 목숨을 해치는 흉계를 여러 가지 적은 표지인데, 그것을 왕의 장인에게 보이도록 명령한 것이다. 그것은 그가 그 장인으로 하여금 목숨을 잃게 하기 위해서였다. 그리하여 그는 리키에를 향하여 여러 신들의 비호를 받으며 나아갔는데, 이윽고 리키에의 크산도스 강 입구에 이르자 광대한 리키에 영주는 그를 진심으로 융숭하게 대접하여 9일 동안 향연을 베풀고 아홉 마리의 소를 잡았다. 그리고 10일째 되던 날 아침 왕은 그에게 묻기를, 사위 프로이토스한테서 가지고 온 것이 있으면 내놓으라고 요구했다. 이리하여 사위가 준 그 사악한 부첩을 받아 들자 리키에의 왕은 우선 먼저 저 무섭고 강한 괴수 키마이라(Chimaera)를 죽이고 오라고 명령했다. 이 괴물은 사람이 아니라 앞모습은 사자, 뒷모습은 뱀의 꼬리, 가운데는 암산양의 모습을 하였고, 입에서 불꽃을 토해내고 있었다. 그는 신들의 안내를 받아 그 괴물을 때려 죽였다. 이어 왕은 명성을 떨치고 있는 솔리모이 족(Solymi)과 싸우라고 명령했다. 이 싸움이야말로 그가 벌인 싸움들 중 가장 격렬했다고 한다. 또 세 번째는 남자도 못 당하는 아마존의 여인족을 무찔렀다. 그런데 그가 돌아오자 또다시 빈틈없는 모략을 꾸며 광활한 리키에 땅에서 선발한 용사들을 그가 오는 길목에 매복시켜 놓았다. 허나 그 사람들은 모두 집에 돌아오지 못했다. 벨레로폰테스가 그들을 모두 죽여 버렸기 때문이다. 그리하여 왕은 마침내 그가 진실로 신의 아들인 용사라는 것을 깨닫고 자기 딸과 인연을 맺어준 뒤, 자신의 모든 위엄과 권리의 절반을 그에게 나누어 주었다. 그러자 리키에 사람들도 그에게 비옥한 땅을 골라 심은 나무와 전답과 토지를 선사했다.

공주는 무용이 뛰어난 벨레로폰테스와의 사이에서 이산드로스(Isander), 히폴로코스, 라오다메이아(Laodameia)라는 아이 셋을 낳았다. 라오다메이아를 사랑한 전지전능하신 제우스는 신과도 견줄 만한 청동 갑옷을 두른 사르페돈을 낳게 했다. 하지만 벨레로폰테스도 결국 모든 신들의 미움을 받게 되어 알레이온 들판을 가로질러 세상 사람들이 지나는 곳을 피해 비통한 마음으로 외로운 방랑길을 떠났다. 또 그 아들 이산드로스는 전쟁에 싫증을 낼 줄 모르는 군신 아레스를 위해 용감하기로 이름난 솔리모이 족과 싸우다가 죽었으며, 남은 공주 라오다메이아는 아르테미스 여신의 노여움을 받아 죽고 말았다. 그런데 히폴로코스야말로 나의 아버지이다. 그래서 나를 이 트로이로 보내셨는데 떠날 때 여러 가지 조언을 해주시며 용감하게 싸워 공을 세우고 모든 면에서 솔선수범하도록, 또 조상 대대의 혈통에 욕을 보이지 않도록 해야 한다고 당부했다. 우리 조상은 에피레와 리키에에서도 드높은 기상의 용사로 널리 알려져 있다. 혈통이 그리 대단하지는 않지만, 바로 이것이 나의 집안 내력이다."

그의 말이 끝나자 디오메데스는 기뻐하면서 손에 쥐고 있던 창을 땅에 찍어 세우고는 글라우코스에게 말했다.

"그렇다면 그대와 나는 아주 가까운 집안 사이가 되는 셈이다. 그래서 오이네우스(Oeneus)는 예전에 명예로운 벨레로폰테스를 초대하여 20일 동안이나 손님으로서 대접했고, 두 사람은 서로 훌륭한 선물을 교환했다. 오이네우스는 자줏빛 벨트를 선사하고 벨레로폰테스는 두 귀가 달린 황금 잔을 선사했다고 한다. 그 잔을 내가 가지고 있다. 아버지 오이네우스를 나는 지금 기억하지 못한다. 내가 너무 어릴 때 집을 나갔기 때문이다. 아카이아 병사들이 테베에서 전사했을 때의 무용담이다. 그러니 그대가 아르고스에 왔을 때 내가 그대를 위해 편안하게 뒤를 보아줄 것이고, 내가 만일 그쪽 나라에 간다면 그대가 주인이 되어 봐줄 것이 아닌가. 이제 우리 서로 창을 피하도록 하자."

이렇게 두 사람이 통성명을 한 뒤 서로 손을 잡고 만남을 기뻐했다. 그리고 글라우코스는 티데우스의 아들 이도메네스에게 그가 준 청동 갑옷 대신 황금 갑옷을 주고 소 아홉 마리 값어치 대신 백 마리 값에 달하는 물건을 선물했다.

한편 헥토르가 스카이아 성문(the Scaean gate) 가까이에 있는 떡갈나

스카이아 성문

무 근처까지 오자 트로이 사람들의 아내와 딸들이 몰려들었다. 그리고 자기들의 남편과 아버지, 형제들의 안부를 물었다. 우선 그는 차례차례 여러 사람들을 보고 신에게 기도드리라고 명령했다. 이윽고 여러 기둥을 나란히 세운 복도가 있고 50개의 침실이 있는 프리아모스 성에 이르렀다. 거기에는 프리아모스의 아들들이 격식에 따라 맞이한 아내들이 머물고 있었다. 또 딸들을 위해서는 안마당의 울타리 안에 열두 칸의 침실이 마련되어 있었다.

헥토르의 어머니 헤카베가 딸 라오디케(Laodice)와 함께 나타나더니 황급히 헥토르의 손을 잡고 타일렀다.

"아들아, 어찌하여 격렬한 싸움을 놔두고 왔느냐. 천박한 아카이아 군들이 이 성을 공략하려고 들겠지. 그래서 보루의 언덕에서 제우스 신께 기도하려고 돌아온 것이로구나. 그렇다면 잠시 기다리거라. 내가 포도주를 가지고 오겠다. 그것으로 먼저 제우스 신과 다른 신들에게 올리고 그 다음에 그대도 한잔 마시면 힘이 솟구칠 것이야."

헥토르가 말했다.

"어머님, 마음을 달콤하게 적시는 포도주는 사절하겠습니다. 몸에서 힘이 빠지면 곤란합니다. 그리고 더러운 손으로 제우스 신께 빛나는 술을 따라 제사를 모시는 것도 삼가야 합니다. 또 피와 먼지를 덮어 쓴 더러운 제가 기도하는 것도 좋지 않습니다. 그러니 어머니께서 사냥감을 갖다 주시는 아테나의 신전에 흙으로 구운 제기를 들고 가 나이 든 여자들과 함께 참배하십시오. 그리고 이 성안에 있는 옷들 중 가장 아름다운 옷들만 골라 아테나 신상의 무릎에 걸쳐놓으세요. 또 한 살배기로 아직 채찍도 닿지 않은 송아지 열두 마리를 골라 여신에게 제물로 바치고 맹세하십시오. 만일 여신께서 이 도시와 트로이 인 가정의 아내들과 철없는 아이들을 불쌍히 여기시거든 제발 성스러운 일리오스에서 디오메데스가 물러나도록 해달라고 기도하세요. 아무튼 어머니께서는 지금 사냥감을 들고 아테나 신전으로 가십시오. 저는 파리스를 찾으러 가겠습니다. 파리스가 내 말을 듣겠는지 물어보겠습니다. 정말 땅이 둘로 갈라져 그를 삼켜 버렸으면 좋겠습니다. 제우스 신이 파리스를 트로이 사람들이나 아버님이나 그 자식들에게 엄청난 재앙의 씨앗으로 기르셨습니다. 만일 그 녀석이 하데스가 다스리는 지하세계로 가는 것을 본다면 정말 저도 가슴이 후련할 것입니다."

헤카베가 성 안으로 들어가 시녀들에게 지시하자, 그들은 곧 도시 안의 나이 든 여자들을 모아 왔다. 이윽고 모든 준비가 끝나자 모두 보루의 언덕 위에 우뚝 서 있는 아테나 신전에 도착했다. 안테노르의 부인인 무녀 데아노(Theano)가 문을 열어 주었다. 그러자 여자들이 모두 울부짖으며 아테나 여신에게 두 손을 모아 기도하고, 데아노는 옷을 집어 들어 아테나 여신의 무릎 위에 걸치고 이렇게 빌었다.

"아테나 여신이여, 여신께서 이 도시와 트로이 사람들의 가정과 아내들과 철없는 아이들을 불쌍히 여기신다면 제발 디오메데스의 창을 부러뜨려 주소서. 그렇게 해 주시면 한 살배기 송아지를 아직 채찍도 한 번

안 맞은 것들로 골라 제물로 바치겠습니다."

그러나 아테나 여신은 기도를 외면했다.

한편 헥토르는 파리스를 찾아갔다. 파리스는 마침 갑옷과 큰 방패를 손질하고 활에 윤을 내고 있었다. 그리고 아르고스 태생의 헬레네는 여느 때와 같이 시녀들 사이에 앉아 그녀들에게 세상에 널리 알려진 수예를 시키고 있었다. 파리스를 보자 헥토르는 모욕적인 말투로 말했다.

"도대체 넌 무슨 짓을 하고 있느냐. 그처럼 원한을 가슴에 품고 있는 것은 좋지 않다. 이 도시 사람들은 이 성과 험한 보루 주위에서 싸우면서 계속 쓰러져 가고 있다. 그것은 바로 네 탓이다. 전투의 함성과 울부짖음이 이 도시를 포위하고 싸움의 불길이 훨훨 타오르고 있는데, 누군가가 싸움도 하지 않고 게으름을 피우고 있는 것을 보면 너라도 화가 날 것이다. 그러니 어서 일어나라. 금방이라도 이 성이 사나운 불길에 휩싸이면 큰일이다."

그러자 파리스가 말했다.

"형님이 꾸짖는 것은 당연합니다. 하지만 제 말을 좀 들어주시오. 결코 내 쪽에서 트로이 사람들에 대해 그토록 분통을 터뜨리거나 원망하여 방에 처박혀 있었던 것은 아니오. 오히려 가슴속의 쓰라림을 다스리고 있던 중이었습니다. 하지만 지금 아내가 나를 부드러운 말로 달래서 싸움터로 나가게 하려던 참입니다. 저도 그게 나을 것 같다는 생각을 하고 있었습니다. 승리란 그때그때 상황에 따라 사람에서 사람으로 옮겨 가는 것입니다. 그러니 조금 더 기다려 주십시오. 싸움터에 나갈 갑옷을 입을 테니까요. 아니면 먼저 가시겠습니까. 곧 뒤쫓아 가겠습니다."

헥토르는 그의 말에 아무 대답도 하지 않았다. 그러자 헬레네가 부드러운 목소리로 말했다.

파리스를 꾸짖는 헥토르

"시아주버님, 저는 수치를 모르는 암캐처럼 재앙을 불러오는 무서운 여자랍니다. 사실 어머니가 저를 낳으셨을 때 회오리바람이 곧바로 저를 험한 산골짜기나 으르렁대는 바다의 파도 사이로 낚아채 갔더라면 이런 결과가 나기 전에 저세상으로 갔을 것입니다. 그런데 혹시 신들이 재앙을 이미 정해 놓았다면 저도 좀 더 나은 무사의 아내가 되고 싶었습니다. 세상 사람들의 분노와 모욕을 잘 분별할 줄 아는 무사의 아내 말이에요. 그런데 저이는 확고한 마음가짐도 없으며 앞으로도 있을 것 같지 않습니다. 그래서 마땅히 그러한 보복을 당하지 않을까 하고 생각하고 있습니다. 어쨌든 들어와 이 대좌에 앉으세요. 이 하찮은 인간과 파리스가 저지른 잘못 때문에 시아주버님께서는 지금 혹독한 고초를 겪고 계십니다. 하지만 제우스께서 우리에게 비운을 내려주셨기에 평생 후세 사람들의 입에 오르내릴 것입니다."

헥토르가 말했다.

"나는 앉아 있을 틈이 없소. 내 마음은 지금도 트로이 사람들을 지키기 위해 싸우라고 재촉하고 있소. 그리고 모든 병사들이 나를 기다리고 있소. 어쨌든 그대는 파리스를 일어서게 해 주시오. 나와 같이 갈 수 있도록 말이오. 나도 아내와 아이들을 만나러 집에 들러야 하오. 앞으로 다시는 그를 되돌아오게 해서는 안 되오."

헥토르는 이렇게 말한 뒤 그곳을 떠나 자기 거처에 도착했다. 하지만 어느 방에도 안드로마케는 보이지 않았다. 그녀는 아이와 시녀를 데리고 높은 망루에 올라가 탄식하면서 서 있었던 것이다.

헥토르는 기품 있는 아내가 집 안에 보이지 않자 시녀에게 말했다.

"안드로마케는 어디로 갔느냐. 아테나 여신의 신전으로 갔는가. 거기서는 지금 트로이 부인들이 영악한 여신의 마음을 달래려고 기도하고 있으니까."

이 말에 가사를 맡고 있는 늙은 시녀가 말했다.

"헥토르 님, 마님께서는 지금 일리오스의 높은 성벽으로 나가셨습니다. 아카이아 편이 우세하다는 소식을 들으시고 부랴부랴 성벽으로 달려 가셨습니다. 정말 미친 듯이 달려 나가셨습니다. 아기는 유모가 안고 뒤따라갔습니다."

이 말을 듣고 헥토르는 곧바로 성을 가로질러 스카이아 성문에 이르자

132

그의 아내 안드로마케가 달려왔다. 그녀 뒤에는 아기를 안은 시녀가 따라오고 있었다. 헥토르가 순결한 하늘의 별과도 같은 귀여운 아기를 조용히 내려다보면서 미소를 지으니, 그 옆에서 아내 안드로마케가 눈물지으며 남편의 손을 꼭 잡고 말했다.

"정말 당신 같은 분은 없을 것입니다. 그 용맹스러움이 파멸의 원인이 되었습니다. 게다가 아직 젖도 떼지 않은 아기와 불쌍한 이 몸이 가엾지도 않은 모양이지요. 이제 곧 당신을 빼앗기고 과부가 될 텐데……. 당장에라도 아카이아 군이 밀고 와 당신의 목숨을 빼앗을지 모르기 때문에……. 살아서 당신을 잃는 것보다 차라리 제가 먼저 죽는 게 낫겠어요. 무슨 위안이 달리 있을까요? 만일 당신이 최후를 맞으시면 오직 슬픔만 남을 것입니다. 게다가 저는 아버님도 어머님도 안 계시니 말입니다. 제 아버님은 킬리키아 인들(The Cilicians)의 훌륭한 성 테베를 공략할 때 아킬레우스의 손에 들어가셨어요. 하지만 그 사람은 아버지를 죽이기는 했으나 갑옷까지 벗겨 가지는 않았습니다. 그래서 훌륭한 갑옷을 입힌 채 시체를 태우고는 무덤을 만들어 주었습니다. 산에 사는 님프들과 제우스 신의 따님이 그 주위에 느릅나무를 심어 주셨고요. 그리고 아버님의 성 안에는 일곱 명의 오라버니와 동생들이 살고 있었는데, 아킬레우스가 그들을 모두 하루 사이에 죽이고 말았습니다. 어머님은 플라코스 산(Mt. Placus) 밑의 모든 땅들을 다스리고 계셨습니다. 그것은 아킬레우스가 엄청나게 많은 몸값의 대가로 돌려준 것이지요. 한때는 이쪽으로 다른 많은 재보를 갖고 오시기는 했지만 당신 아버님의 성에 계시는 것을 다시 아르테미스가 살해하고 말았습니다. 그러니 당신은 나의 아버님도 되시고 어머님도 되시고 또 오라버니도 되시지요. 그리고 무엇보다도 제가 의지하는 귀한 남편이기도 합니다. 그러니 제발 저를 가엾게 여기시고 이대

안드로마케를 만나는 헥토르

로 이 자리에, 이 성위에 머물러 계세요. 제발 이 어린것을 고아로, 또 아
내를 과부로 만들지 말아 주세요. 병사들은 저 무화과나무 근처에 두세
요. 그곳이 성벽에 올라가기도 가장 쉽고 공격을 받기도 쉬운 곳이니까
요. 두 사람의 아이아스를 둘러싼 용사들과 유명한 이도메네우스와 아
트레우스 집안의 왕들과 디오메데스의 동료들이 이미 세 번이나 그곳에
몰려들어 공격했답니다. 혹시 용한 점쟁이가 그들에게 일러 주었거나, 아
니면 그 사람이 스스로 알아서 시켰는지도 모르겠어요."

그러자 헥토르가 말했다.

"물론 나도 그런 것은 잘 알고 있소. 하지만 내가 가장 부끄럽게 여기고 또 두려워하는 것은 내가 전쟁터에서 달아나 숨는 듯이 보이는 것이오. 그래서는 정말 안 되오. 내 마음이 그것을 허락하지 않소. 나는 어릴 적부터 늘 용감하게 행동하고 트로이 군의 선두에서 싸우도록, 그리고 아버님이나 나 자신을 위해서 빛나는 영광을 차지할 수 있도록 배워 왔으니 말이오. 물론 나도 잘 알고 있소. 머리로뿐만 아니라 뱃속으로부터. 언젠가 그날이 올 거요. 이 거룩한 일리오스도 프리아모스도, 그 프리아모스의 물푸레나무 창도 훌륭한 병사들도 멸망해 사라져 버릴 날이. 그리고 그 트로이 사람들이 뒷날에 받을 괴로움도 그토록 마음에 걸리지는 않소. 어머니의 슬픔도, 아버지 프리아모스 왕이나 형제들의 고난도. 그렇게 강하고 모두 소용이 닿는 사람들이지만 결국은 적군의 손에 살해되어 흙먼지 속으로 사라지겠지. 그러나 그것조차도 그대가 받을 고통만큼 마음에 걸리지는 않는단 말이오. 누군지도 모를 청동 갑옷을 입은 아카이아 무사가 눈물에 젖은 그대를 억지로 노예로 끌고 갈지도 모를 일이니. 그래서 아르고스에 살면서 베를 짜게 될지, 아니면 지독한 모욕을 받으면서 메세이스(Messeis)나 히페리아(Hypereia) 샘에서 물을 길어 나르게 될지. 그리고 또 언젠가는 이렇게 말하는 사람도 있을 거요. 그대가 밤낮 눈물에 젖는 것을 보고 '저 여자가 헥토르의 아내이다. 일리오스를 포위하고 전투를 벌였을 때 트로이 군의 용사로 이름났고 언제나 공훈을 세운 사나이였지.' 이렇게 말하는 사람들이 있어서 그대에게 새삼스레 쓰라린 생각을 품게 할지도 모르오. 그러나 제발 그때 나는 이미 죽어서 쌓아 올린 무덤 아래에 있고 싶소. 그대의 비운을 듣기 전에, 그대가 끌려가는 것을 알기 전에 말이오."

헥토르는 이렇게 말하고 자기 아기를 와락 끌어안았다. 그러나 아기는 그리운 아버지의 차림새에 겁이 나 울면서 벗어나려고 했다. 그래서 아버지도 어머니도 웃음을 터뜨리고, 헥토르는 얼른 빛나는 투구를 벗어 땅 위에 내려놓고 귀여운 아기에게 입을 맞춘 뒤 두 손으로 안아 올리고는 제우스 신과 그 밖의 신들에게 기원하여 말했다.

"제우스 신과 그 밖의 여러 신들이여, 부디 여기 있는 제 아들에게도 저보다 더 트로이 사람들 사이에서 이름을 떨치고 또 무용에 뛰어나 일리오스를 힘차게 통치해 나갈 수 있도록 해 주소서. 그리하여 제 어머니를 기쁘게 하도록 해 주소서."

기도를 마치자 헥토르는 아기를 다시 아내의 팔에 넘겨 주었다. 그녀는 아기를 품에 안고 눈물을 글썽이며 미소를 지었다. 헥토르는 그 모습을 바라보고 측은해져서 그녀를 어루만지며 말했다.

"제발 가슴 아파하며 탄식하지 마오. 아직 아무도 나를 저승으로 보내려고 하지는 않소. 그리고 운명이란 어떤 사람이라도 피할 수 없는 법이오. 자, 그러니 집으로 돌아가서 베를 짜든가 실을 잣든가 그대가 맡은 일이나 계속 하도록 하시오. 싸움은 사나이들이 모두 맡아 할 것이오. 나와 그 밖에 일리오스에서 태어난 사람들이 말이오."

헥토르가 깃털이 달린 투구를 집어 들자 그녀는 자꾸 남편을 뒤돌아보면서 눈물을 흘리며 떨어지지 않는 걸음을 내디디며 성으로 향했다. 한편 파리스는 곧 청동 갑옷을 입고 거리를 가로질러 빠른 걸음으로 달려 나갔다. 헥토르를 보자 "형님, 서둘러야 하는데 저 때문에 늦어진 것 같아 염려스럽습니다." 하고 말했다. 그러자 헥토르가 대답했다.

"착한 동생아, 누구든지 제대로 된 무사라면 싸움터에서 너의 활약을 가벼이 보지 않을 것이다. 그것은 네가 뛰어난 무사이기 때문이다. 다만 네가 스스로 마음 내키어 전쟁에 참여하려 하지 않고 게으름을 피울 뿐이기 때문에 나는 가슴속에 쓰라린 생각을 하지 않을 수 없다. 너에 대해서 트로이 사람들이 온갖 모욕적인 말을 뱉고 있다. 그들은 모두 너 때문에 무척 고생을 하고 있다. 어쨌든 이제 떠나자. 앞으로는 우리 할 일만 하도록 하자. 아카이아 군을 몰아낸 다음 제우스 신이 우리에게 축하주를 빚는 독들을 성 한가운데 차려 놓고 하늘에 영원히 사시는 신들에게 바치라고 일러줄 때까지 말이다."

파리스의 활과 화살통

제 7 권

헥토르와 아이아스의 격돌

헥토르가 성문 밖으로 달려 나가자 파리스도 뒤따랐다. 두 사람은 기세등등했다. 그들은 마침내 트로이 군사들이 기다리고 있는 곳에 나타났다.

이윽고 그들은 적을 무찌르기 시작했다. 그때 두 사람이 쓰러뜨린 자 가운데 하나는 곤봉을 쓰는 아레이도스(Areithous) 왕과 암소의 눈을 한 필로메두사(Phylomedusa)가 낳은 아들 메네스디오스(Menesthius)였다. 또 헥토르는 에이오네우스(Eioneus)를 창으로 쓰러뜨렸다. 또 히폴로코스의 아들로 리키에 군의 대장인 글라우코스는 격렬한 공방전 끝에 이파노스(Iphinous)의 어깨를 창으로 찔렀다.

그리하여 이 두 사람이 아르고스 군세를 격렬한 공방전 속에서 마구 무찔러 나가는 것을 본 아테나 여신은 곧장 올림포스 봉우리에서 일리오스로 향했다. 트로이 군의 승리를 꾀하고 있던 아폴론 신도 페르가모스에서 그것을 보고 즉시 그곳으로 떠났다. 그리하여 두 신은 떡갈나무 옆에서 마주쳤다. 아폴론이 아테나 여신에게 물었다.

"그대는 왜 올림포스에서 내려오셨나요? 또 욕망에 사로잡혔나요? 전세를 뒤집어 다나오이 군에게 승리를 안겨 주고 싶어서 그러나요? 트로이 군이 죽는 것은 불쌍하게 여기지도 않는군요. 먼저 내 말을 들으시오. 오늘은 싸움을 모두 중지시킵시다."

아테나 여신이 대답했다.

"그러지요. 나도 그럴 생각으로 내려왔어요. 그런데 무사들의 싸움을 어떻게 중지시키지요?"

"먼저 헥토르를 일대일의 결투에 불러내도록 합시다. 그러면 아카이아 군에서도 누군가를 내세워 헥토르와 싸우게 하지 않겠습니까?"

이 말에 아테나 여신도 동의했다. 이 신들의 계획을 프리아모스의 아들인 헬레노스(Helenus)가 예감적으로 알아챘다. 헬레노스가 헥토르에게로 다가가 그에게 말했다.

"헥토르여! 내 말을 들으십시오. 다른 트로이 군대와 아카이아 군은 모두 앉아 있게 하고 형님과 아카이아 군 최고의 용사와 단둘이 싸우자고 불러내면 어떨까요?"

이 말에 헥토르도 찬성하여 중앙으로 나아가 창을 쥐고 트로이 군을 저지시켰다. 그러자 아가멤논이 아카이아 군을 저지시켜 앉게 하니 아테나 여신과 아폴론 신은 독수리의 모습으로 변신하여 제우스의 떡갈나무로 내려와 앉았다.

그때 헥토르가 나아가서 말했다.

"양쪽은 지금부터 마음속에서 우러나오는 내 말을 들으시오. 이전의 맹세는 제우스 신께서 못 지키도록 양쪽에 대해 악의에 찬 계략을 꾸미셨다. 하지만 그대들 가운데 나와 단둘이 싸우고 싶은 사람이 있을 것이다. 그런 무사는 이리로 나와다오. 나와 대결해 보자. 그래서 내가 이렇게 선언하는 것이다. 만일 나를 쓰러뜨릴 경우 내 갑옷을 벗겨서 배로 갖고 가도 좋다. 그러나 나의 시체는 집으로 가지고 가도록 해주기 바란다. 만약 내가 상대를 쓰러뜨린다면 갑옷을 벗겨 일리오스로 가지고 가서 궁술의 신 아폴론의 신전 벽에 걸겠다. 하지만 그 시체는 그대들에게로 돌려주마."

이 말을 들은 병사들은 잠시 조용해졌다. 한참 후 메넬라오스가 일어나 아카이아 군을 비난하면서 갑옷을 몸에 걸쳤다.

"허, 그대들은 사나이가 아니고 여자가 되었는가. 이것은 정말이지 치욕이구나. 다나오이 군들 중에는 정말 헥토르와 싸울 자가 없는가."

이때 아카이아 군의 장수들이 말리지 않았더라면 그는 헥토르에게 죽임을 당했을지도 모른다. 아가멤논이 그의 오른손을 잡고 말했다.

"메넬라오스, 너 미쳤구나. 저자에게 대항할 상대는 아카이아 군이 내세울 것이다. 그러니 가만히 있어라." 하고 아우를 설득한 뒤 그의 갑옷을 벗겨 주었다. 그러자 모두 아홉 무사가 벌떡 일어섰다. 하지만 한 명만 나가서 싸울 수 있기 때문에 제비를 뽑기로 했다. 네스토르가 투구에 제비를 담아 흔들었고, 결국 아이아스가 당첨되었다. 아이아스는 제우스 신에게 기도를 올린 뒤 장비를 갖추고 나갔다.

아이아스는 어느새 아주 가까이까지 탑 같은 방패를 들고 헥토르 앞으로 성큼 다가갔다. 그리고 말했다.

"헥토르여, 결투를 하면 이제야말로 그대는 다나오이 군에는 사자의 간담을 가졌다는 저 아킬레우스 이외에도 아직 얼마나 많은 무사들이 대기하고 있는가를 알게 될 것이다. 자, 어서 덤벼라."

헥토르가 말했다.

"아이아스여, 그대가 나를 싸움도 못하는 철없는 아이나 여자처럼 다루지 말라. 나는 오랜 동안 전쟁을 치러봤고 사람을 죽이는 데도 이골이 난 사람이다. 오른쪽으로든 왼쪽으로든 가죽 방패를 쓰는 법도 충분히 익혔다. 그것이 방패 든 무사들의 투쟁 방식이다. 또 빠른 마차 한가운데로 돌진해 들어가는 법도 알고 있고, 백병전에서 살벌한 아레스 신의 전투 춤도 익히 알고 있다. 그러나 나의 희망은 그대와 같은 용맹스러운 자라면 살짝 틈을 엿보아 치지 않고 당당히 맞서보고 싶을 뿐이다."

헥토르와 아이아스의 결투

　말을 마친 그는 창을 무섭게 마구 휘둘러 던져 아이아스의 여덟 겹 방패를 찍었다. 창끝이 그것을 꿰뚫었으나 일곱 겹째 가죽에서 멈추고 말았다. 그러자 이번에는 아이아스가 창을 던져 헥토르의 방패를 찍으니 매서운 창은 방패를 뚫고 들어가 곧장 옆구리로 향했으나 헥토르가 재빨리 몸을 피하는 바람에 죽음을 모면했다. 그러자 두 사람은 긴 창을 뽑아 서로에게 겨누며 혈투를 벌였다.

　헥토르가 그때 적의 방패 한가운데를 창으로 찍었으나 청동 외피는 찢지 못하고 창끝만 휘고 말았다. 이제 아이아스가 정면으로 튀어올라 헥토르의 방패를 찍으니 창끝이 꿰뚫고 들어가자 헥토르가 비틀거렸다.

이 틈에 아이아스의 창이 헥토르의 목을 긁자 피가 솟구쳤다. 그래도 헥토르는 싸움을 멈추지 않고 한 걸음 물러나 억센 손으로 돌덩이를 집어들어 아이아스의 방패를 치니 청동에 부딪혀 금속성의 소리가 크게 울려 퍼졌다.

이번에는 아이아스가 그보다 더 큰 돌덩이를 집어 들어 빙빙 돌린 다음 후려쳤다. 그러자 헥토르의 방패에 맞았고 무릎에 상처를 입은 헥토르는 나둥그러졌다. 그러자 아폴론 신이 그를 부추겨 세웠다. 그리고 마침내는 칼을 잡고 서로 달려들어 마구 찌르려는 참이었다.

이때 신의 전령들이 달려왔다. 한 사람은 트로이 측에서 온 이다이오스(Idaeus; 그는 트로이 전쟁에서 제우스의 뜻을 전하는 역할을 맡았고, 트로이를 대표해 그리스 군과 교섭을 진행하기도 했으며, 헥토르의 시신을 인수할 프리아모스 왕을 보필했다.)였고 또 한 사람은 아카이아 측에서 온 탈티비오스(Talthybius)였다. 이들은 양군 한가운데로 나와 사연을 적은 홀장(笏杖)을 내밀며 먼저 이다이오스가 말했다.

"싸움을 멈추시오. 제우스 신께서는 용맹스런 두 분을 다 사랑하고 계시오. 그것은 우리도 이미 잘 알고 있소. 게다가 벌써 밤이 다가왔으니 밤에게 복종하는 것이 좋을 것이오."

그러자 아이아스가 대답했다.

"이다이오스여, 헥토르에게 그대로 전하라. 저쪽에서 먼저 우리 아카이아 군의 대장들에게 도전했으니까 그렇게 하는 것이 좋을 것이다. 저쪽에서 먼저 제의하게 하라. 그러면 나도 즉시 이자의 말을 들어주마."

헥토르가 말했다.

"아이아스여! 신은 그대에게 듬직한 체구와 억센 팔 힘 그리고 분별력까지 내려주셨다. 게다가 그대는 아카이아 군 최고의 궁수지만 지금은 싸움도 승부도 중지하기로 하자. 오늘만큼은 말이다. 나중에 신의 뜻으로 우리의 우열이 정해지고 한쪽에 승리가 주어질 때까지 싸우기로 하자. 이제 완전히 날이 어두웠으니 밤의 지시에 따르는 것도 좋을 것이다. 그것으로 그대도 아카이아 군을 기쁘게 해 줄 수 있을 것이다. 특히 그대가 거느리고 온 부하들과 집안사람을 말이다. 프리아모스 왕의 성에서 기다리고 있는 트로이 사나이들과 그들의 옷자락을 끄는 트로이 여자들을 기쁘게 해 주련다. 그러면 그들도 기도를 드리고 여러 신들을 함께 모신 신전으로 나갈 것이다. 자, 그러면 선물을, 서로 훌륭한 선물을 교환하자. 아카이아 군과 트로이 군의 두 대장은 목숨을 건 승부를 위해 치열하게 싸웠지만, 다시 화기애애한 분위기 속에서 작별을 고했다고 말할 수 있게 하자."

이렇게 말한 헥토르가 칼을 칼집과 함께 아이아스에게 넘겨주니 아이아스도 아름다운 자주색 가죽 띠를 건네 주었다. 두 사람은 이렇게 작별하고 각기 자기네 군영으로 돌아갔다. 이 광경을 보고 있던 모든 사람들은 이들이 살아 있다는 사실에 무척 기뻐했다.

아이아스의 용맹스러움과 감당할 길 없는 솜씨를 피해 돌아온 헥토르는 곧 성으로 모셔졌고, 아이아스도 그의 승리를 크게 기뻐하고 있는 아가멤논에게로 모셔졌다.

마침내 일행이 아가멤논의 군영 안으로 들어가자 아가멤논은 다섯 살배기 황소를 위엄 있고 존엄한 제우스에게 바친 뒤, 모두 그 가죽을 벗기고 말끔히 다듬은 다음, 팔다리를 자르고 잘 썰어서 쇠꼬챙이에 꿰어 모두 불에 구웠다. 이렇게 잔치 준비가 끝나자 모두 함께 식사를 했고 훌륭한 음식에 크게 만족했다. 그래서 아가멤논 왕은 등심을 통째로 아이아스에게 상으로 주었다.

이리하여 잔치 분위기가 무르익자 모두를 위해 오래전부터 신뢰를 받아온 장로 네스토르가 일어서서 말했다.

　"아가멤논과 그 밖에 모든 아카이아 군의 대장들이여, 아카이아 군사들 중에는 전사한 자들이 많소. 그들의 검은 피를 아름다운 스카만드로스 강변에 아레스 신이 흩뿌렸으며, 그 혼백은 모두 저승으로 가버렸다오. 그러므로 주군께서는 날이 새거든 아카이아 군들에게 전투를 잠시 휴전시키는 것이 좋겠습니다. 그리고 모두 죽은 자들의 시체를 수레에 싣고 말과 나귀로 끌어 이곳으로 날라 화장하도록 합시다. 우리가 고향에 돌아갈 때 그들의 자식들에게 뼈라도 건네줄 수 있도록 말입니다. 그리고 화장터 근처에는 평원에서 모아 온 모든 것들로 하나의 무덤을 만듭시다. 그것에 의지해서 배와 우리 자신을 방비하기 위해 성벽을 구축하도록 합시다. 그 성벽에는 여기저기 탄탄하게 출입문을 달고 그리고 말과 전차가 통과하도록 길을 만듭시다. 또 그 바깥쪽에는 참호를 깊이 파서 적군의 마차나 병사들은 그 가장자리에서 막아내고, 트로이 군사들이 우리에게 덤벼들지 못하도록 합시다."

　이 말에 근처에 대기하고 있던 영주들도 모두 찬성했다.

　한편 프리아모스의 성문 근처 언덕 위에서는 분노와 불화로 가득찬 트로이 사람들이 모임을 갖고 있었다. 이들을 향해 지혜로운 안테노르가 말했다.

　"여러분, 내 가슴속에서 말하라고 명하는 것을 지금 털어놓겠습니다. 자, 지금 당장 헬레네를 재물과 함께 아트레우스의 아들에게 넘겨주기로 합시다. 지금 우리는 맹약을 어기고 그들과 싸우고 있습니다."

　그 말을 듣고 있던 파리스가 벌떡 일어나서 말했다.

　"안테노르여, 지금 그대의 말은 내 마음에 들지 않소. 그보다 나은 말을 생각해 보시오. 만일 그대가 그 말을 진정으로 한 것이라면, 그건 신들이 그대의 분별력을 잃게 한 것이오. 아무튼 나는 트로이 사람들에게 선언해 두겠소. 그런 제안은 애시당초 거부하겠소. 내 아내는 절대로 돌려보내지 않겠소. 하지만 재물이라면 아르고스에서 우리 집으로 가지고 온 것들을 모두 돌려주겠소. 게다가 내가 가진 것까지 보태서 말이오."

이 말에 이번에는 프리아모스 왕이 말했다.

"내 생각을 들어다오. 지금은 우선 성 안의 사람들은 전과 다름없이 만찬을 마치면 각자 보초를 봐다오. 그리고 동이 트거든 이다이오스를 아카이아 군으로 보내 파리스의 제안을 아가멤논과 메넬라오스에게 전하도록 하자. 그리고 다음과 같은 확실한 제안을 하도록 하자. 죽은 자들을 화장하기 위해 처절한 아우성으로 가득 찬 싸움을 잠시 멈출 수 없겠냐고."

이 말에 영주들은 모두 승복했다.

한편 날이 새자마자 이다이오스는 아카이아 군의 선단으로 찾아갔다.

"아트레우스 집안의 군주들과 여러 장수님들, 저는 말씀을 전하라는 명을 받고 왔습니다. 파리스가 트로이로 가지고 온 재물을 모두 돌려 드리고, 더구나 집에 있는 것까지 드려도 좋다고 합니다. 그러나 헬레네는 돌려보낼 수 없답니다. 트로이 사람들은 모두 돌려보내자고 합니다만, 그리고 또 이것도 제의하라고 했습니다. 죽은 자를 화장하도록 잠시 동안이라도 휴전할 수 없겠느냐고 말입니다."

이 말에 모두 입을 다물고 있다가 디오메데스가 말했다.

"이제 와서 파리스의 재물 따위는 절대로 받지 않는다. 헬레네도 그렇다. 이제 트로이 사람들에게는 파멸의 어두운 그림자가 닥칠 것이다."

이 말에 모두 탄성을 질렀다. 이때 아가멤논이 이다이오스에게 말했다.

"이다이오스여, 그대는 직접 아카이아 사람들의 말을 들었을 것이다. 내 의견도 마찬가지다. 그러나 시체를 화장하는 동안 휴전하자는 제의에는 찬성한다." 하고 홀을 모든 신에게 받들어 보였다. 그리하여 이다이오스는 다시 일리오스로 돌아와 아가멤논의 말을 전했다.

그리하여 이날부터 시체를 운구하고 장작을 가져다 화장을 하기 시작했다. 그리고 아카이아 군은 참호를 깊이 파고 폭도 넓게 하여 그 안에다 말뚝을 박아놓았다. 한편 신들은 제우스 신 옆에 앉아 아카이아 군이 큰 공사를 하고 있는 광경에 놀라 내려다보고 있었다. 그 신들을 향해서 먼저 대지를 뒤흔드는 포세이돈 신이 말했다.

"제우스 신이여, 대체 이 넓은 대지 위에 사는 인간으로서 자기 의중이나 생각을 여러 신들에게 보고하는 자가 있을까요. 아카이아 군은 배를 지키기 위해 또다시 성벽을 두르고 그 주위에 참호까지 팠는데, 신들에게는 제물을 바치지 않고 있지 않습니까. 실로 이 소문은 아침 햇빛이 비치는 모든 나라에 전해지겠지요. 그리하여 나와 아폴론이 힘들여 라오메돈 왕을 위해 적을 방비하라고 지어 준 성벽은 잊어버리겠지요."

와인을 담는 병, 고대 그리스의 암포라(Amphora)

이에 제우스 신이 화를 내면서 말했다.

"대지를 뒤흔드는 그대가 도대체 무슨 말을 하는가. 그대보다 덜 강한 신이라면 그들이 하는 일을 두려워하겠지. 그러나 분명히 그때의 영광은 아침 햇빛이 비치는 땅이면 어디나 전해질 것이다. 알겠는가, 틀림없이 앞으로 다시 아카이아 병사들이 선단을 이끌고 그리운 조국 땅을 향해 떠나버리면, 저 성벽은 두들겨 부수어서 바다 속으로 모두 흘러보내고 이 드넓은 해변가를 다시 모래로 덮으면 될 것이다. 아카이아 군사들이 만든 커다란 성벽을 그대 힘으로 허물어뜨리도록 하라."

그러는 동안 해는 지고 아카이아 군사의 작업도 완전히 마무리되자, 진영 곳곳에서 소를 잡아 만찬을 즐겼다.

제 8 권

트로이를 돕는 제우스

아침이 되자 제우스는 신들을 모아 회의를 시작하니 여러 신들이 모두 귀를 기울였다.

"듣거라. 남신이건 여신이건 모두 내 말을 듣고 꼭 지켜야 한다. 그리고 빨리 이 일을 끝낼 수 있도록 모두 동의해 주기 바란다. 만약 누구든지 혼자 멋대로 트로이 군이나 아카이아 군을 편들면, 그 신은 무참히 매를 맞고 올림포스로 돌아올 것이다. 아니면 붙들어서 칠흙 같은 타르타로스 (Tartarus)의 깊은 땅속에 가두어놓을 것이다."

이렇게 말하자 신들은 모두 주눅이 들어 입을 굳게 다물었다. 한참 뒤 아테나가 말했다.

"저희들이 아버지 신에게 그 누구도 대항하지 못한다는 것은 잘 알고 있습니다. 하지만 저희들도 다나오이 군사들이 불행한 운명에 사로잡혀 끔찍이 죽어가는 것을 보면 정말로 불쌍한 생각이 듭니다. 아버님 말씀대로 전쟁으로부터 손을 떼기로 하겠지만 아르고스 군대에게 계략을 가르쳐 주는 것만은 허락해 주십시오. 그들이 그것을 도움삼아 아버지의 분노에 모두 쓰러지는 일이 없도록 하겠습니다."

이 말에 제우스도 미소를 지으며 "안심하거라. 내가 진정으로 하는 소리는 아니다. 나쁘게 다룰 생각은 없다." 하고 수레에 청동 말굽쇠를 단 말 두 필을 준비시켰다. 그리고 자신도 황금 갑옷을 입고 마차에 올라 채찍질하여 말을 몰아 나가니, 대지와 별이 총총 빛나는 하늘 사이를 나는 듯이 달려갔다. 제우스는 곧 이다 산(Ida; 크레타 섬에 있는 산)에 이르렀다. 그곳에는 신들의 정원과 그윽한 향기가 넘치는 제단이 있었다. 그곳에 제우스와 여러 신들과 마차를 세워 트로이 성과 아카이아 군의 선단을 내려다보았다.

때마침 아카이아 군 진영에서는 식사를 하고 있었다. 식사가 끝나자 모두 갑옷을 입기 시작했다. 또 한편에서 트로이 병사들이 갑옷으로 무장하고 비록 수는 아카이아 군보다 적었지만 기세가 등등했다. 드디어 성문이 열리자 기병과 보병들이 당당히 출정했는데 그 광경은 장엄했다.

이윽고 양쪽 군사들의 방패와 창들이 부딪치면서 전투가 시작되었다. 죽어가는 신음소리, 승리를 얻는 자랑스런 함성이 뒤범벅되면서 대지는 온통 피로 물들어 갔다.

마침 태양이 하늘 한가운데에 두 다리를 걸치자 바로 그때 제우스가 황금저울을 꺼내 놓고 두 접시에 트로이 측과 아카이아 측 죽음의 운명을 올려놓았다. 그리고 저울의 한가운데를 쥐고 들어 올리니 아카이아 측의 운명이 아래로 처졌다. 아카이아 군의 죽음의 운명이 대지를 향해서 기울어지고, 트로이 측은 하늘을 향해 올라간 것이다.

그래서 제우스는 천둥을 일으켜 휠휠 타오르는 번개를 아카이아 군 쪽으로 내려보내니 이것을 본 자들은 모두 얼굴이 창백해지면서 겁에 질리고 말았다.

이제는 이도메네우스와 아가멤논도 더 이상 버티지 못하고 벌벌 떨었다. 그런데 오직 네스토르만이 혼자 남아서 버티고 있었다. 그도 버티고 싶어서 그런 게 아니라 파리스가 활로 말의 급소를 쏘아 예비 말이 다쳤기 때문이었다. 그래서 그 노인이 단검으로 예비 말에 매어 둔 가죽 끈을 자르려 했다. 그 사이에 헥토르의 준마들이 양쪽 군사들로 혼란스러운 틈을 타 용감한 기수를 태우고 그에게 접근해왔다. 이때 디오메데스가 네스토르를 발견하지 않았더라면 그는 목숨을 잃고 말았을 것이다. 디오메데스는 큰 소리로 "오디세우스여, 그대는 어디로 달아나는가. 도망가지 말고 거기 서시오. 노인에게 다가가는 저 사나운 녀석을 쫓아버립시다." 하고 말했지만, 그 말을 못 들었는지 오디세우스는 그냥 달아나버리고 말았다. 그래서 디오메데스가 네스토르의 전차 앞으로 다가가 소리쳤다.

"오, 노인이여! 내 전차에 타시오. 트로이의 말이 어떤 것인가 알게 될 것이오. 이 말들은 아이네이아스에게서 뺏은 것이오. 그쪽 말은 두 수행병이 끌고 가도록 하고 우리 둘은 이 전차를 트로이 쪽으로 몰아 들어갑시다. 내 창도 이 손으로 쥐면 얼마나 사나워지는가를 헥토르에게 알려주고 싶소."

이 말에 네스토르도 아무 이의 없이 전차를 탔다. 그리고 말을 몰면서 헥토르에게 가까이 다가갔다. 그리고 헥토르를 향해 창을 던지니 헥토르는 맞지 않고 그의 기수가 가슴에 맞고 쓰러졌다. 이를 본 헥토르는 심한 비탄에 휩싸였다. 그러나 곧 용감한 아르켑톨레모스(Archeptolemus)가 달려와서 고삐를 잡았다.

그런데 이때 제우스 신이 이런 상황을 보지 못했더라면 트로이 군은 궤멸하여 그야말로 일리오스의 성 안에 양처럼 갇혀 버리게 되었을지도 모른다. 제우스가 무시무시한 천둥을 울리고 번개를 날려 디오메데스의 전차 바로 앞에 떨어뜨리자 유황 불꽃이 무섭게 치솟았다.

그러자 말들이 그만 겁을 먹고 날뛰는 바람에 네스토르는 손에서 고삐를 놓치고 말았다. 겁을 먹은 그는 디오메데스에게 말했다.

"자, 이번에는 말을 도주하는 쪽으로 돌리시오. 정말 그대는 제우스의 손이 그대를 향하지 않았다는 걸 모르는가. 제우스는 지금 헥토르를 돕고 있소. 그것이 제우스의 뜻이라면 그대가 아무리 용맹스럽더라도 제우스의 의도를 그 누구라도 굽힐 수는 없소."

디오메데스가 말했다.

"노인이시여, 과연 그대 말도 일리가 있소. 그러나 이 때문에 나의 가슴은 너무 아프오. 헥토르는 트로이 사람들에게 내가 무서워서 도망갔다고 말할 것 아니오."

그러자 네스토르가 말했다.

"용맹스러운 티데우스의 아들이 무슨 말을 하고 있소. 설령 헥토르가 그대를 겁쟁이라고 말하더라도 트로이 사람들은 결코 믿지 않을 것이오."

그래서 할 수 없이 디오메데스는 말머리를 돌렸다. 그러자 트로이 군의 화살이 그들을 향해 빗발치듯 퍼부어졌다. 그리고 헥토르가 외쳤다.

"티데우스의 아들이여! 이제 나는 그대를 경멸할 것이다. 도망가라, 이 비겁한 꼭두각시여!"

이 말을 들은 디오메데스는 두 갈래의 길에 서서 망설이며 곰곰이 생각했다. 그리고 제우스 신이 사태를 바꾸어 트로이 사람들이 승리하도록 전조를 주었다는 결론을 내렸다.

그러자 이때 헥토르는 트로이 군을 바라보며 큰 소리로 외쳤다.

"접근전에 능숙한 우리 군사들이여, 용감하게 싸워다오. 기세등등한 무용의 정신을 잃어서는 안 된다. 나는 제우스 신이 우리에게 승리의 영광을 내리시리라고 믿고 있다. 선두진영을 에워싸는 성벽을 저런 식으로 쌓은 자들은 정말 어리석은 자들이다. 저들은 우리의 공격을 막아내지 못할 것이다. 그리고 내가 아르고스 군의 선단까지 가면 활활 타오르는 불을 잊지 말고 준비해라. 배들을 모두 불살라버릴 것이다."

그는 말들(헥토르의 전차를 끌던 네 마리의 말 가운데 하나의 이름은 크산토스이며, 나머지 세 마리의 이름은 람포스·포다르고스·아이톤이다.)을 돌아보며 다시 말했다.

"크산도스와 그리고 너 포다르고스(Podargus), 그리고 아이톤(Aethon)과 고상한 람포스(Lampus)여, 여태까지 돌봐준 것에 대해 이제 나에게 보답해다오. 그것은 아주 많았지. 나의 아내 안드로마케가 맨 먼저 너희들에게 마음 흐뭇한 밀을 먹이로 주곤 했고, 때로는 포도주까지 섞어 주었지. 그러니 달려라. 네스토르가 자랑하는 방패를 빼앗고 싶구나. 또 흉갑(胸鉀)을 벗겨버리고 싶다. 이 두 가지를 빼앗을 수 있다면 아카이아 군을 오늘 밤 안으로라도 배에 태워 쫓아버릴 수 있을 것이다."

이렇게 소리 지르자 분노에 찬 헤라 여신은 올림포스의 높은 봉우리를 뒤흔들었다. 그리고 포세이돈 을 향해 말하기를 "위엄있고 대지를 뒤흔드는 신께서 다나오이 군들이 죽어가는 데도 아무런 연민도 느끼지 않으시다니. 그 사람들은 늘 당신의 마음에 드는 제물들을 바쳐왔으니 그들이 승리하도록 신경을 써주세요. 만일 우리가 뜻을 모아 트로이 군을 물리치고, 제우스 님이 돕지 못하게 하면, 제우스 님마저 이다 산꼭대기에 혼자 앉아 부루퉁해 있을 텐데."

그러자 아주 드넓은 대지를 뒤흔드는 신이 말했다.

"헤라여, 그게 무슨 말씀이오. 나는 결코 그런 생각을 하지 않겠소. 제우스에 맞서 우리가 싸움을 걸다니. 저쪽이 훨씬 강해서 안 됩니다." 하면서 서로 의논하고 있었다. 한편 선단 주위에 참호를 판 안쪽에는 아카이아 군의 전차와 병사들로 가득 차 있었다. 그들을 그 안으로 몰아넣은 것은 헥토르였으며 그 영광은 제우스 신이 내린 것이다.

만일 그때 헤라가 아가멤논에게 아카이아 군을 격려하는 마음을 일으켜 주지 않았더라면 아카이아 군의 배들은 모두 소실될 뻔했다. 헤라의 지시를 받은 아가멤논은 오디세우스와 협력하여 군영을 정비하면서 외쳤다.

"군사들이여, 부끄러운 일이다. 우리의 호언장담은 모두 어디로 갔는가? 지금 헥토르 한 사람을 못 당해 이 지경이 되다니. 자칫하면 배들이 모두 소실될 수도 있다. 모두 용기를 내거라! 제우스여, 우리가 이렇게 된 까닭은 무엇입니까. 저는 신들의 제단을 볼 때마다 그냥 지나친 적이 없었습니다. 그때마다 정성껏 제물을 바쳐 왔습니다. 그건 오로지 트로이를 공략하고 싶은 일념에서였습니다. 그러니 제우스여! 이 소원만은 꼭 이루게 해주소서. 우리의 몸만은 무사히 빠져 달아날 수 있도록 해 주소서. 그리고 이처럼 아카이아 군이 트로이 군에 완패당하는 일이 없도록 해 주소서."

이 말을 들은 제우스 신도 그가 가엾은 생각이 들었다. 그래서 그의 병사들이 무사할 것이고, 또 완패당하지 않을 것을 확인시키는 한 마리의 독수리를 보냈다. 그러자 사람들은 모두 이 새가 제우스에게서 왔다는 것을 알고 더욱 맹렬하게 트로이 군에게 반격을 가했다.

이때 디오메데스는 재빨리 전차를 몰아 돌진해 갔다. 그리고 트로이 군의 무사 프라드몬의 아들 아겔라오스(Agelaus)를 쓰러뜨렸다. 그 뒤를 이어 아가멤논과 메넬라오스, 그리고 두 사람의 아이아스 등 무사들이 모여들고, 이어 이도메네우스와 메리오네스, 그리고 그 뒤에 다시 에우리필로스가 달려오고, 또 테우크로스(Teucer)가 달려왔다. 그리하여 총반격전이 시작되었다.

아가멤논은 굳센 활의 힘으로 트로이 군의 전열을 무찔러 나가며 테우크로스의 곁에 다가가 말을 건넸다.

"테우크로스여, 그대는 정말 용감한 무사이다. 그대는 아카이아 군을 살린 영예를 안고 고향에 돌아갈 것이다. 만일 제우스 신과 아테나 신이 우리에게 일리오스의 성을 공략하도록 허락하신다면, 그대에게 수훈과 포상을 안겨 주리라."

테우크로스가 대답했다.

"저를 고무시킬 필요는 없습니다. 저는 사력을 다해 싸울 것입니다. 그러나 저 미쳐 날뛰는 개에게만은 어쩔 수가 없습니다."

이렇게 말하면서 활시위에서 활을 겨누어 헥토르를 향해 곧장 날려 보냈다. 그러나 화살은 그에게 맞지 않고 프리아모스의 아들 고르귀디온(Gorgythion)의 가슴에 꽂혔다.

다시 테우크로스는 활시위에서 화살을 날려 보냈다. 그러나 아폴론 신이 빗나가게 했기 때문에 역시 헥토르에게는 맞지 않았다. 다시 헥토르를 겨누어 활시위를 어깨까지 끌어당겼다. 이때 그것을 본 헥토르가 날카로운 돌덩어리로 테우크로스를 후려치니 활시위가 끊어지고 손과 발이 마비되는 바람에 활을 떨어뜨렸다. 그때 형 아이아스가 얼른 달려가 막아서며 커다란 방패로 그를 가려 주었다.

이처럼 트로이 군은 다시 제우스 신의 도움을 받아 아카이아 군을 깊은 참호 앞까지 밀어부쳤다. 아카이아 군은 줄행랑을 쳐 겨우 말뚝과 참호 사이로 다다랐으나 많은 병사들이 트로이 군에 의해 죽어 갔다. 그래도 그들은 배 안으로 들어가 버티면서 모든 신들에게 기도했다.

한편 헥토르가 날뛰고 있는 것을 본 헤라는 아카이아 군을 보고 가엾게 여겨 아테나에게 말했다.

"제우스 신의 딸이여, 우리가 이렇게 아카이아 군이 패하는 것을 앉아서 보고만 있어도 괜찮을까? 헥토르가 포악해지는 바람에 너무 큰 과오를 저지르고 있다오."

아테나가 말했다.

"정말이지 저 사나이가 아카이아 군의 손에 자기 땅에서 죽었으면 좋으련만. 그런데 아버지 제우스께서 심술궂게도 언제나 제 계획을 망쳐 놓으시거든요. 이젠 제가 곤경에 빠진 아드님 헤라클레스를 도와준 일들(미케네의 왕 에우리스테우스Eurystheus가 헤라클레스에게 12가지 과제를 주었으나 아테나의 도움으로 풀어나간다.)은 잊고 있어요. 그리고 이제 와서는 저를 무시하고 테티스의 음모를 도와주려고 해요. 하지만 언젠가는 딸인 저를 예뻐하실 때가 올 거예요. 어쨌든 지금 당장 말을 준비하라고 하세요. 그동안 저는 제우스 님의 궁전으로 가서 갑옷을 입고 나오겠어요. 우리가 전쟁터에 갑자기 나타나면 헥토르가 어떻게 나올지 정말 볼만하겠네요."

그러자 헤라가 고개를 끄덕이며 황금 마차를 준비시켰다.

드디어 두 여신이 마차에 올라 채찍질로 말을 재촉하니 하늘의 문이

그리스 동맹군을 도우러 가는 헤라와 아테나

저절로 열렸다. 그런데 이다의 산꼭대기에서 이 모습을 본 제우스는 몹시 화가 나 곧 무지개의 여신인 전령 이리스에게 명했다.

"이리스여, 어서 그들을 돌려보내라. 그리고 내 앞에 나타나지 말도록 하라. 우리가 말다툼을 하는 것은 썩 좋아 보이지 않으니 말이다. 말을 듣지 않으면 내가 말 다리를 부러뜨려 놓겠다. 그리고 돌을 차대에 던져 마차가 산산조각이 나도록 하겠다. 그러면 10년이 지나도 상처가 아물지 않을 것이라고 단단히 일러두거라."

이 말이 끝나자마자 무지개의 여신은 순식간에 내려가 헤라와 아테나 여신에게 제우스의 말을 전하면서 "어서 가시오. 지금 제우스 신께서는 아르고스 편을 들지 말라고 하십니다." 하고 제우스의 말을 전한 뒤 이내 사라져버렸다. 그러자 헤라가 아테나에게 말했다.

"제우스 님에게 맞서면서까지 인간들을 위해 싸우는 일은 이제 그만

두어야겠어. 인간 따위는 그냥 죽든 살든 운명에 맡겨 놓으면 돼. 그리고 양쪽이 어떻게 되든 제우스 님께서 생각하시는 대로 하시도록 내버려 두자."

이렇게 해서 두 여신은 되돌아섰다.

한편 제우스도 이다 산꼭대기에서 올림포스 신전으로 돌아가 황금 옥좌에 앉으니 그 발밑에서 거대한 올림포스의 산덩어리가 계속 흔들거렸다. 아테나와 헤라 여신은 제우스로부터 떨어진 곳에 앉아 아버지 신에게 아무 말도 하지 않고 가만히 있었다. 그러나 제우스는 그 마음속을 잘 알고 있어 말을 꺼냈다.

"아테나와 헤라여, 왜 그리 화가 나 있는가? 설마 트로이 군을 도륙하느라 피로한 것은 아니겠지. 아무튼 내 팔의 위력이 적대(敵對)를 허락하지 않는 한 올림포스에 있는 모든 신들은 나를 돌려놓지 못하리라. 그대들도 마찬가지다. 그러기 전에 훌륭한 팔다리가 먼저 떨리기 시작하여 멎지 않을 것이다. 싸움터의 공경을 직접 목격하기 바로 전에 말이다. 그러니 말해 두마. 그리고 이 말은 반드시 실행되겠지만, 한번 번갯불에 맞으면 두 번 다시 그대들은 수레를 타고 올림포스로 돌아오지 못할 것이다."

그러나 아테나와 헤라는 여전히 트로이 군의 화난을 마음속으로 품고 있었다. 그때 화를 참지 못하고 헤라가 드디어 입을 열었다.

"제우스 님, 무슨 말씀이십니까? 우리는 당신의 강대한 힘을 알고 있습니다. 하지만 그래도 우리로서는 다나오이 군사들이 불쌍하게 죽어가는 것을 한탄하지 않을 수 없습니다. 우리는 말씀대로 싸움에서 손을 떼기로 했지만 계책만은 아르고스 군에게 가르쳐 주고 싶어요. 그들이 당신의 미움 때문에 모두 죽지 않도록 하기 위해서 말입니다."

제우스 신이 말했다.

헤라의 마차에서 말들을 떼어가는 시간의 요정들

"원한다면 보여주리라. 내일 아침 내가 수많은 아르고스 군사들을 무참하게 파멸시키는 장면을 보게 될 것이다. 물론 헥토르도 발이 빠른 아킬레우스가 일어서기 전에는 물러나는 일이 없을 것이다. 그날은 선단의 뱃머리 부근에서 아카이아 군사들이 전사한 파트로클로스(Patroclus)의 시체를 둘러싸고 궁지에 빠지고서야 싸우게 된다. 이것이 나의 뜻이다. 나는 그대를 조금도 신경쓰지 않는다."

헤라는 아무 대꾸도 하지 못하고 앉아 있었다. 이러는 동안 어느덧 태양이 바다 밑으로 가라앉았고 밤이 되었다.

한편 트로이 측에서는 헥토르가 회의를 열고 이렇게 말했다.

"내 말을 잘 들어라. 나는 아카이아 군의 배들이 모두 불타고 군사들이 전멸한 뒤 일리오스로 귀환하리라 기대했다. 그런데 그러기 전에 벌써 밤이 되었다. 이는 아카이아 군을 도와준 것이다. 그러니 지금은 밤의 뜻에 따라 만찬을 준비하자. 먼저 말을 풀어주고 여물을 주어라. 그리고 성으로 가서 어린 양을 끌고 오고, 포도주와 곡식도 가져와라. 그래서 아카이아 군이 배를 타고 도망치지 못하도록 새벽까지 기다리자. 소년이나 노인들에게는 신력(神力)으로 쌓은 성벽의 망루에 제우스 신께서 아끼시는 전령들이 오르게 하자. 여성들은 각자의 집에 불을 크게 지피도록 하라. 또 삼엄한 경비를 세우도록 하라. 이것은 우리가 출진하는 사이에 복병들이 성에 들어오지 못하게 하려는 것이다. 그리고 제우스와 그 밖의 신들에게 기도하자. 내가 바라는 것은 이 자리에서 아카이아 군의 배에 싣고 죽음의 신이 이끌고 온 개들을 쫓아내는 일이다. 그리고 우리는 밤 동안 우리 자신을 지켜야만 한다. 그래서 날이 새면 갑옷으로 무장하고 전투를 개시하자. 이제 반드시 신들이 아르고스 군에 재앙을 가져다 줄 것이다. 이것은 확실하다."

이 말이 끝나자 트로이 군사들은 모두 환호성을 질렀다. 그리고 만반의 전투 태세를 갖추고 새벽이 오기만을 기다렸다.

제 9 권

아킬레우스에게 사절단을 파견하다

트로이 군은 아카이아 군을 계속 감시하며 기회를 노리고 있었다.
한편 아카이아 군은 공포에 싸여 있고 장수들은 비탄에 잠겨 있었다.

이때 아가멤논이 회의를 소집하여 비통한 목소리로 말했다.

"동지들이여. 제우스 신께서 나에게 일리오스를 공략시킨 뒤에 귀국시켜 주겠다고 약속했으나 지금 불명예스럽게도 나에게 군사들의 시체를 싣고 아르고스로 돌아가라고 명하고 있소. 정말로 이것이 제우스의 뜻이니 일리오스를 얻지 못할 것이오. 그러니 그대들은 배를 끌고 각자 고향으로 돌아갑시다."

침통해 하던 아카이아 군 장수들의 침묵을 깨고 디오메데스가 큰 소리로 외쳤다.

"아트레우스의 아들이여, 당신의 분별없는 말씀에 제가 한 마디 해야겠습니다. 처음 군주께서 저의 전투태세를 보고 다나오이 군 중에서 가장 싸움에 약하다고 말했으나 누구보다도 용감히 싸웠습니다. 군주께서는 진심으로 아카이아 군들이 싸움에 약하고 용기가 없는 줄 아십니까? 아닙니다. 만일 군주께서 돌아가고 싶다면 가십시오. 하지만 여기 남은 아카이아 군사들은 트로이가 함락될 때까지 남아 싸울 것입니다."

이 말에 감탄한 장수들이 박수를 보냈다. 그러자 네스토르가 말했다.

"디오메데스여, 그대는 정말 싸움에도 회의에도 기량이 뛰어났소. 아카이아 군사들 어느 누구도 그대의 말을 얕보지 않을 것이오. 그대는 일리가 있고 올바른 말을 해 주었소. 하지만 내가 그대보다 나이가 많으니 감히 끼어들어 결론을 짓도록 합시다. 내 말은 어느 누구든, 심지어 아가멤논 왕조차도 흘려듣지 않을 것이오. 우리 사이의 불화를 조장하는 자는 자기 부족과 집에서도 쫓겨난 인간이 틀림없을 것이오. 하지만 지금은 밤의 권유를 받아들여 저녁식사 준비나 하도록 하고, 각자 성벽 안쪽에 파 놓은 참호를 따라 돌며 야간 경비를 하도록 합시다. 젊은 사람들에 대한 내 지시는 이 정도로 하고 아트레우스의 아들이여, 선두에 서시는 것이 좋겠소. 그리고 장로들에게 맛있는 음식을 나누어 주시오. 군주님의 진영에는 술이 가득 있소. 아카이아 군의 배들이 날마다 트라키아에서 실어 온 것이오. 잔치는 백성을 지배하는 군주님이 맡으셔야 합니다. 많은 사람들을 보았을 때는 가장 훌륭한 책략을 권하는 자의 말을 들으셔야 하오. 아카이아 군세 전체에 지금 가장 필요한 것은 훌륭하고 신중한 책략이요. 적군이 바로 배 옆에서 불을 잔뜩 피우고 있소. 누가 대체 이러한 것을 좋아할 리 있겠소. 오늘 밤이 우리 군사들이 무사하느냐 파멸하느냐를 결정짓게 될지도 모르오."

이 말에 모두 귀를 기울이고 고개를 끄덕였다. 그리고 경비병도 무장을 하고 나가 성벽 주위를 감시하도록 했다.

한편 아가멤논은 장수들을 자기 막사로 불러 요리를 내놓고 회의를 했다. 먼저 네스토르가 책략을 내놓았다.

"가장 현명한 방법을 먼저 말씀드리겠습니다. 왜냐하면 지금까지 내 생각 이상의 것이 없었기 때문이지요. 군주께서는 그때 우리의 걱정에 귀기울이지 않고 브리세이스를 빼앗았습니다. 그때 아킬레우스는 얼마나 화났겠습니까. 그는 지금도 그때의 화를 풀지 않고 있습니다. 이것은 모두 군주님의 욕심 때문에 일어난 일입니다. 하지만 지금이라도 그의 마음을 달래기 위해 선물을 보내는 것이 어떻겠습니까?"

그러자 아가멤논이 말했다.

"그대가 나의 어리석음을 꾸짖는 것은 어찌 보면 당연한 일인지도 모른다. 내가 우매한 짓을 했다는 것도 부정 않겠다. 내가 그때 징념에 눈이 멀어 과오를 범했기 때문에 속죄하는 뜻으로 이번에는 커다란 선물을 보낼 것이다. 지금부터 그대들 앞에서 훌륭한 선물들을 말해 보리라. 아직 불에 얹어 보지 않은 큰 솥 7개, 황금 추 10개, 준마 12필, 이 밖에 수예 솜씨가 좋은 여자 7명도 딸려 보내겠다. 그리고 전에 내가 빼앗아 온 여인 브리세이스도 함께 보내 주리라. 더구나 맹세컨대 나는 절대로 그 여인과 잠자리에 든 적도 없고, 서로 말을 섞은 적도 없었다. 이상 내가 말한 것들을 지금 당장 전해 주리라. 그리고 신들께서 우리가 일리오스를 공략하도록 허락해 준다면, 전리품을 우리 아카이아 군이 나누어 가질 때 한몫 끼게 하여 배를 황금그릇으로 가득 채워 돌아가게 하리라. 또 잘 정비된 7개의 도시를 하사하고, 내 사랑스런 딸 셋 중 한 명을 아킬레우스가 취하도록 하겠다."

이 말에 네스토르가 나서서 말했다.

"아가멤논이여, 아킬레우스에게 보내신다는 물건은 결코 흔한 것이 아니오. 자, 그러면 빨리 사신을 불러 곧장 아킬레우스의 진영으로 보냅시다. 그러면 내가 지금 사람을 고를 테니, 그 사람을 승낙해 주오. 먼저 포이닉스(Phoenix)를 앞세우고 오디세우스와 아이아스가 뒤따르도록 하고 전령 오디오스와 에우리바테스도 따라가도록 해주시오. 이제 손을 씻고 정안수를 떠 오고, 말들을 삼가라고 명령해 주시오."

이 말에 모두 기뻐했다. 그리하여 모든 준비를 마치고 사절단은 아킬레우스의 마음을 달래기 위해 아가멤논의 진영을 나섰다.

사신들이 뮈르미돈의 막사에 도착할 때 아킬레우스는 수금(竪琴)을 타고 있었다. 앞장선 오디세우스가 그의 앞에 나타나자 아킬레우스는 깜짝 놀라며 자리에서 벌떡 일어났다. 아킬레우스는 사신들을 바라보면서 말했다.

"어서들 오게. 정말 그대들은 친구로서 환영하네. 내가 기분은 상했지만 그대들은 아카이아 사람들 중에서도 가장 친한 벗들이라네."

이들을 막사 안으로 안내한 아킬레우스는 자줏빛 깔개가 있는 긴 의

자 위에 앉히고는 파트로클로스에게 "자, 큼직한 혼주기를 갖다 놓고 좀 독한 술을 만들어라. 그리고 여러분에게 각기 잔을 드리고 술을 대접하도록 하라. 이분들은 모두 친절한 분들이다." 하고 말했다.

파트로클로스는 친구가 시키는 대로 했다. 그리고 그는 도마를 난로 불빛이 비치는 자리에 내와 그 위에 양고기와 산양의 등심고기를 올려놓고 다시 살찐 돼지의 기름진 뒷다리를 올려놓았다. 아우토메돈(Automedon)이 붙들고 아킬레우스가 잘라 아주 먹기 좋게 썰어 쇠꼬챙이에 꿰었다. 한편에서는 파트로클로스가 불을 활활 피워 놓았다. 그리고 불이 거의 다 타서 불꽃이 사그라들기 시작하자 밑불을 헤쳐 내 고기 꼬챙이를 그 위에 얹었다. 다시 석쇠에서 꼬챙이를 집어 정결한 소금을 뿌린 다음 잘 구워 나무 쟁반에 담았다. 한편 파트로클로스가 빵을 집어 훌륭한 네 발 바구니에 담아서 나누자 아킬레우스가 거기에 고기를 담아 일행을 대접했다.

그렇게 어느 정도 먹고 마시자 아이아스가 포이닉스에게 눈짓을 했다. 그것을 오디세우스가 눈치채고 잔에 술을 가득 부어 아킬레우스의 앞에 쳐들면서 말했다.

"감사하오, 아킬레우스여. 아가멤논의 진영에서나 이 자리에서나 맛있는 음식은 부족하지 않소. 그런데 지금 우리의 마음에 걸리는 것은 맛있는 요리가 아니라 우리 군대가 심각한 위기에 빠져 있다는 사실이오. 그래서 우리는 지금 가슴 아파하고 있소. 그대가 방어에 나서지 않는다면 우리는 궤멸하고 말지도 모를 일이오. 요즘 전세를 보았다면 그대도 잘 알 것이오. 그러니 어서 일어나 주오. 비록 늦더라도 아카이아 젊은이들이 트로이 군의 진격소리에 괴로워하는 것을 구원해줄 뜻이 있다면 같이 싸웁시다. 그대의 부친이 그대에게 뭐라고 하셨던가요. 프티아에서 아가

사절단으로 온 오디세우스를 맞이하는 아킬레우스

멤논을 위해 그대를 보내시던 그날에 '내 아들아, 무용은 신의 뜻에만 맞
는다면 아테나와 헤라가 내려주실 것이다. 그러나 너는 교만한 마음을
가슴속에 꾹 눌러 놓아야 한다. 네가 아르고스 군사로서 충분한 대우를
받으려면 화근이 되는 다툼에서 손을 떼거라.' 이렇게 부친이 훈계하신
것을 잊었소? 그러니 지금부터라도 마음을 고쳐 노여움을 푸시오. 아가
멤논은 그대가 노여움을 가라앉히면 그대로부터 빼앗은 여인은 물론 아
직 불에 얹지도 않은 큰 솥 7개, 황금 추 10개, 준마 12필, 이 밖에 수예 솜
씨가 뛰어난 7명의 여자도 딸려 보낼 것이오. 그리고 아가멤논께서는 브
리세이스와 잠자리를 같이한 적이 없음을 장담하셨소."

오디세우스가 말을 마치자 아킬레우스가 대답했다.

"책략에 능한 오디세우스여, 분명하게 정식 통보를 해야겠구려. 그러니 이제 설득일랑은 그만두시오. 그는 지옥의 불처럼 싫은 인간이오. 가슴에 품고 있는 생각과 하는 일이 딴 판인 자요. 어쨌든 내가 최선의 방책이라고 여기는 것을 말하리다. 아가멤논은 도저히 나를 설득할 수는 없을 것이오. 그자는 내가 아무리 적군과 치열하게 싸워도 조금도 고맙게 생각하지 않소. 또 겁쟁이든 아니든 대우는 똑같고 차별도 없소. 나는 항상 목숨을 내놓고 싸워 왔지만, 오히려 마음에 고통을 받았을 뿐 어떤 이득도 없었소. 실제로 내가 배를 이끌고 점령한 도시는 12개나 됩니다. 그 도시들에서 챙긴 수많은 전리품들을 모두 아가멤논에게 넘겨주었소. 하지만 그는 뒤에 앉아 있다가 재빨리 배에다 실어 챙겼소. 다른 장수들이나 영주들에게 분배한 상은 그대로 모두 그들이 갖고 있지만, 아카이아 군 중에서도 나한테서만 그 여인을 빼앗아 붙잡아 놓고 있는 것이오. 그 여자와 실컷 즐겨 보라고 하시오. 그러니 더 이상 아르고스 군이 트로이 군과 싸워 나갈 필요가 어디 있소. 이게 모두 헬레네 때문이 아닙니까. 그렇다면 생각할 줄 아는 인간 중에서 아내를 사랑하는 것은 아트레우스의 두 아들뿐이란 말인가. 아닙니다. 용감하고 생각있는 자라면 모두 아내는 귀엽고 사랑스러운 법이오. 그것은 나도 마찬가지요. 비록 창으로 빼앗은 여자이지만 진정으로 그녀를 사랑스럽게 생각하고 있었소. 상으로 준 그 여자를 다시 빼앗아 가서 나를 속인 이상 이제 더 나를 혼란스럽게 하지 말아 주오. 속이 빤히 들여다보이니 승낙은 하지 않을 것이오. 그러니 오디세우스여, 그는 그대와 다른 영주들과 의논해서 활활 타오르는 불에서 배를 지킬 궁리나 하는 것이 좋을 것이오. 그리고 그대들은 실제로 내 힘을 빌지 않아도 많은 일을 했지 않소. 이를테면 성벽을 쌓고 그 주위에 참호를 파는 일들 말이오. 하지만 그것조차도 무사를 죽이는 헥토르의 용맹을 누를 수는 없을 것이오. 그러나 내가 아카이아 군사와 함께 싸우고 있을 때에는 헥토르가 스카이아 성문을 나와 떡갈나무 있는 데까지 나올 뿐 더 이상 나와서 싸운다는 생각은 하지도 못했지. 그러나 나는 이제 헥토르와 싸울 생각이 조금도 없소. 난 내일 아침 배들을 이끌고 나가 제우스와 다른 신들에게 음식을 바칠 거요. 그대는 내가 헬레스폰트 앞바다에 있는 걸 볼 것이오. 위대한 포세이돈께서 날 돌봐준다면 사흘 후 우리는 프티아로 갈 수 있을 것이오."

아킬레우스의 말에 모두 입을 다물고 말았다. 그 말에 일리가 있었고 또 그가 그렇게 강하게 거절할 줄은 미처 몰랐기 때문이었다.

잠시 후 겨우 나이 든 기사 포이닉스가 눈물을 흘리면서 입을 열었다.

"아킬레우스여, 그대가 지금 귀국할 것을 진심으로 생각하고 분노에 차 있다면 불타 오르는 배를 구할 수 없다오. 어떻게 이제 와서 그대 없이 나 혼자 여기에 남아 있겠소. 당신 아버지 펠레우스는 프티에에서 아가멤논 곁으로 보내던 그날 나를 그대에게 딸려

그리스 동맹군의 갤리선

보냈소. 그대는 드높은 영예를 차지하는 처절한 싸움터에서나 회의석상에서나 아무것도 모르는 어린 소년이었으므로, 아버지는 나를 딸려 보내 그런 것들을 가르치라고 하셨소. 말솜씨도 좋고 행동도 늠름한 인물이 되게 하기 위해서 말이오. 그러니 사랑하는 젊은이여, 이제 와서 그대가 뒤에 혼자 남아 있다니 어림도 없는 말이오. 그 옛날 내가 처음으로 나의 아버지이자 오르메오스(Ormenus)의 아들인 아민토르(Amyntor)의 분노를

피해 아름다운 여인들이 많이 사는 헬라스를 버릴 무렵처럼 혹시 신께서 날 혈기왕성한 젊은이로 바꾸어 주신다고 하더라도 말이오. 나의 아버지는 머릿결이 아름다운 첩 때문에 나에게 몹시 화를 내었소. 아버지가 그 여자만을 사랑하고 나의 어머니를 모독했기 때문에 어머니는 늘 내게 그 첩을 손에 넣으라고 부탁했지요. 그러면 그 여자가 늙은이를 싫어할 것이기 때문이었지요. 나는 어머니의 부탁을 받아들였소. 그런데 눈치를 챈 아버지가 앞으로 절대로 자기 무릎에 내가 낳은 아이를 앉지 않게 해 달라고 복수의 여신들(Erinyes)에게 빌었소. 그리고 지하의 하데스 신과 무서운 페르세포네 부부가 나에게 저주를 내렸다오.

어느 날 나는 날카로운 청동 칼로 아버지를 죽이려고 했으나, 불사의 신 한 분이 내 분노를 억누르고, 백성들의 소문과 내게 쏟아질 많은 사람들의 질책과 비난을 내 마음에 떠오르게 해주었소. 아버지를 죽인 자라는 오명을 듣지 않도록 말이오. 그때 나는 아버지의 분노를 무릅쓰고 집 안에 머물 생각은 조금도 없었지만, 사촌들과 친척들이 모두 단호하게 나를 집 안에 가두어 버리고 말았소. 그리하여 몇 마리의 양과 황소가 도살되고 또 몇 마리의 기름진 수퇘지가 털을 태우기 위해 불 위에 올려졌다오. 그리고 늙은 아버지의 항아리에 든 술도 많이 마셨소. 그들은 아홉 밤을 모두 번갈아 내 옆에 붙어 감시하면서 밤을 새웠지만 한 번도 불을 꺼뜨리지 않았소. 바깥 뜰 회랑 양쪽과 방문 앞 안쪽 뜰에 불을 피우고 나를 감시한 거요. 이윽고 열흘째 밤이 되었을 때, 모든 사람의 눈을 피해 어둠을 타고 나는 안방 문을 부수고 빠져 나와 담을 넘어 탈출할 수 있었소. 그러고는 헬라스를 이리저리 숨어 다니다가 마침내 토지가 비옥하고 양 떼의 어머니라고 불리는 프티에로 와서 펠레우스 주군에게 의지하게 된 것이오. 주군께서는 쾌히 나를 받아주고 융숭하게 대접해 주었소. 게다가 나에게 재물을 주시고 많은 주민들을 나눠주셨소. 그리하여 나는 프티에의 국경 근처 돌로페스의 주민들(the Dolopians)을 다스려 왔던 것이오. 그리고 나는 그대를 진정으로 사랑하여 이렇게 성장하도록 가르쳤소. 아킬레우스여, 그대는 다른 사람들과 어울리는 잔치에도 잘 나가려 하지 않았고, 집 안에서 음식을 차렸을 때에도 자기 손으로 먹으려 하지 않는 성미였소. 그야말로 내가 그대를 무릎에 앉혀서 요리한 고기를 잘게 찢어 먹이기도 했소. 그러니 성가신 아이가 그러하듯이 내 가슴에 포도주를 흘려 놓은 적이 한두 번이 아니었소. 이렇게 나는 그대를 위해 정성도 들이고 고생도 많이 했소. 결국은 신들이 내게 자식을 내려주지 않을 것을 알고 있었기 때문에 더욱 그러했다오. 그러니 아킬레우스여, 난 그대를 내 자식처럼 여기고 싶소. 그리고 언젠가는 내가 필요할 때 그대가 나를 구해 주리라고 믿소. 그러니 어서 노여움을 풀게나. 인간은 결코 매몰찬 마음을 가져서는 안 되오. 인간보다 위엄도 지위도 힘도 뛰어난 신들도 굽히고 참는 일이 있는 법이오. 그대는 결코 그런 마음을 가져서는 안 되오. 또 그런 시기에 혹시 마음을 악에 흐리게 해서는 안 되오. 알겠소? 만일 배에 불이 붙으면 방어하기가 더 어려워질 것이오. 그러니 선물이 약속되어 있는 동안에 나가는 것이 좋겠소. 그러면 아카이아 군사들은 그대를 신과 다름없이 떠받들 것이오. 만약에 선물이 없어진 다음에 싸움에 가담한다면 그때 가서 아무리 힘들게 막더라도 똑같은 영광을 누리지는 못할 것이오."

그러자 아킬레우스가 대답했다.

"포이닉스여, 나는 그러한 영광을 누리고 싶지 않소. 나는 제우스가 주신 운명에 따라 이제 충분히 영광을 받았다고 생각하고 있소. 이 배 옆에서 이 목숨이 살아 있는 한, 이 다리로 일어설 수 있는 한 그 운명을 받아들일 것이오. 나는 그대에게 더 이상 할 말이 있소. 잘 기억해 두시오. 더 이상 아가멤논에 대한 충성으로 내 마음을 괴롭히지 마시오. 그대가 그 자에게 충성을 바칠 이유가 없는 것이 아니오. 하지만 그런 일로 그에게 호의를 갖고 있는 나와 멀어지면 안 되오. 오히려 나와 함께 나를 성가시게 하는 자를 괴롭히는 편이 더 나을 것이오. 그럼 이 사람들이 내 뜻을 전달할 테니 그대는 여기 남아 잠자리에서 쉬도록 하시오. 그리고 날이 밝아오거든 고향으로 돌아가든지, 아니면 여기 남아 있든가 알아서 하도록 하시오."

이렇게 말하고 그는 파트로클로스에게 눈짓을 하여 포이닉스를 위해 안락한 잠자리를 마련하도록 했다. 이것은 다른 사신들이 빨리 돌아가도록 하기 위해서였다. 그러자 아이아스가 말했다.

"오디세우스여, 우리는 떠납시다. 아무래도 우리의 방문이 헛수고인 것 같습니다. 그렇다면 이 사실을 빨리 다나오이 군에게 전해주는 것이 더 중요합니다. 아킬레우스는 가슴속에 증오심이 가득 차 냉혹하게도 결코 생각을 고치려 하지 않는군요. 누구보다도 그를 소중히 대접해 준 친구들의 우의조차 조금도 고려하지 않는다는 것은 정말 무심하오. 세상에는 형제를 죽인 사람한테서조차, 또 죽은 자기 아들에 대해서조차 보상금을 받고 용서해 준 경우가 얼마든지 있는데도 말이오. 그 살인자가 많은 대가를 지불하고 그 고장에 그대로 머물러 있으면 살해당한 측도 보상금을 받고 분노를 가라앉혀 감정을 억누르고 물러앉는 법이오. 하지만 아킬레우스, 신들은 그대의 가슴속에, 그것도 한 여인으로 말미암아 용서를 모르는 증오심을 불어 넣으셨소. 그러나 우리가 이제 7명의 아리따운 여자들과 온갖 공물들을 딸려 선물하려는 것이니, 그대도 분노를 누그러뜨려 그대 집을 찾아온 손님에게 고개를 숙여주시오. 다나오이의 수

많은 사람들 중에서 뽑혀온 우리는 지금 이 지붕 밑에, 그대 곁에 와 있을 뿐 아니라, 모든 아카이아 군 중에서 그대를 마음속으로 가장 친밀하고 소중하게 여기고 있는 사람들이오."

그러자 아킬레우스가 말했다.

"아이아스여, 그대는 모든 것을 내 생각대로 말해준 것 같소. 그래도 나의 마음은 그때 일을 생각할 때마다 노여움으로 부풀어 오르오. 아가멤논이 아르고스 군사들의 앞에서 나를 모욕하며 폭언을 하고, 마치 들강아지처럼 대접하던 때의 일을 잊을 수 없소. 어쨌든 그대들은 돌아가서 내 뜻을 그대로 전해 주오. 헥토르가 그의 병사들을 거느리고 뮈르미돈의 진영과 배들을 불질러 놓기 전까지 나는 싸움에 나갈 수 없다고 전해 주오. 그러나 제아무리 전쟁에 목마른 헥토르도 내 막사와 배 옆에서는 물러날 것이다."

아킬레우스가 이렇게 말하자 오디세우스와 사절단은 포이닉스를 남겨두고 되돌아갔다. 한편 파트로클로스는 전우들과 시녀들을 시켜서 포이닉스를 위해 잠자리를 마련하도록 했다. 여자들은 지시대로 양털이불과 양탄자와 질좋은 무명 시트를 준비했다. 노인은 침상에 누워 날이 새기를 기다렸다. 그리고 아킬레우스는 막사 안쪽에서 잠자리에 들었고 파트로클로스는 그 건너편에 누었다.

한편 사절단이 아가멤논의 진영으로 돌아왔다. 아가멤논이 결과를 물었다.

"말해다오, 오디세우스여. 아킬레우스는 우리들의 배에서 활활 타는 불을 멀리 격퇴해 줄 의사가 있는지, 아니면 아직 분노가 그의 마음 속에 남아 있는지를."

그러자 오디세우스가 대답했다.

"아가멤논이여, 그자는 아직도 분노를 삭이지 못하고 있습니다. 오히려 더욱 격분하여 군주님이 보내신다는 선물도 거절했습니다. 그리고 군주님 스스로 어떻게 하면 배와 아카이아 군사를 무사히 방어할 수 있는가를 고심하라고 했습니다. 자기 자신은 날이 밝으면 당장 배를 바다에 띄우겠다고 했습니다. 다른 사람들에게도 배를 타고 고향으로 돌아갈 것을 권하고 싶다고 했습니다. '결코 그대들은 불길이 치솟는 일리오스 성의 최후를 목격할 수 없을 것이다. 제우스 신께서 일리오스 성을 보호해 주어 적군의 사기가 아주 높기 때문이다.' 이렇게 말했습니다. 그런데 포이닉스 노인은 그대로 거기에 묵고 있습니다. 아킬레우스가 내일 아침 노인이 원한다면 배를 타고 그리운 고국으로 같이 가자고 했기 때문입니다. 하지만 그를 억지로 데리고 가지는 못할 겁니다."

이 말을 듣고 사람들은 모두 입을 다물었다. 얼마 후 디오메데스가 입을 열었다.

아킬레우스와 그의 방패

"무사들의 군주 아가멤논이여, 아킬레우스에게 선물을 주면서까지 간청할 필요는 없었습니다. 오히려 이번 일로 우리는 그자를 더욱 오만하게 만들었습니다. 이제는 그자가 떠나든 말든 내버려 둡시다. 언젠가 그자의 분노가 가라앉고 전투에 나오게 될 때가 있을 것입니다. 하지만 군주님, 날이 밝으면 즉시 병사들과 말을 재촉하여 배 앞으로 내보내 주십시오. 그리고 군주님도 직접 선두에 서서 싸워 주십시오."

디오메데스의 말에 장수들은 모두 박수를 보냈다. 그리고 그 자리에서 신들에게 술을 올린 다음 각자 진영으로 돌아가 내일을 기약하며 잠을 청했다.

제 10 권

오디세우스와 디오메데스의 모험

이날 밤 모두 깊이 잠에 빠졌으나 아가멤논은 홀로 머릿속으로 온갖 상념에 잠겨 있었다. 저 멀리 트로이 평원을 바라보니 일리오스 성 앞에 수많은 모닥불이 타오르고 있었으며, 팬파이프 소리와 병사들의 떠들어대는 소리가 들려왔다. 그리고 눈을 돌려 자기 편 선단과 병사들을 바라본 그는 몇 번이나 머리를 쥐어뜯으며 제우스 신을 원망했다. 강인한 그가 마침내 불안에 떨기 시작한 것이었다. 결국 그는 네스토르를 찾아가 다나오이 군을 위해 재앙을 면할 수 있는 어떤 묘책을 상의하는 게 가장 좋은 생각이라고 판단했다. 그래서 그는 어깨에 황갈색 사자 가죽을 걸치고 창을 손에 쥔 채 네스토르의 숙소로 향했다.

메넬라오스도 아르고스 군이 큰 손해를 입지 않을까 하는 걱정 때문에 잠을 못 이루고 있었다. 트로이를 치기 위해 저 멀리 바다를 건너온 수많은 용사들을 생각하니 도저히 가만히 있을 수가 없었다. 그래서 그는 청동투구를 쓰고 표범 가죽을 등에 두른 뒤 손에 창을 쥔 채 형 아가멤논을 찾아가는 도중, 마침 뱃머리 근처에서 아가멤논과 마주쳤다.

먼저 메넬라오스가 말을 꺼냈다.

"형님, 무슨 일로 그렇게 무장을 하고 계십니까? 우리 측에서 누군가를 정찰하러 보내기라도 했습니까? 하지만 누구도 그런 일을 맡으려는 자가 없으니 정말 걱정입니다. 혼자 정찰하는 일은 아주 담대한 자라야만 합니다."

그러자 아가멤논은 "지금은 좋은 계책이 필요하다. 지금부터 선단으로 달려가 아이아스와 이도메네우스를 불러오도록 하라. 그리고 문 앞에서 기다려라. 나는 네스토르를 깨우도록 하겠다."

그리하여 네르토르를 깨운 아가멤논이 말했다.

"네스토르여, 아카이아 군의 지고한 영광인 그대는 알고 있을 것이오. 지금 제우스는 나를 누구보다도 심한 고통 속에 빠뜨리고 있소. 나는 지금 다나오이 군의 형세가 매우 걱정스러워 마음을 놓을 수 없고 사지가 떨릴 지경이오. 그런데 지금 적진이 바로 가까이 있어 혹시 어둠을 틈타 공격해 올지도 모르니 경비를 철저히 해야겠소."

"아가멤논이여, 용사들을 깨우십시오. 디오메데스나 오디세우스 아니면 아이아스나 필레우스의 용감한 아들 메게스를 말이오."

"그럼 나갑시다. 경비를 내보낸 사람들과 문 앞에서 만나게 될 테니까. 나는 거기로 집합하도록 명령해 놓겠소."

"그렇게 하시지요. 아르고스 군은 군주님의 명령이나 지시에 기꺼이 따를 것입니다."

네스토르는 이렇게 말하고 곧 무장하고 선단 앞으로 갔다. 그러자 네스토르가 먼저 오디세우스를 소리쳐 불러 깨우니, 그는 곧 막사 밖으로 나와 이렇게 말했다.

"무슨 일로 이 한밤중에 막사에서 나와 배 사이를 배회하십니까? 도대체 무슨 급한 일이라도 생겼습니까?"

"오디세우스여, 큰 난관이 아카이아 군에 닥치고 있소. 우리가 철수할 것인가, 전쟁을 계속할 것인가를 결정하기 위해 의논을 해야겠으니 따라오시오."

이 말에 오디세우스는 곧 무장하고 그의 뒤를 따랐다. 이렇게 하여 경비를 한층 강화하고 한자리에 모인 장수들은 앞일을 의논했다. 먼저 네스토르가 입을 열었다.

"오, 동지들이여. 그대들 중에 그야말로 대담하게 트로이 군의 진중에 침입할 이는 없는가. 그리하여 가장 끝에 있는 적군의 누군가를 사로잡아 오든지, 트로이 군사 사이에 퍼지고 있는 소문을 염탐해 올 자가 없는가. 그렇게 하면 그들의 계책을 알 수 있을 텐데. 이러한 것들을 정탐하고 돌아온 자는 정말 명예로운 사람이 될 것이고, 또 훌륭한 상도 받을 것이다."

이 말이 떨어지자 용감무쌍한 디오메데스가 말했다.

"네스토르여, 나의 용기와 기세가 나를 적진으로 가라고 재촉하고 있소. 그런데 누가 한 사람 더 같이 간다면 마음이 든든하겠소. 둘이면 한 사람이 찾아내지 못한 기회들을 다른 사람이 찾을 수 있으니 말이오."

이 말에 모두 디오메데스를 따라가겠다고 나섰다. 그러자 군주 아가멤논이 말했다.

"디오메데스여, 그대는 정말 훌륭한 용사로다. 지금 서로 가겠다고 나서니 그대가 함께 할 사람을 직접 선택하거라."

"진실로 그대들이 나에게 동행할 자를 선택하라고 한다면 오디세우스를 택하지 않을 수 없소. 그는 지략에 능하고 침착하고 뛰어난 분별력을 갖고 있으니 말이오."

이 말에 오디세우스가 말했다.

"디오메데스여, 나를 너무 칭찬도 비난도 말아주오. 어서 떠나도록 합시다. 밤이 깊었소. 새벽이 가까워 온단 말이오."

그리하여 두 사람은 무장을 갖추고 길을 떠났다. 이 두 사람을 위해서 아테나 여신은 백로 한 마리를 내려보냈다. 어두워서 두 사람의 눈에는 잘 보이지 않았으나 울음소리를 듣자 오디세우스는 길조라며 매우 기뻐하고 아테나 여신에게 기도했다.

"들어주소서, 아테나 여신이여. 어려운 일이 있을 때마다 저를 도와주시고 이 몸의 진퇴를 분별해 주셨지만 지금이야말로 아테나 여신이여, 은혜를 베푸소서. 그리하여 트로이 군에게 비탄을 안겨줄 만한 공훈을 세우고 저희들 배로 무사히 돌아가게 해주시옵소서."

그러자 디오메데스도 기도했다.

"들어주소서. 아테나 여신이여. 옛날 저의 아버지이신 용감한 티데우스와 함께 테베에 나가셨듯이. 그가 아카이아 군을 위해 특사로 갔을 때였습니다. 청동 갑옷을 입은 아카이아 군과 아소포스 강가에서 헤어진 후 카드모스 주민들에게 평화를 제의하러 갔었지요. 돌아오는 길에 여신의 도움으로 아버지께서는 난관을 극복할 수 있었습니다. 그때처럼 지금도 저를 이끌어 주시고 지켜 주소서. 저는 여신에게 한 살배기 암송아지를 바치겠습니다."

아테나는 두 사람의 기도를 들어주었다. 적진 속으로 잠입하는 그들의 모습은 마치 두 마리의 사자와도 같았다.

그런데 이때 트로이에서는 장수들을 모아 놓고 회의를 열고 있었다. 그 자리에서 헥토르가 말했다.

"누가 이 일을 맡을 것인가. 후한 상금을 내릴 것이다. 그리고 자신에게는 무한한 영광이 될 것이다. 적의 선단 바로 옆에까지 잠입해 정세를 염탐하고 돌아오는 일이다."

그러자 모두 입을 다물고 있었다. 이때 에우메테스의 아들 돌론(Dolon)이 헥토르를 향해 말했다.

"헥토르여, 나의 용기와 용맹이 날 못 참게 하고 있으니 내가 나서겠소."

그러자 헥토르는 기꺼이 허락했다. 돌론은 막사를 떠나 적의 선단을 향했다. 하지만 돌론은 끝내 아카이아의 선단에서 돌아와 헥토르에게 보고하지는 못했다.

트로이 군의 기마와 병사들을 데리고 말을 달려 돌아오는 돌론의 모습을 발견한 오디세우스가 디오메데스에게 말했다.

"디오메데스여, 누가 이쪽으로 다가오고 있소. 뭘 하러 오는 놈인지 모르지만 그냥 우리 옆을 지나가도록 한 뒤 사로잡읍시다."

그러면서 옆으로 살짝 비켜 시체들 사이로 엎드렸다. 돌론은 아무런 의심없이 지나가다가 갑자기 두 사람이 달려오자 깜짝 놀라 걸음을 멈추었다. 적군임을 눈치챈 그는 도망가려 했으나, 어깨에 화살을 맞고 쓰러지는 바람에 사로잡히고 말았다. 돌론은 눈물을 흘리면서 애걸했다.

"살려 주시오. 몸값은 얼마든지 드리겠습니다. 저희 집에는 청동과 황금, 그리고 공들여 만든 쇠붙이들이 얼마든지 있습니다. 그리고 아버지는 막대한 보상금을 두 분에게 지불할 것이오."

이 말을 듣고 오디세우스가 말했다.

"염려 말거라. 죽인다고 생각하지 말라. 그보다 무슨 목적으로 아카이아 선단을 향해서 왔는가? 헥토르가 시켰는가? 그렇다면 정탐하러 온 것이 분명하구나."

"그렇소, 숱한 거짓말로 헥토르가 저를 꼬드겨 아카이아 군 진영을 염탐하고 오라고 했습니다. 제발 살려 주시오."

"살려 준다. 그러니 나에게 분명히 말하라. 이곳에 오기 전 그대는 헥토르와 어디서 헤어졌는가? 다른 트로이 군의 경비 초소와 숙소는 어디 있는가? 그들은 무엇을 모의하고 있으며, 이대로 성에서 멀리 떨어진 채 싸울 것인가, 아니면 아카이아 군을 격파한 뒤에 성으로 물러갈 작정인가?"

"사실대로 말하겠습니다. 지금 헥토르는 일로스의 무덤 근처에서 장수들과 회의를 하고 있습니다. 진영 안에 호위도 경비도 없어 경비 초소는 형편없습니다. 물론 모닥불은 많습니다. 그들은 서로 잠을 깨워 가면서 경비하도록 격려하고 있으며, 여러 나라에서 지원 나온 동맹군 쪽은 트로이 사람들에게 경비를 맡겨 놓고 깊이 잠들어 있습니다."

"그러면 그들은 트로이 군과 섞여 자고 있는지, 아니면 따로 자고 있는지 낱낱이 고하거라."

그러자 돌론이 모든 상황을 자세히 말해 주었다. 그러자 디오메네스가 일어서면서 말했다.

"네가 좋은 정보를 많이 주었다만 한번 내 손에 걸려든 이상 달아날 생각은 아예 말라. 지금 너를 풀어준다면 나중에 다시 우리의 상황을 염탐

레소스를 치고 돌아오는 오디세우스와 디오메데스

하려 들 것이 분명하다. 하지만 내가 여기서 너의 목숨을 끊어버리면 다시는 네가 아르고스 군에 해를 끼치지는 못할 것이다."

이렇게 말하자마자 디오메데스는 칼을 뽑아들고 돌론의 목을 쳤다. 드디어 오디세우스와 디오메데스는 어두운 적진으로 다가가 트라키아 군사들이 주둔해 있는 곳에 도착했다. 트라키아 군사들은 아직도 피로에 지쳐 깊은 잠에 빠져있었다. 레소스(Rhesus) 왕은 군사들 한가운데에서 자고 있었는데 그 옆에는 준마가 전차 끝에 매여 있었다. 이것을 오디세우스가 먼저 발견하고 디오메데스에게 가리켜 보이며 말했다.

"보시오, 디오메데스여. 저것이 아까 죽인 돌론이 말한 그것들이다. 자,

어서 나서서 무용을 발휘해다오. 그대가 군사를 맡고 내가 말을 맡겠다."

이 말에 디오메데스는 트로이 군들을 닥치는 대로 쓰러뜨렸다. 트로이 군 진영은 졸지에 아수라장으로 변했다. 그리하여 마침내 열세 사람째의 사나이인 왕의 곁으로 다가가 두려움에 헐떡이고 있는 그의 목숨을 빼앗아 버렸다. 흉몽이 왕의 머리맡에 섰기 때문이었는데, 그 흉몽은 다름 아닌 아테나 여신의 계략에 의한 것이었다. 그 후 디오메데스는 적진에서 칼을 휘두르면서 닥치는 대로 찌르고 베고 하며 싸우다가 아테나 신의 계시에 따랐다. 그것은 오디세우스가 이미 적의 준마를 가로챈 것을 알고 그리로 가서 말에 뛰어오르는 것이었다. 마침내 두 사람은 아카이아 선단을 향해 전속력으로 달리기 시작했다.

아카이아 진영에서는 다가오는 말발굽소리를 듣고 먼저 네스토르가 소리 높여 말했다.

"보라, 전우들이여. 내 말이 틀리는가, 맞는가. 준마들의 발굽소리가 들린다. 그것이 오디세우스와 디오메데스가 트로이의 진영에서 몰고 오는 것이라면 좋겠구나."

이 말이 채 끝나기도 전에 두 사람의 모습이 흐릿하게 나타나자 장수들은 모두 기뻐하면서 어쩔 줄 몰라 했다. 먼저 네스토르가 말했다.

"자, 말해다오. 오디세우스여. 그대들은 어떻게 해서 이 말을 빼앗아 왔는가?"

아카이아 진영에 도달한 오디세우스와 디오메데스는 트로이 군의 모든 상황을 상세히 보고하고 앞으로의 전략을 세우도록 했다. 그리고 헥토르가 아카이아 군의 상황을 알기 위해 첩자를 보냈다가 자기들의 손에 죽었다는 사실도 보고했다.

제 11 권

아가멤논의 분투

날이 밝자마자 아가멤논은 군사들에게 무장하라고 명령하고, 자기도 키프로스의 왕 키니라스(Cinyras)가 선물로 준 청동 갑옷을 입었다. 장수들은 참호 앞에 말과 마부들을 대기시켜 놓도록 명령하고 자기들도 전투준비를 하고 나가자 병사들은 함성을 지르면서 제각기 참호 앞에 정렬했다.

그때 제우스는 지긋지긋한 싸움을 교란시키고 용감한 병사들을 수없이 저승의 왕 하데스에게 보내기 위해서 사악한 징조를 보내고 저 높은 하늘에서 피로 물든 이슬을 뿌렸다.

한편 트로이 군은 들판의 높은 곳에서 고귀한 폴리다마스(Polydama), 트로이 인들에게서 신처럼 떠받고 있는 아이네이아스, 그리고 안테노르의 세 아들들이 헥토르를 에워싸고 있었다. 선두에서 방패를 들고 서 있는 헥토르의 모습은 마치 방패들 든 제우스의 번개처럼 빛났다. 헥토르는 군사들을 격려하며 사기를 높여 주었다. 그래서 트로이 군과 아카이아 군 양쪽 모두 무서워서 도주하려는 병사가 한 명도 없었다. 군사들은 마치 늑대처럼 사납게 맹렬히 덤벼들었다. 여러 신들 중에서는 오직 '불화의 여신' 에리스만이 이 전투를 관망하며 즐기고 있었다. 다른 신들은 각기 올림포스 신전의 계곡에 조용히 머물고 있었기 때문이었다.

그러나 제우스 신이 트로이에게만 영광을 주려 하고 있기 때문에 신들은 모두 그를 비난하고 있었다. 그래도 제우스는 아랑곳하지 않고 다른 신들과 멀찌감치 떨어진 곳에 앉아 트로이의 도시와 아카이아 군의 선박

전쟁을 즐기는 '불화의 여신' 에리스

을 내려다보고 있었다.

　어느덧 아침이 지나자 다나오이 군은 전열마다 서로 격려하면서 적들을 격파해나갔다. 그중에서도 특히 아가멤논은 솔선수범하면서 적의 무사들에게 달려들어 우선 비에노르(Bienor)라는 적장과 마부 오일레우스(Oileus)를 쓰러뜨렸다.

　다음에는 마차에 같이 타고 있던 프리아모스의 서자 이소스(Isus)와 본처의 아들 안티포스를 처치했다. 아가멤논은 예전에 이다 산 기슭에서

양을 치고 있던 이들을 아킬레우스가 사로잡았다가 몸값을 두고 풀어준 적이 있었다. 이때 아가멤논은 이들이 프리아모스의 자식들이라는 걸 알았었다. 아가멤논은 이 둘의 갑옷을 벗기고 땅에 뉘었으나 트로이 군은 누구도 이들의 죽음을 막지 못했으며, 오히려 아르고스 군의 위세에 눌려 달아나기 바빴다.

다음에는 안티마코스(Antimachus)의 두 아들 페이산드로스(Pisander; 그리스 동맹군의 '뮈르미돈 부대'의 대장과 동명이인)와 용감한 히폴로코스(Hippolochus)를 붙잡았다. 안티마코스는 파리스에게 황금뇌물을 받고 헬레네를 메넬라오스에게 넘기는 데 반대한 자였다. 두 아들은 살려달라고 애원했으나 죽음을 면치 못했다.

그러고도 아가멤논은 아르고스 군사들을 격려하고 청동 칼을 휘두르며 적들을 추격해 갔다. 이렇듯 화살과 돌이 빗발치듯 쏟아지는 가운데, 먼지와 병사들의 살육으로 유혈 낭자한 전투 속에서도 제우스 신은 헥토르만을 살짝 멀리 떼어 놓았다.

한편 아가멤논이 다나오이 군을 독려하여 추격하자 트로이 군은 먼 옛날 다르다노스(Dardanus)의 아들 일로스(Ilus)의 무덤 옆을 지나 성을 향해 들판 한가운데를 가로질러 들무화과나무를 스치며 달아났다. 그러자 그는 고함을 지르면서 계속 추격해갔다. 그 무적의 두 손은 피가 튀어 붉게 물들어 있었다.

그러나 스카이아 성문의 거대한 떡갈나무 아래에 이르자 앞서가던 자들은 걸음을 멈추고 뛰어오는 트로이 군을 기다렸다. 다른 부대는 소 떼처럼 아직 들판을 이리저리 달아나고 있었다. 마치 수사자가 소 떼를 몰면서 한 마리만은 처절히 살육하여 억센 이빨로 목을 꽉 물어뜯은 다음, 피도 내장도 모조리 먹어치우듯이, 아가멤논은 가장 뒤처진 병사부터 무찔러 나가니 적병은 혼비백산하여 달아나기 바빴다.

그가 막 성 아래의 험한 누벽 밑에 이르자, 제우스는 창공에서 내려와 이데 산의 봉우리 사이에 자리를 정하고 앉은 다음, 손에 번개를 든 채 황금 날개를 단 무지개의 여신 이리스를 급히 불러 심부름을 보내면서 말했다.

"자, 날랜 무지개 여신이여, 어서 헥토르에게 전하고 오라. 아가멤논이 선두에서 마구 설치고 있는 것이 보일 때는 헥토르에게 뒤로 물러서 다른 무사들이 적군과 맞붙도록 일러라. 허나 아가멤논이 부상을 당해 전차에서 몸을 피하거든 그때는 내가 그에게 적군을 섬멸할 수 있는 힘을 내려주겠노라."

이 말을 들은 무지개의 여신은 곧바로 산을 내려가 일리아스 성에 이르러 곧 헥토르에게 제우스의 말을 전하고 사라졌다. 헥토르는 제우스의 말에 따르는 한편, 병사들을 격려하여 전열을 가다듬고 격전을 벌이도록 내몰았다. 그런데 바로 그때 용맹한 아가멤논에게 달려드는 용사가 있었으니, 그자는 바로 안테노르의 아들 이피다마스(Iphidamas)였다.

드디어 두 사람의 격투가 시작되었는데, 이피다마스는 창끝으로 아가멤논의 흉갑 아래 허리띠 근처를 찌르고 세차게 밀며 몸을 가누고 나갔다. 그러나 화려한 허리띠는 뚫리지 않고 그 훨씬 안쪽에서 창끝이 휘어버렸다. 아가멤논이 그 창을 손으로 덥석 움켜쥐고 이피다마스의 목을 후려치니 그는 몸을 흐느적거리며 쓰러지고 말았다. 결국 그는 죽임을 당하고 말았다. 아가멤논은 그의 갑옷을 벗겨 그 화려한 병기를 들고 아카이아 진영으로 돌아가려 했다.

바로 그때 정예용사인 안테노르의 장남 콘(Coon)이 이것을 보았다. 그는 아우가 죽은 것을 보자 분노가 치솟았다. 그래서 창을 쥐고 곧 대오를 빠져나가 아가멤논이 알아채지 못하는 사이에 옆으로 다가가 팔꿈치 아래를 찌르니 번쩍이는 창끝이 뚫고 들어갔다. 아가멤논은 깜짝 놀라며 온몸을 부르르 떨었지만, 그래도 물러서지 않고 기세등등하게 창을 움켜쥐자마자 콘에게 덤벼들었다. 그리하여 그도 아가멤논에게 죽임을 당하고 말았다.

그 후에도 아가멤논은 미친 듯 날뛰었으나 상처를 입어 흐르는 피와 고통 때문에 물러나지 않을 수 없었다. 그러자 헥토르는 트로이 군사를 격려해 아카이아 군을 향해 몰아세웠다. 헥토르 자신도 선두에 서서 돌진해 갔다. 트로이 군은 마치 사냥꾼이 흰 이빨을 드러낸 사냥개들을 멧돼지나 사자에게 달려들도록 부추기는 것과 같았다.

그때 헥토르에게 죽임을 당한 아카이아 군 장수들은 과연 누가 있었는가. 아사이오스(Asaeus), 아우토노스(Autonous) 오피테스(Opites), 돌롭스(Dolops), 오펠티오스((Opheltius), 아겔라오스(Agelaus), 아이심노스(Aesymnus), 오로스(Orus), 히포노스(Hipponous) 등이 바로 그들이었다. 이들은 모두 다나오이 군의 대장들로 그 위세는 질풍과도 같았다.

이때 오디세우스가 디오메데스를 향해 소리치지 않았더라면 아카이아 군은 속수무책의 상황에 빠져 배 안으로 패주해 들어갔을지도 모른다.

"디오메데스여, 그대는 어째서 기세와 무용을 잊고 말았는가. 자, 이리와서 내 옆에 서게. 우리 배를 헥토르가 점령하는 날에는 우리는 세상의 온갖 비난을 면치 못할 것이오."

오디세우스의 이 말에 디오메데스가 대답했다.

"물론 나는 머물러 버텨보겠소. 하지만 우리가 도움이 되는 것도 잠시뿐일 것이오. 제우스 신이 우리보다는 트로이 쪽이 좀 더 우세하도록 할 테니 말이오."

이렇게 말하고 그는 적진으로 돌진해 들어갔다. 이 두 사람의 무용은 실로 매서운 것이었으며 트로이 군은 차례로 쓰러져 갔다. 그 덕분에 아카이아 군은 헥토르를 간신히 피하여 한숨을 돌릴 수 있었다.

디오메데스에 의해 죽어간 트로이 장수는 많았다. 그러나 디오메데스가 파이온의 아들을 쓰러뜨리고 갑옷을 벗기려 하는데, 그 틈에 파리스가 디오메데스에게 활을 겨냥해 활시위를 힘껏 잡아당겼다. 화살은 디오메데스의 오른쪽 발등을 꿰뚫었다. 파리스는 기뻐하며 숨어 있다가 나와 이렇게 말했다.

"맞았다. 화살을 헛되이 쏘지는 않았군. 하지만 그대의 배를 꿰뚫어 목숨까지 빼앗지 못한 것이 아깝다."

그러자 디오메데스가 굴하지 않고 말했다.

"활을 쏘는 더러운 험담가야, 내 발등을 약간 긁어놓고도 뻔뻔스럽게 자랑을 하다니."

이렇게 말하는 동안에 오디세우스가 재빨리 달려와 앞을 가로막자, 디오메데스는 그 뒤에서 재빨리 화살을 발등에서 뽑자 심한 통증이 온몸을 꿰뚫으며 욱신거리기 시작했다. 그는 마부에게 명하여 배가 정박해 있는 아카이아 진영으로 말을 몰도록 했다.

한편 오디세우스는 혼자 남게 되었다. 자기마저 물러선다면 그것은 치욕이며 아카이아 군에게 큰 타격을 줄 것이라 생각하여 싸움을 계속했다.

오디세우스는 먼저 데이오피테스(Deiopites)에게 창을 던져 쓰러뜨렸다. 그리고 돈(Thoon)과 에노모스(Ennomus), 케르시다마스(Chersidamas)를 쓰러뜨렸다. 하지만 그는 이들을 흙먼지 속에 내팽겨 둔 채 힙파소스(Hippasus)의 아들 카롭스(Charops)를 창으로 찔렀다. 그는 소코스(Socus)의 형이었다. 하지만 자신도 형을 구하려고 달려온 소코스의 창에 맞아 부상을 입게 되었다. 그러나 부상을 입은 몸으로 오디세우스는 마침내 소코스의 등을 찔러 쓰러뜨리고 말았다.

트로이 군은 오디세우스의 피를 보자 무리를 지어 한꺼번에 오디세우스에게 달려들었다. 그래서 오디세우스가 물러서면서 소리를 지르니 메넬라오스가 그 소리를 듣고 아이아스를 돌아보며 말했다.

"아이아스여, 오디세우스의 부르짖음이 들리오. 자, 적군 속으로 뛰어들자. 그가 적의 포로가 되어서는 안 된다네."

이 말에 아이아스는 메넬라오스와 함께 용감무쌍하게 적군 속으로 돌진해 들어가 오디세우스를 발견하고 간신히 그를 적진에서 구출해냈다. 그리고 아이아스는 계속 트로이 군과 마저 싸웠다.

이처럼 아이아스가 말들과 군사들을 베고 제치며 미친 듯 날뛰고 있는데도 헥토르는 그것을 전혀 모르고 있었다. 그것은 적군의 왼쪽에 있는 스카만드로스 강쪽에서 싸우고 있었기 때문이었다. 그는 많은 군사를 쓰러뜨리면서 네스토르와 이도메네우스를 포위하고 있었다.

한편 헥토르가 그들과 교전하여 창과 마차를 조종하여 맹활약함으로써 젊은 무사들의 전열을 휘저어 나갔다. 그래도 용감한 아카이아 군은 그의 진영에서 절대로 물러나지 않았으나, 마카온이 파리스가 쏜 화살을 맞자 병사들은 할 수 없이 물러나고 말았다. 아카이아 군은 전세가 역전되어 그가 사로잡히지나 않을까 두려웠던 것이다. 이때 이도메네우스가 네스토르에게 소리쳤다.

"네스토르여, 어서 수레에 올라 마카온을 옆에 태우고 달려가 주시오. 그리고 곧바로 발을 몰아주시오. 의사란 화살을 뽑기도 하고 아픔을 덜기 위한 치료를 해 주기도 하는 일을 하기 때문에 소중합니다."

이 말에 네스토르는 자기 마차에 올라타고 옆에 의사 아스클레피오스의 아들 마카온을 태웠다. 그리고 말에 채찍을 가하자 한 쌍의 말은 아카이아 진영을 향해 질주해나갔다.

한편 케브리오네스(Cebriones)는 트로이 군이 동요하는 것을 보고 헥토르에게 다가가서 말했다.

"헥토르여, 지금 아이아스가 소란을 피우고 있기 때문에 우리 진영이 무너지고 있습니다. 아무튼 우리는 저쪽으로 전차를 돌립시다."

그때 높은 옥좌에 앉아 있던 제우스 신이 아이아스의 가슴속에 공포심을 불어 넣었다. 그래서 그는 섬뜩해져서 조금씩 뒤로 물러났다.

때마침 이것을 본 에우리필로스(Eurypylus)는 그의 곁으로 가서 아이아스를 도와 싸우자 또다시 트로이 군사들은 하나둘씩 차례로 쓰러지기 시작했다. 이것을 본 파리스는 에우리필로스를 향해 활을 쏘자 그의 오른쪽 허벅지에 화살이 꽂혔다. 그는 죽음을 면하기 위해 할 수 없이 후퇴했다.

이와 같이 양군의 혈투가 계속되는 동안 확실히 아카이아 군의 패색이 짙어져 갔다.

이런 모습을 날쌘 아킬레우스가 무심코 발견했다. 그리하여 파트로클로스를 불렀다. 그가 곧 달려왔다.

"왜 저를 부르십니까. 저에게 무슨 볼일이라도 있습니까?"

"파트로클로스여, 이제 아카이아 사람들이 내 무릎 아래 와서 애걸할 것이다. 이제 아카이아 군은 극심한 위기에 놓여졌다. 그대가 가서 부상당한 사람이 누군지 알아보고 오너라. 아무래도 뒷모습을 보니 마카온 같던데……"

이 말에 파트로클로스는 곧 아카이아 군의 선단 앞으로 달려갔다. 노장 네스토르가 그의 모습을 보자 일어나 그의 손을 잡고 앉으라고 권했다. 그러자 그는 "앉을 겨를이 없습니다. 그런데 지금 부상당해서 온 사람이 누구입니까. 하지만 이제 제가 알았습니다. 마카온이 보이니 말입니다. 그럼 지금 곧 아킬레우스에게 이 사실을 알리러 돌아가야 합니다. 제우스가 지켜주시는 노인 네스토르여, 그 사람이 어떤 인물인가는 잘 아시겠지요? 무서운 인간이라 당장 탓할 것이 없는 사람을 탓하기도 하지요."

네스토르가 말했다.

"어째서 또 이토록 아킬레우스가 아카이아 인의 아들을 걱정하게 되었을까. 그는 우리 편이 얼마나 타격을 받고 있는가를 모르고 있다네. 내로라하는 사나이는 모두 화살이나 창에 부상당해 배에 누워 있다네. 저 디오메데스, 오디세우스, 아가멤논, 에우리필로스, 모두 부상을 당했지. 그리고 이 사람도 날아온 화살에 맞은 것을 방금 싸움터에서 데리고 왔지. 그런데 아킬레우스는 용감무쌍한 인물이면서도 다나오이 군세를 염려하지 않고 가엾게 생각하지도 않는 모양이야. 대체 그는 이렇게 될 때까지 기다리고만 있었는가? 그리고 우리 자신도 차례차례 쓰러져가는 것을 기다리고 있는 것일까. 이제는 나도 늙었다. 그래서 무용도 떨칠 수가 없구나."

노장 네스토르가 이렇게 말하면서 아킬레우스의 구원을 요청했다. 만일 그것이 안 된다면 파트로클로스만이라도 아킬레우스의 갑옷을 빌려 입고 헥토르에 대항하여 지금의 위기에서 벗어나게 해 달라고 간절히 부탁했다.

네스토르의 간절한 부탁의 말은 파트로클로스의 가슴속 혈기를 끓어오르게 했다. 그는 곧장 아이아코스의 후예인 아킬레우스의 선단을 향해 달려갔다. 그러나 오디세우스의 배가 있는 데까지 왔을 때 그는 부상당한 에우리필로스와 마주쳤다. 에우리필로스는 허벅지 근처에 화살을 맞아 절룩거리며 싸움터에서 빠져나왔는데, 얼굴은 온통 땀투성이였고 상처에서는 피가 계속 흐르고 있었다. 하지만 그의 정신은 또렷했다.

그것을 보자 파트로클로스는 측은한 마음을 억누르지 못해 말하기를 "정말 딱하게 되었소. 이와 같이 친한 가족과 조국 땅에서 멀리 떠나 트로이 땅에서 그대들의 흰 육신을 사나운 개들이 포식하게 될 줄이야. 허나 이것만은 알려주시오. 제우스가 지켜주시는 에우리필로스여, 대체 아직도 아카이아 군세가 거인 같은 헥토르를 막아낼 수 있을는지요, 아니면 그의 창에 모두 궤멸당하고 말 것인지요?"

그러자 에우리필로스가 말했다.

"이제 아카이아 군에게는 아예 아무런 수호도 없을 것이오. 왜냐하면 일찍이 뛰어난 용사라 일컬어지던 분들이 모두 부상을 당해 배 안에 누워 있는 형편인데, 그것은 트로이 군사의 손에 의한 것이오. 우리는 그들의 사기만 북돋워 주고 있소. 그런데 우선 나를 부축하여 배로 데려다 주오. 그리고 화살을 뽑아내고 피를 좀 멎게 해 주오."

"나는 지금 아킬레우스의 용무를 수행 중이오. 하지만 고통을 겪고 있는 그대를 그냥 두고 갈 수는 없는 일이오."

이렇게 파트로클로스가 막사 안으로 부축하여 들어가니 수행병이 맞이하고 소가죽을 땅바닥에 깔았다. 에우리필로스를 그 위에 길게 뉘어 허벅지에서 뾰족한 화살촉을 빼낸 다음 흘러내리는 검은 피를 미지근한 물로 깨끗이 씻어냈다. 그다음 그 위에다 통증을 없애는 쓴 풀뿌리를 두 손으로 잘 비벼서 문지르자 통증이 말끔히 가셨다.

제 12 권

함선들의 방벽을 둘러싼 전투

이처럼 파트로클로스가 막사 안에서 에우리필로스가 화살로 입은 상처를 치료해 주고 있는 동안, 아르고스 군과 트로이 군은 서로 죽기 살기로 싸우고 있었다.

그리고 배를 지키기 위해 쌓은 방벽도 더 이상 버틸 수가 없었다. 아카이아 군이 선박들과 전리품들을 지키기 위해 둘레에 참호를 파고 쌓은 방벽이지만, 신에게 제사를 지내지 않고 쌓은 터라 결코 오래 지탱할 수가 없었다.

아직도 헥토르는 죽지 않고 아킬레우스는 여전히 분노를 누르지 못하고 있는 동안 아카이아 군의 이 큰 방벽은 튼튼하게 부지할 수가 있었으나, 트로이 편에서도 장수들이 모두 죽고 아르고스 편에서도 거의 떼죽음을 당해 프리아모스의 성도 10년 만에 함락되고 말 무렵이었다. 이때 포세이돈과 아폴론은 여러 강줄기들을 끌어 모아 이 방벽을 파괴할 계획을 세우고 있었다. 강줄기의 입구를 한 곳으로 모은 포이보스 아폴론은 이 방벽을 좀 더 빨리 부수려고 방벽 쪽으로 9일 동안이나 물을 흘려보낸다. 제우스는 끊임없이 비를 쏟아 내려보낸다. 그리고 대지를 잡아흔드는 포세이돈 신도 삼지창을 들고 아카이아 군대가 나무와 돌로 힘들게 쌓은 방벽과 토대를 파도에 밀어 넣어 헬레스폰토스 주변을 평평하게 만들어 버린다. 포세이돈과 아폴론이 훗날 이렇게 처리하려고 했다.

이 무렵 방벽 양쪽에서는 치열한 접전이 벌어지고 있었다. 아르고스 군은 제우스의 채찍에 맥이 빠지고 용맹스런 헥토르가 두려워 배 옆에 몸을 움츠리고 있었다. 이와 반대로 헥토르 편은 맹렬한 기세로 날뛰고 있었다. 헥토르는 자기 편 군사들에게 참호를 뚫고 진격하라고 격려도 하고 타이르기도 했으나, 일족 천리를 나는 그의 준마까지도 참호 앞에 이르러서는 더 이상 나가지 못하고 딱 멈춰 서서 맹렬하게 울부짖기만 했다. 사실 가까운 곳에서 건너거나 넘어가기란 어려운 일이다. 더군다나 참호 양쪽이 절벽처럼 가파른데다 폭이 넓었고 예리한 말뚝들이 가득 박혀 있었기 때문이다.

그것은 아카이아 인의 아들들이 적병에 대한 방비책으로 꽂아 둔 것으로, 바퀴 달린 전차를 끌고 들어가기가 그렇게 수월하지 않았다.

그때 마침 폴리다마스가 헥토르 곁에 다가가 말했다.

"헥토르여! 트로이의 군사와 대장들이여! 모두 내 말을 들으시오. 전차를 타고 참호를 건너는 것은 어리석은 일이오. 뾰족한 말뚝이 안에 촘촘히 박혀 있기 때문에 좁은 곳에서는 당하기 십상이오. 제우스 신이 그들을 벌할 생각으로 우리 트로이 편을 들어주신다면 아카이아 군사를 아르고스에서 멀리 떨어진 이곳에서 이름도 없이 멸망해 버리겠지만, 만일 적이 다시 일어나 반격을 가해 온다면 우리는 배에서 이 참호 속으로 떨어지고 말 것이오. 그러니 여러분, 내 말대로 하는 게 어떻겠소? 수행병들에게 마차를 넘겨주어 참호 옆에 대기시켜 놓고 우리는 합세하여 헥토르 뒤를 따른다면 아카이아 군사는 더 이상 버티지 못할 것이오."

그러자 헥토르는 갑옷 차림으로 땅에 뛰어내리니 다른 장졸들도 모두 용맹스런 헥토르의 뒤를 따라 전차에서 뛰어내렸다. 그리고 저마다 수행병들에게 참호 옆에 전차를 대기시켜두도록 하고 돌아와 다섯 개 부대로 나누어 지휘자를 선택하여 그 명령에 따라 전진해 나갔다.

제1부대는 헥토르와 폴리다마스가 지휘했으며 병력 수도 가장 많았을

뿐 아니라 정예 병사들이라 방벽을 돌파하여 배 옆에서 싸우겠다는 기세가 하늘을 찔렀다. 세 번째 지휘관은 헥토르의 동생 케브리오네스가 맡았다. 제2부대는 파리스와 알카도스(Alcathous)와 아게노르가, 그리고 제3부대는 프리아모스의 또 다른 아들 헬레노스(Helenus)와 데이포보스(Deiphobus)가 맡았고, 세 번째 지휘관으로는 휘르타코스(Hyrtacus)의 아들 아시오스(Asius)가 참가했다. 네 번째 부대는 앙키세스의 아들 아이네이아스가 지휘했으며 안테노르의 두 아들 아르켈로코스(Archelochus)와 아카마스(Acamas)가, 그리고 전반적으로 전술을 터득한 자들이 그를 따랐다. 사르페돈은 지원군을 지휘하고 글라우코스와 군신 아레스의 친구인 아스테로파이오스(Asteropaeus)를 자신의 보좌로 삼았다.

그리하여 그들은 질서정연하게 가죽 방패를 가슴에 밀착시켜 앞을 가리고 다나오이 군을 향해 쳐들어가면 적들이 더 이상 버티지 못하고 검은 배에서 궤멸해버리고 말 것이라고 여겼다.

이때 다른 트로이 편 사람과 원군들은 폴리다마스의 의견에 따랐으나, 세 번째 부대의 제3 지휘관 아시오스는 마차와 수행병을 두고 가는 것에 반대하여 어리석게도 모두를 이끌고 배에까지 접근해 갔으나 결국 이도메네우스의 창끝이 그를 휘덮어 버리고 말았다.

한편 튼튼하게 세워진 방벽을 향해 트로이 군은 소가죽 방패를 높이 치켜들고 우레와 같은 함성을 지르며 아시오스와 이아메노스와 오레스테스(아가멤논의 아들과 동명이인), 아시오스의 아들 아다마스와 돈, 또 오이노마오스를 가운데 두고 곧바로 밀고 나갔다.

아카이아 군 쪽에서는 투쟁적인 라피다이 족(the Lapithae)의 두 사람이, 하나는 페이리토스(Pirithous)의 용맹스런 아들 폴리포이테스(Polypoetes)와 또 한 사람은 아레스와도 견줄 만한 레온테우스(Leonteus)

가 버티고 있었다. 이들이 아카이아 군사가 방벽 앞에서 배를 지켜 분투하도록 한동안 사기를 돋우고 있었으나, 마침내 방벽을 향해 진격해 오는 트로이 군을 보자 다나오이 군이 도망치기 시작했다. 참다못한 두 사람은 밖으로 달려 나가 싸움을 계속했다. 두 사람의 갑옷이 방벽 위의 병사들과 맹렬하게 싸움을 계속하는 바람에 요란한 소리를 냈다. 방벽 위에서 병사들은 자신과 진영, 그리고 배들을 지키기 위해 마치 눈보라처럼 돌멩이들을 밑으로 내던졌다. 그리하여 양쪽 병사들의 투구와 방패들이 둥그런 돌덩이에 맞아 둔탁한 소리를 냈다.

이때 아시오스는 한숨을 길게 쉬고 무릎을 치면서 분연히 일어나 말했다.

"제우스 신이여! 신께서는 거짓말을 정말 좋아하시는군요. 사실 아카이아 군이 천하무적인 우리를 버텨 낼 줄은 몰랐습니다. 이자들은 보루의 정문에 겨우 두 사람밖에 없는데도 도대체 물러서려고 하지 않습니다. 상대를 죽이든지 제가 죽든지 사생결단을 내지 않는 한 말입니다."

하지만 제우스의 마음을 움직일 수는 없었다. 왜냐하면 제우스는 헥토르에게 그 영광을 돌릴 참이었으니까.

이때 폴리포이테스가 창으로 다마소스(Damasus)의 청동 투구를 찌르니 청동 투구도 이를 막지 못하고 창끝이 그대로 머릿속을 뚫고 들어갔다. 그러자 기세등등하던 다마소스는 그 자리에서 고꾸라지고 말았다.

이어서 그는 필론(Pylon)과 오르메노스(Ormenus)를 쓰러뜨렸다. 한편 아레스의 친구인 레온테우스는 히포마코스의 허리에 창을 겨누어 꿰뚫고, 다시 예리한 칼을 뽑아 군중 사이를 헤집고 들어가 안티파테스(Antiphates)를 내리치자 그는 땅바닥에 뒤로 굴러 나자빠지고 말았다. 이런 식으로 그는 메논(Menon)과 이아메노스(Iamenus), 그리고 오레스테스를 차례로 쓰러뜨렸다.

이때 헥토르를 따르던 정예부대인 제1부대는 방벽을 뚫고 배에 불을 지르려고 기름을 뿌리고 있었다. 마침 한 마리의 독수리가 병사들의 왼쪽 앞에서부터 시뻘겋고 커다란 뱀 한 마리를 움켜쥐고 날아오자 병사들은 참호 옆에 우뚝 선 채 어떻게 해야 할지 망설였다.

뱀은 아직도 포기하지 않고 몸뚱이를 뒤로 틀어 올리면서 독수리의 가슴 언저리를 꽉 깨물었다. 그러자 독수리는 고통을 이겨내지 못하고 군사들 한복판에 뱀을 떨어뜨리고 크게 울부짖더니 바람 부는 쪽으로 멀리 사라져 버렸다. 트로이 군사들은 제우스 신의 불길한 징조로 여기고 뱀이 자기들 쪽으로 떨어지자 공포에 질려 버렸다.

그때 마침 폴리다마스가 헥토르 옆으로 다가가서 말했다.

"헥토르여, 그대는 내가 성당한 의견을 말할 때마다 늘 잔소리로 들렸겠지만, 다시 한번 최선의 방책이라고 생각하는 바를 말하겠소. 다나오이 군의 배를 탈취하려는 전투를 중지하는 게 어떻겠소. 만일 이 조짐이 신빙성이 있는 것이라면 말이오. 우리 트로이 군이 막 돌진하려는 차에 하늘을 날던 독수리가 우리 병사들의 왼쪽 앞을 막으면서 날아왔소. 독수리의 발톱 사이에 아직 살아 있는 새빨간 뱀이 쥐어져 있었소. 하지만 둥지에 닿기 전에 이 뱀을 떨어뜨려 자기 새끼들에게 주지도 못했소. 마찬가지로 우리가 아카이아 군의 이 방벽을 무너뜨린다 해도, 결국 이 길을 걸을 우리는 무질서하게 배 옆에서 후퇴할지도 모르오. 모든 점술가들도 배를 지키기 위해 싸우는 아카이아 군사들이 트로이 사람들을 청동 칼로 베어버릴 것이라고 해석할 것이오."

그러자 헥토르는 따가운 눈초리로 그를 쏘아보며 말했다.

"폴리다마스여, 그대가 한 말은 도무지 내키지 않는다. 그대는 그보다

핵토르에게 충고하는 폴리다마스

더 그럴듯한 견해를 찾아낼 수 있을 것이다. 하지만 그 건의가 진정이라면 일부러 모든 신들이 그대의 머리를 돌게 한 것임이 분명하다. 공포의 천둥을 울리시는 제우스 신의 계책을 잊으라고 한 그대가 아닌가. 그대는 독수리가 보여주는 조짐을 간과하지 말라는 것인데, 나는 조금도 개의치 않는다. 그 새가 태양이 솟아오르는 동쪽으로 날아가건 해지는 서쪽으로 날아가건 아무 상관없다. 우리는 제우스 신의 계책에 따라야 한다. 그분이야말로 죽어야 할 인간과 영생하는 모든 신들을 지배하는 분이 아닌가. 징조는 오직 하나, 조국을 지키기 위해 싸우는 것뿐이다. 그대는 어찌하여 전투를 두려워하는가. 그대가 온갖 감언이설(甘言利說)로 다른 사람들을 설득시켜 싸움에서 후퇴하도록 하는 날에는 당장 내 창에 죽음을 면치 못하게 될 것이다."

헥토르가 말을 마치고 선두에 나서자 병사들은 일제히 함성을 지르며 일어나 모두 그의 뒤를 따랐다. 번개를 휘두르는 제우스 신도 이에 호응하여 이데 산의 꼭대기에서 질풍을 일으켜 선단을 향해 모래먼지를 날려 보냈다. 이것은 아카이아 군의 앞길을 흐리게 만들어 트로이 군과 헥토르가 승리하도록 하기 위해서였다. 우선 방벽을 부수기 위해 망루에서 튀어나온 기둥을 지레로 뽑기 시작했다. 그것은 망루의 토대를 지탱시키기 위해 아카이아 군사들이 땅에 박아놓은 것이었다. 다나오이 군사들은 통로에서 좀처럼 후퇴하지 않고 방벽 밑으로 기어오르는 적군을 계속 공격해대고 있었다.

이때 큰 아이아스와 작은 아이아스는 병사들을 격려하느라 망루 위를 분주하게 돌아다니면서 아카이아 군사들의 사기를 높여주기 위해 부드럽게, 때론 엄하게 타이르고 있었다.

두 아이아스는 "올림포스에 계시며 번개를 휘두르시는 제우스 신께서 이 공격을 물리치고 성벽까지 적군을 쫓아 보내 주실지도 모른다." 하고 큰 소리로 외치면서 아카이아 군사들을 전투에 내몰았다.

양측은 서로 맹렬하게 투석전을 전개했다. 아카이아 군사들은 트로이 군에게, 트로이 군사들은 아카이아 군에게 끊임없이 돌팔매질을 하여 방벽 위에는 전례가 없는 엄청난 소음이 일고 있었다. 그러나 이때 전능한 제우스 신이 자기 아들 사르페돈을 뿔이 굽은 소 떼를 습격하는 사자처럼 아르고스 군을 향해 일어서게 하지 않았더라면, 트로이 군대도 용맹스런 헥토르도, 방벽의 문과 긴 빗장대를 부숴버리지는 못했을 것이다.

사르페돈은 균형 잡힌 훌륭한 방패를 앞으로 내밀었다. 그리고 두 자루의 창을 내두르며 맹수처럼 앞으로 밀고 나갔다. 이때 제우스는 신에 비견할 만한 사르페돈에게 용기를 북돋우며 방벽에 접근시켜 칸막이를 파괴하도록 시켰다. 그는 사촌인 히폴로코스의 아들 글라우코스에게 말했다.

"글라우코스여, 도대체 무슨 까닭으로 우리 두 사람에게 리키아 왕국(Lycia; 고대 소아시아, 즉 지금의 터키 남서쪽 끝에 있던 왕국)에서 특별한 명예를 부여해 주고 있는 것일까. 그리고 왜 둘 다 숭배되고 있는가. 게다가 크산토스 강둑 가까이에 과수원이 있는 훌륭한 장원마저 차지하고 있으니, 그런 것들을 위해서라도 우리는 리키아 군대의 선봉에 나서 용맹스럽게 전투에 참가해야만 한다네. 리키아의 모든 군사들이 우리를 두고 '리키아를 통치하는 우리 영주님들은 과연 훌륭한 명예를 받는 분들이시다. 살찐 양고기와 최고의 꿀처럼 감미로운 술을 드시는 것도 까닭이 없지는 않으니, 저토록 기량이 뛰어나 리키아 군의 선봉에서 용감하게 싸우고 계시지 않은가.'라고 말할 수 있도록 말일세. 다정한 아우여, 우리가 이 싸움에서 살아남는다면 나는 두 번 다시 선봉에 나서 싸우지도 않을 것이며, 그대로 하여금 무사들에게 영광을 주는 전투에 참가하게 하지도 않을 것이다. 자, 다른 사람들에게 영광을 주거나, 아니면 남들로부터 영광을 부여받기 위해 어서 나가세."

글라우코스는 그의 말에 즉시 동의하여 두 사람은 리키아 대군을 끌고 나갔다. 그런 모습에 메네스데우스는 몸을 부르르 떨었다. 자기가 있는 망루를 향해 분명히 재앙이 몰려오는 것을 감지했기 때문이었다. 그래서 그는 아카이아 군의 망루를 따라 자기 쪽의 재앙을 막아줄 만한 사람을 생각하다가 아직 싸움에 싫증을 내지 않는 두 아이아스가 버티고 서 있는 것을 발견했다. 그리고 그 곁에는 막사에서 달려 나온 아이아스의 이복동생 테우크로스까지 눈에 띄었다. 하지만 그토록 요란스런 함성이 하늘을 찌를 듯했기 때문에 소리쳐 봐야 들리지 않을 것은 뻔한 일이었다. 그래서 아이아스에게 즉시 전령 도테스(Thootes)를 보내려고 그를 찾아냈다.

"용맹스런 도테스여, 빨리 달려가 아이아스를 불러다오. 되도록이면 두 사람 모두 말이다. 이곳에는 엄청난 재앙이 다가오고 있는데, 리키아 군대의 대장들이 기세등등하게 밀고 들어오고 있다. 그쪽에도 역시 재앙이 닥치고 있다면 텔라몬의 아들인 용장 아이아스 한 명만이라도 와 준다면 좋겠다. 그리고 테우크로스도 함께 와 달라고 전해라. 그는 활의 명수이니까 말이다."

말을 마치자 전령 도테스가 청동 갑옷을 입은 아카이아 군의 방벽을 따라 달려가 두 아이아스 곁으로 다가가 말했다.

"두 아이아스 님이시여, 두 분에게 제우스의 보호를 받는 페테오스의 아드님이 저쪽으로 와 주길 고대합니다. 잠시 동안이라도 쓰라린 싸움에 두 분이 함께 해주시기를. 저쪽에는 지금 곧 재앙이 닥쳐올 것입니다. 리키아 군대의 대장들이 맹렬한 기세로 쳐들어오고 있습니다. 이쪽에서도 힘든 싸움이 계속되고 있다면 용감한 큰 아이아스 님 한 분만이라도, 그리고 테우크로스 님도 활의 명수이시니 제발 함께 가 주십시오."

이렇게 말하자 텔라몬의 아들 큰 아이아스는 즉시 동의하고 오이네우스의 아들 작은 아이아스를 보고 기세 좋게 말을 건넸다.

"아이아스여, 그대는 용감한 리코메데스와 함께 다나오이 군사가 분전하도록 격려해다오. 그동안 나는 저쪽에 가서 전황을 살펴보고 적을 충분히 막아주고 다시 오겠다."

이렇게 말하고 큰 아이아스가 그의 형제 테우크로스를 데리고 떠났다. 그리고 판디온(Pandion)이 테우크로스의 굽은 활을 들고 그 뒤를 따랐다. 그리하여 그들은 기골이 장대한 메네스데우스가 있는 방벽 안쪽으로 나아가 적군으로부터 압박당하고 있는 그들 곁에 도달했는데, 때마침 적의 군사가 리키아 군의 대장을 따라 위세 좋게 칸막이벽에 밀어닥쳤고 쌍방이 정면 대치하여 맞부딪치며 싸우려 할 즈음에 함성이 하늘을 찔렀다.

큰 아이아스가 사르페돈의 의기 왕성한 부하인 에피클레스(Epicles)를 먼저 쓰러뜨리고 울퉁불퉁한 돌덩이 위에 내동댕이쳤다. 그 돌덩이는 혈기 왕성한 젊은이라도 두 손으로 쉽사리 들어 올리지 못할 정도였는데, 아이아스가 높이 쳐들어 내리치자 투구와 두개골이 함께 박살나고 말았다.

또 테우크로스는 용감한 글라우코스가 높이 솟은 방벽을 향해 덤벼들었을 때, 팔의 위쪽이 드러나자 활을 당겨 물러나게 했다. 그러자 글라우코스는 슬며시 방벽을 뒤로 하고 물러났다. 그것은 아카이아 군사들이 혹시 자기가 화살에 맞은 것을 알고 떠벌리지 못하도록 하기 위해서였다.

그래도 아직 좀체 전의가 수그러들지 않자 데스토르(Thestor)의 아들 알크마온(Alcmaon)을 창으로 찌르고 그 창을 뽑아버리니, 적은 거꾸러져 굴러 떨어지고 말았다. 그때 사르페돈이 칸막이벽을 잡아 힘껏 헐어버리자 방벽 위쪽이 드러나며 마침내 수많은 병사들이 뛰어넘을 수 있을 정도의 길이 트이게 되었다.

그러자 그쪽으로 아이아스와 테우크로스가 한꺼번에 반격하면서 한 사람은 화살을 사르페돈의 가슴 언저리와 몸을 방어하는 커다란 방패의 겉가죽을 맞혔다. 하지만 제우스가 자기 아들을 선단의 뱃머리에서 죽지 않도록 막아 주었다. 그리고 아이아스 쪽은 덤벼들어 방패를 찍었으나 창으로 꿰뚫지는 못하고 그 기세만 꺾었을 뿐이다.

그리하여 잠시 물러난 사르페돈은 영예를 차지하기 위해 신과도 견줄 만한 리키에 군사를 격려하면서 말했다.

"오, 리키아 군사들이여. 그토록 용맹했던 열의를 어찌 식히려 하는가. 아무리 내가 용맹스럽다 하더라도 혼자서는 방벽을 부수고 선단으로 가는 길을 열어준다는 것은 너무 힘든 일이다. 그러니 그대들도 함께 진격해다오."

그가 말을 마치자 군사들은 부끄럽고 두려움을 느껴 계책을 세우는 군주를 에워싸고 한층 더 맹렬히 기세를 올리자, 아르고스 군사들도 방벽 안쪽에서 더욱 대오를 튼튼히 하여 마침내 다시 결전이 펼쳐졌다. 왜냐하면 용맹한 리키아 군사들이 다나오이 군의 방벽을 부수어 배에 이르는 길을 완벽히 뚫지 못한 것처럼, 다나오이 군의 창을 든 무사들도 이미 방벽까지 접근해버린 리키아 군을 격퇴시킬 수 없었기 때문이다.

그렇게 격전을 거듭한 결과 무자비한 청동 칼에 다친 자들, 맨살이 드러난 데를 찔리거나 방패째 깊숙이 찔린 자들의 수는 이루 헤아릴 수가 없었다. 방벽의 망루나 칸막이벽들 곳곳에는 유혈이 낭자했으며 트로이 군과 아카이아 군 양쪽에서 피바다를 이루었다. 하지만 그때까지도 트로이 군은 아카이아 군을 궤멸시키지는 못했고, 양쪽이 팽팽하게 맞서 있는 광경은 마치 저울대에 같은 무게의 것을 올려놓은 것처럼 혼전양성을 띠어 양군의 승패에 대한 전망은 막상막하였다.

그러나 사실은 제우스가 프리아모스의 장남 헥토르에게 특별한 영광을 내리기 전의 일이었다. 마침내 그가 선두에 나서서 아카이아 군의 방벽 안으로 뛰어들었다. 그가 트로이 군사들에게 커다란 목소리로 울부짖었다.

"트로이 용사들이여, 분전하라. 아르고스 군의 방벽을 쳐부수어 그들

고대 그리스 신전의 제단

의 배가 화염에 휩싸이도록 불을
질러라."

헤토르가 이렇게 격려하니 모두
합세하여 방벽으로 돌진해 들어갔
다. 헥토르는 몰려드는 트로이 군
을 돌아보고 격려하며 방벽을 넘어
진격하라고 명령하자, 모두들 그 독
려에 따라 어떤 자는 방벽을 타넘
고, 견고한 문을 뚫고 물밀 듯이 쏟
아져 들어가니 다나오이 군사들은 자기네가 있는 쪽으로 줄행랑을 쳤다.
그칠 줄 모르는 소음이 한동안 와자지껄하니 울려 퍼졌다.

제 13 권

함선들을 둘러싸고 싸우다

제우스는 헥토르와 트로이 군을 배 앞까지 지켜주어 그들을 혼전 속
으로 몰아넣고, 눈을 돌려 저 멀리 말을 기르는 트라케 인(the Thrace; 트
라키아 인), 근접해 싸우는 미시아 인(the Mysians), 또 말젖을 마시는 긍지
를 가진 히페몰고이 족(the Hippemolgoi, '말젖을 짜는 종족'이라는 뜻으로 흑
해 연안의 유목민족), 그리고 특히 의리가 강한 아비오이 족의 고장들을 두
루 살폈다. 그는 트로이 군에 더 이상 눈길을 보내지 않았다. 불사의 신

들 중에서 누구도 양쪽을 도와주지 않을 것이라 굳게 믿고 있었기 때문이다.

그런데 대지를 뒤흔드는 신 포세이돈은 결코 감시를 늦추지 않았다. 그는 사모스의 산정에 정좌하고 전황을 살펴보고는 이상하게 생각하고 있었다. 사모트라케(Samothrace; 트라키아의 해안에서 떨어진 에게 해 북부 해역에 있는 섬)는 제우스가 있는 이데 봉우리들이 모두 눈에 들어오고, 프리아모스의 성도 아카이아 군의 선단도 한눈에 내려다볼 수 있는 곳이다. 바다에서 나와 거기에 앉아 아카이아 군이 트로이 군에 의해 격파되어가는 꼴을 가련하게 여기고 있던 포세이돈은 생각할수록 제우스 신의 괴이한 짓에 화가 치밀었다. 그래서 곧장 산을 훌쩍 뛰어내려 목적지인 아카이아 선단이 있는 곳에 도달했는데, 그곳에는 영원히 허물어지지 않을 유명한 황금 신전이 안쪽 깊숙이 찬란하게 서 있었다.

그런데 테네도스 섬(Tenedos)과 험준한 바위섬인 임브로스(Imbrus) 사이의 깊숙한 해저 바닥에 크고 넓은 동굴이 있었는데, 그곳에서 대지의 신 포세이돈이 수레를 멈추고 수레에서 말들을 풀어 향기로운 신량(神糧)을 말에게 던져주고는 아카이아 군 진영 쪽으로 나아갔다.

그동안 트로이 군은 프리아모스의 아들 헥토르를 따라 소음과 함성이 요란한 가운데 질풍처럼 아카이아 군 선단을 점령하고, 그 곁에서 대장들을 모두 전멸시킬 수 있기를 바라는 마음이었다. 그런데 대지를 뒤흔드는 포세이돈 신은 우람한 목소리로 칼카스의 모습으로 변신해서 아르고스 군을 격려하고, 우선 잔뜩 기세등등해 있는 두 아이아스를 향해 말했다.

"아이아스들이여, 아카이아 군을 그대 둘이서 지켜다오. 트로이 군이 불사신의 용기를 가졌다 해도 나는 결코 두려워하지 않는다. 설령 그들이 대세를 이루어 높은 방벽을 타고 넘어온다고 해도, 그보다도 광기에 사로잡힌 듯이 불같은 기세로 헥토르를 앞세워 달려오는 저쪽 군사들이 무슨 변을 당하지나 않을까 오히려 걱정스럽다. 그는 특별히 위엄 있는 제우스의 아들이라 하여 자만하고 있으니 말이다. 설령 올림포스에 있는 제우스 신이 보살펴주고 또 제아무리 기세 사납게 덤벼든다 해도 빠른 배 옆에서 그를 쉽게 물리칠 수 있을 것이다."

말을 마친 포세이돈은 지팡이로 두 사람을 쳐서 군센 정기와 용맹심을 가득 불어넣어 주고 손발도 경쾌하게 만들어 주었다. 그리고 그는 광야 위를 선회하는 새를 잡는 매처럼 두 사람 곁에서 쏜살같이 날아올랐다. 그것을 오일레우스의 아들인 작은 아이아스가 먼저 깨닫고 텔라몬의 아들 큰 아이아스를 돌아보며 말했다.

"큰 아이아스여, 올림포스에 계시는 신들 가운데서 아무래도 어느 한 분이 점술가인 칼카스의 모습을 빌려 우리에게 배 옆에서 싸우기를 명하신 것 같소. 저분은 분명 칼카스가 아니오. 손발 놀림만 봐도 쉽사리 알 수 있지요. 그래서 나도 두 팔, 두 다리에 힘이 넘쳐 나가 싸우고 싶은 용기가 용솟음친다오."

그러자 텔라몬의 아들 큰 아이아스가 대답했다.

"그렇다. 지금 창을 쥐고 있는 무적의 내 팔에도 힘이 샘솟는다. 지금 혼자서라도 프리아모스의 아들 헥토르와 결판을 내고 싶어 두 다리가 근질근질하던 참이었다."

이처럼 포세이돈 신이 그들의 가슴속에 전의를 불어넣어 준 것에 대해 기쁨을 감추지 못하고, 둘은 서로 마주 보며 이야기를 나누고 있었다. 그때 포세이돈은 트로이 군사들이 큰 방벽을 넘어오는 것을 보면서도 극심한 피로에 휘청거리고 있는 군사들 사이에 끼어들어 그들을 격려하며 돌아다녔다.

바다에서 솟구쳐 나오는 포세이돈

"아르고스 인들이여, 아직 젊고 힘찬 무사로서 치욕을 알라. 나는 그대
들이 고군분투하여 우리의 배들을 안전하게 지켜 줄 것으로 믿는다. 트
로이 군사들이 감히 우리 배에까지 밀어닥칠 줄은 꿈에도 생각지 못했
다. 걸핏하면 도망치는 사슴 같은 무리라 이전 같으면 감히 아카이아 군
의 예기와 무력에 정면으로 맞서리라고는 아예 생각할 수도 없었다. 그런
데 지금 성 안에서 멀리까지 밀고 나와 선단 부근까지 밀고 들어와 싸우
고 있다니, 이는 모두가 우리 편 지휘관들이 비굴하고 병사들이 게을러
그런 것이다. 모두가 아킬레우스와 다툰 뒤부터 배를 지킨다는 의욕조차
상실하고 있는 형편이다. 하지만 아무리 아가멤논 왕에게 책임이 있다 하
더라도 아킬레우스에게 엄청난 모욕을 주었다는 이유로 우리가 전쟁을

포기할 수는 없다. 어떻게 할 것인가. 이제 격렬한 전투가 시작되었고 헥토르가 우렁찬 함성을 지르며 선단 옆에까지 와서 싸우고 있다. 힘이 넘치는 사나이라 대문도 긴 빗장도 모두 두들겨 부수고 들어왔단 말이다."

대지를 뒤흔드는 바다의 신 포세이돈은 이렇게 아카이아 군을 독려했다. 군사들은 모두 두 아이아스를 중심으로 대오를 겹겹으로 튼튼하게 짰다. 그 견고함은 실로 아레스가 나타나더라도 혹은 병사를 부추기는 아테나라 하더라도 결코 얕볼 수 없을 만했으며, 오로지 적을 노리고 싸울 기세만이 등등했다.

먼저 트로이 편에서 헥토르를 앞세워 공격을 개시하며 사나운 기세로 돌진해 왔다. 헥토르는 금세 배와 진영 사이를 빠져 나가 살육을 자행하면서 바다까지 쉽게 밀고 나갈 수 있을 것 같은 기세였다. 하지만 드디어 튼튼하게 짜여진 아카이아 군의 대오와 맞닥뜨리자 그 맹렬한 기세에 그만 기가 꺾여 멈추고 말았다. 그들을 맞이한 아카이아 군이 칼과 창을 휘두르고 찔러대며 무서운 기세로 반격해오자 헥토르는 멈칫하며 뒤로 물러났다. 그러면서 우렁찬 목소리로 트로이 군을 향해 부르짖었다.

"트로이 군도 리키아 군도, 그리고 가까이에서 싸우는 다르다오 인들도 모두 함께 내려라. 아카이아 군세는 결코 오래 버티지는 못할 것이다. 진실로 지고하신 신이시고, 천둥을 무섭게 울리는 헤라 여신의 남편이신 제우스 신께서 나를 일으켜 지켜주신다면 말이다."

헥토르는 이렇게 말하며 트로이 군 모두에게 용기와 전의를 북돋아 주었다. 먼저 프리아모스의 아들 데이포보스가 큼직한 방패로 몸을 가리고 앞으로 계속 나아갔다. 그러자 메리오네스가 그를 겨누어 창을 던졌다. 창은 방패에 정확히 꽂히기는 했으나 꿰뚫지는 못하고 그만 창끝이 부러지고 말았다. 이에 화가 난 메리오네스는 다시 긴 창을 가지러 아카이아 군의 선단 쪽에 있는 자기 막사로 달려갔다.

한편 먼저 텔라몬의 아들 테우크로스가 쓰러뜨린 무사는 많은 말을 가진 멘토르(Mentor)의 아들 임브로스(Imbrius)라는 창을 잘 쓰는 자였는데, 아카이아 군이 쳐들어오기 전에는 프리아모스 왕의 첩에서 난 딸 메데시카스테(Medesicaste)를 아내로 삼아 페다이온(Pedaeum)에 살고 있었다. 그러다가 다나오이 군의 선단이 들이닥치자 일리오스로 돌아와 능력을 발휘한 그는 프리아모스 측근이 되어 그의 아들들 못지않게 귀한 대우를 받고 있었다. 그런데 이제 텔라몬의 아들 테우크로스의 창에 귀밑을 찔려 넘어지자, 청동으로 정교하게 장식된 옷이 요란한 소리를 냈다. 이어 테우크로스가 그의 갑옷을 벗기려고 잽싸게 달려들자, 헥토르가 그를 겨냥해 번쩍이는 창을 집어던졌다.

하지만 이쪽에서도 곧 눈치채고 아슬아슬하게 창을 피했다. 헥토르가 이번에는 악토르(Actor)의 손자이자 크테아토스(Cteatus)의 아들인 암피마코스(Amphimachus)의 머리에서 투구를 벗기려는 것을 보고 아이아스가 창을 내질렀다. 하지만 그의 몸은 온통 청동 갑옷으로 뒤덮여 도저히 뚫을 수가 없었다.

하지만 방패 한가운데를 찔러 엄청난 힘으로 밀어젖혔기에 헥토르는 시체 둘을 모두 남겨두고 그대로 물러갔다. 그래서 그 시체들은 아카이아 군사가 끌고 갔다.

그리고 두 아이아스가 시체를 높이 쳐들고 갑옷을 벗겼다. 그리고 암피마코스가 죽자 몹시 분노한 오이네우스의 아들 작은 아이아스는 아직도 체온이 남아있는 그의 목을 잘라 원반을 던지듯 빙글빙글 돌려 적군 가운데로 힘껏 집어던지니 헥토르의 바로 앞에 먼지를 일으키며 떨어졌다.

이때 포세이돈은 자기 손자가 싸움 끝에 제물이 된 데 분노하여 아카이아 군의 진영과 배를 따라 다나오이 군을 독려하고 트로이 군에 재앙을 갖다주려고 궁리했다. 먼저 이도메네우스를 만나 안드라이몬의 아들 토아스의 목소리를 흉내내어 말을 건넸다.

"이도메네우스여, 크레타 군을 지휘하는 그대의 지난날 아카이아의 아들들이 트로이 인들을 위협하던 그 호언은 어디로 갔는가."

그러자 크레타 대장 이도메네우스가 말했다.

"오, 토아스여. 지금은 비난받아야 할 사람이 아무도 없다네. 우리는 모두 전투에 대해서 자신만만하지. 누구도 용기를 잃고 두려워하거나 괴로운 전투를 기피하려 들지 않는다. 이러한 전말은 그저 위엄이 드높은 크로노스의 아들 제우스 신의 의도에서 비롯된 것이 분명하다. 명예도 없이 아르고스에서 멀리 떨어진 이곳에서 아카이아 군을 멸망시키려는 생각에서. 토아스여, 그대는 옛날부터 전투에 잘 버티어냈고 남들에게 늘 격려해 주었다. 그러니 지금도 누구든 망설이지 말고 계속 격려해다오."

그러자 포세이돈이 대답했다.

"이도메네우스여, 그런 자들은 이제 결코 트로이에서 살아남아 돌아가지 못할 것이며, 이곳에서 그대로 죽어 들개 밥이 되어 마땅할 것이네. 어쨌든 갑옷을 이리 가져오게. 우리 두 사람의 힘만으로도 상대가 제아무리 강해도 충분히 대적할 수 있을 것이니, 우선 우리 둘만이라도 본때를 보여주기로 하세."

갑옷을 입고 두 자루의 창을 쥔 이도메네우스는 막사 가까이에서 용감한 수행 무사 메리오네스와 만났는데, 용맹스런 이도메네우스가 그에게 말을 건넸다.

"메리오네스여, 몰로스(Molus)의 아들이며 내가 가장 사랑하는 전우인 그대가 어찌 전투와 결전을 그만두고 돌아오는가. 예리한 창끝이 그대를 괴롭히던가, 아니면 누구의 전갈을 갖고 나를 찾아왔는가? 나도 물론 막사 안에 가만히 앉아있는 건 너무 싫다네. 내가 원하는 것은 오직 싸움뿐이지."

그러자 메리오네스가 대답했다.

"이도메네우스여, 청동 갑옷을 두른 크레타 군대의 지휘자여, 막사에 혹시 남은 창이 있으면 얻을까 하고 왔습니다. 내가 쓰던 창은 거만한 데이포보스의 방패에 부딪혀 끝이 부러지고 말았습니다."

이도메네우스가 말했다.

"트로이 군 시체들에서 노획한 창들이 막사 안에 많이 있을 것이다."

이에 지혜로운 메리오네스가 대답했다.

"나도 트로이 군사들로부터 노획한 전리품들을 막사나 검은 배 안에 놓아두고 있습니다. 하지만 당장에 쓸 만한 것은 없습니다. 나는 결코 투지를 잃어버리지는 않았습니다. 설혹 아카이아 군의 다른 분들에게 싸우는 내 모습이 눈에 띄지 않는다 할지라도 그대는 알고 있을 줄 압니다만."

그러자 크레타 군의 대장 이도메네우스가 말했다.

"내가 그대의 활약상에 대해서 모를 리가 없다. 또 그대가 격전을 벌이고 있는 동안 화살에 맞거나 창에 찔리더라도, 그 화살이나 창은 그대의 뒤통수나 등에 맞는 일이 없고 반드시 가슴이나 배에 맞을 것이다. 그대가 맹렬한 선두대열의 혼전 속으로 기를 쓰고 진격할 것이니 말이다. 자, 여기서 철부지처럼 지껄이는 일은 그만두기로 하자. 혹시 누가 보고 화를 낸다면 곤란하니까 어서 막사로 들어가 튼튼한 창을 들고 나오라."

메리오네스는 날렵한 군신 아레스에게 뒤지지 않을 만큼 쏜살같이 막사로 달려가 청동 창을 들고 나왔다. 그는 이도메네우스의 뒤를 따라 싸움터를 향해 맹렬한 기세로 돌진해나갔다. 메리오네스가 먼저 말을 걸었다.

"데우칼리온의 아들 이도메네우스여, 도대체 어느 쪽에 가담하실 겁니까? 진영의 오른쪽입니까 왼쪽입니까, 아니면 한가운데입니까? 아무래도 저기 왼쪽처럼 머리가 긴 아카이아 군사들이가 고전하고 있는 곳은 없는 것 같습니다."

이번에는 크레타 군의 대장 이도메네우스가 대답했다.

"선단 가운데 부근에는 많은 사람들이 방어하고 있다. 두 사람의 아이아스와 테우크로스도 있지, 그는 아카이아 군 중에서 활을 가장 잘 쏘는 것으로 정평이 나 있고 근접전에도 능하다. 이들은 프리아모스의 아들 헥토르에게 설욕하여 그가 아무리 위풍당당하다 하더라도 전의를 잃게 해 줄 것이다. 이들의 의기를 꺾고 팔 힘에 이긴 다음 배에 불을 지르는 것은 어려울 것이다. 크로노스의 아들 제우스가 몸소 불꽃이 피어오르고 있는 나무를 재빨리 선단에 던져 넣지 않는다면 말이다. 아마 일대 일이라면 저 텔라몬의 아들 큰 아이아스는 결코 누구에게도 지지 않을 것이다. 데메테르 여신('곡식의 여신', 케레스)의 빵을 먹고 살면서 어차피 죽어야 하는 인간의 몸으로서 청동에 찔리고 큼직한 돌덩이에 다치는 인간들에게서는 말이다. 비록 무사들을 무찌르는 아킬레우스라 하더라도 두 사람의 격투라면 아마 아이아스를 이기지 못할 것이다. 상황이 이러니 우리는 한시 빨리 왼쪽으로 돌자."

이렇게 말을 하니 메리오네스는 재빨리 선두로 나가 지휘하는 군사가 있는 곳으로 갔다.

한편 태양처럼 용맹스러움이 작열하는 이도메네우스가 수행병 메리오네스와 함께 훌륭한 갑옷을 걸치고 나타난 것을 본 적군은 서로 독려하면서 군사들을 헤집고 그를 목표로 동시에 밀고 들어갔다. 이리하여 뱃머리 가까이에 있는 양쪽 군사들은 격전을 벌였다. 양쪽 모두가 혼전을 벌이면서 모두 예리한 청동으로 서로를 죽이려고 기를 쓰고 있었다. 이토록 격렬한 전투를 보고도 공포와 고통을 느끼기는커녕 그 희열을 만끽하려는 인간이 있다면 그야말로 그는 담대한 사나이일 것이다.

그런데 크로노스의 위대한 두 아들은 각각 견해가 달라 계속 심한 고통을 내려보내 주고 있었다. 제우스 신은 누구나 다 알고 있듯이 아킬레우스의 명예를 높여주려고 트로이 군과 헥토르에게 승리를 안겨다 주고 싶어했다. 하지만 아직은 일리오스 성 아래에서 아카이아 군이 전멸당하는 것을 바라지 않았으며, 그저 테티스와 용맹스러운 아들 아킬레우스에게 영광을 안겨주고 싶을 따름이었다.

이에 반해 포세이돈은 하얀 파도가 이는 바다에서 조용히 솟아오른 뒤 아르고스 군으로 들어가 그들을 독려했다. 이는 트로이 군이 아카이아 군을 전멸시키는 것에 일조한 제우스 신의 처신에 분노한 그가 취한 행동이었다.

두 신은 물론 같은 핏줄이고 같은 부모에게서 태어났지만 제우스가 먼저 태어나고 지혜와 분별력이 보다 심오하면서도 폭이 넓었다. 그래서 대놓고 지켜주지는 않았지만 몰래 무사의 모습으로 둔갑하여 트로이 진영으로 들어가 군사들을 독려해 주었다.

이처럼 두 신들이 각기 양쪽 진영에서 치열한 싸움의 가닥을 풀어지지도 않고 끊어지지도 않도록 잡아 끌어당기니, 그 오랏줄 때문에 수많은 병사들은 맥이 풀려 쓰러져 갔다.

이때 머리가 희끗희끗한 이도메네우스는 다나오이 군을 독려하며 트로이 군 쪽으로 진격해 적들을 무찔렀다. 먼저 거꾸러뜨린 적은 카베소스 성(Cabesus)에서 온 오드리오네우스(Othryoneus)라는 자로, 멀리서 전쟁이 났다는 소문을 듣고 찾아왔었다. 그리하여 프리아모스의 딸들 중에서도 가장 예쁜 카산드라(Cassandra)를 약혼 예물도 없이 아내로 받아들이겠다고 제안했다. 그 대신 트로이에서 아카이아 군을 필히 쫓아내겠다고 다짐하는 바람에 프리아모스는 딸을 주겠다고 약속한 것이다. 그래서 그는 약속대로 싸움을 계속해 왔다. 그런데 이도메네우스가 걸어오는 그를 겨누어 번쩍이는 창을 잡고 몸을 뒤로 젖히며 힘껏 던지자, 오드리오네우스는 걸치고 있던 청동 흉갑도 소용없이 가슴 한가운데에 꽂혀 그만 땅바닥에 고꾸라지고 말았다.

이때 이도메네우스가 말을 건넸다.

"오드리오네우스여, 프리아모스 왕은 자기 딸을 주겠다고 약속했으나 우리도 그 정도는 약속할 수 있다. 아트레우스의 딸들 중 가장 예쁜 여자를 아르고스에서 데려와 그대의 아내로 삼게 해 줄 수 있단 말이다. 그대가 우리와 합세해 훌륭한 성 일리오스를 공략해 준다면 말이다. 그러니 어서 따라오라. 그리하여 바다를 건너면서 배에서 혼례나 의논하자꾸나. 인연을 맺을 상대로서는 우리도 결코 모자람이 없을 테니까."

이도메네우스가 말을 마친 뒤 검극의 전투 속에서 그의 다리를 잡고 질질 끌고 가려 하자, 아시오스가 마차 앞에서 걸어 나와 자기 전우를 구하려고 달려왔다. 그리하여 이도메네우스를 치려고 마음만 조급해진 그를 이도메네우스가 먼저 그의 턱을 창으로 꿰뚫자 고통을 이기지 못해 땅바닥에 뒹굴고 말았다. 그러더니 자기 말과 전차 앞에서 피투성이가 된 채 신음소리를 내면서 흙을 움켜쥐었다.

그의 마부는 너무 놀라 미처 적을 피해 말들을 다시 되돌리지 못했다. 그 사이에 안틸로코스가 그의 가슴을 겨누어 창을 던지자 껴입은 흉갑도 소용없이 배 한가운데에 꽂혔다. 그러자 사나이는 가쁜 숨을 몰아쉬면서 전차에서 밑으로 굴러 떨어졌다.

그때 아시오스 때문에 화가 머리끝까지 난 데이포보스는 이도메네우스의 바로 옆에까지 다가가 번쩍이는 창을 던졌다. 이때 이도메네우스가 먼저 알아차리고 팔방으로 균형을 잘 이룬 방패 뒤에 몸을 숨긴 채 청동의 창끝을 피하려 했다. 창은 머리 위로 날아가고 방패에선 둔탁한 소리가 났다. 날아 넘어간 창은 병사들의 지휘관인 히파소스(Hippasus)의 아들 힙세노르(Hypsenor)의 명치 아래에 꽂히니 그는 두 무릎을 꿇으며 주저앉아 버리고 말았다.

데이포보스는 들먹거리며 큰 소리로 외쳤다.

"이제 결코 아시오스가 원수를 갚아주는 자 없이 쓰러지지는 않을 것이다. 그 녀석은 아무래도 강인한 저승 문지기 하데스의 집에 가면서도 마음속으로 기뻐할 것이다. 내가 동행자를 한 명 붙여 놓았으니 말이다."

이렇게 말을 하니 아르고스 군대는 이 호언에 크게 분노했다. 그중에서도 특히 안틸로코스는 의기충천한 마음이 심란해지며 치를 떨었다. 자기 전우를 그대로 놔둘 수 없어 뛰쳐나가 힙세노르의 주위를 감싸며 방패로 가려 주었다. 그리고 거칠게 신음소리를 내는 그를 성실한 전우인 메키스테우스(Mecisteus)와 용맹스런 전우 알라스토르(Alastor)가 배로 데려갔다.

이도메네우스는 그 대단한 용맹심을 조금도 진정시키려 하지 않고 그저 트로이 편의 이 사람 저 사람을 죽음의 도가니 속으로 몰아넣고, 자기 자신이 쓰러질 때까지 미친 듯 아카이아 군을 파멸에서부터 구하기 위해 싸우니 그 기세가 하늘을 찔렀다.

이때 그는 제우스가 엄호하는 인물 중에 아이시에테스(Aesyetes)의 사랑스런 아들 알카도스(Alcathous)를 죽였다. 그는 앙키세스(Anchises)의 맏딸 히포다메이아(Hippodameia)와 결혼했다. 특히 이 공주는 딸들 가운데서 미모와 마음씨가 가장 뛰어났으므로, 이 공주를 넓은 트로이 중에서도 가장 훌륭한 영주가 아내로 맞이한 것이었다. 이 사람을 지금 포세이돈은 이도메네우스의 손에 쓰러지게 했다. 이도메네우스가 그의 가슴 한복판을 창으로 찔러 갑옷을 찢어버린 것이다.

전에는 갑옷이 피부가 찔리는 것을 막아 주었는데 이때는 다만 둔탁한 소리를 내며 울렸을 뿐 창끝에 찢겨나갔다. 심장 깊숙이 창이 꽂힌 그는 땅바닥에 쓰러지고 말았다. 그러자 창자루가 꿈틀 움직였다. 그때 군신 아레스가 곧 창을 뽑아 멈추게 하자, 이도메네우스는 미소를 지으며 큰 소리로 이렇게 외쳤다.

"데이포보스(Deiphobus)여, 그대가 한 사람 대신 셋을 죽였으니 우리는 일단 무승부라 할 수 있겠구나. 얼빠진 녀석 같으니, 그대는 그것을 몹시 자랑스럽게 여기고 있지 않은가. 그렇다면 그대가 나에게 정면으로 도전해 봐라. 그러면 그대가 제우스의 후예로서 이곳에 와 있는 내가 어떤 인물인지 알게 될 것이다. 제우스 신께서는 맨 처음에 미노스를 낳아 크레타 섬의 수호자로 삼으시고, 미노스는 성품이 훌륭한 데우칼리온을 아들로 두셨으며, 데우칼리온이 바로 광활한 크레타 섬의 군주로서 나를 낳으셨다. 그런 나를 많은 배들이 그대와 그대의 아버지, 그 밖에도 트로이 인들에 대한 보물로서 지금 이곳에 싣고 온 것이다."

그러자 데이포보스 아폴론은 어떻게 할까 하고 생각에 잠겼다. 일단 후퇴했다가 용맹이 충천한 트로이 군사들 가운데서 누군가를 동료로 데리고 나올 것인가, 그렇지 않으면 혼자 싸워 볼 것인가, 어느 쪽을 택할까 하고 고민하던 끝에 아이네이아스에게 부탁하는 편이 좋겠다고 마음먹었다. 주위를 둘러보니 마침 그가 병사들 뒤에 서 있는 것이 보였다. 아이네이아스는 평소에 자기가 그토록 맹활약했어도 프리아모스가 무사들 가운데 유독 자기를 소중히 여겨주지 않는다고 늘 불만에 가득 차 있었다. 데이포보스는 그의 옆에 가서 위엄 있게 말을 건넸다.

"트로이 군의 자문 역할을 맡고 있는 아이네이아스여, 지금이야말로 그대의 의형제를 꼭 지켜주지 않으면 안 될 것이다. 조금이라도 원통하게 생각한다면 따라오너라. 알카도스를 지켜주자. 그는 그대가 어릴 적부터 성곽 안에서 길러준 의형제이다. 그 은인을 이도메네우스가 쓰러뜨린 것이다."

이 말을 들은 아이네이아스는 가슴속에 분노가 치밀어 이도메네우스를 향해 혼자 감당한다는 생각으로 거침없이 달려 나갔다. 이도메네우스도 애송이처럼 두려워하지 않고 떡 버티고 서서 기다렸다. 그러고는 아스칼라포스(Ascalaphus), 아파레우스(Aphareus), 데이피로스(Deipyrus), 메리오네스, 안틸로코스 등 든든한 전우들을 돌아보고 독려하면서 위엄 있게 말했다.

"여보게들, 이리와 혼자 있는 나를 좀 도와주게나. 날렵한 아이네이아스가 달려와 금방이라도 덤벼들 기세니 몹시 두렵구나. 저자는 무사의 목을 아주 잘 베는 젊고 용감한 사나이다. 우리 두 사람이 이 의기에다 연배만 같았더라면 당장 저자가 이기나 내가 이기나 결판을 내보겠다만."

이렇게 말하자 전우들은 모두 의기를 한데 모아 큰 방패를 어깨에 걸치고 서로 몸을 붙이고 섰다. 그러자 저편에서는 아이네이아스가 데이포보스와 파리스, 고귀한 아게노르 쪽을 바라보며 자기 편 무사들을 불러냈다. 그들은 모두 트로이 군대의 대장들이다. 그 뒤에 병사들이 무리지어 아이네이아스의 뒤를 따랐다.

그리하여 양쪽 군사들은 알카도스의 시체를 가운데 두고 바로 눈앞까지 접근하여 격전을 벌였다. 가슴을 가린 청동 갑옷이 굉음을 냈다. 그중에서도 가장 눈에 띄는 두 무사는 아이네이아스와 이도메네우스였다. 군신 아레스도 어찌 이러할까 여길 정도로 인정사정없이 서로의 살을 청동으로 베려고 광분했다. 아이네이아스가 먼저 이도메네우스를 향해 창을 집어던지자 그가 재빨리 피해버리더니 빗나간 창끝은 부르르 떨면서 날아가 땅에 꽂히고 말았다.

또 이도메네우스는 청동 창으로 오이노마우스(Oenomaus)의 복부를 찔렀다. 움푹 팬 곳을 꿰뚫고 들어간 청동 창끝이 내장을 휘젓자 오이노마우스는 먼지 속에 앞으로 고꾸라지며 손으로 흙을 움켜쥐었다. 이도메네우스는 그 시체에서 창을 뽑기는 했으나 적의 빗발치듯 퍼부어지는 화살과 창 때문에 갑옷은 벗기지 못했다. 그러면서 앞으로 더 나가자니 이미 다리에 맥이 풀려 기운이 없었다. 그리하여 백병전에서는 무자비한 최후의 위기를 모면했으나, 퇴각을 하려 해도 두 다리가 제대로 말을 들어주지 않았다.

이렇게 이도메네우스가 한 걸음 한 걸음씩 물러나고 있을 때 데이포보스가 번쩍이는 창을 겨누어 집어던진 것은 그에게 깊은 원한을 품고 있었기 때문이다. 하지만 창은 빗나가 아레스의 아들 아스칼라포스(Ascalaphus)의 어깨에 꽂혀 그대로 먼지 속으로 고꾸라져 손으로 흙을 움켜쥐었다. 그러나 군신 아레스는 자기 아들이 쓰러진 것도 모른 채 황금빛 구름에 휩싸인 올림포스의 정상에서 제우스의 조치에 걸려 꼼짝도 할 수 없었다. 바로 그곳에는 다른 불사의 신들도 전투에 참가하는 것이 금지되어 역시 따분하게 앉아 있었다.

한편 아스칼라포스의 시체를 가운데에 두고 서로 접전을 시도해 나가는 동안 데이포보스가 먼저 아스칼라포스의 번쩍이는 투구를 벗기자, 날렵한 아테나처럼 메리오네스가 덤벼들어 창으로 어깨 부근을 찌르자 대롱 장식을 한 네 뿔 달린 투구가 땅에 떨어져 덜거덕거렸다.

다시 메리오네스가 독수리처럼 달려들어 데이포보스의 팔 부근에 꽂힌 창을 뽑아 들고 자기 군사가 있는 쪽으로 되돌아갔다. 이쪽에서는 친동생 폴리테스가 데이포보스의 허리를 안고 한결같은 불길한 소음이 소용돌이치는 싸움터에서 준마들이 매여 있는 곳으로 붙들고 나갔다. 마차에 실려 가면서 신음소리를 내는 그의 팔뚝에서는 계속 피가 흐르고 있었다.

아직도 다른 군사들이 전투를 계속했고 아비규환의 울부짖음이 그칠 줄 몰랐다. 때마침 아이네이아스는 칼레토르(Caletor)의 아들 아파레우스(Aphareus)에게 덤벼들어 자기 쪽을 보고 있던 목을 예리한 창으로 찌르니 상대의 목이 뒤로 젖혀졌다. 그와 동시에 방패와 투구가 떨어져 죽음의 기운이 그의 온몸을 덮쳐눌렀다.

한편 안틸로코스는 돈이 뒤로 돌아서는 것을 눈치채고 칼로 등을 내리찍어 혈관을 모조리 잘라버리고 말았다. 그러자 돈은 모래 먼지 속에서 두 손을 자기 편 군사들 쪽으로 뻗은 채 나뒹굴고 말았다.

안틸로코스는 주위를 살피면서 그의 갑옷을 벗겼다. 그 사이에 트로이 군사들이 그를 사방팔방으로 포위하여 폭이 넓은 방패를 마구 찔러댔으나, 포세이돈이 무수한 창이 즐비한 그 사이에서 네스토르의 아들을 빈틈없이 지켜준 덕분에 그의 부드러운 맨살을 찢어놓지는 못했다. 안틸로코스는 한 발자국도 물러서려 하지 않고 오히려 기세등등하게 적병 사이를 종횡무진 누비고 다녔다.

그런데 아시오스의 아들 아다마스(Adamas)가 안틸로코스의 큰 방패

한가운데를 청동 창으로 찔렀다. 하지만 감청빛 머리털의 포세이돈이 안
틸로코스의 목숨을 아끼는 바람에 그 창끝에서 아다마스의 힘을 빼버
렸다. 그리하여 창끝 부분은 불로 지진 막대기처럼 안틸로코스의 방패에
붙고 나머지 절반은 땅에 떨어져버렸다. 그래서 당황하여 목숨을 건지려
고 뒷걸음치는 아시오스의 아들 아다마스의 아랫배를 겨냥하여 메리오
네스가 창으로 찌르자 그대로 넘어진 채 질질 끌려가 고통을 견디지 못
하고 몸부림쳤다. 다시 메리오네스가 바싹 다가가 그의 몸뚱이에서 창을
뽑아내자마자 순식간에 죽음의 그림자가 그의 두 눈을 뒤덮어버렸다.

한편 프리아모스의 아들 헬레노스는 데이피로스의 관자놀이를 큼지
막한 트라키아의 칼로 찔러 네 뿔 투구를 박살내버렸다. 투구가 땅에 떨
어지자 아카이아 군사 한 명이 두 다리 사이로 굴러오는 것을 집어 들었
다. 그러자 죽음의 그림자가 데이피로스의 눈에 내리깔리고 있었다.

한편 이쪽에서는 메넬라오스가 활시위를 당기고 있는 헬레노스의 손
을 향해 창을 던지자, 손이 꿰뚫린 그는 목숨을 건지려고 다시 자기 군사
들 쪽으로 물러났다. 그래서 아게노르가 손에서 창을 뽑아내고 양털 끈
으로 손을 동여매 주었다.

그리고 페이산드로스는 메넬라오스를 향해 돌진했다. 그리하여 두 사
람이 서로 마주 보고 가까이 이르자 메넬라오스가 먼저 창을 던졌으나
빗나가고 말았다. 페이산드로스의 창은 메넬라오스의 큰 방패에 맞기는
했으나 폭이 넓은 방패에 막히어 자루 목에서 부러졌기 때문에 뚫지는
못했다. 하지만 페이산드로스는 속으로 흡족해하며 자기가 이긴 줄만 알
고 은근히 기뻐했다.

그래서 메넬라오스는 은못을 박은 칼을 뽑아 페이산드로스에게 덤벼
들자 그도 올리브나무로 긴 자루를 댄 화려한 청동 도끼를 거머쥐고 대

항했다. 먼저 페이산드로스가 상대방의 투구 밑을 향해 내리찍었고, 동시에 메넬라오스가 달려들어 적의 콧마루 위쪽 끝 부분을 후려치니 페이산드로스의 이마 뼈가 빠개지며 두 눈이 피투성이가 되어 발밑에 떨어졌다. 그의 가슴을 짓밟고 갑옷을 벗겨낸 메넬라오스는 기세등등하게 외쳤다.

"사악한 개들이여, 그대들은 무섭도록 천둥을 울리는 제우스 신의 격노를 전혀 겁내지 않았다. 하지만 주객의 의(義)를 지키는 제우스 신은 언젠가는 틀림없이 그대들의 견고한 성을 멸망시키리라. 그대들은 내 아내 옆에서 그토록 지극한 대접을 받고 있었으면서도 나의 정당한 아내뿐 아니라 수많은 재화까지도 훔쳐 달아났다. 그러면서도 이번에는 이 바다를 건너려는 배에까지 저주스런 불을 던져 아카이아 군사들을 살해하려고 기를 쓰고 있다. 그러나 전쟁은 곧 끝날 것이다. 아무리 그대들이 기고만장하고 있더라도. 제우스 아버지 신이시여, 과연 아버지 신께서는 뭇 인간이나 신들 중 가장 탁월하다고 말하고 있습니다. 그러시다면 이토록 포악한 인간들을 왜 편애하시는 겁니까. 트로이 인들은 언제나 교만하고 횡포를 일삼으며 처절한 전쟁의 소용돌이 속에서도 결코 지칠 줄 모르는 잔인한 자들인데 말입니다."

이렇게 말하고 페이산드로스의 알몸에서 피에 젖은 갑옷을 벗겨내 부하들에게 넘겨주고 다시 자기는 선두 부대로 달려가 그 속에 끼어들었다.

이때 그를 향해 아버지 필라이메네스(Pylaemenes) 왕을 따라온 하르팔리온(Harpalion)이 덤벼들어 메넬라오스의 방패 한복판을 향해 창을 던졌다. 하지만 그것은 도저히 꿰뚫을 수 없었으므로 죽음의 운명을 피하기 위해 전우들이 몰려 있는 곳으로 물러났다. 그러나 메리오네스가 후퇴하는 그의 모습을 보고 청동 촉의 화살을 날려 그의 오른쪽 엉덩이를 꿰뚫으니 화살이 뼈 밑을 헤집고 빠져나갔다. 그는 그 자리에 털썩 주저 앉더니 전우들의 팔에 안겨 이내 숨을 거두고 말았다.

이처럼 양쪽 군사들은 맹렬한 기세로 전투를 계속했다. 그런데 그동안에 제우스가 사랑하는 헥토르는 자기 병사들이 왼쪽 선단에서 아르고스 군에게 몰리고 있다는 사실을 전혀 모르고 있었다. 포세이돈이 아르고스 군을 독려하고 있어서 곧 아카이아 군이 승리를 거두는 듯 보였다. 그런데 헥토르는 스스로 대문과 방벽을 돌파하여 밟고 들어간 바로 그곳에서 버티고 있었다. 그곳은 아이아스의 선단과 프로테실라오스의 배들을 잿빛 바닷가에서 끌어 올려놓은 곳이었는데, 이 근처의 방벽이 가장 낮았다. 트로이 군사들은 맹렬한 기세로 이곳으로 몰려와 자신도 말도 모두 전투에 몰입해 있었다.

이곳에서는 보이오토이 군(the Boeotians), 이오니아 군(the Ionians), 로크리스 군(the Locrians), 프티아 군(Phthia), 그리고 유명한 에페이오이 군(the Epeans)들이 선단을 향해 진격해 오는 헥토르를 간신히 방어하고 있었는데, 불같은 헥토르를 모든 진영에서 도저히 막아낼 수가 없었다.

그 부근에 메네스테우스가 아테네 군대 중에서도 정예 무사들을 지휘하고, 그 옆에 페이다스(Pheidas)와 스티키오스(Stichius), 그리고 용맹스런 비아스(Bias)가 뒤따르고 있었다. 한편 에페이오이 군은 필레우스의 아들 메게스, 암티온(Amphion), 드라키오스(Dracius) 등이 지휘했으며, 프티아 군은 메돈(Medon)과 포다르케스가 선두에 나섰다.

그런데 이 메돈이라는 자는 신성한 오이네우스의 첩의 아들이자 작은 아이아스의 형제였으며, 고향을 떠나 필라케(Phylace)에 살고 있었다. 왜냐하면 오이네우스의 아내이자 의붓어머니인 에리오피스(Eriopis)의 형제를 죽였기 때문이다. 그리고 또 한 사람 포다르케스는 필라코스의 손자

이자 이피클로스의 아들인데, 이들이 사기충천한 프티아 군의 선두에서 갑옷으로 무장한 채 함선을 방어하고 보이오토이 군과 함께 전투를 계속하고 있었다.

한편 작은 아이아스는 큰 아이아스 곁을 잠시도 떠나지 않고 싸웠다. 두 사람의 아이아스는 서로 나란히 걸어 다니며, 서로 등을 맞대고 서서 몸을 도사렸다. 그런데 큰 아이아스 쪽에는 용맹스런 병사들이 많이 따르고 있어 그가 힘들어지면 병사들이 즉각 커다란 방패로 막아 주었지만, 작은 아이아스에게는 로크리스 군이 따르지 않았다. 그들은 이미 백병전에 더 이상 버틸 여력이 없었기 때문이다. 단지 활과 화살, 그리고 양털로 꼬아 만든 팔 끈에만 기대면서 일리오스까지 종군해 왔다. 그래서 그것들을 쉴 새 없이 쏘아대며 트로이 군의 대오를 무너뜨리려 하고 있었다.

이때 한쪽이 선두대열에 나서 트로이 군과 헥토르와 싸우고 있는 동안, 이쪽에서는 남이 눈치채지 못하게 뒤쪽에서 화살과 돌팔매질을 해대자 트로이 군은 이제 싸울 기력조차 잃어버리고 일대 혼란에 빠지고 말았다. 이 무렵 폴리다마스가 헥토르 옆으로 다가와 이렇게 말하지 않았던들, 트로이 군은 비참한 상태로 강풍이 몰아치는 일리오스로 퇴각했을지도 모른다.

"헥토르여, 아무래도 그대는 남의 말을 잘 듣지 않는 모양이오. 하기야 신께서는 그대에게 싸움하는 데 남다른 재능을 부여해 주셨지. 하지만 아무리 용맹한 그대라도 혼자 모든 것을 동시에 갖출 수는 없는 노릇이오. 나는 지금 그대에게 최상의 것이라고 생각하는 바를 말하고자 하오. 사방팔방으로 그대를 에워싸고 맹렬히 타오르는 전쟁의 불길 속인 만큼, 그래서 의기충천한 트로이 군대도 방벽을 돌파하고부터는 갑옷을 걸친 채 멍청하게 서 있기만 하거나 다수를 상대로 소수가 배들 근처에 흩어져서 싸우고 있는 것이 고작이오. 그러니 잠깐 물러나서 주력 용사들을 전부 집합시켜 뜻을 모아 여러 방도를 의논하도록 하시오. 혹시 아카이아 군이 어제의 빚을 갚지나 않을까 걱정되어 하는 말이오."

폴리다마스가 이렇게 말하자, 사람의 마음을 상하게 하지 않는 말투에 흡족한 헥토르가 즉시 전차에서 뛰어내려 기세등등한 말투로 그에게 말했다.

"폴리다마스여, 그렇다면 이 자리에서 그대로 주력 용사들을 붙들어 놓아다오. 나는 그동안 저쪽으로 가서 싸움을 한판 더 벌이고 오겠다. 그리고 금방 돌아오겠으니 각 군에 잘 지시해 놓도록 하게."

큰 소리로 외치면서 트로이 군과 동맹군 사이를 헤치며 뛰쳐나갔다. 무사들은 헥토르가 부르는 소리를 듣고 폴리다마스 옆으로 모두 모여 들었다.

한편 데이포보스와 함께 헥토르는 용맹스러운 헬레노스 왕자, 아다마스, 아시오스 등을 찾기 위해 선두대열 사이를 헤집고 다녔다. 그러나 어떤 자는 아카이아 군의 선단 앞에서 목숨을 잃고 쓰러져 있었고, 또 어떤 자는 화살이나 창이나 칼을 맞고 부상당한 채 보루 뒤에 숨어 있었다.

그러자 끝없는 누수를 뿌리게 한 격전장 왼편에서 곧 눈에 띈 것이 머릿결도 고운 헬레네의 남편 파리스였는데, 그는 한창 전우들을 독려하여 싸움을 재촉하고 있는 중이었다. 헥토르가 그 옆으로 다가가 모욕적인 언사로 소리치기를 "파리스, 너의 외모는 남보다 뛰어날지 모르나 계집에 미친 아첨배와도 같이 이상한 녀석이다. 데이포보스나 헬레노스, 아시오스의 아들 아다마스, 그리고 히르타코스의 아들 아시오스들은 도대체 어디에 있느냐? 오드리오네우스는 또 어디에 있단 말이냐? 이제 일리오스도 살아날 가망이 전혀 없어졌다. 이제 너도 파멸만이 남았을 뿐이다."

그러자 파리스가 말했다.

"헥토르여, 형님은 잘못이 없는 자를 늘 나무라기를 즐겨하시기 때문에 나는 전쟁에서 차라리 손을 떼고 싶었을 정도였습니다. 지금처럼 형님이 전우들을 모아 선단 옆에서 싸움을 시작했을 때, 나는 여기서 끝까지 버티고 서서 다나오이의 군사들과 계속 싸워왔습니다. 형님이 찾고 계시는 우리 편 사람들은 이미 거의 목숨을 잃었습니다. 데이포보스와 헬레노스는 성으로 돌아간 것 같으며, 둘 다 긴 창에 찔렸으나 제우스 신이 죽음만은 면하게 해주셨습니다. 그러니 어서 앞장서서 가십시오. 우리는 결코 용감함을 잃지 않을 것이며 형님을 열심히 따를 것입니다."

파리스는 이렇게 말하며 형을 달래 주었다. 그리고 이복동생 케브리오네스, 용맹스러운 폴리다마스, 또 팔케스(Phalces)와 오르다이오스(Orthaeus), 신과도 비견할 만한 폴리페테스(Polyphetes), 팔미스(Palmys), 아스카니오스(Ascanius), 히포티온(Hippotion)의 아들 모리스(Morys)를 에워싼 병사들이 있는 격전지로 달려갔다. 이들은 아스카니아(Ascania)에서 그 전날 아침 교대하러 왔었다. 이때 제우스가 그들을 싸우도록 충동질했던 것이다. 그리하여 이들은 매섭고도 혹독한 질풍처럼 사나운 기세로 돌진했다.

먼저 아이아스가 성큼성큼 걸어가서 도전하여 말하기를 "어서 오라, 이고얀 놈들아. 아무 쓸데없는 일인데 왜 아르고스 군사를 위협하려 드는가. 그대들의 전술을 우리가 몰라서가 아니라 다만 제우스의 가혹한 채찍 때문에 우리 아카이아 군대가 불리했을 뿐이다. 그대는 배를 약탈할 작정인 듯하나, 우리도 즉각 대처할 만한 충분한 여력을 가지고 있다."

이렇게 그가 말을 마치고 있을 때 오른쪽에서 마침 한 마리의 독수리가 날아왔는데, 이 새의 조짐에 용기가 치솟은 아카이아 군사들은 일제히 함성을 질렀다. 여기에 맞서 헥토르가 "아이아스여, 허풍만 요란스레 떨어대는 자가 뭐라고 지껄이고 있는가. 내가 실로 제우스 신의 아들이고 헤라 여신이 나를 낳아 주신 어머니라면 언제까지나 고마울 것을. 그래서 아테나와 아폴론 신이 추앙받듯이 소중한 대우를 받는다면 고마울 것. 다시 말해서 오늘의 이런 순간이 아르고스의 모든 군사들에게 엄청난 재앙을 가져다 줄 것이니 말이다. 허나 주제넘게도 나의 긴 창을 기다리는 따위의 어리석은 짓을 고집한다면 그대 또한 그들 틈에 끼어 죽어 있으리라. 그리하여 아카이아 군의 배 옆에 쓰러져 트로이의 들개와 사나운 새들에게 고기와 기름으로 포식시켜줄 것이다."

이렇게 소리치고 선두에 서니, 그 뒤를 병사들이 하늘을 찌를 듯한 함성을 울리며 따라 나섰다.

한편 아르고스도 함성을 지르며 결코 용감함을 잃지 않고 트로이 군이 돌진해 오도록 벼르며 대기하고 있으니, 양쪽에서 질러대는 함성과 소음은 그야말로 제우스의 빛나는 하늘에까지 울려 퍼졌다.

고대 그리스의 귀걸이

제 14 권

제우스를 속인 헤라

마침 술잔을 기울이던 네스토르가 의약의 신 아스클레피오스의 아들 마카온에게 위엄있게 말했다.

"마카온이여, 생각해보라. 혈기 왕성한 무사들이 싸우는 소리가 더욱 요란해지는구나. 그대는 아무튼 이 자리에 앉아 술잔이나 기울이고 있게나. 그 사이에 아름다운 헤카메데(Hecamede)가 목욕물을 데워 그대의 말라붙은 피를 씻을 준비를 해 놓을 것이다. 이제 나는 감시초소로 나가 전황을 들어보고 다시 돌아오겠다."

그리고는 자기 아들 드라시메데스(Thrasymedes)의 큰 방패를 집어 들고 막사 밖으로 나갔다. 그런데 이게 어찌된 일인가. 눈앞에 너무도 비참한 광경이 벌어지고 있었던 것이다. 혼비백산하여 이리저리 도망치는 아카이아 군 뒤에서 트로이 군사들이 기세등등하게 추적해 오는데, 아카이아 군의 방벽이 허물어지는 광경이 마치 소리 없이 출렁이는 바다의 큰 파도와도 같았다.

노장의 머릿속에 두 가지 생각이 엇갈렸다. 날쌘 말을 달리는 다나오이 군에 끼어들 것인가, 아니면 병사들의 통솔자 아가멤논을 찾아갈 것인가. 결국 고민 끝에 아가멤논을 찾아가기로 마음먹었다.

네스토르는 제우스의 엄호를 받고 있는 영주들과 도중에 마주쳤다. 그들은 청동 칼날에 의해 모두 부상당한 자들로 디오메데스와 오디세우스, 아가멤논이었다. 모두 얼굴에 수심이 가득 차 있었다. 먼저 아가멤논이 입을 열었다.

"오, 네스토르여, 그대는 어찌하여 쓰러지는 무사들을 두고 여기로 왔는가. 전에 트로이 사람들끼리 회의를 열었을 때 헥토르가 배에 불을 질러 태워 없애고, 아카이아 군사들을 모조리 죽여 버리기 전에는 일리오스로 돌아오지 않겠다고 큰소리쳤다고 한다. 마침내 그 장담이 지금 이루어지려 하고 있다. 아무래도 아카이아 군사들이 아킬레우스와 마찬가지로 나에게 깊은 원한을 품고 있는 모양이다. 그래서 선단의 뱃머리에서 싸우기를 바라지 않게 되었나 보다."

그러자 네스토르가 말했다.

"말씀하신 대로 지금 그것이 고스란히 실현되어 가는 셈이오. 그리고 천둥을 휘두르는 제우스 신 자신도 그것을 막을 수 없소. 왜냐하면 우리 모두가 그토록 의지하고, 배와 우리 자신을 위한 방호물이라고 믿었으며, 또 결코 허물어지지 않으리라 믿었던 방벽이 헛되이 파괴되어버린 데다 병사들 모두가 함선 곁에서 끊임없이 맹렬한 전투를 벌이고 있기 때문이오. 아무튼 그대들이 전투에 참가한다는 것은 권할 일이 못 되며, 부상자들이 싸운다는 것은 도저히 불가능한 일이니 다른 방도를 취해야 하오."

그러자 군주 아가멤논이 말했다.

"네스토르여, 그대 말처럼 지금 선단 옆에서 전투가 계속되고 있고, 또 그토록 힘들게 구축한 방벽도 참호도 무용지물이 되었다. 이것은 제우스 신의 뜻임이 분명하다. 원컨대 지금부터 하려는 말에 그대들은 따르라. 우선 바닷가에 끌어 올려놓은 배를 모두 바다에 띄워 놓도록 하자. 그리고 저만큼 앞바다에 닻을 던져 정박시키자. 트로이 군들도 밤이 되면 전투를 중단할지도 모르니. 그렇게 되면 나머지 배들도 모두 끌어내릴 수 있을 것이다."

그러자 지략이 뛰어난 오디세우스가 그를 매서운 눈초리로 쏘아보며

224

말했다.

"아트레우스의 아들이여, 그대는 어찌하여 당치도 않은 말만 하시는 겁니까? 차라리 주군께서 우리의 왕이 아니라 명예도 없는 다른 군대를 지휘하는 편이 훨씬 좋았을 걸 그랬습니다. 그렇다면 제우스 신께서 우리에게 젊어서부터 늙어 죽을 때까지, 마지막 한 사람이 쓰러질 때까지 고통스러운 싸움만 하도록 정해 놓았단 말씀이군요. 이런 식으로 트로이 인들의 대로가 뚫린 도성을 그대로 방치해 둘 작정이십니까? 우리가 그 성을 뺏기 위해 얼마나 큰 고초를 겪어왔습니까. 다른 아카이아 사람들이 이 말을 듣지 못하도록 아무도 입 밖에 내서는 안 되오. 나는 조금 전에 말씀하신 의견에 절대로 찬성할 수 없습니다. 아직 싸움과 함성이 계속되고 있는데도 불구하고 주군께서는 훌륭한 배를 바다에 띄우도록 명령하시니 말입니다. 가뜩이나 우세한 트로이 군이 바라는 대로 되도록 하는 반면에 우리에게는 험난한 파멸이 닥쳐오도록 하는 명령을 내리시기 때문입니다. 아카이아 군사들은 바다에 배가 띄워지는 것을 보면 다시는 싸울 기력을 잃고 말 것입니다. 그러므로 병사들의 우두머리이신 주군의 의견은 불행을 초래하는 결과밖에 되지 않을 것입니다."

이에 대해 아가멤논이 답했다.

"오디세우스여, 그대는 실로 준엄한 비난의 화살로 나를 반박했소. 하지만 나도 아카이아 인의 아들들이 원치 않는 일을 억지로 명령하는 것은 아니오. 이보다도 더 훌륭한 대책을 말해주는 사람이 있다면 노소를 불문하고 기쁘게 받아들이겠소."

그들 사이에서 목소리가 우렁찬 디오메데스가 나섰다.

"그럴 사람은 바로 옆에 있습니다. 여러분이 만일 그의 말대로 따른다면, 이 중에서 나이가 가장 어린 제가 이야기하겠습니다. 물론 저도 훌륭한 아버지한테서 태어났습니다. 그러니 저의 출신이 천하다든가, 또는 무용이 모자란다든가 하는 구실로 제 말을 가벼이 여기지 말아 주십시오. 오직 싸우는 길밖에 없습니다. 비록 부상을 입었다 해도 할 수 없는 일이며, 그 자리에서 우리 자신들은 혹시 상처 위에 또다시 상처를 입는 일이 없도록 결전에서 떨어져 화살, 창 따위의 병기로부터만 몸을 피하면 될 것입니다. 대신 우선 다른 무사들을 격려하여 보내도록 합시다. 전부터 목숨만 중히 여겨 뒤쪽에 물러앉아 싸우려 들지 않았던 사람들을 말입니다."

이렇게 말을 맺으니 진실로 모두가 감탄하여 그 의견에 따르기로 하고 군주 아가멤논이 선봉에 나섰다.

명예 높고 대지를 뒤흔드는 포세이돈 신도 감시를 소홀히 하지 않았다. 그래서 노병들의 모습을 빌려 그들 뒤를 따르다가 아가멤논의 오른손을 덥석 낚아챘다. 그러고는 그를 향해 위세도 드높게 이르기를 "아트레우스의 아들이여, 지금이야말로 아킬레우스는 아카이아 군사들이 살육당하고 도망가는 모습을 보고 아마도 그 가증스런 마음의 밑바닥에서 즐거워하고 있을 것입니다. 하지만 그대들에 대해서는 신들도 결코 화를 내고 있지는 않습니다. 지금부터라도 트로이 군의 대장들이나 지휘관들이 도망가느라 이 드넓은 평원이 먼지로 뒤덮일지도 모릅니다. 그러면 그대들은 배와 막사에서 그들이 성을 향해 도망가는 것을 자신들의 눈으로 보게 될 것입니다."

이렇게 말하고 그는 평원을 달리면서 가슴속으로부터 우렁찬 함성이 울려퍼지게 하여 아카이아 군사들의 마음속에 지체 없이 전투를 계속해 나가도록 커다란 용기를 불어넣어 주었다.

한편 황금 방석에 앉아 있던 헤라 여신은 올림포스의 정상에 서서 사방을 둘러보았다. 싸움터에서 이곳저곳 분주히 움직이는 자기의 친오빠이자 시동생이기도 한 포세이돈의 모습이 금세 눈에 띄었다. 그녀는 속으로는 기뻐하면서도, 한편으로는 이데 산 꼭대기에 앉아 있는 제우스를 바라보면서 어떻게 하면 감쪽같이 속여 넘길 수 있을까 하고 골똘히 생각했다. 그래서 자신이 아름답게 치장한 뒤 제우스 신의 마음을 혼란스럽게 해놓고는 사랑스러운 마음으로 자기 곁에서 잠들게 하도록 두 눈과 빈틈없는 마음에 편안하고 온화한 잠을 퍼붓기로 작정했다.

그래서 우선 아들 헤파이스토스가 만들어준 방으로 가서 황홀해지는 선향(仙香)으로 살갗의 티를 모두 닦아낸 다음 시원하고 향긋한 올리브유를 온몸에 발랐다. 이렇게 여신은 고운 피부와 머리칼에 올리브유를 바르고 윤기나는 머리칼을 빗은 다음 여러 가닥으로 땋아 올렸다. 몸에는 향기 그윽한 옷을 걸쳤다. 거기에 예쁘게 구멍 뚫린 귓불에는 오디 모양을 한 눈동자의 주옥이 세 개나 달려 있는 귀고리를 하자 그 요염한 자태는 눈이 부실 정도였다. 온몸에는 깨끗한 비단을 감싸고 매끄러운 발에는 멋진 샌들을 신었다. 이윽고 모든 치장이 끝나자 안방에서 나와 다른 신들이 보이지 않는 곳으로 아프로디테를 불러 살며시 속삭였다.

"이봐, 그대는 착하니까 내 말을 들어주겠지. 혹시 그대는 트로이 편을 들고, 나는 아카이아 편이라고 해서 싫다고 할까."

그러자 제우스의 딸 아프로디테가 대답했다.

"헤라 님, 여신들의 우두머리이자 드높으신 크로노스 신의 따님이시니, 말하고 싶은 것이 있으면 무엇이든지 말씀하세요. 제게 그런 힘이 있고 또 성취된 적이 있는 일이라면 기꺼이 도와드리겠습니다."

헤라는 교활한 속셈을 속으로 감추고 말했다.

"그럼 애정과 동정을 내게 줘. 왜냐하면 지금 나는 풍요의 대지 끝으로 가는 길이거든. 거기서 신들을 낳으신 오케아노스와 테티스 아주머니를 만나러 가는데, 그 두 분 신께서는 레아(Rhea; 크로노스의 아내이자 제우스 형제들의 어머니)에게서 나를 받아 자기 집에서 알뜰히 보살펴주시고 키워주셨지. 천둥을 울리는 제우스 님이 대지와 황량한 바다 밑바닥에 크로노스를 가두신 그때 말이다. 한번 찾아뵙고 두 분의 끊임없는 다툼을 멈추게 해드리려고 해. 오래전에 두 분은 크게 노여워한 뒤부터 서로 등을 돌리고 애정도 멀어졌다니까. 두 분을 잘 이해시켜 위로하여 전처럼 다시 서로 애정으로 대한다면 언제까지나 두 분으로부터 귀엽고 슬기롭다는 찬사를 듣겠지."

그러자 미소를 잘 짓는 아프로디테가 말했다.

"말씀을 거절할 수도 없고 또 그럴 이유도 없어요. 가장 위대하신 제우스 님의 팔에 안기어 주무시는 분인데요." 하고 아름답게 수놓은 허리띠를 가슴에서 풀어 주었다. 그것은 온갖 재주를 부리는 신기한 띠로, 사랑의 수법과 매혹 따위가 깃들어 있어 애정과 동정과 달콤한 사랑의 속삭임에 대해 인색하고 약삭빠른 자라도 그 마음을 훈훈하게 녹여버리고 만다. 아프로디테는 그것을 헤라에게 넘겨주면서 이렇게 말했다.

"자, 그럼 이 가죽 띠를 품에 넣고 가세요. 온갖 기교를 다 부리는 그 속에는 모든 것이 다 들어 있으니 이것만 가지시면 여신께서 마음속으로 원하시는 일 모두를 이루고 돌아오실 거예요."

그러자 암소 눈을 한 헤라 여신은 머금었던 미소를 즉시 멈추고 그 가죽 띠를 자기 품 안에 얼른 집어넣었다. 헤라 여신은 올림포스 봉우리를 떠나 피에리아(Pieria)와 아름다운 에마디에(Emathia) 도성 위를 지나 말을 기르는 트라키아 인들의 눈 덮인 산성 위를 나는 듯 걸어갔다. 하지만 발은 결코 땅에 닿지 않았다. 그리고 아도스 산(Athos)의 곶에서부터 바다가 연결되는 해원으로 내려가 토아스 왕의 성이 있는 렘노스 섬 (Lemnos)에 도착했다. 여기서 '죽음의 신' 타나토스(Thanatos; 로마의 모르스)의 형제인 '잠의 신' 히포노스(Hypnos; 로마의 솜누스)를 만나서 말했다.

"잠의 신이여, 모든 신과 인간들을 지배하는 그대는 언젠가는 나의 청을 들어주었지만 이번에도 꼭 들어주세요. 다름이 아니라 제우스 신의 두 눈이 감기도록 하는 거예요. 지금 내가 가서 사랑의 마음으로 몸을 누일 테니까 바로 그때 잠들게 해주세요. 그러면 내 아들 헤파이스토스가 만든 훌륭한 황금발판을 선물로 드리겠습니다."

달콤한 잠의 신이 대답했다.

"여신의 우두머리이자 크로노스의 따님이신 헤라 여신이여, 불사의 신들 중 누구라도 나는 금방 잠재울 수 있습니다. 하지만 크로노스의 아드님인 제우스 신만은 저도 쉽사리 접근할 수 없고, 더구나 잠들게 해드리기는 스스로 그런 명령을 내리신다면 몰라도 더욱 어렵습니다."

이에 헤라 여신이 말했다.

"잠의 신이여, 그렇게 해 준다면 내가 젊고 아리따운 미의 여신 중에서 한 명을 그대의 아내로 삼도록 주선해 드리겠어요. 항상 결혼하려고 했던 파시테아(Pasithea)를 말이에요."

이렇게 말하니 잠의 신은 크게 기뻐하며 여신에게 대답했다.

"정 그러시다면, 저승의 강 스틱스(Styx)에 걸고 맹세해주십시오. 우리 둘의 증인으로 땅 속에서 크로노스를 에워싼 신들이 모두 일어나 주시도록 하여 참으로 젊고 아리따운 미의 여신 중 한 명인 파시테아를 주시겠다는 맹세를 말입니다. 그 아가씨를 난 무척이나 원했었으니까요."

그렇게 말하니 흰 팔의 헤라 여신도 이의를 달 수 없었다. 두 신은 티탄(Titan; 타이탄)이라고 부르는 신들의 이름을 증인으로 불러대면서 절차를 마친 뒤 렘노스 섬과 임브로스 섬을 떠나 구름 속에 모습을 가린 채 눈 깜짝할 사이에 도정의 거리를 좁혀갔다. 드디어 많은 샘들이 솟는 이데 산에 도착하자 야수들의 어머니라 불리는 이 산기슭에 있는 렉톰(Lectum)에서 비로소 둘은 바다를 떠나 육지로 나아갔다. 그 발아래에서는 숲의 가지들이 흔들거렸다.

한편 헤라가 순식간에 이데 산의 가르가로스(Gargarus) 산꼭대기로 옮겨 갔는데 그 모습을 구름을 모으는 제우스 신이 발견했다. 순간 빈틈없는 그의 마음이 그만 연정에 사로잡혀 버렸다. 마치 둘이서 처음으로 사랑을 나누는 것 같았다. 제우스는 여신 가까이 다가가 이름을 부르며 "헤라여, 어딜 가려고 올림포스에서 내려와 이곳으로 왔는가?" 하고 물었다.

이때 헤라 여신이 대답했다.

"신들의 조상이신 오케아노스와 테티스 아주머니를 만나 뵈려고 풍요의 대지 끝으로 가는 길입니다. 하지만 올림포스에서 지금 여기에 도착한 것은 당신 때문이지요. 제가 만일 흐름이 깊은 오케아노스의 궁전을 말없이 찾아갔다가 나중에 혹시 화를 내실 것 같아서요."

그러자 먹구름을 모으는 제우스가 대답했다.

"헤라여, 그곳은 나중에 찾아가면 되지 않는가. 그보다는 우리 둘이서 함께 잠자리에 들어가 마음껏 사랑을 속삭이자꾸나. 여신이나 인간의 여자에 대한 애정이 이처럼 나의 마음을 사로잡아 본 적은 일찍이 없었다. 익시온(Ixion)의 아내 디아(Dia)에게 마음이 쏠렸을 때에도 이러지 않았다. 그녀는 신에게 못지않게 지혜로운 피리도스(Pirithous)를 낳았지. 또 저 아름다운 아크리시오스(Acrisius)의 딸 다나이(Danae)에게 반했을 때에도 말이다. 그녀는 모든 무사들 중에서도 가장 기상이 드높은 페르세우스(Perseus)를 낳았지. 그리고 포이닉스의 딸과 만났을 때에도 마찬가지였다. 그녀 역시 미노스와 라다만도스(Rhadamanthus)를 낳아 주었지. 그 밖에 알크메네에게 홀딱 반했을 때에도 그랬다. 그녀는 사자 심장을 가진 헤라클레스를 낳았고, 세멜레는 인간의 기쁨으로써 디오니소스를 낳아 주었다. 그리고 머리칼이 아름다운 데메테르 여신이라든가 영예로운 레토 여신에게 반했을 때에도 이렇지는 않았다. 그대 자신과 혼인했을 때조차 지금처럼 그대를 사랑스럽게 여기고 동경심이 날 사로잡은 적은 없었다."

이에 대해 다른 생각을 품고 있는 헤라 여신이 말했다.

"크로노스의 아드님, 그게 무슨 말씀이세요. 지금 이런 곳에서 사랑의 잠자리를 원하다니, 이데 산정에서 그런 짓을 하다가는 모두에게 들키고 말아요. 사랑을 즐기고 있는 우리의 모습을 불사의 신들 중 누군가가 보고 소문을 피뜨린다면 저는 음탕한 여자라는 소리를 들을 테니까요. 정원하신다면 방으로 들어가시죠. 사랑스런 아들 헤파이스토스가 만들어 준 문기둥이 낮은 방이 있어요. 잠자리에 드실 생각이 있다면 그곳으로 가시지요."

제우스 신이 대답했다.

"헤라여, 신이든 인간이든 누군가에게 들킬지도 모른다는 걱정은 하지 말아라. 이렇게 큰 구름이 우리 주위를 가려주고 있을 테니까. 태양신이라도 꿰뚫어 보지 못할 것이다."

이렇게 말을 마치자마자 제우스는 헤라 여신을 두 팔로 덥석 끌어안았다. 발아래에는 이슬을 듬뿍 머금은 자운영, 크로커스와 히아신스가 아름답게 깔려 있었다. 둘이 그 잠자리에 몸을 누이고 아름다운 황금빛 구름을 덮으니 영롱한 이슬이 쉴새없이 떨어졌다.

이렇게 제우스 신은 연정에 사로잡혀 헤라 여신을 가슴에 품은 채 꿈쩍도 않고 가르가로스 산봉우리에서 잠에 빠져들었다. 그 사이 달콤한 잠의 신은 아카이아 군의 선단으로 대지를 떠받들고 대지를 뒤흔드는 포세이돈 신에게 전갈을 하러 달려갔다. 그에게 다가가서 기세등등하게 말을 건넸다.

"이제는 다나오이 편을 마음껏 도와주세요. 제우스는 제가 살며시 잠으로 덮어 놓았소. 헤라 님이 연정으로 감쪽같이 속여 넘겨 함께 주무시게 해 놓았지요."

이렇게 말하고 그는 명성 있는 인간의 무리들 쪽으로 가버렸다. 그래서 대지를 뒤흔드는 신이 한층 더 다나오이 군세를 돕게 해 놓았다. 신은 곧바로 선봉을 향해 달려가 우렁찬 목소리로 군사들을 독려했다.

"아르고스 군사들이여, 프리아모스의 아들 헥토르에게 이번에도 승리를 양보할 작정인가. 우선 내가 시키는 대로 따르도록 하라. 이 진영에 있는 방패들 중에서 가장 큰 것들만 골라 몸을 가리고, 눈부시게 번쩍이는 투구를 머리에 쓰고 두 손에는 가장 긴 창을 거머쥐고 돌진해 들어가도록 하라. 그러면 내가 선두에 서서 안내하겠다. 그때는 이미 제아무리 기세등등한 프리아모스의 아들 헥토르라 할지라도 더 이상 지탱하지 못할 것이다."

그러자 모두들 그럴듯하게 여겨 이에 따랐다.

티데우스의 아들 디오메데스와 오디세우스, 그리고 아트레우스의 아들 아가멤논이 모두 진영으로 나가 무기를 교체하고 포세이돈을 선두로 출정했다. 포세이돈은 날이 예리하고 무시무시한 장도를 억센 손아귀에 거머쥐고 감히 자기와 맞설 수 없을 만한 기세로 병사들을 무섭게 억눌러 놓았다.

한편 트로이 군도 영예로운 헥토르가 병사들을 정비시켜, 칠흑처럼

제우스의 분노로부터 탈출하는 잠의 신

빛나는 머리의 포세이돈과 영광에 빛나는 헥토르가 격전을 벌이기 시
작했다. 헥토르가 트로이 편을 들면 포세이돈은 아르고스 편을 들어 도
도히 대양을 울리며 아르고스 진지로, 혹은 질서 있게 늘어선 배들을

향해 거센 격랑이 몰아치니 우레 같은 함성을 지르며 혼전 속으로 빠져 들어갔다.

　이리하여 서서히 싸움이 무르익어 갈 무렵 헥토르가 먼저 선수를 쳐 아이아스를 향해 창을 던졌다. 날아간 창은 두 줄의 가죽 끈이 길게 가슴에 드리워져 있는 곳에 정확히 맞았는데, 다행히 그 두 줄의 가죽 끈이 아이아스의 부드러운 맨살을 막아 주었다. 자기가 던진 창이 헛되이 날아간 것을 본 헥토르가 분을 참지 못하고 죽음의 운명을 피해 다시 자기 진영 속으로 물러서려 했다. 그러자 텔라몬의 아들 큰 아이아스가 커다란 돌덩이를 집어 들고 헥토르의 얼굴 바로 밑 커다란 방패의 한복판을 넘어 가슴을 후려치니, 그는 팽이처럼 빙그르르 돌더니 이리저리 비틀거렸다. 이렇게 용맹스러운 헥토르도 땅 위의 먼지 속에 덧없이 넘어지니 거머쥐었던 창이 그의 손에서 떨어지더니, 몸 위의 큰 방패와 투구가 벗겨지고 청동 장식을 단 갑옷이 덜거덕거리는 소리가 요란스레 울려퍼졌다.

　아카이아 병사들이 그를 끌고 가려고 비 오듯 창을 뿌렸으나, 그에 앞서 트로이 대장들이 빙 둘러서서 헥토르를 튼튼한 원형 방패로 보호하니 날아간 창은 하나도 꽂히지 못했다. 그리하여 트로이 전사들은 헥토르를 들어 올려 멀리 전차가 있는 곳으로 데려가 싣고 트로이 진영으로 달렸다.

　한편 아르고스 군사는 전차에 실려 퇴각하는 헥토르를 보자 한층 더 맹렬한 기세로 트로이 군사 쪽으로 돌격하여 매우 기승스럽게 싸웠다. 특히 오이네우스의 아들인 날렵한 작은 아이아스가 창을 거머쥐고 달려들어 에놉스(Enops)의 아들 사트니오스

트로이 군의 튼튼한 방패

234

(Satnius)의 옆구리를 단창으로 찔러버렸다. 그는 뒤로 자빠졌다. 그를 사이에 두고 트로이 군과 다나오이 군은 처절한 격전을 벌였다. 먼저 그를 지키려고 판토스(Panthous)의 아들인 창의 명수 폴리다마스가 아레이리코스(Areilycus)의 아들 프로도에노르(Prothoenor)의 오른쪽 어깨를 내리찍으니, 예리한 창날이 그의 어깨를 꿰뚫고 들어가 그대로 흙먼지더미에 고꾸라지고 말았다.

그러자 폴리다마스는 득의만면하여 커다란 소리로 외쳤다.

"보라, 의기도 왕성한 판토스의 아들의 억센 손에서는 결코 창이 헛되이 날아가지 않는다. 아르고스 군사들 가운데 누군가가 네 창에 맨살이 꿰뚫렸으니 창과 함께 그대로 지옥으로 떨어지고 말 것이다."

이렇게 외치니 아르고스 군사들은 그 호언에 가슴이 찢어질 듯했다. 그 가운데서도 텔라본의 아들 큰 아이아스는 울분이 용솟음쳤다. 그리하여 재빨리 물러나는 폴리다마스를 향해 번쩍이는 창을 던지니 폴리다마스는 슬쩍 옆으로 피하여 죽음의 운명을 모면했다. 그런데 안테노르의 아들 아르켈로코스가 대신 그것을 맞았다. 신들이 그의 파멸을 꾀했기 때문이었다. 이 사나이는 척추골의 가장 끝부분이 창에 찔려 양쪽 힘줄이 모두 잘려버렸으므로 넘어질 때 양쪽 정강이나 무릎보다도 머리와 입과 코가 먼저 땅에 닿았다. 그러자 이번에는 아이아스가 폴리다마스에게 말을 건넸다.

"폴리다마스여, 잘 생각해 보라. 이자는 프로도에노르를 대신하여 죽을 만한 값어치가 있는가를 분명하게 말해다오. 보아하니 말을 길들이는 안테노르의 아우이거나 아들인 모양인데, 천한 혈통은 아닌 것 같구나."

너무도 정확히 말한 까닭에 트로이 군사들은 분노에 치를 떨었다.

이때 아카마스는 형의 주위를 돌아다니다가 프로마코스(Promachus)

를 창으로 찔렀다. 그는 아르켈로코스의 두 다리를 잡아끌고 가려던 참이었다. 그래서 아카마스는 우쭐하여 커다란 목소리로 외쳤다.

"아르고스 놈들, 입으로만 큰소리치는 데 진력이 난 모양이구나. 언젠가는 네놈들도 칼에 맞아 죽을 때가 있을 거다. 잘 생각해 보거라. 프로마코스는 오래도록 형제의 원수를 갚지 못하고 방치되는 일이 없도록 내가 창으로 영원히 잠재워 버렸다. 그래서 사람들은 자기 성 안에 죽음을 복수해줄 형제를 남겨달라고 기도하는 것이다."

이 호언장담에 아르고스 군은 모두 분통을 터뜨리고 있었다. 그 가운데서도 특히 페넬레오스가 솟구치는 분노를 참지 못해 아카마스를 향해 창을 휘두르고 내달으니, 아카마스는 군주 페넬레오스의 맹렬한 기세를 도저히 버티어내지 못하고 달아났다. 그 대신 양을 많이 치는 포르바스(Phorbas)의 아들 일리오네우스(Ilioneus)란 자가 찔렀다. 이 사나이의 눈은 창을 받아 안구가 밀리고 창끝이 눈을 꿰뚫고 들어가 뒷목덜미로 빠져나갔다. 그가 두 팔을 벌리고 나뒹구는 것을 페넬레오스가 예리한 칼로 목덜미를 내리치자 투구와 함께 머리가 땅바닥에 처박혔다. 페넬레오스는 묵직한 창이 여전히 상대방의 눈에 꽂혀 있는 것을 마치 개양귀비의 열매처럼 받쳐 들고 트로이 쪽을 향해 으시대며 말했다.

"트로이 사람들이여, 이 훌륭한 일리오네우스의 사랑하는 아버님과 어머님에게 성관 안에서 애도하여 통곡하라고 전해다오. 이제 두 번 다시 우리 알레게노르(Alegenor)의 아들 프로마코스(Promachus)의 아내는 사랑하는 남편이 돌아오는 것을 반갑게 맞아들일 수 없게 되었으니까."

트로이 병사들은 모두 사시나무처럼 몸을 떨며 이 처참한 파멸을 모면하기 위해 달아날 곳을 찾느라고 사방을 두리번거릴 뿐이었다.

제 15 권

수세에 몰린 그리스 동맹군

이런 광경을 보고 제우스는 무서운 얼굴로 헤라를 매섭게 쏘아보며 말했다.

"그대는 실로 고약한 음모를 꾸미는구나. 괘씸한 여자로구나. 음흉한 꿍꿍이속으로 용맹스런 헥토르가 싸움을 못 하게 하여 트로이 군을 패배시켰구나. 괘씸한 모략의 보답으로 채찍으로 힘껏 얻어맞든 말든 이제 나는 모르겠다. 전에도 하늘에 매달렸던 일을 기억하라. 두 개의 모루를 두 발에 걸고 손에 쇠사슬을 매단 채 그대는 창공과 구름 사이에 매달렸었다. 그때 올림포스 산정에 있던 모든 신들은 분개했지만 감히 풀어주지 못했다. 생각대로 했다면 두 손으로 움커잡아 문 밖으로 내던졌을 것이다. 그래도 고상한 헤라클레스 때문에 생긴 마음의 상처는 아직도 내 가슴에서 지워지지 않고 있다. 그대는 북풍의 손을 빌려 태풍을 설득시키는 계략을 꾸며 그 아이를 황량한 바다 위로 던져 코스 섬까지 떠내려가게 했다. 그래서 모진 고생 끝에 다시 내가 구출해내 말을 기르는 아르고스까지 데리고 왔다. 앞으로 네가 나를 사랑으로 농락하거나 잠자리를 함께하는 일이 소용이 있나 없나를 그때 일로써 다시 깨닫도록 해주겠다."

눈이 맑은 헤라 여신은 전신을 부르르 떨며 그를 보고 당당하게 대답했다.

"당신의 존귀한 머리와 우리 둘의 신성한 혼인의 잠자리를 두고 맹세하건대 나는 함부로 행동하지 않았습니다. 포세이돈은 나의 부탁으로 트로이 군이나 헥토르를 괴롭히고 아카이아 편을 돕는 것이 아니라, 무슨 이유에서인지 마음에 참을 길 없어 스스로 한 일입니다. 아카이아 군사들이 선단 옆에서 패하는 것을 보고 불쌍히 여겼기 때문입니다. 그렇다면 포세이돈에게도 당신의 지시에 따르도록 내가 전하지요."

이렇게 말하자 제우스가 헤라를 향해 미소를 지으며 말했다.

"헤라여, 정말 앞으로 그대가 내 뜻에 따른다면, 그때는 비록 계략을 품고 있는 포세이돈이라 하더라도 당장 그대와 내 뜻에 따를 것이다. 지금 모든 신들이 모여 있는 곳으로 가서 무지개의 여신 이리스와 궁수로서 이름난 아폴론을 불러주오. 이리스에게는 포세이돈 신에게 전투에서 당장 손을 떼고 자기 궁전으로 돌아가도록 일러주게 할 것이며, 아폴론에게는 헥토르가 다시 싸우도록 독려해주고, 아카이아 군사들이 퇴각하도록 할 것이다. 그들이 퇴각하는 모습을 가장 마음 아파할 자는 펠레우스의 아들 아킬레우스다. 그래서 그는 절친인 파트로클로스를 출전하게 한다. 그 사나이는 일리오스 바로 앞에서 헥토르의 창에 찔려 죽을 것이다. 그로 인해 분노한 아킬레우스가 헥토르를 죽이니 여기서부터 함선들이 끊임없이 반격을 하리니, 내가 그렇게 이끌어 갈 것이다. 그리고 앞으로 그 불사의 신들 중에서 다나오이 군을 돕는 자가 있다면 나는 그냥 두지 않을 것이다."

이렇게 말하자, 흰 팔의 여신 헤라는 지시한 대로 이데 산에서 올림포스 산정을 향해 출발했다. 그리하여 순식간에 올림포스에 도착한 헤라가 제우스의 궁전에 모여 있는 불사의 신들 틈에 끼어드니, 모두들 자리에서 일어나 술잔을 바치며 맞이했다. 우선 헤라는 다른 신들을 제쳐두고 볼이 아름다운 테미스 여신의 잔을 먼저 받았다. (환영의 뜻으로 잔을 채워주면 받아 마시고 다시 잔을 돌린다.) 그 이유는 그녀가 가장 먼저 달려 나와 맞아들이며 기품 있게 소리 높여 말을 건넸기 때문이었다.

"헤라 님, 무슨 일로 오셨습니까. 무척 당황해하시는 모습을 보니 분명 여신의 남편이신 크로노스의 아드님께서 몹시 꾸짖었나 보지요."

헤라가 대답하기를 "테미스 여신님, 그건 묻지 말아 주세요. 당신이 더 잘 아시잖아요. 그보다 당신이 신들의 앞장을 서서 잔치를 시작해 주세요. 그러면 불사의 신들이 모두 모인 자리에서 제우스 님께서 얼마나 모진 조치를 취하겠다고 말씀하셨는가를 들려 드리지요." 하고 자리에 앉자 궁전에 있던 신들은 큰일이 났다고 생각했다. 여신은 입가에 미소를 지은 채 제우스에 대해 불만스러운 표정으로 여러 신들에게 말했다.

"제우스 님에게 대항하는 우리는 바보예요. 제우스 님을 원망하여 분해하다니, 분별이 없는 짓이에요. 그분은 불사의 신들 가운데에서도 권력으로나 무력으로나 자기만이 월등하게 뛰어난 줄 알고 계시는걸요. 그러니 어떤 화(禍)를 내리더라도 참으세요. 지금 벌써 아레스에게 재앙이 닥치고 있는 것 같잖아요. 그 아들이 전투에서 죽었거든요. 무사들 가운데서도 가장 귀여워하던 아스칼라포스가 말이에요. 용감한 아레스가 자기 아들이라고 말하곤 했었는데."

이렇게 말하자 군신 아레스가 손바닥으로 자기 무릎을 탁 치며 슬픔에 차 말했다.

"모두들 지금 나한테 화를 내지 않았으면 좋겠소. 비록 내가 아카이아 군의 선단으로 가서 죽은 아들의 원수를 갚더라도 말이오. 그리하여 설령 제우스가 내린 벼락에 맞아 시체와 더불어 내 운명이 피와 먼지투성이로 변해버리더라도 그리 할 거요."

이렇게 말을 마치고는 즉각 '공포'(Panic)와 '궤멸'(Rout)에게 명령하여 전차에 말을 매게 한 다음 자신은 번쩍이는 갑옷을 몸에 둘렀다. 그러자 아테나 여신이 그에게 달려들어 투구와 방패, 그리고 손에 꼭 쥔 청동 창을 빼앗아 내동댕이치면서 큰 소리로 아레스를 꾸짖었다.

"미쳤어요? 방금 헤라 님이 하신 말씀을 못 들었어요? 정말 귀가 있어도 소용이 없고, 분별도 예의도 다 저버리다니."

아테나 여신은 성질 급한 아레스를 다시 자리에 앉혔다.

그 사이에 헤라 여신은 아폴론과 이리스를 밖으로 불러냈다. 이 신들은 불사의 제신들 사이에서 전령을 맡고 있었다. 여신은 그들을 향해 낭랑한 목소리로 말하기를 "제우스 님은 두 신께서 당장 이데 산으로 올라오랍니다. 만일 그곳에 가서 뵙게 되거든 주신께서 명령하시는 대로 따라야 하오." 하고 나서 다시 돌아와 자리에 앉으니, 두 신은 곧 이데 산을 향해 출발했다. 제우스는 두 신이 온 것을 보고 사랑스런 헤라의 말대로 당장 달려와 준 것에 기뻐하며 먼저 이리스에게 말을 건넸다.

"이리스여, 포세이돈에게 이렇게 전하라. 그에게 지금부터 싸움에서 손을 떼고 신들의 모임이나 반짝이는 바닷속으로 돌아가라고 하라. 내 명령을 거역하고 경거망동 할 때는, 한번 속으로 잘 생각해 보는 것이 좋을 것이라고 전하라. 그는 도무지 반성함이 없이 모든 신들이 두려워하는 나와 같은 줄 착각하고 있단 말이다."

무지개의 여신은 그 뜻을 받들어 곧장 이데의 연봉에서 내려가 거룩한 일리오스를 향해 질풍처럼 내달았다. 순식간에 대지를 뒤흔드는 포세이돈 신 앞에 이르자 그녀는 걸음을 멈추고 제우스가 한 말을 빠짐없이 고했다.

포세이돈은 불쾌한 표정을 지으며 말하기를 "아무리 그가 강하다지만 별 오만한 소리를 다 하는구나. 레아가 크로노스에 의해 낳은 제우스와 지하에 있는 자를 통치하는 하데스, 그리고 나, 이렇게 셋은 본래 한 형제다. 그래서 온 세상을 셋으로 구분하여 저마다 각기 다른 직분을 맡기로 한 것이다. 즉 셋이서 제비를 뽑은 뒤 잿빛 바다를 내가 차지하게 되었고, 모호한 기운에 싸인 유령의 지하세계는 하데스가, 그리고 높은 대기와 구름과 끝없는 하늘을 제우스가 차지하게 되었다. 하나 위대한 올림포스의 산정만큼은 우리 모두의 공유물이다. 그러므로 내게는 제우스의 생각을 따를 마음이라곤 추호도 없다. 자기가 낳은 자식들이나 잘 단속하라 일러라. 감히 나를 겁쟁이로 보고 위협할 생각을 하다니, 셋 중에 하나를 차지한 자기 몫에 만족하고 조용히 있는 게 나을 것이다."

그러자 비바람처럼 재빠른 무지개 여신이 대답했다.

"방금 하신 퉁명스런 말씀을 제우스 님께 그대로 전해드려도 괜찮을까요, 아니면 조금 양보를 하시겠어요? 현명하신 분은 언제나 양보할 줄 알지요."

이에 다시 포세이돈 신이 말했다.

"무지개의 여신이여, 그대가 방금 한 말은 일리가 있다. 하지만 동등한 권리를 갖고 있는 내게 큰 소리로 질책하니 내가 마음이 상할 수밖에 없지 않느냐. 일단 양보는 하겠으나, 분명히 말해두고 싶은 것이 있다. 만일 제우스가 나의 의견이나 수확물을 모으는 아테나와 헤라, 헤파이스토스의 희망을 어기고 높이 솟아오른 일리오스에 용서를 베풀어 공략하기를 바라지 않고, 커다란 승리를 아르고스 군에게 주지 않는다면, 우리 둘 사이에는 돌이킬 수 없는 분노가 폭발하고 말리라는 것을 잘 기억해 두었으면 한다."

이렇게 말하고 포세이돈은 아카이아 군의 진영을 떠나 바닷속으로 가라앉으니 아카이아 군사들은 사라지는 그의 모습을 보고 원통해 마지않았다.

한편 제우스는 아폴론을 향해 말했다.

"귀여운 포이보스여, 청동 갑옷을 두른 헥토르에게 갔다 오너라. 마침 조금 전에 포세이돈도 바닷속에 가라앉았으니. 하기야 나의 가공할 분노가 두려워서였겠지만, 아무튼 그대는 지금부터 산양 가죽의 방패를 들고 요란하게 흔들어 대면서 아카이아 측 무사들의 기를 꺾어 패주시키도록 하라. 명궁수인 그대는 헥토르를 위해 아카이아 군이 패주해 배들이 정박해 있는 헬레스폰토스의 해변에 도달할 때까지 특별히 배려하여 용맹심을 불러일으켜 주거라. 그 외의 일들은 모두 알아서 처리하겠노라."

그러자 아폴론은 즉시 아버지의 분부를 받들어 이데의 산꼭대기에서 매처럼 곤두박질쳐 내려갔다. 그리하여 용맹스런 프리아모스의 아들 헥토르가 앉아 있는 곳에 이르자 그의 곁에 바싹 다가서며 말을 건넸다.

"헥토르여, 어찌하여 이곳에 홀로 떨어져 기진맥진해 있는가. 무슨 걱정거리라도 있단 말인가."

이에 헥토르가 아직도 가쁜 숨을 몰아쉬며 대답했다.

"신들 중에서도 가장 친절하신 당신은 누구십니까? 직접 저한테 물어보시다니. 제가 아카이아 군의 선단 근처에서 무사들을 죽이고 있을 때 큰 아이아스가 제 가슴에 커다란 돌덩이를 던져 저의 용맹스런 기백이 꺾이고 말았습니다."

궁술의 신 아폴론이 다시 말했다.

"자, 기운을 차려라. 크로노스의 아드님이 이데 산에서 그대의 호위 역할을 맡아 하도록 황금 칼을 찬 이 포이보스 아폴론을 보내 주셨으니까. 지금이야말로 무사들을 독려하여 아카이아 군 선단을 향해 그 재빠른 전차를 몰아가도록 하라. 그동안 나는 먼저 가서 전차가 지나갈 길을 편평하게 다듬어 놓고 아카이아 군사를 패주시키겠다."

이렇게 말하며 엄청난 기력을 헥토르에게 불어넣어 주었다.

한편 다나오이 군은 떼를 지어 칼과 두 가닥의 창을 여전히 내지르며 트로이 편을 한동안 추격해 갔다. 그러다가 마침내 기력을 회복한 헥토르가 나타나 무사들의 대오 사이를 왔다 갔다 하는 모습을 보는 순간 그만 간담이 서늘해져서 금세 용기가 사라져버리고 말았다.

그때 그들을 향해 도아스가 입을 열었다.

"어찌된 영문인가. 또다시 헥토르가 죽음의 운명을 피해 되살아났으니 말이다. 분명히 텔라몬의 아들 아이아스의 손에 죽었다고 확신했었는데, 이번에도 역시 신들 중에서 누군가가 헥토르를 보호하여 소생시킨 것이 분명하다. 아무튼 지금 내가 시키는 대로 모두들 따르라. 모든 병사들을 선단 쪽으로 후퇴시키는 게 좋을 것 같다. 하지만 진영 안에서도 가장 훌륭한 용사인 우리는 계속 항전하도록 하자. 제아무리 기를 쓰고 덤비는 헥토르일지라도 떼를 지어 몰려 있는 다나오이 군사들 속으로 들어오기는 꺼릴 테니까."

이렇게 말하니 모두들 동의하고 그대로 따르기로 했다. 아이아스나 이도메네우스 등의 군주들을 둘러싼 무리들은, 그리고 테우크로스나 메리오네스나 아레스에 비길 만한 메게스 등을 에워싼 사람들은 용맹스런 자들을 불러 모아 헥토르를 뒤따르는 트로이 병사들과 정면으로 대전을 벌이는 한편, 뒤쪽에서는 아카이아 군의 선박을 향해 많은 병사들이 퇴각했다.

한편 트로이 군은 모두 밀집대형으로 돌진해나갔다. 그 선두에서 헥토르가 성큼성큼 걸음을 옮겼고, 포이보스 아폴론은 두 어깨를 운무에 감춘 채 헥토르 앞에서 선도 역을 맡아 기세등등하게 산양 가죽 방패를 들고 전진했다.

한편 아르고스 군도 한데 뭉쳐 버티고 서니 양쪽에서 요란스런 함성이 하늘을 찌를 듯이 솟아올랐다. 포이보스 아폴론이 꿈쩍도 하지 않고 산양 가죽 방패를 들고 있는 동안 빗발치듯 날아드는 양쪽의 무기들이 명중하여 이루 헤아릴 수 없을 정도로 많이 죽어나갔다. 그런데 아폴론이 날랜 말을 달리는 다나오이 군사들을 정면으로 노려보고 산양 가죽 방패를 휘둘러대며 우렁찬 목소리로 아카이아 군을 혼란 속으로 몰아넣으니 기세 사납던 그들의 용맹함이 금세 사라지고 말았다.

이때 사방에서 전투가 산발적이지만 맹렬하게 일어 서로 찌르고 찔리는 가운데, 헥토르는 시티키오스와 아르케실라오스를 죽였다. 그중 한 명은 보이오티아 군 대장이었고, 다른 한 사람은 기상이 높은 메네스데우스의 충복이었다. 또 아이네이아스는 메돈과 이아소스(Iasus)를 죽였다. 메돈은 기품 있는 오이네우스의 서자로 아이아스의 동생뻘 되는 자였다. 한때 사람을 죽여 고향을 떠나 필라케에서 살았는데 오이네우스가 아내를 맞아들인 그의 의붓어머니 에리오피스와 남매지간이다. 또 이아소스는 아테네 인 부대의 장수로 부콜로스(Boucolos)의 손자이자 스펠로스(Sphelus)의 자식이다.

한편 폴리다마스는 메키스테우스(Mecisteus)를, 프리아모스 왕의 아들 폴리테스는 에키오스(Echius)를 선두대열에서 죽였고, 아게노르는 클로니오스(Clonius)를 죽였다. 그리고 파리스가 등 뒤에서 데이오코스(Deiochus)를 청동 창끝으로 어깨 밑을 꿰찔렀다. 그래서 죽은 자들의 갑옷을 벗기고 있는 동안 아카이아 군은 빙 둘러 파놓은 참호와 말뚝에 매달려 정신없이 달아나다가 간신히 방벽 안으로 몸을 피했다. 때마침 트로이 군사들을 점검하던 헥토르가 우렁찬 목소리로 모두 피투성이의 전리품을 내버려두고 선단을 습격하라는 명령을 내렸다.

"만일 아카이아 군 선단에서 멀리 떨어져 엉뚱한 자리에서 꾸물거리는 자가 눈에 띌 때는 그 자리에서 즉시 목을 벨 것이다."

헥토르가 채찍을 내리쳐 말을 몰며 트로이 군을 독려하니 모두 헥토르의 뒤를 따라 함성을 지르며 돌진해 나갔다. 멀리 선두에서는 아폴론이 산양 가죽 방패를 휘두르며 아카이아 군의 방벽을 손쉽게 무너뜨려 결국 그들에게 패배를 안겨 주었다.

한편 파트로클로스는 아카이아 군과 트로이 편의 날쌘 배들이 위치한 바깥쪽 방벽 근처에서 싸우고 있었는데, 마침 서로 친분이 두터운 에우리필로스의 막사 안에 앉아 그를 위로하면서 상처에 약을 발라주고 있었다. 그러나 트로이 군이 마침내 방벽을 넘어 물밀 듯 밀고 들어가는 모습과, 또 한쪽에서는 다나오이 군이 아우성을 치며 패배의 소용돌이 속에 휘말려 들어가는 처참한 광경을 바라보고는 손바닥으로 두 무릎을 치면서 탄식을 늘어놓았다.

"에우리필로스여, 드디어 큰 전투가 시작되었으니 이처럼 눌러앉아 있을 수만은 없게 되었구나. 부하에게 그대의 간호를 부탁하고 나는 당장 아킬레우스에게로 돌아가지 않으면 안 되겠다."

그는 이렇게 말을 하고 곧 걸어 나갔다. 기세등등한 트로이 측의 공격에 아카이아 군도 용감하게 저항했으나 힘이 달려 도저히 적을 선단 주변에서 격퇴시킬 수가 없었다. 한편 다나오이 군의 대오를 돌파한 트로이 군은 적군의 막사나 배가 있는 쪽으로 난입하려 했으나 필사적인 저항으로 뜻을 이루지 못하고 있었다. 이처럼 양쪽의 전력은 막상막하였다.

한편 아이아스는 클리티오스(Clytius)의 아들 칼레토르(Caletor)가 배를 향해 불을 던지는 것을 보고 창을 날려 그의 가슴을 꿰뚫으니 그는 뒤로 넘어지며 불이 붙은 장작을 손에서 떨어뜨렸다. 검은 배 옆의 흙구덩이

속에서 자기 사촌형이 나뒹구는 것을 목격한 헥토르는 트로이와 리키에 부대를 향해 커다란 목소리로 외쳤다.

"트로이 군도 리키아 부대도, 그리고 가까이에서 싸우는 다르다노이 군도 결코 물러나서는 안 된다. 전황이 이처럼 다급해졌다. 아무튼 클리티오스의 아들을 구출해다오."

이렇게 말을 마친 헥토르가 즉시 번쩍이는 창을 겨누어 아이아스에게 집어 던졌으나 비켜 날아가 뒤에 있던 수행 무사인 마스토르(Mastor)의 아들 리코프론(Lycophron)의 바로 귀 위쪽에 청동 창날이 꽂혔다. 그는 뱃머리에서 땅바닥으로 떨어져 팔다리가 맥없이 늘어졌다. 아이아스는 온몸을 부르르 떨며 아우를 보고 말하기를 "테우크로스여, 이처럼 충직스러운 전우 마스토르의 아들이 피살되고 말았다. 포이보스 아폴론이 주신 그대의 활과 화살은 어디 있느냐" 하고 말하자, 테우크로스는 즉각 날랜 동작으로 트로이 군을 향해 화살을 날렸다. 순식간에 날아간 화살은 피세노르(Pisenor)의 아들이며 폴리다마스의 수행 무사인 클레이토스(Cleitus)의 뒤통수에 꽂혔다. 재빨리 그것을 발견한 폴리다마스는 앞질러 쫓아가 이를 프로티아온(Protiaon)의 아들 아스티노스(Astynous)에게 넘겨주고 자신은 다시 선진 속에 뛰어들어 전투를 계속해 나갔다.

이때 헥토르는 포키스 부대(the Phoceans; 그리스 중부, 코린티아코스만 북쪽 지역)의 대장인 페리메데스(Perimedes)의 아들 스케디오스를 쓰러뜨렸다. 그리고 아이아스가 보병 부대의 우두머리인 안테노르의 아들 라오다마스를 죽이고, 또 폴리다마스는 킬레네 인(Cyllene) 오토스를 무찔러 갑옷을 벗겼는데, 이자는 팔레우스의 아들 메게스의 부하로 자존심 있는 에페이오이(Epeans)의 대장이었다. 그리하여 메게스는 폴리다마스에게 잽싸게 덤벼들었으나 폴리다마스는 이를 먼저 눈치채고 허리를 굽혀

선단을 방어하는 큰 아이아스

피했다. 그 대신 크로이스모스(Croesmus)의 가슴 한복판을 창이 꿰찔러 들어갔다. 그리하여 메데스는 나가떨어진 그의 어깨에서 갑옷을 벗겨버렸다. 그 사이에 전술에 능한 돌롭스가 그에게 덤벼들었다. 이 사람은 라오메돈의 손자이자 람포스의 아들로 무사들 가운데 무술이 가장 뛰어났다.

이 사나이가 이때 필레우스의 아들 메게스의 방패 한복판을 창으로 찔렀으나 튼튼한 가슴받이가 이를 막아 주었다. 이 갑옷은 옛날 필레우스가 셀레이스(Selleis) 강변의 에피라(Ephyra)에서 가지고 온 것이었다. 친분이 두터운 무사들의 왕 에우페테스(Euphetes)가 호신용으로 쓰라고 준 선물이었다. 그것이 지금 필레우스의 아들까지 죽음의 운명에서 구해준 것이다.

그래서 메게스는 덤벼든 돌롭스의 투구 끝을 향해 창을 내리찍으니 투구의 뿔이 부러져 땅바닥 모래먼지 속에 박혔다. 그 사이에 아레스의 친구 메넬라오스가 메게스를 도우려고 달려 와 뒤쪽에서 몰래 돌롭스의 어깨를 향해 창을 찔러 가슴을 관통시키자 그는 견디지를 못하고 뒤로 나자빠졌다.

그리하여 두 사람이 돌롭스의 어깨에서 청동을 댄 갑옷을 벗기려 하고 있는데, 헥토르가 형제들을 독려하면서 먼저 히케타온(Hiketaon)의 아들 멜라니포스(Melanippus)를 꾸짖었다.

"멜라니포스여, 실로 이처럼 우유부단하게 행동해서야 되겠는가. 그대는 사촌형이 지금 살해되고 있는데도 아무것도 마음에 걸리는 게 없단 말인가. 자, 따라오라. 이젠 떨어진 곳에서 싸울 수 없게 됐다. 이쪽에서 적을 모조리 쳐 없애느냐, 아니면 저쪽에서 일리아스를 꼭대기에서부터 공략하여 시민들을 학살하느냐 결판이 나기 전에는."

이렇게 말하고 선두에 서서 나아가니 신과도 견줄 만한 무사 멜라니포스도 그 뒤를 따라갔다.

한편 텔라몬의 아들 큰 아이아스는 아르고스 군사를 격려했다.

"우리 군사들이여, 씩씩하라. 무사가 체면을 세워야 죽는 자보다 사는 자가 많다. 그런데 도망치는 무리에게는 영예도 구제도 없을 것이다."

이렇게 말하니 군사들은 이에 맞장구치고 사기가 충천해졌다. 그들은 청동 창으로 병풍처럼 선단을 애워쌌다. 제우스 신은 트로이 군에게 이를 공격하도록 했다. 이때 목소리가 우렁찬 메넬라오스가 안틸로코스를 격려하여 말하기를 "안틸로코스여, 아카이아 군사들 가운데서 그대처럼 걸음이 빠르고 젊은 사람은 없다. 트로이 편 무사들 앞에 나서 그대의 무용을 자랑해 볼 만도 한데 어떨지." 하고 말한 뒤 다른 곳으로 달려갔다. 안틸로코스는 용기가 치솟아 선두대열로 뛰쳐나와 매서운 눈초리로 사방을 노려보다가 번쩍이는 창을 힘껏 내던지자 트로이 측은 그 기세에 눌려 뒤로 주춤 물러났다.

날아간 창은 히케타온의 아들 멜라니포스의 가슴에 꽂히고, 땅을 울리며 나동그라진 그의 몸뚱이에서는 갑옷투구 소리가 요란스럽게 울렸다. 안틸로코스는 갑옷투구를 빼앗으려고 멜라니포스를 향해 달려들었다. 이를 눈치챈 용맹스런 헥토르가 안틸로코스 앞에 불쑥 나타나니 이쪽도 물론 용장이긴 하더라도 역시 사나운 맹수를 보듯 겁에 질려 슬쩍 피해 달아났다. 이를 본 트로이 군은 헥토르를 앞세우고 우렁찬 함성을 지르며 비 오듯 화살을 퍼붓자 그는 자기 편 진영에 이르러 달려가던 것을 멈추고 돌아섰다.

이렇듯 트로이 군은 아카이아 군의 선단을 향해 맹렬한 기세로 밀고 들어갔으며, 그동안 제우스의 계획은 시시각각으로 잘 이루어져 갔다. 제우스는 이처럼 트로이 측에 언제나 커다란 용기를 심어주는 대신 아르고스 군을 혼란에 빠뜨리고 사기를 저하시켜 영예를 차지하려는 트로이 군을 독려했다. 결국 프리아모스의 아들 헥토르에게 영광을 부여해 주자는 신의 뜻이었기 때문이다. 전지전능한 신 제우스는 자신의 눈으로 직접 화염 속에 휩싸인 배의 모습을 확인하기를 기다리고 있었다. 그렇게 된 후에 트로이 군을 격퇴시키고 다시 다나오이 군에게 영광을 돌려주려는 계획이었다.

이렇게 아카이아 군은 헥토르의, 다시 말해서 제우스의 위세에 눌려 사방으로 달아났다. 하지만 헥토르는 틈을 주지 않고 소 떼를 습격하는 사자처럼 사납게 공격했으나 실상 그가 죽인 것은 오직 미케네에서 온 페리페테스(Periphetes) 한 사람뿐이었다. 이자는 에우리스테우스 왕(King Eurystheus)의 사신으로서, 헤라클레스에게 여러 차례 파견된 바 있는 코프레우스(Copreus)의 아들이었는데, 아버지는 별로 이름이 없었으나 아들 페리페테스는 아버지보다 무예가 뛰어나고 걸음이 날래며, 지혜와 분별력이 미케네 무사들 중에서도 손꼽히는 용사로 알려져 있었다.

그리하여 아카이아 군사는 배들 사이에 숨어 들어가 맨 끝에 끌어 올려놓은 뱃머리를 방벽으로 삼았으나, 그 사이 트로이의 군사들이 계속 밀려오는 바람에 배의 맨 끝으로 물러서기는 했지만 진지 일대로 흩어져 도망치지는 않고 막사 앞에 그대로 물러서 한데 뭉쳐 저항했다.

다시 처절한 전투가 선단 옆에서 벌어졌다. 양군은 서로 대치하여 맹렬한 기세로 싸움을 계속하니 지칠 줄 모르는 듯했다. 그토록 모두 기세등등해 있었던 것이다. 이 싸움에 나선 양군의 심정은 대체로 이러했다. 아카이아 측은 이 재난을 모면할 수 있을 것이라고는 꿈에도 생각할 수 없었고 오직 파멸만을 생각하고 있었으며, 트로이 측은 모두 배를 불사르고 아카이아 군의 대장들을 무찌르려고 안간 힘을 쓰고 있었다.

이제 주위에서는 아카이아와 트로이 군사들 사이에 치열한 백병전이 벌어지고 있었다. 그래서 아무도 활을 쏘거나 창을 던지기를 기다리지 않고, 서로 맞대고서 뜻을 합쳐 예리한 도끼나 곡괭이, 큼직한 칼, 그리고 두 가닥으로 끝이 갈라진 창을 휘두르거나 내리찍었다. 그런가 하면 검고 둥근 자루가 달린 훌륭한 큰 칼이 싸우는 사람들의 손에서, 또는 어깨에서 몇 자루나 떨어지고 검은 대지가 온통 붉은 피로 물들어갔다.

한편 헥토르는 뱃머리에 매달려 거기에 달린 장식을 억센 두 손으로 움켜 쥔 채 트로이 군사를 향해서 외쳤다.

"불을 가져오너라. 지금이야말로 제우스 신께서 우리에게 마땅한 행운을 가져다주셨다. 배를 탈취하는 날을 말이다. 이 배들이야말로 신의 뜻을 거역하고 우리에게 엄청난 재앙을 안겨 주었다. 제우스 신께서는 지금 스스로 우리를 독려하고 명령하고 계시는 것이다." 하고 말하니 병사들은 한층 더 기세를 올리며 아르고스 군을 공격했다.

그리하여 아이아스조차 더 이상 버텨내지 못하고 날아오는 무기에 속수무책으로 뒤로 물러나지 않을 수 없었다. 그래서 균형이 잘 잡힌 배의 널빤지를 떠나 배의 끝머리에 있는 일곱 자 정도의 좌대로 가서 그 자리에 멈췄다. 아이아스는 끈질기게 불을 들고 달려드는 적을 향해 잇따라 창을 날려 배에서 그들을 격퇴시켰다. 그러면서 줄곧 우렁찬 목소리로 다나오이 군사들을 격려했다.

"다나오이 용사들이여, 용감하라. 군신 아레스를 모시는 전우들이여, 기세등등한 무용을 잊지 말라. 대체 우리 뒤에 어떤 응원부대라도 대기하고 있단 말인가. 아니면 튼튼한 방벽이 있어서 재앙으로부터 병사들을 지켜주기라도 한단 말인가. 천만의 말씀이다. 우리는 지금 엄중하게 무장한 트로이 인의 땅에서 곧 강물에까지 밀려나 고향을 멀리 둔 채 서 있다. 그러니 우리에게 구원이 필요할지는 모르지만 결코 미지근한 전쟁으로부터의 용서 따위로는 구제받지 못할 것이다."

그의 말에 아카이아 군은 모두 다시 전의가 새롭게 치솟아 예리하게 번뜩이는 창으로 적군을 마구 찔러댔다. 이렇게 하여 배에 매달린 채 헥토르의 뜻대로 횃불을 손에 든 트로이 병사들이 덤벼들 때마다 기다리고 있던 아이아스가 긴 창으로 계속 무찌르고 있었다. 이렇게 배 바로 앞에서 창으로 찔러 죽인 사람이 열두 명이나 되었다.

제 16 권

파트로클로스의 죽음

"파트로클로스여, 철없는 소녀처럼 어찌하여 구슬 같은 눈물만 그리 흘리고 있는가. 도대체 무엇 때문에, 뮈르미돈이나 내게 할 말이 있어 그러는가. 아니면 혼자서 고향 프티아의 소식이라도 들었단 말인가. 분명 악토르의 아들 메노이티오((Menoetius)도 살아 있고 아이아코스의 아들 펠레우스도 뮈르미돈 족 사이에 살아 있다는 이야기이니, 만약 이들 둘이 죽기라도 했다면 슬퍼하겠지만. 그렇지 않으면 아르고스 군을 위해 분통을 터뜨리고 있는가."

그러자 기사 파트로클로스가 깊은 시름에 잠겨 말했다.

"오, 아킬레우스여. 제발 화를 내지 말아다오. 그토록 격심한 곤경 속에 지금 아카이아 군대가 수세에 몰려 있다오. 티데우스의 아들 디오메데스가 화살에 맞아 고통을 이기지 못하고 있으며, 창의 명수 오디세우스도, 그리고 아가멤논도 부상을 입었고, 에우리필로스마저 허벅지에 화살을 맞아 괴로워하고 있는 지경이오. 그대는 실로 무정한 사람이오. 정녕 그대의 아버지는 기사 펠레우스이고 어머니도 테티스가 아니었던가? 그래서 그토록 냉정한 마음을 가질 수가 있는 거요. 제발 나를 즉시 출전하게 해 주오. 뮈르미돈 족의 다른 병사들을 딸려서 말이오. 혹시 다나오이 군사들을 조금이나마 도울 수 있을지도 모르니까. 그리고 그대의 옷을 나의 어깨에 걸치게 해줄 수는 없는가. 어쩌면 나를 그대로 오인하여 트로이 군이 싸움을 꺼릴지도 모를 일이니."

파트로클로스의 이러한 부탁은 너무도 생각없는 것이었다. 결국 스스로에게 죽음의 운명을 간청하는 결과를 초래했기 때문이다.

그러자 아킬레우스가 말했다.

"제우스의 후예인 파트로클로스여, 도무지 이해할 수 없는 소리만 하는구나. 제우스 신으로부터 어머님이 어떤 분부를 전해 오신 것은 없으나 오직 이렇듯 처참한 괴로움만이 내 가슴에 차오를 따름이다. 그자(아가멤논)는 신분이 같은 나를 쥐어짜서 한 번 준 상을 다시 탈취해가지 않았는가. 권력이 나보다 크다는 이유 하나만으로 말이다. 그것이 가슴에 응어리진 날부터 지금까지 나를 몹시 괴롭히고 있다. 그 아카이아의 아들들이 상으로서 선택해 준 그 여자를, 더욱이 내가 몸소 방벽을 튼튼하게 둘러친 도성을 공략하여 손에 넣은 그 여자를 다시 아가멤논이 내 손에서 강탈해갔다. 내가 마치 부랑자이기라도 하듯이 말이다.

하지만 이미 지난 일이니 이제 그만두기로 하자. 더구나 언제까지나 마음속에 심한 분노를 품고 있을 수도 없는 노릇이다. 그러니 일단 그대는 내 갑옷을 걸쳐라. 그리고 뮈르미돈을 데리고 싸움터로 돌진하라. 그런데 지금은 진영 근처에서 한창 격전이 벌어지고 있다. 그러나 티데우스의 아들 디오메데스가 손아귀에서 창을 휘두르며 다나오이 군사들을 지키는 모습은 보이지 않고, 또 아트레우스의 아들 아가멤논이 호령하는 소리도 전혀 들리지 않는구나.

반대로 헥토르가 아카이아 군대를 격멸시키고 나서 트로이 군사를 독려하는 소리가 사방에 요란스레 울리고 병사들은 드높은 함성으로 평원을 제압하고 있다. 하지만 파트로클로스여, 선단을 위험으로부터 구하기 위해 적을 습격하되 맹렬히 싸워라. 기필코 적들이 배에다 활활 타는 불을 질러 그리운 고향으로 못 돌아가게 해서는 안 된다. 그러나 명심할 것은 선단에서 적을 격멸시키고 곧바로 돌아오는 것이다. 높은 곳에서 천둥을 울리는 제우스 신이 더 한층 그대에게 영예를 주시는 일이 있더라도 그대는 결코 나를 혼자 두고 트로이 군과 싸울 생각을 해서는 안 된다. 또한 전투에 정신을 빼앗긴 나머지 일리오스까지 군사를 몰고 돌진하는 일이 없도록 하라. 혹시 올림포스에 계시는 불사의 신들 가운데 누군가가 끼어드는 날에는 큰일이니까. 그러므로 일단 선단에 구원의 길을 터준 다음에는 즉시 되돌아오되 다른 자들이 평원에서 멋대로 싸우도록 내버려 두어라."

이렇게 두 사람은 서로 말을 주거니 받거니 했다.

그때 아이아스는 빗발치듯 날아오는 무기에 몰려 더 이상 버틸 수 없었다. 제우스의 뜻도, 용맹스러운 트로이 군도 끊임없이 달려들어 그를 굴복시키려 했기 때문이다. 헐떡거리고 있는 아이아스의 몸뚱이에서는 땀이 줄줄 흘러내렸으며, 숨 돌릴 틈도 없이 사방에서 재앙이 몰려들고 있었다.

자, 올림포스에 계시는 뮤즈의 여신이여, 이번에는 들려주오. 도대체 어떻게 해서 아카이아 군의 배에 처음으로 불이 붙었는지를!

먼저 헥토르가 아이아스의 물푸레나무 창 곁으로 다가가서 창끝 바로 위에 이어진 나무를 칼로 내려치니 단칼에 끝이 두 동강으로 잘리고 텔라몬의 아들 아이아스가 쥐고 흔드는 창은 달랑 자루만 남았다. 그에게서 저만큼 떨어진 위치에 요란한 소리를 내며 청동 창날이 땅에 떨어지니 영예 높은 아이아스는 이것이야말로 신이 한 소행이라 짐작하고 공포에 질려 전신을 부르르 떨었다. 그리하여 아이아스는 그 자리를 피하여 물러나자 지칠 줄 모르던 적이 재빨리 배에 불을 던져 넣어 배는 온통 순식간에 다시는 끌 수 없는 화염 속에 휩싸이고 말았다.

이처럼 뱃머리에 불이 퍼져 가는 광경을 본 아킬레우스는 두 허벅지를 두들기며 파트로클로스에게 장탄식하면서 말했다.

"제우스의 후예인 파트로클로스여, 일어서라. 배를 빼앗겨 다시 돌아가지 못하면 안 된다. 어서 갑옷을 걸치도록 하라. 병사들은 내가 모을 테니까."

파트로클로스는 곧바로 번쩍이는 갑옷을 전신에 감았다. 그 갑옷은 날랜 아이아코스의 후예 아킬레우스의 갑옷이다. 그리고 억센 손에 거머쥔 두 자루의 창은 파트로클로스의 손에 딱 맞았다. 그리고 아킬레우스 다음으로 존경하는 아우토메돈을 시켜 크산토스와 발리오스라는 두 필의 준마에 멍에를 얹게 했다. 여기에 예비 말로 이 두 마리에 비해도 손색이 없는 페다소스를 대기시켰다.

한편 아킬레우스는 뮈르미돈 군을 모두 갑옷투구로 무장시켰다. 이리하여 뮈르미돈 족을 지휘하는 우두머리들은 걸음이 날랜 아이아코스의 후예 아킬레우스의 수행무사를 둘러싸고 패기만만하게 나아가니 그들 사이에서 군신 아레스의 친구 아킬레우스는 전차의 말과 방패를 든 무사들을 격려해주고 있었다.

아킬레우스가 트로이로 이끌고 온 배의 수는 50척이었는데, 배마다 각각 50명씩의 부하들을 배치하고 거기에 5명의 대장들을 두어 각 부서를 지휘하도록 했으며, 그는 선단 전체를 통솔하고 있었다. 그중 제1부대는 강의 신 스페르케이오스(Spercheius)의 아들이자 번쩍이는 투구를 쓴 메네스디오스(Menesthius)가 맡았다. 또 제2부대는 군신 아레스의 친구 페이산드로스가 지휘했다. 그는 마이말로스(Maemalus)의 아들로 뮈르미돈 군 전체에서 창을 가장 잘 썼다. 그 외에 제4부대는 노기사 포이닉스가, 제5부대는 라에르케스(Laerceus)의 아들 알키메돈(Alcimedon)이 지휘를 맡았다.

그리하여 마침내 전군을 각 부대의 통솔자와 함께 질서정연하게 늘어세운 뒤 아킬레우스가 엄명을 내렸다.

"뮈르미돈의 아들들이여, 그 위협을 결코 모두 잊지 말아다오. 이제야말로 커다란 싸움의 작업이 우리들 앞에 제시된 것이다. 벌써부터 그대들은 기대하고 있지 않았는가. 그러니 그대들은 의기충천한 기백으로 용감히 싸워주기 바란다."

이렇게 말하며 모든 군사들을 독려하자, 주군의 말을 옳게 받아들인 그들은 용기백배해졌다. 벌써부터 갑옷투구로 무장한 두 명의 무사 파트로클로스와 아우토메돈은 서로 일심동체가 되어 뮈르미돈 군의 선두에 나서겠다는 각오가 남달랐다. 그리하여 기상이 높은 파트로클로스와 함께 완전무장을 마친 군사들이 대오를 정렬하여 맹렬한 기세로 돌진해 트로이 군세를 압도하니 주위 배들은 아카이아 군세의 우렁찬 함성으로 지축이 흔들릴 정도였다.

한편 트로이 측은 메노이티오스의 용맹스런 아들을 발견하고 그와 수행무사들이 번쩍이는 갑옷으로 무장한 것을 보는 순간 모두 정신이 혼미해져 전열이 흐트러지기 시작했다. 그들은 선단 옆에서 걸음이 날랜 아킬레우스가 결국 아가멤논에 대한 분노를 풀고 화해한 걸로 생각하고, 어느 쪽으로 도망쳐야 끔찍한 재앙을 피할 수 있을지 저마다 사방을 두리번거렸다.

파트로클로스는 곧장 달려가 적군이 가장 많이 뭉쳐 있는 곳 한가운데로 번쩍이는 창을 집어던졌다. 날아간 창이 피라이크메스(Pyraechmes)의 오른쪽 어깨에 꽂히자 그는 비명을 지르며 흙먼지 속에 나가떨어졌다. 그는 드넓은 악시오스 강변의 아미돈(Amydon)에서 기마무사 파이오니아들(Paeonian horsemen)을 이끌고 온 자이다. 파트로클로스에게 대장을 잃은 이들은 극심한 혼란에 빠지고 말았다.

이렇게 하여 적은 선단에서 격퇴되고 훨훨 타오르던 불도 완전히 진화되었다. 그러자 반쯤 타버린 배를 그곳에 내버려둔 채 트로이 군사들이 아우성을 치며 퇴각하고, 다나오이 군사들은 가운데를 잘라낸 선박들 사이로 들어가 끊임없이 함성을 질러댔다. 이처럼 다나오이 군은 선단에서 불을 진압하고 잠시 숨 돌릴 여유가 있었지만 전투를 중단시킬 수는 없었다. 트로이 군은 무신 아레스의 친구인 아카이아 군에게 반격을 당했으나, 결코 전멸하여 퇴각한 것이 아니었다. 어쩔 수 없이 배에서 조금 후퇴했을 뿐 여전히 항전을 계속했다.

여기저기서 산발적으로 전투가 벌어지고 있는 가운데 대장급 무사들이 상대방 무사들을 찔렀다. 먼저 파트로클로스는 뒤돌아보는 아레일리코스(Areilycus)를 향해 예리한 긴 창을 집어던졌다. 청동 날이 허벅지 근처를 찌르고 뼈를 부수자 상대방은 그만 땅바닥에 주저앉고 말았다. 이쪽에서는 아레스의 친구 메넬라오스가 도아스의 방패 옆으로 드러난 가슴을 겨누어 창을 찌르자, 메게스는 암피클로스가 돌격해 들어오는 것을 기다리고 있다가 먼저 팔을 쭉 뻗어 사타구니를 찌르니 살과 힘줄이 창날 언저리에서 튀어 오르고 두 눈엔 어둠이 깔렸다.

한편 네스토르의 아들 안틸로코스는 아팀니오스(Atymnius)의 옆구리를 날카로운 창으로 찌르자 상대방은 앞으로 고꾸라지고 말았다. 형제의 죽음에 분노한 마리스(Maris)가 시체 앞을 막아서며 창을 거머잡고 안틸로코스의 바로 가까이 접근하여 덤벼들었으나 신으로도 착각할 만한 트라시메데스(Thrasymedes)가 재빨리 창을 뻗어 적의 어깨를 찌르니 예리한 창날이 근육을 도려내어 뼈까지 부수어 놓았다. 작은 아이아스는 혼란 속에서 당황하고 있는 클레오불로스(Cleobulus)를 사로잡았으나 그

자리에서 목덜미를 향해 커다란 손잡이 칼을 후려치니 칼은 자루에서 끝까지 피에 젖어 미지근해지고 그의 두 눈은 죽음의 운명에 감기고 말았다. 그리고 페넬레오스와 리콘(Lycon)은 서로 창을 던졌으나 어느 쪽도 맞지 않았다. 그래서 두 사람은 다시 칼을 뽑아 맞붙었는데, 리콘은 적의 투구를 후려쳤으나 칼자루 밑이 부러져 나가고 페넬레오스는 목덜미를 내리치자 안으로 칼날이 쑥 박혀 들어가 가죽 한 장을 남겨두고 옆으로 목이 꺾이더니 팔다리가 흐느적거리며 한쪽으로 기울어지고 말았다.

한편 메리오네스는 날렵하게 아카마스를 쫓아가 전차에 막 오르려는 그의 오른쪽 어깨를 찔렀다. 그러자 전차에서 굴러 떨어진 그의 두 눈엔 어두운 안개가 덮였다. 이도메데우스는 청동 창으로 에리마스(Erymas)의 입가를 찌르니 뼈가 부서지며 가지런한 치아가 박살나고 두 눈에는 피가 가득 고였다. 또 떡 벌어진 입과 콧구멍에서는 피가 솟구쳐 칠흑 같은 죽음의 운명이 그의 온몸을 감쌌다. 이처럼 다나오이 군의 지휘자들은 각기 적의 우두머리를 무찔렀는데, 트로이 군은 솟구치던 기세는 온데간데없이 우왕좌왕하며 퇴각하느라 정신이 없었다.

한편 큰 아이아스는 줄곧 헥토르에게 창을 꽂으려고 혼신을 다했으나 무용에 능한 기사를 감히 뜻대로 할 수는 없었고, 헥토르 역시 전황의 승패가 방향을 바꾼 것을 충분히 인정하면서도 물러서지 않고 자기 편 군사들을 구하려고 안간힘을 썼다.

또 파트로클로스는 다나오이 군을 끊임없이 독려하면서 트로이 측에 재앙을 입히려고 기를 쓰며 일대 혼란을 일으켰다. 사방은 그들의 아비규환과 패주하는 광경으로 가득 차고 회오리치는 먼지바람이 구름위로 높이 올라가 퍼졌다. 그 사이를 말들도 전차를 이끌고 배들 사이에서, 또는 진영에서 일리오스 성을 향해 정신없이 도망치고 있었다.

파트로클로스가 병사들이 가장 많이 몰려 있는 곳으로 고함을 지르며 말을 달리니 적군들은 전차 위에서 굴렁대 밑으로 줄지어 떨어지고 전차의 대좌가 곤두박질쳤다. 파트로클로스의 날쌘 말들은 그 사이를 곧장 질주하여 참호 위를 훌쩍 뛰어넘었다. 이 말들은 본래 여러 신들이 펠레우스에게 내려준 영예로운 하사물인데, 이 불사의 말들이 앞으로 계속 질주하자 파트로클로스는 헥토르를 노리고 열심히 전차를 몰아 그를 무찌르려고 혼신을 다했다. 하지만 헥토르도 준마를 타고 있었기 때문에 멀리 달아나 버렸다.

파트로클로스는 선두대열을 토막 내고는 배 쪽으로 거꾸로 밀어붙여 트로이 성을 향해 적병이 도망하려고 안간힘을 쓰는 것을 차단했다. 그러고서 배와 강과 높이 솟은 방벽 사이로 적들을 밀어 넣고는 야수처럼 달려들어 마구 베고 쓰러뜨려 이미 죽은 전우들의 원수를 갚았다. 이때 가장 먼저 죽은 자가 프로노스(Pronous)로 창에 가슴을 맞아 비틀거리다가 땅에 나동그라졌다. 그리고 수레에 앉아 있던 에놉스(Enops)의 아들 테스토르(Thestor)는 턱의 오른쪽을 찔려 차대의 난간 아래로 떨어지자 숨이 끊어졌다. 또 에리라오스(Erylaus)도 파트로클로스가 던진 돌덩이를 머리에 맞아 두개골이 박살났으니 죽음의 운명이 그를 감싸서 덮쳐버렸다. 이어 에리마스, 암포테로스(Amphoterus), 에팔테스(Epaltes), 다마스토르(Damastor)의 아들 틀레폴레모스(Tlepolemus), 에키오스, 피리스(Pyris), 이페오스(Ipheus), 에우이포스(Euippus), 그리고 아르게아스(Argeas)의 아들 폴리메로스(Polymelus) 등이 잇따라 파트로클로스의 손에 죽어나갔다.

그때 마침 사르페돈은 파트로클로스에 의해 부하들이 쓰러져 가는 것을 보고는 신에게도 비길 리키아 군사들을 꾸짖으며 "리키아 인들아, 수

치를 알라. 지금이야말로 분투할 때인데, 어디로 달아나는가. 지금 내가
그 무사와 대결하겠다. 그는 트로이 군사에게 엄청난 재난을 안겨 주었
고 여러 용사들의 무릎을 꺾어 놓았다." 하고는 즉시 전차에서 뛰어내렸
다. 파트로클로스도 이를 보고 차대에서 뛰어내렸다. 두 사람은 고함을
지르며 서로 맞붙었다. 이 광경을 보고 계략에 능한 제우스는 측은한 생
각이 들어 누이이자 아내인 헤라를 돌아보며 말을 건넸다.

"하필이면 인간들 중에서도 유달리 예뻐하는 사르페돈이 파트로클로
스의 손에 쓰러질 운명이라니. 저 아이를 살아있는 동안에 싸움터에서
빼내 비옥한 리키아의 고향으로 날라다 놓을까. 아니면 파트로클로스의
손에 죽도록 내버려 둘까. 얼른 결단을 내리지 못하겠구나."

헤라 여신이 대답했다.

"거룩한 크로노스의 아드님이신 당신께서 무슨 말씀을 그렇게 하세
요. 사르페돈을 그냥 고향에 돌려보내 준다면 다른 신들도 저마다 사랑
하는 자기 자식들을 황량한 전쟁터에서 구해내고 싶어하지 않겠어요. 그
러니 이번 전투에서는 파트로클로스의 손에 그대로 쓰러지도록 내버려
두세요."

그러자 제우스 신도 이에 찬성했으나 드넓은 트로이 평원에서 곧 죽을
자식의 명예를 위해 대지 위로 피의 빗방울을 뿌렸다.

한편 두 장수는 서로 달려들어 먼저 파트로클로스가 사르페돈의 수행
무사 트라시데모스(Thrasydemus)의 아랫배에 창을 꽂아 기운을 빼놓았
다. 이에 사르페돈이 번쩍이는 창을 집어 던졌으나 파트로클로스에게 맞
지 않고 예비 말 페다소스의 오른쪽 어깨를 찌르자, 말은 크게 울부짖더
니 흙모래 속에 그대로 처박히고 말았다. 사르페돈은 다시 번쩍이는 창
을 날렸으나 빗나가 파트로클로스의 왼쪽 어깨 위로 날아갔다. 이때 파

트로클로스는 청동 창을 거머쥐고 뒤에서 돌진해 가며 던진 창이 사르페돈의 심장과 맞닿은 곳을 뚫고 들어가자 그는 요란스레 지축을 울리며 고꾸라졌다. 방패를 든 리키아 군의 대장은 죽어가면서도 기력을 다해 전우의 이름을 부르며 소리쳤다.

"창의 명수 글라우코스여, 용감무쌍한 무사로서 이제 그대의 강인한 힘을 과시할 때가 왔다. 지금이야말로 격렬한 전투가 바람직할 것이다. 우선 리키아 군을 지휘하는 무사들을 독려하여 일으켜 세우라. 그리고서 그대는 나를 지켜 청동 투구를 들고 싸우는 거다."

이렇게 말을 마치자 아득한 죽음의 운명이 그 얼굴을 뒤덮었다. 파트로클로스가 그를 발로 밟고 창을 뽑으니 창과 함께 내장이 붙어 나왔다. 그의 혼백마저 창끝과 함께 끌어낸 것이다. 이때 사르페돈의 절규에 글라우코스는 말할 수 없는 비탄에 젖어 가슴이 찢어질 것 같았다. 하지만 전우를 지킬 수 없는 형편이라 안타까운 마음에 그저 조급해질 뿐이었다. 그는 조금 전 테우크로스가 높이 솟은 방벽 위에서 쏜 화살에 맞은 상처가 몹시 아픈 듯 한쪽 손으로 팔 위쪽을 누르고 있었다.

그래서 아폴론 신에게 기도했다.

"신이여, 들어주소서. 지금 이 몸에 커다란 재앙이 닥쳐오고 있습니다. 이처럼 심한 상처를 입고 피가 멎지 않고 있습니다. 어깨는 힘이 빠져 창을 쥘 수도 없고, 적과 싸운다는 것은 엄두도 내지 못할 지경입니다. 이런 판에 가장 용맹한 사르페돈이 쓰러지고 말았습니다. 제우스의 아드님이신데 당신의 자식조차 지켜주시지 않다니 너무합니다. 그러니 아폴론이시여, 저의 고통을 덜어주시고 힘을 주시어 내가 전우들을 독려하여 리키아 군사들을 싸움터로 이끌어 갈 수 있도록 해 주십시오."

포이보스 아폴론이 이 기도를 듣고 즉시 상처를 낫게 하는 한편 가슴

사르페돈의 시신을 리키아로 옮기는 죽음의 신과 잠의 신

에도 강기를 불어넣어 주니 글라우코스는 그것을 마음속에 깨닫고 다시
용기를 내어 뛰쳐나갔다.

　그래서 아폴론은 우선 리키아 군을 지휘하는 대장들을 독려하고, 종
횡무진으로 뛰어다니면서 사르페돈의 시신을 지켜 분전하라고 일렀다.
그리고는 트로이 군의 진영으로 성큼 다가가 판도스의 아들 폴리다마스,
용맹스런 아게노르, 아이네이아스, 그리고 청동 갑옷으로 무장한 헥토르
곁으로 가 다급히 말했다.

"헥토르여, 이제는 참으로 동맹군을 완전히 잊었는가. 아예 그대는 방어조차 하지 않고 있으니 말이다. 리키아 군의 총대장 사르페돈도 방금 쓰러졌다. 군신 아레스가 청동 창으로 파트로클로스로 하여금 죽이게 한 것이다. 그러니 모두 전우로서 그 옆에 지켜 서서 가슴속에 분노를 불사르며 뮈르미돈 군 따위가 갑옷을 벗겨 시신을 욕보이지 못하도록 엄호해다오." 하고 말하니 트로이 사람들은 모두 비탄에 빠져 몸을 부르르 떨었다.

그들은 다나오이 군을 향해 곧장 돌진해 들어갔다. 사르페돈의 죽음에 분노한 헥토르가 선두에 섰으며, 아카이아 군에서는 파트로클로스가 군사들을 독려하여 한껏 의기양양한 두 아이아스를 앞지르며 말했다.

"두 아이아스여, 그대들은 지금이야말로 심기일전하여 방어에 힘써 주오. 지금 여기 아카이아 측의 방벽을 처음으로 타고 넘어온 자가 죽어 있다. 그는 다름 아닌 사르페돈이다. 그러니 자, 치욕을 안겨주기 위해 갑옷을 벗기도록 하자. 그리고 누구든 간에 이 시체를 지켜 대항하는 자에게는 청동 날로 사정없이 베어버리자."

이렇게 말하자 모두 달려 나와 방어에 혼신을 다했다. 이처럼 양쪽 군사들이 각기 대오를 정비하여 한쪽에서는 트로이 군과 리키아 군, 다른 한쪽에서는 뮈르미돈 군과 아카이아 군이 이미 목숨이 끊어진 시체를 둘러싸고 혈전을 벌이려고 서로 돌격하니 전사들의 갑옷과 투구가 부딪쳐 요란한 소리가 사방에서 울려 퍼졌다. 때마침 제우스가 피 튀기는 결전장에 지긋지긋한 밤의 그늘을 펼쳐 뒤덮었다.

우선 트로이 군이 재빨리 아카이아 군을 반격했다. 뮈르미돈 군에서 아가클레스(Agacles)의 아들인 용맹스런 무사 에페이게우스(Epeigeus)가 넘어졌기 때문이다. 즉 그가 사르페돈의 시신에 손을 대려 하는 것을 헥토르가 그를 겨냥해 돌덩이를 집어 던졌는데, 단단한 투구 안에서 두개골이 박살나 고통을 참지 못해 그만 사르페돈의 시체 위에 엎어져 버렸다. 그리하여 잔인한 죽음의 그늘이 그의 몸뚱이 주위로 서서히 내려앉았다.

파트로클로스가 쓰러진 전우 때문에 비통함을 진정시킬 수가 없어 곧장 선두진영 사이를 빠져나와 달려 나갔다. 그리고 느닷없이 이타이메네스(Ithaemenes)의 아들 스테넬라오스(Sthenelaus)의 목덜미를 돌덩이로 후려쳐 목 줄기를 뿌리째 꺾어 버리자 트로이 편의 전위부대와 헥토르는 그 기세에 눌려 창이 날아오지 못할 거리까지 물러섰다.

그때 마침 글라우코스는 방패를 든 리키아 군의 대장인 바티클레스(Bathycles)를 무찔렀는데, 이자는 칼콘(Chalcon)의 아들이었다. 그가 자기 뒤에 쫓아와 덮치려는 것을 글라우코스가 갑자기 되돌아서서 가슴을 창으로 찌른 것이다. 그리하여 그가 요란스럽게 넘어지니 훌륭한 용사를 잃은 아카이아 군은 비탄에 잠겼다. 한편 트로이 군은 크게 기뻐하면서 쓰러진 사나이의 주위에 빙 둘러서니 아카이아 측도 용감함을 잊지 않고 그들을 향해 맹렬히 달려들었다.

이번에는 또 메리오네스가 트로이 측 무사인 오네토르(Onetor)의 용감한 아들 라오고노스(Laogonus)를 쓰러뜨렸다. 창으로 그의 귀밑과 턱 사이를 찌르니 순식간에 손발이 늘어지고, 그의 몸뚱이에는 지긋지긋한 죽음의 운명이 내리덮였다. 한편 아이네이아스가 메리오네스를 겨누어 청동 창을 던져 그가 방패에 몸을 가린 채 성큼성큼 걸어오는 것을 공격하려 했으나 이쪽에서 미리 눈치채고 날아오는 청동 창을 피해 버렸다. 그래서 머리끝까지 화가 치밀어 오른 아이네이아스가 소리 높여 말했다.

"메리오네스여, 아무리 춤을 잘 추는 그대라 할지라도, 내 창에 맞았더라면 두 번 다시 움직이지 못하게 됐을 텐데.”

한편 제우스는 이 격렬한 전투장에서 결코 다른 곳으로 눈을 돌리지 않고 줄곧 사람들을 지켜보면서 골똘히 생각에 잠겨 있었다. 즉 영예에 빛나는 헥토르로 하여금 당장 파트로클로스를 청동 칼로 베어 죽여 갑옷을 벗기게 할까, 아니면 아직 더 많은 무사들에게 쓰라리고 절박한 싸움을 계속 붙여 주었다가 죽일까 하고 이런저런 궁리를 하다 마침내 이것이 상책이라고 결론을 내렸다. 아킬레우스의 용맹스런 수행무사 파트로클로스가 영예도 드높은 헥토르와 트로이 군을 일리오스의 성까지 다시 한 번 밀고 들어가 많은 무사들을 죽음으로 몰아넣게 하는 일이었다.

그래서 우선 헥토르의 마음속에 두려움을 불어 넣었다.

그러자 헥토르는 전차의 대좌 위로 올라가 말머리를 퇴각하는 쪽으로 돌리고 다른 트로이 병사들에게도 계속 퇴각하라고 명했다. 이것은 그가 거룩한 제우스의 저울과 신의 계책을 판단했기 때문이다.

이때는 이미 무용이 뛰어난 리키아 부대도 더 버텨내지 못하고 전원 후퇴하기 시작했다. 왜냐하면 주군이 가슴이 부서진 채 첩첩이 쌓인 시체더미 속에 쓰러져 있는 것을 보았기 때문이다. 그것은 제우스 신이 전투를 격렬하게 전개시켰을 때 사르페돈의 시신 위에 많은 자들이 쓰러져 쌓인 것이었다.

그래서 모두 몰려들어 사르페돈의 어깨에서 청동 갑옷을 벗겨 이를 배로 옮기도록 파트로클로스가 전우들에게 말했다. 그때 마침 구름을 모으는 제우스 신이 아폴론을 향해 말했다.

“포이보스여, 그대는 지금부터 창과 화살이 미치지 않는 곳으로 사르페돈을 옮긴 뒤 강물에 담가서 검게 말라붙은 피를 씻어내도록 하라. 그리고 썩지 않는 옷을 입히고 선향을 몸에 발라 화살처럼 빠른 ‘잠’과 ‘죽음의 쌍둥이 신으로 하여금 함께 운구하도록 하라. 그러면 순식간에 두 신은 그를 광활한 리키아 왕국의 비옥한 곳으로 옮겨 놓을 것이다. 거기서 형제들과 친척들이 시신에 약을 발라 봉분하고 묘비를 세워 장례를 치러줄 것이다. 그것이 죽은 사람에 대한 가장 영광된 의식이니까."

그러자 아폴론 신은 기꺼이 아버지 신의 말에 복종할 따름이었다.

한편 파트로클로스는 말과 아우토메돈을 독려하여 트로이 군과 리키아 부대를 추격했는데, 그만 분별없이 감행하여 커다란 실책을 저지르고 말았다. 만일 아킬레우스가 당부한 부탁에 귀 기울였다면 불행한 죽음의 운명을 피할 수 있었을 것이다. 하지만 제우스의 뜻은 어떤 경우에라도 인간들의 생각을 훨씬 앞질렀다.

이때 처음 죽인 자는 누구였으며 그리고 맨 마지막으로 쓰러뜨린 자는 누구였던가. 파트로클로스여, 신들이 마침내 그대에게 죽음의 손짓을 했으니, 먼저 아드레스토스(Adrestus)를 죽이고, 이어 아우토노스(Autonous)와 에케클로스(Echeclus), 다음에 메가스(Megas)의 아들 페리모스(Perimus)와 에피스토르(Epistor), 멜라니포스(Melanippus)를 죽인 뒤, 엘라소스(Elasus), 물리오스(Mulius), 필라르테스(Pylartes) 등이 연이어 죽자 다른 자들은 모두 서로 달아나려고 허둥지둥했다.

어쩌면 이때 아카이아의 아들들이 높이 치솟은 트로이 성을 점령할 수 있었을는지도 모른다. 그토록 파트로클로스는 창을 거머잡고 휘두르며 열심히 싸웠던 것이다. 그런데 포이보스 아폴론이 견고하게 축조된 성문 다락 위에 버티고 서서 파트로클로스에게 재난을 주며 트로이 측을 도와주었기 때문에 그런 결과는 오지 않았다. 파트로클로스가 높이 솟은 성벽 모퉁이를 세 번이나 기어 올라갔으나 아폴론 신은 그때마다 불사의 손으로 번쩍이는 파트로클로스의 방패를 쳐서 그의 몸을 밀쳐 내었는데, 마침내 네 번째로 신과 견줄 만한 기세로 그가 도전하자 신은 그를 준엄하게 꾸짖었다.

"제우스의 후예인 파트로클로스여, 물러가라. 아직도 그대의 창으로써 의기 드높은 트로이 인들의 도성이 쉽사리 공략될 운명에 있지는 않다. 아니, 그대보다 무용이 뛰어난 아킬레우스라도 함락하지 못한다."

그러자 파트로클로스는 저만큼 뒤로 물러나지 않을 수 없었다.

한편 헥토르는 다른 다나오이 무사들은 안중에도 없이 오직 파트로클로스만을 목표로 맹렬한 기세로 말을 몰았다. 파트로클로스도 전차에서 뛰어내려 왼손으로 창을 거머쥐고 오른손에는 뾰족하게 모가 진 커다란 돌덩이를 움켜쥐고는 두 다리를 꿋꿋이 버티더니 힘껏 던졌다. 던진 돌이 헥토르의 말고삐를 잡은 프리아모스의 첩의 아들 케브리오네스의 이마 한가운데에 명중했다. 그러자 그의 미간 사이가 짓이겨져 뼈가 박살나며 두 눈알이 튀어나와 바로 그의 발밑 땅바닥에 떨어졌다. 그러고는 곡예사처럼 차대에서 곤두박질치니 목숨은 이미 끊어졌다. 파트로클로스는 케브리오네스를 향해 맹렬한 기세로 달려갔다.

그런데 헥토르도 마침 전차에서 뛰어내렸으므로 두 사람은 케브리오네스를 가운데 두고 인정사정없이 청동 무기로 서로의 살을 찢으려고 기를 쓰고 달려들었다. 헥토르가 이쪽에서 머리를 움켜잡고 다시는 놓지 않으려고 안간힘을 쓰면 파트로클로스는 저쪽에서 그의 다리를 잡아당겼다. 다나오이 군과 트로이 군도 사생결단을 내려는 듯 격렬한 전투를 벌였다.

그리하여 양군은 그의 시체를 둘러싸고 마주 덤벼 찌르고 죽이고 하니 그 어느 쪽도 불행한 패배를 신경 쓰지 않았다.

그렇게 양군이 시체를 둘러싸고 싸우는 동안에 케브리오네스 주위에는 예리한 창들이 무수히 꽂혀지고 날개 달린 화살이 연이어 날았으며 방패에는 돌덩어리가 무수히 날아와 부딪혀 떨어졌다. 그때 이 격렬한 전투에서 쓰러진 사람의 수는 이루 헤아릴 수조차 없었다.

이윽고 정해진 운명을 넘어 아카이아 측이 우세해지기 시작하자 그들은 케브리오네스를 빗발치는 화살과 창들 사이에서 끌어내어 트로이 군사들이 보는 가운데 그의 어깨에서 갑옷을 벗겨냈으며, 파트로클로스는 더욱더 트로이 측에 재앙을 안겨주려고 계속 쳐들어갔다. 그리하여 우레 같은 함성을 세 번이나 질러대면서 민첩한 아레스 못지않은 기세로 덤벼들어 아홉 명의 무사들을 세 번씩이나 쓰러뜨렸는데, 그래도 만족하지 않고 다시 한 번 맹렬한 기세로 돌진해 나갈 바로 그때, 파트로클로스의 운명은 이미 종말을 고하고 있었다.

왜냐하면 포이보스 아폴론 신이 격전 속을 헤치고 파트로클로스를 만나러 갔기 때문이다. 그러나 아무도 그것을 눈치챈 사람은 없었다. 이윽고 파트로클로스의 옆에 선 포이보스 아폴론은 그의 등과 두 어깨를 손바닥으로 탁 내리치니 사방이 어지러웠으며, 이어 투구를 후려치니 네 뿔 달린 투구가 말들의 발굽 사이로 덜거덕거리며 굴러가 투구의 술과 털은 피와 먼지로 뒤범벅이 되어버렸다. 그것은 아킬레우스의 머리와 수려한 이마를 지키고 있던 것이었다. 이때 그것을 제우스가 헥토르에게 넘겨주어 그의 머리에 씌운 것은 헥토르에게도 파멸의 시기가 도래할 운명이었기 때문이었다.

그리고 파트로클로스의 손에서 창이 부러지고 방패와 손잡이 가죽 끈까지 땅에 떨어졌다. 또 아폴론 신이 가슴받이마저 벗겨버리자, 파트로클로스는 정신이 혼미해져 팔다리가 맥없이 축 늘어지고 넋이 빠져 멍하니 서 있었다. 이때 그의 등 뒤에서 예리한 창을 들고 그의 어깨 한복판을 겨눈 것은 다르다노이 족의 무사이자 판토스의 아들인 에우포르보스 (Euphorbus)였다. 그는 같은 또래 중에서도 무술이 가장 뛰어난 자였다.

에우포르보스가 먼저 파트로클로스를 향해 창을 날렸으나 단번에 쓰러뜨리지는 못했다. 파트로클로스는 아폴론 신에게 맞아 타격을 입자 죽음의 운명에서 모면하려고 전우들 곁으로 물러가려 했다.

그러나 헥토르가 물러나려는 파트로클로스를 보고 진영을 뚫고 내달아 그의 바로 옆에까지 가서 청동 창날로 아랫배를 내리찍었다. 그러자 그는 큰 소리로 울부짖으며 쓰러져 아카이아 측 무사들을 더없이 비통하게 만들었다.

헥토르가 우쭐하여 그를 향해 소리쳤다.

"파트로클로스여, 그대는 분명히 우리의 성을 무너뜨리고 트로이 여자들에게는 자유의 나날을 강탈해 배에 태운 다음 그리운 고향으로 데려가겠다고 큰소리쳤던 모양이나 어리석은 이야기다. 이 자리에서 그대는 털 벗겨진 매의 밥이 되겠지. 참 안됐구나. 언제나 무용을 잊지 않는 아킬레우스조차 그대를 구해주지 못하다니 말이다."

그러자 금방 숨을 거둘 듯이 파트로클로스가 비틀거리며 말했다.

"헥토르여, 이제 마음껏 자랑하라. 그대에게 승리를 안겨준 것은 크로노스의 아들 제우스와 아폴론 신이다. 그래서 쉽게 나를 쓰러뜨릴 수 있었던 것이다. 두 신이 손수 내 어깨에서 갑옷을 벗겼다. 그러니 나를 죽인 것은, 저주받은 운명과 레토의 아들인 신과 인간으로는 에우포르보스이니 그대는 겨우 세 번째 하수인이 되는 셈이다. 그러나 분명히 한 가지 말해 둘 것은 그대도 분명 오래 살지는 못할 것이라는 점이다. 눈앞에 바로 용서 없는 운명의 날이 다가와 있다는 것이다. 아이아코스의 후예 아킬레우스의 손에 의해 그대는 죽어 넘어지리라."

말을 마친 그의 얼굴에는 종말의 어두운 그림자가 완전히 퍼졌다.

"파트로클로스여, 어찌하여 절박한 파멸 따위를 예언하는가. 그 머릿결도 아름다운 테티스의 아들 아킬레우스가 나보다 먼저 이 창에 찔려 목숨을 잃게 될지 그 누가 알겠는가."

이렇게 발악을 하며 그는 시체를 밟고 상처에서 청동 창을 뽑았다. 그리고 창으로 시체를 굴려버렸다. 그러고는 곧장 창을 거머쥐고 아우토메돈을 쫓아갔다. 그러나 그는 펠레우스 신이 보낸 불사의 준마들이 이미 멀리 데려가고 없었다.

제 17 권

메넬라오스의 분투

한편 판토스의 아들 에우포르보스도 그 용맹스런 파트로클로스가 쓰러진 것을 그냥 두지 않고 그 옆으로 달려와 메넬라오스에게 말했다.

"아트레우스의 아들 메넬라오스여, 제우스의 보호를 받는 그대는 병사들의 우두머리이긴 하지만 시체는 그냥 두고 물러가라. 트로이 군 가운데 이름을 떨친 전우들 중 격전을 벌이는 동안에 나보다 먼저 파트로클로스에게 창을 던진 자는 없다. 그러니 훌륭한 공훈을 세우려는 나를 방해하지 말라. 그대마저 쓰러져 달콤한 목숨을 빼앗기지 않도록 말이야."

이 말에 금발의 메넬라오스가 기분이 상해서 말했다.

"맙소사, 분수를 모르고 큰소리치다니 괘씸하기 짝이 없도다. 실로 표범이나 사자도 이처럼 우쭐거리지는 않을 것이다. 하지만 그토록 우쭐댄다 해도 나한테 덤벼든다면, 당장 한 창에 쳐 없애주겠다. 그러니 괜히 나에게 무기를 겨누어 공연한 재앙을 입지 말고 당장 물러가서 사람들 틈에 숨거라. 당하고 난 뒤 깨닫는 자야말로 가장 어리석은 인간이니라."

그러자 상대가 대답했다.

"제우스의 옹호를 받는 메넬라오스여, 지금이야말로 조금 전에 그대가 죽인 내 형의 원수를 갚을 때다. 이렇게 된 이상 한바탕 무술을 겨루지 않고서는 헤어질 수가 없구나. 사생결단을 내기 전에는 물러나지 않겠다."

에우포르보스가 이렇게 말하고 창을 들어 상대의 방패를 내리쩍었지만 청동 창은 이를 꿰뚫지 못하고 예리한 창날만 방패에 꽂혀 휘어버렸다. 한 발 늦게 다가선 아트레우스의 아들 메넬라오스는 제우스 아버지 신에게 기도를 올리면서 뒷걸음치는 상대의 목젖 아래로 창끝을 깊숙이 찔러넣은 뒤 무거운 팔에 몸을 의지하고 온몸으로 눌러댔다. 예리한 날이 부드러운 목덜미를 관통하여 반대쪽으로 뚫고 나왔으므로 요란스럽게 덜거덕거리고 울리며 상대는 쓰러졌다. 이처럼 메넬라오스는 견고한 물푸레나무 창을 든 판토스의 아들 에우포르보스를 쓰러뜨리고 그의 갑옷을 벗겨냈다.

이렇듯 사나운 기세에 트로이 군사들은 공포에 질려 감히 메넬라오스에게 덤벼들지 못했다. 이때 포이보스 아폴론이 훼방을 놓지 않았더라면 메넬라오스는 에우포르보스의 갑옷을 손쉽게 빼앗아 올 수 있었을지도 모른다. 아폴론은 날렵한 군신 아레스를 닮은 키코네스 부대(the Cicons)의 대장 멘테스(Mentes)의 모습을 빌려 헥토르 옆에 나타나 그가 일어서게끔 했던 것이다. 헥토르를 향해 그는 우렁찬 목소리로 말했다.

"헥토르여, 그대는 지금 용감한 아이아코스의 후예 아트레우스의 말과 같은 손이 닿지 않는 곳을 쫓고 있구나. 아트레우스는 불사의 여신이 낳은 자식이라 그 이외에는 목숨이 끊어져야 할 인간에게는 저 말들은 도저히 길들일 수도 전차에 맬 수도 없을 것이다. 그런데 메넬라오스가 그 사이에 파트로클로스의 시체를 지키면서 트로이 군의 최고 용사 에우포르보스를 죽여버렸다."

그러고는 무사들이 싸우고 있는 곳으로 다시 들어가 버렸다.

한편 고뇌에 휩싸여 속이 새까맣게 타들어간 헥토르는 각 부대가 서로 싸우고 있는 곳을 바라보았다. 그러자 이내 한 명은 갑옷을 벗기고, 또 한 명은 땅바닥에 쓰러져 있는 것이 눈에 띄었다. 그것을 본 헥토르가 곧장 선두대열 사이를 헤치고 불의 신 헤파이스토스의 도저히 끌 수 없는 불꽃을 방불케 하는 기세로 돌진해나갔다.

하지만 아트레우스의 아들 메넬라오스가 이를 눈치채지 못할 까닭이 없었다. 그는 목이 메어 입 속으로 중얼거렸다.

"여기서 내가 파트로클로스를 그냥 두고 간다면 다나오이 측이든 누구든 나를 괘씸한 놈이라고 욕할 것이다. 더군다나 그는 내 원수를 갚으려다 쓰러졌으니 말이다. 하지만 그것을 수치스럽게 여긴 나머지 혼자서 헥토르나 트로이 군과 싸운다면 결국 포위되고 말 것이니 정녕 그를 위한 일은 아니다. 본래 헥토르는 신의 힘을 믿고 싸우는 자이므로 일단 물러났다가 아이아스를 만나면 둘이 함께 다시 싸우기로 하자. 이것이 설령 신의 뜻을 어기는 일일지라도 펠레우스의 아들 아킬레우스를 위해, 그리고 이 파트로클로스의 시신을 회수하기 위해서는 불가피한 일인지도 모른다. 이것이 재난을 당한 가운데서도 가장 옳은 방책일 것 같다."

이런저런 생각에 골똘해 있을 때 벌써 트로이 군의 몇몇 대오들이 접근해 왔다. 물론 선두는 헥토르가 지휘했다. 그래서 이쪽도 부득이 파트로클로스의 시체를 그냥 두고 후퇴하지 않을 수 없었다.

금발의 메넬라오스는 전우들이 몰려 있는 곳으로 돌아오자 큰 아이아스를 찾으려고 사방을 두리번거렸다. 그러자 큰 아이아스가 대오의 왼쪽에서 전우들을 싸움으로 몰아세우며 격려하는 모습이 금방 눈에 들어왔다. 그것도 포이보스 아폴론 신이 신력(神力)으로 아카이아 군의 모든 병사들에게 공포심을 불어넣었기 때문이다. 그래서 그에게 달려가 말을 건넸다.

"아이아스여, 이쪽으로 오라. 전사한 파트로클로스를 지켜내자. 그나마 아킬레우스에게 시체라도 돌려주도록 하자. 지금 헥토르가 그의 갑옷을 차지하고 있다."

이렇게 메넬라오스가 아이아스의 분노에 불을 붙이자 그는 곧바로 선두대열 사이를 헤치고 나갔고, 메넬라오스도 그의 뒤를 따랐다.

한편 파트로클로스의 빛나는 갑옷을 탈취한 헥토르는 이번에는 예리한 청동 칼로 그의 목을 자르고 시체를 끌어 올렸다. 그때 아이아스가 커다란 방패를 들고 달려들자 헥토르는 뒤로 물러나 전차의 대좌에 뛰어오르며 트로이 군사들에게 그 훌륭한 갑옷을 자신의 커다란 영광으로 삼기 위해 일리오스 성으로 가져가라고 명했다.

아이아스는 메노이티오스의 아들 파트로클로스의 시신을 커다란 방패로 가리며 떡 버티고 섰다. 그리고 그 건너편에는 아트레우스의 아들 메넬라오스가 더욱 비통해진 가슴을 억지로 진정시키며 막고 서 있었다.

때마침 리키아에서 온 무사들의 우두머리 글라우코스는 헥토르를 쏘아보며 격앙된 어조로 꾸짖었다.

"헥토르여, 그대는 겉으로 아주 훌륭해 보이나 그래도 전술에서는 몹시 서투르오. 겁쟁이인 그대는 용케도 그런 명예를 차지하고 있소. 하지만 이제부터는 일리오스에서 태어난 자들만의 힘으로 성을 지켜낼지를 생각하는 게 좋을 것이오. 리키아 군사들은 이제 이 성을 지키기 위해 적들과 싸우지 않을 것이오. 지금까지 적들과 싸워봤자 고마워하지도 않았으니 말이오.

그대는 어떻게 사르페돈보다 못한 무사들을 지켜줄 수 있으리오. 그대와 오랫동안 사귀어 온 전우인 사르페돈마저 아르고스 군의 밥으로 만들고, 붙잡혀서 실컷 욕을 보도록 팽개쳐 버리고 오다니 그대는 정녕 무정한 사나이로다. 실로 지금 트로이 군이 끄떡하지 않을 대담한 용기만 갖고 있다면 좋을 텐데. 그러면 당장 파트로클로스의 시체를 일리오스 성 안으로 끌고 갈 수도 있을 것이오. 그래서 비록 시체라 하더라도 양군의 격전 사이에서 끌어내어 프리아모스 왕의 커다란 도시에 갖다 놓는다면, 아마도 아르고스 측은 당장에 사르페돈의 훌륭한 갑옷을 반환해 올 것이고, 어쩌면 시체까지도 일리오스로 운구해 올지도 모르오. 죽은 자는 위대한 아킬레우스의 수행무사가 아니던가. 그런데 그대는 아이아스와 정면으로 맞붙어 상대의 눈을 똑바로 쳐다볼 용기도 없고, 싸움을 피하려고 했소. 그것은 상대가 그대보다 무술이 뛰어나기 때문이오."

이렇게 말하자 헥토르가 화를 내며 이에 맞섰다.

"글라우코스여, 리키아에 사는 자들 중에서 가장 분별 있는 인간이라 여겼던 그대가 어떻게 그런 망언을 할 수 있단 말인가. 비록 아이아스가 위대하다고 해도 내가 그와 견주지 못할 것이라니. 여태껏 나는 전차의 요란한 소리를 듣고 싸움에서 결코 떨어 본 적이 없다. 아무튼 그대는 내 곁에 지켜 서서 나의 무용이라도 구경하게나. 과연 그대의 말처럼 내가 줄곧 겁에만 질려 있는지, 아니면 다나오이 군사들 중 가장 뛰어난 자를 죽은 파트로클로스의 방어전에서 격퇴시키는가 어떤가를 말이다."

말을 마치고 그는 우렁찬 목소리로 트로이 군사들을 향해 추상같은 명령을 내렸다.

"트로이 군도, 리키아 부대도, 그리고 가까이에 접근해서 싸우는 다르다노이 족들도 모두 용감하게 싸우라. 지금 내가 파트로클로스를 죽이고 탈취한 아킬레우스의 갑옷을 입고 올 테니까 말이다."

이렇게 소리치고 번쩍이는 투구를 쓴 헥토르는 격전의 자리에서 곧장 내달아 조금 전에 출발한 그 부대를 쫓아갔다. 이 사람들은 펠레우스의 아들 아킬레우스의 유명한 갑옷을 성 안으로 운반해 가는 중이었다. 그것이 출발한 지 불과 얼마 되지 않았으므로 쏜살같이 뒤쫓아 가니 쉽게 따라붙을 수 있었다. 피바다를 이룬 전장으로부터 멀리 떨어진 곳에서 그는 갑옷을 갈아입고 지금까지 걸치고 있던 자기 것은 거룩한 일리오스로 가져가도록 트로이 병사들에게 넘겨 주었다.

한편 헥토르의 이런 거동을 내려다보던 제우스 신은 신성한 펠레우스의 아들이 입던 갑옷을 걸친 모습을 보고 고개를 가로저으며 혼자 중얼거렸다.

"정말 안타까운 일이로다. 바로 눈앞에 다가오고 있는 죽음의 운명을 전혀 깨닫지 못하고 있구나. 일단 그대에게 큰 힘을 내려주마. 그 보상으로 그대는 전장에서 다시는 그리운 고향으로 돌아가지 못할 것이고, 그대의 아내 안드로마케가 그대에게서 펠레우스의 아들이 입던 유명한 갑옷을 받는 일도 영영 없을 것이다."

이렇게 말하고 눈썹이 시커먼 크로노스의 아들 제우스가 고개를 내저었다. 그 갑옷은 헥토르의 몸에 딱 맞았으며 그의 몸에 무서운 군신 아레스가 옮겨 앉았으므로 그는 사지에 용기와 힘이 넘쳐 동맹군들 사이로 고함을 지르면서 다가갔다. 여러 사람들의 눈에는 그의 모습이 마치 기상도 드높은 펠레우스의 아들 아킬레우스가 빛나는 갑옷을 입고 우뚝 선 듯이 보이기까지 했다. 그는 여러 사람들 앞으로 나가, 특히 메스들레스와 글라우코스, 메돈과 테르실로크스(Thersilochus), 그리고 아스테로파이오스, 데이세노르(Deisenor), 히포토스(Hippothous), 또 포르키스(Phorcys)와 크로미오스(Chromius), 그리고 새 점을 치는 엔노모스(Ennomus) 등을 독려하며 이렇게 외쳤다.

"우리 이웃에 살면서 이 전투에 가세하려고 달려와 준 동맹군들이여, 들으시오. 트로이 인들의 아내들과 어린 자식들을 호전적인 아카이아 군으로부터 진심으로 지켜 줄 것을 원했기 때문에 여러 나라에서 여러분들이 이곳에 온 것이오. 따라서 지금이야말로 여러분들은 혼신을 다 해 싸워야 할 때이다. 그래서 누구든 파트로클로스를 트로이 진영으로 끌고 온다면 전리품의 절반을 주기로 약속하겠소. 그리고 그 공적에 대해서는 나와 똑같이 영광을 누리게 하리라."

그러자 그들은 저마다 창을 높이 쳐들고 다나오이 군을 향해 질풍처럼 돌진해 나갔다. 그들은 모두 아이아스에게서 파트로클로스의 시신을 뺏어오기를 속으로 바라고 있었던 것이다. 하지만 이것은 분별없는 짓이었다. 그의 시체 주위에서 많은 무사들이 목숨을 잃었기 때문이다. 이때 마침 아이아스가 메넬라오스를 향해 소리쳤다.

"제우스의 옹호를 받는 메넬라오스여, 지금 헥토르가 싸움의 구름으로 모든 것을 휘덮고 있어 절박한 파멸이 우리의 눈에도 똑똑히 보이고 있다. 이제 이 싸움터에서 우리 두 사람만이라도 돌아갈 기대를 하지 못하게 되었다. 아무튼 다나오이 군의 무장들에게 한번 소리쳐보자. 과연 누가 들을지 모르겠지만."

이 말을 듣고 있던 메넬라오스가 고개를 끄덕이며 다나오이 군사들 모두에게 들리도록 큰 소리로 외쳤다.

"전우들이여, 들어라. 아르고스 군의 지휘관과 무장들, 또 아트레우스의 아들 아가멤논이나 메넬라오스한테서 거나하게 한잔 얻어 마신 사람들, 제우스 신께서 내려주신 영광을 함께하고 명예로운 지위에 올라 있는 사람들, 지금 나에게는 이런 주요한 사람들을 분간하기가 매우 어렵다. 격렬한 싸움이 한창 진행 중이니까. 그러니 누구든지 자진해서 이리와 주거라. 트로이의 개들이 지금 죽은 파트로클로스를 장난감으로 삼으려 하고 있다."

이렇게 말하는 것을 오일레우스의 아들 작은 아이아스가 귀담아 듣고 당장 격전장 속으로 달려갔다. 이어 이도메네우스와 이도메네우스의 수행무사로 군신 에니알리오스(Enyalios; 그리스어로 '아레스를 위하여'라는 뜻으로, 아레스의 별칭으로 쓰인다.)와 비길 만한 메리오네스, 그 밖의 대장들, 그 뒤를 따라 많은 아카이아 무사들이 줄지어 달려왔다.

먼저 트로이 군이 공격을 해왔다. 헥토르를 선두로 기세등등한 트로이 군이 함성을 지르며 진격해 나가면, 아카이아 군도 파트로클로스의 시체 주위에서 혼신을 다해 청동 방패로 울타리를 쌓고 질서정연하게 늘어섰다. 제우스가 이 사람들의 번쩍이는 투구 주위에 두터운 안개구름을 걸쳐놓았다. 이는 파트로클로스가 살아 있었을 때 아이아코스 후예의 수행무사 역할을 하고 있을 동안 한 번도 미움을 산 적이 없었기 때문이다. 그래서 제우스는 트로이 군이 그를 장난감으로 삼으려는 것을 싫어해 그의 전우들이 싸우도록 부추겼던 것이다.

아무튼 처음에는 트로이 군이 눈치 빠른 아카이아 군을 밀어냈다. 그리하여 그들은 시신을 그대로 두고 물러서긴 했으나 트로이 군은 서두르기만 했지 아카이아 군 한 사람도 쳐부수지는 못하고 시체를 끌고 가려고 했다. 하지만 큰 아이아스가 아카이아 군사들이 곧바로 반격하도록 독려했다. 먼저 큰 아이아스가 트로이 군의 대오에 접근해 그들을 손쉽게 쫓아버렸다. 그때까지 그들은 파트로클로스의 시신을 자기네 성으로 끌고 가 공훈을 세우려 했었다.

이를테면 히포토스도 처절한 전투 와중에 파트로클로스의 다리를 잡아끌고 가려고 했다. 하지만 자신에게 곧장 재앙이 닥쳐왔으나 누구도 그를 막아주지 못했다. 큰 아이아스가 혼전 속을 뚫고 재빨리 그의 앞으로 다가와 번쩍이는 창으로 투구를 내리찍은 것이다. 그러자 말총 장식을 한 히포토스의 투구가 창끝에서 산산조각 나서 사방으로 튀었다. 그리하여 뇌장이 피투성이가 되어 창 자루를 타고 솟아나오자 비틀거리면서 잡고 있던 파트로클로스의 다리를 땅바닥에 떨어뜨리고는 자기도 시체 옆에 나란히 쓰러지고 말았다.

이번에는 헥토르가 아이아스를 겨냥하여 번쩍이는 창을 날렸으나 이쪽에서 미리 눈치채고 청동 창날을 간신히 피했지만, 날아간 창은 이피토스의 아들 스케디오스의 어깨 빗장뼈 한복판에 맞았다. 날카로운 청동 창날이 어깨 아래를 꿰뚫고 들어가자, 그는 땅바닥에 나동그라지니 갑옷이 덜거덕거리는 소리가 요란스레 울렸다.

그러나 이번에는 아이아스가 파이놉스(Phaenops)의 용맹한 아들 포르키스의 배 한가운데를 향해 창을 던지자 예리한 청동 창끝에 내장을 쏟아놓으며 흙먼지 속에 쓰러지더니 손바닥으로 흙을 움켜쥐었다. 이 광경에 트로이 군의 선두대열과 헥토르는 뒤로 주춤거렸다. 아르고스의 군사들은 우레 같은 함성을 지르며 포르키스와 히포토스의 시체를 질질 끌고 가 두 어깨에서 갑옷을 벗겼다.

이때 어쩌면 트로이 측은 또다시 아카이아 군대에 겁을 먹고 패주하여 일리오스까지 줄달음질쳐 갔을는지도 모른다. 그러나 아폴론 신이 몸소 달려 나와 아이네이아스를 격려해 주었다. 아폴론은 에피토스(Epytus)의 아들인 전령 페리파스(Periphas)의 모습을 빌려 그에게 일렀다.

"아이네이아스여, 신의 뜻을 어긴다면 아무리 그대들이라고 해도 어찌 일리오스를 방어할 수 있겠소. 그런데 지금 제우스 신께서는 우리보다 다나오이 군에게 승리를 주시려 하고 있습니다. 그런데도 지레 겁을 먹고 도무지 싸울 기색을 보이지 않습니다."

그러자 아이네이아스가 아폴론 신을 한동안 쳐다보고 그인 줄 깨닫고는 헥토르에게 큰 목소리로 외쳤다.

"헥토르여, 그리고 트로이 군사들이여, 동맹군 대장들이여, 이것은 정말 수치스러운 일이다. 우리가 아카이아 군에 겁을 먹고 일리오스로 퇴각이라도 한다면, 방금 어느 분인가 신들 중 한 분이 바로 내 옆에서 제우스 신께서 우리 편을 도와주신다고 말씀하셨다. 그러니 어서 다나오이 군을 향해 진격하자. 저들이 그냥 파트로클로스의 시신을 가져가게 해서는 안 된다."

말을 마치자마자 선두대오의 맨 앞에까지 달려 나가니 다른 군사들도 되돌아와 아카이아 군과 다시 정면으로 대치했다.

이때 아이네이아스는 아리스바스(Arisbas)의 아들 레이오크리토스 (Leiocritus)를 창으로 찔렀다. 그의 죽음을 측은하게 생각한 아레스의 벗 리코메데스(Lycomedes)는 얼른 그 옆으로 가서 거머쥔 창을 던져 양치기 출신 히파소스(Hippasus)의 아들이자 트로이 군의 지휘관인 아피사온(Apisaon)의 명치 밑 간장을 푹 꿰뚫자 그는 그 자리에 털썩 주저앉았다. 그가 쓰러진 것을 보고 아레스의 벗 아스테로파이오스(Asteropaeus)

가 불쌍히 여겨 창을 겨누어 곧장 다나오이 군사들에게 기를 쓰고 달려 들어갔다. 하지만 적은 이미 큰 방패로 사방을 연결시켜 파트로클로스의 주위를 방어하며 창을 겨누고 있어 번쩍이는 창을 한 번도 날려보지 못 했다.

이때 양군은 불꽃 튀기는 접전을 이어나갔다. 대지 위는 온통 시뻘건 피로 물들었다. 그래서 트로이 군이거나 우쭐거리는 동맹군 부대거나, 또 다나오이 군이거나 시체들이 계속 한 자리에 산더미처럼 쌓였다.

아무튼 양측은 파트로클로스의 시신을 두고 부질없이 격렬한 전투를 온종일 계속했다. 모두 시체에 달라붙어 여기저기서 빈틈만 생기면 양쪽 이 서로 질세라 잡아당기곤 했다. 트로이 군사들은 그 시신을 일리오스 로 끌고 가려고 했고, 아카이아 군사들은 자기네 함선으로 운구하려고 저마다 열심히 바라고 있었던 것이다.

이날 제우스 신은 무사들이나 말들이 파트로클로스의 시체를 중심으 로 그 일대에서 악전고투를 벌이게 했다. 그러나 용맹한 아킬레우스는 파 트로클로스의 전사를 전혀 모르고 있었다. 함선에서 멀리 떨어진 트로 이 성벽 아래에서 전투가 벌어졌기 때문이다. 그래서 아킬레우스는 그가 이미 최후를 마쳤다고는 전혀 생각지 못하고, 아직 살아서 성문까지 진 격해 들어갔다가 곧장 돌아올 것으로 생각하고 있었다. 아무리 용맹한 파트로클로스라 하더라도 자기를 제외하고 혼자서 이 성을 함락시킨다 는 것은 꿈에도 생각할 수 없었다.

한편 아우토메돈은 길게 그림자를 만드는 창을 잘 겨누어 던져 아레 토스의 균형이 잘 잡힌 방패를 명중시키니, 창을 못 견딘 방패 안으로 청 동 창날이 들어가 아랫배에 두른 갑옷을 꿰뚫었다. 아레토스는 뒤로 나 자빠지고 내장에 꽂힌 채 날카롭게 흔들거리는 창이 그의 손발을 마비시켰다. 이때 헥토르가 아우토메돈을 향해 번쩍이는 창을 던졌으나 미리 눈치챈 그는 청동 창끝을 교묘히 피해버렸다.

또다시 파트로클로스의 시신 주위에서 처절한 전투가 벌어졌는데, 무자비하고 눈물겨운 그 싸움은 아테나 여신이 일으킨 것이었다. 여신은 자기 모습과 비슷한 포이닉스의 목소리를 빌려 처음으로 아트레우스의 아들 메넬라오스를 독려하며 말을 건넸다.

"메넬라오스여, 아킬레우스의 전우 파트로클로스를 트로이 측 성벽 밑에서 개에게라도 물어 뜯기게 된다면, 정말이지 그대에게는 인간들의 비방과 뒷말이 빗발칠 것이다. 그러니 굳건히 저항하도록 병사들을 격려하라."

그러자 목소리도 우렁찬 메넬라오스가 말했다.

"포이닉스여, 아테나 여신께서 나에게 힘을 주시고 날아오는 무기들의 기세를 꺾어주시면 좋겠습니다. 그러면 저도 파트로클로스의 시신을 곁에서 방어하며 싸울 텐데 말이에요. 그러나 헥토르는 사나운 기세로 여전히 청동 창을 휘둘러 살육을 멈추지 않고 있으니, 그것은 제우스가 그에게 영광을 주시기 위해서입니다."

그러자 아테나 여신은 흡족하여 그의 두 어깨며 양다리에 무서운 힘을 불어넣어 주고 가슴속에는 담력을 심어 주었다. 그리하여 그는 곧장 파트로클로스 곁으로 가서 지켜 서며 번쩍이는 창을 집어 던졌다. 트로이 쪽의 에티온(Eetion)의 아들 포데스(Podes)의 배띠 부근을 겨냥하여 던진 창이 적중하자 그는 요란스레 땅을 울리며 그대로 고꾸라졌다. 메넬라오스는 그 시체를 트로이의 발밑에서 자기 편 쪽으로 끌고 갔다. 때마침 헥토르 바로 곁에 붙어 서 있던 아폴론 신이 말했다.

"헥토르여, 그대가 정말 메넬라오스에게 두려움을 갖게 된다면 더 이상 아카이아 군사들이 그대를 두려워하겠는가. 저 사나이는 예전부터 심약한 사나이로 이름나 있다. 그런데 지금 그자가 트로이 군의 발밑에서 혼자서 시체를 끌고 가버렸다. 그것도 그대의 충실한 벗이며 선진 사이에서도 용사라 일컬어지던 에티온의 아들 포데스를 죽이고 말이다."

그러자 헥토르는 칠흑 같은 비탄에 휩싸여 선두대오 사이를 청동 갑옷을 두른 채 걸어 나갔다. 때마침 크로노스의 아들 제우스가 눈부시게 번쩍이는 산양 가죽 방패를 들고 이데 산정을 구름으로 둘러싸이게 하고 우렁찬 천둥을 울린 것은 산양 가죽 방패를 휘둘러 아카이아 측을 공포속에 몰아넣고 트로이 편에 영광을 안겨 주자는 속셈에서였다.

가장 먼저 두려움에 기가 질려 도주에 앞장 선 것은 보이오티아 인 페넬레오스였다. 그는 어깨에 창을 찔렸기 때문에 자꾸 앞으로 달려갔다. 그것은 폴리다마스가 바로 옆에까지 와서 던진 창날에 입은 상처인데, 스치기만 했으나 뼈까지 긁어 놓은 것이었다. 한편 헥토르는 알렉트리온(Alectryon)의 아들 레이토스(Leitus))의 바로 옆에까지 다가가 창으로 손목을 찔러 그를 도망가게 했다.

마침 그때 이도메네우스는 레이토스 뒤에 헥토르가 접근해 가는 것을 보고 창으로 가슴을 찔렀으나, 끝을 나무에 이은 자리가 부러져 창이 쪼개졌기 때문에 트로이 편 병사들은 일제히 환호성을 터뜨렸다. 그래서 헥토르도 데우칼리온의 아들 이도메네우스가 전차 위에 서 있는 것을 보고 창을 던졌으나 헛되이 날아가 메리오네스의 말을 모는 코이라노스(Coeranus)에게 꽂혔다. 이도메네우스는 처음 두 끝이 휘어 올라간 배를 떠나 걸어서 격전장에 나왔었다. 이때 코이라노스가 빠른 말을 타고 달려오지 않았더라면 트로이 군의 기세가 엄청나게 높아졌을지도 모른다. 그는 이도메네우스에게는 구원의 빛으로 나타나 전차에서 그를 부축해 올림으로써 처참한 최후를 막아주었으나, 무사를 죽이는 헥토르에게 그 자신은 목숨을 잃고 말았다. 창끝이 가지런한 그의 치아를 밖으로 밀어내고 혀 한가운데를 두 동강내자 그는 고삐를 놓치고 차대 아래로 굴러떨어졌다. 그러자 메리오네스가 그 고삐를 집어 들고 이도메네우스에게 말했다.

"자, 채찍질을 계속하여 빨리 배로 돌아갑시다. 이제 아카이아 군대에서 승산이 없다는 것은 그대 자신도 알 수 있을 거요."

이도메네우스는 갈기가 훌륭한 말을 채찍질하여 배를 향해 달렸다. 그의 가슴에는 공포심이 밀려오고 있었다. 그리고 의기양양한 큰 아이아스와 메넬라오스도 이번에는 제우스 신이 상황을 바꾸어 트로이 군에게 승리를 안겨 줄 요량임을 알고는 먼저 텔라몬의 아들 큰 아이아스가 말을 꺼냈다.

"이 어찌된 일인가. 이 정도 되면 아무리 어리석은 인간이더라도 제우스 신이 직접 트로이 편을 들어주고 있다는 사실을 깨닫지 못할 사람이 없을 것이다. 적군의 창은 무용이 뛰어난 자나 그렇지 못한 자나 던지기만 하면 모두 명중해 버리고 만다. 그것이 누가 던진 것이든 간에 제우스 신이 모두 방향을 똑바로 잡아주시고 있다.

그러나 우리가 던진 창은 누구의 것이든 모두 던진 보람도 없이 땅바닥에 떨어지고 말았다. 자, 그러니 우리 스스로 최선책을 모색해 보도록 하자. 가령 이 파트로클로스를 어떻게 옮겨야 할 것인가, 또 우리가 무사히 돌아가 친한 벗들을 즐겁게 해 줄 수 있겠는가 등을 말이다. 그러니 어느 누구든 좋으니 전우의 한 사람이 펠레우스의 아들 아킬레우스에게 즉시 기별하여 주고 돌아오지 않겠는가. 짐작하건대 이 안타까운 상황을 그는 알지 못하고 있는 모양이다. 더없이 친한 친구가 전사했다는 사실을 말이다. 아버지 신이시여, 제발 이 안개 속에서 아카이아의 아들들을 구출해 주시고 하늘이 개도록 해주소서. 비록 우리가 꼭 파멸당해야 한다고 생각하시더라도 빛 속에서 죽도록 해 주소서."

이렇게 말하니 제우스 신도 아이아스가 눈물을 흘리며 기도하는 모습을 가엾게 여겨 당장 구름과 안개를 거두어들이니 태양이 찬란하게 모습을 드러내 격전장을 환하게 비추었다. 그때 메넬라오스를 향해 아이아스가 고개를 돌리며 말했다.

"메넬라오스여, 제우스의 옹호를 받는 그대가 그 네스토르의 아들 안틸로코스가 아직 죽지 않고 살아 있는 모습이 보이는가 어떤가를 잘 둘러봐 주시오. 만약 눈에 띄기라도 한다면 즉시 용맹스런 아킬레우스에게 달려가서 보고하도록 서두르시오. 그의 가장 친한 한 벗이 죽었다고 말이오."

그러자 메넬라오스가 고개를 끄덕이고 지시대로 따랐다. 그래서 메넬레오스는 본의 아니게 파트로클로스를 놓아 둔 채 그 자리를 떠나갔다. 왜냐하면 처참한 패배를 눈앞에 두고 그의 시신을 적군의 밥이 되도록 두고 가버리지 않을까봐 아카이아 군사들이 겁을 냈기 때문이다.

아무튼 메넬라오스는 그를 두고 떠나와 사방을 두리번거리며 살폈다. 반짝이는 눈동자를 굴려 혹시 자기 편 군대 속에 아직도 네스토르의 아들 안틸로코스가 죽지 않고 살아 있나 알아보기 위해서였다. 이윽고 처절한 격전장의 왼쪽에서 전우들을 독려하고 싸움을 독촉하고 있는 그의 모습을 발견한 메넬라오스가 곧장 그의 곁으로 다가가서 말했다.

"안틸로코스여, 이리 와서 안타까운 소식을 들어다오. 제우스 신은 다나오이 군 측에 끝없이 재앙을 던져 트로이 편에 승리를 안겨주려 하고 있다. 게다가 아카이아 군 제일의 용사 파트로클로스가 전사했다. 다나오이 군에 엄청난 파멸이 덮쳐 올 것 같구나. 그러니 당장 그대는 아카이아 군의 배로 달려가 아킬레우스에게 전해다오. 그의 시신을 한시바삐 배로 무사히 운구해가도록 해 달라고 말이다. 그의 갑옷은 헥토르가 차지했다."

이 말을 듣고 안틸로코스는 눈에 눈물이 글썽해지고 가슴이 메어 한참 동안 말문을 열지 못했다. 그래도 역시 메넬라오스의 지시를 소홀히 하지 않고 곧장 걸음을 재촉하여 펠레우스의 아들 아킬레우스에게 비보를 전하러 달려갔다. 아킬레우스에게 달려가는 도중에도 눈물이 하염없이 흘러내려 그의 두 볼을 흥건히 적셨다.

한편 메넬라오스는 제우스의 옹호를 받으면서도 공격을 당해 고통스러워하는 전우들을 보호하는 데 도무지 흥이 나지 않았다. 안틸로코스마저 가버렸으므로 필로스 부대는 너무 불리해진 처지에 놓여 구원을 요청하고 있었다.

그래서 메넬라오스는 고귀한 트라시메데스(Thrasymedes)를 필로스 부대에 가세하도록 보내고 자신은 다시 파트로클로스의 시신 옆으로 돌아가서 두 아이아스에게 말했다.

"안틸로코스에게 아킬레우스를 찾아가 소식을 전하고 오도록 재빠른 배로 보내고 왔다. 그렇지만 지금 당장 뒤쫓아오리라고는 생각하지 않는다. 헥토르에게 분노와 원한을 불태우고 있다 하더라도 무장하지 않고서는 트로이 군과 대적할 수 없기 때문이다. 그러니 우리만이라도 최선책을 강구하지 않으면 안 된다. 어떻게 해야 이 시신을 무사히 운구해 갈 것인가, 또 어떻게 하면 트로이 군의 공격에서 우리 자신을 죽음의 운명으로부터 구할 수 있을지를 말이다."

텔라몬의 아들 큰 아이아스가 대답했다.

"이름도 드높은 메넬라오스여, 그대의 이야기는 모두 일리가 있다. 그러면 그대가 지금 메리오네스와 함께 이 시신을 얼른 들어 올려 어깨에 메고, 전투 속을 헤치고 운구해 나가다오. 그러면 우리 두 사람은 헥토르와 트로이 군사들을 방어해 뒤쫓아 가마. 이름도 같고 각오도 같으며, 전부터 격렬한 전투에서 서로 의지하며 버티어 온 우리 두 아이아스가 아닌가."

그러자 두 사람이 시체를 안아 올려 어깨에 짊어지고 걸음을 옮겼다. 이를 본 트로이 병사들은 뒤쪽에서 일제히 함성을 지르며 사냥개처럼 떼를 지어 달려들었다.

그리하여 칼이며 창이며 가릴 것 없이 마구 휘두르고 찔러대며 한참 동안 뒤를 쫓아갔으나, 이윽고 두 아이아스가 돌아서서 그들에게 포위된 채 사나운 기세로 떡 버티고 서자 추적하던 병사들은 그만 새파랗게 기가 질려 더 이상 달려들지 못했다.

이와 같이 네 사람은 가운데가 깊숙한 배 있는 곳까지 간신히 시체를 운구해 왔다. 그동안 양군 사이에는 전투가 계속 벌어지고 있었는데, 그 격렬함이란 마치 들판이 온통 화염에 휩싸이는 듯했다. 그 틈에 두 아이아스는 후진에서 계속 트로이 측의 공격을 방어해 나갔으나 적들도 끈질기게 떼를 지어 뒤쫓아 왔다. 그 가운데서도 두 사람의 대장 앙키세스의 아들 아이네이아스와 헥토르가 공격해대는 바람에, 지레 겁을 집어먹은 아카이아의 젊은 군사들은 아우성을 치며 도주하고 전의를 완전히 상실해버리고 말았다.

그리하여 다나오이의 군사들이 퇴각하는 동안 훌륭한 갑옷과 투구, 방패 등이 참호 근처에 수없이 내팽개쳐지고 싸움도 그칠 겨를이 없었다.

제 18 권

오열하는 아킬레우스

"도대체 어찌 된 일일까. 왜 또다시 아카이아 군사들이 들판을 가로질러 배를 향해 허겁지겁 달아나고 있단 말인가. 언젠가 어머님께서 내게 모두 말씀해 주신 일이다. 내가 살아 있는 동안 뮈르미돈 족 중에서 으뜸가는 용사가 트로이 군사들에 의해 빛을 잃게 될 것이라더니. 그럼 파트로클로스가 쓰러졌단 말인가. 그토록 단단히 일러 놓았는데, 정말 감당할 수 없는 녀석이로다. 활활 타오르는 불길을 잡거든 절대로 헥토르와 싸우지 말고 곧장 이곳으로 오라고 그만큼 일러두었는데도." 하면서 이런저런 생각에 잠겨 있는데, 마침 네스토르의 아들 안틸로코스가 바로 옆에 다가와 눈물을 흘리며 파트로클로스가 전사한 사실과, 그 시신을 서로 차지하려고 양쪽 군사들이 치열하게 전투를 벌이고 있으며, 갑옷을 헥토르가 걸치고 있다는 등의 비보를 낱낱이 고했다.

안틸로코스의 말이 끝나자 아킬레우스는 느닷없이 새카만 재를 두 손으로 움켜쥐더니 머리에 뿌려 수려한 얼굴을 더럽히고 신성하고 향기롭던 속옷도 재투성이로 만들어 버렸다. 그래도 분함이 가시지 않는지 거대한 자기 몸w을 모래더미에 내던져 뒹굴고 머리카락을 잡아 뜯으며 오열을 터뜨렸다. 그의 얼굴은 온통 눈물과 흙먼지로 뒤범벅이 되었고 그의 몸뚱이는 슬픔을 금치 못해 거센 파도처럼 출렁이고 있었다. 그러고는 비통한 마음에 목 놓아 울부짖으니, 그 소리가 깊숙한 바다 밑 동굴속에서 늙은 해신인 아버지 펠레우스를 모시고 있던 어머니 테티스 여신의 귀에까지 들렸다.

아들의 울음소리를 들은 테티스 여신이 갑자기 울음을 터뜨리자 자매들인 '바다의 요정' 네레이드들(Nereides, '바다의 신' 네레우스Nereus의 딸들로, 50명이라고 한다. 단수는 Nereid; 해왕성의 제2위성이기도 하다.)이 그녀의 주위로 몰려들어 같이 슬퍼해 주었다. 한바탕 한탄을 늘어놓은 테티스가 곧장 동굴을 나오자 네레이드들이 바다 물결을 갈라 길을 열어 주었다. 마침내 트로이에 도착한 그녀는 뮈르미돈 족의 배들이 정박해 있는 바닷가로 올라갔다.

이윽고 배들 가운데서 아직도 탄식하며 신음을 계속하고 있는 아들 아킬레우스 곁으로 다가간 그녀는 별안간 그의 머리를 가슴에 끌어안고 통곡하며 울먹이는 목소리로 말했다.

"아들아, 어찌하여 울고 있느냐. 네 가슴에 무슨 비탄이 덮쳤는지 모두 숨김없이 말해다오. 지난번에 네가 두 손을 처들고 기도한 대로 완전히 제우스 님이 이루어주지 않았느냐. 오직 네가 없기 때문에 아카이아 군세가 모두 이 물에 갇혀 비참한 꼴이 되었느니라."

몹시 흐느끼던 아킬레우스가 말했다.

"어머님, 과연 그것은 지금 말씀하신 대로 올림포스에 계시는 제우스 신이 실행해 주셨습니다. 하지만 친구 파트로클로스가 전사했다는데 어찌 제가 슬프지 않겠습니까? 정말이지 어머님은 본래대로 바다에 사는 여신들과 함께 생활을 계속하시고, 펠레우스도 인간을 아내로 맞이했더라면 좋았을 텐데. 그렇지 않아서 어머님은 이제 죽은 아들 때문에 긴 한숨만이 가슴속에 남게 되었습니다. 어머님은 그 아들을 고향으로 다시 돌아가게 하여 맞이할 수 없을 것입니다. 헥토르가 내 창에 찍혀 거꾸러지지 않는 한 더 이상 살아남아서 인간들과 어울린다는 것은 제 마음이 용납하지 않습니다. 메노이티오스의 아들 파트로클로스를 죽이고 갑옷

바다의 요정 네레이드들에게 한탄하는 테티스

까지 탈취해 간 만행에 복수해 주지 않는 한 말입니다."

　그러자 테티스가 아직도 눈물을 흘리며 말했다.

　"너의 목숨도 곧 끝이 날 것이다. 헥토르 다음에는 곧 너의 최후가 기다리고 있으니까."

　그러자 아킬레우스가 몹시 비통해 하며 말했다.

　"지금이라도 당장 죽고 싶습니다. 친한 친구가 죽어가는 순간에도 막아주지 못했으니까요. 또 파트로클로스 이외에 다른 전우들도 구해주지 못하고 수많은 우리 편 무사들이 헥토르에게 쓰러졌는데도 배 옆에서 나 몰라라 하고 무거운 짐처럼 앉아 있었으니 말입니다. 아무튼 지난 일들은 이제 그것이 아무리 가슴 아픈 것이더라도 더 이상 신경쓰지 않고 내버려두기로 하겠습니다. 저도 이제 사랑하는 벗을 죽인 헥토르와 사생결단을 내기 위해 나가렵니다. 그리고 제우스나 다른 불사의 신들이 원하시는 때에 죽음의 운명을 받아들이겠습니다. 한결같은 헤라클레스조차도 죽음의 운명만은 모면할 수 없었습니다. 크로노스의 아들 제우스 신이 가장 사랑하던 아들이었는데도 헤라 여신의 극심한 분노와 정해진 운명이 마침내 그를 굴복시키고 말았지요. 그와 같은 운명이 저를 기다리고 있다면, 저도 그처럼 죽겠습니다. 하지만 지금은 훌륭한 영광을 차지하고 싶습니다. 그리하여 트로이의 여자들이 끊임없이 한탄하고 슬퍼하도록 만들겠습니다. 그러니 싸움터에 나가려는 저를 제발 말리지 마십시오. 물론 애정 때문에 그러시겠지만, 저를 설득시키지는 못 할 테니까요."

이에 대해 은빛 발을 가진 테티스 여신이 대답했다.

"내 아들아, 지금 그토록 고전을 면치 못하고 있는 전우들을 도와 절박한 상황에서 구하겠다는 생각은 참으로 훌륭하다. 하지만 너의 빛나는 갑옷을 트로이 쪽에 빼앗기지 않았느냐. 그것도 지금 번쩍이는 투구를 쓴 헥토르가 그것을 자기 두 어깨에 걸치고 기분이 우쭐해져 있지 않느냐. 하지만 그리 오래 좋아할 일은 못 될 거다. 얼마 안 있어 저도 쓰러지게 되어 있으니까. 아무튼 내가 헤파이스토스에게 훌륭한 갑옷을 얻어 가지고 내일 아침 일찍 해가 뜨는 대로 이곳으로 달려올 테니, 너는 그때까지만 싸움의 혼돈 속에 뛰어들지 말아다오."

한편 아카이아 군사들은 헥토르에게 쫓겨 선단이 정박해 있는 헬레스폰토스까지 소란을 떨며 도망쳐 갔다. 그리하여 아카이아 군사들은 빗발치는 무기들 때문에 파트로클로스의 시신조차도 끌어내지 못했다. 헥토르가 이끄는 트로이 병사와 말들이 시체 있는 곳으로 불같은 기세로 쳐들어왔기 때문이었다.

헥토르는 세 번씩이나 뒤쪽에서 사력을 다해 파트로클로스의 발을 붙잡고 끌어가려고 우레 같은 목소리로 트로이 군사들을 독려했다. 그것을 두 아이아스가 세 번 모두 맹렬하게 용맹을 덜쳐 파트로클로스의 시신에서 그를 떼밀어 냈다. 그래도 헥토르는 자신의 무용을 믿고 여전히 혼전을 틈타 돌진했고, 때로는 괴성을 지르면서 떡 버티고 서서 한 발자국도 물러날 기색을 보이지 않았다. 상황이 이렇게 되자 두 아이아스도 프리아모스의 아들 헥토르를 시신으로부터 쫓아버릴 수가 없었다. 이때 펠레우스의 아들 아킬레우스에게 바람처럼 날랜 무지개의 여신이 올림포스로부터 전령으로서 달려가지 않았더라면, 헥토르는 그 시신을 끌고 가서 불후의 영광을 차지했을지도 모른다. 헤라 여신이 제우스나 다른 신들 몰래 직접 무지개 여신을 보내 아킬레우스에게 갑옷으로 무장하라고 지시했던 것이다.

무지개 여신은 아킬레우스 앞에 다가서며 속삭이는 소리로 말했다.

"펠레우스의 아들이여, 일어나시오. 모든 무사들 중에서 가장 위협을 받고 있는 그대, 어서 가서 파트로클로스의 시신을 지키도록 하오. 양군이 지금 그 시체를 사이에 두고 선단 앞에서 서로 살육전을 벌이고 있소. 특히 헥토르가 그를 끌고 가려고 기세등등하다오. 그는 파트로클로스의 목을 잘라 머리를 말뚝에 꽂을 작정이오. 그렇게 된다면 그대에게는 큰 불명예가 될 것이오. 그래서 거룩하신 헤라 여신이 나를 전령으로 보내셨소."

그러자 아킬레우스가 대답했다.

"그러면 어떻게 해야 사나운 기세의 혼전 속으로 뛰어들 수 있을까요. 갑옷도 투구도 모두 적에게 빼앗겨 버렸으니 어머님께서는 다시 이곳에 돌아오셔서 당신 눈으로 직접 확인할 때까지 결코 나서면 안 된다고 말씀하셨습니다. 어머님께서는 헤파이스토스 신에게서 훌륭한 갑옷을 얻어 오시겠다고 했습니다."

그러자 바람처럼 날랜 무지개의 여신이 말했다.

"물론 잘 알고 있소. 하지만 우선 참호 옆에 나가서 트로이 군사들에게 그대의 모습만이라도 보여 주도록 하시오. 그러면 그대의 위세에 눌려 혹시 트로이 군도 싸움을 멈추고 후퇴할지도 모르죠. 그래야 밀리고 있는 아카이아 군사들도 한숨 돌릴 수 있을 테니까요."

이렇게 말을 마치고는 무지개 여신이 금방 사라지자, 제우스의 옹호를 받는 아킬레우스는 곧장 일어섰다. 그의 벌어진 어깨에는 아테나 여신이 산양 가죽 방패를 걸어주고, 머리 둘레에는 금빛 구름을 둘렀으며, 여신들 중의 존귀한 여신이 그의 온몸에서 눈부시게 빛나는 화염 빛이 타오르게 했다. 그의 머리에서 내품는 광채는 하늘에 닿을 만했다.

그는 절벽 밖으로 나아가 참호 앞에 서 있었지만, 어머니의 간곡한 부탁을 들어 아카이아 군사의 전열에는 끼어들지 않았다. 하지만 그곳에 서서 한 번 크게 외쳤다. 멀리서 팔라스 아테나도 같이 소리를 질러 주었으므로 트로이 군 진영에 커다란 혼란이 빚어졌다. 그리하여 적군은 모두 이 청동 같은 고함소리에 가슴이 철렁 내려앉았고, 훌륭한 말들까지도 전차를 끌고 되돌아섰다. 고삐를 잡은 말 시중꾼들도 펠레우스의 아들의 머리에 무서운 불꽃이 활활 타오르는 것을 보고 넋이 나가버렸다. 이것이야말로 바로 맑은 눈의 여신 아테나가 태우는 불꽃이었다.

아카이아 군은 이 기회를 틈타 날아오는 무기들 속에서 파트로클로스

태양신에게 바다로 내려가라고 명령하는 헤라

의 시신을 손쉽게 끌어내 들것에 실으니 친한 전우들이 흐느끼며 따랐
다. 아킬레우스도 그들 틈에 끼어 뜨거운 눈물을 흘렸다.

한편 헤라 여신은 아직도 피로를 잊은 채 어두워질 생각을 조금도 하
지 않고 있는 태양신을 오케아노스의 바다 쪽으로 돌려보냈다. 그리하
여 마침내 해는 지고 용맹스러운 아카이아 군도 격렬한 싸움의 혼란과
거친 전투에서 간신히 손을 뗄 수 있게 되었다.

그리고 이쪽에서는 트로이 군이 처절한 격전장에서 물러나 걸음이 빠

른 말들을 전차에서 끌러 준 뒤, 저녁식사 전에 회의장으로 모여들었다. 그런데 모두 우뚝 선 채 감히 누구도 회의를 시작하거나 자리에 앉으려는 자가 없었다. 너나없이 모두 두려움에 질려 있었기 때문이었다. 물론 그것은 오랫동안 안타까운 싸움을 방관하며 나타나지 않았던 아킬레우스가 마침내 모습을 드러냈기 때문이었다.

먼저 판토스의 아들 폴리다마스가 모두를 향해 입을 열었다. 그만은 오직 한 사람 과거도 미래도 꿰뚫어보았을 뿐 아니라, 헥토르의 친한 벗이기도 했다. 헥토르와 같은 날 밤에 태어났기 때문인데, 한쪽이 검술에 능하면 한쪽은 창을 쓰는 솜씨가 그쪽을 훨씬 능가했다. 지금 그가 자기 편을 위해 회의 자리에 서서 여러 사람에게 열변을 토했다.

"여러분들이여, 양쪽을 모두 잘 고려해다오. 내가 지금 여러분에게 권하는 최선의 방책은 선단 가까운 평원에서 망설이지 말고 찬란한 아침을 기다릴 필요 없이 성 안으로 철군하는 것이다. 그 사나이가 존귀한 아가멤논에게 한을 품고 길길이 뛰고 있을 동안 아카이아 군세도 그럭저럭 힘들지 않은 전쟁 상대였다. 그래서 나 같은 사람도 선단 옆에서 야영하며 수월하게 적군의 배를 나포할 수도 있을 거라고 생각했었다. 그러나 지금 걸음이 날랜 펠레우스의 아들에게 우리 군사는 두려움을 갖게 되었다. 그는 이미 몹시 심기가 흥분되어 있어서 평원에 있는 우리를 가만히 지켜보고 있지만은 않을 것이다. 지금 평원 한복판에서 트로이 군과 아카이아 군이 서로 정면으로 맞붙어 승부를 겨루고 있지만, 그는 그보다도 성을 함락하고 부녀자를 노려 싸울 속셈인 것 같다. 그러니 도성으로 돌아가도록 하자. 만일 이것이 합당치 않다면 또 하나의 방책이 있는데, 내키지 않더라도 들어준다면 말하겠다. 즉 오늘 밤에는 이 회의장에 병력을 눌러두자는 것이다. 왜냐하면 도성 쪽은 성벽의 다락과 높은 문,

게다가 튼튼한 빗장을 질러놓은 널빤지 문짝과, 잘 닦아 광채 나는 높다란 두 짝의 성문이 지켜줄 것이니까. 그래서 내일 날이 새거든 아침 일찍부터 우리 모두 무장을 단단히 하고 들어가 성문을 지키자. 그가 만일 배에서 떠나와 성벽 주위에서 우리와 싸우고자 한다면 그에게는 한층 쓰라린 것이 될 것이다. 성 안까지는 도저히 공격해 들어올 기분이 내키지 않을 것이며 공략도 도저히 불가능할 것이다. 기껏해야 목을 높이 쳐드는 말들을 진력이 나도록 사방으로 몰고 다니다가 선단으로 다시 되돌아가는 것이 고작일 것이다."

그러자 양미간에 주름을 잡으며 매서운 눈초리로 헥토르가 그를 노려보며 말을 받았다.

"폴리다마스여, 그대가 건의하는 방책은 도무지 합당치가 않다. 다시 성 안으로 들어가 틀어박히다니, 그대들은 정녕 보루와 다락 안쪽에 갇히고서도 아직 싫증이 나지 않았단 말인가? 그보다는 온 진영이 저마다 각 부대로 나뉘어 저녁식사를 하도록 하자꾸나. 그리고 내일 아침 일찍 모두 갑옷을 걸치고 가운데가 깊숙한 배로 몰려가 싸움을 일으키자. 어쨌든 나는 지긋지긋한 전투라도 달아날 생각은 없다. 오히려 정면으로 맞붙어 무용을 겨루어 볼 테다. 아킬레우스가 승리를 거두게 될 것인가. 아니면 내가 영광을 차지하게 될 것인가 시험해 보기 위해서 말이다. 전쟁의 신은 역성을 들지는 않는다. 죽이려던 자가 도리어 죽는 일도 있는 것이다."

헥토르가 주장하자 트로이 인들은 모두 그 말에 동의하여 갈채를 보냈다. 정말 어리석은 자들이다. 하기야 그들의 지혜와 분별을 팔라스 아테나가 빼앗아 갔는지도 모르는 일이다. 해를 입으려는 헥토르에게 전폭적인 지지를 보내고 이익을 취하려는 폴리다마스에게는 한 명도 찬성하는 이가 없었던 것이다.

　그래서 온 군사들이 저녁을 먹었으나 아카이아 군사들은 파트로클로스를 애도하며 밤을 지새웠다. 그 사람들의 선두에 서서 펠레우스의 아들 아킬레우스는 쉴 새 없이 애곡을 선창하고, 죽은 벗의 가슴에다 두 손을 올려놓고 몹시 비통하게 흐느껴 눈물이 그의 뺨을 뜨겁게 적셔 놓았다. 이토록 격렬하게 신음하면서 뮈르미돈 족 사이에서 아킬레우스는 부르짖었다.

　"제우스 신은 인간의 생각을 그대로 성취시켜주시지 않는 모양이다. 결국 우리 두 사람은 바로 이 트로이 고장에서 같은 곳의 흙을 피로 물들이는 운명을 타고났기에 늙은 기사 펠레우스에게도 어머님 테티스 여신에게도 나의 귀환을 축하하는 것을 허용하지 않았나 보다. 내가 묻힐 곳은 바로 이 트로이 땅일 테니까. 그러나 파트로클로스여. 나도 지금 그대 뒤를 따라 저승으로 가게 되어 있는 이상, 헥토르의 갑옷과 그의 목을 베고 이곳까지 들고 오기 전에는 그대의 장사를 지내지 않겠다. 그는 기상이 드높은 그대를 죽인 장본인이니까. 뿐만 아니라 트로이의 뛰어난 아들 열두 명을, 그대를 화장터 앞에서 죽인 복수로 목을 잘라 죽여주마. 그때까지 함선 옆에 그대를 그냥 둘 것이다. 그 대신 우리가 손수 고생하면서 기다란 창을 휘둘러 도시들을 공략한 다음 손에 넣은 트로이 여자들과 다르다노이 여자들이 그대의 시신을 둘러싸고 밤낮없이 눈물을 흘리며 곡소리를 계속할 것이다."

세발 가마솥

이렇게 말하고 아킬레우스는 당장 파트로클로스의 시신에 말라붙은 피를 깨끗이 닦아낼 생각으로 불 위에 커다란 세발 가마솥을 걸어 목욕물을 데우도록 부하들에게 명령했다.

이윽고 목욕물이 데워지자 사람들은 이 물로 시체를 깨끗이 씻은 다음 올리브유를 바르고 9년 묵은 고약을 상처에 가득 채워 입관하고 목에서부터 발끝까지 부드러운 마포를 덮어씌운 다음 그 위에 흰 수의를 얹었다. 이렇게 뮈르미돈 족은 아킬레우스의 주위에 둘러앉아 밤새도록 파트로클로스의 죽음을 애도했다.

한편 제우스가 헤라에게 말했다.

"헤라여, 이번에도 또 날쌘 아킬레우스를 일어나게 하여 그대 생각대로 해치웠구나. 정녕 저 머리카락을 길게 늘어뜨린 아카이아 족이 그대 속에서 태어난 듯싶다."

눈이 맑은 헤라 여신이 대답했다.

"크로노스의 아드님이신 제우스 신께서 어찌하여 그렇게 말씀하세요. 글쎄 누군가 죽어야 할 운명인 인간마저도 남에 대해서 마음먹은 바를 성취하는 일도 있겠지요. 하물며 여신 중에서도 출생으로 따져보거나 당신의 아내라는 신분으로 보아서나 제가 원한에 사무친 트로이 편에 화를 입혀 무슨 나쁜 일이 생기겠어요."

이렇게 처절한 싸움에 대해 두 신은 서로 이야기를 주고받았다.

한편 은빛 발의 테티스 여신은 헤파이스토스의 궁으로 찾아갔다. 마침 헤파이스토스는 다리를 절름거리며 땀을 뻘뻘 흘리면서 열심히 풀무질을 하고 있는 중이었다. 테티스 여신이 다가서자 마침 집에서 나오던 그의 아내인 '미의 여신' 카리스(Charis)가 먼저 알아보고 테티스의 손을 잡고 반갑게 맞이했다.

"테티스 님. 당신께서 어떻게 우리 궁에까지 오셨나요. 정말 기쁘기 그지없습니다. 대접이나 해 드릴 수 있도록 어서 안으로 드세요."

이렇게 말하고 카리스 여신은 테티스를 안으로 안내하여 대좌에 앉혔다. 그러고는 곧장 헤파이스토스를 불렀다.

"헤파이스토스 님, 이리 와보세요. 테티스 님이 당신에게 볼일이 있답니다."

그러자 유명한 절름발이 신이 대답했다.

"오, 진정 반가운 분이 찾아오셨구나. 내가 올림포스 산에서 떨어져 고생하고 있을 때 나를 구해주신 분이지. 어머니가 나를 절름발이라 하여 어디에 감춰두려고 그랬었지. 그때 만일 흐름을 되돌리는 오케아노스의 따님 에우리노메와 테티스 님이 품안에 나를 받아주시지 않았더라면, 나는 무척 쓰라린 경험을 했을 거요. 이 두 분 밑에서 9년 동안이나 나는 온갖 대장간 일과 세공 기교를 다 부렸지. 속이 텅 빈 동굴 안에서 말이오. 오케아노스 대양(大洋)의 물결이 그 주위에 부글부글 거품을 뿜으면서 끝없이 흐르고 있어서 다른 신들은 아무도 알지 못했었다. 오직 테티스와 에우리노메 두 분만이 알고 있을 뿐이었지. 그런 분이 지금 우리 궁을 방문하셨으니 이번에야말로 그 은혜에 보답해 드리지 않으면 안 되네. 자, 그대는 대접해 드릴 채비를 하게. 그동안 나는 연장들을 치워놓고 갈 테니까."

그가 말을 마치고 곧장 마루에서 일어선 모습은 실로 놀라우리 만큼 장대했다.

얼마 후 헤파이스토스는 테티스가 앉아 있는 곳으로 나와 빛나는 대좌에 걸터앉아 그녀의 손을 꼭 잡으며 말을 건네었다.

"테티스 님, 여신께서 지금까지 우리 궁에 한 번도 오시지 않았는데, 어

올림포스 산에서 떨어진 아기 헤파이스토스를 받고 있는 테티스와 에우리노메

쩐 일로 이렇게 오셨어요. 용건만 말씀하신다면 무슨 일이든지 전부 들어 드리겠습니다."

그러자 테티스가 눈물을 글썽이며 말했다.

"헤파이스토스 님, 올림포스에는 참으로 숱한 여자들이 있지만 그중에서도 나처럼 근심 가득한 여자도 없을 거예요. 그런 괴로움을 크로노스의 아드님이 다른 분 이상으로 내게 주신 이유는, 바다에 사는 여신들 중에서도 나를 골라 인간인 아이아코스의 아들 펠레우스의 뜻을 따

르게 한 데 있지요. 그래서 나는 본의 아니게 남편의 침실에 들었던 거예요. 그이는 이제 노년에 시달리며 집 안에서 칩거 중입니다만, 제우스 신께서는 이번에 또 다른 고민을 제게 안겨 주셨습니다. 그것은 아들 하나를 낳아 길렀는데, 자라서 용사 가운데서 영웅이라 불리고 어린 가지처럼 싱싱하게 자란 것을, 정원 양지 바른 곳에 심은 나무처럼 소중하게 길러 뱃머리가 휘어 올라간 배에 태워 일리오스로 떠나보냈지요. 트로이 인들과 싸우러 간다기에 말입니다. 이제는 그 아이를 두 번 다시 고향으로 돌아오게 하여 펠레우스의 성에서 맞이할 수도 없게 되었습니다.

그래서 그 아이가 아직 살아 있는 동안 무척 괴로워하는 것을 알면서도 즉시 달려가 도움을 줄 수도 없었답니다. 그 아이에게 아키이아 군사들이 상으로 준 그 처녀를 아가멤논이 다시 빼앗아 간 거예요. 그 여자 때문에 괴로워하고 있을 때, 마침 트로이 군은 아카이아 측을 선단의 뱃머리 근처에 밀어붙여 놓고 밖으로 조금도 나올 수 없게 했지요. 그래서 아르고스의 장로들이 그 아이를 찾아가 훌륭한 선물을 바치겠으니 나와서 싸워달라고 간청했답니다. 그 아이는 아카이아 군세의 파멸을 스스로 막는 것은 거부했습니다. 그 대신 파트로클로스에게 자기 갑옷을 입혀 많은 병사를 딸려 격전장으로 내보내기는 했지요. 그래서 스카이아 성문 근처에서 하루 종일 격렬한 전투가 벌어졌는데 어쩌면 그날 안에 일리오스 성을 함락시킬 수도 있었을 거예요. 아폴론 님이 적에게 커다란 재앙을 입힌 메노이티오스의 아들 파트로클로스를 선두대열에서 전사시켜 헥토르에게 영예를 주지 않았더라면 말입니다. 사실은 그래서 이렇게 찾아온 겁니다. 단명할 내 아들을 위해 훌륭한 방패며 투구 등을, 그것도 뒤꿈치에 장식이 달려 있는 것을 만들어달라고 부탁하려고 찾아왔답니다. 전부터 서로 교의가 두텁던 파트로클로스가 트로이 군에게 죽음

테티스를 영접하는 헤파이스토스와 카리스

을 당했을 때 갑옷을 헥토르에게 빼앗기고 말았기 때문이지요. 지금 내
아들은 몸을 제대로 가누지 못할 정도로 괴로워하고 있답니다."

"어려운 일이 아니니 전혀 염려하지 마십시오. 그보다는 내 힘으로 정
말 불쾌한 울림을 가진 죽음의 신으로부터 완전히 아드님을 감추어 버릴
수 있으면 좋겠는데. 아무튼 많은 사람들이 완성된 것을 보면 깜짝 놀랄
만큼 훌륭한 물건일 것입니다."

그는 그 자리에 테티스를 앉혀 놓은 채 풀무 옆으로 가서 그것을 불 쪽

으로 돌려놓고 작업을 명하니 모두 20개나 되는 풀무가 동시에 화로에 바람을 불어넣기 시작했다. 여러 가지로 힘을 들여 숨을 내보내며, 때로는 헤파이스토스가 열심히 작업을 진행하는 것을 거들고, 때로는 신의 뜻대로 자질구레한 세공 제작을 도왔다.

그리하여 가장 먼저 제작한 것은 견고하고 커다란 방패였다. 빈틈없이 기교를 부려 둘레에 번쩍번쩍하는 테를 둘렀는데, 그것을 세 겹으로 번쩍이는 은으로 만든 손잡이 끈에 매달았다. 그리고 다섯 개의 원형으로 방패 자체가 겹쳐서 구성되어 있고 훌륭한 많은 장식무늬가 그 표면에 정교하게 새겨져 있었다.

드디어 거대하고 튼튼한 방패가 완성되자, 이번에는 또 불빛보다 더 빛나는 가슴받이(胸甲)를 만들었다. 그리고 다시 위에 황금장식이 달린 단단한 투구도 만들었다. 그것은 온갖 재주를 다 부려 만들었기 때문에 관자놀이에 꼭 맞는 훌륭한 것이었다. 마지막으로 아킬레우스에게 꼭 맞도록 정강이 받이도 부드러운 주석으로 만들어 주었다.

이렇게 절름발이 신은 갑옷 한 벌을 다 만든 다음 아킬레우스의 어머니 테티스 여신에게 가져갔다. 이를 받아든 여신은 눈 깜짝할 사이에 눈이 뒤덮인 올림포스에서 지상으로 독수리처럼 날아 내려갔다. 헤파이스토스가 만들어 준 눈부시게 번쩍이는 갑옷 일체를 아들 아킬레우스에게 갖다 주기 위해서였다.

제 19 권

분노를 씻다

"내 아들아, 파트로클로스를 생각하면 너무도 분하겠지만 그대로 뉘어 두도록 해라. 원래 신들의 뜻에 따라 쓰러진 것이니까. 너는 헤파이스토스 신께서 만들어 주신 훌륭한 이 갑옷을 받아라. 그 누구도 여태껏 걸 쳐보지 못했을 정도로 훌륭한 것들이다."

여신이 손에 들고 온 갑옷 일체를 아킬레우스 앞에 내놓으니 화려한 그 갑옷에서 나는 소리가 덜거덕거리며 울려 퍼져 뮈르미돈 족 군사들은 모두 부르르 떨면서 고개를 똑바로 들지 못했다. 오히려 아킬레우스는 이를 바라보자마자 한층 끓어오르는 분노에 가슴이 쓰려 두 눈을 부릅뜨며 굴리니 섬광이라도 뿜을 듯이 보였다. 그는 신이 내려준 선물을 두 손으로 받들고 흐뭇해하며 살펴보았다. 신의 솜씨를 마음껏 바라본 그는 여신을 돌아보고 말했다.

"어머니, 이제 갑옷 일체를 다 갖춘 셈이군요. 그야말로 이것은 죽음을 모르는 신이 만든 훌륭한 물건입니다. 그러면 지금 당장 이 갑옷을 입기로 하겠습니다. 그런데 좀 염려가 되는 것은 그 사이 파트로클로스의 시체에 벌레들이 꾈지도 모른다는 것입니다. 그러면 시체가 아주 보기 흉하게 변할 텐데요. 사망한 지 오래되어 부패할지도 모릅니다."

테티스 여신이 대답했다.

"아들아, 그건 전혀 염려할 필요가 없다. 더러운 파리가 시신에 달려들지 못하도록 내가 충분히 손을 쓸 테니 말이다. 1년이나 아무렇게 놔두어도 썩지 않을 뿐 아니라, 오히려 더 깨끗해질 게다. 그러니 너는 아카이

파트로클로스의 죽음을 슬퍼하는 아들 아킬레우스에게 갑옷을 전하는 테티스

아 군의 대장들을 회의장으로 불러 모아 이제 아가멤논에 대한 분노를 다 씻었다고 선언하고, 당장 전투에 나갈 수 있도록 무용을 갖추어라."

이렇게 말한 테티스 여신은 엄청난 용맹심을 그에게 불어 넣어주고, 또 파트로클로스에게는 피부가 단단하게 유지되도록 신향(神香)과 붉은 신주(神酒)를 콧구멍에 부어 넣었다.

한편 용맹한 아킬레우스가 해변을 따라 걸으면서 굉음을 지르자 아카이아 군 대장들이 벌떡 일어났다. 또 그 밖에 배에 남아있던 군사들도 모두 몰려 나왔다. 오랫동안 처절한 전투에서 물러나 있던 아킬레우스가 마침내 모습을 드러냈기 때문이다. 그리고 군신 아레스의 수행무사 두

명도 다리를 절면서 걸어 나왔다. 그들은 티데우스의 아들 디오메데스와 용맹한 오디세우스였는데, 그들은 회의장 맨 앞자리에 앉았다. 그런데 가장 늦게 나타난 사람이 무사들의 군주 아가멤논이었다. 그 역시 부상을 입고 있었다. 격렬한 전투에서 안테노르의 장남 콘에게 청동 창날로 찔렸던 것이다. 이렇게 아카이아 군 모두가 한자리에 모였을 때 아킬레우스가 그들 가운데에서 일어나 입을 열었다.

"아트레우스의 아들 아가멤논이여, 우리가 불쾌한 감정을 지니고 브리세이스라는 여자 문제로 정신을 차리지 못했던 것이 무슨 이득을 얻었소? 트로이 측이나 헥토르에게는 이득이 되었을지 모르나 우리에게는 아무런 이득도 되지 않았소. 나와 당신의 불화를 아카이아 군사들은 아마 오래도록 잊지 못할 것이오. 하지만 과거에 일어났던 일은 그것이 아무리 불쾌한 일이라 하더라도 내버려 두기로 하겠소. 언제까지나 계속 화만 내고 있으면 무슨 소용이 있겠소. 그래서 그러한 노여움을 이미 나는 모두 잊기로 했소. 아무튼 아카이아 군사를 즉각 전투에 임하도록 촉구하시오. 트로이 군과 정면으로 맞설 때 배 옆에서 아직도 야영할 생각이 있나 없나를 시험해 봅시다. 하지만 처참한 싸움에서 벗어나 우리의 창끝에 죽지 않고 도망갈 수 있다면, 그들은 분명 무릎을 꿇고 쉬게 된 것을 고맙게 여길 것이오."

이렇게 말하니 용감한 아킬레우스가 노여움을 풀고 나타난 것에 아카이아 군사들은 모두 크게 기뻐했다. 그래서 무사들의 군주 아가멤논이 그들을 향해 말했다.

"친애하는 다나오이 군의 용사들이여, 이제 펠레우스의 아들 아킬레우스에게 내가 대답할 테니 이 자리에 모인 아르고스의 여러분들은 내가 하는 말에 충분히 귀를 기울여 주기 바란다. 이번 사건에 대해서는 과연 아카이아 대장들이 몇 번씩이나 비판을 했었다. 하지만 결코 내가 그 장본인이 아니다. 제우스 신과 운명의 여신, 그리고 어둠 속을 방황하는 복수의 여신이 벌인 소행이다. 아킬레우스에게 준 보상물을 내가 다시 빼앗아 갔던 바로 그날의 회의에서 나를 미치게 했던 것이다. 하지만 내가 어떻게 할 수 있었겠는가. 언제나 신은 모든 일을 그대로 밀고 나가 뜻을 이루고 마는데. 나는 저 대단히 번쩍이는 투구의 헥토르가 우리 측의 뱃머리 근처에서 아르고스 군사를 잇따라 무찔러 나가는 것을 보았을 때, 처음으로 내가 저지른 어리석은 짓을 도저히 잊을 수 없었다. 하지만 그것은 제우스 신이 나의 분별력을 빼앗아 간 탓이겠지만, 이번에는 그 대가로 충분히 보상해서 많은 보상을 해줄 것이다. 그러니 그대들도 분발해 다오. 그래서 다른 전우들도 분발하도록 다그치시오. 선물은 모두 내가 마련할 테니까. 이제 그대의 막사로 가서 용맹한 오디세우스가 약속한 품목들을 하나도 빠짐없이 여기에 갖다 놓겠다. 혹시 원한다면, 지금 당장 선물들을 부하들이 나의 배에서 가지고 올 테니 조급하겠지만 잠시만 기다려다오. 그대가 만족해할 만큼 증정하는 것을 그대 눈으로 확인하고 가오."

아킬레우스가 말했다.

"아트레우스의 아들 아가멤논이여, 당신이 선물을 주실 생각이시라면 만족할 만큼 가져오게 하시든지, 그대로 거기다 두시든지 마음대로 하시오. 지금은 오로지 전투에만 신경을 씁시다. 지금 내게는 훨씬 중요한 일이 남아 있소. 너나 할 것 없이 모든 사람들에게 아킬레우스가 다시 선두 대열에 나서 청동 창을 거머쥐고 트로이 군의 진영을 돌파해 나가는 것을 보여주지 않으면 안 되오. 여러분들도 이를 가슴속에 잘 간직하고 적의 무사들과 싸우도록 하시오."

그러자 지혜와 분별력이 뛰어난 오디세우스가 말을 꺼냈다.

"신과도 같고 용맹스런 아킬레우스여, 그대가 아무리 강하다 하더라도 밥도 안 먹고 아카이아 군사들을 일리오스로 출정시켜 트로이 군과 대결하라고 몰아세울 수는 없소. 그러니 군사들을 모두 해산시켜 식사 준비를 하도록 하시오. 그리고 무사들의 군주 아가멤논은 아킬레우스에게 증정할 선물들을 집회 장소 가운데로 갖다놓게 하는 것이 좋을 것이오. 아카이아 사람들이 직접 모두 볼 수 있도록 말이오. 또 아킬레우스여, 그대 쪽에서도 마음을 진정으로 누그러뜨려야 하오. 그리고 조금이라도 정당한 대접에 그대가 부족을 느끼는 일이 없도록 막사 안에서 풍성한 음식을 마련하도록 하겠소. 그리고 아트레우스의 아들이여, 앞으로는 어느 누구에 대해서든지 한층 더 올곧게 행동해 주시오. 군주 쪽에서 먼저 화해한다는 것은 조금도 부끄러운 일이 아니오. 이쪽에서 먼저 심한 행동을 저질렀을 때에는 말이오."

이에 아트레우스의 아들 아가멤논이 말했다.

"라에르테스의 아들 오디세우스여, 그대가 방금 한 말을 들으니 기쁘기 그지없구나. 과연 그대는 모든 일을 이치에 맞고 하고 싶은 말을 다 했구나. 그것은 나도 맹세할 생각이다. 나도 진심으로 바라는 바이니까. 그리고 그 맹세는 하늘을 두고 어기지 않겠다. 그러니 아킬레우스도 여기서 기다려다오. 마음이 조급하겠지만, 그때까지는 싸우고 싶어도 좀 참게. 그리고 다른 사람들도 조금 전에 말한 선물들이 막사에서 도착할 때까지 이 자리에서 기다려다오. 그때 우리는 굳은 맹세를 나눌 테니까."

그리하여 일들이 빨리 잘 처리되어 세발 가마솥 7개를 막사 안에서 들어낸 것은 원래 약속한 대로였다. 그 밖에 번쩍거리는 솥이 20개, 12마리의 말과 수예에 능한 7명의 여자, 게다가 아름다운 뺨을 가진 브리세이스도 함께 데리고 나왔다. 오디세우스가 맨 앞에서 황금 추를 모두 10관쯤 저울에 달아 들고 나가고, 아카이아의 다른 젊은 무사들도 저마다 선물을 들고 뒤를 따랐다. 드디어 회의장 한가운데에 물품들이 쌓이자 아가멤논이 일어섰다. 이어 목소리가 신에 버금가는 탈디비오스(Talthybius)가 멧돼지 수놈을 두 손에 받쳐 들고 아가멤논 곁에 다가서자 아트레우스의 아들은 두 손으로 단검을 뽑았다. 그것으로 먼저 멧돼지의 머리털을 깎아 제우스를 향해 두 손을 쳐들고 기도를 올렸다. 그동안 아르고스 군사들은 숨을 죽이고 앉아 군주의 말을 경청했다. 이윽고 기도를 마친 아가멤논은 드넓은 하늘을 우러러보며 외쳤다.

"지고지선(至高至善)의 제우스 신을 비롯한 대지의 신, 태양의 신, 그리고 복수의 여신도 이제는 정말로 굽어 살피소서. 결코 저는 브리세이스에게 손을 댄 적이 없고 잠자리 시중과 그 외의 것들을 요구한 적도 없습니다. 손끝 하나 대지 않은 채 내 막사에 줄곧 머물러 있게 했을 뿐입니다. 만일 맹세에 거짓이 있다면, 그때는 여러 신들이 저에게 쓰라린 고통을 주셔도 상관없습니다."

말을 마치자마자 멧돼지의 목을 청동 칼로 뚝 따니 탈디비오스가 멧돼지를 빙글빙글 휘둘러 잿빛의 넓고 깊은 바닷물 속에 고기밥이 되라고 던졌다. 그때 아킬레우스가 일어서서 아르고스 군사들 틈에 끼어 외쳤다.

"아버지 제우스 신이여, 신께서는 언제나 인간들의 눈을 멀게 하여 골치 아프게 하시는군요. 그렇지 않았던 아가멤논이 결코 내 가슴속에 복수에 사무치는 분노를 일으키려 하지도 않았을 것이며, 또 나의 반대를 묵살하고 억지로 브리세이스를 끌고 가려고도 하지 않았을 것입니다. 분명 제우스 신께서 수많은 아카이아 인을 파멸시키려고 꾸미신 일입니다. 여러분, 이제 모두 저녁식사를 하러 갑시다. 나중에 싸움을 하러 나가기 위해서라도."

아킬레우스는 큰 소리로 집회를 곧장 해산시켰다. 그리하여 군사들은 제각기 흩어져서 자기네들 막사로 돌아갔다.

제 20 권

신들의 싸움

그리하여 오케아노스를 제외한 모든 강의 신들이 참석했고, 아름다운 숲 그늘과 여러 강들의 근원과 어린 풀이 무성한 목장에 사는 님프들도 제우스의 신전에 몰려들어 반들반들 갈아 넓게 깔아놓은 반석(盤石) 위에 앉았다.

이처럼 제우스의 궁전에 소집된 신들 중에는 포세이돈도 바다에서 나와 그들 틈에 끼어 있었는데, 그가 제우스의 뜻을 물었다.

"제우스 님이시여, 무슨 일로 이렇게 모든 신들을 모이라고 했습니까? 혹시 트로이 군과 아카이아 군에 대해 뭔가 생각하신 복안(腹案)이라도 있는지요."

그러자 제우스가 대답했다.

"대지를 뒤흔드는 신이여, 아무래도 인간들이 너무 떼죽음을 당하고 있는 것 같아 걱정이 되어 그렇소. 나는 올림포스의 꼭대기에 앉아 기다리겠으니, 다른 신들은 모두 내려가 트로이 군과 아카이아 군 어느 쪽이든 각자의 의사에 따라 마음에 드는 편에 가세해도 상관없다. 만일 아킬레우스가 트로이 측과 싸움을 시작하면, 그들은 이제 한시도 아킬레우스를 감당해 내지 못할 것이다. 예전에도 그의 모습이 눈에 띄기라도 하면 벌벌 떨 정도였으니까. 그는 지금 친구의 죽음에 크게 분노하고 있기 때문에 자칫하면 정해진 운명을 넘어 성벽까지도 파괴해 버리지 않을까 염려스럽다."

이렇게 크로노스의 아들 제우스는 끊임없이 싸움을 불러일으켰다. 이제 여러 신들도 각자 마음을 정하고 싸움터로 향했다. 그들 가운데서도 헤라 여신은 팔라스 아테나와 대지를 흔드는 신 포세이돈, 그리고 재빠른 행운의 신 헤르메스, 게다가 다리를 저는 헤파이스토스까지 가세해 배들이 모여 있는 쪽으로 떠나갔다.

그리고 트로이 쪽으로는 군신 아레스와 아폴론 신, 활의 명수 아르테미스와 레토 여신, 강의 신 크산토스, 그리고 아프로디테 등이 달려갔다. 신들이 결국은 죽음의 운명을 피하지 못할 인간들에게서 멀리 떨어져 있는 동안에는 아카이아 쪽이 우세했다. 아킬레우스가 오랫동안 처참한 전쟁에서 손을 떼고 물러나 있다가 갑자기 모습을 드러냈기 때문이다. 이에 반해 트로이 측은 모두 겁에 질려 사시나무처럼 손발을 떨더니 그칠 줄을 몰랐다. 재빠른 아킬레우스가 번쩍이는 갑옷으로 무장하고 인간들에게 화를 주는 군신 아레스와 닮은 모습으로 나타난 것을 보았기 때문이다.

그러나 무사들의 군집 속에 이윽고 올림포스의 모든 신들이 달려와서 병사들을 분기시키는 강력한 투쟁의 여신이 우뚝 일어서고, 아테나가 방벽 밖에 파 놓은 참호 앞에 서서 우레 같은 함성을 지르거나 파도소리 요란한 바닷가에 서서 우렁차게 외쳐댔다. 상대편에서는 군신 아레스가 시커먼 폭풍우처럼 보루 위에 서서, 또 시모이에이스(Simoeis, Simois

전쟁터로 내려오는 신들

시모이스; 고대 도시 트로이 일대인 소아시아 북서부 지방을 흐르는 스카만드로스 강의 지류. 이는 또 이 강의 신 이름이기도 하다.) 강변을 따라 칼리콜로네 (Callicolone) 언덕까지 뛰어올라 기세등등하게 트로이 군세를 독려했다.

이처럼 양쪽 진영의 각기 축복을 받은 신들이 서로 자기네들이 응원하는 쪽을 격려하며 싸우게 하는 동안 신들 자신도 자기네들끼리 엄청난 투쟁을 펼쳐나갔다. 제우스가 높은 하늘에서 몹시 거칠게 천둥을 울리면, 이에 맞장구쳐 아래쪽에서도 포세이돈이 대지와 치솟아 오른 산봉우리들을 마구 뒤흔들어 놓는 바람에 트로이의 성도 아카이아 측의 배들도 모두 무섭게 뒤흔들렸다. 지하세계 망령의 주군인 하데스조차 공포에 질려 외마디 소리를 지르며 옥좌에서 뛰어올랐다. 만약 위에서 대지

군신 아레스(마르스)

를 뒤흔드는 포세이돈이 땅바닥을 쪼개 신들마저도 너무 음침해서 싫어하는 저승의 성이 인간들이나 불사의 신들의 눈에 고스란히 드러나지나 않을까 염려했기 때문이다.

그토록 가공할 천지의 진동이 신들이 서로 싸우기 시작하는 바람에 일어났다. 즉 포이보스 아폴론이 날개 달린 화살을 들고 포세이돈의 정면에 버티고 서면, 전쟁의 신 에니알리오스(아레스)가 아테나 여신을 대적하고, 헤라 여신은 황금 장대를 가지고 소란을 피우는 아폴론의 누님 아르테미스 여신이 대항했다. 그리고 구제의 신 헤르메스가 레토를 맡고, 헤파이스토스는 깊이 소용돌이치는 대하의 정(精)이 대적하여 싸웠다. 신들은 크산도스라 부르고 인간들은 스카만드로스라 부르는 강의 신이다.

이처럼 모든 신들이 서로 대항하여 싸우는 동안 아킬레우스는 프리아모스의 아들 헥토르와 일전을 벌이고 싶은 열망에 불타 있었다. 왜냐하면 진심으로 군신 아레스를 싫증나게 만들어 주려고 애를 쓰고 있었기 때문이다. 하지만 아폴론 신은 단숨에 아이네이아스가 아킬레우스를 향해 일어서게 하고 그의 가슴에 드높은 용기를 불어넣어 주었다. 그는 프리아모스의 아들 리카온의 목소리를 빌려 그에게 독려하면서 이렇게 말했다.

"아이네이아스여, 트로이 군의 지휘관인 그대가 술자리에서 대장들에게 한 그 호언장담은 어찌 되었나. 펠레우스의 아들 아킬레우스와 무용을 겨루겠다고 하지 않았던가."

그러자 아이네이아스가 대답했다.

"프리아모스의 아들이여, 어찌하여 바라지도 않는 나에게 저 의기 드높은 펠레우스의 아들과 싸우라고 독촉하는가. 결국 죽고 마는 운명을 가진 인간으로서는 아킬레우스에게 정면으로 도전하여 싸운다는 것은 도저히 불가능한 일이다. 그의 청동 창은 한 번 날아가면 사람의 살을 꿰뚫지 않고서는 멎지 않았다."

이에 대해서 제우스의 아들 아폴론 신이 말을 받았다.

"아이네이아스여, 그렇다면 그대도 불사의 신들에게 기도를 올려라. 그대도 제우스의 딸 아프로디테에게서 태어나지 않았던가. 그 사나이 쪽이 지체가 낮은 여신의 아들인 셈이다. 그대의 어머니는 제우스 신의 딸이지만, 아킬레우스의 어머니는 바다의 노인 네레우스의 딸이거든. 그러니 모든 청동 갑옷을 가지고 오게. 그 사나이에게 결코 준엄한 말이나 위협 때문에 쫓겨나서는 안 되니까 말이네."

그리고 나서 아폴론은 아이네이아스에게 엄청난 기력을 불어주자, 그는 번쩍이는 청동 갑옷을 걸치고 곧장 선두대열로 뛰쳐나갔다.

이처럼 각각 다른 곳에서 자리를 차지한 신들은 서로 계략을 짜기에 바빴다. 심한 전투를 시작하기까지는 아직 양측 모두 주저하고 있었다. 그때 하늘에 있던 제우스 신이 전투를 시작하는 신호를 내렸다.

그리하여 평원은 양쪽의 병사들과 말과 수레들로 완전히 뒤덮이고, 청동의 빛나는 별이 차차 일제히 돌진하기 시작했다. 그 말 아래에서는 대지가 뒤흔들림과 동시에 굉음이 울렸다. 그중에서도 뛰어나 보이는 두 사람의 용사가 양쪽 군사의 한복판에서 막 싸우려는 기세로 마주 대하고 있었다. 앙키세스의 아들 아이네이아스와 펠레우스의 용맹스런 아들 아킬레우스로, 아이네이아스가 먼저 묵직한 투구를 흔들면서 위협하듯 성큼성큼 걸어 나왔다.

한편 이쪽에서는 아킬레우스가 기력과 의기가 충천한 아이네이아스와 맞서 싸우기 위해 마치 사자가 인간을 물어뜯어 죽이느냐, 아니면 자기가 목숨을 잃느냐를 시험해 보려는 것처럼 태연하게 앞으로 나아갔다.

이윽고 서로의 거리가 좁혀져 마침내 바로 가까이까지 다가서자 재빠른 아킬레우스가 먼저 말을 건넸다.

"아이네이아스여, 그대는 어찌하여 멀리 떠나와서 내게 도전하는 건가. 그것은 아마 프리아모스에게서 왕위를 이어받아 지배하고 싶은 욕망에서 그러겠지. 하지만 프리아모스는 그대에게 설령 그대가 나를 쓰러뜨린다 해도 상으로 왕 자리는 내주지 않을 것이다. 그는 자식들도 많을 뿐 아니라 아직 노망도 들지 않았으니 말이다. 아무튼 내가 전에도 그대를 패주시킨 일이 있었지. 잊었는가, 그때는 도망치기만 했지 한 번도 되돌아서서 대항하려 들지 않았다. 그때는 제우스와 그 밖의 신들이 돕는 바람에 나한테 잡히지 않았다. 하지만 이번에는 그대를 구해주지 않을 것이다. 그러니 내가 순순히 말할 때 일찌감치 물러나 군중 속으로 돌아가라. 결국 나중에 가서 후회하는 짓 따위는 우둔한 자들이 하는 짓거리다."

그러자 아이네이아스가 우렁찬 목소리로 말했다.

"펠레우스의 아들이여, 나를 철없는 아이처럼 여겨 어설프게 입을 놀려 협박할 수 있다고 생각하면 큰 오산이다. 격렬한 전투에서 부질없는 말장난은 그만두기로 하자. 서로 욕을 퍼붓기로 한다면 얼마든지 할 수 있을 것이다. 비록 백 개의 노를 가진 커다란 배라도 다 싣지는 못할 것이다. 아무튼 청동 무기를 들고 맞대결하는 것 이외에 그 어떤 말로서도 되돌아서게 하지는 못 할 것이다. 그러니 어서 청동 창을 들고 서로의 무용을 겨뤄보도록 하자."

그는 말을 마치기가 무섭게 묵직한 창을 들어 아킬레우스의 커다란 방패를 힘껏 내리치니 펠레우스의 아들도 약간 주춤거리며 굳건한 손으로 방패를 떠받쳤다. 기세등등한 아이네이아스는 창이 아킬레우스의 방패를 꿰뚫고 들어올 줄 알았다. 하지만 그는 마음속으로 신의 선물인 존귀한 무기가 언젠가는 죽을 운명에 놓여 있는 한낱 인간의 손으로 그렇게 쉽게 뚫릴 리는 없다는 사실을 전혀 모르고 있었던 것이다.

그래서 아이네이아스의 묵직한 창은 방패를 꿰뚫지 못하고 신의 선물인 황금판에 박혀버리고 말았다. 헤파이스토스가 만든 5겹의 방패는 두 장은 꿰뚫렸으나 아직도 세 장이나 남아 있었다. 바깥쪽 두 장은 청동 판이고 안쪽 두 장은 주석 판, 그리고 가운데 한 장은 황금판인데, 창이 바로 그곳에서 멈추고 말았던 것이다.

이번에는 아킬레우스가 그림자를 길게 늘어뜨리는 긴 창을 거머잡고 아이네이아스의 방패에 던지니 청동 판이 가장 얇은 가장자리 끝부분을 관통하자, 아이네이아스는 겁이 나 재빨리 허리를 굽히며 방패를 몸 위로 높이 쳐들었다. 덕분에 아이네이아스는 겨우 창을 피해 몸을 다시 가누었으나 끝없는 고뇌가 그의 두 눈을 휘덮었다. 그것을 보자 아킬레우스가 곧바로 칼을 뽑아 고함을 지르며 맹렬한 기세로 달려들었다. 아이네이아스도 얼른 큼직한 돌덩어리를 집어 들었다. 보통 사람은 두 명이

들어도 힘든 커다란 돌을 가볍게 혼자 들고 휘둘러댔다.

이때 아이네이아스가 돌진해 오는 적에게 이 돌을 던져 투구나 방패를 맞혔더라도 그 투구나 방패는 상대방의 죽음을 막아주었을 것이고, 오히려 아킬레우스가 달려들어 칼로 그를 죽였을 것이다. 그런데 이때 포세이돈 신이 이 광경을 보더니 불사의 신들에게 이렇게 말했다.

"거 참, 가엾게도 아이네이아스는 펠레우스의 아들의 손에 죽어 저승으로 가게 되었구나. 비참한 최후를 막아주지 못하는 아폴론 신의 말을 믿었다니. 참으로 바보 같은 자로군. 하지만 저 사나이는 죄도 없는데 고난을 겪을 필요가 있는가. 그러니 우리가 저자를 죽음에서 구해주도록 하자."

이 말에 헤라 여신이 말했다.

"포세이돈 님, 잘 생각해 보세요. 아이네이아스를 지켜 줄 건지, 아니면 아킬레우스가 죽게 하든지를. 여러 신들이 앉아 있는 자리에서 나와 아테나는 절대로 트로이 편을 위해 재앙을 막아주지 않겠다고 맹세했습니다."

이 말을 듣자 포세이돈은 지금 아이네이아스와 아킬레우스가 있는 곳에 이르러 갑자기 아킬레우스의 눈에 짙은 안개 기운을 확 뿌려 아이네이아스를 허공에 던져 싸움터의 맨 끝에 떨어지게 했다. 그곳에서는 카우코네스들이 출전 준비를 하느라 여념이 없었다. 이때 위기에서 아이네이아스를 구해준 포세이돈이 다가와 남들이 듣지 못하게 작은 소리로 아이네이아스에게 말했다.

"어느 신이 그대에게 아킬레우스와 싸우라고 명령했던가. 그대는 아킬레우스와 싸워서 승산이 없다. 더구나 아킬레우스는 많은 신들로부터 사랑을 받고 있다. 그러니 조심하거라."

이렇게 말하고 그를 그곳에 남겨놓고 떠났다. 한편 눈에서 안개가 걷히자 아킬레우스가 말했다.

"참으로 이상한 일이로구나. 창은 이대로 꽂혀있는데 사람이 온데간데 없이 사라지다니. 틀림없이 그는 불사의 신으로부터 귀여움을 받고 있다. 그런데 왜 그는 갑자기 나와 싸울 생각을 버렸을까. 아무튼 다나오이 군사들을 격려하여 어느 누구든 트로이 군의 무사와 정면으로 맞서 겨루자."

이렇게 말하고는 대오 앞으로 뛰쳐나가 용사들을 격려했다. 그러자 트로이 측에서도 헥토르가 목소리를 높여 격려했다. 이것은 아킬레우스에게 도전할 생각이 없었기 때문이다. 이렇듯 트로이 군과 다나오이 군 양측에서 모두 우렁찬 함성이 울려 퍼졌다.

때마침 아폴론이 헥토르 곁에 다가와서 말했다.

"선두에 나서 아킬레우스와 겨루지 말라. 그보다는 다른 병사들 속에 끼어 들어가 소란스러운 대결에서 한걸음 물러나 있거라."

이렇게 말하자 헥토르는 근처 병사들의 무리 속으로 끼어들어갔다.

한편 아킬레우스는 미친 사자처럼 날뛰면서 오트륀테우스(Otrynteus)의 아들인 트로이 군의 용사 이피티온(Iphition)을 쓰러뜨린 후, 창으로 그의 머리를 찔러 둘로 쪼갰다. 그리고 이번에는 히포다마스가 전차에서 뛰어내려 도망치는 것을 뒤에서 창으로 찌르니 그는 외마디 비명을 지르고 쓰러졌다.

이 외에도 트로이 군의 여러 장수들을 죽인 다음, 마지막에는 페이레스(Peires)의 아들 리그모스(Rhigmus)의 뒤를 쫓았다. 그는 비옥한 트라케에서 온 자였다. 아킬레우스가 날카로운 창을 던지니 배꼽을 맞은 그는 전차에서 굴러 떨어졌다. 또한 말머리를 돌려 달아나는 그의 수행무사 아레이토스(Areithous)의 등을 찌르자 그만 전차에서 내동댕이쳐지고, 말들은 공포에 떨고 있었다. 그 모습은 마치 무서운 기세로 타들어 가는 불길과도 같았다. 산은 이미 마를 대로 말라 있었다. 그 깊은 숲이 타들어 가니 사방으로 바람이 불꽃을 흐트러뜨리며 소용돌이치게 했다. 이처럼 아킬레우스가 창을 들고 사방팔방에서 피에 굶주린 귀신처럼 적을 무찌르며 미친 듯이 날뛰니 검은 대지가 피로 붉게 물들었다.

이와 같이 기세 사나운 아킬레우스에게 쫓겨 외발굽의 말들도 수많은 시체와 방패 등을 마구 짓밟고 달렸다. 전차의 굴대 가장자리 아래쪽은 온통 피투성이가 되었고, 차체를 둘러싼 난간까지 바퀴의 쇠테에서 튀는 피에 젖었다. 그동안 아킬레우스는 오로지 영광을 차지하고자 다급하게 기를 쓰며 무적의 두 손을 피로 물들여 갔다.

제 21 권

크산토스 강변 전투

그 광경은 마치 메뚜기 떼가 불길을 피해 강물을 찾아 날뛰는 것과도 같았다. 그러나 불길은 더욱 세차게 타올라 다가오자 메뚜기 떼는 갈 곳을 잃고 강에 떨어지듯이, 아킬레우스의 공격으로 크산토스 강은 물에 빠진 병사들과 말로 일대 아수라장을 이루었다.

이때 아킬레우스는 창을 강둑 수양버들에 걸쳐놓고 칼만 손에 든 채 트로이 군을 가만두지 않겠다는 일념으로 강물에 뛰어들었다. 그리하여 닥치는 대로 칼을 휘두르니 비명소리가 그치지 않고 강물은 피로 붉게 물들었다.

이때 마주친 것은 프리아모스의 아들 리카온이었다. 그는 강에서 헤엄쳐 나오는 중이었다. 이자는 전에 아킬레우스가 프리아모스의 과수원에서 잡아 억지로 끌고 간 젊은이였다. 마침 아킬레우스가 야음을 타 그곳을 습격했을 때, 리카온은 전차의 난간을 만들려고 날카로운 청동 칼로 무화과나무의 싱싱한 가지 몇 개를 잘라내고 있는데, 거기에 뜻밖에도 아킬레우스가 들이닥쳤던 것이다.

그때 아킬레우스는 리카온을 배에 태워 가까운 곳에 있는 렘노스 섬(Lemnos; 트로이 서쪽에 있는 섬)으로 가서 팔아버렸다. 마침 그곳의 왕이자 이아손의 아들인 에우네오스(Euneus)가 몸값을 치르고 그를 샀고, 그에게서 다시 친한 사이인 임브로스 섬(Imbrus; 렘노스 섬 북동쪽에 있다. 터키에서는 괴크체아다 섬이라 부른다.)의 에티온(Ethion)이 많은 돈을 지불하고 인수하여 거룩한 아리스베(Arisbe; 프리아모스의 첫 번째 부인)에게 보내주었다. 거기서 그는 몰래 도망쳐 아버지 프리아모스의 성으로 돌아왔던 것이다. 그 후 열하루 동안 가족과 동족들과 함께 살면서 렘노스 섬에서 돌아온 이후 얼마간 마음을 달랠 수 있었다. 그런데 열이틀째 운명은 다시 아킬레우스의 손에 그를 넘겨주었으며, 그의 의지와는 상관없이 그를 저승의 왕 하데스에게 보내려는 것이다.

지금 그런 젊은이를 아킬레우스가 발견하고 말았는데, 그는 투구도 방패도 창도 가지지 않은 맨몸이었다. 이것을 보고 아킬레우스는 이상하게 생각하며 중얼거렸다.

"이런, 정말 이상한 일도 다 있구나. 그럼 실지로 내가 죽인 트로이 인들도 몽기(夢氣)에 싸여 있다는 저승에서 살해되어도 다시 살아나는 것일까. 정말 이 사나이처럼……. 이 녀석도 신성한 렘노스 섬으로 팔려갔었는데, 모진 세월을 피해 다시 돌아온 것을 보면 하얀 파도가 일렁이는 바다조차 이자에게는 장해가 되지 않았단 말인가. 많은 사람들을 싫건 말건 잡아끌어다 놓는 바다인데 말이다. 아무튼 이렇게 된 이상 다시 저 세상에서 돌아올 수 있는지 그에게 우리의 날카로운 창끝 맛을 보여주자. 아니면 걸출한 용사들조차 지하에 잡아놓는 생명의 대지가 그를 붙잡아둘 것인가."

아킬레우스가 이렇게 중얼거리고 있는데 리카온이 아킬레우스의 무릎에 매달려 살려달라고 애원했다. 그러나 아킬레우스는 긴 창을 휘두르며 그를 찌르려고 했다. 그 손 밑으로 몸을 굽혀 무릎에 매달리자 창은 인간의 살에 닿아 그 피를 실컷 흘리겠다고 기를 쓰면서 리카온의 등 위를 날아 저만큼 땅에 가서 꽂혔다. 이런 판국에 리카온은 한 손으로 아킬레우스의 무릎을 잡고 애원하고, 한 손으로는 날카롭게 간 창 자루를 잡으며 이것을 놓으면 죽는다는 듯이 그를 향해 큰 소리로 외쳤다.

"아킬레우스 님, 저를 불쌍히 여겨 자비를 베풀어 주십시오. 제우스가 비호하시는 당신을 탄원자로서 찾아온 저입니다. 과수원에서 붙잡힌 그 후 저는 이리저리 팔려다닌 뒤 가까스로 집에 돌아온 지 열이틀 되었습니다. 모진 고생 끝에 이제 한숨을 돌리나 했더니 바로 당신에게 다시 붙들렸습니다. 이 무슨 저주받을 운명입니까. 제발 저를 죽이지만은 말아 주십시오. 저는 헥토르와 같은 배의 형제도 아니니까요."

이처럼 프리아모스 왕의 아들이 애걸복걸했으나 대답은 인정사정없는 것이었다.

"바보 같은 녀석, 그래도 죽어야 한다. 왜 그렇게 슬퍼하는가. 파트로클로스조차 죽지 않았던가!"

이 말을 들은 그는 그만 무릎에 힘이 빠져 자기도 모르게 잡고 있던 창을 놓으며 엉덩방아를 찧었다. 그러자 아킬레우스는 날카로운 그의 칼로 목을 치니 검은 피가 솟아나오며 목이 떨어져 나갔다. 아킬레우스가 그의 시체를 강 속으로 던지며 말했다.

"자, 거기서 물고기들과 함께 누워 자거라. 물고기는 너의 피를 실컷 빨아 줄 것이다."

이때 강의 신은 분노를 느끼고 어떻게 해야 아킬레우스의 난폭한 행위를 막고 트로이의 파멸을 면케 할 수 있을지를 궁리했다.

그 사이에 아킬레우스가 기를 쓰며 아스테로파이오스(Asteropaios)에게 덤벼들어 말했다.

"대체 그대는 누구이며 어디서 왔기에 감히 나에게 덤벼드는가. 그대는 불운한 부모의 자식이로다."

이에 아스테르파이오스가 말했다.

"그대는 무엇 때문에 나의 출생을 물어보는가. 나는 멀리 떨어진 파이오니아의 기름진 고장에서 온 사람이다. 그런데 내가 태어난 곳은 유유히 흐르는 악시오스 강이다. 그 강의 신이 창의 명수인 펠레곤(Pelegon)을 낳고 그가 다시 나를 낳아준 것이다. 자, 한 번 겨뤄보자. 아킬레우스여."

이렇게 하여 둘은 무서운 결투를 벌였다. 창과 칼이 마주쳐 불꽃이 튀었다. 그러나 결국은 아킬레우스의 칼이 아스테로파이오스의 목숨을 빼앗고 말았다. 이어 아킬레우스는 기마의 무사 파이오네스의 부대를 뒤쫓기 시작했다.

이 부대의 무사들은 소용돌이치는 강변에서 자기네 대장 밑에서 격렬하게 싸우다가 아킬레우스의 무용에 그만 공포에 질려 허둥지둥 달아나고 있었다. 아킬레우스는 그들 사이에 뛰어들어 데르시로코스와 미돈,

아스티필로스와 무네소스와 드라시오스, 게다가 아이니오스, 오펠레스테스 등을 마구 쓰러뜨렸다. 만일 깊이 소용돌이치는 이 강이 화를 내고 말하지 않았더라면 그는 더 많은 무사를 죽였을 것이다. 그런데 인간의 남자를 방불케 하는 강의 신이 깊은 소용돌이 속에서 말했다.

"오, 아킬레우스여. 그대의 무용도 신들이 지키고 있기 때문이다. 그러나 제우스 신이 트로이 군을 멸망시키도록 허용했더라도, 이 스카만드로스(크산토스) 강에서 싸우지 말고 넓은 들판으로 가서 싸우라. 이제 여기서는 그만두어라."

아킬레우스가 대답했다.

"그렇게 하겠습니다. 제우스 신이 비호하시는 스카만드로스여, 그대의 말씀대로 하겠습니다. 그러나 분별없는 트로이 군을 그냥 두지는 않을 것입니다."

이렇게 말한 아킬레우스는 다시 트로이 군을 향해 추격해 갔다. 이때 크산도스 강의 신이 아폴론 신을 향해 말했다.

"당신은 그 크로노스의 아드님의 계책을 지키지 않았군요. 아까는 트로이 군을 도와주자고 말씀하셨는데."

이렇게 말하고 있는데 아킬레우스가 강둑에서 돌진하여 다시 강 한가운데로 뛰어들었으므로 그를 향해 강이 크게 파도를 치기 시작했다. 아킬레우스는 무서운 파도 때문에 이제는 발밑조차 불안하여 제대로 서 있을 수조차 없었다. 그래서 두 손을 들고 가지가 무성한 굵은 느릅나무에 매달렸으나, 그 나무마저도 뿌리째 뽑혀 둑이 허물어졌다. 그런데 가지와 잎이 무성한 나무가 강에 떨어졌기 때문에 마치 강에 다리를 걸친 것처럼 되었다. 아킬레우스는 이것을 이용해 달아나기 시작했다. 그러나 강의 신은 조금도 멈추지 않고 아킬레우스를 향해 거뭇거뭇한 물결을 추

강의 신과 겨루는 아킬레우스

스르며 달려들었다.

　그때 아킬레우스는 벌써 투창이 미치지 않는 데까지 달아나고 있었다. 그러나 파도는 자꾸 아킬레우스를 덮치기 시작하고 발밑의 모래는 자꾸 패어 나가 어떻게 할 수가 없게 되었다. 이때 아킬레우스가 창공을 바라보고 탄식하면서 말했다.

　"제우스 아버지 신이여, 여러 신들 가운데 어느 한 분도 나를 가련하게 여겨 강물에서 구해주려 하지 않고 있습니다. 지금 나는 강물에 갇혀 비참하게 죽어갈 운명에 놓여 있습니다."

이 말을 듣고 포세이돈과 아테나 두 신이 아킬레우스 곁에 와서 무사들의 모습을 빌려 그의 손을 잡고 안심시키고 먼저 포세이돈이 말했다.

"펠레우스의 아들이여, 두려워할 것은 없다. 우리가 여기 있다. 그런데 그대에게 꼭 일러둘 말이 있다. 명심하라. 일리오스의 유명한 성벽 안에 트로이 병사들을 몰아넣기 전에는 무참한 전투에서 손을 떼지 말라. 그리고 헥토르의 목숨을 앗은 다음에는 곧장 배로 철수해야 한다. 우리는 그대에게 영광을 안겨줄 것이다."

이 말에 아킬레우스는 다시 원기가 치솟아 올랐다. 그리하여 다시 용맹을 떨치니 트로이 군사들은 도망치기 바빴다.

이때 아폴론이 아게노르에게 용기를 불어넣어 일어서게 하지 않았더라면 트로이 성은 아카이아 군에게 함락되었을지도 모른다. 용기가 충만해진 안테노르의 아들 아게노르는 아킬레우스를 보자 이렇게 외쳤다.

"아킬레우스여, 그대가 오늘 트로이의 성을 공략할 수 있을 거라고 생각하는가. 어리석은 자로군. 그곳에 이르려면 아직 산더미 같은 고생을 해야 할 것이다. 우리와 같은 무사들이 아직도 무수히 대기하고 있으니까 말이다. 비록 그대가 용감무쌍한 전사라 할지라도 이 자리에서 최후를 마치리라."

말을 마치기가 무섭게 아게노르는 억센 팔로 창을 날리니 아킬레우스의 주석 정강이받이에 맞아 쇳소리가 울려퍼졌다. 하지만 창은 도로 튕겨 나오고 말았다. 신이 만든 물건이라 그 창을 막아주었던 것이다.

그러자 이번에는 아킬레우스가 아게노르를 향해 돌진했다. 이때 아폴론이 엄청난 안개 기운으로 아게노르를 감싸 싸움터에서 멀리 내보내 주었다. 그리고 아폴론 신은 아게노르의 모습을 하고 아킬레우스 앞에 나타났다. 그러자 아킬레우스는 그를 아게노르로 알고 밀이 무르익은 들판을 지나 스카만드로스 강쪽으로 그를 추격해갔다. 아폴론은 눈앞에서 금방이라도 잡힐 듯하며 아킬레우스를 속였기 때문에 이들은 트로이 성에서 아주 멀리 떨어지고 말았다.

그 사이에 트로이 군사들은 재빨리 성으로 피신해 안도의 한숨을 내쉬었다. 성 안에는 피신해 온 군사들로 북적였다. 하지만 누가 무사히 도망쳐왔고 누가 전사했는지를 알려고 하는 자는 아무도 없었다. 다리만 성하다면 누구나 정신없이 성 안으로 물밀듯이 몰려들어왔기 때문이었다.

제 22 권

헥토르의 죽음

한편 포이보스 아폴론이 펠레우스의 아들 아킬레우스를 향해 말했다.

"아킬레우스여, 무엇 때문에 날쌘 걸음으로 나를 뒤쫓아 오는가. 그대는 분명히 죽어야 하는 인간 주제에 불사의 신인 나를 쫓아오다니. 그대가 너무 흥분했나, 아니면 트로이 군을 무찌를 기분이 사라졌는가. 그들은 지금 모두 성안으로 들어가고 없도다."

아킬레우스가 화를 내면서 말했다.

"활을 잘 쏘는 아폴론 신이여, 정녕 여러 신들 중에서 가장 잔혹한 당신이 이번에는 나를 속여 성벽에서 이리로 끌고 왔군요. 그렇지 않으면 아직도 많은 자들이 일리오스 성 안으로 달아나기 전에 대지를 이빨로 깨물게 해 주었을 텐데. 그런데 지금 이렇게 커다란 영예를 빼앗아갔을 뿐 아니라 적을 모조리 살려주었으니, 이는 분명 나중의 보복을 조금도 두려워하지 않기 때문일 테지요. 하지만 내게 힘이 있다면 복수를 하고 싶은 심정이오."

이렇게 말하고 그는 성 쪽으로 몸을 돌려 질풍처럼 말을 몰아 달려갔다. 그 모습을 맨 먼저 발견한 것은 프리아모스 왕이었다. 이때 헥토르는 아킬레우스와 싸우기 위해 스카이아 성문 앞에 서 있었다. 그래서 프리아모스 왕은 헥토르에게 호소했다.

"아들아, 제발 부탁이니 아킬레우스를 기다리지 말아라. 더구나 혼자서는 안 된다. 아킬레우스의 손에 의해 네가 죽는다면 큰일이다. 그자는 너보다 강한데다가 냉정한 인간이다. 이 아비를 가련하게 여겨다오. 그러니 내 아들아, 성 안으로 들어오거라. 그래야만 네가 트로이의 여인들과 아이들을 구하고, 아킬레우스에게 영광을 주지 않고 너도 목숨을 빼앗기지 않을 것이다. 이들은 결국 내 며느리들의 저주스런 손에 끌려갈 것이고 이 늙은이의 시체를 개들이 몰려들어 물어뜯게 하고 더럽힐 것이다. 그렇다면 이보다 더 비참하고 개탄스런 일이 어디 있겠느냐"

이렇게 늙은 왕은 간곡히 호소했으나 헥토르의 마음을 돌리지는 못했다. 다시 이번에는 모친이 눈물을 흘리면서 가슴을 헤치고 젖가슴을 드러내 보이며 그에게 애걸했다.

"아들아, 네가 내 아들이라면 이 가슴을 봐서라도 측은하게 여겨다오. 언젠가 너의 울음을 멎게 해주던 이 젖을 너에게 물린 이 어미를 불쌍히 여겨 성 안으로 들어와서 싸우거라. 그자는 너무 흉폭한 자이니 앞장서서 그자와 싸우지 말아라. 혹시 그자가 너를 죽이기라도 한다면, 나는 소중한 자식을 관에 뉘어놓고 한탄도 할 수 없단다. 그대를 낳은 어미인데도 말이다. 그리고 내 며느리들도 아르고스 군의 배 옆에서 개들에게 뜯어 먹힐 테지."

이처럼 두 사람이 함께 울부짖으면서 사랑하는 자식에게 애원했으나 헥토르의 마음을 설복시킬 수는 없었다. 헥토르는 비장한 각오를 하고 날카로운 눈초리로 앞을 노려보면서 마음속으로 중얼거렸다.

'내가 만일 성문 안으로 들어간다면 폴리다마스가 맹비난하겠지. 그는 아까 트로이 군을 성 쪽으로 이끌고 가라고 나에게 권했다. 이 저주스러운 밤 사이에 용감한 아킬레우스가 일어섰을 때였다. 그런데 나는 듣지 않았다. 그러나 이젠 병사들을 나의 오만한 생각으로 죽여 버린 이상, 나는 트로이 사람들에게 고개를 들 면목이 없다. 그러니 차라리 아킬레우스와 맞붙어 싸울 것이오.'

그러는 동안 아킬레우스는 헥토르 옆에 가까이 다가와 있었다. 그 모습은 바로 에니알리오스(아레스)를 보는 듯 번쩍이는 투구의 군신 같았다. 그것을 본 헥토르는 온몸이 떨리기 시작하여 더 이상 그 자리에 서 있을 수가 없어 문을 뒤에 두고 달아나기 시작하니, 펠레우스의 아들은 나는 듯이 그에게 달려들었다.

이런 광경을 여러 신들은 하늘에서 지켜보고 있었다. 제우스 신이 먼저 입을 열었다.

"저런, 정말로 훌륭한 무사가 성벽 주위를 쫓아다니는 걸 보게 되었구나. 내 가슴은 지금 헥토르 때문에 비탄에 젖어 있다. 그는 언제나 나에게 소의 대접살을 듬뿍 구워주곤 했는데. 자, 여러 신들도 잘 생각해보시오. 그를 죽음에서 구해 줄 것인가, 아니면 펠레우스의 아들 아킬레우스를 죽게 할 것인가."

그러자 아테나가 말했다.

"아버님, 무슨 말씀을 하십니까. 헥토르는 어차피 죽어야 하는 인간으

로서 벌써부터 죽음의 운명이 정해진 자가 아닙니까. 그것을 다시 '죽음'
에서 풀어 놓아 주시려고 하십니까. 그렇게 하시려면 하세요. 그렇지만
다른 신들은 결코 찬성하지 않을 거예요."

"안심하거라, 사랑하는 딸 트리토게네이아(Tritogeneia; 리비아의 트리토
니스 호반에서 두통으로 태어났다고 하여 붙여진 아테나의 애칭이다.)여. 결코
진심으로 하는 말은 아니다. 너에게 짓궂게 굴 생각은 없다. 네가 좋을
대로 해라."

제우스 신이 이렇게 말하니 아테나는 즉각 올림포스를 떠나 지상으로
내려갔다.

한편 아킬레우스는 헥토르를 사나운 기세로 쫓고 있었다. 이때 아테
나 여신이 아킬레우스 곁으로 와서 말했다.

"이제 드디어 제우스 신이 귀여워하는 아킬레우스에게 영광을 내리게
해 주실 것 같다. 헥토르를 죽여 배에 싣고 가게 될 것이다. 그러니 그대
는 여기서 걸음을 멈추고 기다리라. 내가 헥토르한테 가서 그와 맞붙어
싸우겠다."

이 말을 들은 아킬레우스는 기뻐하면서 그 말에 따랐다. 아테나는 데
이포보스 아폴론의 모습과 음성을 빌려 헥토르에게로 가서 말했다.

"형님, 우리는 달아날 것이 아니라 둘이서 아킬레우스와 한번 싸워봅
시다."

그러자 헥토르가 말했다.

"데이포보스, 이런 데로 나와 주다니. 다른 자들은 모두 성 안에 머물
러 있는가?"

아테나가 말했다.

"형님, 참으로 무던히도 아버님과 어머님이 번갈아 가며 제 앞에 무릎

을 꿇고 애원을 하셨습니다. 다른 전우들도 나를 둘러싸고 애원했어요. 나가지 말라고 말이에요. 모두 그토록 무서워서 떨고 있습니다. 하지만 내 가슴은 형님 때문에 쓰라린 비탄으로 난도질당하고 있었지요. 그러니 자, 이제 힘껏 싸워 봅시다."

그러고는 더욱 사악하게도 아테나 자신이 선두에 서서 아킬레우스를 향해서 다가갔다. 그리하여 양쪽에서 가까워지자 헥토르가 말했다.

"아킬레우스여, 이제는 달아나지 않는다. 자, 싸우자!"

두 무사의 결투가 마침내 시작되었다. 아킬레우스가 먼저 창을 던지니 헥토르는 허리를 굽히고 그것을 피했다. 그러자 창은 땅에 가서 꽂혔다. 그것을 아테나는 얼른 뽑아 헥토르의 눈을 속여 아킬레우스에게 돌려주었다.

"빗나갔구나, 아킬레우스여."

헥토르는 이렇게 말하면서 창을 쳐들어 힘껏 던져 방패를 맞혔으나, 비뚤어져 그대로 방패에서 멀리 튕겨나갔다. 자기의 창이 빗나간 것을 본 헥토르는 화가 치밀었다. 그러나 이제는 손에 창이 없기 때문에 데이포보스를 불러 창을 받으려 했다. 그러나 그의 모습은 보이지 않았다. 그러자 헥토르는 모든 것을 깨달았다.

"흠, 이것은 반드시 여러 신들이 나를 저승으로 보내려는 것이다. 내 아우가 바로 옆에 있는 줄 알았는데……. 이것도 틀림없이 아테나 신이 속인 것이다. 그렇다면 제우스 신, 아폴론 신, 모두 내가 이렇게 되기를 바랐던가. 그러면 좋다. 어차피 죽을 몸인데 명예를 더럽히고 죽을 수는 없다."

헥토르가 날카로운 칼을 뽑았다. 그러고는 아킬레우스에게 덤벼들었다. 다시 불꽃 튀는 결투가 벌어졌다. 아킬레우스가 헥토르의 목을 재빨리 찔렀다. 그러자 헥토르는 목이 뚫려 쓰러지고 말았다. 아킬레우스는 승리에 우쭐해져 말했다.

"헥토르, 그대는 파트로클로스의 갑옷을 벗길 때 그것으로 모든 것이 무사히 끝난 줄 알았지. 어리석은 자여. 이제 그대는 개와 독수리들의 밥이 되겠지만, 파트로클로스를 위해서 아카이아 군이 정식으로 장례를 치러 줄 것이다."

이 말에 헥토르는 마지막 남은 힘을 다해 말했다.

"부탁한다. 나의 시체는 아카이아 군 함선 옆에서 개들이 뜯어먹도록 방치하지 말고 트로이의 남자와 그 아내들이 화장해 줄 수 있도록 해다오. 그 대가는 충분히 치르게 할 테니 말이다."

이렇게 말하는 헥토르를 노려보면서 아킬레우스가 말했다.

"저주받은 헥토르여, 그대가 해 온 일을 생각하면 그대의 몸을 갈가리 찢어서 개나 독수리에게 던져주고 싶다. 그럴 만한 짓을 그대가 했으니 말이다. 그러니 그대 몸무게만큼의 황금을 갖다 바치더라도 안 될 일이다. 아무리 그래도 그대를 낳아준 모친이 그대를 관에 뉘어 슬피 울게 할 수는 없는 노릇이다. 그 대신 그대의 몸뚱아리는 개와 독수리들이 깨끗이 해치울 것이다."

그러자 거의 죽어가던 헥토르가 겨우 말을 이었다.

"과연 그대 얼굴을 똑바로 보니 충분히 알 수 있겠구나. 좋다, 그렇다면 그대도 조심하는 것이 좋을 것이다. 그대가 아무리 강하더라도 파리스와 포이보스 아폴론이 언젠가는 그대를 스카이아 성문 앞에 쓰러지게 할 것이다."

헥토르가 이 말을 마치자 영혼이 그의 몸에서 빠져나가 저승으로 떠났다. 이처럼 헥토르가 완전히 죽자 그의 시신을 향해 아킬레우스가 조용히 말했다.

"이제 죽거라. 나도 제우스 신과 다른 불사의 신들이 죽음을 내리면 기꺼이 받아들이마."

이렇게 말하고 나서 아킬레우스는 청동 칼을 뽑아 헥토르의 시체에서 갑옷을 벗기기 시작했다. 그러고는 발목에 줄을 매어 전차에 연결시켜 땅바닥을 질질 끌고 다녔다. 이것은 아킬레우스가 용감한 헥토르에게 모욕을 줄 방법으로 생각해 낸 것이다.

헥토르의 얼굴은 먼지투성이가 되고 말았다. 이렇게 되자 이것을 바라보고 있던 헥토르의 어머니가 머리를 쥐어뜯으며 미친 듯이 울부짖었다. 늙은 아버지 프리아모스 또한 신음소리를 내자 곁에 몰려 있던 사람들은 물론 온 성 안이 통곡과 비탄의 울음소리로 가득 찼다. 이 소리를 듣고 헥토르의 아내는 혹시나 하고 성벽에 올라와 보고 그만 그 자리에 쓰러져서 그대로 한참 동안 깨어나지 못했다. 얼마 후 시누이들의 도움으로 깨어난 안드로마케는 통곡하면서 말했다.

"헥토르 님, 저는 불운한 여자입니다. 본래 하나의 운명으로 우리 두 사람은 태어났어요. 당신은 트로이의 프리아모스의 성에서, 저는 숲이 우거진 플라코스(Placus)의 산기슭 테베에 있는 에티온 성(Eetion)에서. 아버님이 어린 저를 길러 주셨어요. 비운의 딸의 불행한 아버님, 차라리 이 딸도 갖지 않으셨더라면 좋았을 것을. 그러던 것이 지금 당신은 저승으로 떠나시고 저만 혼자 저주스러운 탄식 속에 과부로 만들어 성 안에 남겨 두시다니요. 아기도 아직 너무 어린 젖먹이, 그것은 당신과 저, 불우한 사람끼리 낳은 아기인데, 이제는 도저히 이 아기를 도와줄 수도 없고 이 아기도 당신을 도울 수 없게 되었어요. 이제 사랑하는 아버지를 여읜 이상 트로이 사람들이 아스티아낙스(Astyanax; '도시의 왕'이라는 뜻. 아킬레우

헥토르의 죽음에 실신하는 안드로마케

스의 아들 네오프톨레모스는 그가 커서 아버지의 복수를 자신에게 하지 못하도
록 어머니 안드로마케가 보는 앞에서 트로이의 성벽에 던져 죽였다.)라는 애칭
으로 부르던 우리 아기도 온갖 고초를 겪게 되었어요. 당신은 혼자서 여
러 사람을 위해 성문과 긴 성벽을 지켜 주셨습니다. 그런 당신을, 지금 아
카이아 군의 배 곁에서 부모와도 멀리 떨어져 땅에 쓰러진 당신에게 벌레
떼들처럼 우글거리고 모여들겠지요. 그런데도 집 안에는 부드럽고 윤나
는 많은 옷이 있지요. 그것들이 이제 아무 쓸모가 없게 되었으니 차라리

불태우고 말겠어요. 당신의 유해를 덮어 드리지 못하는 것을 남겨두어 뭘 하겠어요."

이렇게 말하면서 통곡하니 곁에 있던 모든 사람들이 따라 울었다.

제 23 권

파트로클로스의 장례와 추모경기

트로이 성안의 모든 사람들이 비탄에 빠졌을 때 아카이아 군은 헬레스폰트에 도달하여 각자 정박해 놓은 배로 돌아갔다. 하지만 아킬레우스는 뮈르미돈 군을 해산시키지 않고 그들에게 말했다.

"날쌘 말을 모는 그대들이여, 나의 충직한 전우들이여, 전차 밑에서 외발굽의 말들을 풀지 말라. 말들을 끌고 전차를 몰아 파트로클로스 곁으로 가서 애도하자. 이것은 죽은 사람에 대한 예의이다."

이 말을 들은 전우들은 모두 목을 놓아 통곡했다. 선두에 아킬레우스가 서고 모든 사람도 시신을 들며 세 차례 말을 몰면서 통곡했다. 테티스는 사람들 가운데 섞여서 울부짖고 싶은 마음을 부추겼다. 이리하여 끝없는 모래사장도 병사들의 갑옷도 눈물로 흥건히 젖었다. 아킬레우스는 두 손을 들어 가슴 위에 놓고 말했다.

"파트로클로스여, 비록 지금은 저승에 있다 하더라도 기뻐하여라. 헥토르를 끌고 와서 그 살코기를 개에게 먹이로 줄 것이고, 헥토르의 풍채 좋은 부하 열두 명을 그대를 화장하는 곳 앞에서 베리라."

그렇게 헥토르에게 베풀 잔인한 짓을 생각해냈다. 그리하여 흙 위에 엎어진 그를 메노이티오스의 아들 파트로클로스의 침상 옆에 길게 뉘었다. 사람들은 저마다 청동제의 반짝이는 투구를 모두 벗어던지고 큰 소리로 울어대는 말들을 전차에서 풀었다. 아킬레우스의 배 옆에 수많은 사람들이 앉아 있었다. 그는 사람들에게 장례 음식을 푸짐하게 대접했다. 여러 마리의 소들이 무쇠 날에 목이 잘려 온몸을 버둥거리고, 수많은 양과 산양이 도살당하는가 하면, 기름지고 살찐 멧돼지들이 헤파이스토스의 불꽃 위에서 구워지고 있었다. 그러자 시신을 둘러싸고 사방으로 피가 개울물 흐르듯 흘렀다.

아카이아 군의 장수들도 벗 때문에 가라앉지 않는 분함을 겨우 달래고, 발이 날랜 펠레우스의 아들을 아가멤논에게로 데리고 갔다. 그들이 드디어 아가멤논의 군영에 다다르자 이내 목소리가 낭랑한 전령들에게 일러 불 위에 커다란 세발 가마솥을 걸게 했다. 그들은 어떻게든지 몸의 피를 씻겨 내려고 펠레우스의 아들을 설득했으나 그는 완강히 거부하고 맹세하면서 말했다.

"싫다. 신들 가운데서도 제우스 신을 두고라도, 파트로클로스를 화장하여 봉분을 하고 귀밑털을 깎아내기 전에 정수(淨水)를 머리에 댄다는 것은 용서받지 못할 일이다. 살아 있는 동안 이렇게 큰 슬픔이 두 번 다시는 내 가슴을 괴롭히지 않을 것이다. 비록 지금은 내키지 않지만 식사를 하겠다. 그리고 날이 밝으면 아가멤논은 모든 병사를 격려하여 장작을 모으게 하고 또 죽은 자가 저승 세계로 내려갈 때 가지고 갈 만큼의 물품들을 마련하도록 하시오. 그리하여 한시라도 빨리 눈앞에서 이 사나이를 피로를 모르는 불이 태워버리고, 병사들이 다시 군무로 돌아갈 수 있도록 해주시오."

장정들을 제물로 바친 파트로클로스의 장례식

　그러자 모두 그 말에 수긍하고 각자 저녁식사를 하기 시작했는데, 음
식은 훌륭하여 조금도 부족한 게 없었다. 이리하여 모두 먹고 마시고는
각자 군영으로 돌아갔는데 아킬레우스만은 바닷가에 엎드린 채 흐느껴
울었다.
　이윽고 잠이 그의 몸속으로 스며들었다. 그런데 파트로클로스의 망령
이 나타나 아킬레우스에게 말했다.
　"아킬레우스여, 한시바삐 나를 장사 지내주오. 그리하여 저승 문으로
들어가게 해주오. 망령들이 나를 들어가지 못하게 막고 있소. 그래서 문

도 넓은 저승의 왕 하데스 집 앞에서 서성거리고 있는데 그의 손만이라도 쥐게 해주오. 울면서 사정하겠소. 한 번 나에게 불을 대면 이제 두 번다시 저승 땅에서 돌아오지 못하오. 이 무서운 죽음의 운명이 나를 덮친이상 이제 살아서 우리 두 사람이 동아리에서 떨어져 같이 앉아 의논할수도 없소. 이것은 태어났을 때부터 정해져 있었던 것이오. 그리고 또 그대도 트로이 인의 성벽 밑에서 죽을 운명이 정해져 있소. 그리고 또 한 가지 말할 것이 있소. 절대로 내 뼈를 그대의 뼈와 떼어놓지 않도록 해 주오. 아킬레우스여, 마치 우리가 그대 집에서 함께 자랐듯이 죽어서도 같이 있고 싶소."

아킬레우스가 대답했다.

"여기 어떻게 왔느냐. 나는 무엇이든 그대가 원하는 대로 하겠다. 그러니 좀 더 가까이 오너라. 비록 잠시 동안이라도 마음껏 슬픔으로 가득찬 이 가슴을 달래고 싶다."

아킬레우스는 이렇게 말하면서 손을 내밀었으나 잡지도 못하고 망령은 연기처럼 사라져 버렸다. 그에 깜짝 놀라 일어난 아킬레우스는 바닥을 치고 탄식하면서 말했다.

"아, 가엾도다. 몸은 죽었어도 넋이니 망령이니 하는 것이 있는가보다. 가슴 아픈 파트로클로스의 넋이 나를 찾아와 슬퍼하고 나에게 일일이 부탁하고 갔는데, 놀랄 만큼 생전의 모습 그대로구나."

이렇게 말하며 병사들에게 애도의 뜻을 부추겼다. 이처럼 시신을 싸고 슬퍼하는 사람들에게 새벽녘이 다가왔다.

때마침 아가멤논도 병사들을 모아 장작을 구하러 보냈다. 감독은 메리오네스가 맡았다.

그리하여 마침내 샘이 많이 있는 이데 산 끝에 다다르자 나무꾼들은 떡갈나무를 도끼로 부지런히 쳐내 바닷가에 차곡차곡 쌓아올렸다. 거기에 아킬레우스가 파트로클로스를 위해서 또 자신을 위해서 커다란 봉분을 만들도록 했다.

이리하여 화장 준비를 모두 마쳤다. 장작불이 활활 타오르고 위에서 트로이 군 포로 12명을 청동 칼로 베어 죽였다. 그리고 사랑하는 벗에게 아킬레우스가 말했다.

"기뻐하라, 파트로클로스여. 그대의 부탁을 실행하리라. 기상이 드높은 열두 명의 사나이를 모두 그대와 같이 불이 삼키노라. 그러나 헥토르만은 절대로 불에 태우지 않고 개에게 먹이로 주겠노라."

그러나 개들도 헥토르의 시신에 달려들지 않았다. 이것은 제우스의 딸 아프로디테가 개가 달려들지 못하도록 했고, 또 장미향이 나는 신성한 향유를 발라 질질 끌려 다녀도 상하지 않게 조치를 취했기 때문이다. 게다가 또 아폴론이 먹구름을 하늘에서 땅바닥까지 끌어내려 헥토르의 시신이 지나가는 곳을 완전히 가려 주었다. 이것은 햇볕에 살갗이 썩어 손발과 힘살이 마르지 않도록 해주려는 것이었다.

마침내 황금빛 예복을 걸친 새벽의 여신이 바다를 가로질러 오자 파트로클로스의 시신을 태운 해변가의 장작불이 꺼지고 그 밑에는 재가 수북이 쌓였다. 사람들은 통곡하면서 전우의 새하얀 뼈를 추스른 뒤 황금 항아리에 담고 두 겹으로 삼베를 둘러 막사 안에 모셔놓았다. 그 일이 끝나자 아킬레우스는 군대를 한곳으로 불러 모았다. 장례 경기를 준비하기 위해서였다. 그는 자신의 배에서 세발 가마솥, 말과 노새, 육중한 머리의 황소를 가져왔으며, 아름다운 여인들도 데려왔다. 모두 장례 경기를 위한 상품들이었다.

이때 아킬레우스가 일어나 모든 병사들을 향해 소리쳤다.

"아카이아 전사들이여, 경기를 시작하라! 여기 상품들이 그대 전사들을 기다리고 있다. 이 시합이 우리의 명예를 걸고 하는 것이라면 기꺼이 내가 나서서 승리를 쟁취했을 것이다. 여러분들도 알다시피 포세이돈이 우리 아버지 펠레우스에게 주셨고, 또한 그분이 내게 주신 불사의 말들이 우리 팀이기 때문이다. 하지만 나와 내 말들은 경주에 참가하지 않을 것이다. 말들을 보살펴주던 마부를 잃었기 때문이다. 말들은 슬퍼하며 전혀 움직이려 하지 않고 있다. 그러니 여기 진중에 있는 여러분들은 기꺼이 경기에 참여하라!"

그 말이 떨어지자마자 날랜 전차 경주자들이 모여들었다. 그들이 제비뽑기를 하여 출발점을 정하고 늘어서자 아킬레우스가 저 멀리 수평선의 한 지점을 가리켰다. 그리고 그곳에 아버지의 오른팔이었던 노기사 포이닉스를 세워 점수를 매기게 했다.

전차경기의 주자들은 각자 승리를 염원하며 자신의 말들을 향해 채찍을 휘두르며 소리쳤으며, 말들은 먼지를 일으키며 들판을 내달렸다.

반환점을 통과하여 햇빛 아래에서 빛나는 바다를 향해 최종지점을 향해 달리기 시작했을 때, 주자들은 저마다 자세를 갖추고 전속력으로 달렸다. 에우멜로스가 가장 먼저 나타났으며 그 뒤를 디오메데스의 말들이 바짝 따라왔다. 디오메데스는 금방이라도 에우멜로스를 뛰어넘을 것처럼 보였다.

그러나 디오메데스에게 화가 나 있던 아폴론이 그의 채찍을 내리쳐 손에서 떨어지게 했다. 분노의 눈물이 디오메데스의 뺨을 타고 흘러내렸다. 디오메데스는 에우멜로스가 멀어지는 것을 바라보고 있어야만 했다.

이때 아테나가 재빨리 달려가 채찍을 주워 다시 디오메데스의 손에 돌려주고 그의 말들을 격려했다. 그리고 에우멜로스에게 날아가 그를 방해하여 말들이 진로를 벗어나게 했다. 에우멜로스는 땅에 떨어져 부상을 입고 눈물을 흘렸으며, 여신의 힘을 받은 디오메데스가 맨 앞에서 달리게 되었다.

그 뒤를 붉은 머리의 메넬라오스가 뒤따랐으며 그다음을 안틸로코스가 자신의 말들에게 더욱 속력을 내라고 소리치며 달렸다. 좁아진 경주로에 이르러 안틸로코스의 말들이 메넬라오스를 바짝 뒤쫓아 거의 충돌할 뻔하자, 메넬라오스는 좁은 곳에서 무모하게 겨루다가는 두 사람 다 위험하다고 경고하며 속력을 줄였다. 하지만 안틸로코스는 더욱 바삐 채찍을 휘두르며 앞서 달려 나갔다.

한편 병사들은 넓게 빙 둘러앉아서 먼지를 일으키며 달려오는 말들을 바라보고 있었다. 크레타의 장군 이도메네우스가 높은 곳에 앉아서 크게 소리쳤다.

"이제 반환점을 돈 것 같다. 선두로 달리는 자는 말을 잘 길들이는 튀데우스의 아들 디오메데스다!"

그러자 작은 아이아스가 그렇지 않다고 소리쳤다.

"잘 보시오. 에우멜로스의 암말들이 선두를 달리고 있지 않소!"

두 사람의 말다툼이 계속되자 아킬레우스가 나서서 그들을 나무라며 자리에 앉아 결과를 지켜보라고 했다.

이때 디오메데스가 끊임없이 채찍질을 하며 그들을 향해 달려왔다. 마침내 그에게 아름다운 여인과 세발 가마솥이 상으로 주어졌다. 그 뒤를 이어 안틸로코스가 도착했다. 안틸로코스에 밀려 뒤처진 메넬라오스는 열심히 말들을 몰아붙여 안틸로코스 뒤를 이었다.

맨 마지막에 에우멜로스가 포기하지 않고 겨우 들어오자 아킬레우스는 그를 측은하게 생각하여 2등상을 주겠다고 했다. 그러나 안틸로코스가 자기가 받을 상을 양보할 수 없다며 항의하자 아킬레우스는 에우멜로스에게 따로 상을 주었다.

이때 안틸로코스에게 화가 나 있던 메넬라오스가 나서서 말했다.

"훌륭한 덕성을 가졌다고 알고 있었던 그대가 도대체 무슨 짓을 한 것인가? 얕은꾀로 나를 위협하고 내 말들을 방해하다니! 여기에 있는 모든 아카이아의 장수들과 병사들이 공명정대한 판결을 내리리라 믿는다."

그러자 안틸로코스는 자신이 너무 어려 급한 마음에 실수를 저지른 것이니 용서해달라고 빌고 자신이 상으로 받을 말을 내놓겠다고 했다. 그때야 비로소 메넬라오스는 흐뭇해하며 노여움을 풀었다.

아킬레우스는 이들에게 상을 나누어준 다음, 여러 가지 다른 상을 내놓고 권투경기, 격투기, 달리기, 창던지기 시합을 열어 파트로클로스의 죽음을 애도했다.

제 24 권

헥토르의 장례식

어느덧 새벽빛이 대지를 덮기 시작했다. 그러자 아킬레우스가 헥토르의 시신을 전차에 매달고 파트로클로스의 무덤 둘레를 끌고 돌아다닌 뒤 군영에 돌아와 쉬었다. 헥토르의 시신도 역시 모래먼지 속에 덮어 놓은 채 내팽개쳐져 있었다.

아폴론 신은 비록 육신은 죽었지만 헥토르를 가엾게 여겨 질질 끌려

헥토르의 시신을 전차에 매달아 끌고 다니는 아킬레우스

다녀도 상처를 입지 않도록 하고, 산양 가죽 방패로 둘레를 전부 가려 온 갖 모욕에서 그를 지켜 주었다.

그러나 분노에 가득한 아킬레우스는 헥토르에게 더욱 모진 짓을 저지르려 하고 있었다. 이것을 하늘에서 보고 은혜를 입은 신들은 불쌍히 여겨 헤르메스 신에게 헥토르의 시신을 훔쳐 오라고 했다. 이때 다른 신들은 모두 찬성했으나 헤라와 아테나만은 찬성하지 않고, 여전히 거룩한 일리오스와 프리아모스 왕과 그 성의 사람들에 대해 미움을 품고 있었다. 파리스가 옛날 세 여신들이 그의 집 뜰에 왔을 때 자신을 파멸로 몰아넣은 여신 아프로디테를 선호하고 나머지 두 여신을 무시했기 때문이었다.

그런데 마침내 그날부터 12일째 되는 아침 새벽에 불사의 신들이 모인 자리에서 아폴론이 말했다.

"매정한 분들입니다. 더구나 파괴주의로 일관하고 있고요. 당신네들에게 헥토르가 한 번이라도 제물을 바치지 않은 적이 있었나요? 그런데 지금 그의 시신을 무사히 지켜주고 그의 부모와 처자식, 그리고 성안에 있는 사람들에게 보여주려고도 하지 않습니다. 오히려 그 저주스러운 아킬레우스 편을 들려 하다니. 그는 사리분별이 없고 양보를 모르는 자입니다. 세상에는 아킬레우스보다 더 귀중한 사람을 잃은 사람이 허다합니다. 한 번 슬퍼하고 눈물을 흘려버리면 그것으로 그냥 복수를 단념하지요. 이것은 운명의 여신들이 사람들에게 참고 인내하는 지혜를 주었기 때문입니다. 그런데 아킬레우스는 고귀한 헥토르의 귀중한 목숨을 빼앗은 뒤 전차 뒤에 매달아 벗의 무덤 둘레를 끌고다니고 있으니 정말 잔인무도한 짓입니다. 감각도 없는 흙덩이나 다름없는 시신을 화가 난다는 이유만으로 능욕하다니."

이 말에 헤라 여신이 벌컥 화를 내며 말했다.

"네 말도 맞긴 맞는 말이다. 하지만 헥토르와 아킬레우스는 신분이 다르다는 걸 명심해야 한다. 헥토르는 반드시 죽는 인간이고, 또 인간의 젖을 먹고 자란 사내이다. 하지만 아킬레우스는 여신 테티스의 아들이다."

그러자 제우스 신이 말했다.

"헤라, 그래선 안 되오. 물론 두 사람이 받은 영예나 지위는 다르지만 헥토르도 일리오스에 사는 사람들 가운데서는 신들이 가장 아꼈던 자요. 그는 제물을 바치는 일을 절대로 잊지 않았소. 그러니 헥토르의 시신을 훔치는 일은 관둡시다. 그보다 누가 가서 테티스를 불러오너라. 아킬레우스가 프리아모스로부터 보상을 받고 시신을 건네주도록 하라고 말하겠다."

이렇게 말하자 무지개의 여신 이리스가 곧장 바다로 달려갔다. 그리하여 테티스 여신에게 말했다.

"테티스 님, 영원히 멸하지 않는 제우스 님께서 부르고 계십니다."

여신 테티스가 대답했다.

"어째서 또 대신(大神)께서 부르시는 걸까요. 부르신다니 일단 가야지요. 대신의 분부를 헛되게 해서는 안 되니까요."

그래서 테티스가 제우스 신의 부름을 받고 올림포스 산으로 갔다. 테티스 여신을 본 제우스는 조용히 입을 열었다.

"왔느냐, 테티스여. 그대가 한시도 잊지 못할 큰 슬픔을 가슴에 품고 있는 것을 나는 잘 알고 있다. 그렇더라도 반드시 내 말을 들어야 한다. 벌써 아흐레 동안이나 신들 사이에 서로 의견이 다르다. 헥토르의 시신과 아킬레우스 사이의 일이다. 어느 신들은 아르고스의 살육자 헤르메스 신에게 그 시신을 훔쳐다 주라고 난리다. 하지만 나는 아킬레우스가 스스로 시신을 프리아모스에게 돌려주는 영예를 아킬레우스가 갖도록 할 생각이다. 만일 그렇게 한다면 그대의 존경과 애정은 훗날까지 소중히 간직될 것이다. 그러니 지금 곧 싸움터로 가서 그대의 아들에게 말하라. 신들도 불쾌하게 생각하고 있다고 말이다. 그러니 헥토르의 몸값을 받고 그 시신을 돌려주라고 간곡히 타일러라."

이 말에 테티스 여신은 아무런 이의 없이 올림포스의 산봉우리에서 내려와 아들의 군영으로 달려가 보니 아킬레우스는 아직도 슬픔에 잠겨 있었다. 어머니인 여신 테티스는 아킬레우스에게 다가가 아들의 손을 어루만지며 말했다.

"아들아, 도대체 언제까지 슬퍼하고 괴로워하며 식음을 전폐하고 가슴을 좀먹게 하고 있느냐. 정말이지 여자와 애정 속에 사는 것도 좋을 텐데. 네 목숨은 이제 길지 못할 것이고 죽음이 가까이 다가와 있다. 죽음의 운명이 정해져 있기 때문이다. 그러니 내 말을 잘 들어야 한다. 나는 제우스 신의 심부름으로 왔다. 신들께서는 너를 불쾌하게 생각하고 계신다. 그것은 네가 참기 힘든 분노로 헥토르의 시신을 배 옆에 놓아두고 돌려주지 않고 있기 때문이다. 그러니 자, 어서 돌려주거라. 그 대신 시신의 몸값은 받고 말이다."

아킬레우스는 잠시 생각을 한 뒤 대답했다.

"어머니, 그렇게 하겠습니다. 누구든 몸값을 가지고 오면 시신을 돌려주겠습니다. 제우스 신께서 그렇게 명령하신다니 그분의 뜻에 따르겠습니다."

한편 제우스 신은 이리스 여신을 일리오스로 보내며 말했다.

"이리스여, 얼른 일리오스에 다녀오너라. 그리고 프리아모스 왕에게 사랑하는 아들의 시신을 찾으러 아카이아 군의 진영으로 가라고 전해라. 그것도 혼자서 소중한 진상품들을 가지고 가라고 하여라. 하지만 전령으로 누군가 듬직한 사람을 딸려 보내고 노새와 수레를 몰고 가라고 해라. 그리고 돌아오면서 아킬레우스에게 살해당한 헥토르의 시신을 인도받아 성 안으로 운구하도록 전하라. 그리고 또 프리아모스에게는 절대로 거기서 죽거나 봉변당하는 일은 없을 거라고 전하라. 헤르메스 신을 호위로 딸려 보내니 말이다."

제우스 신의 말이 떨어지자 이리스는 또다시 질풍처럼 일리오스 성으로 달려갔다. 성안에서는 여기저기서 울음소리가 그치지 않고 있었다.

무지개의 여신 이리스는 늙은 왕 프리아모스에게로 다가가서 낮은 목소리로 말을 건네자 금방 그의 온몸에 전율이 일었다.

"힘을 내시오, 프리아모스여. 절대로 두려워할 것 없다. 나는 제우스

프리아모스 왕에게 헥토르의 시신을 운구해 오라고 충고하는 이리스 여신

신의 전령이다. 제우스 신께서는 너를 가엾게 여기고 계신다. 그래서 너의 사랑하는 장남 헥토르의 시신을 찾으러 아카이아 군의 진영으로 가라고 명령하셨다. 아킬레우스에게 마음을 누그러뜨릴 만큼의 귀중한 진상품들을 가지고 가거라. 다른 사람을 따르게 해서는 안 되고, 다만 노새와 수레를 몰고 가는 전령으로 나이 많은 한 사람만 데리고 가라. 그리고 돌아오면서 헥토르의 시신을 성 안으로 운구해오도록 하라. 그대는 거기서 절대로 죽거나 봉변당하는 일은 없을 것이다. 제우스 신께서 든든한 호위를 딸려 주시겠다고 하셨다. 그분이 너를 아킬레우스에게 안내해 줄 것이다."

이렇게 말하고 이리스 여신은 홀연히 사라져 버렸다.

한편 프리아모스는 곧 아들들에게 일러 수레와 노새를 준비시키고 또 왕비 헤카베를 불러 말했다.

"슬픈 일이지만 지금 제우스 신께서 전령을 보내시어 몸값을 치르고 아들의 시신을 찾아오도록 아카이아 군의 진영으로 가라고 하셨소. 그런데 당신 생각은 어떻소?"

이 말을 들은 왕비는 울면서 말했다.

"아니, 그게 무슨 말입니까. 어째서 또 아카이아 군의 진영에 혼자 가시겠다는 겁니까. 그리고 훌륭한 자식들을 죽이고 투구를 벗겨간 그 사나이 앞에 나가시려 하다니, 정말 당신은 어떻게 된 것 아닙니까. 그 사나이는 극악무도한 야만인인데 그냥 놔둘 것 같은가요."

"아무튼 나는 갈 생각이오. 사랑하는 내 아들을 내 팔에 안고 실컷 슬퍼한 뒤, 만일 아카이아 군사가 내 목숨을 뺏는다면 그건 어쩔 수 없는 노릇이겠지."

말을 마친 프리아모스 왕은 모든 준비를 하고 아카이아의 진영으로 가기로 했다. 왕비는 왕을 걱정하면서 올림포스의 제우스에게 열심히 기도했다.

프리아모스 왕은 마침내 펠레우스의 아들 아킬레우스의 군영에 도착했다. 그런데 도움의 신 헤르메스가 노왕을 위해 군영의 문을 열고 아킬레우스에게 바칠 진상품을 실은 수레를 들여 놓더니 마차에서 뛰어내려 큰 소리로 말했다.

"노인, 실은 여기까지 온 나는 불사의 신 헤르메스이다. 그대를 위해서 아버지 제우스 신께서 나를 호위로 딸려 보내셨다. 그런데 나는 여기서 돌아가겠다. 아킬레우스의 눈앞에는 나타나지 않겠다. 이처럼 불사의 신으로서 가까이 죽어야 할 인간을 데리고 있는 것은 다른 원한을 사는 것이기 때문이다. 그러니 그냥 들어가 아킬레우스의 무릎을 잡고 그의 아버지와 어머니, 그리고 자신을 내세워 간곡히 사정을 해보라. 반드시 그의 마음은 흔들릴 것이다."

헤르메스 신은 이렇게 말하고 올림포스를 향해 떠났다.

프리아모스 왕은 마차에서 내려 전령인 이다이오스를 놔둔 채 곧장 군영으로 향했다. 그곳에는 아킬레우스의 숙소가 있었다. 그 숙소에 들어가니 아킬레우스는 무사들을 거느리고 앉아 있었다. 프리아모스 왕은 아킬레우스 앞으로 가서 간절한 기원을 담고 말했다.

"아킬레우스여, 아버님을 생각해 보시오. 꼭 나와 같은 연배의 노년에 들어선 당신의 아버님을 말이오. 그 어른도 주위에 사는 가까운 이웃 사람들이 공략해왔지만 누구도 그 고통과 재앙을 막아주는 사람이 없어 괴로워하고 있을까요. 그래도 아버님께서는 당신이 살아있다는 말을 듣고 속으로 기뻐하며, 언젠가는 사랑하는 아들이 트로이에서 돌아오는 것을 맞이할 수 있으려니 생각하고 날마다 기다리면서 지낼 것이오. 그런데 나는 이 얼마나 불우한 사람인지, 광대한 트로이 왕국에서 남달리 훌륭한 자식을 두었지만 무슨 변고인지 이제 하나도 남지 않았소. 아카이아 군이 쳐들어왔을 때만 해도 쉰 명이나 있었는데, 그 가운데 열아홉 명까지는 한 배에서 태어난 자식들이고, 다른 자식들은 모두 집안 여자들이 낳은 아이들이었소. 그 대부분은 기세등등한 군신이 무릎을 부러뜨려 놓으셨소. 그 가운데서도 유달리 소중한 아들, 그 몸 하나로 도시를 지켜준 자식이 바로 얼마 전 조국을 지키다가 당신 손에 죽었소. 헥토르를 말이오. 그 자식 때문에 지금 나는 아카이아 군영을 찾아온 것이오. 당신에게 몸값을 치르고 찾아가려고 많은 진상품들을 가져왔소. 그러니 제발 신들을 두려워하시는 아킬레우스여, 아버님을 마음에 두면서 이 몸을 가엾게 여겨주오. 나야말로 정말 가엾은 자요. 정말 이 세상에 태어난 사람이 아직 절대로 한 적도 없는 짓을 참고 견뎌내기까지 했소. 아들을 죽인 그 무사의 입가에 손을 내밀면서 말이오."

그는 아킬레우스에게 자기 아버지를 추억하면서 울고 싶은 슬픈 마음이 일도록 했다. 그래서 아킬레우스도 늙은 왕의 손을 잡고 살며시 저만큼 밀어젖혔다. 이윽고 그대로 두 사람은 저마다 자기의 생각에 잠겼다. 프리아모스는 헥토르를 생각하며 아킬레우스의 발밑에 엎드린 채 한참 통곡하고, 또 아킬레우스는 제 아버지와 파트로클로스를 생각하면서 슬퍼하는데, 그 울음소리가 온 군영에 울려 퍼졌다.

그런데 용맹한 아킬레우스는 실컷 울고 나서 배 밑바닥과 손발의 힘줄에서 슬픈 마음이 쑥 빠지자, 이내 의자에서 일어나더니 왕의 손을 잡고 일으켜 세우며 하얗게 센 그의 머리카락과 수염에 연민의 정을 느끼고 왕에게 정중하게 말했다.

"아, 불쌍한 분이여. 정말 끔찍한 불행을 모두 마음속에 담고 견뎌왔소. 어떻게 혼자서 대담하게도 아카이아 군영까지 찾아오셨소. 게다가 또 훌륭한 자식들을 죽여버린 자의 눈앞에 나타나다니 당신의 담대함에 놀랄 뿐이오. 아무튼 의자에 앉으시오. 아무리 못 견딜 만큼 극심한 괴로움도 잠시 가슴속에 깊이 묻어두기로 합시다. 듣기로는 제우스의 궁에는 두 개의 병이 놓여 있는데 그것에는 인간들에게 내리시는 것이 담겨져 있다고 합니다. 그 하나에는 화(禍), 또 하나에는 복(福)이. 그리하여 제우스가 이 두 가지를 섞어서 보낸 인간에게는 때로 행복한 경우도 있겠지요. 그러나 화만 보낸 사람은 남에게 얕잡히도록 정해져 있어서 그런 자는 줄곧 심한 굶주림에 시달려 거룩한 땅 위를 방황하고, 신들은 물론 인간들에게서도 천대를 받으며 어정거리고 돌아다니는 법이오. 그처럼 펠레우스에게도 신들이 태어날 때부터 부로나 행복으로도 이 세상의 모든 인간들보다 뛰어나게 하고 뮈르미돈의 군주로서 다스려 오게 했소. 또 죽을 인간의 몸이면서 여신을 아내로 주신 것이오. 그런 그에게까지 신께서는 화를 더하였소. 그것도 왕좌를 이을 친자식이 온 집안에 태어나지 않고 단 한 사람 태어난 자식인 나는, 정말 단명할 것이기에 늙어가는 아버지를 모실 수도 없기 때문이오. 이처럼 고향을 멀리 두고 트로이에 붙들려 당신과 당신의 자식들을 괴롭히며 나날을 보내고 있다오. 프리아모스여, 당신도 전에는 영화로웠다고 들었소. 위로는 마카르(Macar; 제우스의 아들인 크리나코스의 아들이라고도 한다. '지극히 복이 많은 사람'이라는 뜻이다.)의 주거지였던 레스보스 섬(Lesbos; '삼림이 많은 곳'이라는 뜻으로, 그리스 남동부의 에게해에 있는 섬)에서 프티아까지, 한편으로는 끝없는 헬레스폰토스가 구획을 짓는 모든 마을에서 부를 얻었고, 또 훌륭한 자식들까지 두어 당신 이상의 인간은 볼 수 없었다고 들었소. 그런데 지금의 이 화를 천상의 신들이 한꺼번에 보내고 나서는 줄곧 성을 에워싸고 벌어지는 전쟁이니 살육이니 하는 것들뿐이지요. 그렇더라도 우선 꾹 참고 별수 없으려니 생각하고 마음속으로 마냥 슬퍼하지는 마시오 이제 새삼스레 용감했던 아들 헥토르 때문에 슬퍼한들 무슨 소용이 있겠습니까.

"제우스의 비호를 받고 있는 아킬레우스여, 제발 헥토르가 아직 군영 속에 버려져 있는 동안 나를 앉히려고는 하지 마시오. 그것보다 헥토르를 두 눈으로 빨리 볼 수 있게 해 주시고 당신도 내가 가지고 온 몸값을 받도록 하시오. 나를 한 번 용서한 이상, 나 자신이 오래 살아서 태양빛을 우러러 볼 수 있도록 해 주시오."

그러자 아킬레우스가 그를 노려보며 말했다.

헥토르의 장례식

"노인이시여, 이제 와서 나를 화나게 하지 마시오. 이쪽에서는 헥토르를 돌려줄 생각을 가지고 있소. 그것은 제우스 신의 뜻이기 때문이오."

아킬레우스는 이렇게 말하고 헥토르의 시신을 인도할 준비를 했다. 우선 프리아모스의 눈에 띄지 않는 곳으로 시신을 옮겨 깨끗이 씻고 기름을 발라 주도록 했다. 그것은 혹시 그가 자식의 모습을 보고, 마음을 상해 분함을 참지 못할까봐서 그런 것이다. 그리고 자신도 그런 것을 보지 않으려는 생각에서였다. 헥토르의 시신에 깨끗한 옷을 입히고 아킬레우스가 직접 그 시신을 침상에 뉘었다. 그러자 시중들이 들어서 깨끗이 닦인 마차에 옮기자, 아킬레우스는 크게 신음소리를 내고 사랑하는 벗을 부르면서 말했다.

"파트로클로스여, 절대로 나를 원망하지 말라. 설사 명왕(冥王) 하데스의 집에 그대가 있으면서 어엿한 헥토르를 사랑하는 아버지에게 내가 돌려주었다는 말을 듣더라도 나를 원망하지 말라. 그것은 절대로 치욕이 되지 않는 몸값을 받았기 때문이다. 그리고 그것을 그대에게 충분히 나눠 주마."

그러고는 막사 안으로 들어가 프리아모스 왕에게 말했다.

"자, 이제 아들을 돌려드렸소. 거룩한 노인이여, 바라는 대로 헥토르의 시신은 마차에 눕혀 있으니 날이 밝으면 당신들이 직접 데려가시오. 하지만 지금은 우선 저녁식사를 합시다. 고운 머리카락을 가진 니오베가 레토 여신에게 자식 자랑을 하다가 그녀의 아들 아폴론과 딸 아르테미스에게 각각 아들 6명, 딸 6명 모두 12명의 자식들을 잃었을 때도 식사는 거르지 않았다오. 자, 거룩하신 노인이여, 우리도 식사에 마음을 돌립시다. 그리고 나서 사랑하는 아들을 일리오스로 데려가 정말 마음껏 눈물을 흘리며 아들을 위해 슬퍼하시오."

말을 마치고 아킬레우스는 자리에서 일어나 양의 목을 잘라 식사를 마련했다.

식사를 마친 프리아모스는 잠자리에 들어야 하는데 좀 불안한 기색을 보였다. 그러자 이를 눈치챈 아킬레우스가 프리아모스에게 말했다.

"노인이시여, 그럼 제 방에서 주무십시오. 혹시 아카이아 군의 장수들 가운데 누가 들어와 당신을 알아본다면 아가멤논에게 알릴 테고, 그러면 시신을 가져가는 데 문제가 있을 테니까요. 그러니 나에게 분명히 말해 줄 게 있소. 헥토르의 장례를 지내려면 며칠이나 걸릴 것인지를 말이오. 그동안 나도 삼갈 것이고 병사들도 붙잡아 둘 것이오."

그러자 프리아모스가 대답했다.

"아킬레우스여, 정말로 헥토르의 장례를 무사히 치르도록 이렇게 해주면 얼마나 감사하겠소. 아시다시피 우리는 성안에 갇혀 있고, 장작은 먼 산 속에서 구해와야 하기 때문에 트로이 사람들은 무척 두려워하고 있소. 그러므로 아흐레 동안 집 안에서 애도하다가 열흘째에 땅에 묻고, 또 성안의 사람들을 장례식에 초대하고 나서 열하루째에 묻은 곳 위에 봉분을 짓겠소. 그리고 열이틀째에 어쩔 수 없다면 싸움을 다시 벌이기로 하지요."

아킬레우스가 다시 말했다.

"그렇게 하지요, 프리아모스여. 당신이 제안한 날 동안만, 그동안은 전쟁을 멈추기로 하겠소."

그래서 다른 신들과 무사들이 편안한 잠에 푹 빠져 하룻밤 내내 자고 있었는데, 도움의 신인 헤르메스만은 잠들지 못하고 속으로 이런저런 궁리를 하고 있었다. 어떻게 하면 프리아모스 왕을 성문의 문지기들에게 들키지 않고 도망쳐 돌아가게 할까 하고 말이다. 그래서 그의 베개맡에 서서 프리아모스에게 말을 걸었다.

"노인이여, 당신은 조금도 걱정하지 않는가. 적진에서 이처럼 편히 자고 있다니. 아무리 아킬레우스가 용서했더라도 지금은 진상품을 많이 갖다 주었기 때문에 사랑하는 아들의 주검을 되찾을 수 있었다. 하지만 당신이 사로잡힌다면, 아가멤논이나 아카이아 군의 장수들이 알아차린다면, 뒤에 남아 있는 자식들이 세 갑절 가량이나 몸값으로 치러야 할 것이다."

이 말을 듣자 늙은 왕은 별안간 두려움을 느끼고 전령을 흔들어 깨웠다. 그리하여 두 사람을 위해서 헤르메스는 말과 노새들에 멍에를 채우고 부랴부랴 손수 그 마차를 몰아 아카이아 군의 진중을 달렸지만, 아무도 그것을 알아챈 자들이 없었다.

이윽고 헥토르의 시신이 성안으로 들어오자 남녀노소를 불문하고 그대로 집에 들어박혀 있는 사람은 아무도 없었다. 모두가 억누를 수 없는 슬픔에 휩싸였기 때문이다. 그리하여 성문으로 가서 시신을 인도해 오는 왕을 마중했다. 헥토르를 사랑하는 아내와 왕비는 화려하게 장식한 마차로 달려가서 그의 머리에 손을 얹었다가 다시 자기 머리칼을 쥐어뜯으며 슬피 울었다. 주변의 모든 사람도 따라서 울었다. 그러자 늙은 왕이 사람들에게 일렀다.

"자, 비켜라. 수레가 지나갈 수 없구나. 나중에 마음껏 울 수 있으니까, 일단 궁으로 데리고 들어가자."

그리하여 겨우 수레가 지나갔고 왕궁으로 들어가자마자 헥토르의 시신을 훌륭한 조각이 있는 침상 위에 누이고 슬픈 노래를 부르는 가인들을 옆에 앉혔다. 이리하여 그들이 애도의 노래를 부르자 뒤따라 여자들도 슬피 소리를 외쳤다.

이때 안드로마케가 헥토르를 안고 울먹이며 원망했다.

"내 남편이여, 나와 어린 아기를 두고 어찌하여 떠나셨소. 우리 왕실과 일리오스의 기둥을 어찌하여 떠나셨소. 당신과 나의 아기는 자라지도 못할 것이오. 아니, 정말 이 성도 지키지 못하게 되었습니다."

그러자 이번에는 헤카베가 슬픔을 참지 못하고 울부짖었다.

"내 아들 헥토르야. 많은 자식들 가운데 너를 가장 소중히 여겼는데 이렇게 되다니. 하지만 너는 생전에 신들에게 사랑을 받더니 이처럼 죽은 뒤에까지 걱정해 주셨구나. 정말 우리 자식들은 아킬레우스에게 붙잡혀 쓸쓸한 바다 저편의 사모스 섬이며 임브로스 섬이며 렘노스 섬 등으로 팔리기도 했다. 그런데 네 목숨은 파트로클로스를 되살아나게 하지는 못했다. 그리고 보니 활기찬 너의 모습, 부르면 대답할 것 같은 너의 모습,

어쩌면 은의 활을 가지신 아폴론 신께서 부드러운 화살로 쏘아 죽이신 사람 같구나."

이렇게 말하면서 슬피 우니 헬레네가 여자들에게 슬픔의 외침을 선창했다.

"헥토르 님, 당신은 시아주버님들 가운데서도 유달리 소중한 분, 내 남편은 신으로도 보일 알렉산드로스(파리스)입니다. 그 사람이 나를 이 트로이로 데리고 왔지요. 어찌 보면 나는 그 이전에 죽었어야 좋았을 것을. 그런데 그것도 벌써 20년 전의 일입니다. 그동안 당신은 정말 나에게 훌륭한 시아주버님이셨습니다. 뿐만 아니라 시누이들이나 동서들이나 또 의리 있는 시어머님 시아버님께서도 마찬가지로 언제나 부드러운 분이셨습니다. 그리고 혹시 나를 나무라기라도 하시려면 꼭 부드러운 마음씨와 부드러운 말로 달래시고 마음을 돌려 주셨습니다. 그래서 더욱 쓰라린 마음으로 당신에 대해서, 또 기구한 운명의 나 자신을 슬퍼합니다. 이제는 이 드넓은 트로이에 당신이 없다고 생각하니 제 가슴은 정말 찢어질 것 같습니다."

그러자 성 안의 모든 사람들도 통곡을 금치 못했다. 이때 늙은 왕이 모든 사람들에게 말했다.

"자, 장작을 성으로 날라 오거라. 아카이아 군을 겁낼 것은 없다. 앞으로 12일간은 절대로 괴롭히지 않겠다고 아킬레우스가 약속했기 때문이다."

그러자 모든 사람은 수레로 노새들을 몰고 장작을 나르기 시작했다. 그리고 다음날 아침 헥토르의 화장터에는 불길이 솟아오르고 헥토르는 불길에 휩싸였다. 이윽고 화장이 끝나자 아직 타고 있는 불길이 완전히 꺼질 때까지 술을 부었다.

그러고 나서 이미 하얀 뼈를 형제들과 가까운 벗들이 비 오듯 눈물을 흘리면서 주워 모았다. 그리고 한데 모아 황금 상자에 담아 자줏빛 천을 씌운 다음 묘를 쌓았다. 이윽고 사람들은 성 안으로 돌아갔다. 그런 뒤 모두 모여 제우스 신의 옹호를 받은 왕 프리아모스의 집에서 훌륭한 대접을 받았다.

　이렇게 헥토르의 장례는 마무리되었다.

오디세이아

제 1 권

신들의 회의

뮤즈 여신이시여, 뛰어난 지략과 용기로 거룩한 트로이의 성을 함락시킨 그 용사의 이야기를 들려다오. 그는 참으로 많은 섬들을 방황하며 각기 다른 그곳의 풍토에 따라 사려 깊게 적응하고 동료들을 귀국시키기 위해 고뇌에 차 있었지.

하지만 엄청난 노력을 했음에도 불구하고 끝내 부하들을 구하지 못했으니 이는 분명 신의 노여움을 샀기 때문이리라. 어리석은 건 인간이 하늘을 가로질러 가는 태양신 히페리온(Hyperion)의 들소를 마구 잡아먹었기 때문이었다.

그런 파란만장한 사연들을 제우스의 따님이신 뮤즈의 여신이시여, 우리에게 들려주오. 다른 용사들은 죽음의 전쟁에서도, 험한 바닷길에서도 운 좋게 벗어날 수 있었으나 유독 아내를 애타게 그리던 오디세우스만은 님프 칼립소(Calypso)가 그에게 연모의 정을 품는 바람에 불행히도 붙잡혀 있는 까닭을 말이오.

하지만 그의 귀국이 허락된 뒤에도 일은 순탄치 못했으니, 바다의 신 포세이돈만이 노여움을 풀지 못 해 그의 귀국을 반대했던 것이다. 그러던 중 마침 포세이돈이 자리를 비운 때가 왔다. 그는 인간 세계의 맨 끝인 아이티옵스족들(Æthĭops; 에티오피아 사람들)의 제사에 참석하려고 떠났다.

그가 제사에 참석해서 즐거운 시간을 보내고 있는 동안, 그를 제외한 모든 신들이 올림포스에 있는 제우스 신의 궁전에 모여 있었다. 먼저 신들의 아버지 제우스가 문득 아이기스토스(Aegisthus)의 용맹을 떠올리며 이야기를 꺼냈다.

"허 참, 인간들이란 역시 미련하단 말이야. 재앙은 모두 우리가 내린다고 불평만 하고 있지만 정작 분수에 벗어난 자신들의 무례함 때문에 타고난 운명보다 더욱 쓰라린 역경을 당하게 된다는 걸 모르거든. 이번 아이기스토스 일만 하더라도 그렇지, 아가멤논이 없는 틈을 타서 그의 아내 클리타임네스트라(Klytaimnestra)와 통정을 하다가 마침내 아가멤논을 죽이지만 아가멤논의 아들 오레스테스(Orestes)의 손에 살해당하기에 이르렀지. 우리가 미리 훌륭한 파수꾼, 즉 아르고스의 살해자인 헤르메스를 전령으로 보내 경고를 했는데도 말이야. 지금 당장은 나이가 어리고 타국에 가 있지만, 나중에 커서 귀국한 오레스테스에게서 복수를 당하게 될 것은 뻔하기 때문에 자중하라고 했는데도 그 얼빠진 인간은 결국 일을 저지르고 말았지."

그러자 빛나는 눈의 여신 아테나가 말을 받았다.

"왕 중의 왕이자 크로노스의 가장 위대한 아드님이시여, 정말이지 그 사나이의 죽음은 불륜의 대가로 당연한 일이 아니겠습니까. 하지만 그와 달리 저 선량한 오디세우스의 처지는 생각할수록 가엾어서 못 참겠군요. 참으로 불운한 사람이에요. 그 죽음의 전쟁이 승리로 끝났는데도 아직 대양의 배꼽이나 다름없는 섬에서 고초를 겪다니. 그곳은 나무숲으로 덮인 조그마한 섬인데, 저주 받아 마땅할 아틀라스의 딸이 도사리고 있지요. 모든 바다를 속속들이 알고 있고, 밤과 낮이 합치는 지점에서 대지와 천공을 떼어놓는 커다란 기둥을 혼자 힘으로 지탱하고 있는 그 아틀

제우스 앞에서 오디세우스에 대해 이야기하는 아테나와 헤르메스

라스의 딸 님프가 막무가내로 그를 사모하여 붙잡아두고 있답니다. 그런
데도 당신께선 수수방관하시니 왜 그런지요. 혹 오디세우스가 트로이에
있었을 때, 제물과 함께 문안을 드리지 않아 화가 나서 그런 겁니까?"

이에 제우스가 대답했다.

"나의 딸이여, 무슨 말을 그리 하느냐. 어찌 내가 그 영특하고 충성스
러운 오디세우스를 잊겠는가. 모든 것은 바다를 다스리는 포세이돈의 노
여움에서 비롯된 것이란다. 그는 아들 폴리페모스(Polyphemus; 키클로프
스들 중 한 명)의 눈을 멀게 해서 몹시 화가 나 그를 죽일 수는 없었지만

그의 행복을 철저히 방해하고 있는 것이란다. 하지만 우리도 보고 있을 수만은 없는 일이지, 그가 집으로 돌아갈 수 있도록 계책을 세워주어야 하지 않겠느냐. 우리 모두의 뜻이라면 유독 포세이돈만이 끝까지 버티지는 못할 것이다."

제우스의 말에 아테나가 기뻐하며 대답했다.

"모든 지배자 중에서도 가장 높으신 어른이시여, 만일 이 일에 모든 신들의 의견을 합하게 된다면 하루빨리 저 안내의 신이며 아르고스의 살해자인 헤르메스 신을 오귀기에 섬(the Ogygian island)으로 보내 칼립소에게 전하도록 해주십시오. 인내심 강한 오디세우스를 곧바로 귀국시키는 것이 신들의 뜻임을 잊지 않게 해주십시오. 그러면 저는 곧 이타카(Ithaca) 섬으로 찾아가서 그의 아들 텔레마코스(Telemachus)를 한층 격려하여 가슴속의 용기에 불을 붙여 주겠습니다. 아카이아 사람들을 회의에 소집할 수도 있고, 또 페넬로페의 청혼자들을 모두 쫓아버릴 수도 있는 그런 용기 말이에요. 그리고 그를 스파르타(Sparta)나 필로스(Pylos)로 보내 사랑하는 아버지의 귀국에 대해 알아볼 수 있도록 허락해주십시오. 또한 그가 세상 사람들 사이에서 좋은 평판을 얻을 수 있도록 해주십시오."

이렇게 말하고 그녀는 번쩍거리는 황금 샌들을 고쳐 신고, 거대한 청동 창을 손에 들었다.

그러고는 올림포스의 높은 봉우리를 훌쩍 떠나는데 금세 이타카 섬에 다다랐다. 그녀는 어느새 오디세우스와 아주 친한 타포스 섬(the Taphians)의 군주 멘테스(Mentes; 오디세우스의 친구. 트로이 편에 서서 그리스 군과 싸운 두 명의 멘테스가 있다. 에티오피아 왕 멤논의 부하 멘테스는 아킬레우스에게 살해되었다. 또 한 명의 멘테스는 키코니아 사람들을 이끌고 트로이에 왔

청동 창을 들고 이타카 섬으로 가는 아테나 여신

다. 메넬라오스가 전사한 파트로클로스의 무구(武具)를 가져가려고 했을 때, 멘 테스의 모습으로 변신한 아폴론이 헥토르에게 다가가 메넬라오스를 공격하도 록 부추겼다.)의 모습을 하고 있었다. 오늘도 성 안은 각지에서 몰려든 청 혼자들로 넘쳐났는데, 그들은 문 앞에서 체스를 두고 있었다.

그들이 깔고 앉아 있는 여러 장의 소가죽들은 죄 없는 소들을 멋대로 도살했음을 말해 주고 있었다. 그들 옆으로 수많은 충성스런 하인들이 분주히 움직이고 있었다. 그들은 혼주기(混酒器; 술을 섞는 도구)로 포도주 를 물에 타는가 하면, 젖은 해면으로 탁자를 닦아내고, 다른 한편에서는 고깃덩어리를 썰고 있었다.

이 북새통에서도 여신의 모습을 맨 먼저 발견한 사람은 신과 같은 모습을 한 텔레마코스였다. 그는 항시 하루바삐 아버지가 돌아와서 이 혼란을 평정하여 그 자신도 옛날의 근엄한 지위를 되찾아 재산을 지배하게 되기를 기도했던 차에 아테나의 모습을 본 것이었다.

그는 곧바로 달려 나가서 오른손을 맞잡고 한 손으로는 청동 창을 받아 들어 정중하게 인사했다.

"어서 오십시오. 저희는 누구든 기꺼이 맞이합니다."

아버지의 소식을 애타게 기다리던 텔레마코스는 여신을 극진히 모셨다. 이윽고 술과 음식의 잔치가 절정에 이르렀을 때, 시종이 음유시인 페미오스(Phemius)에게 훌륭한 칠현금을 갖다 주었다. 그는 마지못해 또다시 청혼자들을 위해 줄을 뜯으며 노래를 읊기 시작했다. 이때 텔레마코스는 좌중의 분위기가 무르익은 틈을 타 아테나에게 머리를 갖다 대고 말을 건넸다.

"손님이시여, 이런 말씀을 드리면 저를 나무라시겠습니까. 보시다시피 이들은 지금 칠현금 소리에 취해 있습니다만, 남의 재물을 축내는 악당들이지요. 그것도 생사도 모르는 사람의 재물을 말입니다. 그 사람이 이타카로 돌아오기라도 하는 날에는 누구 할 것 없이 지은 죄가 있어 혼비백산하여 도망갈 것입니다. 하지만 지금으로서는 그런 희망조차 없습니다. 그분의 소식이 끊긴 지가 벌써 10여 년이 지났으니 애꿎은 죽음을 당하신 게 분명할 테니까요. 이 땅에 있는 그 누구도 이젠 그의 귀환을 기대하지 않으며, 저 역시 이젠 포기상태이죠. 그런데 당신은 누구이시며 어디서 오셨습니까. 고향은 어디며 어떤 배편을 이용하셨는지요? 또한 저의 집에는 하루에도 몇 십 명씩 찾아오고, 아버님도 여러 방면의 분들

오디세우스의 집에서 먹고 마시며 유흥을 즐기는 청혼자들

과 사귀었기에 묻는 겁니다만, 이타카가 초행이신지, 아니면 저의 조상 때부터 인연을 맺고 계시던 분인지 자세히 말씀을 해 주십시오. 참으로 궁금합니다."

그 많은 질문에 아테나 여신은 더욱 눈을 반짝이며 대답했다.

"그렇다면 분명히 말해주겠소. 나는 일찍이 슬기로운 지혜로 이름난 앙키알로스의 아들 멘테스라는 사람으로서, 항해를 좋아하는 부하들과 함께 배를 타고 이곳으로 왔다오. 무기를 만들 청동을 구하려고 테메세까지 항해했는데, 번쩍번쩍 빛나는 청동을 가득 싣고 왔소. 내가 타고

온 배는 지금 울창한 네이온 산 밑에 있는 레이트론 포구에 정박시켜 놓았소. 우리와 그대의 조상들은 대대로 깊은 유대관계를 맺고 지내왔다오. 이는 라에르테스(Laertes; 오디세우스의 아버지) 님께 물어보면 곧 알 수 있을 거요. 들리는 소문에 따르면 당신 아버님은 지금 고향으로 돌아오시는 길이라는데. 아직도 신들의 훼방으로 귀로에서 헤매고 있는 모양이오. 나는 저 용감한 오디세우스가 죽지 않았다는 것을 자신 있게 말할 수 있소. 망망한 대양 어디엔가 바다로 둘러싸인 섬에 붙들린 채 목숨을 부지하고 있을 것이오. 이제 나는 그대에게 예언을 할까 하오. 그것은 불사의 신들이 내게 알려주신 것인 만큼 반드시 실현되리라 믿소. 그대 아버님 오디세우스는 머지않아 돌아올 것이오. 설령 차가운 쇠사슬에 묶여 있다 하더라도 분명 뛰어난 계책으로 빠져나올 것이오. 그런데 정말로 그대가 오디세우스의 아드님이오? 이렇듯 훌륭한 어른이 되었다니 참으로 세월이 빠르구려. 우람한 체격과 빛나는 눈초리는 그분을 빼닮았군."

그러자 현명한 텔레마코스가 기쁨에 들떠 말을 받았다.

"손님이시여, 제 어머님께서는 제가 오디세우스의 피를 이어받은 자식이라고 늘 말씀하시곤 합니다. 하지만 저로선 알 수 없는 일이지요. 누군들 스스로 출신을 분간할 수 있겠습니까. 솔직히 말씀드리지만, 제가 조금이라도 운수 좋은 사람의 아들이었더라면 얼마나 좋을까 하는 생각이 들 때도 있답니다. 그런데 사람들은 제가 인간들 가운데서도 가장 불행한 사람의 아들이라고들 말합니다."

이번에는 빛나는 눈의 아테나 여신이 말했다.

"그럼 신들은 결코 당신의 가문을 후세에게 불명예스럽게 하시지 않았구려. 그런데 아까부터 궁금한 것이 있었다오. 이 연회와 여기에 있는 사람들은 대체 어찌 된 것인지 말해 주겠소? 저들은 온통 저택의 대들보가 들썩이도록 퍼마시고 떠들고 있으니 말이오. 부친도 안 계시는데 뭐가 그리 즐거워서 이런 잔치를 여는지 모르겠소. 이 꼴을 보고 정신이 있는 사람이라면 분개하지 않을 수 없을 것이오."

"사실 너무 부끄럽습니다. 아버님이 계실 적만 하더라도 저희 가문은 꽤 부유했고 존경을 받고 했습니다만, 지금은 신들의 뜻이 그와는 전혀 다른 방향으로 돌아가고 있습니다. 재앙을 획책하시고 그분의 생사를 모르도록 꾸미셨습니다. 아버님이 이미 세상을 떠나신 것이 확실하다면 이렇게 한탄만 하고 있지는 않을 것입니다. 물론 세상 사람들도 아버지의 공덕을 기리어 무덤을 쌓았을 것이고, 그렇게 되면 당신의 아들도 훌륭한 가문의 자식으로서 영예롭게 살게 되었을 테지요. 하지만 폭풍의 여신들이 아버님을 낚아채가고 말았습니다. 아버님은 흔적도 없이 사라져 버렸으며, 저에게 남겨진 것이라곤 비탄과 애석함뿐입니다. 아버님 생각으로 괴로워하고 한탄하는 것조차 제게는 허용되지 않았습니다. 아직도 신들께서는 갖가지 다른 재앙을 저에게 내려주시려고 하거든요. 말하자면 이 근처 둘리키온(Dulichium), 사메(Same), 잡목이 우거진 자퀸토스(Zacynthus) 등 여러 섬의 영주들로부터 바위 많은 이타카 섬의 권력자들에 이르기까지 모두가 제 어머님에게 청혼하러 몰려와 가산을 함부로 탕진하고 있답니다. 하지만 제 어머님은 재혼하시는 것에 대해 아무런 결론도 내지 못하신답니다. 거절도 승낙도 못 하시는 거지요. 그래서 그들은 제 가산을 마냥 축내고 있는 셈입니다. 앞으로 제 꼴이 어찌 될지 정말 의심스럽습니다."

그 말에 분노를 느낀 팔라스 아테나가 이렇게 말했다.

"대체 이게 무슨 일이란 말이오. 그토록 오래 집을 비운 오디세우스가 돌아오기만 하면 이 뻔뻔스런 청혼자들을 모두 응징할 것이오. 정말이지 난 지금이라도 투구를 쓰고 방패와 두 개의 창을 손에 들었던 옛날 그대로의 모습을 하고 나타날 그를 생각하고 있소. 전에 내가 그를 처음 내 집으로 맞이했던 그때처럼 늠름한 모습으로 말이오. 그때 메르메로스(Mermerus)의 아들 일로스(Ilus)의 영토 에피레(Ephyra; 코린토스, 코린트라고도 부름)에서 돌아오는 길이라면서 술을 마시며 무척이나 즐거워했었지. 오디세우스는 청동 화살촉에 바르기 위한 독약, 사람을 죽이는 그 독약을 구하러 빠른 배를 타고 달렸다오. 그러나 신들을 두려워한 일로스가 그걸 거절했소. 그래서 그 독약을 우리 아버님께서 나눠 드렸었지. 아버님은 오디세우스를 무척이나 아끼셨기 때문이오. 그때처럼 굳건한 오디세우스가 청혼자들 무리 속에 우뚝 서기만 한다면, 그들 모두 결혼의 쓴맛을 삼킬 것인데. 하지만 그가 고국에 돌아오는 일도, 그의 성에서 앙갚음을 하는 것도 모두 신들의 뜻에 달린 것이오.

어쨌든 그대라도 청혼자들을 이 집에서 몰아내버릴 방도를 생각해보는 게 좋을 것 같소. 지금부터 내가 하는 말을 마음에 새겨들으시오. 내일 아침 아카이아 남자들을 모두 회의에 소집하여 신들을 입회 중인으로 모시고 이렇게 선언하시오. 청혼자들은 각자 집으로 돌아가고, 어머님께서는 결혼하고픈 마음이 있다면 그 위세당당하다는 친정댁으로 돌아가시라고 말이오. 어머님께서 그렇게 하면 친정 어른들이 꽤 많은 지참금과 함께 결혼 준비를 해줄 것이오. 귀엽고 소중한 딸이니까요. 내가 그대에게 실수 없는 방도를 좀 더 자세히 가르쳐 줄 테니 잘 지키도록 하시오.

배를 한 척, 물론 좋은 것으로 골라 놓은 후, 스무 명의 뱃사람을 데리고 그토록 오래 집을 떠난 채 돌아오시지 않는 아버님의 행방을 찾아 떠나시오. 우선 맨 먼저 필로스로 가서 네스토르 영주한테 물어보고 거기서 스파르타로, 금발의 메넬라오스한테로 가시오. 그는 청동 갑옷을 입은 아카이아 편 지휘자 중에서 제일 나중에 귀국한 사람이니까. 그가 혹 아버님이 살아계시고 또 오래지 않아 귀국할 것 같다고 말하면, 물론 고생이야 되겠지만 한 일 년 간만 더 참도록 하시오. 혹시 이미 돌아가셔서 이 세상에 계시지 않다면, 그때엔 내 나라로 돌아와 아버님 산소를 마련하고 장례를 치르시오. 아버님께 알맞을 정도로 아주 훌륭하게. 그런 다음 어머님께는 그 많은 청혼자들 중에서 새 남편을 골라 재혼하도록 해드리시오. 그 일들을 완전히 끝내 놓고 나서, 그때야말로 그대는 조심스럽게 잘 생각해야 하오. 어떤 방법으로 그대 집에 쳐들어온 폭도들을 쫓아버려야 할 것인가를. 머리를 쓰든 힘을 쓰든 이제는 그대도 어린애 같은 행동을 해선 안 되오. 그럴 나이는 지났단 말이오. 그대는 저 오레스테스 공에 대해 전혀 들은 바가 없소? 그가 온 천지를 휩쓸어 얼마나 높고 훌륭한 평판을 얻었는가를. 간사한 아이기스토스, 명예 높은 그의 아버지(아가멤논)를 살해한 그 아이기스토스에게 복수의 화살을 꽂았다고 해서 말이오. 그대도 마찬가지요. 그처럼 훌륭한 체구와 훤칠한 키에 못지않은 용기를 갖도록 하시오. 그렇게 하면 후세의 모든 이들이 그대를 찬양할 것이오. 난 이만 돌아가야겠소. 아마도 나의 빠른 배와 부하들이 목을 쑥 빼고 내가 나타나기를 기다리고 있을 게요. 그럼 그대는 내가 일러준 말을 잊지 말고 부디 몸조심하시오."

현명한 텔레마코스가 대답했다.

"네, 멘테스 님. 애정 어린 충고 어떤 일이 있어도 잊지 않겠습니다. 하지만 멘테스 님의 바쁘신 여행길에 방해가 될 줄 압니다만, 목욕과 선물로 기분 전환을 하시고 유쾌한 마음으로 돌아가시도록 하고 싶습니다."

빛나는 눈의 여신 아테나가 그 말에 답했다.

"아니오. 이제는 더 머뭇거릴 수 없소. 우선 여행길이 바쁘니. 그대의 친절한 마음을 선물로 보여주고 싶다면 돌아오는 길에 다시 들를 테니 그때 주시오. 그렇게 한다면 나도 그대에게 답례할 테니."

빛나는 아름다운 눈의 여신은 이렇게 말하고 사라져버렸다. 텔레마코스의 가슴에 힘과 용기와 아버지 생각을 불어넣어주고 새처럼 하늘 높이 사라져버렸다. 한편 텔레마코스는 이 상황을 곰곰이 생각하더니 자신과 같이 있었던 자가 신이 틀림없다고 느끼고는 놀라고 말았다. 이윽고 이 젊은 성주는 청혼자들이 있는 곳으로 가 다시 한 자리를 차지했다.

음유시인 페미오스는 낭송을 계속하고 있었고 사람들은 모두 앉아서 숙연히 귀를 기울이고 있었다. 노래는 때마침 아카이아 군사의 귀국 대목에 접어들어, 트로이로부터 팔라스 아테나 여신의 지휘 아래 행해진 귀국 무렵의 비통한 이야기를 풀어놓는 참이었다. 2층 방에서는 사려 깊은 이카리오스(Icarius)의 딸 페넬로페(Penelope)가 그 음유시인의 경건한 노랫소리에 귀를 기울이고 있었다. 그리고 두 시녀의 부축을 받으며 층계를 내려오기 시작했다. 그리고 청혼자들과 마주하자 장식 베일을 두 뺨에 살포시 드리운 다음 육중한 지붕을 떠받치고 있는 커다란 기둥에서 멈춰 섰다. 그녀는 성실한 두 시녀를 양쪽에 거느리고, 음유시인을 향해 뜨거운 눈물과 함께 말을 건넸다.

"페미오스, 당신은 매혹적인 노래들과, 신들의 고결한 행위를 이야기한 노래들을 많이 알고 계시지요. 당신의 노래에 매혹당한 이 청중들을 위해 다른 노래 하나를 더 들려주십시오. 지금 읊고 계시는 그 노래는 멈추세요. 그 노래는 너무나 비통해서 내 가슴은 찢어지는 듯 괴롭답니다. 더구나 잊을 수 없는 슬픔을 겪은 뒤로는 더 그렇습니다. 남편은 너무 훌륭했고 그를 잃은 슬픔은 너무나 크니까요."

현명한 텔레마코스가 그 말에 대답했다.

"어머님, 지금 이 시인이 우리를 즐겁게 해주려고 하는데, 왜 불평을 늘어놓으십니까. 어머님께선 페미오스가 다나오스 인들의 비극적인 운명을 노래했다고 해서 그리 핀잔하실 것까진 없습니다. 세상은 늘 새로운 노래를 원하니까요. 어머님도 한번 생각을 돌리시고 들어보세요. 트로이 땅에서 귀국할 시기를 놓쳤거나 목숨을 잃은 사람은 오디세우스뿐만이 아니니까요. 어쨌거나 어머님께선 방으로 돌아가셔서 베를 짜시든 실을 감으시든, 하시던 일이나 계속하세요. 말하는 것은 이 집 주인인 남자, 저에게 맡겨주세요."

페넬로페는 기꺼이 자기 방으로 되돌아갔다. 아들의 말이 전적으로 옳다고 여긴 것이다. 그녀는 자신의 방에서 홀로 오디세우스를 그리며 눈물을 흘리자 빛나는 눈의 여신이 그녀의 젖은 눈 위에 단잠을 쏟아 주었다.

한편 텔레마코스는, 어두워질 때까지 넓은 응접실에서 와자지껄 떠들며 저마다 그녀의 침대 옆자리를 차지할 수 있기를 바라는 청혼자들을 향해 이렇게 말했다.

"우리 어머님의 사랑을 구하시려는 여러분, 우선 모두 식사나 하십시다. 떠들지들 마시고. 그리고 내일 아침에는 모임을 갖도록 합시다. 나는 그 모임에서 당신들께 딱 잘라 선언할까 합니다. 이제 이 집은 더 이상 당신들의 식사 해결 방편이 되어 드릴 수 없으니 모두들 나가 달라고요."

이렇게 선언하자, 그가 이렇게 대담한 말을 하리라고는 전혀 생각지 않았던 청혼자들은 깜짝 놀랐다. 먼저 에우페이테스(Eupeithes)의 아들 안티노스(Antinous)가 말했다.

"텔레마코스여, 자네에게 그토록 오만한 소리를 함부로 하게 한 것은 신들인 줄 아네. 그렇다 해도 너무 대담한 말투로군. 오디세우스의 아들 자격으로서 자네가 이곳의 주인이긴 하지. 하지만 크로노스의 아드님이 자넬 이타카 섬의 군주로 삼지는 않으실 것이네."

현명한 텔레마코스는 이 말에 답했다.

"안티노스 님, 당신은 언짢게 생각하실지도 모르겠지만, 어쨌든 나는 제우스 님의 허락이 내려지는 한은 내 임무를 충실히 해내고야 말겠습니다. 당신은 혹 이 지위가 하찮은 것이 되어버렸다고 생각하시는지요. 하지만 순식간에 한 집안이 유복해지고 그 자신도 한층 명예를 얻는 걸 보면, 군주란 결코 하찮은 지위는 아니랍니다. 숱한 아카이아 인 영주들 중 누군가가 아버님의 뒤를 잇게 될 테지요. 존엄하신 아버님이 죽은 뒤에 말입니다. 그렇더라도 난 이 집과 아버님께서 당신의 아들인 나를 위해 마련해 주신 하인들의 주인이 되겠지요."

그 말을 들은 폴리보스(Polybus)의 아들 에우리마코스(Eurymachus)가 대답했다.

"텔레마코스여, 그건 진정 신의 뜻에 달린 일일세. 누가 이타카 섬의 군주가 되든 자네 집 재산과 성은 자네가 확보하고 지배하는 게 좋겠지. 자네 재산을 탐내 나쁜 일을 일으키려는 이가 없기를 빌겠네. 그런데 아까 그 방문객에 대해 알고 싶은 게 있다네. 그 무사는 어디서 왔다고 하던가. 그리고 어느 나라 출신이라고 하던가? 어떤 문벌의 출신이며, 물려받은 영토는 어디에 있다고 하던가? 아버님 소식이라도 가져왔던가, 그냥 자신의 볼일 때문에 왔던가? 급하게도 사라져버렸군그래. 어떤 인물인지 용모가 천해 보이지는 않던데."

그러자 현명한 텔레마코스가 대답했다.

"제 아버님의 귀국은 이제 바랄 수 없게 되어버렸습니다. 이젠 어떤 소문도 믿을 수 없습니다. 점쟁이의 이야기도요. 그 손님은 아버님과는 오랜 친구이신 타포스 섬 출신으로 용감하고 현명하신 앙키알로스의 아들 멘테스라는 분인데, 항해에 능숙한 타포스 섬의 군주랍니다."

대답은 이렇게 했지만 텔레마코스는 그 손님이 불사의 여신임을 믿어 의심치 않았다. 이리하여 그들은 춤과 시로 즐거움에 취한 밤을 보내고 제 집으로 돌아갔다.

한편 깊은 생각에 잠긴 텔레마코스는 활활 타오르는 횃불과 에우리클레이아의 충직한 수행을 받으며 전망이 아름다운 자신의 침실로 돌아갔다. 에우리클레이아는 페이세노르 집안 오프스의 딸로 오래전에 라에르테스가 20마리의 소를 주고 데려왔다. 그녀는 그의 잠자리를 돌보기 위해 뒤따르고 있었다. 그녀는 아주 어릴 때부터 텔레마코스를 키워왔기 때문에 그는 그녀가 있어야 편히 잠들 수가 있었다. 침실에서 그는 아테나 여신이 일러준 그 여행에 대해 온갖 계획을 세우고 있었다.

제 2 권

텔레마코스 출범하다

새벽의 여신이 장밋빛 손가락을 뻗쳐 동쪽에 모습을 드러낼 무렵, 텔레마코스는 잠자리에서 일어나 옷을 입었다. 그는 어깨에 번쩍이는 검을 둘러메고 탄탄한 샌들을 발목에 맨 다음 길을 나섰다.

그러고는 전령들에게 명령해 아카이아 인들에게 집회장에 모일 것을 알리라고 했다. 전령들의 외침에 사람들은 급히 몰려들었다. 청동 무기를 움켜잡고 두 마리의 개를 앞세우고 집회 장소에 나타난 그에게 사람들은 감탄의 눈길을 보냈다. 아테나 여신이 텔레마코스에게 내려준 거룩함이 그의 온몸에서 발산되었기 때문이다. 그는 오디세우스의 좌석에 자리 잡고 앉았다. 비록 늙었으나 해박하고 경험이 많은 아이깁토스 (Aegyptius) 영주가 맨 먼저 말했다. 그에게는 그럴 만한 이유가 있었다. 안티포스(Antiphus)라는 아들이 훌륭한 말의 산지인 일리오스로 신과도 같은 오디세우스를 따라 출정했다가 야만스런 키클로프스(Cyclops)에게 동굴 속에서 죽임을 당했기 때문이다. 노인에게는 세 아들이 더 있었지만, 안티포스를 잊지 못하고 이 회의석상에서마저 눈물을 흘리며 입을 열었다.

"이타카의 동지 여러분, 이제 내가 하는 말들을 새겨들으시오. 이번 집회는 오디세우스의 출정 이후로 처음 갖는 집회요. 누가 무슨 일로 이 집회를 열게 됐는지요. 누군지 모르지만 그는 분명 용기 있고 현명하며 장래가 촉망되는 분일 거요. 아무쪼록 그가 바라는 모든 일들이 제우스 신의 축복 아래 잘 이루어지기를 바라오."

오디세우스의 현명한 아들은 그의 말을 상서롭게 여기며 집회장의 한 가운데서 곧바로 일어섰다. 그리고 전령사가 전해준 홀을 받고 우선 아이깁토스 노인에게 인사를 하면서 말했다.

"노인장, 그자는 멀리 있는 게 아닙니다. 당신이 축복한 그자는 이제 당신 스스로 알게 되겠지요. 다시 말해 저에게, 저 자신에게 지독한 어려움이 닥친 겁니다. 그건 전쟁도, 마을 일도 아니고 내 집안에 닥친 일련의 불행을 호소하고자 이 집회를 열었습니다. 그중 한 가지는 아시다시피 훌륭하신 아버님을 잃었다는 것이지요. 한때는 여러분의 군주였던 무척이나 인자하신 분을 말입니다. 다른 한 가지는 더욱 큰 문제입니다만, 제 어머님은 생각지도 않는데도 불구하고 밀어닥친 청혼자들로 인해 제 집은 거의 파멸의 지경에 놓였습니다. 그들은 집으로 몰려와 온갖 가축들을 잡고 귀한 포도주를 마셔대고 있습니다. 정말이지 몰염치한 분들이지요.

이런 재앙을 물리칠 용감한 오디세우스는 지금 없습니다. 그리고 우리들만의 힘으로는 어쩔 도리가 없다는 것을 여러분은 잘 알고 계십니다. 지금 제게 그들을 막아낼 힘이 있다면 얼마나 좋겠습니까. 우리 집 재산이 부당하게 허비되는 것을 더 이상 참고 있을 수 없으니까요. 집안의 수치이기도 하지요. 또한 신들의 노여움도 생각지 않을 수 없습니다. 어쩌면 신들께서는 개별적인 조처를 취하실지도 모르지요. 그 어긋난 행동에 노하셔서요. 정말 제우스 신, 그리고 율법의 신이시며 이 집회의 모든 것을 맡고 있는 테미스(Themis) 신께 부탁드립니다.

여러분! 제발 이 청혼자들을 말려주세요. 그리고 제발 저희 집안이 조용히 지낼 수 있도록 해주십시오. 제 아버님이 아카이아 인에게 나쁜 짓을 행하지 않은 이상, 여러분은 마땅히 저희를 보호해주셔야 합니다. 지금 내 가슴에 엄청난 고통을 주고 있는 것은 바로 당신네들의 태도입니다. 정말 섭섭합니다."

이렇게 말한 그는 왈칵 끓어오르는 감정을 못 이겨 홀장을 떨어뜨리고 울음을 터뜨렸다. 그러자 그 자리에 모인 사람들도 침통해 했다. 모두 조용해지면서 감히 그에게 반론을 제기할 엄두도 못 내고들 있는데, 안티노스가 침묵을 깨고 나섰다.

"웅변술이 제법이군, 텔레마코스. 우리를 서슴없이 몰아세우며 모욕하다니 말이야. 그대는 우리에게 책임을 지울 작정인가? 그건 자네가 착각한 걸세. 청혼자들보다는 오히려 자네 어머니가 나빴지. 그녀가 아주 정숙하지 못한 교활한 생각을 가졌기 때문이네. 청혼자들이 몰려들기 시작한 것이 벌써 4년째로 접어드네. 자네 어머니가 모든 남자들의 정열을 희롱하면서 미지근하게 시간을 끌었지. 큼지막한 베틀을 장만해 놓고는 천을 짜기 시작했단 말이지. 그리고는 청혼자들에게 말하기를, '나에게 구혼하시는 분들, 이 천을 모두 짤 때까지만 기다려주세요. 이것은 라에르테스 님의 장례식 때 쓸 수의용 천이랍니다. 마지막으로 그분을 위한 도리를 다해야 하니까요. 그렇지 않으면 이 나라의 모든 여자들로부터 비난을 면치 못할 테니까요.' 그래서 우리는 끓어오르는 정열을 꾹 참고 그날을 기다렸지. 하지만 그녀는 밤이 되어 횃불을 켜 놓을 때쯤이면 그동안 짰던 천을 모두 풀어버렸다네. 그 짓을 3년 동안 되풀이하다가 작년 겨울에 마침내 우리에게 들키고 말았지.

자, 텔레마코스, 이것이 바로 자네의 울분에 대한 청혼자들의 대답일세. 자네 어머니의 정숙하지 못한 행동에 대해 이제 입이 열이라도 말을 못 할 걸세. 그러니 그녀가 더 이상 우리를 희롱하지 않도록 그녀의 아버님이 지목하는 자나, 자신의 마음에 드는 자와 결혼하도록 청하게나. 그것이 최선의 길일 걸세. 자네에게나 어머니에게나, 또 우리 청혼자들도 차라리 결정이 되어버렸으면 좋겠네. 물론 우리도 아테나 여신이 그녀에게 준 뛰어난 손재주와 분별력, 그리고 아카이아 전체에서 가장 뛰어난 외모 등을 아쉬워하는 바이지만 말이지. 허나 그런 뛰어남이 이제는 화근이 되어버린 셈이지. 그녀의 계산착오적인 마음가짐이 계속된다면 결국 자기 재산을 축내는 결과밖에 남지 않을 테니 말이야. 그녀의 허영심에 비례해서 자네의 재산은 축나고 말 걸세. 분명히 말하지만, 우리들 중

시녀들의 고자질을 듣고 베짜는 페넬로페에게 달려온 청혼자들

누군가가 그녀의 남편감으로 결정되기 전에는 이 집을 떠날 생각이 추호
도 없다네."

이에 텔레마코스가 대답했다.

"안티노스 님의 말씀은 충분히 이해합니다. 하지만 내 마음대로 어머
니를 쫓아낼 수 없는 노릇입니다. 나를 낳고 길러준 분이며, 또한 아버님
도 아직 살아 계실지도 모를 일 아닙니까. 게다가 안티노스 님의 말씀대

로 한다면 그것은 명백히 불법 행위인 만큼 제가 외조부 이카리오스 님에게 막대한 위자료를 지불해야만 할 것입니다. 다시 말해서 외조부님에게도 지독한 보복을 당할 것이고, 또 신들께서도 이러한 불륜에 저주를 내리실 것입니다. 더구나 세상 사람들도 저를 불효자라고 손가락질하며 비난하겠지요. 세상에 이처럼 수치스러운 일은 없습니다. 때문에 저는 도저히 그렇게 못 합니다.

여러분께서 양심이 있어 수치심을 느낄 줄 안다면 스스로 내 집에서 나가주시기를 바랍니다. 그렇지 않고 끝끝내 저희 집 가산을 탕진해갈 심산이라면……, 그렇게 하십시오. 힘이 약하고 어린 나로서는, 여러분이 저버리신다면 제우스 신께 의지할 수밖에 없습니다. 제우스 신까지 저를 외면하시지는 않을 것입니다. 그렇게 된다면 당신들은 무서운 보복을 당하게 될 것입니다."

텔레마코스는 흥분하면서 단호히 결심을 밝혔다. 그의 말에 당장 제우스 신이 반응을 보여 왔다. 높은 산봉우리에서 두 마리의 독수리를 날려 보낸 것이었다. 마침내 그 새들은 웅성거리는 집회장 한가운데에 이르자, 날개를 저으며 유유히 원을 그리고 돌다가 군중의 머리 위로 날카로운 눈초리를 보냈다. 그 눈빛에는 바로 파멸의 조짐이 보였다. 그리고 사나운 발톱으로 서로의 볼과 목 언저리를 할퀴어 뜯다가, 이 번화한 도시의 지붕 꼭대기로 날아오르며 동쪽으로 사라졌다.

모두가 그 독수리의 출현에 겁을 먹고는 침묵을 지켰다. 이윽고 새 점에 권위자 할리테르세스(Halitherses)가 나섰다. 그는 장차 닥쳐올 불행을 감지하고 말했다.

"방금 사라진 저 독수리의 예언에 대해 이타카 섬의 여러분에게, 특히 청혼자들에게 말씀드리겠습니다. 당신들에게는 이제 무서운 재앙이 닥처올 것이오. 그 재앙은 벌써 가까이 와 있는데, 그것은 그대들의 살육과 죽음을 꾀하고 있소. 그런데 이것이 다른 무고한 사람들에게까지 화가 미칠 것 같소. 이렇게 밝은 이타카 하늘 아래 사는 선량한 우리한테도 말이오. 그렇다면 미리 생각해볼 일이 아니겠소. 누가 봐도 그대들이 여기에서 물러가는 게 가장 현명한 처사라는 것은 명명백백하오.

내 예언은 틀려 본 적이 없다는 건 여러분이 더 잘 알 것이오. 오디세우스의 경우만 해도 그렇지 않소. 그가 일리오스를 향해 배에 올랐을 때, 난 그에게 이렇게 예언해 주었다오. 당신의 길은 끝없이 불운하여 재난을 수없이 당하고 부하들을 모두 잃은 뒤, 아무도 그를 알아볼 수 없을 만큼 비참한 꼴이 되어서야 돌아오게 될 것이라고. 이제 두고 보면 알 테지만, 내가 말한 그대로일 것이오. 지금도 맞아 들어가고 있지 않소. 부디 청혼자들은 내 말을 명심하시오."

그러자 폴리보스의 아들인 에우리마코스가 비웃으면서 대답했다.

"영감, 이제 그만 집으로 돌아가 당신 자식들의 장래나 점쳐주시지. 이 일에 대해선 아마 내 솜씨가 훨씬 나을 것이오. 그대가 지금 말한 것은 순 엉터리 같소. 새라는 짐승은 원래 날씨가 화창한 날이면 몰려다니는 법이오. 그러니 그것들이 하는 짓이 모두 무슨 의미를 갖고 있다고는 볼 수 없소. 더구나 오디세우스는 이미 죽었단 말이오. 살았다면 왜 10년이 넘도록 못 돌아오겠소. 정말이지 영감도 그자처럼 일찌감치 죽어주었으면 좋았을걸.

그대는 공연히 텔레마코스를 부추겨 아첨을 하는 것 같은데, 분명히 말해둡니다. 그따위 케케묵은 궤변을 계속 늘어놓는다면 지금보다 사태가 더 악화되어 결국 아무런 이득도 주지 못할 것이고, 또한 당신한테도 벌금을 물어야 할 극단적인 불행이 닥칠 것이란 말이오.

그건 그렇고. 여보게, 텔레마코스. 재차 경고하지만 자네 어머니가 친정아버지 댁으로 되돌아가도록 하는 게 좋을 걸세. 그러면 텔레마코스 자네도 재산이 축날 염려가 없어 좋을 것이고, 우리도 좋을 것 아닌가. 하지만 계속 이런 식으로 결혼문제를 질질 끌어가면서 우리 속을 태운다면 우리 편에선 또다시 막연한 기대를 하면서 여기에 머물러 기다릴 수밖에 없지."

이윽고 텔레마코스기 비장한 결단을 내렸다.

"에우리마코스 님, 그리고 그 밖의 청혼자 여러분, 이제 더 이상 우리집 문제와 어머님의 일로 왈가왈부하지 않겠습니다. 이것이 나아가야 할 바는 분명할 테니까요. 그보다는 지금 바로 나를 도와 함께 여행을 떠날 스무 명 정도의 동행자와 훌륭한 배를 준비해야겠습니다. 나는 이 길로 아버님의 귀국 소식을 알아보러 스파르타로 갈 겁니다. 혹시 소문으로나마 아버님 소식을 들을 수 있을까 해서요. 아니면 모든 사실을 알고 계시는 제우스 신으로부터 소식이 오지 않을까 해서 말입니다. 다행히 아버님의 소문을 들을 수 있어서, 살아서 귀국하신다면 그보다 더 기쁜 일이 어디 있겠습니까, 그렇지 않고 이미 세상을 떠났다는 소문이 확인된다면 곧바로 돌아와 아버님을 위한 성대한 장례식과 함께 그의 공덕비를 세우도록 하겠습니다. 그때는 어머님도 재혼을 해야겠지요."

그의 단호한 결정에 옛날 오디세우스의 심복이었던 멘토르(Mentor)라는 자가 벌떡 일어서서 말했다. 오디세우스는 부하를 이끌고 출정하기 전에 모든 집안일을 그에게 맡겼었다.

"우리 이타카 섬의 여러분, 내가 이제부터 하려는 말을 끝까지 잘 들어주시면 고맙겠습니다. 이제부터 어느 누구라도 군주가 되거든 정성과 관용과 정의로써 다스린다는 생각은 말아야겠습니다. 오디세우스는 훌륭한 왕으로서 여러분께 은덕을 베풀었지만, 그가 불행하게 된 지금 아무도 그를 생각지 않으니 말이오. 배은망덕도 유분수지, 이건 정말 신의 저주를 받을 일이오. 나는 결코 여러 청혼자들과 맞설 생각은 없소. 단지 내가 화내는 것은 그대들의 비겁한 침묵이오. 정의가 무엇인지 잘 알면서도 소수의 청혼자들을 비난하거나 말리려 들지 않고, 바라만 보고 있는 그대들의 무성의가 역겹단 말이오."

격분한 멘토르의 열변을 막으며 나선 사람은 에우에노르(Evenor)의 아들 레이오크리토스(Leiocritus)였다.

"멘토르, 무슨 말을 그리 함부로 지껄이는가. 이것은 자네와는 아무 상관도 없는 일이라네. 설령 오디세우스가 살아 돌아온다 해도 그것은 그렇게 순조롭지는 못할 걸세. 만약 그런 동기로 싸우려고 나선다면 말이야. 이제 모두들 돌아가서 제각기 자기 일을 하도록 합시다. 이 사람의 출발 준비는 오디세우스의 옛 친구 멘토르나 할리테르세스가 기꺼이 발 벗고 나서서 해줄 테니까 말이야. 이건 어디까지나 내 생각이지만, 텔레마코스는 당분간은 좀 더 여기에 남아서 여러 가지 정보를 듣는 것이 나을 것 같은데. 이런 여행은 결코 쉬운 일이 아니거든."

이렇게 소리치고는 집회를 해산시켜버렸다. 그러자 청혼자들은 다시 오디세우스의 성으로 향했다.

텔레마코스는 허탈한 심정에 비통해 하다가 문득 바닷가로 나가 잿빛 바닷물에 손을 씻고는 아테나 여신께 기도를 드렸다.

"부디 제 소원을 들어주십시오. 어제 저를 찾아오셔서 오랫동안 돌아올 줄 모르는 아버님의 귀국 소식을 안개 낀 바다를 건너 듣고 오라고 충고해주신 신이시여, 그런데 그 일에 대해 도와주기는커녕 모두 훼방을 놓으며 못하게 하니 어찌된 일입니까."

그의 간절한 기도에 아테나가 멘토르의 모습으로 다시 나타나서 말했다.

"텔레마코스여, 앞으로도 결코 용기를 잃으면 안 되네. 그대에게 아버지의 피가 흐르고 있다면 그의 깨끗한 기상 역시 흐르고 있을 터, 그대 또한 앞으로는 결코 겁쟁이가 되거나 사리분별을 잃지는 않을 것이라 믿네. 그렇다면 이번 여행이 실패할 이유가 하나도 없다네. 그러니 그대 핏속에 면면히 흐르고 있는 기상으로 그들의 계책이나 계획 따위쯤은 얼마든지 물리칠 수 있어야 하네. 그들은 참으로 어리석은데다가 분별없이 날뛰는 하룻강아지와 같아서 정의감조차 없는 작자들이니, 죽음의 그림자조차 의식하지 못하고 있다네. 실로 그 같은 재앙이 그들의 코앞에 닥쳐와도 하루 만에 모두 몰살당한다는 것을 모르고 있다네. 그대 부친에 대한 신의로 내가 그대를 도와주는 이상 그대는 그리 염려하지 않아도 될 것이네. 빠른 배는 물론, 나도 같이 가도록 하겠네. 그럼 이 길로 나는 거리로 나가 지원자들을 불러 모을 테니까, 그대는 여행에 필요한 짐들을 차근차근 챙기도록 하시게. 한시바삐 모든 준비를 마친 뒤 넓은 바다로 부친을 찾으러 떠나도록 하세."

제우스의 딸 아테나의 말에 텔레마코스는 그 길로 당장 집으로 돌아왔다. 그가 집으로 들어섰을 때 무법천지의 청혼자들은 여전히 안뜰에서 산양의 껍질을 벗기고, 돼지를 불에 그을리는 등 잔치 준비에 여념이 없었다. 텔레마코스의 분개한 표정을 본 안티노스가 크게 웃으면서 그에게로 다가와 손을 잡으면서 말했다.

"텔레마코스, 이 성급한 젊은 웅변가, 격한 말과 생각만으로도 충분히 불만이 풀렸을 테지. 자, 뭘 그리 어렵게 생각하는가. 예전처럼 우리와 더불어 먹고 마시면서 지내는 것이지. 그렇지 않은가. 그리고 자네의 여행

문제는 우리 모두가 기꺼이 도와줄 걸세."

"안티노스 님, 미안하지만 사양하겠습니다. 나도 이제 사리분별을 충분히 할 수 있는 나이가 되었단 말입니다. 구혼이라는 그럴듯한 명목 아래 몇 년 간이나 내 재산을 빨아먹고 있는 당신네들과는 더 이상 말할 필요도 없단 말입니다. 나는 당신네들에게 재앙이라는 운명이 주어질 때까지 더 이상 기다리고만 있을 수는 없단 말이오. 그리고 내 여행은 결코 헛되지는 않을 것이며, 당신들의 도움 같은 건 이제 바라지도 않습니다."

이렇게 말하고 텔레마코스는 안티노스의 손을 뿌리쳤다. 그러자 청혼자들은 저마다 한 마디씩 그에게 욕설과 조롱을 퍼부었다.

"정말이지 텔레마코스는 우리를 죽이려고 안달이 난 모양이야! 필로스나 스파르타에서 힘깨나 쓰는 자들을 데려오든지, 기름진 이피레로 가서 독약을 가져와 우리들의 술에 타든지 해서 말이야."

또 다른 젊은이는 이렇게 말했다.

"글쎄, 누가 먼저 죽을지는 하늘만이 알겠지. 텔레마코스도 아버지를 따라 바다에 빠져 죽을지도 모르잖아."

그러는 동안 텔레마코스는 아버지의 보물 창고로 갔다. 그곳에는 황금과 청동으로 된 기구와 의복, 포도주 등등의 일용품들이 정갈하게 꽉 들어차 있는데, 언젠가는 돌아올 주인을 기다리는 마음으로 얌전히 제자리를 지키고 있는 듯했다. 다행히도 그곳만은 오프스의 딸인 하녀 에우리클레이아의 정성으로 잘 보존되어지고 있었다. 텔레마코스는 그녀를 창고로 불러들여 말했다.

"지금부터 내 말을 잘 듣고 빈틈없이 행해주게, 유모. 우선 자네가 소중히 간직해 둔 포도주 중에서 두 번째로 맛있는 것을 열두 개의 항아리에 가득 담아서 잘 봉해 주게나. 물론 가장 좋은 것은 아버님 몫으로 남겨두어야겠지. 그리고 탄탄히 꿰맨 가죽 주머니에 맷돌로 탄 보릿가루를 두 말만 담아주게. 그리 서두를 필요는 없을 게야. 잠시 후 해가 지면 내가 다시 올 테니까 그때까지 은밀하게 준비해 두게. 그리고 이 일은 유모 혼자만 알고 비밀로 해줘요. 나는 이제부터 아버님의 소식이라도 들을까 해서 당장 필로스나 스파르타로 떠날 생각이라네."

이에 마음 착한 유모 에우리클레이아는 단박에 울먹이면서 말했다.

"도련님, 도대체 왜 그런 위험한 생각을 하시는 것입니까. 귀하신 몸이 어디를 가신단 말씀이세요. 더군다나 제우스의 후손이신 오디세우스 님도 낯선 땅에서 돌아가셨는데 도련님마저 떠나면 이 성은 어떻게 되겠습니까? 도련님이 안 계시면 저들이 무슨 음모를 꾸밀지 누가 압니까. 아마 도련님을 죽일 계책을 꾸밀 거예요. 그러니 제발 도련님은 이대로 그냥 재물 위에 꿋꿋이 버티고 있어 주십시오. 모두를 위해서."

"너무 염려 말게, 유모. 계획은 신의 계시에 따른 것이니 조금도 잘못이 없을 테니까. 그러니 나한테 한 가지 맹세를 해주어야겠어. 다름이 아니라 어머니에게 이 일을 절대로 미리 말씀드리지 말아 달라는 것이지. 적어도 열흘 안으로는 말일세. 그 이후라도 어머님이 나를 찾다가 내가 이미 떠나버렸다는 소식을 들을 때까지는 모르는 척 해주게. 너무 슬퍼하셔서 고운 얼굴이 상하시면 안 될 테니까 말이야."

텔레마코스는 단단히 이른 다음 안채로 돌아와서 청혼자들의 틈에 끼었다.

이때 빛나는 눈의 아테나 여신은 나름대로 할 일을 수행하기 위해 텔레마코스의 모습으로 변장하고 이타카 시를 돌아다녔다. 그녀는 만나는 시민들에게 저녁때가 되거든 어느 포구로 모이라고 일일이 부탁하고 다

넜다.

그리고 프로니오스(Phronius)의 아들 노에몬(Noemon)에게는 성능이 좋은 배 한 척을 구해 달라고 부탁했다. 그러자 그는 기꺼이 응했다.

이윽고 해가 저물자 사방에 어둠이 깔렸다. 여신은 준비해 둔 훌륭한 배를 항구 구석에 띄운 뒤 거기에 필요한 모든 장비들을 준비해두었다. 그러자 낮에 일러두었던 사람들이 하나 둘씩 모여들기 시작했다.

그때 아테나는 또 다른 일이 생각난 듯 급히 오디세우스의 저택으로 가더니 거기에 있는 청혼자들에게 새털 같은 잠을 부어 주었다. 그러자 여태껏 술을 마시고 있던 그들은 모두 흐느적거리면서 술잔들을 손에서 떨어뜨렸다. 그러고서 아테나는 텔레마코스를 불러내어 멘토르의 모습과 목소리로 이렇게 말했다.

"텔레마코스여, 지금 용감한 동지들이 노를 쥔 채 그대가 오기만을 기다리고 있다네. 그러니 어서 서둘러 나가세."

그들이 배가 있는 바닷가에 이르렀을 때, 거기에는 그의 말대로 머리를 길게 기른 뱃사람들이 텔레마코스가 오기만을 기다리고 있었다. 이러한 모습에 힘이 솟은 텔레마코스는 그들을 향해 소리쳤다.

"그러면 여러분, 식량을 가져오도록 합시다. 내 성에는 이미 모든 것들을 준비해 두었소. 그런데 한 가지 부탁드리고 싶은 것은 우리 어머님이 모르시도록 신속하게 행동해 달라는 것이오."

이렇게 소리치며 앞장서자, 모두들 그를 따라 창고로 가서 준비한 물건들을 날라다 훌륭한 배에 실었다.

이윽고 텔레마코스가 배에 올랐다. 그는 먼저 와 있는 아테나의 바로 옆에 걸터앉았다. 뱃사람들은 밧줄을 푼 다음 배에 올라타 노가 놓인 곳으로 가서 자리를 잡았다. 그들에게 아테나는 순풍을 보내 주었다. 검푸른 바닷물을 타고 하늬바람이 불어왔다.

배는 순풍에 돛을 달고 파도를 가르며 빠른 속도로 목적지를 향해 미끄러지기 시작했다. 그러자 그들은 포도주를 가득 담은 술병을 차려 놓고는 신들께, 특히 제우스의 딸인 아테나를 향해 술을 부어 바쳤다. 아테나는 푸른 눈을 더욱 반짝이며 미소를 띤 채 그것을 지켜보고 있었다.

제 3 권

필로스에서 일어난 이야기

태양이 동쪽의 아름다운 물가로부터 우뚝 솟아올라 붉게 타오르고 있었다. 불사의 신들을 위해, 그리고 어차피 죽어야 할 운명을 가진 인간 들을 위해 장엄하게 빛을 쏟아내고 있었던 것이다.

텔레마코스 일행은 배에서 내려 넬레우스의 거대한 성채로 향했다. 그곳에서는 마침 대지를 뒤흔드는 신 포세이돈을 위해 제사를 지내고 있던 참이었다. 앞질러 가던 아테나 여신이 뒤돌아보며 텔레마코스에게 먼저 말을 했다.

"텔레마코스여, 당신은 이제 본토에 와 있다오. 모든 일은 지금부터가 중요하니 마음을 굳게 가져야 하오. 그러니 이제부터 곧바로 기사 네스토르에게 가보시오. 그는 많은 곳을 돌아다니며 전쟁을 치른 분이니 어쩌면 오디세우스의 소식도 알고 있을지 모르니까 말이오. 그는 현명한

넬레우스 성채로 가는 멘토르로 변신한 아테나 여신과 텔레마코스

사람이라 거짓말은 하지 않을 것이오.”

"그럼, 어떻게 가서 어떤 식으로 인사를 드려야 할지 좀 가르쳐주십시오. 아직 저는 빈틈없이 말하는 재주가 없습니다. 더구나 나이 드신 훌륭한 분에게는 말입니다.”

"텔레마코스여, 조금도 불안해 할 필요는 없소. 그대의 타고난 지혜로도 부족하다면, 그때는 신의 가호가 내려질 것이오.”

이렇게 말하고 아테나가 길을 나서자 텔레마코스는 부지런히 그 뒤를 따라 필로스 사람들의 모임이 있는 곳에 이르렀다.

멘토르로 변신해 포세이돈 신에게 기도를 드리는 아테나 여신

　　그곳에는 네스토르가 아들들과 함께 앉아 있었다. 그 주위에서는 사람들이 저마다 잔치 준비를 하느라 바삐 움직이고 있었다. 이들은 아테나와 텔레마코스가 나타나자 따뜻하게 맞이해 주었다. 네스토르의 작은 아들 페이시스트라토스(Pisistratus)는 멘토르의 모습을 한 아테나의 두 손을 잡고 안내해 와서, 형 트라시메데스(Thrasymedes)와 부친과의 사이에 앉도록 부드러운 양탄자를 내 주었다. 이윽고 그는 술잔을 들어서 축배하면서 아테나에게 말했다.

　　"당신들은 마침 포세이돈 신을 위한 잔치를 베풀려는 참에 들어오셨습니다. 그러니 포세이돈 신에게 기도를 드리시오. 그리고 다른 동료들에게

도 포도주 잔을 넘겨 신께 술을 바칠 수 있는 기회를 주십시오. 인간이라면 누구나 이 의무를 게을리해서는 안 되지요. 먼저 당신께 이 황금 술잔을 드리겠습니다."

이렇게 말하고는 향긋한 포도주가 담긴 황금 잔을 아테나 여신에게 주었다. 아테나는 사려깊은 그의 태도에 흡족해 하며 즉시 해신 포세이돈에게 기도를 드리기 시작했다.

"대지를 뒤흔드는 위대한 포세이돈이시여, 저희의 소원을 들어주십시오. 우선 네스토르와 그의 아들들, 그리고 모든 필로스 인들의 이처럼 훌륭한 제물을 기꺼이 받아들이고 축복을 내려주시옵소서. 특히 네스토르와 그의 아들들에게는 명예를 내려주시고, 저희가 바라는 목적이 이루어질 수 있도록 해주십시오."

기도를 끝낸 여신 아테나는 지혜롭게도 자신의 소원을 스스로 보살필 작정이었다. 그리고 술잔이 오가며 한창 잔치가 무르익었을 때, 군주 네스토르가 말을 꺼냈다.

"그럼, 이제는 손님들의 이야기를 듣는 순서일 것 같군요. 당신들은 어떤 분들이신가요? 어디서 무슨 일로 이렇게 험한 뱃길을 가르고 오셨는지, 오던 길에 해적선이라도 만나지는 않았는지요?"

이에 지혜로운 텔레마코스가 용기를 내어 나섰다. 그럴 수 있었던 것은 역시 아테나가 그의 마음속에 용기를 불어 넣었기 때문이었다.

"오, 위대한 넬레우스의 아들이신 네스토르 님, 아카이아 인의 큰 명예이신 당신께서 물으시니 모든 것을 사실대로 말씀드리겠습니다. 저희들은 네이온 산의 기슭에 자리 잡은 이타카 사람들로서, 개인적인 일로 이렇게 찾아왔습니다. 10여 년 동안이나 소식이 없으신 아버님의 소문을 듣고자 온 것이지요. 만인의 흠모를 받고 있는 오디세우스, 제 아버님은 소문에 의하면 당신과 같이 트로이 전투에 나가 그 성을 무사히 공략했다고 들었습니다. 그런데 그 처참한 전투 이후 저희 아버님 소식이 끊기고 말았습니다. 그것은 크로노스의 아드님이신 제우스께서 그 생사에 대한 소문조차 세상 사람들에게 일부러 퍼뜨리지 못하게 했기 때문이죠. 그래서 저희는 10여 년이 되도록 그의 생사조차 모르는 형편이랍니다. 그러므로 지금 당신 앞에 이렇게 무릎을 꿇고 부탁드립니다만, 부디 제 아버님의 불행한 죽음에 대해 이야기해 주십시오. 혹시 당신 눈으로 직접 목격하셨거나, 또는 여러 나라를 들르는 동안 들으신 소문이라도 있으시다면 말입니다. 정말 저의 아버님은 다른 사람들보다도 몇 배나 더 불행한 운명을 타고나셨습니다. 당신께서 정말 수백 리 뱃길에도 불구하고 찾아온 저의 정성을 가상히 여기신다면 아주 상세히 들려주십시오."

이에 게렌의 기사 네스토르가 감동하여 대답했다.

"오, 젊은이여. 그대는 나로 하여금 그 낯선 땅에서 종횡무진 용맹을 떨쳤던 우리 아카이아 인들의 그 슬픈 추억을 되새기게 하는구려. 그 전투는 너무나 참혹하여 우리의 가장 훌륭했던 명장들을 거의 다 앗아가 버렸지. 군신 아레스의 친구인 아이아스도, 아킬레우스도, 계책에 능한 파트로클로스도, 사랑하는 내 아들인 안틸로코스도 그 밖에도 수없는 명장들이 재앙을 입었지요. 당시의 참상을 우리 중에서 누가 다 이야기할 수 있겠소. 5년, 6년, 아니 10년이 걸려도 다 못 할 것이오. 이야기를 마치기도 전에 가슴이 미어져 못 견디고 그만하라고 할 것이오. 우리는 9년 동안이나 갖은 계략과 희생으로 적을 물리치려 애썼으나 겨우 크로노스의 아드님께서 그것을 완수해 주셨소. 훌륭한 오디세우스의 책략에야 당해낼 사람이 없었으니까 말이오. 그대의 아버님은 말이오. 그대도 아버님을 닮아 그런지 두렵고 공경하고 싶은 마음이 생기는구려. 또 누구든지 이렇게 젊은 사람이 이토록 의젓하게 말하리라고는 기대하지 못했을 것이오. 그때는 정말 우리 장군들끼리 한 번도 의견 충돌이 일어난 적이 없이 늘 힘을 합해 치밀한 계략을 꾸미곤 했었지. 그러던 중 프리아모스의 높이 솟은 성이 있는 곳을 공략했을 때, 제우스 신은 아르고스 편의 무서운 귀국 여행을 계획하셨지. 왜냐하면 우리의 생각이나 계획이 그리 탐탁지 않으셨기 때문이었어. 또 거룩한 제우스 님의 따님이신 아테나의 분노를 사게 되어 많은 사람들이 저주를 받은 것도 원인이라오. 그 여신은 아트레우스 집안의 두 형제 사이에 분쟁을 일으켰지. 그래서 두 사람은 황급히 아카이아 사람들을 모두 불러들여 회합을 했소. 그때에 메넬라오스는 그만 고국으로 돌아가기를 주장했었지만, 아가멤논은 이를 극구 반대했지요. 군사들을 붙들어두고, 성대한 제사를 지내 아테나 여신의 분노를 가라앉힌 후 전쟁을 계속하자는 것이었소. 하지만 그건 백 번 어리석은 생각이었지. 불사의 신들의 생각이 그렇게 갑자기 변할 리가 없었으니까. 날카로운 언쟁이 오갔으나 결국 두 파로 분열되어 각자 행동을 하게 되었지요. 일단의 병사들은 그들이 받은 전리품과 납치한 부녀자들을 배에 싣고 떠났으며, 나머지 아가멤논의 병사들은 그냥 거기에 머물고 있었다오.

한편 그곳을 떠난 우리 배는 처음에 순풍에 잘 나갔으나 제우스 신은 결코 우리를 그리 순순히 귀국시킬 생각이 없었던 거야. 결국 우리 배는 또다시 분란이 일어나 두 파로 나뉘게 되었지. 한 파는 현명하고 계략에 능한 오디세우스 님을 중심으로 모였고, 다른 한 파는 작은 배를 내어서 오던 방향으로 되돌아가버렸소. 그들은 아가멤논에게 충성을 맹세했기 때문이었지, 또 다른 편인 나는 나를 따르는 배들을 모아 귀국을 서둘렀소. 왜냐하면 나는 신께서 우리를 탐탁히 여기시지 않아 재앙을 꾸미고 있다는 것을 느꼈기 때문이었소. 뒤늦게 디오메데스와 메넬라오스도 아가멤논을 남겨두고 나와 합류했지. 그러던 중 우리는 험난한 해협을 돌아서 갈 것인가 그냥 지나갈 것인가를 논의하다가 결국엔 신께 어떤 조짐을 보여주십사 신탁을 드렸소. 그러자 위대한 해신께서는 우리에게 큰 바다 한가운데를 뚫고 나가 에우보이아(Euboea)를 향해 가라고 하셨소. 때마침 풍랑이 서서히 일기 시작했으므로 우리는 혼신을 다해 재빨리 물고기들이 많은 바닷길로 달려 나가 그날 밤 게라에스토스 곶(Geraestus)에 무사히 닿을 수 있었던 거요. 그래서 지금도 우리는 그때의 은혜를 기리는 뜻에서 포세이돈 신전에 황소 머리를 바치고 있는 것이오.

친애하는 젊은이여, 이처럼 나는 도중에 돌아와버렸기 때문에, 아카이아 군사들 가운데서 누가 살아남고 누가 사망했는지를 잘 알지 못하오. 하지만 여기에 돌아온 뒤에 들은 소문이 있으니 그것이라도 모조리 다 들려드리겠소.

우선 굉장한 무용을 자랑하는 아킬레우스의 영예로운 아들 네옵톨레모스(Neoptolemus)가 거느리는 미르미돈의 창으로 이름난 용사들은 모두 무사히 귀국했다는 이야기였소. 또 포이아스()의 훌륭한 아들 필로크테테스()도 무사하고, 이도메네우스도 크레타 섬으로 부하들을 거느리고 돌아갔다는 소문이었소. 싸움터에서는 살아남았다 할지라도 돌아오는 도중에 바다에서 풍랑을 만나 몰살을 당하는 수도 있지만, 그들은 무사히 귀환할 수 있었던 거지요. 그 밖에 아트레우스의 아들 아가멤논에 대해서는 이미 당신들도 아시고 계실 터이니 긴 말은 하지 않겠소. 용맹이 하늘을 찌르던 그 사나이도 복수의 집념으로 불타는 사람 앞에서는 어쩔 수 없었던 거요. 다행히도 그 아들 오레스테스만은 살아남아 아버지를 살해한 잔악무도한 아이기스토스에게 통쾌하게 복수했지. 친애하는 젊은이시여, 그대도 아버지를 닮아 지략이 뛰어날 것 같으니 충분히 오레스테스를 능가할 용기를 가졌을 것 같소. 그러니 후세 사람들이 모두 당신을 칭송하도록 아버지의 원수를 꼭 갚아야 할 것이오."

그러자 귀담아 듣고 있던 텔레마코스가 대답했다.

"오, 네스토르 님, 아카이아 인의 큰 명예이신 당신의 말씀대로 그는 칭송을 받아 마땅합니다. 그의 명성은 노래로 불려 후세에까지 전해져야 할 것이며, 또 그렇게 되리라 믿습니다. 저에게도 신들께서 그처럼 큰 능력을 주시기를 간절히 바랍니다. 하지만 운명은 그 같은 복을 저희 부자에게 내려주지 않을 것 같습니다. 저 무례한 청혼자들을 그대로 보고만 있다가 이렇게 떠나 왔으니 말입니다. 지금은 그저 저들이 하는 대로 놔둘 수밖에 없는 처지입니다."

이에 게렌의 기사 네스토르가 대답했다.

"오, 친애하는 분이여. 아닌 게 아니라 그러한 소문은 이미 내 귀에까지 들어와 있다오. 그대가 그자들을 내쫓지도 못하고 그냥 밀려났다는 것인지, 아니면 온 나라 사람들로부터 따돌림을 받았다는 말인지 모르겠소. 하지만 너무 걱정 마오. 예전에 아카이아 사람들이 줄곧 고난을 겪고 있었던 트로이 전투에서 명예를 떨친 오디세우스를 위해 신들의 가호가 있어, 오디세우스를 무사히 귀환시켜 그 무법자들에게 복수할는지도 모릅니다. 신들께서 그를 돌보시고자 팔라스 아테나가 옆에 계셨던 것처럼 말이오, 신들이 당신을 그렇게 아끼신다면 그 무법자들도 모두 결혼 따위는 꿈도 못 꿀 텐데."

지혜로운 텔레마코스는 대답했다.

"오, 네스토르 님. 말씀하시는 것이 너무 엄청난 일이라 그대로 이루어지지 못할 것 같습니다. 저로서는 도저히 기대조차 할 수 없는 일입니다."

이에 빛나는 눈의 여신 아테나가 말했다.

"텔레마코스여, 어찌 그런 말을 함부로 한단 말이오. 아무리 멀리 있다 하더라도 신께서 도와주실 일이거늘. 하지만 아가멤논이 살해된 것처럼 그분이 돌아와서 곧 살해되기보다는 차라리 극심한 고초가 따르더라도 때를 기다려 고국으로 돌아가는 편이 훨씬 나을 것 같소. 그대가 명심해야 할 것은 사람의 운명은 하늘에 달려 있다는 것이오. 누구든 죽어야 할 운명이라면 신이라도 막을 방법이 없는 거라오."

이에 현명한 텔레마코스가 대답했다.

"멘토르 님, 우리 이제 이런 이야기는 그만둡시다. 신들께서는 그의 운명을 이미 정했으니까요. 저는 율법이나 사리에 밝으신 네스토르 님께 묻고 싶은 게 있습니다. 아트레우스의 아들로 광대한 나라를 통치하던 아가멤논이 죽은 이야기를 사실대로 말씀해주세요. 메넬라오스는 아르고스에 계시지 않고 다른 나라를 떠돌아다니셨던 건가요? 간악한 아이기스토스가 어떤 파멸을 꾸몄던가요? 무용이 뛰어난 인물을 그렇게 무참하게 만들 수 있나요?"

이에 게렌의 기사 네스토르가 대답했다.

"젊은이여, 그대가 어느 정도 상상하고 있는 것 같아 내가 사실대로 이야기하리다. 아트레우스의 아들인 금발의 메넬라오스가 트로이에서 돌아와 아이기스토스를 만났다면 그의 무덤이 없는 편이 훨씬 나았을 것이오. 그의 엄청난 죄를 따지면, 그의 시체는 성 밖 멀리 버려져 들개나 새들의 밥이 되고 아카이아의 부녀들도 눈물 하나 흘리지 않고 말았을 것이니 말이오.

우리가 트로이에서 포위되어 전쟁에 여념이 없는 사이에 그는 아르고스 오지에서 천하태평으로 아가멤논의 아내를 꾀고 있었소. 여왕 클리타임네스트라는 지각 있는 여자인데다가 음유시인에게 시를 배우고 있었기 때문에 쉽게 그 계책에 말려들지는 않았소. 하지만 결국 그녀가 신들이 정한 운명에 사로잡히자, 아이기스토스는 그 음유시인을 무인도로 추방하고 그 여인을 제 집으로 데려가게 됐소. 그는 이런 신의 계획이 성취되자 거룩한 제단에 소의 허벅지 살코기를 희생물로, 많은 직물과 황금 따위를 공납물로 바침으로써 보답했지.

우리는 그 무렵 트로이를 떠나 아티카의 신성한 수니움 곶(Sunium)에 이르렀을 때 포이보스 아폴론이 그 부드러운 화살로 메넬라오스의 배의 키를 잡고 있던 사나이를 죽여버렸소. 그는 가장 뛰어난 키잡이로 프론티스(Phrontis)라는 자였소. 메넬라오스는 마음이 급했지만 그의 장례식을 위해 할 수 없이 수니움에서 멈추게 되었소. 그리고 다시 검붉은 바다를 헤치고 말레이아(Malean)의 험준한 곶에 당도했지. 그러나 제우스 신께서는 그의 험한 여정을 더욱 괴롭히려고 무서운 질풍을 일으켜 선단을 둘로 쪼개버렸소. 한쪽은 이아르다노스(Iardanus)의 강가와 퀴도니아 인들(the Cydonians)이 사는 크레타 섬으로 표착시켰소. 마침 남서풍이 불어 안개와 폭풍우 속에서도 고르틴(Gortyn)이라는 곳에 다다를 수 있었다오. 그리하여 배를 탔던 사람들의 목숨은 겨우 구했으나 암초에 부딪힌 배는 부서지고 말았소. 나머지 메넬라오스가 탄 푸른빛 뱃머리의 배 5척은 바람과 물결에 따라 이집트에 닿게 되었고, 그곳에서 많은 재산과 황금을 긁어모아 다시 선단을 거느린 채 여러 나라를 두루 여행하게 되었소. 그러는 사이에 고국에서는 아이기스토스가 그런 몹쓸 짓을 저지르고 있었던 거요. 그는 아가멤논을 살해한 후 7년 간 황금이 넘치는 미케네의 백성들을 손아귀에 넣고 있었소. 그런데 8년째 되는 해 아테네에서 돌아온 젊은 용사 오레스테스는 아버지를 살해한 아이기스토스를 없애버렸던 거요. 그는 향연을 베풀어 간사한 어머니와 아이기스토스의 죽음을 노래했는데, 그날 씩씩한 용사 메넬라오스가 많은 재물을 배에 가득히 싣고 돌아왔소.

그러니 젊은이여, 그대도 그런 간악하고 무례한 자들에게 자기 집을 맡긴 채 너무 오래 방황해서는 안 될 거요. 쓸모없는 여행은 자제하고, 곧 메넬라오스를 찾으라고 권하고 싶소. 그자는 도저히 돌아오리라고는 생각할 수 없는 험한 길을 무사히 돌아왔거든. 그럼 어서 떠나도록 하시오. 그리고 당신이 원하신다면 말도 준비해 줄 수 있을 뿐 아니라 메넬라오스에게 내 아들들이 안내를 맡아 줄 수도 있으니 그에게 모든 것을 알아보시오. 분별 있는 그가 친절히 알려 줄 거요."

벌써 해가 저물어 어둠이 깃들자 빛나는 눈의 여신 아테나가 말했다.

"네스토르 님, 정말 당신의 말씀은 참으로 지당합니다. 이젠 제물의 혀를 자르고 물을 탄 포도주를 포세이돈과 그 외의 신들께 올리고 나서 잠자리에 들도록 합시다. 벌써 햇빛은 서쪽 어둠 속으로 가라앉아 더 오래 성스러운 잔치에서 머뭇거릴 수는 없으니까요."

그리하여 의전관들은 손 위에 정화수를 붓고 젊은 시종들은 혼주병에 술을 타려고 음료를 가득히 부었으며 각자의 술잔에 몇 방울씩 떨군 뒤 술을 따랐다. 그들은 제물인 혀를 불 속에다 던진 다음 일어서서 거기에 술을 부었다.

이렇게 의식을 마치자 각자 술을 실컷 마셨다. 그런데 아테나 여신과 텔레마코스가 바로 자기 배로 돌아가려 하자, 네스토르는 큰 소리로 그들을 불러 세우고는 이렇게 말했다.

"그대들이 이렇게 빈손으로 돌아가신다면 제우스 신이 노하실 것입니다. 나에게는 훌륭한 외투며 이불이 많이 있는데, 오디세우스 님의 귀한 아드님이 배의 널빤지 위에서 그냥 잠을 잔다면 신께서는 저를 용서치 않으실 거요. 내가 살아 있는 동안뿐 아니라, 죽은 후에라도 우리 집을 찾아오는 분들이라면 누구든지 잘 대접하도록 아들들에게 일러두겠소."

이에 아테나 여신이 말했다.

"네스토르여, 정말 좋은 말씀을 해주셨소. 이제 이 사람은 당신의 말을 따를 것이며, 나는 동행자들에게 자세한 이야기를 들려주고 안심시키기 위해 검은 배가 있는 곳으로 가겠습니다. 모두 뛰어난 인품을 갖춘 텔레마코스 또래의 젊은이들인데, 나만 유일한 연장자니까 오늘 밤은 검은 배에서 보내도록 하겠습니다. 그리고 내일 아침 일찍 금전 청구 문제를 해결하기 위해 카우코니아 인(the Cauconians)의 마을로 갈 작정입니다. 그런데 이 젊은 내 친구는 머무르게 될 것이니, 힘이 세고 날렵한 말이 끄는 마차에 태워 아드님과 함께 떠나도록 해주시기 바랍니다."

빛나는 눈의 아테나 여신은 이렇게 말하고는 물러갔으나, 그가 바다독수리의 모습으로 변했기 때문에 모든 사람들은 몹시 놀랐다. 놀라서 어리둥절해진 네스토르는 텔레마코스에게 경의를 표하며 말했다.

"오오, 젊은이여. 이렇게 신께서 따라오실 정도이니 당신은 정말 용감하고 무용이 뛰어난 분이라고 생각되오. 그분은 분명 경외할 만한 트리토게네이아(Tritogeneia; 리비아의 트리토니스 호반에서 두통으로 태어났다고 하여 붙여진 아테나의 애칭이다.)가 분명하오. 무용이 뛰어난 당신 아버님도 아르고스의 군사들 가운데에서 특히 그 여신의 총애를 받았다오. 여신이여, 여신께 이마가 넓고 한 번도 멍에를 씌운 적이 없는 한 살짜리 암소를 뿔에 황금을 입혀 제물로 바치겠나이다. 부디 저와 아들들과 상냥한 저의 아내에게도 명예를 내려주십시오."

그는 기도를 한 후 아들과 사위들을 거느리고 집으로 향했다. 드디어 영주의 소문난 저택에 이르러 자리에 앉자, 노인은 손님들에게 달콤한 포도주를 대접하려고 10년 묵힌 그 술의 뚜껑을 하녀들에게 열도록 했다. 그리고 그 술을 혼주병에 부어 물을 섞은 다음 산양 가죽의 방패를 지니신 제우스의 따님 아테나에게 바치면서 기도를 올렸다.

모두들 헌주(獻酒)를 마치고 마음껏 술을 마신 후 각자의 잠자리로 들었다. 게렌의 기사 네스토르는 오디세우스의 아들 텔레마코스를 위한 잠자리로 궁전 안의 주랑(柱廊)에 나무 침대를 마련했다. 또한 그 옆에서는 아들들 가운데 한 명인 총각이며 물푸레나무 창을 쓰는 무사들의 우두머리 페이시스트라토스가 자도록 했다. 한편 네스토르 자신도 그의 아내인 여왕이 잠자리를 마련해주는 저택의 안방으로 돌아갔다.

게렌의 기사 네스토르는 부드러운 새벽의 여신이 장밋빛 손가락으로 하늘을 물들이고자 나타날 즈음, 잠이 깨어 밖으로 나가서 높이 솟은 문 입구에 자리 잡고 반짝거리는 흰 대리석의 매끄럽고 긴 대에 걸터앉았다. 이미 오래전에 저승으로 가버린, 한때 네스토르의 아버지인 신들에 비할 만한 지혜를 지녔다는 넬레우스(Neleus)가 앉았던 이곳에 이제는 네스토르가 앉아 있는 것이다. 아카이아 군사의 우두머리로 홀장을 든 그의 주위에는 아들들이 모여 있었고, 에케프론(Echephron)과 스트라티코스(Stratius)와 페르세우스(Perseus)와 아레토스(Aretus), 또 신에 비할 만한 트라시메데스와 젊은 페이시스트라토스가 방에서 나와 가까이 왔다. 그는 신의 모습을 한 텔레마코스를 옆자리에 앉혔다.

먼저 게렌의 기사 네스토르가 모두에게 말을 하기 시작했다.

"사랑하는 아들들이여, 나의 소원을 들어다오. 우선 내 눈에 나타나셨다가 성대한 신의 잔치로 떠나가신 아테나 여신의 마음을 흡족하게 해드리고 싶다. 너희들 중 누가 들판으로 나가 소몰이꾼을 시켜 소들을 몰고 오도록 하고, 또 한 사람은 텔레마코스의 검은 배로 가서 두 사람의 파수꾼만 남기고 동행자 모두를 데려오도록 하라. 또 한 사람은 소뿔에 황금을 둘러 입히도록 금 세공사 라에르케스(Laerceus)를 불러 오너라. 집 안의 시녀들에게는 특별히 훌륭한 요리를 정성껏 만들도록 이르고 궁 안에 축제 준비를 하도록 하라. 그리고 제단 주위에 좌석을 마련하도록 하고 신선한 물도 준비시켜라."

모두들 명령에 따라 급히 서둘렀다. 어린 암소와 검은 배의 동행자들도 왔으며 금속 세공사도 연장을 갖추고 왔다.

노기사 네스토르가 황금을 내려 세공사가 쇠뿔에 훌륭하게 금박을 입히도록 했다. 이 축제에 참석하신 아테나 여신이 기뻐하시도록. 스트라티코스와 거룩한 에케프론이 그 암소의 뿔을 잡고 제단으로 끌고 가자 아레토스는 오른손에 꽃무늬가 찬란한 정화수 그릇을 들고 또 한 손에는 보리 낟알을 넣은 바구니를 들고 광에서 나왔다. 트라시메데스는 희생물을 내리치기 위해 날카로운 손도끼를 들고 서 있었으며, 페르세우스는 피를 받을 접시를 받쳐 들고 있었다.

모든 것이 준비되자 네스토르는 우선 정화수에 손을 적신 후 보리 낟알을 뿌리고는 아테나 여신에게 열심히 기도를 드리며 제물의 머리털을 잘라서 불 속에 던졌다. 그러자 네스토르의 의기왕성한 아들 트라시메데스가 다가서서 도끼를 내리쳤다. 어린 암소의 목덜미 힘줄이 도끼에 찍혀 목숨이 끊어지자 네스토르의 딸들과 며느리들, 그리고 정숙한 그의 부인인 클리메노스의 큰딸 에우리디케까지 일제히 함성을 올렸다.

사람들이 어린 암소의 머리를 들어 올려 떠받치자 페이시스트라토스는 제물의 목을 찔러 검은 피가 흘러나옴과 동시에 완전히 목숨을 끊어 버렸다. 그들은 서둘러 제물의 팔다리를 자른 다음, 의식대로 허벅지 살을 잘라내 기름덩이를 두 겹으로 씌우고는 네스토르에게 바치자, 그는 그것을 장작불에 구워서 붉은 포도주를 뿌렸다. 주위에 있던 젊은이들은 다섯 갈래로 된 쇠꼬챙이로 찍어 그것을 맛보고는 나머지 부분도 잘라내 완전히 익혔다.

이러는 사이에 네스토르의 막내딸 폴리카스테(Polycaste)는 텔레마코스를 목욕시켰다. 목욕 후 온몸에 올리브유를 듬뿍 바른 그는 깨끗하고 엷은 겉옷에 망토를 두르고 불사의 신 같은 모습으로 욕실에서 나왔다. 그가 네스토르의 곁에 가서 앉자 모두들 음식을 불에서 내려놓고 잔치를 벌였다.

잔치가 한창 무르익자 네스토르가 입을 열었다.

"아들들이여, 이제 텔레마코스 님이 여행을 떠나시도록 훌륭한 말을 마차에 매어 드려라."

그러자 아들들은 곧바로 명령을 받들어 날쌘 말을 마차에 맸고, 하녀들은 마차 안에 제우스가 보살피시는 왕들이나 먹을 빵이며 포도주 등을 실어 두었다. 이윽고 텔레마코스가 마차에 오르자 네스토르의 아들들과 페이시스트라토스도 그 옆에 올라 고삐를 잡고 채찍을 휘둘러 평원을 향해 달리기 시작했다.

온종일 열심히 달리다 어둑해졌을 무렵 페라이(Pherae)에 사는 디오클레스(Diocles)의 저택에 도달했다. 그들은 거기서 정중한 대접을 받으며 하룻밤을 보냈다.

새벽의 여신이 동쪽에 나타날 무렵 그들은 마차에 올랐다. 주랑을 지나고 문을 지나 세차게 달려 그들의 목적지인 밀이 익은 평야에 다다랐

는데, 그때는 다시 날이 저물고 어둠이 더욱 깊어져 길도 눈앞에 들어오
지 않았다.

제 4 권

메넬라오스의 성에서 일어난 이야기

비로소 기복이 심한 땅 라케다이몬에 다다른 그들은 메넬라오스의 성
으로 마차를 몰았다. 그때 마침 딸이 절세의 영웅 아킬레우스의 아들과
결혼을 앞두고 있어 메넬라오스는 많은 친지들과 잔치를 벌이고 있었다.

왕은 오래전 트로이에서 딸을 결혼시키기로 약속한 데다가 신들도 그
럴 생각이었기 때문에 말과 훌륭한 수레를 딸려 딸을 사위가 다스리는
미르미돈의 도시로 보내려는 참이었다. 또 아들은 스파르타에서 알렉토
르의 딸을 맞이하려 하고 있었는데 늘그막에 태어난 힘센 메가펜테스였
다. 헬레네에게는 황금의 아프로디테를 닮아 귀여운 헤르미오네 공주 이
후로는 신들이 자손을 내려주시지 않았다.

높이 치솟은 이 거대한 성에서 메넬라오스의 이웃과 친지들은 희희낙
락하여 연회에 취해 있었고, 악사들은 칠현금을 뜯으며 노래하고 한편에
서는 한 쌍의 곡예사가 재주를 부리고 있었다.

텔레마코스와 네스토르의 훌륭한 아들이 성문 앞에 수레를 세우자 메
넬라오스의 충실한 시종인 에테오네우스라는 자가 나와서 영접한 다음
급히 달려가 메넬라오스에게 전했다.

"처음 뵙는 손님 두 분이 오셨습니다. 아마도 두 분 다 제우스 신의 혈통인 것 같습니다. 어떻게 할까요? 말의 마구를 풀도록 할까요, 아니면 친절하게 그분들을 환대할 수 있는 다른 분에게 안내할까요?"

그러자 금발의 메넬라오스는 이 말에 분노하며 이렇게 명령했다.

"보에테우스의 아들 에테오네우스여, 무슨 그리 바보 같은 말을 하는가. 지난날 우리 두 사람이 방황하다가 번번이 사람들의 신세를 지면서 고국에 돌아오던 때를 생각해 보거라. 어쩌면 제우스 신이 앞으로는 이런 괴로운 역경을 겪지 않게 해 주실지도 모른다고 기대하면서. 어서 가서 손님들의 마구를 풀어 이리로 모시고 식사를 대접하도록 하라."

시종은 황급히 달려가 다른 충실한 부하들과 함께 마구를 풀고 말을 마구간에 매고는 보리알이 섞인 흰 밀을 주고 수레를 문 옆으로 세워 놓은 후 손님들을 성 안으로 모셨다. 두 사람은 제우스가 돌보시는 궁전의 모든 것에 놀라움을 금하지 못했다. 태양이나 달의 섬광이 이 성의 주랑에서 빛나고 있었던 것이다. 그들은 목욕탕에 안내되어 시녀들이 시켜주는 목욕을 한 다음 올리브유를 바르고 털로 짠 망토와 겉옷을 걸친 다음 아트레우스의 아들 메넬라오스의 옆자리로 안내되었다.

아름다운 황금 물항아리를 가지고 온 시녀가 은쟁반을 받치고 손 위에 물을 부었다. 그다음 시녀들은 훌륭한 빵과 온갖 요리를 가득 차린 나무 탁자를 가져왔다. 온갖 고기 요리가 나오고 그들 곁에 황금 술잔이 놓이자 금발의 메넬라오스가 입을 열었다.

"우선 식사부터 합시다. 그리고 두 분이 어떤 분들이신지 이야기를 들어보도록 합시다. 제가 보기엔 분명히 제우스 신께서 보살피시는 왕홀을 지닌 군주 가문에서 태어나신 분들 같은데요? 비천한 집안에서는 이런 분들이 태어날 리가 없다고 생각합니다."

말을 마치자 잘 구워진 쇠고기 조각을 집어서 그들 앞에 놓았다. 온갖 산해진미들을 차례로 들면서 유쾌하게 먹고 마시고 나자, 텔레마코스는 다른 사람들에게는 들리지 않을 정도로 네스토르의 아들에게 속삭였다.

"네스토르의 아드님이시여, 나의 귀한 친구시여. 이렇게 넓은 성과 찬란한 청동, 황금, 백금, 은, 그리고 상아로 만든 물건들을 보십시오. 올림포스에 있는 제우스 신의 궁이라고 해도 이보다 낫겠습니까? 정말 이 모든 것들 때문에 정신을 차릴 수가 없습니다."

그들의 말을 듣고 있던 메넬라오스가 재빨리 말을 가로막았다.

"혈기왕성한 젊은이들이여, 제우스 신의 지력과 힘은 죽어야만 하는 우리 인간으로서는 도저히 미칠 수 없고 따를 수 없는 것이오. 신의 궁전이나 그것을 채우고 있는 모든 물건들은 우리 인간으로서는 감히 상상할 수도 없는 것들로 이루어져 있으니까요. 하지만 그를 제외한 인간들 중에서는 그 누구도 나와 재물로 비교할 만한 자는 거의 없을 것이오. 그것들은 실로 8년이라는 세월 동안 온 천지를 헤매면서 땀과 피로써 이루어온 것들이라 더욱 값진 것이라오. 그동안 사이프러스 섬이며 페니키아며 아이깁토스는 물론이고, 아이티오프스와 소아시아에까지 갔었지요.

내가 이렇게 재물을 모으려 방황하는 동안 내 형님은 원통하게도 요망스런 계집의 간계로 살해되고 말았지요. 결국 나는 이런 갑부가 되기는 했지만, 마음이 편하지는 못하답니다. 당신들도 아마 당신 아버님들에게서 종종 이런 이야기를 들어오셨을 겁니다. 나 역시 그들처럼 무척이나 많은 고통과 풍파를 겪었고 가산마저 송두리째 탕진했다 해도 과언이 아니었습니다. 하지만 죽지 않고 살아 있는 것만 해도 큰 행운으로 여겨야겠지요.

트로이에서 돌아온 이후 한동안 나는 그들 생각에 자주 한탄을 했지요. 때로는 눈물을 흘리며 또 어떤 때는 눈물조차 마른 채 말이오. 그러던 것이 세월이 흐르자 차츰 잊혀 갔지만 아직도 잊지 못할 만큼 뼈저리게 슬퍼지는 사람이 있답니다. 그분이 바로 텔레마코스의 부친 오디세우스이지요. 그럴 수밖에 없는 것이 트로이 성에서 그렇듯 열심히 나를 위해 애써준 사람은 오디세우스밖에 없으니까요. 한데 나만 이렇게 살아서 돌아와 있으니 참 안타까운 일이오."

메넬라오스의 탄식은 텔레마코스의 가슴을 더욱 아프게 했다. 그의 이야기를 들으면서 텔레마코스는 얼굴을 자줏빛 망토에 묻은 채 눈물을 떨구었다.

그러는 동안 헬레네가 아치형 천장으로 된 내전에서 걸어 나왔다. 그녀는 발받침대가 달린 소파에 앉으며 남편을 향해 말했다.

"제우스 님이 보살피시는 메넬라오스 님이시여, 지금 여기 와 계신 이 두 분 손님이 누구신지요? 저의 경솔한 착각인지는 모르나 저토록 늠름한 자태로 보아 분명 이분은 지략이 뛰어난 오디세우스의 아드님이신 텔레마코스인 듯합니다. 그 아드님이 태어난 지 얼마 안 되어 그분은 출정하셨지요."

그 말에 메넬라오스는 경탄을 금치 못하며 대답했다.

"오, 과연 부인도 그렇게 생각했소? 그렇잖아도 눈초리나 단단하게 튀어나온 이마 등이 그분과 너무도 닮았다고 생각하던 참이었소."

그 말을 받아서 네스토르의 아들 페이시스트라토스가 말했다.

"거룩한 아트레우스의 아드님이시여, 제우스 신께서 보살피시는 무사들의 으뜸이신 메넬라오스 님, 맞습니다. 하지만 워낙 겸손해서 자기 신분을 밝히지 않았던 것입니다. 이렇게 말씀드리는 저는 당신을 만나는 걸 어려워하는 이분을 위해 네스토르께서 이분과 함께 동행하도록 보낸 사람입니다. 군주께서는 부디 이분에게 큰 힘이 되어주시길 바랍니다."

"아, 이런 인연이 어디 또 있을까. 내가 그토록 못 잊어하던 은인의 아드님이 지금 이렇게 내 곁에 있다니. 그분의 크나큰 은혜를 생전에 갚을 수 있게 되기를 바랐다오."

메넬라오스의 목 메인 소리에 그 자리에 있던 모든 사람들은 비통해했다. 제우스 신의 딸인 아르고스의 헬레네도 소리 없이 눈물을 흘렸으며, 텔레마코스는 물론이고 메넬라오스도 눈물에 젖어 있었다.

문득 헬레네에게 훌륭한 생각이 떠올랐는데, 그것은 그들을 깊은 고뇌의 늪으로부터 벗어나게 해줄 약을 생각해낸 것이다. 그녀는 즉시 모두가 마시고 있는 포도주 병에 고뇌를 잊게 하고 분노를 가라앉히는 약을 넣었다. 그 약을 마시면 비록 그날이 부모를 사별한 날이라 하더라도, 또는 형제나 사랑하는 자식이 청동검에 목이 달아나는 참상을 목격했더라도 슬픔을 모르게 되는 진기한 약이었다.

이윽고 그들의 잔에 술이 가득 따라졌을 때, 그녀는 좌중을 돌아보며 이야기를 꺼냈다.

"여러 훌륭한 분들께 말씀드립니다. 이제는 고통스러운 아픔은 잊어버리고 저녁 만찬을 즐기면서, 즐거운 이야기로 분위기를 환기시키는 게 좋을 겁니다. 제가 이 자리에 걸맞은 이야기를 해드릴 테니까요. 대담한 오디세우스가 세운 숱한 공훈은 말로 다 표현할 수 없지만, 이것만은 제 기억 속에서 아직도 생생하답니다. 당신들 아카이아 군사들이 곳곳에서 혈투를 벌이고 있을 때, 이 천하무적의 용사는 홀로 트로이의 한복판으로 뛰어들었답니다. 그때 오디세우스는 자기 신분을 감추기 위해 지저분한 몰골로 변장을 했습니다. 물론 트로이 사람들은 누구나 그가 이토록 깊숙이 잠입해 들어올 줄을 몰랐지요. 오직 저만은 그 사람을 알아보았지만, 그분은 애써 저를 피하며 만나지 않으려 했습니다. 그러나 결국엔 제가 그분을 씻겨 드리게 되어 올리브유를 온몸에 발라 드리면서 맹세했지요. 적어도 아카이아의 배가 진지에 당도하기 전까지는 오디세우스의 이름을 트로이 인들에게 말하지 않겠다고요. 그제야 그분은 저에게 아카이아 군의 계획이며 자신의 의중을 들려주었지요.

그 뒤 그분은 계획대로 갖가지 정보를 알아내어 무사히 트로이를 떠나셨어요. 저는 트로이의 다른 여자들과는 달리 오히려 기쁘게 생각했습니다. 그때는 이미 나 자신도 한때나마 재앙을 부른 객기를 깊이 뉘우치고 고향으로 돌아갈 생각을 하고 있었으니까요. 그것은 저 아프로디테가 그리운 고국 땅으로부터 저를 그곳에다 끌어다 놓았을 때 이미 느낀 심정이었지요. 자기 딸을 버려두고, 호화스런 궁전과 거의 완벽에 가까울 만큼 훌륭한 남편을 버려둔 채 남의 나라에서 지내면서도 줄곧 잊지 않았답니다."

"부인이여, 과연 그대의 말은 모두가 진실이오. 나는 여태까지 수많은 영웅을 보고 듣고 배워왔지만, 오디세우스 님처럼 다방면으로 재질을 갖추신 분은 아직 본 적이 없소. 예를 들면, 반짝이는 목마에 정예 무사들을 숨겨 두었다가 트로이 사람들에게 생지옥의 참상을 가져다준 사실이 있지요. 그때 그대도 그곳에 나와 있었지. 그뿐인가, 그대는 병사가 숨어 있는 목마를 어루만지면서 다나오이 군 대장들의 이름들을 조용히 불렀었지. 그대가 내 이름을 불렀을 때, 일어서서 나갈까, 아니면 안에서 대답 대신 신호를 보낼까 하고 조마조마했었소. 지금 생각해도 등골이 오싹한 죽음의 소리였지. 만약 침착한 오디세우스가 말리지 않았다면 우리 아카이아의 영웅들은 모두 그대를 앞세운 술책에 넘어갈 뻔했었지."

두 사람의 대화에 귀를 기울이고 있던 현명한 텔레마코스가 이윽고 일어날 기색을 보이면서 말했다.

"메넬라오스 님, 그것이 한층 더 유감스러운 일입니다. 아버님은 그렇듯 술책에 능하신 용사였으나, 정작 중요한 자신을 보호하지는 못했지 않았습니까. 이제 그만 물러가 휴식을 취하고 싶습니다."

어느덧 장밋빛의 우아한 몸짓으로 새벽의 여신이 동편에서 그 모습을 나타낼 무렵, 무용이 뛰어난 메넬라오스는 벌써 잠에서 깨어 있었다. 그는 무슨 생각이 들었는지 옷을 주섬주섬 걸치고는, 날카로운 검을 어깨에 둘러맨 채 미끈한 발에 샌들을 매고는 곧장 텔레마코스에게 갔다.

"텔레마코스여, 어제는 내가 흥분을 해서 가장 중요한 사실을 빠뜨렸지 않았겠소. 자, 말해주시오. 도대체 무슨 용무가 있어서 험한 파도를 헤치고 이 거룩한 라케다이몬까지 오셨소? 나라 일로 오셨는지, 아니면 당신의 사사로운 용무로 오셨는지, 부디 내게 들려주시구려. 어떻게든 힘이 되어 드리고 싶소."

"메넬라오스 님, 사실은 혹시 당신께서 저희 아버님에 대한 소식이라도 들려주시지 않을까 해서 왔습니다. 아버님이 10여 년 동안이나 안 계신 저의 가정은 불명예스럽게도 구혼이라는 명목으로 우리를 괴롭히고 있는 무도한 자들의 횡포로 거의 파멸 직전까지 이르게 되었습니다. 그래서 아버님의 생사에 관한 소식을 듣고 싶어 이렇게 부탁드리는 것입니다. 혹시나 당신이 직접 보셨는지, 아니면 믿을 만한 사람을 통해서 소문이라도 들을 수 있을까 해서요. 부디 저에게 진실을 들려주시기를 바랍니다. 그 옛날 트로이 성에서의 아버님과의 관계를 생각하셔서라도 저를 저버리지 말아주십시오."

"텔레마코스여! 그게 사실이란 말이오. 괘씸한 무리들 같으니! 참으로 용감무쌍한 영웅의 잠자리를 가로채려고 넘보고 있다니! 그건 마치 사나운 사자의 품으로 기어든 여우새끼들보다 더 무모한 짓을 하는 셈이군. 사자가 제 짝의 품을 찾아들 때가 바로 자기들 제삿날인 줄도 모르고 덤벼드는 어리석은 짓이지. 제우스 아버지 신과 아테네 여신과, 그리고 태양의 신 아폴론께서 그때와 다름없는 가호를 오디세우스에게 내려줘 그 날파리 같은 청혼자들과 맞설 날이 오게 해주길 바랍니다. 그렇게만 된다면 한 놈도 남김없이 즉시 그 자리에서 응분의 벌인 죽음을 내려서 주제넘은 구혼의 쓴맛을 보여줄 수 있을 텐데. 그대가 원하는 일에 대해서 자세히 알지 못하지만 나로서는 추호도 감추거나 얼버무릴 생각은 없다오. 내가 아는 것들을 빠짐없이 들려주겠소."

그 말에 텔레마코스는 초조한 눈빛으로 그를 바라보았다.

"다름이 아니라 바다의 노인이 해준 이야기라오. 여러 신들은 귀국하려는 나를 아이깁토스에 좀 더 있도록 잡아두었소. 내가 신들에게 제물을 바치지 않았기 때문이었지요. 그래서 신들은 나일 강 하구에 있는 파로스(Pharos)라는 섬에서 나를 20일 동안이나 묵게 했다오. 이집트에서는 장비를 잘 갖춘 배가 순풍을 타면 꼬박 하루가 걸려야 겨우 다다를 만큼 떨어진 곳이지요. 그것도 폭풍우가 뱃머리에 불어닥칠 때라야만 가능했소. 즉 내가 움직이는 데 꼭 필요한 바람을 신들은 주시지 않았던 거요.

그때 신들 가운데 유독 한 분이 나를 가엾게 여겨 동정을 베풀지 않았던들 우리는 이렇게 무사할 수 없었을 거요. 그분은 에이도테아(Eidothea, 이도테이아 Idothea)였는데, 바로 바다의 노인이라는 위풍당당한 프로테우스(Proteus)의 딸이었소. 내가 그 님프의 마음을 움직이게 했던 거지요. 그 섬에 있는 동안 우리는 제각기 허기진 배를 채우기 위해 먹을 것을 구하기에 혈안이 돼 있었지요. 나 역시 그 일 때문에 동료들로부

408

터 떨어져서 고기를 낚고 있었는데, 느닷없이 그쪽에서 먼저 나를 찾았소. 그 여신이 내 곁으로 다가와서 이렇게 말을 걸어왔지요. '어째서 그렇게 어리석고 미련한가요. 아니면 일부러 고생을 하고 있는 건가요. 혈기 왕성한 사나이가 이렇게 오래 갇혀 있으면서도 빠져 나갈 생각조차 않다니.' 그녀의 말에 나는 이렇게 대답했지요. '그렇다면 저도 한 말씀 드리겠습니다. 아무래도 저는 신들로부터 뭔가 노여움을 산 모양입니다. 그러니 불사의 신들 중 어느 분의 노여움을 사서 우리의 항로가 이토록 험난하게 된 것인지 좀 알려줄 수 있겠습니까?' '좋아요, 내 그대의 힘이 되어주겠소. 이 섬에는 불사의 예언자인 바다의 노인이 자주 나타난다오. 그는 포세이돈의 부하로서 모든 바다의 깊이를 가늠하고 계시는 프로테우스라고 하는 분이오. 그분은 또 나의 아버님이시기도 하지요. 당신이 그분을 만날 수만 있다면, 귀국할 수 있는 방법과 물고기 떼가 많이 지나는 검은 바닷길을 무사히 건너갈 수 있는 방법 등 모든 걸 알려드릴 겁니다. 제우스 신께서 항상 보살피는 그대이니만큼 나쁜 일이건 경사스런 일이건, 길고도 고통스러웠던 행로와, 당신이 떠나신 뒤에 당신 집에서 일어난 일까지도 들려주실 것이오.'

여신의 이러한 호의에 나는 물을 만난 물고기처럼 눈을 번쩍 뜨며 다시 조심스럽게 물었지요.

'그럼, 어떻게 바다의 노인을 만날 수 있는지 가르쳐주십시오. 혹시 저쪽에서 먼저 저를 보자마자 제 속내를 알아차리고 얼른 피해버릴지도 모르니까요. 신을 만족시켜드리는 것이 얼마나 힘든지 저는 이미 겪어보았으니까요.'

'그럼 내 기꺼이 설명해주겠소. 장밋빛 태양이 높이 떠오를 무렵, 바닷속에서 그 신이 서풍의 짙은 숨결을 따라 새하얀 물보라를 몸에 감고서 모습을 드러낼 것이오. 그리고 잠자리를 찾아 텅 빈 동굴로 향할 것이오. 그 주위에는 바다표범들과 아름다운 바다의 딸들이 수없이 무리를 지어 잠을 자고 있을 텐데, 그들이 내뿜는 숨결이 아주 고약해 지독한 악취를 풍기지요. 그러니 오늘 밤이 지나고 새벽이 오면 내가 직접 그곳으로 당신들을 데리고 가서 각자가 있을 만한 곳을 찾아드리지요. 그러니 당신은 곧장 널빤지로 만든 튼튼한 배가 있는 곳으로 가서 힘이 센 사람을 셋만 골라서 데려오도록 하세요.

아차, 가장 중요한 것을 빠뜨릴 뻔했어요. 그 바다 신의 괴상한 짓을 알아두어야 할 거예요. 우선 동굴 속으로 들어가자마자 바다표범의 수를 확인하면서 한 바퀴 돈 다음, 이상이 없음을 확인한 다음 그 한복판에 드러눕는답니다. 바로 이때가 기회입니다. 그때를 노려 재빨리 대기시켜 둔 사람들이 달려들어 그를 꽉 붙잡아야 합니다. 온갖 형체로 둔갑하면서 도망치려고 할 테지만 절대로 놓쳐서는 안 됩니다. 물이나 무섭게 타오르는 불, 또 이 세상의 어떤 무서운 생물로 변해서 그대들을 위협할지라도 절대로 놓쳐서는 안 됩니다. 그러다가 그쪽에서 먼저 지쳐서 처음의 모습으로 돌아와 당신께 뭔가를 묻는다면 정중히 놔주고, 신들 중에서 어느 분이 당신을 불행하게 하는지, 또 귀국길에 무사히 바다를 건너갈 수 있는지를 물어보세요.'

이렇게 말하고 그녀는 검은 바닷속으로 들어가버렸소. 드디어 새벽이 왔을 때, 우리는 끝없이 펼쳐진 해안으로 나아가 신들에게 계속 기도를 올렸지요. 그러고는 그 여신이 일러준 대로 부하 셋을 데리고 갔지요. 마침내 그 님프가 검은 바다의 품속으로 뛰어 들어가서 네 장의 바다표범 가죽을 가져다주더군요. 모두가 금방 벗겨낸 것이었으므로 아직도 표범의 체취가 남아 있어 그녀의 부친 프로테우스를 속이기에 충분했지요.

그런 다음 그녀는 해변의 모래를 재빨리 파헤쳐 사람이 들어갈 수 있을 정도의 구덩이를 만들고, 거기에 우리를 누인 다음, 그 위에다 바다표범 가죽을 덮어주었지요. 그 바다표범의 지독한 악취가 온통 내장까지 뒤틀리게 하는 바람에 그 기다리는 시간은 정말 힘들었지요. 물론 잠시 후엔 좀 가시게 되었지만요. 님프가 친절하게도 우리의 고역을 알아차리고는 방향제를 갖다주었거든요.

아침이 되자 바다표범들이 하나둘 나타나기 시작했소. 드디어 해가 바다 한가운데로 솟아오르자 그 여신의 말대로 바다 노인이 검은 물결을 솟구치며 솟아나왔소. 일은 계획대로 잘 되어서 숫자를 다 센 노인은 우리들 한가운데로 와 눕더니 곧장 잠이 들었소. 그래서 우리는 소리를 지르며 몰려가 그를 붙잡았지요. 그러자 바다 신은 님프의 말대로 갖은 변신술을 다 부렸소. 처음에는 훌륭한 수염을 갖춘 사자로 변해 포효하더니, 금세 대들보만큼이나 굵은 뱀으로 변신했지. 그러다 표범이 되었다가 이빨이 날카로운 멧돼지가 되기도 하더군요. 또한 물이 되어 도망가려고도 했으며, 높이 치솟은 나무로까지 변하려고 했어요.

그렇지만 우리는 조금도 굽히지 않고 덩굴이라도 된 양 혼신을 다해 매달려 있었어요. 그래서 끝내 그의 마술도 우리의 끈질김에는 당해내지 못해, 마침내 본래의 모습으로 돌아와 말을 꺼내더군요.

'아트레우스의 아들이여, 도대체 신들 중에 누가 그대를 도와 이렇게 나를 궁지로 몰아넣는 것인가?'

그래서 나는 공손히 머리를 조아리며 이렇게 대답했지요.

'바다의 신이시여, 제발 저희들을 굽어살피소서. 저희들은 정말 너무 오래 이 섬에 갇혀 있었습니다. 어떻게 해볼 도리도 못 찾고 있으니 제발 당신만은 가르쳐주십시오. 불사의 신들 중에서 어떤 분의 노여움을 사이렇듯 귀국길이 막히게 되었는지, 또한 귀국하더라도 어떻게 무사히 이 검은 바다를 헤쳐 나갈 수 있는지를 알려주십시오.'

이렇게 말하자 그는 서슴없이 대답해주더이다.

'그대는 큰 실수를 저질렀지. 배에 오르기 전에 제우스 신과 불사의 신들에게 제물을 바쳐야 했었던 거야. 그것은 곧 그대의 운명과 직결되는 일이었지. 지금이라도 늦지 않았으니, 아이깁토스의 하늘에서 내려 받은 강물을 찾아가 광대한 하늘을 지배하는 불사의 신들께 큰 제물을 바친 뒤 간절히 용서를 구하도록 하게.'

그 말에 나는 앞이 캄캄해졌소. 또다시 안개 낀 바다를 헤쳐서 아이깁토스까지 길고도 험난한 여정을 거듭해야 했기 때문이었지. 하지만 그보다 더한 어려움이 닥치더라도 귀국을 위해서라면 뭐든지 상관없을 것 같아 기꺼이 대답을 했소.

'바다의 신이시여, 물론 분부대로 실천하겠습니다. 그런데 또 하나 알고 싶은 것이 있습니다. 우리 아카이아 군사들이 모두 무사히 바다를 건너 귀국했는지요. 또한 네스토르와 제가 트로이를 먼저 떠났을 무렵, 남아 있던 군대들은 모두 어떻게 되었는지요? 혹시 누군가가 돌아오는 길에 뜻하지 않은 죽음을 당한 자가 있지 않은지요.'

'아트레우스의 아들이여, 그대는 그걸 왜 자꾸 나에게 물어오는가. 오히려 모른 채 지나치는 게 현명한 일이거늘. 하지만 그대가 원하는 바이니 굳이 숨길 것까지는 없겠네. 어찌 그들이 모두 다 무사할 수 있겠나. 애석하게도 청동 갑옷을 입은 아카이아 군사의 대장 중에서 세 사람의 희생자가 생겼다네. 그들 중 한 사람은 싸움터에서 전사했으니, 그가 누구인지는 이미 잘 알고 있을 테지. 또 한 사람은 어떻게 겨우 목숨을 부지했지만 망망대해 한가운데서 붙들려 귀국도 못 하고 있지. 그들이 탔던 배에서 아이아스는 기다란 노를 가진 선단과 함께 난파되어 바닷속으로 사라져버렸지. 그것은 바다의 신 포세이돈이 귀라이의 거대한 암초에 부딪히게 했기 때문이었지. 하지만 다행히도 죽을 운명은 아니었기에 바다에서 구출되기는 했네. 비록 그들이 여신 아테나의 미움을 사고 있었더라도 신들의 승낙 없이 건방지게도 대해의 험한 바닷길을 무사히 헤쳐 나갈 수 있다는 불손한 태도만 없었더라도 그런 일은 없었을 텐데 말이지. 그렇듯 자신에 넘친 소리를 포세이돈이 들으시고는 그만 크게 노하셔서 그길로 당장 그 힘찬 손에 삼지창을 움켜쥐고는 귀라이의 바위를 내리쳐서 그것을 단번에 두 쪽으로 갈라놓으셨거든. 그 바위의 한쪽은 그대로 거기 남아 있었지만, 부서져 나간 다른 한쪽은 그만 바닷속으로 들어가서 암초가 되어버렸지. 그 바위가 또한 바로 전에 아이아스가 앉아서 지독한 폭언을 뱉어내던 곳이기도 했다네. 이렇게 해서 그는 짭짤한 바닷물을 잔뜩 들이켜고 세상을 하직했다네.

그런데 그대의 형은 다행히도 훌륭한 다른 배를 타고 있었기에 헤라 여신이 도와 겨우 죽음을 모면할 수 있었지. 그런데 무사히 귀국하는가 싶더니 갑자기 질풍이 몰아닥쳐, 그들의 배를 사로잡아 넘실거리는 물고기가 넘쳐나는 바닷길로 옮겨다 놓고 말았다네. 거기서 간신히 벗어나 집으로 간다는 희망으로 부풀어 있을 때 또다시 신들의 조화로 옛날 티에스테스(Thyestes)가 저택을 가지고 있던 국경 쪽으로 배를 닿게 하셨지. 그곳에는 마침 티에스테스의 아들 아이기스토스(Aegisthus)가 살고 있었지.

아가멤논은 어쨌든 고국 땅에 발을 딛게 되니 행복에 벅찬 가슴으로 뜨거운 눈물을 쏟으면서 흥분했었지. 그런데 언덕 위의 망대에서 파수를 보고 있던 자가 그의 모습을 발견했다네. 이자야말로 왕의 귀국을 놓치지 않으려고 엄중히 망을 보아왔기 때문에 곧장 성으로 달려가 반역자 아이기스토스에게 이 사실을 알렸지. 아이기스토스는 즉시 교활한 대책을 세웠다네. 힘이 센 장정 스무 명을 뽑아 매복시켜 두고는, 왕의 눈을 속이기 위해 잔치를 준비하도록 한 뒤, 직접 말과 수레를 거느리고 아가멤논 일행이 있는 곳으로 떠났지. 그리고 그의 집까지 데리고 가서 연회가 한창 무르익어 모두들 정신이 혼미해졌을 때 살해해버렸단 말이네. 그때에 따라온 아가멤논의 부하들도 모두 죽음을 면치 못했지.'

이 말을 들은 나는 앞이 캄캄해짐을 느끼면서 그냥 백사장에 주저앉아 통곡을 했소. 눈물을 쏟으며 모래사장에서 괴로움으로 몸부림을 치고 있을 때 또다시 그가 말했소.

'아트레우스의 아들이여, 지금 그대는 이렇듯 머뭇거리고 있을 틈이 없는 몸이다. 우선 고국 땅으로 무사히 갈 수 있을지를 걱정할 때이지. 아이기스토스는 그대가 살아 돌아가면 만날 수 있지 않은가.'

그의 말에 나는 또다시 마음을 다져 먹고 용기를 되찾아 그에게 말했소.

'그런데 그 세 번째 사나이에 대해 알고 싶습니다. 누구인지, 어쩌다가 그렇게 되었는지 궁금합니다.'

'그 불운의 사나이는 다름 아닌 라에르테스의 아들 오디세우스라네. 나는 이타카 섬의 그를 외딴섬에서 보았다네. 그 섬은 님프 칼립소의 땅인데, 아마 그녀가 그에게 홀딱 반해버렸던 게지. 그를 붙들어 놓고는 풀어줄 생각을 안 하니까 말이야. 아무리 용맹한 오디세우스라지만 노를 갖춘 배라든지, 대해의 물결을 헤쳐 건네다 줄 뱃사공 동료가 없는데 속수무책이었지. 그래도 제우스가 보살피는 메넬라오스여, 신들의 말씀에 의하면 그대는 지금 고국으로 돌아간다 하더라도 천수를 누릴 수는 없을 것일세. 세계가 끝난 곳에 있는 별천지인 천국으로 신들이 그대를 보내게 될 것일세. 왜냐하면 그대가 제우스 신의 따님인 헬레네를 아내로 맞이해서 그의 사위가 되었기 때문이지.'

이렇게 말하고는 검은 파도가 세차게 용솟음칠 때 그는 바닷속으로 들어가버렸소. 내 이야기는 이것으로 끝났지만 당신이 걱정이구려. 내 이야기가 얼마나 보탬이 되었을는지. 그것보다도 지금은 당분간 우리 집에서 묵도록 하구려."

그 말에 현명한 텔레마코스가 대답했다.

"아트레우스의 아드님이시여, 당신의 호의는 너무 감사하오나 아까부터 거룩한 필로스 마을에 남겨두고 온 동료들이 줄곧 마음에 걸리는군요. 열흘이 아니라 1년이라도 제가 아버님같이 자상하고 친절한 당신 곁에서 살고 싶다는 생각이 왜 없겠습니까."

텔레마코스의 말에 용맹스러운 메넬라오스는 미소를 띠우고 그의 어깨를 꼭 껴안으면서 말했다.

"과연 그대는 훌륭한 가문의 혈통을 이어받은 분이오. 그대의 말하는 품이나 행동이 참으로 품위가 있소. 그렇다면 꼭 그대를 붙들지는 않겠소. 허나 내가 드리는 선물은 기꺼이 받아주기 바라오."

이처럼 그들의 이야기가 오가는 동안 밖에서는 잔치를 위해 수많은 손님들이 각자 훌륭한 선물을 들고 모여들었다.

이럴 즈음 오디세우스의 저택은 평소처럼 청혼자들로 득실거렸다. 안티노스와 에우리마코스를 비롯한 그들은 한가하게 원반과 투창을 즐기고 있었다. 이 두 사람이야말로 무례한 청혼자들의 선봉 역할을 하면서 몇 년 동안이나 계속 오디세우스 집에서 무위도식을 하고 있었다. 이때 프로니오스(Phronius)의 아들 노에몬(Noemon)이 그들에게 다가와서 말했다.

"안티노스여, 도대체 우리는 무슨 대비책이라도 마련해 두고 이렇게 세월을 보내고 있는 것인가? 지금이라도 당장 사구의 섬 필로스로 구원을 청하러 떠난 텔레마코스가 돌아올지도 모르는데 말이야. 마침 난 목장이 있는 엘리스 마을로 건너갈 일이 생겼는데 그가 내 배를 가져가버리는 바람에 곤란하게 되었네."

노에몬의 말에 안티노스는 깜짝 놀라면서 그에게 다그쳐 물었다.

"아니, 텔레마코스가 지금 여기에 없단 말인가. 확실한 말을 들려주게나. 언제 떠났는지, 그리고 누구누구가 동행을 했는지, 또 이 사실에 대해서도 거짓 없이 솔직하게 말해주게나. 그가 자네 배를 타고 갔다고 했는데, 그게 어떻게 된 일인가? 그가 막무가내로 빼앗아갔단 말인가, 아니면 자네가 순순히 내줬단 말인가."

"그건 나 자신이 동의해서 내주었네. 비단 나뿐이 아니라 누구라도 내 경우에 처해 있었더라면 그렇게밖에 할 수 없었을 것이네. 그분은 엄연히 이 섬 군주의 자제분이니까."

뜻밖의 사실을 알게 된 안티노스는 당장 모든 경기를 중단시키고 청혼자들을 한자리에 모이게 하여 방금 들은 이야기에 대해 격분한 목소리로 입을 열었다. 그의 가슴은 노여움으로 부글부글 끓어오르고 있었으며, 두 눈은 사나운 불길처럼 이글거리고 있었다.

"설마 했었는데, 정말 이게 무슨 꼴이란 말인가. 우리가 그렇게 방해를 했는데도 아직 젖비린내 나는 애송이에게 당하고 말다니. 그것도 배를 몇 척이나 구해 온 나라의 내로라하는 젊은이들을 뽑아가지고서 말이야. 이걸 빌미로 우리에게 어떤 불행이 닥칠지 모르니까 미리 손을 써두

416

는 게 좋을 것 같네. 아무튼 어서 빠른 배와 스무 명가량의 동지를 모아 주게나. 이타카 섬과 험준한 사모스 섬의 해협에 동지들을 매복시켜 두었다가, 그가 돌아올 때 비참한 최후를 맛보게 해주어야 해."

마침내 텔레마코스의 어머니인 페넬로페도 결국은 이러한 음모를 눈치채버렸다. 청혼자들이 안마당에 모여 그에 대한 모의를 하는 것을 전령사 메돈(Medon)이 엿들었던 것이다. 마침 그가 그녀의 방을 들어서려는 순간 페넬로페가 먼저 말을 꺼냈다.

"이봐요, 전령사. 무슨 무례한 짓들을 꾀하려고 청혼자들이 당신을 보냈단 말이오. 그들의 구혼에 이젠 진절머리가 나는군요. 그만하면 포기하고 돌아갈 때도 됐건만. 게다가 그들도 아마 부친한테서 어렸을 때부터 오디세우스를 얼마나 존경했는지 익히 들었을 텐데. 하지만 이제 그들의 행동을 보면 분명 그를 잊어버린 게 분명하네요. 남편이 그대들에게 베푼 은혜를 불과 10여 년 사이에 이렇게 저버릴 수 있단 말이오?"

이에 속이 깊은 메돈이 대답했다.

"옳으신 말씀입니다, 마님. 그런데 청혼자들은 지금 전보다 더 엄청난 음모를 꾸미고 있는 중입니다. 부디 제우스 신께서 그들의 계획에 엄벌을 내려주기를 바라는 마음 간절합니다. 그들은 텔레마코스 님이 돌아오는 즉시 암살하려고 합니다. 아버님 소식을 구하러 필로스와 라케다이몬으로 떠나신 그분을 말입니다."

순간 페넬로페는 심장이 멎은 듯 창백해지더니 그만 쓰러지고 말았다. 가까스로 힘을 내 일어난 그녀가 입을 열었다.

"전령사, 그게 또 무슨 말이오? 내 아들이 그런 위험한 길을 떠났단 말이오?"

"저는 전혀 알지 못한 일이었습니다. 어떤 신께서 그분에게 그렇게 시키셨는지, 아니면 스스로 결심하셨는지도 모르겠습니다. 허나 아버님의 생사 여부를 확인하러 떠난 건 틀림없답니다."

전령사 메돈이 나간 뒤 페넬로페는 가슴을 도려내는 듯한 슬픔 때문에 그냥 주저앉고 말았다. 흐느끼는 그녀의 기척을 듣고 시녀들이 모두 모여들었다. 페넬로페는 흐느끼면서 그녀들에게 하소연을 했다.

"한번 들어보거라, 세상에서 나처럼 기구한 운명을 갖고 태어난 여자는 또 없을 것이다. 백성들의 흠모를 한몸에 받고 있던 남편을 잃은 것만도 큰 불행이건만, 이번에는 또 단 하나의 혈육인 아들마저 한 마디 말도 없이 내 곁을 떠나버렸다. 나는 지금까지 그가 떠난 줄도 모르고 있었고, 더구나 그대들까지도 나를 속이고 있었지 않은가. 그 아이가 검은 배를 타고 뱃길로 나섰을 때, 아무도 내게 귀띔조차 해줄 생각을 않았으니, 그대들은 정말이지 지독한 인간들이구나! 정말 그 아이가 그런 위험한 계획을 갖고 있었다는 것을 진작 알았던들, 내가 극구 만류했을 텐데. 아무튼 어서 돌리오스 영감을 불러다오. 그리고 당장 라에르테스 님에게도 이런 사실을 전하도록 하라. 그분은 유능하시니까 뭔가 좋은 대책을 강구해주실 것이다. 이제 난 누구에게 의지를 해야 한단 말인가."

그 말에 충성스러운 유모 에우리클레이아가 말했다.

"존경하는 마님, 저를 용서해주십시오. 저는 모든 걸 알고 있었습니다. 저는 물품과 양식과 술 등을 챙겨 드렸습니다. 그리고 결코 마님께 말씀드리지 않겠다는 맹세도 했습니다. 마님이 아시면 너무 걱정하서서 고운 얼굴이 상하게 된다고 하셨습니다. 그러니 제발 목욕을 하시고 아테나 여신께 기도를 드리세요. 도련님을 보호해주십사 하고요."

페넬로페는 바로 목욕재계를 하는 2층으로 시녀들을 데리고 올라가 제식용 곡식을 담은 바구니를 들고, 아테나 여신에게 정성껏 기도를 올렸다.

"굽어살피옵소서, 아테나 여신이시여, 지혜롭고 용맹스런 오디세우스가 집에 있었을 때, 암소나 양들의 기름진 넓적다리 살을 구워서 바친 적이 있었다면, 그 일을 기억하시어 그의 사랑스런 아들 텔레마코스를 보호해주십시오. 또한 무례한 청혼자들의 간악한 음모로부터 그를 지켜주옵소서."

한편 청혼자들은 은밀히 그들의 계획을 진행시키고 있었다. 그들은 해변에서 멀리 떨어진 앞바다에 배를 정박시킨 후, 그곳에 필요한 도구들을 모두 갖추어 두었다. 그러고는 다시 해안으로 올라가 밤이 되기를 기다리고 있었다.

페넬로페는 그 이후로 식음을 전폐한 채 아들 일로 가슴앓이를 하고 있었다.

이 무렵 아테나 여신은 또 다른 일을 계획하고 실행에 옮기고 있었다. 그녀는 페라이(Pherae)에 사는 에우멜로스(Eumelus)의 부인이자 지덕을 겸비한 언니 이프티메(Iphthime)의 환영을 만들었다. 여신은 날마다 눈물로 지새우는 페넬로페를 가엾게 여겨 이프티메가 그녀의 아픔을 어루만져 주게 할 요량이었다. 이윽고 이프티메의 환영이 지쳐서 잠이 든 페넬로페의 머리맡에서 말했다.

"오, 가엾은 페넬로페, 잠이 들었는가. 베개가 온통 눈물로 젖어 있구나. 얼마나 고통스럽고 슬펐으면 그랬을까. 하지만 신들께선 결코 그대를 외면하지 않을 것이다. 벌써 아들은 안전하게 돌아오도록 해두셨다. 텔레마코스는 조금도 신들을 거역한 적이 없었기 때문이지."

그 말에 페넬로페는 무척 달콤한 꿈의 언저리에서 혼미한 정신으로 대답했다.

이프티메의 환영으로 페넬로페의 머리맡에 나타난 아테나

"아, 언니가 여기까지 어떻게 오셨어요. 지금까지 한 번도 오시지 않더니. 그런데 이 고통스러운 불행을 나더러 어떻게 잊으란 말인가요. 남편을 잃은 아픔이 채 가시기도 전에 하나뿐인 아들마저 내 곁을 떠나버리다니. 아직 분별이 없고, 말과 행동도 미숙한 어린것인데, 정말이지 저는 남편보다도 오히려 그 아이 때문에 더 슬퍼진답니다. 험한 뱃길을 무사히 헤쳐 나갔을까. 그렇다 해도 찾아간 곳에서 어떤 봉변이나 당하지 않았을까. 더군다나 이곳에는 그 아이를 노리는 간악한 무리들까지 도사리고 있다니까요.”

“페넬로페, 그렇게 염려할 것 없다. 그 애는 지금 팔라스 아테나 님과 함께 하고 있으니까. 게다가 그 여신께서 그대를 가엾게 여겨, 이렇게 나를 보내주신 것이란다.”

이프티메 환영의 말에 페넬로페가 대답했다.

“정녕 당신께서 신이시라면, 그래서 다른 신의 목소리를 들으실 수 있다면, 오디세우스에 대해서도 이야기해주십시오. 아직 살아서 이 세상 어디선가 내 생각으로 가슴 아파하고 계시는지, 아니면 이미 세상을 등지고 명왕 하데스의 전당으로 가셨는지를 말이에요.”

“애석하게도 나는 그의 소식에 대해서는 말할 수 없구나. 바람과 같은 허황된 소문은 차라리 듣지 않는 게 낫다.”

이러한 말을 남긴 채 환영은 문틈 사이로 들어온 바람결을 타고 미끄러져 나가버렸다. 이카리오스의 딸 페넬로페는 환영이 사라지자마자 잠에서 깨어났다. 그녀는 초저녁에 본 꿈의 선명한 기억에 위안을 얻었는지 가슴속은 이미 안도의 기운으로 차 있었다.

그동안 청혼자들은 준비해둔 배에 올라타 텔레마코스를 살해하기 위해 돛을 높이 올렸다. 험한 해협을 벗어나자 바위섬 아스테리스(Asteris)가 나타났다. 험준한 섬이었지만 다행히 두 개의 포구가 나란히 있어 배를 정박시킬 수 있었다. 거기서 그들은 숨어서 음모를 진행시키려고 했다.

제 5 권

칼립소 섬에서 풀려나온 오디세우스

새벽의 여신이 남편 티토노스(Tithonus; 새벽의 여신 에오스(Eos)의 사랑을 받은 미남. 트로이의 왕 라오메돈(Laomedōn)의 아들이며, 프리아모스의 형제이다.)와의 잠자리에서 눈을 떴다. 불사의 신들과 죽어야만 하는 인간들에게 빛을 가져다주기 위해서 누구보다도 먼저 일어난 것이다.

한편 신들은 집회를 가졌다. 신들의 왕인 제우스를 비롯한 신들을 향해 아테나 여신은 또다시 오디세우스의 불운함을 상기시켰다.

"우주 만물을 관장하시는 제우스 신이여, 그리고 영생을 누리시는 신들이여, 나는 오디세우스의 일로 미루어 볼 때 앞으로는 결코 왕홀을 가진 왕일지라도 백성들에게 선정을 베풀 필요가 없다고 느꼈습니다. 차라리 그들을 폭력과 억압으로 학대하는 편이 나을 것 같아요. 오디세우스를 보십시오. 그토록 백성들에게 은혜를 베풀었는데 이제 그를 상기하려는 자가 아무도 없지 않습니까. 그 불운한 사람이 지금도 어느 섬에서 붙들려 지독한 고난 속에서 비통해 하고 있습니다. 님프 칼립소(Calypso)에게 붙들려서 말입니다. 더구나 효성이 지극한 아들 텔레마코스가 부친의 소식이라도 들을 수 있을까 해서 그리스 본토로 떠났지요. 무도한 청혼자들은 이번에 그를 암살하려고 음모를 꾸미고 있답니다."

그러자 제우스가 아테나와 사랑하는 아들 헤르메스에게 말했다.

"내 딸이여, 원래 오디세우스가 돌아오자마자 그자들에게 복수하도록 한 것은 그대의 계책이었는데 어찌 그런 생각을 하는가. 허나 텔레마코스는 그대가 끝까지 보살펴주는 것이 낫겠지. 청혼자들이 결국 아무성과도 없이 돌아가버리도록 말이야. 그리고 헤르메스여, 그대는 아름다운 님프를 찾아가 우리의 마지막 결의를 분명히 전달하고 오너라. 오디세우스를 귀국시키되 자신의 힘으로 돌아가도록 말이다. 뗏목에 몸을 싣고 스무 날 정도 온갖 고난을 겪은 다음에 기진맥진하여 비옥한 스케리(Scheria)에 닿겠지. 그러면 신들과 친척간인 파이아케스 인들(the Phaeacians)이 친절하게도 그를 진심으로 환대해서, 드디어 그리운 고국 땅으로 보내줄 것이다. 나는 그를 사랑하는 가족들이 애타게 기다리고 있는 그의 집으로 돌아가게 할 것이다."

회의가 끝나자마자 거인 아르고스를 죽인 전령의 신 헤르메스는 그 길로 곧장 양쪽 발에다 바람과 같이 재빠르게 날아가는 신성하고 훌륭한 황금샌들을 신었다. 또 손에는 인간의 잠을 마음대로 조종할 수 있는 지팡이(카드케우스cadceus를 말한다.)를 단단히 쥐었다.

이윽고 끝없이 펼쳐진 검은 바다를 벗어나 섬에 이르더니, 님프가 살고 있는 동굴 쪽으로 걸어갔다. 거기에는 님프 칼립소가 있었으나 아름다운 목소리로 노래를 부르며 황금 바디로 베를 짜고 있는 참이었다.

벽난로에서는 커다란 불길이 활활 타오르고 있었으며, 타고 있는 나무 냄새와 몰약의 향기가 온 섬을 진동시키고 있었다. 전령의 신은 한동안 넋을 잃고 주위의 경치를 바라보고 있었다. 꽃이며 나무, 이름 모를 새들의 합창, 흐르는 물소리 등 그 아름다움에 빠져 있다가 한참 후에야 비로소 동굴 속으로 들어갔다.

칼립소는 그를 보자 누구인지 알아챌 수 있었다. 불사의 신들은 아무리 멀리 떨어져 있더라도 서로를 잘 알고 있었기 때문이었다. 하지만 헤르메스는 정작 지모가 뛰어난 오디세우스를 볼 수 없었다. 그는 여느 때처럼 바닷가에 나가 힘없이 앉아서 수평선 너머 아물거리는 육지를 바라

님프 칼립소를 찾아간 제우스의 전령 헤르메스

보고 있었다.

칼립소는 얼른 헤르메스에게 의자를 권하고, 그가 찾아온 연유를 조심스럽게 물었다.

"무슨 일로 이렇듯 어려운 걸음을 했습니까. 한동안 뜸하시더니 무슨 할 이야기가 있는 모양이네요. 어서 말씀해보세요. 헤르메스 님께서 전하시는 말씀이면 무엇이건 기꺼이 받아들이겠습니다."

이렇게 말한 여신은 네 발 달린 식탁을 헤르메스 곁으로 갖다 놓더니, 말끔한 신식(神食)과 진홍빛 선주(仙酒)를 날라다 놓았다. 오는 동안에 피로해진 헤르메스는 그것으로 요기를 하며 이야기를 꺼냈다.

"나는 제우스 신의 전령사로 온 것이오. 하지만 난들 이곳에 오고 싶어서 온 것은 아니라오. 누가 이렇듯 험하고. 더구나 제사를 올려 줄 인간들도 없는 이곳에 오고 싶어 하겠소. 하지만 감히 누가 제우스 님의 명령을 거역하리요. 그분께서 분부하신 것은 다름이 아니라 정말로 불운만 계속되고 있는 저 불쌍한 사나이를 곧바로 놓아 주라는 것이라오. 그들은 프리아모스 성을 두고 9년이라는 세월 동안 혈투를 벌인 끝에 성을 함락시키고 귀국길에 올랐던 영웅들이었소. 하지만 돌아가는 길에 아테나 여신의 노여움을 사 배가 파손되었소. 그래도 저 사람은 운이 좋아서 바람과 파도가 구사일생으로 이 섬까지 날라다 줬던 것이오. 아무튼 저 사람을 어서 이 섬에서 풀어주라는 분부가 내리셨으니, 그렇게 하도록 하오."

이 말에 칼립소는 입술이 새파랗게 변하면서 가볍게 몸서리를 쳤다. 그러고 나서 칼립소는 자신의 심중을 그에게 털어놓았다.

"신들께서는 별난 일에도 다 샘을 내시는군요. 여신들이 사랑하는 남자와 동침하는 것을 늘 못마땅해 하신다니까. 그 사람을 내 남편으로 삼는 게 도대체 무슨 잘못이란 말입니까. 나는 그 사람의 생명을 구해준 은인입니다. 나는 정말 그를 극진히 대접했습니다. 그리고 나를 사랑하게되면 언제나 젊음으로 여생을 누릴 수 있도록 해준다는 약속도 했지요. 하지만 제우스 님의 명령이 내려진 이상 아쉽더라도 그를 떠나보낼 수밖에요."

헤르메스가 떠나는 것을 지켜보던 칼립소는 그 길로 곧장 오디세우스를 찾아 나섰다. 이윽고 칼립소는 장탄식과 함께 눈물을 흘리고 있는 오디세우스를 발견할 수 있었다. 그를 본 님프의 심정 또한 체념할 수밖에 없었다.

사실 밤이면 어쩔 수 없이 불길처럼 정열적인 이 여신과 동굴 속에서 잠자리를 같이 했었지만, 날만 밝으면 이 불행하고도 냉담한 사내는 늘 백사장으로 나와 눈물과 탄식으로 하루를 보내곤 했었다.

"가엾은 분이시여, 이제는 소원대로 해드릴 테니 그만 슬퍼하세요. 자, 지금 당장이라도 귀국 준비를 서두르세요. 내가 당신을 사랑하는 만큼 정성을 다해 돌아갈 채비를 해드릴 테니, 우선 당신은 긴 나무를 날라 넓은 바다를 안전하게 건널 수 있는 큰 뗏목을 만들도록 해요. 그동안 나는 식량과 물과 진홍빛 맑은 포도주를 준비할게요. 또 따뜻한 옷도 마련하고, 무사히 귀국할 수 있도록 순풍도 보내드릴게요. 이 모든 것들은 내 뜻이 아닌 하늘에 계신 신들의 결정이랍니다."

그러자 오디세우스는 몸을 부르르 떨면서 칼립소에게 말했다.

"여신이여, 그 말이 사실입니까. 혹시 무슨 흉계가 있는 것은 아니겠지요. 그렇지 않다 해도 나뭇잎 같은 뗏목을 타고 망망대해를 무사히 건널 수 있을지도 의문입니다만, 아무튼 나에게 무언가 또 다른 재앙을 꾸미지 않는다는 맹세를 해주십시오."

그의 말에 아름다운 여신 칼립소는 미소를 지으면서 다정하게 말했다.

"정말이지 당신은 치밀한 두뇌를 가졌군요. 자, 오디세우스여, 안심하세요. 다시는 그런 재앙을 꾸미지 않겠다고 약속할 테니까."

그들은 나란히 동굴로 돌아와서 그동안 있었던 대화의 장벽을 터놓고 허심탄회하게 이야기를 주고받았다. 그러는 동안 드디어 밤이 깊어졌고 그들은 함께 몸을 누이고서 사랑의 밤을 불태웠다.

날이 밝자 오디세우스는 겉옷과 망토를 차려 입었다. 칼립소도 그를 도와주기 위해서 매혹적인 은빛으로 빛나는 커다란 망토를 걸치고서 머리 위에는 왕잠자리 날개 모양의 베일을 드리웠다. 그리고 늠름한 오디세우스를 보낼 채비를 갖추었다.

우선 뗏목을 만들 나무를 자를 수 있는 커다란 청동 도끼를 그에게 주고 나서 울창한 숲 속으로 안내해 적당한 나무들을 골라 주었다. 드디어 나흘째 되던 날 뗏목이 완성되었고 다른 준비도 거의 다 갖추어졌다. 닷새째 되던 날 칼립소는 그를 향유로 목욕시킨 다음, 몰약 향기가 진한 옷을 입혀 주었다. 그리고 그동안 준비해 두었던 포도주, 물, 옥수수 가루, 풍성한 부식 등을 가득 담은 몇 개의 자루를 뗏목에 가득 실었다.

마지막으로 칼립소는 작별의 키스와 함께 그의 행운을 비는 뜻에서 순풍을 주었다. 오디세우스는 칼립소가 가르쳐준 대로 북두칠성을 왼편으로 하여 바다를 헤쳐 나갔고, 출발한 지도 12일이 지났다. 그리하여 18일째 되던 날 파이아케스 인들이 사는 땅인 그늘진 산의 모습이 보이기 시작했다.

그런데 이때 그만 아이티옵스 인들의 축제에서 막 돌아오던 해신 포세이돈에게 들키고 말았다. 그러자 포세이돈은 분노가 불길같이 일어 주먹을 불끈 쥐면서 말했다.

"아니, 이게 무슨 일인가. 내가 자리를 비운 사이에 신들이 생각을 달리 했음이 틀림없다. 게다가 그의 일생에서 마지막 고난으로 정해 있는 파이아케스 인의 땅에 가까워 오고 있지 않은가. 어림도 없지. 아직은 일러. 재앙을 좀 더 맛보게 해줄 테다."

이렇게 말하고는 근처의 구름들을 긁어모으고 삼지창을 집어 들어 잔잔한 바다를 마구 휘저어 놓았다. 그리하여 동풍과 남풍이 무시무시하게 불어대는 서풍과 심술궂은 북풍을 동반하여 함께 몰아치면서 산더미 같은 파도를 일으켰다.

이에 심장이 멎을 듯이 기진맥진해진 오디세우스는 파도가 몰아치는 대로 이리저리 휩쓸려 다니면서도 정신만은 잃지 않으려고 안간힘을 썼다. 그러다가 마침내 무섭게 내리치는 파도에 뗏목마저 놓쳐버리고 말았다. 그는 필사적으로 다시 그 뗏목을 붙들었으나, 커다란 파도가 내리치는 대로 이리저리 끌려 다녔다. 때마침 이런 광경을 카드모스(Cadmus)의 딸인 아름다운 레우코테아(Leucothea; 카드모스와 헤르모니아 사이의 딸; 발광한 남편 아타마스Athamas에게서 도망쳐 나와, 아들과 함께 바다로 뛰어들어 후에 바다의 여신 레우코테아로 받들어졌다.)가 발견했다. 그녀는 기진맥진한 오디세우스가 숱한 고난으로부터 헤어나지 못하는 것을 보고 가엾게 여겨 갈매기로 변신해 그의 뗏목으로 날아갔다. 그녀는 그의 뗏목 끝에 사뿐히 내려앉아서 말했다.

"불운한 영웅이여, 당신은 포세이돈의 노여움을 샀기 때문에 이렇듯 재난을 당하고 있습니다. 그러나 당신의 목숨만은 빼앗지 못할 것입니다. 아무튼 그 젖은 옷을 벗은 뒤 뗏목에서 뛰어내려 당신의 재앙이 끝나게 되어 있는 파이아케스 인들의 땅으로 헤엄쳐 가는 편이 나을 것입니다. 이 스카프를 가슴 밑에다 동여매도록 하세요. 그리고 죽을 염려는 없으니 어떤 일을 당하더라도 두려워할 필요는 없습니다. 한 가지 명심해야 할 것은, 손으로 흙을 만지거든 곧장 그 스카프를 풀어서 다른 방향을 보면서 바다 쪽으로 멀리 던져버리세요."

여신은 머리에 쓰는 스카프를 건네주자마자 검은 파도 저 너머로 사라져버렸다. 오디세우스는 뜻하지 않은 여신이 나타나자 어쩔 줄을 몰랐다.

"아, 처량한 내 신세여, 어떤 신이 또 내게 무슨 계략을 꾸미려는 건가. 하지만 이번에는 결코 그대로 따르지는 않을 것이다. 뗏목을 버리라니 어

오디세우스를 구하려고 머리에 쓴 스카프를 푸는 레우코테아

림도 없지. 육지는 아직도 까마득히 멀지 않은가. 이 뗏목이 내 손에 있는 한은 그대로 여기서 견디는 게 상책이야."

하지만 포세이돈이 또 한 차례의 거대한 파도를 일으켜 그의 뗏목을 내리치는 바람에 결국은 헤엄을 치지 않으면 안 되었다. 오디세우스가 망망대해에서 헤엄쳐 가는 것을 보고서야 포세이돈은 심술을 멈추고 갈기가 훌륭한 말들에게 회초리를 휘둘러 아이아이 마을을 향해 떠났다.

오디세우스는 두 낮과 두 밤 동안을 사경을 헤매면서 버틴 결과, 마침내 사흘 만에 가까운 육지를 볼 수 있었다. 파도에 떠밀려 학수고대하던

흙을 가까이서 보았을 때 그는 이미 기진한 상태였다. 육지를 코앞에 두고 또 한 차례의 거대한 파도를 만났는데, 만약 여신 아테나의 배려가 없었던들 ─ 아테나는 그가 두 손을 뻗쳐 바위를 붙들고서 큰 파도가 지나갈 때까지 거기에 매달려 있도록 했다 ─ 그는 운명을 넘어서 목숨을 잃어버렸을지도 모를 일이었다.

바다로 통한 냇물로 떠밀려 들어온 그는 혼신을 다해 그곳에서 나와 추위를 면할 생각으로 숲속으로 들어갔다. 그리고 닥치는 대로 낙엽을 긁어모은 다음 그 속에 몸을 묻었다. 그러고는 곧바로 죽은 듯이 눈을 감아버렸다. 그의 눈 위에 아테나 여신이 잠을 쏟아 넣어 주었기 때문이다. 그녀는 그가 지독한 고역으로부터의 피로에서 조금이라도 빨리 회복되도록 눈꺼풀을 살며시 잡아당겼던 것이다.

제 6 권

스케리 섬에 도착한 오디세우스와 나우시카 공주

아테나 여신은 오디세우스가 잠들어 있는 파이아케스 족의 영토인 스케리 섬(Scheria)으로 갔다. 이들은 한때 넓고 기름진 초원 근처의 히페레이아(Hypereia)에 살고 있었는데, 불행히도 주변에 살고 있는 외눈박이 거인 키클로페스의 심술에 못 이겨 이곳으로 이주해 왔다. 그런데 그들을 인솔해 온 나우시토스 왕(king Nausithous)은 이미 죽어 하데스의 궁으로 갔기 때문에 지금은 알키노스 왕(king Alcinous)이 통치하고 있었다.

빛나는 눈의 여신 아테나는 오디세우스의 일을 부탁하려고 먼저 왕이 사는 호화로운 궁전으로 향했다. 호화스러운 궁전 안에는 도량이 넓은 알키노스의 딸인 아름다운 공주 나우시카(Nausicaa)가 누워 있었다. 시녀들이 지키고 서 있는 문을 여신은 바람처럼 스며들어가 공주의 침대로 다가갔다. 그녀는 공주의 가장 가까운 친구인 선장 뒤마스(Dymas)의 딸로 모습을 바꾸고 말을 걸었다.

"나우시카 님, 당신은 어쩌면 이렇게 태평하십니까. 결혼 날짜는 하루하루 다가오고 있는데, 저 옷들은 언제 다 손질하려고 하십니까. 아버님의 명예를 위해서라도 당신은 사람들로부터 좋은 평판을 받아야 될 텐데요. 그러니 이 밤이 가고 새벽의 여신이 황홀한 태양을 내려주시거든, 되도록 서둘러 빨래를 하러 가세요. 이미 오래전부터 온 나라 안의 빼어난 젊은이들이 그대와 결혼하기를 고대하고 있지 않습니까."

빛나는 눈의 여신 아테나는 이렇게 일러주고는 곧장 올림포스의 봉우리를 향해 떠났다. 그곳에는 신들을 위한 황금빛 옥좌가 마련되어 있었으니 어떤 바람도 큰 비도 하얀 눈조차도 접근하기를 두려워했다. 그곳은 늘 구름 한 점 없이 물감을 쏟아놓은 듯한 푸른 하늘만이 햇살과 어우러져 있다.

이윽고 훌륭한 대좌에 앉은 새벽의 여신이 깊은 잠에 빠져 있는 나우시카의 눈을 뜨게 했다. 나우시카는 너무도 선명한 꿈을 이상하게 여기고는 내전으로 들어갔다. 왕비는 지금 막 청동화로 곁에 앉아서 시녀들과 함께 물보랏빛 실을 잣고 있었다. 왕은 마침 대전회의에 참석하기 위해 나가려는 참이었다.

"아버님, 짐수레를 한 대 마련해주세요. 모두 더러워진 옷을 벗어 놓아

냇가로 빨러 가려고 해요. 아버님도 고관들과 국사를 논하시려면 깨끗한 옷을 입는 게 좋잖아요. 또 이 궁전에는 아직도 결혼을 안 한 세 명의 아드님이 있지 않습니까. 그들은 늘 깨끗한 옷을 입고 무도회에 가고 싶다고 했어요. 그들의 바람을 보살피는 것이 제 할 일이 아니겠어요."

이렇게 말한 것은 결혼에 대한 말을 아버지한테 직접적으로 말하는 것이 부끄러웠기 때문이다. 왕은 이미 그녀의 속내를 알아차리고는 미소를 지으며 쾌히 승낙했다.

"그렇게 해라. 나는 단지 너의 아름다운 몸이 다칠까봐 걱정이구나. 일찍 돌아오려무나."

그리하여 공주는 시녀들을 거느리고 왕비의 정성 어린 준비물을 수레에 싣고 강가로 나갔다. 그곳에는 언제나 맑은 물이 흐르는 빨래터가 있었다. 강바닥에 깔린 조약돌이 환히 들여다보일 만큼 맑은 물이었다.

그곳에서 여자들은 서로 경쟁하면서 빨래를 했다. 깨끗이 세탁된 옷들은 가지런히 펼쳐 강가에 널었다. 그러고 나서 모두들 함께 물속으로 들어가 목욕을 한 뒤 희고 매끈한 살결에 올리브유를 정성껏 발랐다. 강둑에서 식사를 마치고 난 그녀들은 빨래를 다시 한 번 헹궈서 넌 후 공놀이를 시작했다. 그것은 노래를 부르며 서로의 머리 위로 공을 던지는 놀이였다.

이들의 공놀이를 내려다보고 있던 빛나는 눈의 여신 아테나는 문득 재미있는 일을 떠올렸다. 그 근처에서 자고 있는 오디세우스를 깨워서 절세미인을 보게 하고, 그 공주로 하여금 그를 안내하게 하려는 속셈이었다.

그래서 공주가 던진 공이 빗나가게 했는데, 그 공은 소용돌이치는 강물 속으로 떨어지고 말았다. 시녀들은 모두들 박수를 치면서 웃어댔다. 그 소리에 오디세우스가 깨어났다. 그는 주위를 두리번거리면서 혼자 중

시녀들과 공놀이를 하고 있는 나우시카 공주와 아테나

얼거렸다.

"무슨 일이지? 이번에는 또 어떤 인간들이 사는 곳으로 와 있단 말인
가. 어쨌든 가냘픈 소녀들의 웃음소리가 나니 한번 가보기나 하자."

오디세우스는 벌떡 일어나 잎사귀가 빽빽하게 붙은 나뭇가지를 꺾어
국부를 가리고는 울창한 숲에서 나왔다. 그 모습은 마치 혈기왕성한 수
사자가 양 떼나 암소를 발견하고 뛰어오르는 것처럼 거칠어 보였다. 오랜
고난을 겪은 때문에 비참해진 그의 몰골을 본 아가씨들은 마치 사자라

도 만난 듯이 뿔뿔이 흩어져 달아나버렸다.

그런데 단 한 사람 나우시카 공주만은 아테나 여신이 불어넣은 담대함 때문에 그곳에 그냥 서서 그를 바라보았다. 허기에 지친 오디세우스는 어떻게 해야 좋을지 몰라 잠시 망설였다. 무작정 처녀의 무릎에 매달려 사정을 할 것인지, 아니면 그녀가 놀라서 기절해버릴지도 모르니 이대로 정중히 부탁해야 좋을지 머뭇거리고 있었다. 이윽고 그는 멀찌감치 떨어진 채로 조심스럽게 말을 걸었다.

"당신은 어찌 나를 보고도 피하지 않는 거요. 아마도 당신은 마음이 비단결처럼 고운 여신님 같군요. 일찍이 인간으로서는 이같이 고운 분을 만나 본 적이 없으니까요. 오, 상냥하신 분이시여, 당신의 자비 앞에 내 몸을 맡깁니다. 당신의 황홀한 외모에 감동을 받아 당신에게 말을 건다는 것조차도 정말 황송하게 생각됩니다. 하지만 나는 지금 너무 괴로운 처지에 몰려 있답니다. 나는 스무 날 동안이나 검은 파도와 싸운 터라 몹시 허기진 상태요. 그리고 신들이 나를 무서운 바다에서 이곳으로 내동댕이쳤지만, 아마 여기서도 또 다른 재앙이 나를 기다리고 있을 겁니다. 신들의 노여움이 그리 쉽사리 풀릴 것 같지 않으니까요.

그러나 아름다운 분이시여, 당신께서는 부디 나를 저버리지 말아주십시오. 나는 낯선 이곳에서 처음 만난 당신에게 기댈 수밖에 없답니다. 그러니 우선 먹을 것과 몸을 가릴 수 있는 천 조각이라도 좀 주십시오. 그리고 마을로 가는 길을 좀 가르쳐주시면 고맙겠습니다."

그 말에 매끈한 팔의 나우시카가 대답했다.

"보아하니 그대는 나쁜 분도, 그렇다고 무지한 사람도 아닌 것 같군요. 안심하세요. 일단 우리 고장에 오신 이상 먹을 것과 입을 것, 또 다른 어떤 물건도 부족하지는 않을 겁니다. 불행한 분이 우리를 만나서 당연하게 얻을 수 있는 물건이라면 말이지요. 이곳은 파이아케스 인들의 고장이고, 나는 도량이 넓으신 국왕 알키노스의 딸이랍니다."

이윽고 나우시카는 멀리서 몸을 숨긴 채 이쪽을 지켜보고 있는 아름다운 시녀들을 향해 말했다.

"얘들아, 무엇을 그렇게 두려워하느냐. 이 파이아케스 사람들이 사는 고장에는 이제까지, 그리고 앞으로도 적의를 품고 오는 사람은 없을 것이다. 우리는 반신인으로서 불사의 신들과 아주 가까운 사이니까 말이다. 이분은 유랑을 계속하다가 이곳까지 표류해 오신 분인 것 같다. 결코 악의를 품고 있는 사람은 아닌 듯하니, 이분을 좀 돌봐드려야겠다. 너희들도 알다시피 타국에서 건너온 손님이나 도움을 청하는 사람은 모두가 제우스 님께서 보내신 분들이기 때문이다. 자아, 어서 이 손님을 모시도록 해라. 우선 충분히 요기를 시켜드린 뒤에 올리브유로 깨끗이 목욕을 시켜드리도록 해라."

그러나 존엄한 오디세우스는 시녀의 도움을 뿌리치고 외딴 곳으로 가서 소금기를 씻어 내렸다. 소금기는 그의 단단한 목줄기에서부터 떡 벌어진 어깨에 이르기까지 잔뜩 배어 있었다. 그러고는 올리브유로 몸을 문지른 다음, 소녀가 건네준 옷을 몸에 걸쳤을 때 오디세우스는 아테나 여신의 도움으로 본래의 모습보다 한층 더 늠름한 모습으로 공주 앞에 서게 되었다. 늘어진 금빛 머리카락도 히아신스 꽃처럼 말끔하게 손질되어 햇빛에 반짝거렸다.

이윽고 그는 그녀로부터 떨어져 바닷바람에 옷자락을 말리면서 근엄하고 고귀한 모습으로 앉아 있었다. 그를 본 그녀들은 넋을 잃은 듯 존경하는 눈빛을 보냈다. 이때 공주가 시녀들에게 분부를 내렸다.

"어쩌면 저렇게 빼어난 모습을 갖출 수 있을까. 이런 분이라면 우리 파이아케스 인들과 어울린다 해도 결코 올림포스 신들의 뜻에 거슬리지 않을 것 같구나. 이런 분의 시중을 들 수만 있다면 얼마나 기쁘겠느냐. 얘들아, 어서 손님에게 마실 것과 먹을 것을 갖다드리도록 해라."

그러자 시녀들은 즉시 오디세우스에게 먹을 것과 마실 것을 갖다 주었다. 오디세우스는 정말 허겁지겁 먹고 마셨다.

얼마 후 나우시카는 빨래를 챙겨 커다란 수레 위에 올려놓은 다음, 그 수레 위에 올랐다. 그녀는 오디세우스를 바라보면서 상냥하게 그의 이름을 부르며 말했다.

"이제부터 당신을 알키노스의 저택으로 모셔다드리겠습니다. 하지만 손님이 곧바로 귀국 준비를 하고 싶다면 내 말을 잘 기억해야 합니다. 만약 그대와 함께 마차를 타고서 나란히 궁성으로 들어가는 것을 우리 고을 사람들이 본다면 뜬소문이 돌지도 모르니까요. 착한 파이아케스 사람들이지만, 그들 중에는 가끔 입이 가벼운 사람들도 있답니다. 그들은 곧잘 남의 말을 퍼뜨리는 것을 좋아하니까요.

아마 이렇게 수군거릴 거예요. '누구야, 공주님과 함께 가는 그럴싸하게 생긴 젊은 놈팡이는, 혹시 공주님의 신랑감인가, 그렇다면 유감인걸. 공주님은 파이아케스의 젊은이들을 우습게 여기고 있다는 말이 아닌가. 늠름한 젊은이들이 날마다 구혼을 하고 있는데 말이야.'

만약 그렇게 되면 처녀인 저로서는 큰 낭패랍니다. 그러니 손님, 우리는 마을 어귀에 있는 아테나의 훌륭한 사원의 숲을 지나게 될 것입니다. 거기가 바로 우리 아버님의 장원이에요. 수고스럽겠지만 당신은 그곳에서 잠시 기다리다가 우리가 성에 도착했다고 짐작될 즈음에 고을로 나와 성의 위치를 물어 찾아오도록 하세요. 저택은 사람들의 눈에 잘 띄는 곳에 있으니 누구라도 충분히 길을 안내해드릴 것입니다. 그래서 당신이 저

나우시카의 마차를 따라가는 오디세우스

희 집에 도착하면 곧장 저택 안으로 들어와 어머님이 계신 곳을 물어서
들어오시면 됩니다.

가장 중요한 것은 제 어머님의 마음에 들게 하는 일입니다. 당신이 당
장 귀국 준비를 하고 싶다면 말입니다. 아마 당신은 제 어머님을 뵙고 바
로 그 무릎 아래 꿇어앉아 그의 손에 정중히 입맞춤을 해드리는 것이 좋
을 것입니다. 그래서 어머님이 당신에게 호감을 갖는다면 매사가 순조롭
게 진행될 테니까요."

이렇게 말한 후 그녀는 번쩍이는 채찍을 휘두르며 마차를 몰았다. 공

주는 뒤따라 걸어오고 있는 오디세우스와 시녀들을 염두에 두고 그들과 보조를 맞추기 위해 천천히 나아갔다. 해가 수평선에 닿을 무렵 그들은 세상에 이름 높은 아테나 여신의 신성한 사원에 이르렀다.

계획대로 홀로 남겨진 오디세우스는 곧바로 제우스 신의 따님이신 아테나에게 기도를 드렸다. 그러고는 낯선 파이아케스 사람들에게로 가서 그들의 오해나 미움을 사는 일이 없이, 친절과 동정을 얻어 무사히 귀국할 수 있도록 빌었다. 하지만 아테나는 결코 그 앞에 모습을 드러내지는 않았다. 오디세우스를 유독 미워하고 있는 무서운 작은아버지 포세이돈에 대한 예의를 지키기 위해서였다. 그로서는 신들 세계에 대한 질서를 위해서도 조심하지 않을 수 없었던 것이다.

제 7 권

알키노스 왕의 궁전에서 환대를 받은 오디세우스

오디세우스가 간절히 기도를 올리고 있을 때 공주는 성에 도착했다. 때를 맞춰 오디세우스는 성으로 들어가기 위해 일어섰다. 그러자 그의 주위에 안개가 피어올라 그를 가려 주었다. 이는 여신 아테나의 배려로서, 행여나 혈기왕성한 파이아케스의 누군가가 낯선 사람이라 하여 호기심을 보이거나 시비를 걸어올지도 모르기 때문이었다. 이윽고 아름다운 성으로 막 들어서려고 할 때 빛나는 눈의 여신 아테나가 물병을 손에 든 처녀로 변해 그의 앞을 슬쩍 지나쳤다. 오디세우스가 무엇인가를 물어올

것임을 알고서.

"아가씨, 잠깐 실례해도 되겠습니까. 알키노스라는 분의 저택이 어디에 있는지 아십니까?"

그러자 빛나는 눈의 여신 아테나가 친절하게 대답해 주었다.

"멀리서 오신 것 같은데, 제가 안내해드리겠습니다. 마침 위대한 그분의 저택이 저희 집 근처에 있으니까요. 그런데 한 가지 알아두셔야 할 게 있습니다. 다름이 아니라 가는 도중에 어떤 사람에게든 관심을 두거나 말을 걸어서는 안 됩니다. 이 나라 사람들은 타국에서 온 사람들을 전혀 받아들이려 하지 않기 때문이지요. 그들은 자기네들에게 주어진 여건에만 충실한 사람들이죠. 넓은 바다에 의지해서 사는 사람들이라 자신에게 주어진 배만 무척이나 소중히 여기고 있지요. 포세이돈과 함께 말입니다."

이렇게 말한 팔라스 아테나는 곧장 앞장서서 걸었다. 사람들 사이를 헤치면서 지나갔어도 그들을 알아보는 사람은 하나도 없었다. 이는 아테나가 일으켜준 안개 때문이었다. 오디세우스는 낯선 거리의 풍경들을 신기한 듯이 유심히 둘러보면서 지나갔다. 항구며, 유난히 많은 배들이며, 마을 사람들의 집회소인 공회당이며, 긴 성벽들을 보았다. 마침내 알키노스의 저택에 오자 빛나는 눈의 여신 아테나가 그를 돌아보면서 말했다.

"타국에서 오신 늠름한 분이시여, 이곳이 바로 당신께서 말씀하신 그 저택입니다. 조금도 걱정하시거나 주저하실 필요는 없습니다. 떳떳하신 분이라면 누구에게나 호감을 얻을 수 있을 테니까요. 그런데 한 가지 조심해주실 것은, 저택에 들어가시거든 맨 먼저 왕비인 아레테(Arete)를 뵙도록 하세요. 이분은 알키노스 왕의 사랑을 독차지하고 있는 분이지요. 세상의 어떤 여자도, 훌륭한 남편을 모시고 있는 어떤 아내라도 그렇게 알뜰한 대접은 일찍이 받아보지 못했을 것입니다. 뛰어난 미모를 갖추신 왕비님은 이렇듯 당신의 자녀들에게나 남편에게서는 물론이고, 고을 사람들의 흠모의 대상이기도 합니다. 왕비는 여자로서 갖추어야 할 외모와 훌륭한 지혜와 인품까지 갖추신 분이시며, 남을 위한 일이라면 무엇이든 도와주고 싶어 하는 분이시니까요. 그러니 당신이 왕비님의 호감을 얻는 다면 쉽게 귀국할 수 있을 겁니다."

물병을 손에 든 아가씨와 작별을 한 오디세우스는 저택의 문으로 향했다. 막상 그 앞에 이르자, 그는 다소 놀라 머뭇거리고 있었다. 청동과 순금으로 장식된 호화스러운 대문이며 칸막이를 본다면 누구든 한 번쯤은 경악하지 않을 수 없었기 때문이다. 내전을 향해 들어갈수록 그는 더욱 더 탄복하지 않을 수 없었다. 그곳은 마치 천국으로 들어온 듯 모든 것이 풍요롭고 아름다운 것들뿐이었다. 오디세우스는 가다가 발길을 멈추고 감탄에 젖어 그 아름다움을 느끼고 난 뒤에서야 자리를 뜨곤 했다.

그는 드디어 파이아케스의 장로들과 고관들이 서로의 잔을 들어 아르고스를 살해한 날카로운 눈의 신 헤르메스에게 술을 권하고 있는 그 자리에까지 다다랐다. 안개에 둘러싸여 사람들 눈에는 띄지 않았기 때문에 오디세우스는 참을성 있게 그곳을 지나쳐 마침내 왕과 왕비의 바로 앞에 까지 갈 수 있었다.

오디세우스는 여신이 일러준 대로 왕비의 무릎에 두 손을 정중히 얹고는 그 앞에 꿇어앉았다. 마침 그를 감추고 있던 안개가 사라져버렸기 때문에, 그 자리에 있던 사람들은 모두 갑자기 나타난 오디세우스를 보고 어리둥절했다. 오디세우스는 바로 왕비를 향해 애원이라도 하듯이 간절하게 이야기를 꺼냈다.

"위대한 레크세노르(Rhexenor) 왕의 따님이신 아레테 왕비님이시여, 홀

오디세우스를 맞이하는 알키노스 왕

륭한 당신의 부군과 자애로우신 당신의 손길을 기대하여 이곳을 찾아왔습니다. 제 간절한 소망이란 한시바삐 귀국할 수 있도록 도와주시라는 겁니다. 부디 성은이 있으시기를. 그리고 왕과 왕비님의 만수무강을 올림포스의 신들께 기도드리는 바입니다."

이렇게 말하고는 화롯불 옆에 있는 재 속에 주저앉아버렸다. 그러자 연회에 참석한 사람들은 약속이나 한 듯이 숙연해졌다. 이윽고 말솜씨가 뛰어난 연장자 에케네오스(Echeneus)가 입을 열었다.

"알키노스 왕이시여, 어서 손님에게 적당한 처분을 내려주시옵소서. 손님을 일어서게 하여 은으로 된 안락의자에 앉도록 하시는 것이 지당한 줄 아옵니다. 또한 제우스 님께서 보내신 이방인이오니, 그에게 맞는 환대를 해드려야 할 줄로 아옵니다."

그러자 알키노스 왕은 자기의 바로 옆자리에 앉은 사랑하는 아들 라오다마스를 일어나게 하고 그 자리에 오디세우스를 앉힌 다음 전령을 향해 명했다.

"폰토노스(Pontonous)여, 혼주기에 붉은 포도주를 가득 담아 이 연회에 참석한 모든 사람들에게 따라 드리도록 하라. 이제부터 천둥을 울리시는 제우스 신께 경건한 존경심을 올리도록 하겠다."

신에게 올리는 의식이 끝나자 분위기가 무르익은 연회장으로 돌아가 모두들 마음껏 술을 마셨다. 들뜬 분위기가 어느 정도 가라앉았을 무렵 국왕 알키노스가 좌중을 둘러보며 말했다.

"우리 신성한 파이아케스 왕국의 참모들이여, 손님께선 먼 길에 피곤하시니 오늘의 잔치는 여기서 끝내도록 합시다. 그리고 아침이 되거든 다시 모여 신들께 제사를 드린 다음, 손님의 귀국 절차를 논하는 것이 좋을 듯하오. 이 손님이 귀국하는 도중에 다시 무서운 재난을 당하는 일이 없도록 신중함과 정성을 다해 절차를 의논해보도록 합시다. 그런데 한 가지 의문이 가는 점, 만약에 이분이 하늘에서 내려오신 불사의 신 가운데 한 분이시라면, 보통 때와는 그 절차가 다르다는 점입니다. 어제까지의 경우로 미루어봐서는 우리들이 제사를 올리면 신들께서는 으레 강림하셔서 우리와 신탁을 같이하셨지 않습니까. 그분들께서는 우리 파이아케스 국에게만은 단 한 명이 있다 하더라도 그 모습을 감추지 않으시오. 우리는 그분들과는 지극히 가까운 사이이니까."

그 말에 대해 지혜와 용기의 영웅인 오디세우스가 대답했다.

"알키노스 님, 제가 어찌 감히 신이 될 수 있겠습니까. 저는 세상 사람들 중에서도 가장 큰 업보를 짊어진 채 죽어야만 하는 인간에 지나지 않습니다. 실로 신들의 뜻에 따라 수십 년 동안 겪어온 고난을 얘기하자면 끝이 없을 것입니다. 하지만 지금은 말씀드릴 수가 없음을 용서해주십시오. 저는 허기와 피로에 무척 지친 몸이랍니다. 제 얘기는 다음으로 미루고 부디 제가 드리고 싶은 말씀은 하루빨리 고국 땅을 밟을 수 있도록 도와주십사 하는 것입니다. 고향에 돌아갈 수만 있다면 죽어도 여한이 없습니다."

그리하여 모두들 물러가고 그 자리에는 왕비 아레테와 알키노스 그리고 오디세우스만이 남게 되었다. 왕비는 오디세우스가 입고 있는 얇은 옷이며 속옷이 눈에 익었기에 — 그 옷들은 왕비가 손수 지은 것이었다. — 진작부터 궁금히 여기던 것들을 물어보았다.

"손님이여, 실례이겠지만 묻고 싶은 것이 있습니다. 당신은 도대체 어디서 오신 누구이며, 그 옷은 어떻게 입게 되었는지요? 아까는 분명히 수십 일 동안을 바다와 싸우다가 이곳에 닿았다고 하셨지 않습니까."

"왕비께서 궁금해 하시니 이제 말씀드리지 않을 수가 없군요. 그럼 이 자리에서 모든 걸 숨김없이 말씀드리겠습니다. 여기서 수천 리 떨어진 곳에 오귀기에라는 섬이 있답니다. 그 섬에는 머리를 올린 마녀 교활한 칼립소가 살고 있지요. 그녀는 워낙 무서운 여신이었기에 죽어야만 하는 인간은 물론이거니와 신들조차도 아무도 그녀와 사귀지 않았습니다. 그런데 신들은 나를 저주하여 가엾게도 그곳에다 나를 데려다 놓았던 것입니다. 귀국으로 들떠 있던 나의 빠른 배를 제우스신께서 산산조각을 내 버리셨지요. 불행 중 다행으로 나만이 칼립소에 의해 목숨을 건지게 되었지요.

그녀는 나를 친절히 맞아들이고 소중히 보호해주면서 설득시켰습니다. 자기와 함께 살겠다고 약속하면 불로불사의 존재로 만들어주겠다고 말입니다. 하지만 그녀는 결코 나를 설득하지는 못했지요. 그것은 사실 어림도 없는 말이었습니다. 고향에서 아름다운 아내 페넬로페가 저를 기다리고 있기 때문입니다. 저는 그곳에 7년 동안 붙들려 있었지요. 그렇듯 눈물로 세월을 보내기를 8년째 되던 해에 느닷없이 여신은 저를 재촉하여 명령하기를 돌아가라는 것이었습니다. 아마 제우스 님의 지시에 따른 것이었겠지요. 아무튼 저는 그녀가 준비해준 뗏목이며 식량을 가지고 그곳을 떠나왔답니다. 그녀가 친절하게도 제게 준 순풍 때문에 무사히 항해를 하여 어느덧 고국산천이 어렴풋이 보이기 시작했었지요.

그런데 그만 바다의 신 포세이돈에게 들켜 또다시 재앙을 입게 되었지요. 그는 무서운 풍랑과 폭풍우를 일으켜 삽시간에 제 뗏목을 산산조각 내버렸습니다. 그 이후로 저는 입고 있던 옷도 벗어 던진 채 죽을힘을 다해서 헤엄을 쳤던 것입니다. 그리하여 무사히 육지에 오르려는 순간, 또다시 큰 파도를 만나게 되었지요. 그야말로 사경을 헤매다가 운 좋게도 들어온 곳이 바다와 접한 강줄기 속이었지요. 이제야 살았구나, 하고 저는 하늘에서 내린 물을 모아놓은 강에서 그렇게도 그리던 흙을 밟으면서 숲속으로 들어가 나뭇잎 속에 묻힌 채 깊은 잠에 빠져들었답니다. 이튿날 아침까지도 그대로 잠에 빠져 있었답니다.

그러다가 공주님 일행의 공놀이 소리에 잠이 깨어 파이아케스에서 처음 사람을 만나게 되었습니다. 그중에서도 공주님은 여신과도 같은 모습이셨지요. 그래서 저는 그 같은 용모에서 우러나는 진실된 마음을 기대하고는 그분께 구원을 요청했습니다. 제가 생각했던 대로 공주님은 친절하시게도 충분한 음식과 싱싱한 포도주를 듬뿍 주셨고, 목욕할 올리브유와 옷까지 갖추어 주시더군요. 정말이지 공주님은 사람을 대하는 태도가 남달리 훌륭하셨습니다. 이루 표현하기 어려운 품위와 분별을 갖추고 계신 것 같았습니다. 저의 이야기는 대충 이렇습니다, 왕비님."

그 말에 대해 알키노스가 말했다.

"참으로 그대를 영접하게 된 것을 반갑게 생각하고 있다오. 아버지 신이신 제우스님이나 빛나는 눈의 여신 아테나 님, 또한 태양을 굴리시는 아폴론의 크나큰 은총이 있어 당신만큼 수려한 외모에 훌륭한 태도, 그리고 나와 꼭 같은 생각을 가지신 분, 이렇듯 내 마음에 꼭 드는 사람을 내 사위로 부르게 해주신다면 얼마나 좋을까 하는 생각이 드는군요. 내 욕심대로 당신이 기꺼이 이곳에 있어 주신다면 내 딸과 함께 궁전도 재산도 다 드리겠소, 비록 거절한다 하더라도 나는 결코 원망하지는 않겠소. 그것은 제우스 님의 뜻이 아닌 줄 알고 있기 때문이라오. 안심하시오. 나는 당신을 돌려보낼 시기를 이미 정해놓았소. 바로 내일, 당신은 곧 떠날 수 있을 거요. 당신이 잠들어 있을 동안에 나는 우리 파이아케스 인들의 뛰어난 솜씨를 마음껏 발휘하게 해서 그대가 타고 갈 배를 준비하도록 하겠소."

오디세우스는 너무도 감격해서 말을 제대로 잇지 못했다.

"아, 아버지 신이신 제우스 님이시여, 이토록 저에게 은혜를 베풀어주시는 훌륭한 알키노스 님에게는 불멸의 영예를, 그리고 저에게는 잔잔한 뱃길을 주시옵소서."

오디세우스는 흰 팔의 미녀 아레테의 자상한 배려로 마련된 침상으로 안내되었다. 오디세우스는 내일을 위해서 충분히 자두어야 되겠다는 생각에 일찍 잠자리에 들었다. 알키노스 왕은 높이 솟은 내전의 침실에 들었고, 그 곁에서는 왕비 아레테가 시중을 들고 있었다.

제 8 권

향연과 경기를 열다

항상 그랬듯이 맨 먼저 장밋빛 손가락을 가진 새벽의 여신이 깨어났을 때, 거룩한 알키노스와 제우스의 후손인 명장 오디세우스도 일어났다. 알키노스는 일행을 거느리고 파이아케스 공회당으로 향했다. 한편 여기서도 팔라스 아테나의 배려가 있었는데, 그녀는 알키노스의 재빠른 전령으로 그 모습을 바꾸어 길거리를 쉴 새 없이 돌아다니며 시민 한 사람 한 사람에게 말을 붙였다.

"어서 빨리 공회당으로 가보세요. 파이아케스 왕국을 지휘하여 국사를 맡아보시는 분들이시여, 다른 나라에서 오신 늠름한 분의 이야기를 들으러 가보세요. 그분은 총명한 알키노스 왕의 궁전에 왔답니다. 바다를 줄곧 헤매어왔는데, 불사의 신들과 똑같답니다."

여신은 여러 사람들에게 이방인에 대한 호기심을 불러일으키기 위해 일일이 돌아다녔다. 공회당을 메운 시민들은 과연 라에르테스의 아들 오디세우스의 용모를 보고 감탄해 마지않았다. 이것도 여신 아테나의 지략에서 나온 것이었다. 좀 더 수려하고 늠름하게 보이도록 해서 시민들로부터 그가 호감을 얻도록 하려는 심산이었다. 왕은 많은 사람들을 둘러보고는 흡족해 하면서 말을 시작했다.

"자, 지금부터 내가 하려는 말을 똑똑히 들어주기 바라오. 우리 파이아케스 족을 지휘하여 그들을 이끌어 나가는 여러분들이여, 여기에 모이게 한 것은 다름이 아니라, 여기 계신 이 낯선 손님을 위한 귀국 절차를 의논하기 위해서라오. 우리 파이아케스의 아름다운 풍속으로 미루어봐서도 이렇듯 먼 나라에서 표류하여 온 손님을 홀대할 수는 없는 일이오. 그러니 어서 성능이 뛰어난 검은 배를 우리의 바다로 끌어내도록 하는 게 좋을 듯하오. 또한 손님을 떠나보내기 전에 환송회를 베풀 것이니 홀장을 가진 영주들은 빠짐없이 참석해주기 바라오. 그리고 저 노래하는 데모도코스(Demodocus)도 그 자리에 불러들일 예정이오. 무슨 가락이든 척척 읊을 수 있는 그의 뛰어난 재주를 이 손님에게 자랑하고 싶소."

집회가 끝나자 즉석에서 뽑힌 52명의 늠름한 젊은이들은 명령대로 바닷가로 향했다. 그들은 검게 칠한 배를 바닷가로 끌어내 오랜 항해에 필요한 모든 장비들을 나르기 시작했다. 일을 마치자 그들은 다시 알키노스가 베푸는 향연을 즐기기 위해 궁전으로 향했다. 양쪽 주랑과 넓은 뜰에는 시민들로 꽉 차 있었다. 알키노스는 이들을 위해 열두 마리의 살찐 양과 흰 송곳니가 난 돼지 여덟 마리, 그리고 다리를 비틀대는 암소 두 마리를 제물로 내놓았다.

거기에 전령사가 유명한 음유시인 데모도코스를 데리고 오자 자리가 더욱 흥이 났다. 음악의 여신 뮤즈는 그에게 재능과 재앙을 동시에 부여해 주었다. 즉 두 눈을 멀게 한 대신, 그 슬픔을 달랠 수 있는 노래를 멋들어지게 읊는 능력을 주셨던 것이다.

먹고 마시는 가운데 어느덧 잔치가 무르익었을 때 노래의 여신이 음유시인을 시켜 노래를 부르게 했다. 그것은 소문난 무사들의 명예를 엮은 노래 중 한 구절이었는데 공교롭게도 오디세우스와 펠레우스의 아들인 아킬레우스가 말다툼을 벌이는 대목이었다.

언젠가 신들을 위한 잔치가 벌어졌을 때였는데, 이들은 서로 다투면서 심한 말을 주고받았다. 하지만 아카이아 군대의 장수들이 심하게 다투는 것을 보면서도 군주인 아가멤논은 속으로 은근히 좋아했다. 왜냐

데모도코스의 노래를 듣고 눈물을 흘리는 오디세우스

하면 포이보스 아폴론의 예언을 들었기 때문이었다. 이는 제우스의 계책
에 의한 것으로, 트로이 사람들과 다나오스의 후손인 그리스 군사들에
게 닥칠 재앙의 씨앗이 된다는 것이었다.

오디세우스는 자줏빛 망토로 앞을 가리고는 사람들이 눈치채지 않도
록 소리 없이 울고 있었다. 하지만 그의 바로 곁에 앉아 있던 알키노스가
그의 한숨 소리와 함께 흘러내린 눈물을 볼 수 있었다. 그는 오디세우스
의 울적한 마음을 달래줄 요량으로 파이아케스 사람들을 향해 또 다른
의견을 내놓았다.

"자, 여러분. 지금까지 우리는 충분한 음식과 노래를 즐겼으니 이제 그

만 나가서 재미있는 경기를 하는 것이 어떻겠는가. 손님께서 고향에 돌아가 가족들에게 우리의 권투와 씨름, 그리고 멀리뛰기와 원반던지기 등의 실력이 얼마나 뛰어났는지를 들려주도록 말이오."

그래서 모두들 넓은 잔디밭으로 나갔고, 그중에서도 뛰어난 젊은이들이 경기를 위해 뽑혔다. 그리고 인류의 재앙거리인 아레스를 닮은 에우리알로스(Euryalus)도 참가했다. 특히 에우리알로스는 용모나 언변, 인품 등이 알키노스의 장남 라오다마스(Laodamas)와 견줄 만큼 뛰어난 사람이었다. 그리고 알키노스의 다른 두 아들인 할리오스(Halios)와 신과 닮은 외모의 클리토네우스(Clytoneus)도 일어섰다.

경기는 맨 먼저 사자처럼 빨리 달리기를 겨루었다. 사람들은 모두 한 덩어리가 되어서 나는 듯이 달려 나갔다. 그중에서 인품이 뛰어난 클리토네우스가 맨 앞장을 섰다. 다음은 코끼리와도 같은 힘을 자랑하는 씨름을 했는데, 이번에는 에우리알로스가 그중에서 으뜸이었다. 또 원반던지기에서는 엘라토레우스(Elatreus)가, 권투에서는 알키노스의 지혜로운 장남 라오다마스가 각각 승리를 거두었다.

사람들의 환호성에 답하던 라오다마스가 오디세우스를 가리키면서 말했다.

"그럼 여러분, 우리만 이렇게 흥겹게 놀 것이 아니라 손님에게도 한번 여쭈어보는 것이 어떻겠소. 어떤 경기를 좋아하고, 그중에서도 무슨 종목에 자신이 있는지를. 우람한 체구로 보나 젊음으로 보나 결코 만만치 않을 것 같은데 말이오. 다만 오랜 고난을 겪으셨기 때문에 기운이 없을지는 모르겠소만."

그 말에 대해 에우리알로스가 나서서 말했다.

"라오다마스, 정말로 좋은 의견인 것 같구려."

그러자 모든 군중들이 함성을 질렀고 라오다마스가 곧장 한가운데로 나서 오디세우스를 향해 정중히 요청했다.

"손님이시여, 혹시 무엇이든 자신 있는 종목이 있다면 이 자리로 나와 우리 파이아케스 인들과 겨뤄보는 게 어떨지요? 마음의 근심일랑 모두 떨쳐버리고 말입니다. 이제 당신은 배에 타시기만 하면 될 테니까요. 그러니 사내답게 한번 나와보십시오."

그 말에 대해 지혜로운 오디세우스가 사양의 말을 했다.

"라오다마스여, 내 어찌 그대의 뜻을 모르겠소만 나는 그렇게 흥겹게 모든 것을 잊고서 경기를 할 수가 있을 처지가 아닌 것 같소. 지금 나는 또다시 어떤 재앙이 내 귀향을 방해할지 몰라 근심으로 가득 차 있소. 그러니 국왕님과 모든 시민 여러분의 넓으신 이해를 바라오."

그 말에 대해 성격이 불같은 에우리알로스가 곧장 비난의 말을 던졌다.

"당신은 도무지 신성한 경기와는 거리가 먼 사람인 것 같군요. 그보다도 검은 배를 타고서 돈벌이만을 생각하는 장사치 같아 보이는구려. 물론 세상에는 별별 사람들이 다 있지만 말입니다."

오디세우스는 불쾌한 빛을 내보이면서 대꾸했다.

"젊은 분이여, 그대의 발언은 심히 나를 불쾌하게 하는구려. 교양이라고는 하나도 없는 난폭한 무뢰한의 말투 같아서. 역시 신들께서는 모두에게 좋은 것만을 주지는 않나 봅니다. 당신은 뛰어난 용모에 비해서 분별력이 좀 부족한 것 같단 말씀입니다. 제 말이 너무 심했을지도 모릅니다만, 어쨌든 나는 그런 경기를 모르는 사람은 아닙니다. 오히려 고국에 있었을 때는 모든 운동에 능했습니다. 하지만 이제는 너무 오래 극심한 고통과 시련을 겪은 탓에 좀 약해졌을지도 모릅니다. 아무튼 경기에 참가해보도록 하겠습니다."

이렇게 말한 뒤 머리에 천을 쓴 채 뛰어나간 오디세우스는 한층 크고 무서운 원반을 집어 들어 억센 팔을 휘둘러 던졌다. 그러자 무서운 바람 소리를 내며 날아간 원반은 완만한 포물선을 그리면서 이제까지의 표지를 훨씬 넘어서 떨어졌다. 파이아케스 백성들은 숨을 죽이고 그 광경을 지켜보고 있었다. 그때 사나이로 변해서 그 자리에 앉아 있던 여신 아테나가 뛰어나가서 떨어진 지점에 표시를 한 뒤 큰 소리로 말했다.

"위대한 손님이시여, 그대가 던진 원반은 다른 사람들과는 감히 비교도 할 수 없을 만큼, 훨씬 멀리 나갔습니다. 그러니 이 원반던지기에서는 누구도 따르지 못할 만큼 큰 승리를 하셨습니다."

오디세우스는 그제야 겨우 화를 가라앉히고서 말했다.

"자, 누구든지 나와 겨루어볼 생각이 있다면 나오시오. 원반던지기만이 아니라 권투든 씨름이든 좋소. 다만 라오다마스, 그 젊은이만은 사양하겠소. 그분은 내가 도움을 입고 있는 분의 자제이기에 대결을 피하는 게 서로 좋을 것 같군요. 다른 사람들이라면 기꺼이 승부를 겨루어볼 생각이오. 활쏘기도 좋소. 활 다루기는 단 한 사람 필로크테테스(Philoctetes; 헤라클레스가 준 활을 가진 자)를 제외하고는 내가 으뜸이라고 장담할 수 있소. 지금 이 땅 위에서 올림포스 신들의 보호를 받으며 곡식을 축내는 인간이라면 말이오. 또한 창던지기에서도 마찬가지입니다. 다만 다리를 사용해야 할 달리기에서만은 자신이 없소. 생각도 하기 싫을 만큼 너무 오래 재앙을 당했기 때문에 이제는 너무 지쳐 있으니 말이오."

오디세우스의 열변에 모두 침묵을 지키고 있었다. 그러자 총명한 군주 알키노스가 주위를 둘러보면서 말했다.

"손님이시여, 우리 젊은이가 군중들 앞에서 그대를 비난한 것에 대해 심히 불쾌하신 모양입니다. 허나 결코 악의가 있어서 그런 것은 아니라고

아레스와 아프로디테의 밀회 현장에 들이닥친 헤파이스토스

생각합니다. 자, 이제 분위기를 바꾸어보는 것이 어떻겠소. 그만하면 우리의 경기 수준이 어느 정도인가는 충분히 짐작했을 터이니, 이번에는 우리의 음악을 소개해드리고 싶소. 우리는 아름다운 옷과 목욕이나 잠자리에 대한 애착 못지않게 하프와 가무를 즐기는 시민이랍니다. 자, 우리 파이아케스 인들 가운데서 춤 솜씨가 있으신 분은 어서 놀이를 시작하시오. 그리고 데모도코스를 빠뜨릴 수야 없지 않은가. 어서 빨리 그에게 하프를 가져다주게나."

전령사가 국왕의 명령을 받들어 맑고 고음이 나는 하프를 가지고 오자, 데모도코스는 그것을 들고 한가운데로 걸어 나갔다.

그 양쪽에는 아직 앳된 젊은이 두 사람이 함께 서 있었다. 데모도코스의 하프 가락에 맞추어서 양쪽에 서 있던 두 사람은 익숙한 춤 솜씨로, 마치 홍학이 걸어 다니듯 가볍게 발을 놀렸다. 오디세우스는 온갖 재치를 부리며 옮겨 가는 그들의 발동작을 바라보면서 넋을 잃고 말았다. 드디어 데모도코스는 아레스와 아프로디테의 사랑 이야기를 노래로 부르기 시작했다. 즉 그 신이 헤파이스토스의 저택에서 밀통을 하는 데서부터 시작해서, 아레스가 아름다운 관을 쓴 아프로디테에게 많은 선물을 한 이야기, 헤파이스토스의 깨끗한 담요를 더럽힌 사연 등을 노래해 나갔다.

그러다가 헤파이스토스가 이 사실을 알게 되었는데, 그것은 해님이 고자질을 했기 때문이었다. 헤파이스토스는 그 이야기를 듣자마자 복수로 끓는 피를 억누를 수 없어 불같이 화를 내면서 대장간으로 향했다.

그는 그들이 없는 틈을 타 그의 침실에다 손수 만든 철조망을 몰래 쳐 두었다. 그것은 마치 거미줄처럼 가늘고 교묘하게 짜였기 때문에 아무도 알아채지 못했다. 그런 다음 그는 슬며시 거리로 나가는 척했다. 그가 나가는 것을 몰래 지켜보고 있던 아레스는 얼른 그의 저택으로 숨어 들어갔다. 아레스 신은 이제 막 아버지 신 제우스의 곁에서 돌아온 아프로디테에게 애타게 애정을 구하면서 침상으로 가기를 권유하였다.

아무것도 모르고 있던 두 신은 서로를 갈구하면서 헤파이스토스의 침상으로 갔다. 그러나 두 신이 침상에 눕자마자 헤파이스토스가 설치해둔 철조망이 마구 죄어들기 시작했다. 걷잡을 수 없이 죄어드는 철망 속에서 그들은 난감해 하지 않을 수 없었다.

이때 잠시 몸을 피하는 척했던 헤파이스토스가 유유히 걸어 들어왔다. 분노에 찬 복수의 눈빛으로 두 다리가 굽은 신은 무섭게 외쳐댔다.

"자, 아버님 신이신 제우스 님, 그 밖의 모든 불사의 신들이시여, 어서

들 오셔서 이 교활하기 짝이 없는 불륜의 소행을 목도하시길. 위대한 제우스의 딸인 아프로디테가 내가 절름발이라는 것을 얕보고 위세 등등한 아레스와 놀아나고 있는 이 흉측스런 장면을. 그저 나를 낳으신 부모님이 원망스러울 따름이오. 이들 둘은 물론 한때의 불장난이겠지요. 금방 서로에게 싫증을 내버리고 말 테니까요. 하지만 나는 단 한 번이었더라도 도저히 용서할 수가 없습니다. 나는 이들을 이 계략의 철망으로부터 풀어줄 수 없습니다. 아버님께서 내가 이 파렴치한 계집에게 준 혼숫감을 모두 되돌려주실 때까지는 말입니다. 정말이지 아프로디테는 그 뛰어난 용모가 아까운 계집이오."

헤파이스토스의 분노에 찬 목소리에, 대지를 받들고 있는 포세이돈도 달려왔으며 돈벌이를 잘 하는 신 헤르메스도, 활을 잘 쏘는 아폴론도 청동 문지방을 넘어서 들어와 있었다. 그러나 여신들만은 그들의 행각을 차마 대하기가 민망하여 오지 않았다. 그들은 헤파이스토스가 쳐 놓은 교묘한 장치와 함께 그의 떨리는 말을 듣고서는 한결같이 이렇게 쑥덕였다.

"꼬리가 길면 잡히는 법이지요. 느림보가 오히려 걸음 빠른 토끼를 잡아버렸네요. 역시 못된 소행이란 언젠가는 들통이 나기 마련이거든. 이들은 밀통을 한 대가로 엄청난 벌금을 물어야 할 게야."

아르고스를 살해한 신 헤르메스를 향해 태양의 신 아폴론이 말했다.

"헤르메스여, 그대는 도대체 이 일을 어떻게 생각하는가. 이토록 고통과 창피를 당하면서도 아프로디테와 동침하기를 바라겠는가?"

"활을 잘 쏘는 아폴론이여, 저 몇 배의 철망이 내 몸을 죄어든다고 해도, 또한 당신들은 물론이려니와 여신들까지 있는 데서 창피를 당해도 좋으니 나는 황금의 아프로디테와 단 한 번만이라도 동침을 해봤으면 좋겠네."

이 말에 그들 사이에서 큰 웃음이 터져 나왔다. 그러나 냉정한 포세이돈만은 언제나 열심히 일하는 헤파이스토스에게 말했다.

"자네가 요구하는 만큼 정당한 벌금을 반드시 여기서 치르도록 할 테
니 그만 풀어 주게나. 그건 내가 자네한테 하는 약속일세."

헤파이스토스는 그 말을 완강히 거절했으나 포세이돈이 거듭 자기가
책임을 지겠다고 하니 더 이상 버틸 수가 없었다. 그래서 헤파이스토스
는 두 신을 꼼짝 못 하도록 옭아매던 그 철망을 풀어 놓았고, 거기서 풀
려난 두 신은 곧바로 그 자리를 떠나버리고 말았다.

아레스는 트라키아를 향해 떠났고 아프로디테 여신은 키프로스 섬의
파포스(Paphos)로 향했다. 그곳에는 여신을 위한 신역과 제단이 있었다.
그곳에서 여신은 수치를 씻어버릴 생각으로 정성들여 몸단장을 했다. 신
선의 기름을 바르고 참으로 아름다운 옷을 단정하게 차려입었다.

오디세우스는 긴 노를 젓는 파이아케스 족들과 어울려 그 노래에 빠져
들어 즐거운 마음으로 들었다. 노래가 끝나자 왕은 할리오스와 라오다마
스에게 아름다운 고리춤을 추도록 청했다. 시민들의 손뼉에 맞추어 그들
은 자줏빛 고리를 교묘하게 이 손에서 저 손으로, 땅에서 공중으로 놀려
대면서 재주를 부렸다. 그것을 바라보던 오디세우스는 왕을 향해 찬사
를 아끼지 않았다.

"친애하는 알키노스의 왕이시여, 과연 자랑하신 그대로 아들들의 춤
솜씨는 제가 이제까지 본 적이 없을 만큼 뛰어난 것이군요."

이에 알키노스는 매우 흡족해하며 파이아케스 사람들을 향해 말했다.

"이렇듯 아량이 넓으신 이분에게 우리의 정성이 담뿍 담긴 선물을 드
리는 것이 어떻겠소. 우리 모두가 각각 손님에게 정성 들여 손질한 겉옷
과 속옷이며 값비싼 진주를 드립시다. 그래서 손님이 그 선물을 들고 흡
족한 마음으로 저녁식사를 하도록 서둘러 실행해주었으면 하오. 그리고

에우리알로스는 손님에게 실수한 것도 있으니, 친절한 말과 값비싼 선물로 화해를 청하는 것이 예의인 줄로 아네."

이 말에 에우리알로스는 고개를 끄덕이며 모두가 지켜보는 가운데 오디세우스를 향해 정중하게 말을 건넸다.

"타국에서 오신 손님이시여, 제 말이 당신의 마음을 상하게 해드렸다면 즉시 질풍이 그 말을 채가길 바랍니다. 그리고 선물로 은자루가 달린 청동 단검을 드리오니 부디 사랑하는 부인과 하루빨리 재회하게 되길 바랍니다."

"친애하는 분이시여, 당신의 그 말씀에 내 마음속의 분노가 눈 녹듯 사라지는군요. 부디 당신에게 신들의 가호가 있기를. 그리고 내가 떠난 후에라도 이 단검이 아까워지는 일이 없길 바라겠습니다."

그러는 동안에 해도 저물고, 그의 손에는 갖가지 훌륭한 선물들이 쇄도했다. 이윽고 왕의 가족들과 오디세우스만이 남게 되자 알키노스 왕이 말했다.

"그럼 아름다운 왕비여, 가장 튼튼한 함을 가져다가 그대가 손수 이분의 선물들을 챙겨 드리도록 하시오. 나는 내가 가장 아끼는 황금 술잔을 드리도록 하겠소. 길이길이 나를 생각하면서, 저택에서 제우스 신께 술을 올릴 때 써주시면 고맙겠소."

왕비는 자신이 준비한 옷들과 함께 다른 선물들을 함에 챙겨 넣고는 오디세우스에게 손수 확인하게 한 후 비끄러매도록 권했다. 참을성 있고 준엄한 오디세우스는 즉시 예전에 키르케 여신이 가르쳐준 까다롭고 교묘한 방법으로 매듭을 지어 포장을 끝냈다. 그러고는 시녀들의 안내로 목욕탕으로 갔다. 목욕을 끝내고 깔끔한 옷으로 갈아입은 그는 자신을 위한 환송회에 참석했다. 흰 팔의 미인 나우시카가 그를 향해 활짝 웃어

보이면서 말했다.

"안녕하세요, 손님. 부디 고향에 가시거든 생명의 은인이랄 수 있는 저를 잊지 말아 주세요."

"아, 나우시카. 아름다운 분이시여, 맹세하겠습니다. 고향에 돌아가서도 잊지 않고 그대를 향한 경배를 드리겠소. 공주님, 진정으로 당신은 내 생명의 은인이십니다."

오디세우스는 이렇게 말하고는 알키노스 왕 곁에 마련된 팔걸이의자로 가서 앉았다. 거기에는 이미 포도주와 맛있는 암소 고기가 푸짐하게 차려져 있었으며, 왕이 소중히 여기는 데모도코스도 앉아 있었다. 그는 사람들의 한가운데에 있는 높다란 기둥에 의자를 기대어 놓고 앉아 있었다. 지혜 많은 오디세우스는 부드러운 돼지고기를 자르면서 말했다.

"나는 이 탐스러운 살코기를 향기로운 노래를 간직한 데모도코스에게 주고 싶소. 자, 전령사여, 이것을 그에게 가져다주시오. 참으로 이 땅 위에 알고 있는 모든 인간들 중에서도 유독 음유시인들만이 예술의 신의 비호를 받고 있는 것 같구려. 데모도코스, 나는 진정으로 당신을 찬미합니다. 당신의 그 뛰어난 재능은 제우스 신의 따님이신 뮤즈께서 주신 것입니까, 아니면 아폴론 신이 주신 겁니까? 더군다나 그대는 우리 아카이아 인들의 내력을 생생하게 노래하시니 말이오. 그들의 소행, 업보, 재앙을 마치 두 눈으로 본 듯이, 낱낱이 노래로 들려주다니 정말로 놀랍소. 한 번 더 그대의 노래를 듣고 싶구려. 이번에는 목마를 만들던 부분을 내게 들려주시지요. 제발 그때의 장면을 실감나게 불러주셔서 제가 감격을 맛보도록 해주시오."

이렇게 부탁하자 데모도코스는 신의 격려에 따라 노래를 부르기 시작했다.

아르고스 군사들이 그들의 막사에다 불을 놓은 다음, 배들을 타고 출범하는 것을 시작으로 노래를 이어 나갔다. 병사들이 출범한 뒤 한편에서는 이미 오디세우스를 비롯한 장수들이 여신 아테나의 도움으로 에페이오스(Epeius; 트로이 전쟁이 끝나고 목마를 만들었던 연장들을 아테나에게 바쳤다. 그 후 이탈리아의 피사를 건설했다고 알려져 있다.)가 만들었다는 목마 속에 숨어서 트로이의 적진 깊숙이 숨어들었다. 이것은 트로이 사람들 스스로가 끌어들인 것이다. 트로이 사람들은 목마를 둘러싸고 의견이 분분했다. 그들의 의견은 다음 세 가지로 나뉘었다.

첫 번째는 속이 빈 목마를 무거운 청동 칼로 내리쳐서 그 속을 갈라보는 것, 두 번째는 요새 꼭대기로 끌고 가서 그대로 바위 아래로 굴려버리는 것, 세 번째는 이것을 거대한 공물로 사용하여 신들을 기쁘게 해드리는 것 등이었다. 그러나 세 번째 방법이 채택될 운명에 놓여 있었다. 왜냐하면 트로이 성은 커다란 나무로 만든 커다란 말을 성 안으로 들여 놓음으로써 이미 살육과 죽음의 운명을 스스로 맞아들인 격이었기 때문이다.

이어서 음유시인은 아카이아 사람의 아들들이 목마에서 쏟아져 나와 통쾌하게 일리오스의 도시를 함락시키는 장면을 노래했다. 숨어 있던 군사들이 목마로부터 뛰어나와서 미리 정해 두었던 곳으로 가서 높고 험준한 성을 점령해 나갔다. 그동안 위대한 오디세우스는 데이포보스(Deiphobus; 프리아모스 왕의 셋째 아들)의 궁을 향해 아레스와 함께 걸음을 서둘렀다. 데모도코스의 노래에는 신과도 같은 메넬라오스가 마음이 넓은 아테나의 힘을 빌려 격렬한 전투 끝에 승리를 거두었다는 대목도 들어 있었다.

오디세우스는 어느새 그 노래에 젖어들면서 소리 없이 눈물을 흘리고 있었다. 소리 없이 고개를 떨어뜨린 채 속눈썹을 적시고 있었으므로 아무도 그것을 눈치채지 못했는데, 그의 바로 곁에 앉은 알키노스만이 또다시 그의 눈물을 볼 수 있었다.

그러자 그는 파이아케스 인들에게 말했다.

"데모도코스에게 하프 연주를 그만두게 하오. 그 노래의 가사는 누구에게나 기쁨을 주지는 못 하는 것 같소. 이 손님을 위해 베풀어진 만찬회가 오히려 그를 침통하게 해서야 되겠소. 그러니 모두를 위해서라도 이 노래는 그만하는 것이 좋을 듯하오. 우리도 손님이 만족해 하시는 것을 바라니 말이오. 그리고 손님이시여, 이제 당신께서도 나의 진정한 의문에 대해 숨김없이 답해주시리라 믿소. 그러니 내가 묻는 말에 조금도 얼버무릴 생각을 마시고, 형제애를 발휘하여 진실을 말해주기 바라오.

우선 당신의 성함부터 밝히시고, 당신의 나라와 부모님과 군주의 이름도 알고 싶구려. 어차피 그런 것들을 알아야 될 테니 말이오, 그래야만 그곳으로 배를 띄워 보낼 수 있을 것이 아니겠소. 우리 파이아케스 측의 배에는 삿대나 키라는 것이 없소. 단지 배 그 자체의 힘으로 알아서 드넓은 바다를 빠르고 안전하게 항해하지요. 하지만 다른 배들처럼 실종당하거나 풍랑을 만날 염려는 전혀 없다오. 그래서 대지의 신 포세이돈의 노여움을 살지도 모른다고 아버님이신 나우시토스(Nausithous)가 경고하신 일도 있습니다만, 나는 어디까지나 그것은 신들의 뜻에 맡길 일이라고 생각합니다. 아무튼 어디를 향해 떠다니셨는지, 이 세계의 어느 고장들을 헤매고 다니셨는지, 그때의 이야기며, 타국 사람들이 신을 두려워하면서 제사를 지내는 이야기 등을 내게 들려주시오. 그리고 또 아르고스 군사나 다나오스 후손에 대한 일, 또는 일리오스의 이야기가 무엇 때문에 당신을 울리는지. 혹시 누군가 당신이 사랑하는 사람이 그 성 안에서 돌아오지 못했소? 아니면 막역한 친구를 잃은 게요?"

제 9 권

외눈박이 거인 폴리페모스의 동굴

알키노스가 다그치자 지혜로운 오디세우스는 모든 것들 낱낱이 얘기해 주었다.

"알키노스 왕이시여, 모든 사람들 중에서도 가장 뛰어난 분이시여, 어찌 이 좋은 분위기를 나의 슬픈 이야기로 깨뜨리려고 하십니까. 하지만 친절한 당신께서 그토록 간곡히 부탁을 하시는데 어찌 숨기고만 있겠습니까. 그런데 나의 숱한 고난을 다 말씀드릴 수 있을지 모르겠습니다. 그럼 무엇보다도 이름부터 말씀을 드리는 것이 순서일 것 같군요. 나는 라에르테스의 아들인 오디세우스라는 사람입니다. 뛰어난 계책 덕분에 인간들과 신들의 세계에까지 제 이름이 알려져 있지요. 저는 트로이 전쟁이 있기 전에는 그리스의 영토인 이타카 섬의 군주로서 명예를 누리고 있었습니다. 바위가 좀 많은 게 흠이긴 합니다만, 그곳은 정말 좋은 곳이지요.

그럼 이제부터 재앙으로 점철된 저의 귀국길에 대해 이야기 해드리겠습니다. 그 재앙은 트로이를 떠날 때부터 제우스가 저에게 보내준 것이었다고 생각됩니다. 바람은 우리의 배를 키코네스(Cicones, Cicons; 그리스 신화에서 트라키아의 남쪽 해안 부근에 살았다고 전해지는 고대 부족)의 이스마로스(Ismarus) 고을로 날려 보냈습니다. 나는 그 성을 공략하여 시민들을 항복시킨 다음 전리품으로 여자와 물품들을 동지들과 골고루 분배했습니다. 그리고 나는 시간을 오래 끌면 좋지 않을 것 같아 그곳을 빠져나가라고 부하들에게 명령했습니다. 그런데 어리석게도 그들은 내 말을 안 듣고 그곳에 주저앉아 술을 퍼마시고 새끼 양을 도살했으며 구부러진 뿔을 가진 염소를 마구 죽이는 등 만행을 계속했습니다.

그러는 사이 키코네스 사람들 중 누가 인근에 있는 부족들에게 구원을 요청했던 것이지요. 며칠 뒤 그들이 몰려왔는데, 마치 여름철 꽃송이와 나뭇잎들만큼이나 빽빽하게 많았어요. 그래서 우리는 어쩔 수 없이 빠른 배들 옆에 진을 치고 제우스가 내리신 재앙에 대항했지요. 이렇게 죽기를 각오하고 싸우자, 아침나절은 우리가 불리했지만 무사히 버텨 나갈 수 있었고, 해질녘에는 오히려 전쟁터에서 닦은 솜씨 덕분에 우리가 유리했습니다. 결국 각 배에서 대여섯 명씩의 전사자를 내고는 달아날 수 있었습니다. 전우들을 잃은 것이 분하기는 했지만 그나마 목숨을 건질 수 있게 된 것만도 다행으로 여겨야 할 형편이었지요. 하지만 양끝이 휘어진 배들은 그들의 활에 맞아 죽은 전우들의 혼이 막아서 앞으로 나아가질 않았어요. 그래서 그들의 이름을 일일이 세 번씩 외쳤더니 그제야 겨우 배가 움직이더군요.

그런데 이번에는 우리를 향해 제우스 신께서 무시무시한 폭풍우를 불러 일으켰습니다. 산더미 같은 파도가 사정없이 밀어닥치면서 무시무시한 돌풍이 몰아쳤지요. 우리는 부러진 돛을 아예 내려 버리고 혼신을 다해 노를 저었지요. 어디든 제발 육지에만 닿아달라고 빌면서 말입니다. 마침내 우리는 알 수 없는 뭍에 닿을 수 있었습니다. 그곳에서 우리는 만신창이가 된 몸으로 꼬박 이틀 동안을 보냈지요. 겨우 기운을 차린 후 다시 배를 고쳐 그곳을 떠났는데, 말레아 곶(Cape Malea) 부근에서 또다시 폭풍우를 만나 9일 동안을 헤매고 10일째 되던 날 '연꽃을 먹는 사람들'(로토파고스; the Lotus-eaters, lotophagi)의 나라에 상륙할 수 있었지요.

그곳 사람들은 이상한 꽃을 먹는 습성이 있었습니다. 그것도 모르고 나는 동지 두 명을 보내 이곳의 특징을 알아오라고 했습니다. 그랬더니 그들이 내어준 연꽃을 받아먹은 동지들이 불행히도 아무런 의욕도 없는 듯이 보였고, 그들과 어울리면서 그저 연꽃만을 먹기를 기대하며 고국으로 돌아갈 생각조차 하지 않았습니다. 그 사실을 안 나는 그들을 억지로 끌고 와서 배에다 결박시켜 두고는 다른 동지들을 다그쳐 재빨리 출발을 명령했지요.

우리는 곧바로 거기를 떠나 닿은 곳이 오만하게 율법을 무시하는 키클로페스(Cyclopes; 단수는 키클로프스Cyclops)의 땅이었습니다. 그것은 해안에서부터 비탈진 섬의 포구 둘레를 끼고 완만하게 솟아 있었어요. 키클로페스(키클로프스들)가 사는 데에서 그다지 떨어지지 않은, 숲이 무성한 곳에는 사냥꾼이 없어서 야생 염소들이 많이 돌아다니고 있었습니다. 이 섬은 제우스 신의 혜택을 입어 목축이나 농경을 힘들여 하지 않아도 모든 것들이 비만 내리면 저절로 잘 자랐습니다. 이들에게 배가 있어서 인간 세계와 접할 기회가 있었더라면 이득에 눈먼 다른 나라 사람들이 이 땅을 그냥 놔두지는 않았을 겁니다. 뱃머리부터 구태여 닻을 내리거나 밧줄로 묶지 않아도 되는 훌륭한 포구가 있었는데, 그들은 배를 만들 필요성을 느끼지 못했던 모양입니다.

우리가 백양나무 숲가에 배를 정박시켰을 때에는 이미 밤이 깊었습니다. 우리는 달빛도 없고 안개가 자욱한 이곳에 간신히 상륙해서 날이 밝기를 기다렸지요. 차가운 밤이 지나고 새벽의 여신이 나타나자마자 우리는 섬 여기저기를 돌아다녔습니다. 그러다가 염소 가죽 방패를 가진 제우스의 따님이신 님프들을 만났는데, 친절하게도 그녀들은 염소를 잡아 주더군요. 우리는 그것으로 충분한 요기를 한 뒤 식량으로 쓰려고 염소 사냥을 했습니다. 신께서는 우리에게 만족할 만큼의 수확을 얻게 해

주신 덕분에 금방 두 척의 배에 염소를 아홉 마리씩 실을 수 있었습니다. 더구나 저에게는 살이 통통하게 오른 열 마리를 골라 주시더군요. 이렇게 해서 그날 하루는 먹고 마시면서 넉넉하게 보냈습니다.

모든 것들이 잘 되어 가는 듯하자 나는 가까이에 바라보이는 키클로페스의 땅에 대한 호기심이 생겼답니다. 그들이 기르는 양과 염소의 울음소리가 들려왔고, 그들이 피우는 연기도 보았으니까요. 그래서 새벽이 되자마자 나는 동지들에게 이렇게 제의했지요.

'몇 명만 빼고 다른 사람들은 당분간 이곳에 남아 배를 지켜주게. 나는 동지들과 키클로페스의 땅으로 건너가 동정을 살펴보고 올 테니까.'

마침내 우리가 배를 타고 그곳으로 접근하자 커다란 동굴에 월계수가 덮어씌워 있는 것을 볼 수 있었습니다. 깊이 파고 묻은 돌과 갖가지의 키 다리 나무로 쳐진 울타리 안에는 염소 떼가 있더군요. 바로 거기에 거인이 살고 있었죠. 그 거대한 모습은 인간들과는 완전히 딴판이었습니다. 나는 좀 더 자세히 알아볼 생각으로 담대하고 힘 센 열두 명을 뽑아 키코네스 족들로부터 빼앗은 달콤한 포도주를 가지고 그곳으로 올라갔지요. 이 술은 아폴론 신의 제사장인 에우안테스(Euanthes)의 아들 마론(Maron)이 준 것으로 꿀처럼 달콤했습니다. 20배의 물로 혼합해서 마셔도 황홀하게 감미로운 짙은 맛을 즐길 수 있었지요. 게다가 며칠 정도 버틸 수 있는 식량도 커다란 자루에 넣어 가져갔지요.

얼마 후 우리는 그 동굴의 월계수 잎사귀 하나하나를 자세히 볼 수 있었는데, 마침 그 거인은 거기에 없었습니다. 그래서 우리는 동굴 속으로 숨어 들어가서 구석구석 살펴보았지요. 바구니마다 치즈가 가득 담겨 있었고, 무수한 칸막이 속에는 새끼 양과 새끼 염소가 우글거리고 있었습니다. 가까이 가보니 종별로 나눠 기르고 있더군요. 이른 봄에 낳은 새끼들과 가을에 낳은 새끼를 구별하고, 갓난 것들과 조금 큰 것들을 나눠 놓았어요. 그리고 대접마다 신선한 젖이 가득 차 있더군요. 이때에 동지들은 우선 이 먹을 것들을 배로 실어 나르자고 했습니다만, 나는 끝내 그들의 말을 듣지 않았습니다. 그 거인을 두 눈으로 직접 보고 싶은 호기심 때문이었지요. 우리는 계속 불을 피우고 구운 암소 다리를 신들께 바치면서 동굴 속에 앉아 그가 염소를 데리고 나타날 때까지 기다렸습니다. 이윽고 거인이 돌아온 듯싶었는데 장작을 땅에 쏟아 놓는 소리가 요란하게 들리더군요. 지금까지는 담대했던 우리도 순식간에 겁을 집어먹고 한쪽으로 비켜섰지요. 그는 아무것도 눈치채지 못한 듯 넓은 동굴 속으로 살찐 양들을 모두 몰아넣었는데, 그것들은 모두 암컷뿐이었습니다. 수컷은 우리가 보았던 그 울타리 속에 두었던 것입니다.

문을 닫는 대신에 커다란 바윗돌로 입구를 막았는데, 그것은 22마리의 소가 끄는 네 바퀴 수레로 움직여도 꿈쩍하지 않고, 또 아무리 길고 큰 지렛대로도 들어 올릴 수 없을 만큼 크고 울퉁불퉁한 바위였죠. 우리는 무슨 일이 벌어져도 달아날 수 없다는 사실을 두 눈으로 확인하자 더욱 겁이 났습니다. 그는 동물들에게 먹이를 주고 이것저것을 치우더니 불을 피웠습니다. 그때서야 비로소 우리를 발견한 듯 동굴이 쩡쩡 울리는 소리로 물었습니다.

'아니, 네놈들은 도대체 누구냐? 어디서부터 이 먼 바다를 건너왔단 말인가?'

나는 주눅이 든 목소리로 간신히 말했습니다.

'우리는 트로이 전쟁이 끝나고 귀국하던 아카이아 군사들입니다. 폭풍우를 만나 길을 잘못 들었는데, 아마도 제우스 님께서 계획하신 재앙인 것으로 여겨집니다. 하지만 이렇게 된 이상 당신의 도움을 받고자 합니다. 타국에서 온 우리들을 그저 손님으로 보시고 선물을 내려주십사 하는 것이지요. 그러니 부디 훌륭하신 주인님께서도 신들을 받들고 그들로부터 기쁨을 사도록 하십시오.'

'뭐라고, 별 얼빠진 놈이 다 있구나. 정말로 그 헛소리를 들어보니 타국에서 온 것이 분명하구나. 감히 나를 몰라보고 신들을 두려워하라느니 마라느니 하는 걸 보니. 내가 신들보다도 더 힘이 세다는 것을 모르는 모양이군. 아무튼 너희들이 타고 온 튼튼한 배를 어디에다 매어 두었는지 말해보거라.'

이렇게 말하면서 우리를 달래려고 했습니다만 어림도 없는 수작이었지요. 그래서 저는 꾀를 내어 대답했습니다.

'오, 주인님이시여. 우리는 대지를 뒤흔드는 포세이돈이라는 신의 노여움을 사서 오던 도중에 그만 배가 파손되어버렸습니다. 모두들 바다에 빠져 죽었지만, 우리들만은 용케도 이렇게 목숨을 건지게 된 것이죠.'

내 말이 떨어지자마자 거인은 우리에게 손을 내밀어 두 사람을 붙잡아 강아지처럼 땅 위에 내동댕이쳤습니다. 그러더니 머리가 깨진 그들을 갈가리 찢어 저녁거리로 해치우는 게 아니겠습니까. 우리는 벌벌 떨면서 그 꼴을 보고만 있을 수밖에 없었습니다. 그는 우리는 거들떠보지도 않고 인육을 먹고 방금 짠 젖을 마신 뒤 뿌듯한 듯 양들 사이로 가더니 아무렇게나 누워 코를 골았습니다. 그때 나는 지금이야말로 참았던 분노를 터뜨릴 절호의 기회로 여겼습니다만, 곧 헛수고임을 알고 그만두었습니다. 만약 예리한 칼로 그놈의 심장을 찌른다면 동굴을 막고 있는 그 돌은 어떻게 치울 것입니까. 우린 꼼짝없이 동굴 귀신이 되겠지요. 그래서 그저 한숨만 쉴 뿐, 그냥 새벽이 오기만을 기다렸습니다.

마침내 아침 일찍 장밋빛 손가락을 가진 새벽의 여신이 나타나자, 거인

키클로프스에게 포도주를 따라주는 오디세우스

은 아무 일도 없었다는 듯이 일어나 새끼 양을 어미 양에게 붙여준 다음 불을 지피더니 또다시 우리들 중 두 사람을 붙잡아 요기를 했습니다. 그러고는 어제와 마찬가지로 염소와 양들을 밖으로 몰아내더니 그 육중한 바위를 다시 밀어붙였습니다. 나는 그가 나가 있는 동안 신을 모독하는 놈에게 복수를 하려고 계책을 꾸몄습니다. 그러면 제우스 신께서 명예를 내려주실 테고, 우리는 살아날 수 있으리라 생각했던 겁니다.

드디어 한 가지 묘책을 생각해냈습니다. 나는 키클로프스가 가져다 둔 바위만큼이나 어마어마한 몽둥이를 여섯 자 가량의 길이로 토막토막 잘라서는 그것을 동지들에게 주어 매끄럽게 손질을 하라고 했습니다. 그리고 그 끝을 뾰족하게 깎았습니다. 그런 다음 나는 그것을 받아 들고 활활 타는 불 속에 넣어 시커멓게 그을린 뒤 그것을 동굴 속 깊은 곳의 모래 밑에 감추어 두었습니다. 그러고는 거인이 단잠에 빠졌을 때, 감추어 둔 그 몽둥이를 치켜들어 그 외눈박이 눈알을 찌를 동지를 제비뽑기로 선발했습니다. 그렇게 해서 내가 내심 바랐던 믿음직한 네 사람이 뽑혔지요.

이윽고 해가 지자 거인은 다시 살찐 양이며 염소들을 데리고 들어왔습니다. 어제처럼 부산하게 움직이더니 정말이지, 또다시 거인은 우리들 중 두 사람을 집어내어 저녁식사 채비를 하려는 것이었습니다. 바로 그때 나는 죽을 용기를 다해서 키클로프스에게 이렇게 말을 했습니다. 우리가 가져왔던 향기로운 포도주가 담긴 술잔을 두 손에 받쳐 들고서는 말입니다.

'키클로프스 님, 인간 고기도 좋으시겠지만 이 검은 포도주를 드시면 더욱 좋으실 것입니다. 마셔 보시면 얼마나 향기로운 맛을 지녔는지 아실 겁니다. 정말 맛이 있다면 나를 불쌍히 여기시어 고향으로 돌려보내주십시오. 정말이지 당신은 너무 잔인하십니다.'

그는 그 술잔을 받아 단숨에 들이켜더니, 마치 신주(神酒) 같다면서 한 잔 더 달라고 했습니다. 나는 다시 활활 타오르는 불처럼 반짝이는 포도주를 술잔에 따라 주었지요. 그는 세 번이나 거푸 받아 마시고는 온몸에 술기운이 돌았는지 눈이 풀렸습니다. 그래서 나는 달콤한 목소리로 이렇게 말했지요.

'키클로프스 님, 제 이름을 물었으니 말씀드리지요. 전 우테이스[Noman], '세상에 없는 사람'이라는 뜻입니다. 그럼 어서 약속대로 선물을 주시고 돌려보내주십시오.'

'그럼 나는 너 우테이스를 맨 나중에 잡아먹을 것을 약속하지. 이것보다 더 좋은 선물이 어디 있겠나.'

그렇게 말하자마자 그는 무서운 몸짓으로 하품을 하더니 그대로 쓰러져서는, 비늘이 나 있는 몸을 비스듬히 구부린 채 그대로 쿨쿨 잠이 들고 말았습니다. 숨을 내쉴 때마다 그의 입에서는 포도주와 인육 냄새들이 풍겼습니다. 그때 나는 재빨리 준비해 둔 올리브나무 몽둥이들 잿더미 속에 들이밀었습니다. 그을린 몽둥이에 불이 붙어 시뻘건 숯덩이가 되기를 기다리면서 나는 동지들에게 겁을 집어먹고 망설이는 날에는 우리 모두 몰살당할 것이라고 말했지요.

드디어 그 올리브나무 몽둥이가 벌겋게 달아올랐을 때, 우리는 하나씩 나눠 가지고 거인 곁으로 다가가 올리브나무 몽둥이를 치켜들고 있는 힘을 다해서 동시에 거인의 외눈을 향해 내리꽂았답니다. 나는 얼른 거인 위에 올라앉아서 사정없이 눈을 빙글빙글 돌리면서 파들어 갔지요. 거인의 커다란 눈속에 밀려들어가는 몽둥이 둘레에서는 검은 피가 샘솟듯 치솟았습니다. 그 바람에 둘레의 눈썹과 갈대만큼이나 긴 속눈썹도 타버렸지요. 그러자니 몽둥이의 한쪽 끝이 거의 다 타버리더군요. 그때 거인은 포효하면서 거대한 몸짓으로 버둥거렸는데, 워낙 엄청난 몸부림이었기 때문에 우리에 갇혀 있던 짐승들은 깜짝 놀라서 밖으로 뛰쳐나갔습니다. 이러한 광경을 보고 우리는 겁을 집어먹고 그대로 한쪽 구석으로 숨어버렸습니다. 거인은 눈에 꽂힌 피투성이가 된 몽둥이를 뽑아 멀리 내동댕이치더니 미친 듯이 손을 내저으면서 또 다른 키클로프스들한테 소리를 지르며 도움을 청했습니다. 그들은 바로 근처에 있는 높은 봉우리의 동굴 속에 있었으므로 금방 모여들었습니다. 그들은 동굴 속에는 들어오지 않고 밖에서 물었습니다.

오디세우스가 준 포도주에 취한 키클로프스

'폴리페모스(Polyphemus; 키클로프스들 중 가장 큰 거인)야, 도대체 무슨 꼴을 당했기에 이 성스러운 밤에 그리 엄살을 피우는 것이냐. 설마 인간 애송이들이 너를 때려서 괴롭혔다고 말하지는 않겠지. 우리 거인들의 체면이 있지 말이야.'

'여보게 형제들, 저 우테이스가 나를 속여 죽이려고 했다네.'

그러자 그들이 대답하기를,

'우테이스라니, 그건 '세상에 없는 사람'이라는 말인데. 세상에 없는 사람이 괴롭힌다면 그건 혼자 아픈 것이거나 아니면 제우스 신이 내리신

벌일 거다. 그러니 너도 아버지 포세이돈 신에게 열심히 빌도록 하는 것이 좋겠다.'

그러고는 모두들 그 자리를 떠나버렸습니다. 내가 둘러댄 그 이름 때문에 그들을 깜빡 속여 넘길 수 있었던 것입니다. 키클로프스는 아파서 몸부림을 치다가 일어서더니 문 쪽으로 다가간 다음 그 바위를 밀어 놓았습니다. 그리고 입구에 앉아 두 팔을 펼치고 누구든 양을 훔쳐 나가려는 자가 있으면 막을 자세를 취했습니다. 나도 섣불리 동굴 밖으로 나갈 생각은 없었지요. 생사에 관련되는 일인지라 신중히 생각을 해야 했습니다. 그때 마침 좋은 생각이 떠올랐습니다. 살찌고 털이 수북한 숫양들을 튼튼히 꼰 덩굴로 붙들어 맸습니다. 세 마리를 한 데 엮어 놓고, 그중 가운데 양의 배 밑에 동지들을 숨게 하여 거인에게 들키지 않도록 하는 것이었습니다. 양은 한 사람에 세 마리씩 배당해도 충분했기에 각자 그런식으로 했답니다. 나는 그중에서 특히 몸집이 크고 튼튼해 보이는 숫양을 골라 긴 털이 풍성한 배 밑에 엎드려 죽을힘을 다해 그 털에 매달렸지요. 그 사이에 어느덧 날이 밝자 키클로페스는 밖으로 나가기 전에 고통을 참으면서 양들의 잔등을 일일이 쓸어주더군요. 하지만 우리는 눈치를 채지 못했습니다. 암놈들을 뒤따라서 드디어 문제의 수놈들이 밖으로 나갈 차례였습니다. 솜 같은 털을 잔뜩 짊어지고 나를 매단 채 말입니다. 폴리페모스는 그 수놈의 잔등을 쓸어주면서 이렇게 말하더군요.

'어이, 느림보야. 전에는 다른 양들에게 뒤지는 법이 없더니 전혀 딴판이구나. 주인인 나의 눈알을 슬퍼해서 느릿느릿 가는가보지. 그래 아주 못된 우테이스라는 놈이 나를 포도주로 홀려 놓고는 이 지경으로 만들어버린 거란다. 네가 정말로 충성스럽다면 그놈이 나를 피해 어디로 달아났는지를 들려주겠지. 그런데 너는 말 못 하는 짐승이잖아.'

이렇게 하소연을 한 다음 그는 그 숫양을 놓아주었습니다. 우리는 무사히 동굴을 빠져 나왔는데, 우선 내가 숫양에게서 내린 다음 동지들을 끌어내주었지요. 그러고는 그 양들을 배가 있는 곳으로 몰고 갔답니다. 죽을 고비를 넘긴 동지들은 서로들 감격해서 부둥켜안고 우는 등 소란을 피웠지만, 나는 눈썹을 추켜올리고 단호히 명령했지요. 어서 거인이 쫓아오기 전에 털이 아름다운 양과 염소들을 배에 몰아넣고 출항하도록 말입니다. 이윽고 우리의 배가 섬으로부터 멀리 떨어져 나왔을 때 나는 키클로프스를 향해서 이렇게 외쳤습니다.

'야, 어리석은 키클로프스. 네 집으로 찾아간 손님을 잡아먹는 무도한 놈, 네 못된 소행을 신들은 노여워할 것이다.'

마침 산 쪽으로 불어가던 바람을 타고 그 말이 키클로프스들의 귓속으로 들어갔던 모양입니다. 거인은 한층 더 펄펄 뛰면서 거대한 산봉우리의 꼭대기를 잡아 뜯어서 우리 쪽으로 집어 던졌습니다. 그러자 그렇게 잔잔하던 바다는 거대한 파도와 함께 물결의 방향이 섬 쪽으로 향하기 시작했습니다. 우리는 혼신을 다해 노를 저었지요. 또다시 그쪽으로 끌려갔다가는 그야말로 끝장이 날 테니까요. 마침내 아까의 두 배만큼이나 육지에서 떨어졌을 때, 나는 다시 키클로프스를 향해 외쳤습니다. 이에 동지들은 나의 무모한 행동에 질렸다는 듯이 나를 가로막고 달래더군요.

'무슨 짓을 하는 겁니까. 왜 긁어 부스럼을 만들려고 하는 겁니까. 방금도 배를 다시 육지로 끌어들이려 하지 않았습니까. 또다시 무슨 말을 듣는다면 그때는 더 큰 산을 송두리째 뽑아서 던질지도 모릅니다.'

하지만 나는 막무가내로 기어이 소리를 치고 말았습니다.

'어리석은 키클로프스여, 누군가가 네 몰골이 그토록 흉측하게 되었는지를 묻거든 트로이의 성을 함락시킨 오디세우스, 라에르테스의 아들인

이타카 섬의 군주가 이 꼴로 만들어 놓았다고 전하거라.'

이에 그는 아까와는 달리 탄식을 하듯 말했습니다.

'아, 옛날 어느 늙은 예언자의 말이 맞았구나. 에우리모스(Eurymus)의 아들인 텔레모스(Telemus)가 나에게 예언했었지. 오디세우스라는 자에게 속아서 눈을 잃게 될 것이라고 말이다. 그래서 나는 어떤 굉장한 놈이겠구나 싶었는데, 겨우 하잘것없고 나약한 인간이 겨우 술을 먹여 내 눈을 뽑다니. 자, 이제 네 목숨은 끝장나게 되었노라. 오디세우스여. 너에게 재앙이라는 선물을 내리마. 세상의 이름 높은 대지를 흔드는 신 포세이돈이 내 아버지인 줄이야 몰랐겠지. 그분께선 자신이 원하시기만 한다면 내 눈을 고치는 것은 물론이고, 네놈을 단번에 죽여 없애줄 것이다.'

거인은 곧바로 별이 가득히 반짝이는 하늘에 두 손을 내밀고 포세이돈 신께 빌었답니다.

'아버지시여, 제 말씀을 들어주십시오. 참으로 내가 당신의 아들이라면 당신의 아들을 이 꼴로 만든 저 오디세우스에게 무서운 재앙을 내려주기 바랍니다. 그래도 살아서 돌아가는 것이 신들의 뜻이라면, 가는 동안만이라도 지독한 고생을 겪고 난 뒤에야 돌아가도록 해주시고, 또 집에서는 귀찮은 일들이 벌어져 파멸 직전이 되도록 해주십시오.'

그리고 거인은 또다시 훨씬 큰 바위를 쳐들더니 빙빙 휘둘러서 우리를 향해 내던졌습니다. 그것이 검푸른 뱃머리를 가진 배의 뒤편을 아슬아슬하게 내리쳐 하마터면 배의 키가 파손될 뻔했지요. 그 떨어지는 힘으로 일어난 파도 때문에 우리는 단숨에 반대쪽 해안의 기슭으로 밀려가버렸어요. 드디어 그 염소들의 섬으로 되돌아오니, 거기에는 남겨둔 동지들이 슬프게 탄식하면서 우리를 기다리고 있더군요. 우리는 서로 얼싸안고 기쁨의 눈물을 흘렸습니다.

거인에게서 훔쳐 온 양과 염소들을 그들에게 골고루 나눠준 다음, 나는 제우스 신께 제물로 넓적다리뼈와 살을 구워서 바친 뒤 기도를 올렸습니다. 그러나 신께서 우리의 정성에는 관심이 없고 그저 어떻게 하면 우리의 배와 나의 충성스런 부하들을 송두리째 빼앗아가버릴 것인지를 궁리하고 계셨던 것입니다. 우리는 그날 온종일 맛있는 살코기며 술을 마음껏 즐겼지요. 이튿날 태양이 수평선 위로 모습을 드러냈을 때, 우리는 아쉬움을 남긴 채 그곳을 떠났습니다. 물론 죽음을 면한 것은 고마웠지만, 원통하게도 거인의 손에 죽은 동지들과 함께 떠나지 못했으니까요."

제 10 권
아이올로스, 라이스트리고네스, 키르케

"우리는 그곳을 떠나 바람의 신 아이올로스(Aeolus)가 살고 있는 섬에 도착했습니다. 아이올로스는 히포테스(Hippotas)의 아들로 불사의 신들과 친한 사이지요. 그곳도 바다로 둘러싸인 섬이었는데, 청동으로 성벽을 쌓아 올리고, 성벽 아래에는 매끄러운 바위 벼랑이 솟아 있었습니다. 이 신에게는 여섯 명의 아들과 딸들이 있었는데, 서로를 짝지어 주었기 때문에 그들은 늘 부모 곁에 있으면서 평화로운 나날을 보내고 있었습니다. 우리는 그곳에서 꼬박 한 달 동안이나 귀빈으로 대접을 받았습니다. 그래서 마침내 내가 귀국 이야기를 꺼냈더니 아이올로스가 기꺼이 도와주더군요. 그리고 특별히 아홉 살짜리 암소 가죽으로 만든 자루에 온갖 바람을 넣어주시더군요. 크로노스의 아드님인 제우스 신께서 그에게 바람을 관리하도록 했으니까요. 그는 그 가죽 부대를 반짝이는 은끈으로 바람이 새어 나오지 않도록 배의 한쪽 구석에다 단단히 붙들어 매어주더군요. 그리고 우리 배에는 서풍을 보내 순항하도록 해주셨지만, 실제로는 그의 의도대로 되지는 못했답니다. 모든 것들이 우리의 무분별한 행동 때문이었지요.

그곳을 떠나 9일 동안을 밤낮없이 부지런히 배를 몬 우리는 열흘째 되던 날 드디어 고국 땅이 눈에 들어왔습니다. 신호의 불을 피우고 있는 사람의 모습이 보일 정도로 가까워지자 나는 그동안의 긴장이 풀어졌기 때문인지, 쏟아지는 잠을 견뎌낼 수가 없어 그만 깜빡 잠이 들어버렸습니다. 동료들은 막상 고향이 눈앞에 보이자 이제까지의 고생은 잊어버린 채 가족 친지들에게 자랑 삼아 보여줄 선물을 놓고 서로 쑥덕거렸습니다. 자루 속에 금은보화가 잔뜩 있을 거라고 여긴 동료들은 내가 잠든 틈을 타 그만 가죽 부대를 풀어 헤치고 말았습니다. 가죽 부대를 조금 열었을 때부터 그 속에 있던 온갖 바람들이 걷잡을 수 없이 불어 나와 우리가 탄 배를 고국으로부터 멀리 떨어진 큰 바다로 휩쓸고 가버렸습니다. 잠을 깬 나는 허탈감을 금할 수가 없었습니다. 그대로 배에서 뛰어내려 죽어버리고 싶을 정도였으니까요. 나는 모든 것을 팽개친 채 옷을 뒤집어쓰고 배 안에 누워 있기만 했습니다. 그런데 놀랍게도 우리의 배는 다시 아이올로스 섬에 닿게 되었습니다. 어쩔 수 없이 우리는 또다시 아이올로스의 궁전을 찾아갔습니다. 때마침 그는 가족들과 함께 식사중이더군요. 다시 나타난 우리를 보고 아이올로스는 깜짝 놀라며 물었습니다.

'아니, 오디세우스 님. 도대체 무슨 악령이 당신을 덮쳤단 말이오? 우리

는 당신들이 무사히 귀국할 수 있도록 성의를 다했는데 말이오.'

나는 어쩔 수 없이 그의 정성을 여지없이 무너뜨린 동료들의 소행을 고했지요. 나의 애절한 목소리가 목구멍에서 사라지자마자 아이올로스 왕이 호통을 쳤습니다.

'어서 이 섬에서 물러나도록 하라. 목숨을 가진 온갖 것들 중에서도 가장 파렴치한 자들이구나. 나는 너희처럼 신의 노여움을 산 인간들을 도와줄 수 없도다. 썩 물러나가도록 하라! 신들의 저주를 받지 않고서 어찌 그런 일이 벌어지겠는가.'

당장 궁전에서 쫓겨난 우리는 어쩔 수 없이 다시 배를 타고 힘없이 노를 저었습니다. 우리의 어리석음을 바람의 신 아이올로스마저 괘씸히 여겨서인지 더 이상 순풍도 불어오지 않더군요. 우리는 밤낮으로 배를 몰았고 마침내 7일째 되던 날 라이스트리고네스 인들(the Laestrygonians)이 사는 바위투성이의 험준한 성채 텔레퓌로스(Telepylus)가 보였습니다. 이곳에는 목동들이 많이 살고 있었는데, 잠을 자지 않고 일하는 사람은 품삯으로 배를 받을 수 있는 곳이었지요. 해안의 주위에는 깎아지른 듯한 낭떠러지가 계속되었습니다. 한쪽 입구만이 겨우 배가 들어설 수 있을 만큼의 빈곳이 있더군요. 그래서 우리는 그곳에 배를 매어놓았답니다. 그중에서도 나는 나의 검은 배를 바깥쪽인 항구의 맨 끝 바위에다 굵은 밧줄로 매어놓았습니다. 전망이 좋은 언덕으로 올라가 주의를 살펴보았지만 사람이나 소 등은 발견할 수 없었고, 단지 한 줄기 솟아오르는 연기를 보았습니다. 그래서 나는 그곳으로 동지 세 명을 염탐꾼으로 보냈지요.

그들은 연기가 오르는 곳으로 가다가 아르타키에(Artacia) 샘터에서 그곳의 왕인 안티파테스(Antiphates)의 공주를 만났습니다. 그녀의 안내로 지붕이 높이 솟은 궁전으로 들어간 그들은 몸집이 산만큼 거대한 왕비를 만났습니다. 그녀는 곧 집회를 하고 있던 왕을 불러왔습니다. 하지만 거기서도 재앙은 도사리고 있었습니다. 안티파테스는 그들을 보자마자 동료들 중 한 사람을 붙잡아 식탁 위에 올리고 말았던 것입니다. 이에 혼비백산한 두 사람은 우리가 기다리고 있는 곳까지 줄행랑을 쳤습니다. 그러자 우리들을 잡으려고 혈안이 된 왕은 성 전체에 수색 명령을 내렸습니다.

라이스트리고네스 사람들은 구름떼처럼 해안으로 몰려왔습니다. 그들은 인간으로서는 도저히 상상할 수 없을 만큼 거대한 체구였습니다. 그들은 산 위에서 큰 바윗덩이를 떼어내 우리의 배를 향해 마구 던졌습니다. 그 바위에 깔려 죽은 사람도 있었고, 그들이 던진 창에 찔려 죽은 사람도 있었으며, 그들은 쓰러진 우리 동료들을 끔찍스럽게도 그들의 식탁 위에 올리기 위해 옮겨놓곤 했습니다. 그들이 깊숙한 항구 안에서 다른 동지들을 쫓고 있을 때 나는 재빨리 그곳으로부터 빠져나와서 한쪽에 매어두었던 배의 닻줄을 끊고 남은 동지들에게 있는 힘을 다해 노를 저으라고 명령했지요. 물 가운데로 쏟아지는 바위들을 피해 정신없이 노를 저어 마침내 바다로 빠져나왔습니다. 안도의 한숨을 쉬고 뒤돌아보니까 이미 다른 배들은 모두 다 파손되어버렸더군요.

그다음에 이른 곳은 아이아이 섬(the Aeaean island)이었습니다. 그곳에는 마법사 아이에테스(Aeetes)의 누이이자, 사람의 목소리로 말을 하고, 올림머리는 아름답지만 무서운 여신 키르케(Circe)가 살고 있었습니다. 이들은 '대양의 신' 오케아노스(Oceanus)의 딸 페르세(Perse)와 태양신 헬리오스(Helios) 사이에서 태어났지요. 우리는 바닷가의 숲에 배를 숨기고는 피곤과 실의에 지쳐 이틀이나 늘어져 있다가, 마침내 사흘째 되던 날

오디세우스의 동료를 쓰러뜨리는 안티파테스와 그의 아내

아름다운 새벽의 여신이 밝게 비추었을 때, 나는 벌떡 일어나 창과 날카로운 단검을 챙긴 후 사방을 둘러볼 수 있는 높은 언덕으로 올라갔습니다. 나는 길이 넓어지는 곳에서 연기가 피어오르는 것을 볼 수 있었습니다. 그곳은 키르케의 궁전이었습니다. 나는 일단 눈여겨보아둔 다음, 다시 내려와서 식사를 한 뒤 동지들을 염탐하러 보내기로 했습니다.

내려오는 길에 마침 커다란 수사슴을 발견했습니다. 어느 신께서 저를 가엾게 여겨 보내주신 겁니다. 마침 가지고 있던 청동창을 던져 사슴의 등을 명중시켰습니다. 그 녀석이 어찌나 무거운지 겨우 매고 동지들이 있는 곳으로 돌아왔지요. 실의와 피곤에 지친 동지들은 사슴을 보자 뒤집어쓰고 있던 옷을 내동댕이치면서 벌떡 일어나 신나게 요리를 했습니다. 이렇게 해서 그날은 태양이 질 때까지 그곳에 앉아 산더미 같은 고기와 달콤한 포도주로 마음을 달랬습니다. 밤이 가고 새벽의 여신이 깨어났을 때, 나는 동지들을 불러놓고 말했습니다.

'동지들, 우리가 이렇게 막연히 있어서는 안 되오. 또다시 어떤 위기가 닥칠지 누가 아는가. 그러니 이제 이 섬을 한번 살펴보고 안전한지 여부를 알아봐야겠네. 내가 아까 잠시 나가서 주위를 살펴보니 이 섬 주위는 끝없는 바다로 빙 둘러싸여 있고, 섬 한복판에 있는 숲에서 연기가 피어오르는 것을 보았다네.'

이렇게 말하자 순간 모두들 표정이 굳어지면서 눈물을 뚝뚝 흘렸습니다. 라이스트리고네스의 왕 안티파테스와 야만스런 외눈박이 살인귀 폴리페모스를 상기했기 때문이었지요. 하지만 그대로 있을 수는 없어서 나는 동지들을 두 패로 나누어 각기 대장을 정해주었습니다. 나와 다른 한쪽의 대장으로 지명된 사람은 신을 닮은 용모를 지닌 에우릴로코스(Eurylochus)였습니다. 그는 청동을 끼운 가죽 투구 속에 넣은 제비를 뽑아 지명되었고, 그에 소속된 22명의 동지들은 우리들을 남겨둔 채 울면서 떠나갔습니다.

그들은 내가 일러준 길로 나가 돌로 깎아 만든 키르케의 저택을 찾아낼 수 있었습니다. 주변에는 아름다운 숲이 우거져 있었고, 그 부근에는 유독 늑대며 사자들이 많이 있었습니다. 그것들은 불행히도 키르케가 먹인 약초 때문에 그렇게 짐승으로 변한 것입니다. 그래서 그 짐승들은 인간에게 달려들기는커녕, 오히려 꼬리를 흔들면서 재롱을 피웠습니다. 그것을 알 리 없는 그들은 이 무서운 짐승을 보고 두려움을 느끼며 키르케의 저택 앞에서 서성거리고 있을 때, 키르케의 고운 노랫소리가 들려왔습니다. 여자의 노랫소리에 마음이 놓인 그들은 용기를 내서 문을 두드렸습니다. 그랬더니 그 여자는 곧장 빛나는 문을 열고 그들을 반갑게 맞아들였습니다. 다들 별 의심 없이 따라 들어갔지만, 에우릴로코스만은 마음이 내키지 않아 약간 떨어진 뒤쪽에 앉아 있었습니다. 키르케는 그들을 팔걸이의자에 앉게 하고는 상냥한 미소를 띠며, 치즈와 함께 보릿가루와 노란 벌꿀을 프람노스산(Pramnian)인 붉은 포도주에 타서 내놓았어요. 그 음식물에는 고향을 모두 잊게 하는 야릇하고 무서운 마법의 약을 섞어 놓았는데, 이것을 알 리가 없는 동지들은 그것을 깨끗이 먹어치웠답니다. 그러자 키르케는 가지고 있던 지팡이를 휘둘러서 그들을 돼지로 만든 다음 돼지우리에 가두어버렸습니다.

한편 뒤쪽에서 눈치를 살피고 있던 에우릴로코스가 재빨리 그곳을 빠져나와 우리에게 이 어처구니없는 참변을 알려주었습니다. 그는 나를 보자마자 말보다는 눈물을 먼저 흘렸습니다. 우리는 그의 표정에서 심상치 않은 기미를 알아차리고 얼른 다그쳐 물었지요. 그러자 그는 겨우 입을 열었습니다. 나는 그 이야기를 듣자마자 비장한 각오를 하고 벌떡 일어나 청동 칼과 활을 둘러메고는 그에게 길을 안내하라고 했습니다. 그러자 그는 두 손으로 내 옷자락을 붙잡고 극구 만류했습니다. 어차피 그들은 그렇게 되었으니 우리들만이라도 빨리 피하자는 것이었지요. 나는 차마 겁에 질려 애원하는 그를 앞장세울 수가 없어 그냥 나 혼자 마술 약을 잔뜩 가진 키르케의 궁전으로 향했지요. 내가 막 잠입해 들어가려는데, 마침 황금 지팡이를 가진 헤르메스 신이 저쪽에서 걸어오는 것이 보였습니다. 그 모습은 이제 겨우 부드러운 솜털이 나기 시작한 미소년 같더군요.

오디세우스의 부하들을 돼지로 만든 키르케

그는 나를 불러 세우고는, 내 손을 잡더니 이렇게 말했습니다.

'어허, 운이 나쁜 그대가 이번에는 또 어디로 가시려는가. 당신의 부하들은 이미 돼지가 되어 저기 키르케의 저택에 갇혀 있다네. 보아하니 그대는 그들을 구출하러 왔구먼. 어림도 없는 일이지. 그대도 결국 그 꼴이 되고 말 텐데. 하지만 나를 만난 이상 내 말만 들으면 모든 게 해결되지. 재난에서 그대를 구해내고 무사히 지켜줄 약초를 그대에게 주겠네. 그럼 키르케의 요술에 대해 모두 말해 줄 테니 잘 듣도록 하게. 그녀는 우선 여섯 가지 음식을 섞어서 만든 마술의 즙을 만들어줄 걸세. 그러나 이 약초만 있으면 염려하지 않아도 되지. 그것이 실패로 돌아가 키르케가 당신을 향해 긴 지팡이를 들고 덤벼들거든, 용감한 당신은 한 발자국도 물러서지 말고 날카로운 검으로 그녀에 맞서는 거야. 단칼에 죽여 버릴 듯한 기세로 말이지. 그러면 그녀는 겁을 먹고는 달콤한 미소와 함께 그대를 침대로 끌어들일 것일세. 그때 그대는 모두를 위해 그것을 거절하지 말아야 하네. 하지만 그 전에 그녀에게 신들을 두고 다짐을 받아 놓는 것을 잊어서는 안 되네. 앞으로는 절대 그대에게 어떠한 재앙도 꾸미지 않겠다는 맹세를 말이야. 그대가 무기도 없는 벌거숭이가 되어 있을 때 어떤 음모를 꾸밀지도 모르니까 말이야.'

아르고스의 살해자인 헤르메스는 약초를 나에게 건네주면서 이렇듯 상세하게 대책을 알려주더군요. 그것은 우유 빛깔의 꽃을 피우고 뿌리가 검은 풀로, 신들은 이것을 몰리(Moly)라고 부르지요. 이 약초야말로 요술로부터 모든 것을 풀어주지만 인간은 설령 발견한다고 해도 파낼 수 없답니다. 헤르메스가 돌아간 뒤 나는 이것저것 착잡해진 마음으로 여신의 저택 입구로 다가가서는 소리 높이 외쳤지요. 그녀는 아름다운 모습으로 나타나서는 빛나는 문 속으로 나를 불러들였습니다. 나는 안으로 들어가 온갖 장식으로 꾸며진 팔걸이의자에 앉았습니다. 그러고는 역시 헤르메스의 말대로 황금 술잔에 든 혼합 음료를 주기에 기꺼이 마셨습니다. 하지만 마술은 조금도 걸리지 않았습니다. 그것을 알 리 없는 키르케는 지팡이로 나를 내리치면서 외쳤습니다.

'자, 어서 돼지우리로 꺼져라. 네 동료들이 거기에서 기다리고 있을 테니까.'

이렇게 말할 때 나는 날카로운 청동검을 허리에서 뽑아들고 서슬도 퍼렇게 그 마녀를 향해 휘둘러댔습니다. 그랬더니 여신은 비명을 지르면서 내 칼끝을 피해 무릎을 잡고 매달렸습니다. 그러고는 겁먹은 소리로 눈물을 흘리면서 말했습니다.

'당신은 분명 계책에 능한 오디세우스 님이시군요. 그분이 아니라면 결코 마술을 벗어나지 못했을 터인데, 틀림없군요. 헤르메스 신께서 늘 나에게 경고하기를, 그분이 트로이로부터 검은 배를 타고 귀국하는 도중에 이곳에 들를 거라고 했었지요. 아무튼 이젠 저를 용서해주시고 사랑의 달콤한 꿈속에 빠지기 위해 침실로 가세요.'

나는 칼을 그대로 든 채 그녀에게 이렇게 말했습니다.

'키르케 님, 어찌 그렇게 친절해지시는 거지요? 내 동지들은 어떻게 하셨소? 나를 그들과 같은 꼴로 만들어버리려고 계략을 꾸미다가 이제 와서 침실로 가자니, 아니 되오. 난 당신을 믿을 수 없어요. 당신께서 진정으로 나를 원하신다면 신께 맹세를 해주세요. 앞으로는 결코 나에게 못된 재앙을 꾸미지 않겠다고 말입니다.'

그러자 여신은 곧 그렇게 하겠노라고 맹세했습니다. 그녀는 먼저 나를 욕실로 데려갔습니다. 잘 닦은 청동 통에 물이 알맞게 데워지자 키르케는 나를 그곳에 앉힌 뒤 향유를 섞은 물을 머리와 두 어깨에 골고루 부어주었습니다. 그러고는 향긋한 올리브유를 내 온몸에 듬뿍 바르고는 부드러운 손끝으로 정성껏 마사지를 해주었습니다. 그동안의 재앙과 고난에서 온 피로가 말끔히 씻겨나가는 듯했지요. 목욕이 끝나자 이번에는 아름다운 속옷과 겉옷을 걸쳐주고는 내 손을 잡고 휘황찬란한 은식기가 진열된 식탁으로 안내했습니다. 하지만 나는 또 어떤 재앙이 나를 기다리고 있을 것 같아 마음이 내키지 않더군요. 이렇듯 내가 그저 앉아 있기만 할 뿐 먹을 것에 관심을 두지 않고 저주스러운 어두운 생각에 빠

키르케에게 귀국길을 부탁하는 오디세우스

져 있는 것을 보자, 키르케는 이내 다정한 목소리로 나에게 말을 걸어왔습니다.

'오디세우스 님, 왜 그리 음식을 본체만체하시는 건가요. 무슨 또 다른 계책이라도 있을까봐 그러시나요! 결코 아무 걱정도 하실 필요 없답니다. 이미 당신께 해로운 일은 꾸미지 않겠다고 맹세했지 않습니까.'

'키르케 님, 정신 있는 사람이라면 생사고락을 같이 해온 동지들의 불행을 어찌 보고만 있을 수 있겠습니까. 어찌 혼자만 훌륭한 음식을 먹을 수 있겠습니까. 그러니 진심으로 내가 먹고 마시고 즐거워하길 바란다

면, 부디 그들을 자유롭게 풀어주십시오.'

내 말을 들은 키르케는 곧바로 돼지우리로 가더니 그 속에서 눈물을 흘리고 있던 수퇘지들을 밖으로 내몰았습니다. 그러고는 우왕좌왕하는 그들에게 뭔가 색다른 약을 발라주었습니다. 그러자 그들을 덮고 있던 흉측스러운 뻣뻣한 검은 털은 말끔히 빠져버리고 전보다도 한층 젊은 남자들로 되살아났습니다. 다시 사람으로 되돌아온 그들은 궁전이 떠나갈 듯이 울면서 나에게 매달렸습니다. 그것은 표독스러운 여신의 마음마저 움직일 정도로 감격스러운 장면이었습니다. 여신은 친근하게 내 옆으로 다가와서 말했습니다.

'라에르테스의 아들이신 지혜로운 오디세우스 님, 해변가에서 그대들이 돌아오기를 학수고대하는 동지들을 생각해보셨나요. 어서 그들을 데리고 오세요.'

그래서 나는 동지들이 기다리고 있는 배로 갔습니다. 나를 본 동지들은 마치 어미 소를 기다리는 송아지처럼 눈물을 글썽이며 우르르 몰려들었습니다. 아마 돌아가신 어머니가 살아온다고 해도 그렇듯 반가워하지는 않았을 겁니다. 내 입에서 무슨 좋은 소식이나 기쁜 명령이 떨어지기를 고대하고 있는 그들에게 나는 기세등등하게 입을 열었지요.

'모두 나를 따라오도록 하라. 우리의 동지들이 키르케의 궁전에서 맛있는 음식과 편안한 침실을 마련해두고 그대들을 기다리고 있다. 떠나기 전에 우선 배를 안전하게 육지로 끌어 올리도록 하라. 그리고 재물과 도구는 모두 끌어내 동굴 속에 넣어두는 것이 안전하겠지.'

내 말이 떨어지자마자 그들은 환호성을 지르며 기뻐했습니다. 그러나 에우릴로코스만은 근심스러운 표정으로 나의 명령을 거부했습니다.

'아, 어리석은 자들이여. 도대체 어디로 가겠다는 말인가. 어째서 자네들은 그 같은 재앙을 자청하려는 것인가. 키르케의 집으로 가다니, 자네들마저 돼지우리로 들어가겠다는 말인가. 전에도 이런 일이 있었지. 키클로페스에게 잡아먹힌 우리 동지들의 참변을 벌써 잊었단 말이냐. 모든 게 다 무모한 오디세우스 때문이었지. 그런데 또다시 이자의 말을 믿으려 하느냐.'

그의 말에 나는 분노를 참을 수 없어 당장 칼집으로 손이 갔지만, 다른 동지들의 재촉과 만류에 그냥 화난 얼굴로 길을 떠났지요. 하지만 산모퉁이를 돌 무렵 어느새 에우릴로코스의 모습도 보이더군요. 우리가 저택으로 다시 들어갔을 때, 다른 동지들은 이미 목욕을 끝내고 키르케가 내준 부드러운 털옷으로 갈아입고 있었습니다. 우리는 서로 부둥켜안고 집이 떠나갈 듯이 통곡을 했습니다. 이때 여신 키르케가 내 곁에 다가와서 살며시 속삭였습니다.

'나도 여러분들이 그동안 얼마나 많은 재앙을 겪어 왔는지를 잘 알고 있습니다. 물고기가 가득한 바다에서나 외눈박이 거인으로부터 받은 재앙도, 그리고 성질이 고약한 사람들로부터 겪은 많은 일들을 이미 알고 있답니다. 하지만 이제는 이렇게 울고 짤 이유가 없지 않습니까? 그러니어서 요리와 포도주로 영양을 보충한 다음 충분히 자도록 하세요. 그러면 새로운 용기가 처음 바위가 많은 이타카 섬 고향을 떠나올 때만큼이나 가슴속에 솟구칠 것입니다.'

우리는 여신의 호의로 1년이라는 세월을 그곳에서 보냈습니다. 매일같이 고기와 포도주로 향연을 벌이면서 꼬박 1년이 지나고 계절이 한 바퀴 돌았을 때, 충성스러운 나의 동지 가운데 한 사람이 나를 부르더니 이렇게 말했습니다.

'이게 웬일입니까. 설마 고향을 잊으신 것은 아니겠지요? 이제는 고향

생각을 하셔야 하지 않겠습니까?'

그의 말을 새겨들은 나는 여느 때와 다름없이 키르케의 호화로운 이불 속에 몸을 누인 뒤 그녀의 손목을 붙잡고 간청을 했지요.

'키르케 님, 이젠 고향으로 보내주겠다던 약속을 지켜주실 때가 되었을 듯합니다. 이젠 동지들은 물론이고 나도 무척이나 고향으로 돌아가고 싶답니다. 그들은 틈만 있으면 나에게 몰려와 어찌 된 일이냐면서 재촉을 해댑니다.'

'제우스의 후손인 라에르테스의 아들로서 지혜 많으신 오디세우스 님. 물론 그대들이 원하신다면 언제든지 돌려보내드릴 수도 있습니다. 하지만 그 전에 우선 다른 곳으로 여행할 필요가 있어요. 명왕 하데스와 그의 부인 페르세포네(Persepone)의 궁전으로 가서 테베 사람이었던 눈먼 예언자 테이레시아스(Teiresias)의 영혼에게서 신탁을 받아야만 합니다. 그 사람은 몸은 비록 죽어 있지만 영혼만은 살아 있어서 아직도 모든 일을 행하고 있지요.'

그녀의 말에 나는 눈앞이 캄캄해졌습니다. 정말 이제 더 이상 견뎌낼 재간이 없을 듯했으니까요. 실의에 찬 눈물과 한숨으로 몸부림을 치다가 할 수 없이 그녀에게 여러 가지를 물어보았어요.

'키르케 님, 명왕이 있는 곳은 아무도 모르지 않습니까?'

'제우스의 후손인 오디세우스 님, 그곳으로 가는 길을 모른다고 해도 걱정하실 것은 없습니다. 당신은 그냥 흰 돛을 크게 펼쳐주기만 하면, 그 다음엔 북풍이 그대들을 이끌어줄 것입니다. 그래서 세계 끝의 큰 강인 오케아노스를 건너기만 하면 풀로 무성한 페르세포네 강변과 동산이 있을 것입니다. 그곳에 배를 끌어 올려놓고, 당신은 어둡고 음산한 하데스의 궁을 찾아가는 것입니다. 하데스의 궁에는 아케론 강(Acheron; 고대 그리스 인들은 하데스가 다스리는 저승에는 망자들이 반드시 거쳐야 할 다섯 개의 강이 흐른다고 믿었다. 고통의 강 '아케론'은 망자가 저승 입구에서 만나는 첫 번째 강이다. 그 강은 늪으로 가득 차 있어 거의 흐르지 않았다. 망자는 뱃사공 카론(Chron)이 모는 나룻배에 몸을 싣고 아케론 강을 건너며, 자신의 죽음에서 오는 깊은 고통을 천천히 씻어냈다. 비탄과 통곡의 강 '코키토스(Cocytus)'는 망자가 건너는 두 번째 강이다. 얼음보다 차가운 물이 흐르는 그 강에 망자는 모든 시름과 비통함을 내려놓았다. 세 번째 강인 '피리플레게톤'은 코키토스와 정반대인 불의 강이다. 뜨거운 열기에 물과 진흙이 끓어오르는 이 강에서 망자는 남아있는 감정들을 완전히 태워버렸다. 네번째 만나는 것은 망각의 강 레테(Lethe). 이 강물을 마시면 이승에서의 일을 모두 잊는다. 다섯 번째 강이 두려움과 증오, 우울함, 약속의 강인 '스틱스'이다.)으로 흘러들어가는 피리플레게톤 강(Pyriphlegethon)과 스틱스 강(Styx)의 지류인 코키토스 강(Cocytus)이 있을 것입니다. 그 두 강물이 합류하는 지점 근처에 커다란 바위가 있을 테니, 그곳으로 바싹 다가서 적당한 곳에 한 자 정도의 크기로 구멍을 파세요. 그리고 그 구멍의 둘레에 모든 혼들을 위한 공양의 술을 붓도록 하세요. 처음엔 향기로운 꿀을 탄 것, 그다음에는 달콤한 포도주를, 세 번째는 물, 맨 나중에는 그 위에다 흰 보릿가루를 뿌려주세요. 그리고 나서 힘 빠진 넋을 향해 열심히 기도를 드리는 것입니다. 고향인 이타카 섬으로 돌아가게만 해준다면 암소 중에서도 새끼를 낳지 않은 깨끗하고 훌륭한 것을 제물로 바치겠으며, 그것을 구울 불로는 여러 가지 좋은 물건을 잔뜩 해드리겠노라고 말하면서요. 그리고 테이레시아스를 위해서는 검은 양을 따로 준비해두겠다고 하세요.

이렇듯 간절한 맹세와 기도를 드린 후 검은 새끼 양을 어둠 속에서 목을 비틀어 죽인 뒤 제물로 바치세요. 그때 당신은 강물이 흐르는 쪽을 찾아, 되도록 멀리 떨어진 곳으로 얼굴을 돌리고 있어야 합니다. 그러면 마침내 이승을 떠난 혼령들이 우르르 몰려들 것입니다. 이때를 놓치지 말고 당신의 동지들을 시켜 신속하게 이미 죽은 양들의 가죽을 벗겨 불태운 다음 제물로 바치고는 다시 하데스와 그의 부인 페르세포네를 향해 기도를 올려야 합니다.

한편 동지들이 기도를 올리고 있을 동안 당신은 영혼들의 우두머리인 예언자 테이레시아스가 찾아와서 이야기를 들려줄 때까지 칼을 들고서 힘 빠진 망령들이 제물의 피로 접근하지 못하게 해야만 합니다. 그는 당신에게 여행에 관한 일이며 도중의 일, 귀국 절차 등에 대해서 들려줄 테니까요.'

얼마 뒤 황금의자에 앉은 새벽의 여신이 나타나자 키르케는 내게 옷을 입혀주고는 얼른 동료들에게 돌아가 출발을 서두르라고 했습니다. 나는 동료들을 모두 모아놓고 우리가 해야 할 일을 전했습니다.

'드디어 우리가 이곳을 떠나야 할 때가 온 것 같소. 하지만 기뻐하기에는 아직 이르지. 자네들은 이 길이 바로 그리운 고국으로 향한 길이라고 기대하고 있겠지만, 키르케 님이 우리에게 가르쳐준 길은 그게 아니라네. 우리는 그 전에 하데스와 그의 왕비 페르세포네의 궁전으로 가서 테이레시아스한테 점을 쳐야만 한다네.'

뜻밖의 소식에 그들은 그만 그 자리에 주저앉아 울고불고 난리를 쳤습니다. 너무도 안타까운 마음에 머리털을 쥐어뜯으면서 통곡을 했지요. 그러나 어쩔 수 없이 우리를 기다리고 있는 검은 배를 향해 떠났습니다. 그곳에는 이미 키르케가 나와 있었는데, 그녀는 검은 빛깔을 띤 새끼 양 암컷을 배에 매어두고 우리를 기다리고 있더군요."

제 11 부

저승세계를 찾아간 오디세우스

"해안에서 기다리고 있던 키르케는 우리 배가 바다로 내려지자 우리의 생명이나 다름없는 순풍을 돛에 잔뜩 보내주었습니다. 마술의 여신 키르케 덕분에 돛은 내내 팽팽해 있었으며 우리 배는 전속력으로 앞으로 나아갔습니다. 이윽고 태양이 지고 바다가 붉게 물들어갈 무렵 우리 배는 오케아노스 끝에 이르렀습니다. 그곳은 킴메리오이 족들(Kimmerioi, 영어로는 the Cimmerians; 대지를 둘러싸고 흐르는 오케아노스 강의 경계인 서쪽 끝에 산다. 그들의 나라는 어둠과 안개에 싸여 태양이 전혀 비치지 않아 어둠에 묻혀 있다고 하며, 하데스가 다스리는 저승의 입구로 여겨졌다.)의 도시가 있는 곳으로서 항시 어둠과 짙은 안개가 덮여 있었습니다. 그래서 태양이 넓은 하늘로 올라갈 때에도, 지상으로 내려올 때에도 그곳 인간들에게는 저주스런 어둠만이 있었지요. 우리는 그곳에 닿자마자 배를 육지에 대고 양들을 끌어낸 다음, 또다시 오케아노스 강의 줄기를 따라 키르케가 가르쳐주었던 곳까지 끌고 갔지요. 나는 그곳에서 청동 검을 뽑아 들고서는 길이와 넓이가 모두 한 자 정도 되는 구덩이를 팠습니다. 그다음 키르케의 말대로 구덩이에 공양주를 따라 모든 망령들에게 바쳤습니다. 그리고 이타카 섬으로 돌아가면 많은 제물을 바치겠다고 기도를 올렸습니다.

이렇듯 기도를 마친 다음, 양들의 목을 베어 그 피를 파놓은 구덩이 속에 쏟아 붓자 거무스름한 피를 따라 온갖 망령들이 어둠 속으로부터 몰려들었습니다. 피지도 못한 채 죽은 아리따운 소녀의 혼, 미혼의 젊은이,

제물을 구하기에 급급했던 구두쇠, 착한 처녀로서 새로운 슬픔을 가슴에 품은 아가씨, 또 청동의 창에 찔려 죽은 수많은 젊은이들, 전쟁터에서 창에 맞아 피투성이가 된 무사들, 태어나자마자 죽은 어린 영혼에 이르기까지 모두가 구덩이 주위로 몰려들어 아우성을 치는 바람에 나는 질겁했습니다. 그래도 나는 정신을 바짝 차리고 키르케가 일러준 대로 동지들에게 하데스와 그의 아내 페르세포네에게 제물을 바치고 기도하라고 명령을 했지요. 한편 나는 날카로운 검을 허리에서 뽑아 들고 피를 막고서 테이레시아스의 망령을 기다리면서 다른 망령들이 접근하는 것을 물리쳤습니다.

맨 먼저 찾아온 것은 나의 동지였던 엘페노르(Elpénor)의 혼이었습니다. 키르케의 저택에서 떠나오기 직전에 지붕에서 술을 먹다가 떨어져 죽은 자기 장례를 치르지 않고 그냥 떠난다면 신의 노여움을 살 게 분명하니, 자신의 무덤을 만들어달라고 했습니다. 그러는 동안 도량이 넓은 아우톨리코스(Autolycos; 도둑질과 사기술의 명수. 헤르메스와 키오네의 아들이며, 오디세우스를 낳은 안티클레이아의 아버지이다.)의 딸인 나의 어머님 안티클레이아(Anticleia)의 혼이 다가왔지만, 나는 그분조차도 막아섰습니다. 그야말로 비장하고도 비정한 투쟁이었지요. 내가 성스러운 일리오스를 향해 출정했을 때 헤어진 이후 어머니는 돌아가셨던 것입니다. 나는 그런 어머님조차 위로해드릴 수가 없었습니다.

드디어 테베 사람 테이레시아스의 망령이 황금 지팡이를 짚고 유유히 나타났습니다. 그쪽에서 먼저 나에게 말을 걸어왔습니다.

'제우스의 후손인 오디세우스여, 무슨 일로 장밋빛 태양을 버리고 이렇게 험한 곳을 찾아왔는가. 아무튼 그 날카로운 청동 칼을 거두고 구덩이를 비켜나게나. 내가 그 피를 마시고 틀림없는 신탁을 말할 수 있도록 말

이야'

 거무스름한 피를 마신 그 훌륭한 예언자는 비로소 기운을 차리고 말을 이었습니다.

 '명예로운 오디세우스여, 그대는 달콤하고 즐거운 여행을 기대하는군. 하지만 그대의 희망과는 달리 대지를 뒤흔드는 신 포세이돈이 그대를 놓아주지 않으려 하는군. 자네는 사랑하는 그의 아들 폴리페모스를 장님으로 만들어버린 원수이니까 말이야. 그래도 그대가 뛰어난 계책과 용기로 모든 재앙을 극복해나간다면 귀국이 불가능한 것은 아니네.

 먼저 황색 바다를 무사히 빠져나가, 튼튼하게 만들어진 검은 배를 드리나키에 섬에 정박시켰을 때의 일인데, 그곳에는 태양신의 암소와 양 떼가 풀을 뜯고 있을 것이네. 만물을 지배하시는 신의 가축들인 그 소나 양들에 대한 욕심을 버린다면, 그런대로 재난을 무릅쓰고라도 이타카 섬으로 돌아갈 수 있을 것이네. 하지만 그 소나 양에게 어떤 해를 끼친다면 그대들은 결코 파멸을 면치 못할 것이다. 그대만은 살아남을지도 모르지만, 더없는 재앙을 또다시 겪은 다음에야 동지들도 모두 잃은 채 형편없는 몰골로 귀국하게 될 것이다. 또 오랜 세월이 지난 후 가까스로 집에 돌아간다 해도 거기에 다시 재앙이 기다리고 있을 것이네. 무례한 사나이들이 그대의 아내 페넬로페를 향한 청혼을 구실로 그대의 재산을 탕진하고 있을 것이네. 그러한 청혼자들을 그대는 반드시 청동창으로 다스려야 하네.

 그대야말로 손에 착 붙는 좋은 노를 잡고, 사면이 산으로 둘러싸인 인간의 땅으로 가야만 하네. 그곳에서 어떤 길손을 만나게 될 텐데, 그 사나이가 그대에게 겨를 까부는 키가 그대의 탄탄한 어깨 위에 짊어져 있다고 말하거든, 즉시 가져간 노를 대지 위에 꽂아놓고 훌륭한 제물을 포세이돈 님께 바쳐야 한다네. 암컷의 새끼 양과 황소와 수퇘지를 말이야. 그리고 광대한 하늘을 다스리는 모든 불사의 신들께 절차대로 기도를 올려야 하네. 그리고 먼 훗날 그대가 노령으로 아주 쇠약해졌을 때, 그대에게는 바다로부터 죽음이 찾아올 걸세. 그건 조용하고도 참으로 다정하며 행복한 죽음이지.'

그와 같은 예언을 들은 나는 이렇게 대답했지요.

'테이레시아스 님이여, 그 같은 일들은 모두 신들 자신의 생각에 의해서 정해진 것이겠지요. 그러면 이 일에 대해서도 말해주십시오. 여기에 꿈에도 그리던 나의 어머님 망령이 보입니다. 바로 피 옆에 말없이 앉아 계십니다. 그런데 자기 자식을 바로 곁에 두고도 쳐다보려고조차 않으시니 어찌된 일입니까. 일러주십시오. 어떻게 하면 어머님께서 저를 알아보실 수 있을지.'

'그야 간단하지. 그대가 저 피를 허용한 망령들과만 말을 주고받을 수 있으니까 말이야.'

이렇게 말한 예언자는 곧장 하데스의 궁으로 떠나버렸습니다. 나는 그대로 남아 있었습니다. 어머님께서 다가와 그 피를 마시고는 나를 알아보시길 기다렸지요. 드디어 어머님께서 그 피를 마신 덕분에 나를 알아보고는 그만 울음을 터뜨리면서 말했습니다.

'오, 아들아, 어찌하여 이 어두운 세계로 들어왔단 말이냐. 너는 분명 살아있는 몸이 아니냐. 그런데 트로이에서부터 여태껏 바다를 헤매고 돌아다녔단 말이냐? 이제까지 이타카에는 전혀 가지를 못한 것이냐.'

'어머님, 제가 귀국하기 위해 이렇듯 테이레시아스 망령에게 신탁을 받으러 왔습니다. 트로이를 떠난 후 겹친 재앙 때문에 이렇듯 헤매고 돌아다니게 되었지요. 그런데 어머님께서는 어찌된 일이십니까. 제가 떠날 때만 해도 건강하시던 분이. 도대체 죽음의 운명이 왜 당신의 생명을 앗아 갔단 말입니까? 그리고 또 아버님과 나의 아들은 어떻게 되었는지 궁금합니다. 또 고향 사람들 사이에서 아직도 내 위신이 유지되고 있는지, 아니면 이미 누구의 손에 그 왕권이 넘어가버렸는지요. 궁금한 점이 많습니다, 어머님. 무엇보다도 정숙한 제 아내 페넬로페와 나의 작은 아들은 어찌 되었습니까. 아내는 혹시 젊은 청혼자한테로 시집을 가버리지나 않았는지요?'

'그렇지 않단다. 그 애는 날마다 눈물과 한숨으로 세월을 보내면서 줄곧 너만 생각하며 기다리고 있단다. 또 너의 훌륭한 위신은 아직 그대로 유지되고 있단다. 그리고 아버님은 전과 다름없이 시골에 계시면서 거의 바깥출입을 하지 않고 계시지. 이제는 너의 귀국을 기다리다 지치고 가슴속의 비탄이 쌓여 어쩔 수 없이 괴로운 노년에 접어드셨단다. 나 역시 너의 귀국을 학수고대하다가 이렇듯 때가 되어 저승길에 오른 거란다. 무서운 병이나 화살에 의한 것이 아니라 너의 분별력과 다정한 마음씨와 늠름한 모습들이 내 생명을 앗아가버린 거나 다름없단다.'

이렇게 말하는 어머니를 부둥켜안으려고 나는 몇 번이나 손을 내밀었지만, 잡히는 것이라고는 허공뿐이었어요. 그래서 나는 절망에 잠긴 목소리로 부르짖었습니다.

'어머님, 저승길에서나마 그리운 가슴에 묻혀 찢어지는 슬픔을 나눠보려는데 어찌 이토록 저를 붙잡아주지 않으십니까. 정녕 이것은 페르세포네 님이 나를 더욱 비탄에 빠지게 하려고 보내신 환상이었던가요?'

'당치도 않은 소리다. 이것은 인간으로서 누구나 이곳에 오기 마련이란다. 일단 생기가 육신을 떠나버리면 영혼은 꿈이나 마찬가지로 허공을 떠다니는 거지. 그러니 너는 어서 태양이 있는 곳으로 돌아가도록 하라.

오, 불쌍한 내 아들! 온갖 재앙을 한 몸에 떠안은 가엾은 영웅이여!'

우리가 이렇게 울면서 서로를 아쉬워하고 있는 동안 존엄한 신분의 여성 망령들이 몰려들었습니다. 거무칙칙한 피를 둘러싸고 떼를 지어 서로 앞서려고 아우성인 그들을 본 나는 기가 막혔지요. 그래서 긴 칼을 뽑아 들고 차례를 지키지 않으면 모두 다 피를 마시지 못하도록 할 것이라고 호령을 했지요. 그들은 잠잠해지더니 결국 차례대로 와서는 자기 신분을 밝히기 시작했습니다. 맨 처음에 만난 자는 살모네우스(almoneus)의 딸인 티로(Tyro)인데, 아이올로스(Aeolus)의 아들인 크레데우스(Cretheus)의 아내였다고 하더군요. 그런데 그녀는 거룩한 '강의 신' 에니페우스(Enipeus; 테살리아 지방에 흐르는 강 이름. 또 이 '강의 신'이다. 다른 강의 신들과 마찬가지로 대양의 신 오케아노스와 테티스의 자식으로 추정된다.)를 사랑하여 그 강기슭을 가끔 찾아갔었는데, 그때 대지를 뒤흔드는 포세이돈 신이 그 강의 신의 모습을 빌려 그녀를 가로채 동침을 했답니다. 그때 용솟음치던 파도는 그 모양을 활같이 해서 신과 처녀의 모습을 가려주었던 것이지요. 그녀가 처녀의 띠를 풀었을 때 잠이 들었으며, 이윽고 신께서 사랑의 행위를 모두 끝내시자 그녀의 두 손을 꼭 잡고 이렇게 속삭였답니다.

'기뻐하라, 아름다운 내 아내여. 그대는 눈부신 아기를 얻게 되리라. 신들과의 인연은 결코 헛된 것이 아니다. 그대는 어린것들을 잘 길러야 하지만, 지금은 집에 가서 절대로 남들에게 이야기하지 말라. 나는 대지를 뒤흔드는 신 포세이돈이니라.'

이리하여 그 처녀는 펠릿스(Pelias)와 넬레우스(Neleus)를 낳게 되었던 거지요. 그 이후 여성들의 선망을 한몸에 얻고 있던 티로는 여왕이 되어 크레데우스와의 사이에 또 다른 아이들, 즉 아이손(Aeson)과 페레

죽은 헤라클레스와 결혼한 헤베

스(Pheres)와 마차를 몰기 좋아하는 전사 아미타온(Amythaon)을 낳았답니다. 다음에 만난 것은 강의 신 아소포스(Asopus)의 딸인 안티오페(Antiope)였습니다. 이 여자는 참으로 황송하게도 제우스의 가슴에 안겨 밤을 지냈다고 하더군요. 그래서 태어난 아들이 바로 암피온(Amphion)과 제토스(Zethus) 형제였다고 합니다. 그다음에는 암피트리온의 아내 알크메네를 만났습니다. 이 여자는 거룩한 제우스 신의 팔에 안겨서 달콤한 밤을 지낸 뒤, 사자와 같은 기개를 지닌 헤라클레스를 낳은 사람입니다. 그리고 그 헤라클레스의 아내이자 테베의 위대한 크레온 왕(King

Creon)의 큰딸 메가라(Megara)도 만나보았지요. 또 오이디푸스(Oedipus, 오이디포테스 Oedipodes)의 어머니인 아름다운 에피카스테(Epicaste, 이오카스테; 크레온 왕의 여동생)도 만났지요. 치욕스럽게 아들과 결혼한 이 여자는 끝내 천장에서 내려온 새끼줄에 목을 매 그곳까지 오게 되었지요. 그 밖에도 아름다운 키오리스(Chloris; 넬레우스가 그녀의 미모에 반해 결혼했다.)와 마술사 미노스(Minos)의 딸들인 파이드라(Phaedra)와 프로크리스(Procris), 아리아드네(Ariadne)도 만나보았고, 또 마이라(Maera)와 클리메네(Clymene) 그리고 흉측스러운 에리필레(Eriphyle)도 보았습니다.

그러나 나는 그곳에서 만났던 모든 사람, 한때 그 명예를 떨쳤던 사람들의 아내이자 딸들에 대해, 일일이 거론하며 그들이 한 이야기를 들려주지는 않겠습니다. 밤이 너무 짧으니까요. 나는 지금 너무 피곤합니다. 이제 밤이 얼마 남지 않았지만 그동안만이라도 눈을 붙이고 싶군요."

오디세우스가 말을 마치자 어둠침침한 홀은 마술에라도 걸린 듯 마냥 침묵이 흘렀다. 이윽고 모두를 향해 왕비 아레테가 말을 꺼냈다.

"파이아케스의 시민 여러분, 이분의 이야기를 들은 지금, 당신들은 한층 더 이분을 우러러보고 있겠지요. 훤칠한 키와 준수한 용모, 또 누구도 따르지 못할 지혜와 용기에 대해서 말이에요. 그러니 이분이 떠나시기에 앞서 우리는 이렇게 물건을 필요로 하시는 분에 대해 조금도 인색해서는 안 됩니다."

그러자 사람들 가운데에서 가장 연장자인 에케네오스(Echeneus)가 말했다.

"그렇습니다, 여러분. 우리가 이분의 이야기를 듣고 감격한 이상 왕비님의 분부대로 하는 게 좋을 듯하오."

그 말에 대해 알키노스가 호탕한 목소리로 대답했다.

"과연 그렇군. 손님께서는 조금도 서두를 필요가 없을 것입니다. 나의 아름다운 왕비 아레테가 귀국하는 일에 대해 무척 걱정하고 있으니 말이오. "

그 말에 대해 지혜로운 오디세우스가 말했다.

"뛰어나신 알키노스 왕이시여, 당신께서 귀국 문제를 진행하시고 나를 위해 훌륭한 선물을 준비하는 데 1년 정도 걸린다고 해도, 저는 기꺼이 받아들이겠습니다. 늦어지더라도 좀 더 나은 선물을 많이 가지고 귀국하는 게 좋을 테니까요. 그렇게 하여 금의환향한다면 이타카 사람들로부터 좋은 평판과 애정을 받을 수 있겠지요, 예전처럼 말입니다."

그 말을 들은 알키노스는 흡족해 하면서 또다시 그다음 이야기를 재촉했다.

"오디세우스여, 그대가 피곤하다는 것을 내 모르는 바 아니지만, 그다음 이야기가 너무 궁금하구려. 저승에서 용감한 당신의 동지들은 만나보지 못했는지, 만나보았다면 그분들이 죽게 된 경위를 물론 자세히 들었겠지요? 어서 이야기를 들려주시오."

"알키노스 왕이시여, 사람은 이야기를 하고 싶을 때가 있는가 하면, 또 잠을 자고 싶을 때도 있습니다. 하지만 당신께서 그토록 내 이야기를 듣고 싶다 하니 내 어찌하겠소. 그럼 더욱 애처로운 이야기인 내 전우들의 수난 이야기를 들려드리겠습니다.

매우 영리한 지하세계의 왕비 페르세포네가 우아한 부인들을 다시 불러들이자 아트레우스의 아들 아가멤논의 영혼이 초췌해진 모습으로 찾아왔습니다. 그 주위에는 그와 함께 아이기스토스의 저택에서 참변을 당한 망령들이 서성대고 있더군요. 그는 즉시 나를 알아보고는 나를 부둥켜안으려고 버둥거렸습니다. 허나 그는 이미 체력이 소진되었으며, 팔다리의 관절에 남아 있던 기력마저도 없어 헛손질만 되풀이했지요. 그 모습을 본 나는 눈물을 억지로 참고 그에게 말을 걸었지요.

'모든 병사들의 왕이신 아가멤논이여, 그렇듯 용맹스러우시던 당신께 그 어떤 죽음의 운명이 다가왔었단 말입니까?'

'제우스의 후손이며 라에르테스의 아드님인 오디세우스여, 나는 결코 포세이돈 신에 의해서나 육지에서 뜻하지 않은 사고로 죽은 것이 아니라네. 아이기스토스의 손에 죽었지. 그는 저주받을 내 아내와 짜고 자기 집으로 나를 초대해 호화로운 향연이 한창 무르익을 즈음 나를 피투성이로 만들어 쓰러뜨렸네. 그런데 의식이 몽롱해지면서도 나는 차마 들을 수 없을 만큼 애처로운 비명소리를 들었다네. 간악한 계책을 꾸민 클리타임네스트라가 나뿐만이 아니라 프리아모스의 딸 카산드라(Cassandra)마저 죽여 버린 거라네. 나는 있는 힘을 다해 검을 쳐들려고 했지만 결국은 그대로 땅 위에 떨어뜨리고 말았네. 나는 놈들의 칼에 찔려 피를 너무 많이 흘리는 바람에 거의 의식이 없었네. 그런데도 그 뻔뻔스러운 계집은 피투성이가 된 제 남편을 버려둔 채 그냥 가버리더군. 저승길로 떠나는 나의 한 많은 눈을 감겨주지도 않고 말이네. 정말이지 나는 집으로 돌아가면 아이들과 온 가족들이 모여 나를 기쁘게 맞아주리라 믿었네. 그리고 언제나 그것을 꿈꾸며 기대에 부풀어 있었지. 그런데 그녀는 난데없이 음탕한 생각을 가지고 불륜을 저지르고는 나를 이렇게 살해할 음모를 꾸몄던 것이라네.'

'넓은 하늘에 계시는 제우스 신은 참으로 아트레우스의 후손을 저주하는군요. 애당초부터 그 일은 헬레네, 즉 여자에 의한 것이었지요. 그 싸움 때문에 우리는 우리의 숱한 군사들을 잃어버렸지요. 그런데 이번에는 클리타임네스트라가 그랬군요.'

오디세우스를 찾아온 아킬레우스, 파트로클로스, 안틸로코스의 망령

　'내가 이제 와서 후회해본들 무엇 하겠는가. 그대도 앞으로는 절대 여
자에게 친절해서는 안 되네. 그들에게는 중요한 사실이 있으면 철저히 숨
겨야 한다는 말이지. 하지만 오디세우스여, 현명하고 충분한 분별력이 있
는 아내를 가진 그대는 결코 이같이 어처구니없는 죽음을 당할 리 없지.
그리고 보면 그대는 참으로 행복한 사람이야. 그대가 귀국하면 아름답
고도 정숙한 페넬로페가 현명한 아들 텔레마코스와 함께 그대를 기쁘게
맞아들일 테니까. 그런데 내 아내는 아들을 마음껏 보여주기는커녕, 오히
려 나를 먼저 죽여버렸어. 그런데 사람 일이란 알 수가 없는 거라네, 그대

에게 한 가지 충고를 하겠네. 고향에 닿거든 곧장 항구로 들어가지 말라는 걸세. 여자란 결코 믿을 게 못 되니까. 만약의 경우를 생각해서 몰래 숨어드는 것이 현명할 거야. 그런데 내 아들 소문을 들은 적이 없나? 내 아들 오레스테스는 결코 그렇게 호락호락 죽지는 않았을 텐데 말이야. 드넓은 스파르타 광야의 메넬라오스에게 가 있는지, 아니면 오르코메노스(Orchomenus)나 필로스(Pylos)를 헤매고 있는지 들려주게나.'

'아트레우스의 아들이시여, 애석하게도 저는 아무것도 들려드릴 수가 없답니다. 저는 그 아이에 대해 들은 바가 전혀 없으니까요.'

우리 두 사람이 이렇듯 저승에서 만나 회포를 풀고 있을 때 펠레우스의 아들 아킬레우스의 망령과 파트로클로스, 안틸로코스 등이 찾아왔더군요. 걸음이 빠른 아이아코스의 후손인 아킬레우스의 망령은 나를 향해 애처롭게 탄식하며 말했습니다.

'계략에 뛰어난 오디세우스여, 자네는 과연 담대한 사나이구먼. 어째서 자네는 이 어두운 명부(죽은 자들의 세계)에 올 생각을 했단 말인가. 이 곳은 사리분별도 갖지 못한 망령들이 사는 곳이며, 죽은 사람의 환영들이 우글거리는 곳이란 말일세.'

'아킬레우스여, 펠레우스의 아들로서 아카이아 인들 중에서도 가장 뛰어난 그대여, 나는 집에 돌아가기 위한 예언을 듣기 위해 테이레시아스를 찾아 이곳으로 왔다네. 우리는 트로이 성을 떠난 이후 내내 고난만 당하고 돌아다녔지. 아킬레우스여, 자네만큼 행복한 자는 지금까지도 또 앞으로도 아마 없을 걸세. 자네는 살아 있을 때와 마찬가지로 죽어서도 망령들을 향해 권위를 떨치고 있으니 말이네. 그러니 죽었다고 해서 결코 한탄할 필요는 없지 않은가.'

'명예로운 오디세우스여, 들에서 품팔이를 하는 소작인으로서 남에게 굴욕을 당하더라도, 나는 지상 세계로 돌아가고 싶네. 그러니 제발 내가 죽은 것을 애써 달래려고 하지 말게. 나는 슬프기 그지없으니까 말일세. 자, 이제 그런 말은 하지 말고 내 귀한 아들과 아버님이신 고귀한 펠레우스의 소식을 들었거든 말해주시오. 아직도 아버님은 뮈르미돈 사람들에게 존경을 받고 계시오? 나는 한때 참으로 용감했었으나, 이제 나는 투사가 될 수는 없소. 나는 트로이에서 최강의 적을 베어 아카이아 군을 구한 적이 있었소. 아! 그때처럼 단 한 시간만이라도 아버지의 집으로 돌아갈 수만 있다면, 아버지를 경멸하는 무리들을 따끔하게 혼내줄 수 있을 텐데.'

'고귀하신 펠레우스 님에 대해서는 아무 소식도 듣지 못했소. 그러나 사랑하는 아들 네오프톨레모스(Neoptolemos)에 대해서는 사실대로 말씀드리겠소. 스키로스에서 그를 태워 단단히 무장한 아카이아 사람들에게 데려온 적이 있다오. 트로이 시 앞에서 책략을 꾸밀 때에도 그는 항상 나무랄 데가 없는 말을 했었지. 더욱이 트로이 평야에서 전투를 시작했을 때, 그는 앞장서서 달렸고 절대로 힘에 밀려 뒤처지는 법이 없었지. 그가 쓰러뜨린 적은 수없이 많아 일일이 열거할 수도 없다오. 텔레포스(Telephos; 헤라클레스의 아들)의 아들인 영웅 에우리필로스(Eurypylus; 헤라클레스의 아들 텔레포스가 트로이 왕 프리아모스의 딸 아스티오케와 결혼해서 낳은 아들이다.)를 칼로 쳐서 죽였을 정도니까! 또한 그는 아가멤논 다음으로 외모가 출중했다오. 그리고 우리 아카이아 군의 정예 무사들이 에페이오스가 만든 목마에 들어갔을 때 다른 장수들과 다나오이 장수들은 모두 눈물을 닦아내고 사시나무 떨 듯 떨었지만, 아드님만은 얼굴빛 하나 변하지 않고 눈물 한 방울 흘리지 않았다네. 뿐만 아니라 그는 나에게 목마에서 나가 칼자루와 무거운 청동 창을 휘둘러 트로이 군을 전멸케

해달라고 간청했지. 마침내 그는 우리가 그 견고한 프리아모스 성을 점령했을 때 전리품을 한몫 챙긴 뒤 아무런 부상도 입지 않고 출범했다오.'

자기의 아들을 칭찬해주자 무척 기뻐한 아킬레우스는 아스포델 (asphodel; 수선화의 일종)이 만발한 초원을 향해 사라졌습니다. 그러자 이번에는 이승에서 떠나간 다른 망령들이 어두운 그림자를 드리운 채 모여 서서는 제각기 자기들의 가족에 대해 물어보았습니다. 하지만 그보다도 내 가슴에는 이 세상을 떠난 망령들의 생활을 보고 싶은 생각이 간절했답니다. 그런데 마침 미노스(Minos)의 모습이 눈에 들어오더군요. 그는 제우스의 훌륭한 아들로서, 황금 홀장을 손에 들고 앉아서 위엄 있게 망령들을 심판하고 있었습니다. 대문이 넓은 법왕의 궁에는 망령들이 빽빽이 들어서서 자기 차례가 돌아오기를 기다리고 있더군요. 그다음에는 거인 오리온(Orion)을 볼 수 있었습니다. 그는 극락 백합이 만발한 들에서, 청동 몽둥이를 휘둘러대면서 생전에 그가 때려잡았던 들짐승들을 한곳에 몰아넣고 있었습니다. 그다음에는 대지의 여신 가이아의 아들로 땅에 드러누워 있는 티티오스(Tityus)를 만났습니다. 누운 키가 어찌나 크던지 1킬로미터는 되겠더군요. 그리고 양쪽에는 두 마리의 독수리가 있었는데 그의 복막 깊숙이 부리를 박고서 간을 쪼아 먹고 있었습니다. 그런데 그는 그것을 쫓아버릴 수가 없었습니다. 왜냐하면 제우스 신의 영예로운 부인이신 레토(Leto; 아폴론과 아르테미스를 낳았다.) 여신께서 경치 좋은 파노페우스(Panopeus)를 지나 피토(Pytho)로 행차하시는 것을 무례하게도 그가 습격했었기 때문이지요.

그리고 나는 저 탄탈로스(Tantalus)의 참혹한 고통의 현장도 목격했습니다. 그는 턱밑까지 차 있는 물속에 서 있었어요. 하지만 아무리 목이 타도 그 물을 절대로 마실 수가 없었어요. 그 노인이 물을 마시려고 몸을 굽히기만 하면 그 물이 곧바로 사라져버리기 때문이었어요. 그는 미치도록 목이 타는 벌을 받았던 겁니다. 그리고 또 한편에선—쉴 새 없이 바윗돌을 밀어 올려야만 하는 시시포스(Sisyphus, 시지프 Sisype)도 보았습니다. 그가 두 손으로 거대한 바위를 언덕 위로 밀어올리면 그 바위는 다시 굉장한 무게로 변해 밑으로 떨어지곤 하더군요. 하루 종일 그것을 되풀이해야 하는 그의 목덜미와 손발에서는 땀이 비 오듯 했습니다. 더군다니 먼지가 지 옥해 눈도 제대로 못 뜨는 상태에서 말입니다. 그다음에 나는 장사 헤라클레스를 만났습니다. 물론 그의 실체는 볼 수 없었고, 단지 그 환영을 보았을 뿐이지요. 이 환영이 나타나자 망령들은 기겁을 하면서 비명을 지르며 이리저리 달아나기에 바빴습니다. 그는 여전히 금방이라도 화살을 쏠듯이 활의 시위에 화살을 댄 채 무서운 눈초리로 주위를 노려보고 있었습니다. 그러다가 나를 발견하자 반가운 듯이 말을 걸어왔습니다.

'제우스의 후손인 라에르테스의 아들이며 계략에 능한 오디세우스여, 참으로 기구한 운명을 타고났구나. 내가 태양 밑에서 늘 짊어지고 있던 것과 같은 운명을 말이다. 그대 역시 끌고 다닐 수밖에 없었단 말인가. 나도 크로노스의 아들인 제우스 신의 아들이었지만 끝없는 고난을 겪었지. 나와는 비교도 할 수 없이 천박한 인간에게 굴욕을 당하고 있었으니까 말이야. 더구나 그놈이 나한테 까다로운 일을 열두 가지나 시켰거든. 이 하데스 궁에 와 있는 것도 모두 다 그놈의 계책 때문이지. 나보고 지옥의 개인 케르베로스(Cerberos; 하데스 궁으로 들어가는 망자들이 스틱스 강을 건널 때 무임승차한 자들을 가려내거나, 하데스의 허가 없이 지옥에 들어오려고 하는 자나, 또는 거기서 도망치려고 하는 자를 감시하는 머리가 셋 달린 개)를 데려오라는 것이었어. 그보다도 더 어려운 일은 또다시 없을 것이라고 생각했기 때문이지. 하지만 나는 헤르메스와 빛나는 눈의 여신 아테나의 도움으로 그 일을 손쉽게 해치울 수 있었어.'

이렇게 말을 한 그는 다시 하데스 궁의 깊숙한 곳으로 사라져버리더군요. 그가 떠난 후에도 나는 그곳에 꼼짝 않고 서 있었습니다. 혹시 또 누군가가 찾아오지 않을까 해서요. 어쩌면 내가 만나보고 싶어 하던 망령인 테세우스(Theseus)나 피리토우스(Pirithous; 테살로니아의 라피타이족의 왕으로 테세우스의 친구. 그와 함께 저승의 여왕 페르세포네를 유괴하려 했으나 실패했다.) 같은 신들의 영예로운 자제들도 만날 수 있었을 겁니다. 하지만 그들을 보지는 못했습니다. 그들이 오기도 전에 헤아릴 수 없을 만큼 잡된 망령들이 내 주위로 몰려 와서는 끔찍한 소리를 지르며 소동을 피우는 통에, 나는 겁에 질려 얼른 내가 있던 곳으로 되돌아와버렸기 때문이지요. 우리의 배는 또다시 순풍을 짊어진 채 남으로 향했습니다."

제 12 권

세이렌, 스킬라와 카리브디스, 트리나크리아 섬

"결국 우리는 일찍 탄생하는 새벽의 여신이 사는 곳, 태양이 솟아오르는 곳이기도 한 아이아이 섬으로 다시 돌아왔습니다. 장밋빛 손가락을 가진 새벽의 여신이 나타나자 나는 동지들을 키르케의 궁으로 다시 보냈습니다. 불행하게도 지붕에서 떨어져 세상을 떠난 엘페노르의 시체를 찾아오기 위해서였죠. 이윽고 우리는 바닷물이 스며들어오는 모래사장에서 쓰라린 가슴으로 눈물을 흘리면서 장례식을 치른 다음, 시체와 무구를 모두 다 태웠습니다. 타고 남은 뼛조각은 빠짐없이 모아서 정성껏 묻어준 뒤 그의 소원대로 묘지 앞에 그의 손때 묻은 노를 세워 주었지요. 이때 키르케가 먹을 것을 챙겨 우리가 있는 곳으로 왔더군요. 그녀는 우리에게 말했습니다.

'지독한 사람들이군요. 살아서 하데스의 궁으로 내려가다니, 당신들 두 번이나 죽어보려고 그러는 겁니까? 아무튼 오늘은 이 음식으로 마음 껏 즐기신 다음 내일 아침 일찍 배를 띄우도록 하세요.'

그러는 동안 해가 지고 어둠이 몰려들자, 모두들 배의 닻줄 옆에서 쉬고 있는데 키르케가 조용히 나를 불렀습니다. 그녀는 내 손을 잡고 한적한 곳으로 데려가 앉히더니 내 무릎에 자기 머리를 누이고서 여러 가지를 물어왔습니다. 그런 다음 우리가 여행하는 데 알아두어야 할 일을 자세히 들려주었습니다. 우리를 기다리고 있는 난관을 하나씩 예로 들어가면서요.

'그쪽 일은 그렇게 해서 무사히 끝맺으셨군요. 아무튼 닥쳐올 일들이 더 중요하니 이제부터 내가 하는 말을 잘 들어야 합니다. 혹시나 잊어버린다 하더라도 신께서 생각나게 해주실 테지만. 우선 당신은 마술사 세이렌에게 가게 될 거예요. 그 여자는 모든 사람을 닥치는 대로 마술로 골탕 먹인답니다. 누구든 그녀의 음성을 듣기만 하면 고향을 잊어버린 채, 다만 세이렌이 부르는 높은 노랫소리에 넋을 잃고 말지요. 그녀가 서 있는 풀밭에는 썩어가는 사람들의 뼈가 수두룩하게 널려 있을 거예요. 그녀의 목소리를 듣자마자 곧바로 그 옆으로 빠져서 달아나도록 하세요.'

이렇듯 그녀가 들려주는 대책에 귀를 기울이고 있는 동안 어느새 황금의자에 앉은 새벽의 여신이 찾아왔습니다. 그러자 그녀는 곧바로 자기

오디세우스 일행을 유혹하는 세이렌

의 저택으로 돌아가버렸습니다. 나는 동지들을 깨워 배에 오르도록 했습니다. 우리 배가 바다 위에 떴을 때 무서운 여신 키르케는 마지막까지 고맙게도 순풍을 돛폭에 가득 보내주었습니다. 그래서 우리는 굳이 힘들게 노를 젓지 않아도 되었고 여기저기 누워 휴식을 취할 수 있었지요. 나는 동지들에게 이렇게 말했습니다.

'동지들이여, 키르케 여신이 나한테 일러준 말이 있는데, 지금 그것을 들려주려고 한다. 그러니 지금부터 내가 하는 말을 명심하기 바란다. 이 것은 여러분의 귀국, 즉 목숨과 직결된 문제이니만큼 매우 중요한 것이다. 맨 먼저 고운 목소리의 마녀 세이렌(Seiren, Siren 시렌, 사이렌)의 노랫소리를 경계할 필요가 있다. 그 노랫소리와 꽃이 만발한 아름다운 목장에 정신을 빼앗겨서는 안 된다는 말이다. 그 노랫소리는 나 혼자만이 듣게 될 텐데, 그대들은 그때 나를 꽁꽁 묶어서 내가 그 소리를 따라가지 않도록 해줘야 한다. 설령 단단히 홀려서 그대들에게 풀어달라고 부탁하거나 호통을 친다 해도 절대로 나를 풀어줘서는 안 된다. 그럴수록 더 꽁꽁 묶어야 한다.'

이렇듯 내가 그들에게 하나하나 주의를 주고 있는 동안에 배는 순식간에 세이렌들이 살고 있는 섬 부근으로 우리를 데려다 놓았습니다. 나는 큰 밀랍 덩어리를 날카로운 청동칼로 잘게 썰어 하나하나 작게 뭉쳤습니다. 잠깐 동안에 그것은 강한 압력과 히페리온(Hyperion; 우라노스와 가이아 사이에 태어난 12명의 티탄족 중 하나. 태양신 헬리오스, 새벽의 신 에오스, 달의 여신 셀레네가 그의 자식들이다.)의 아들인 태양신 헬리오스(Helios)의 빛을 받아 부드러워졌습니다. 나는 그 밀랍으로 동지들의 귀를 하나하나 막아 주었습니다. 선원들은 배 한가운데에 있는 굵은 돛대에 나를 꽁꽁 묶은 다음, 돛의 밧줄 끝을 다른 말뚝에 매어 놓았습니다. 내가 그렇게 시켰지요. 이윽고 세이렌들은 바다 위를 달리는 배가 가까이 온 것을 알아차리고 고음으로 합창을 하기 시작했습니다. 물론 나의 귀에만 그 소리가 들렸지요.

'어서 오세요. 가까이, 좀 더 가까이 다가오세요. 아카이아 기사의 꽃이신 오디세우스여, 우리의 이 아름다운 노랫소리를 듣고 더 현명해지고 오랜 고난으로 쌓인 피로를 말끔히 풀도록 하세요.'

참으로 아름다운 노랫가락에 맞춰 이런 이야기를 하기에 나도 모르게 그 노랫소리를 듣고 싶어졌습니다. 아무 생각 없이 하루 종일. 하지만 충실한 동지들의 보호로 무사히 그곳을 통과할 수 있었지요. 그런데 이 섬을 뒤에 두고 겨우 멀어질 즈음, 바로 그때에 짙은 안개와 파도가 굉장한 소리를 내면서 눈앞을 가리는 것이었습니다. 모두들 죽음을 직감한 듯 공포에 사로잡혀 자기도 모르게 잡고 있던 노를 그만 물속으로 놓쳐버렸습니다. 나는 침착하게 배 안을 이리저리 뛰어다니면서 그들을 일일이 안심하라고 설득했습니다.

'자, 키잡이, 너의 임무가 얼마나 중대한지 알고 있겠지. 저기 보이는 안개와 파도의 바깥쪽으로 배를 교묘히 돌려 빼내야 한다. 그다음에 저 뾰족한 바위 옆을 잘 따라가야 해. 자칫하다가 그 바위 옆의 뱃길을 벗어나서는 안 된다. 그땐 우리 모두 파멸이야.'

이렇듯 그들에게 일일이 다짐을 주었지만 스킬라의 이야기만은 하지 않았습니다. 그것은 피할 수 없는 재난이었고, 괜히 그 때문에 선원들의 공포심만 부추길 뿐이었으니까요. 그런데 그만 나는 키르케가 가르쳐준 까다로운 지시를 깜박 잊어버리고서 훌륭한 갑옷과 두 개의 긴 창으로 무장을 한 채 뱃머리 갑판 사이를 걸어 다녔습니다. 절대로 무장을 해서는 안 된다는 그녀의 경고를 잊은 채 말입니다. 하지만 거기서 나는 우리 동지들을 괴롭힐 괴물 스킬라를 발견할 수 없었습니다. 어슴푸레한 바위를 향해 열심히 두리번거렸는데도. 우리는 불안해진 가슴을 부여안고 해협으로 찾아들었습니다.

좁은 해협 한편에 바로 그 스킬라(Skylla; 희랍어로 '해롭다'라는 뜻)가 있었으며 또 다른 쪽에는 카리브디스(Charybdis; 희랍어로 '확실한 죽음'이라는 뜻)가 도사리고 있었습니다. 선원들은 모두 진퇴양난의 해협에서 까무러칠 듯이 새파랗게 질려버리고 말았습니다. 카리브디스가 거대한 입으로 바다의 소금물을 빨아들일 때마다 바닷물은 엄청나게 없어졌으며, 그 물을 토해 낼 때에는 무서운 소용돌이와 함께 풍랑이 일었습니다. 이렇듯

오디세우스의 배에 풍랑을 일으키는 스킬라

우리가 그 카리브디스 쪽을 파멸의 무서움에 떨면서 보고 있는데, 어느새 스킬라는 배에서 여섯 사람이나 낚아채 가버렸습니다. 납치된 동지들은 동굴 입구 쪽에서 아우성을 치면서 최후의 손길을 휘저었으나, 끝내는 스킬라의 먹이가 되고 말았습니다. 그것은 여태껏 바다를 항해하면서 겪었던 온갖 재앙들 중에서도 가장 불쌍하고도 안타까운 광경이었습니다.

이리하여 암초를 통과하여 무서운 카리브디스나 스킬라를 피해 나가자 얼마 안 가서 이번에는 태양신 헬리오스의 트리나크리아 섬(Trinacria; 시칠리아의 옛 지명)에 이르렀습니다. 검은 칠을 한 배가 아직 상륙을 하지 않았는데도 마침 외양간으로 들어온 듯 소 떼와 양 떼들의 울음소리가 들려오더군요. 바로 헬리오스의 사랑하는 가축들이지요. 나는 문득 그 장님 예언자인 테이레시아스와 아이아이 섬에 있는 키르케의 말이 생각나, 이 섬을 피하는 것이 좋다는 그들의 말을 동지들에게 상기시켜 주었습니다. 나의 말에 모두들 실망하는 빛이 역력했습니다만 그런대로 받아들일 분위기였습니다. 하지만 에우릴로코스는 반발했습니다. 기나긴 항해에 동지들이 지쳐 있으니 잠시 쉬어가자는 것이었습니다. 그러자 다른 동지들도 덩달아 그의 말을 따랐습니다. 그들의 태도가 워낙 완고해 나는 어쩔 수 없이 그들을 따를 수밖에 없었습니다. 이때 나는 신들께서 또 무슨 계략을 꾸미고 있다는 것을 직감했습니다. 그래서 분노로 떨리는 목소리로 이렇게 말했지요.

'에우릴로코스여, 너는 정말로 나 혼자만의 생각으로 몰아세우는구나. 정 그렇다면 저곳에 오르기 전에 너희들에게 한 가지 경고해둘 것이 있다. 만약 소 떼나 양 떼들을 보더라도 욕심을 내 그것들을 결코 해쳐서는 안 된다는 것이다. 만약 그것들에게 손을 대는 날에는 모두들 떼죽음을 당하게 될 것이다.'

내 말에 그들은 고개를 끄덕이며 맹세를 했습니다. 그리하여 우리는 검은 배를 달콤한 샘물 근처로 끌어 올리고는 키르케가 준 식량으로 저녁식사를 맛있게 만들어 먹은 다음 휴식을 취했습니다. 밤이 깊어가자 모두들 가엾게 죽어간 전우들을 생각하면서 소리 없이 눈물을 흘렸습니다. 그러나 뜻하지 않은 일로 인해 우리는 한 달 동안이나 꼼짝없이 그곳에 발이 묶일 수밖에 없었습니다. 제우스 신이 일으킨 강한 바람과 구름과 파도 때문이었지요. 한 달 동안 비바람이 계속 불어 닥치더니 그다음에는 동쪽과 남쪽에서 부는 바람 이외에는 다른 바람은 모두 없어져버렸

오디세우스의 부하들에게 복수하려고 하늘에서 내려오는 헬리오스와 람페티아

습니다. 공기조차 움직이지 않는 것 같았지요. 어느덧 키르케가 준 식량이 떨어지자, 우리는 들과 산을 헤매면서 먹을 것을 구하느라 혈안이 되었습니다. 물고기나 날짐승을 닥치는 대로 잡아먹으면서 그런대로 끼니를 이어갔습니다.

그러던 어느 날, 나는 이 위기를 극복하게 해주십사고 신들께 기도를 올리기 위해 바람이 불지 않는 그늘을 찾아 들어갔습니다. 그때 어리석은 에우릴로코스가 태양신의 소들 가운데서 가장 살진 소를 골라 넓은 하늘을 지배하시는 신께 제물로 바치는 편이 나을 것이라고 굶주림에 지친 동지들을 부추겼습니다. 내가 그곳으로 돌아갔을 때는 이미 고기

가 익는 냄새가 진동하고 있었습니다. 그래서 나는 걷잡을 수 없는 허탈감에 크게 탄식하면서 불사의 신들에게 호소했습니다.

'제우스 님과 그 밖의 여러 불사의 신들이시여, 참으로 이 일을 어찌해야 좋겠습니까. 제가 잠깐 자리를 비운 사이 이렇듯 큰일이 벌어졌으니……'

한편 높은 하늘을 나는 태양신은 긴 옷을 입은 람페티아(Lampetia; 헬리오스와 네아이라의 딸. 그녀는 자매인 파에투사(Phaethusa 또는 Phaëtusa)와 함께 트리나크리아 섬에서 아버지의 가축 떼를 지켰다.)로부터 그 일을 보고 받고는 크게 분노하여 불사의 신들께 이렇게 요청을 했답니다.

'제우스 신이여, 그리고 영원히 행복하게 계시는 모든 불사의 신들이여, 저렇게 무례하고 교만한 오디세우스를 당장에 처벌해주십시오. 그들은 나의 즐거움인 소를 죽였습니다. 만일 그들이 소들에게 해를 끼친 만큼의 벌로 앙갚음을 해주시지 않는다면, 나는 이 길로 하데스 궁으로 가서 망령들 사이에서 빛날 것입니다.'

이 말에 구름을 지배하는 제우스 신은 단 한 번의 번갯불로 우리를 몰살시켜버리겠다고 약속해 주었다고 칼립소가 내게 들려주었습니다. 그녀는 전령의 신 헤르메스로부터 그런 얘기를 들었다더군요. 이미 소는 죽어 엎질러진 물이었기에 나는 그냥 울고만 있었습니다. 얼마 후 신들께서는 우리에게 불길한 징조를 보여주기 시작했습니다. 그들이 벗긴 소가죽이 기어 다니기 시작하고 꼬챙이에 꿴 소고기가 소리를 지르더니, 이미 불에 구워진 소고기가 크게 울었습니다. 그로부터 6일 간, 우리들은 소 떼를 마구 잡아먹었습니다. 이미 저질러진 일이었으니까 굶주림을 면하고 보자는 식이었지요.

드디어 7일째 되던 날 폭풍과 함께 미친 듯이 불던 바람이 잠잠해졌으므로 우리는 재빨리 바다에 배를 띄웠습니다. 우리의 배가 섬이라고는 보이지 않는 망망대해 한가운데 왔을 때 갑자기 주위가 어두워지기 시작했습니다. 크로노스의 아들이 드디어 태양신과의 약속을 실행에 옮기기 시작했던 겁니다. 제우스 신은 산더미 같은 폭풍우 가운데서 고막이 찢어질 듯한 소리와 함께 단 한 번의 빛을 던지셨는데, 그 번개에 맞은 우리 배는 빙그르르 돌면서 유황불에 잠겨버리고 말았습니다. 그 바람에 나의 사랑하는 동지들은 배에서 떨어져 가랑잎처럼 속절없이 그 저주스런 생을 마치고 말았지요. 나는 용케도 우리의 배에서 떠내려 온 커다란 궤짝을 잡을 수 있었습니다. 거기에 몸을 바짝 붙인 채 정신없이 솟구치고 내리박히고 했지요. 다행히도 저는 허리에 묶고 있던 가죽 끈으로 내 몸을 그곳에다 단단히 묶었습니다.

아무런 감각도 없이 이리저리 떠다닌 끝에 나는 드디어 잔잔한 물결을 볼 수 있게 되었습니다. 그러나 마침 불어 온 비바람은 나를 저주스런 카리브디스의 길로 몰고 가버렸습니다. 밤새도록 실려 가 새벽의 여신이 깨어날 무렵 나는 다시 스킬라의 암초와 무서운 카리브디스의 소용돌이가 있는 곳에 이르게 되었습니다. 마침 그때 그 거대한 카리브디스가 바다의 소금물을 빨아들이기 시작했습니다. 순간 나는 앞이 캄캄해짐을 느끼며 절망했습니다. 그때 다행히 나는 무화과나무를 발견하고 거기에 매달릴 수 있었습니다. 나는 그것에 매달린 채 휩쓸려 들어간 나의 궤짝이 튀어나오기만을 기다리고 있었지요. 드디어 궤짝은 카리브디스의 입에서 떨어져 나와 나에게 떠밀려 왔습니다. 정말로 아슬아슬한 순간이었지요. 그로부터 나는 9일 동안이나 궤짝에 몸을 맡긴 채 정처 없이 떠돌아다녔습니다. 열흘째 되던 날 밤 신들께서는 나를 오귀기에 섬으로 데려다놓으셨습니다. 그곳에는 아름다운 여신 칼립소가 살고 있었지요. 그 여자는 사람의 말을 하는 무서운 여신인데, 나를 친절히 맞이하여 여러 가지 시중을 들어주며 돌봐주었습니다. 그 다음은 당신들도 알고 계실 것입니다. 이미 어제 그곳에서의 자초지종을 이야기해 드렸으니까요."

그들이 앉아 있는 대청에는 이미 장밋빛 손가락을 가진 새벽의 여신이 와 있었다.

제 13 권

고향 이타카 섬으로 가는 오디세우스

이리하여 궁전 안은 마술의 힘으로 휩싸인 듯했고, 모든 사람들은 쥐 죽은 듯이 조용하여 숙연한 분위기를 이루고 있었다. 마침내 침묵을 깨고 알키노스가 오디세우스에게 말했다.

"오디세우스여. 우리 궁전에 온 이상, 비록 숱한 고난을 몸소 체험했다 할지라도 다시는 방랑하는 일 없이 고향으로 돌아가시리라 믿습니다. 그리고 내가 여러분께 부탁할 게 있소. 여러분이 가져온 선물들은 번쩍거리는 황금상자에 넣어두었소. 자, 이제는 손님에게 큰 세발 가마솥과 냄비를 주도록 합시다."

알키노스 왕이 이렇게 말하자 모두들 기뻐하며 집으로 돌아갔다. 새벽이 되자 그들은 모두 서둘러 선물들을 날라와 선원들이 배를 몰고 갈 때 불편이 없도록 애를 써 주었다. 이미 저녁때가 되어 모두들 알키노스의 궁으로 방향을 돌렸다. 거룩한 알키노스 왕은 이 사람들을 위해 검은

514

구름의 신 제우스에게 암소 한 마리를 제물로 바쳤다. 모두들 훌륭한 만찬을 즐겼고, 음유시인 데모도코스는 노래를 불렀다.

한편 오디세우스는 속히 귀국을 할 수 있도록 태양을 향해 머리를 돌리고 있었다. 그것은 마치 사람들이 하루 종일 들판에서 마소를 끌면서 저녁 만찬을 기다리는 것이나 마찬가지였다. 해가 저물었다는 것은 참으로 고마운 일이었다. 그는 노를 잘 젓는 파이아케스 사람들(the Phaeacians), 특히 알키노스 왕에게 호소하듯 말했다.

"알키노스 왕이여, 이렇게 많은 사람들이 저를 고향으로 무사히 보내주기 위해 신들께 제물을 바치고 환송해주십니다. 그러한 분들은 모두 행운을 맞으실 겁니다. 제가 바랐던 일들, 즉 호송을 약속받고 고마운 선물들을 기꺼이 마련해주셨으니 신들께서 축복해주실 것이기 때문입니다. 저는 고향으로 돌아가 근심에 싸여 있는 아내의 모습과 가족들을 볼 수 있을 것입니다. 여러분들도 모두 행복하게 살아가시기를 바랍니다. 그리고 신들의 축복으로 이 나라에 절대로 재앙이 찾아드는 일이 없도록 간절히 빌겠습니다."

그가 이렇게 말하자 모든 사람들은 훌륭한 인사말을 해 주었다고 고맙게 생각했다. 이때 알키노스 왕은 전령사에게 말했다.

"폰토노스여, 혼주기에 있는 술을 여러분께 나누어주어라. 그리고 오디세우스 님이 고국에 무사히 도착할 수 있게 제우스 신께 신주를 바칠 수 있도록 하라."

폰토노스는 곧바로 마음을 흥겹게 하는 좋은 술을 물과 섞어 모든 사람들에게 똑같이 나눠 주었다. 그래서 모든 사람들은 각자의 자리에서 신들께 신주를 바쳤고, 다음에는 오디세우스가 일어서 아레테 왕비에게 술잔을 올리면서 외쳤다.

잠든 오디세우스를 뭍에 내려놓는 파이아키아 인들

"왕비시여, 이 세상을 하직하실 때까지 당신께 행운이 깃들이시기를. 죽음은 인간에게 피할 수 없는 것이고, 이제 저는 이곳을 떠나지만, 당신은 이 궁궐에서 아드님과 또 모든 백성들과 특히 알키노스 왕과 함께 오래도록 행복하게 지내십시오."

이렇게 말하고, 오디세우스는 마침내 출발했다. 알키노스 왕은 전령을 보내 그를 바닷가로 안내하도록 했고, 아레테 왕비는 오디세우스에게 여종들을 보냈는데, 한 사람에게는 폭이 넓은 깨끗한 속옷을, 또 한 여종에게는 견고한 창을 들려서 보냈다. 또 다른 사람에게는 붉은 포도주와 곡식을 보냈다.

오디세우스가 편안하게 잠들어 귀국할 수 있도록 두꺼운 모포가 배 안에 깔려 있었다. 그가 몸을 누이자 선원들은 노를 젓기 시작했다. 바다를 노 저어 가는 동안 그는 절대로 깨어나지 않는, 마치 죽음과도 같은 수면에 빠져들었고 배는 쏜살같이 앞으로 나아갔다.

오디세우스를 태운 배는 바다 물살을 가르면서, 신과도 같은 용모를 지닌 무사를 싣고 이타카로 향했다. 그는 온갖 고난을 직접 맛보았으며, 용사들의 파란만장과 재난과 전쟁을 경험한 사람이었다. 그러나 지금은 조용히, 정말 꼼짝도 않고 과거의 모든 괴로움을 잊은 채 곤히 잠들어 있었다.

새벽 별이 솟아날 즈음 배는 이타카 섬 가까이까지 이르렀다. 그 섬에는 늙은 인어의 이름을 딴 포르키스(Phorcys)라고 불리는 포구가 있었다. 그리고 포구의 가장 안쪽의 부둣가에는 긴 잎이 드리워져 있는 올리브나무가 있고 바로 그 옆에는 어둠침침한 내부가 어렴풋이 보이는 동굴이 있었다. 그 속에서는 물의 요정 나이아드들(Naiads)이 쓰는 두 귀가 달린 술병들이 가득했으며, 혼주대접도 있었고, 꿀벌들이 집을 짓고 있었다. 그리고 돌로 만든 긴 베틀이 놓여 있었는데, 여기서 님프들이 물빛의 엷은 베를 짜기도 했다. 이 베는 보기만 해도 모두 경탄을 금치 못하는 훌륭한 것들이라고 했다. 또한 그곳에는 샘물이 끊이지 않고 흐르고 있었다. 그동굴에는 두 개의 입구가 있었는데, 북쪽을 향해 있는 문으로는 사람들이 드나들 수 있지만, 남쪽 문은 신의 통로로 정해 있었다.

그들은 예전부터 그 장소를 잘 알고 있었기 때문에 그곳으로 노를 저어 갔다. 그러나 너무 힘차게 나아갔기 때문에 배가 뭍으로 올라가는 소동을 빚었다. 노잡이들이 노를 너무 힘차게 저었기 때문이었다.

이윽고 그들은 마땅한 자리에 배를 정박해 놓고, 우선 아직도 깊은 잠에 취해 있는 오디세우스를 조심스럽게 바닷가 모래사장에 내려놓았다. 그런 다음 파이아케스의 장로들이 아테나 여신의 도움으로, 그가 고국에 돌아갈 때 보내기로 했던 많은 보물들을 날랐다. 오디세우스가 눈을 뜨기 전에 그 보물을 훔쳐가는 사람이 없도록 길에서 조금 떨어진 곳에 소중히 쌓아두었다. 마침내 그들은 모든 임무를 끝내고 스케리 섬으로 되돌아갔다.

맨 처음 신과도 같은 오디세우스를 위협했던 대지를 뒤흔드는 신 포세이돈은 예전의 그 위협을 잊지 않고 있었다. 그래서 그는 제우스 신의 의도를 물었다.

"제우스 신이여, 이제 인간인 파이아케스 따위들조차 나를 존경하지 않는다면, 나는 불사의 신들 사이에서도 다시는 존경받을 수 없을 것입니다. 지금 오디세우스는 온갖 고난을 겪은 뒤 고향으로 돌아가리라고 생각하니 말입니다. 나는 절대로 그의 귀국길을 막을 생각은 없지만, 그는 고국에 돌아가기 전에 더 많은 고통을 겪어야 합니다. 그것은 당신이 애초부터 약속한 것이고 승낙한 일이니까요. 그런데 그들은 배 안에서 자고 있는 오디세우스를 이타카 섬에 내려놓고, 오디세우스가 트로이에서도 스스로 노획할 수 없었을 만큼 수많은 보물을 이타카 섬으로 보냈습니다."

그러자 제우스 신이 대답했다.

"대지를 뒤흔드는 신이여, 무슨 말을 그렇게 하는가. 다른 신들은 절대로 그대를 업신여기지 않을 거야. 인간들 중에서 누군가가 권력이나 위세를 믿고 그대에게 경의를 표하지 않는다면, 그에 대한 보복은 내가 허락해주겠네. 그들은 그대가 바라는 대로 하는 것이 좋을 거야."

대지를 뒤흔드는 포세이돈 신이 대답했다.

오디세우스가 깨기 전에 선물을 내려놓는 파이아키아 인들

"지금이라도 당장 나는 말씀대로 하고 싶습니다, 제우스 신이여. 하지만 나는 항상 당신의 분노를 염려하고 있습니다. 지금 나는 오디세우스를 보내고 돌아오는 파이아케스 사람들의 배를 난파시키려고 마음먹고 있습니다. 이제부터는 인간들을 보내는 일을 삼가도록 말입니다. 그리고 그들의 성을 큰 산으로 양쪽에서 둘러싸려고 합니다."

이에 대해 제우스 신이 말했다.

"오, 친애하는 신이여, 사람들이 멀리서 배가 돌아오는 것을 보고 있을 때, 그들이 깜짝 놀라도록 육지 가까운 곳에서 그 배를 재빨리 돌로 바꾸

어버리는 게 좋겠소. 그리고 그들의 성을 포위할 수 있도록 양쪽에서 산으로 둘러싸면 좋을 것이오."

포세이돈 신은 이 말을 듣자 재빨리 파이아케스 사람들이 살고 있는 스케리 섬으로 출발했다. 그리고 배가 가까이 오자 돌로 바꾸어 버리고는 다시 그것이 바다 밑으로 뿌리를 박게 한 다음 유유히 그곳에서 사라져버렸다.

그러자 파이아케스 사람들은 서로 얼굴을 마주 보고 큰 소리로 웅성거렸다.

"대체 어떻게 된 일이지. 바로 눈앞에서 배가 보였었는데, 누군가가 바닷속으로 끌고 가버렸어."

그러자 알키노스 왕이 말했다.

"옛날에 아버님이 하신 그 말씀은 맞았도다. 손님을 안전하게 보내주면 포세이돈 신이 원한을 품는다고 늘 말씀하셨지. 그러니 이제부터 내가 말하는 대로 따라주게. 앞으로는 우리 섬에 누가 왔을 경우 보내주는 일은 그만두는 거야. 열두 마리의 훌륭한 암소를 포세이돈 신께 제물로 바치세. 자비심을 내려 우리의 성을 양쪽에서 높은 산으로 둘러싸지 않도록 비는 거야."

그래서 사람들은 재단을 꾸며 포세이돈 신께 기도를 올렸다.

한편 거룩한 오디세우스는 잠을 깼으나, 너무 오랫동안 고국을 떠나 있었고 여신이 주위에 안개가 끼도록 했기 때문에 어리둥절했다. 그것은 제우스의 딸 팔라스 아테나가 한 일이었다. 오디세우스는 손바닥으로 두 다리를 치면서 비탄에 젖어 말했다.

"참으로 비참한 일이로다. 이번에는 대체 어떤 인간들이 사는 나라에 왔단 말인가. 이곳 사람들도 법도 없는 난폭한 인간들이 아닌지 모르겠

520

군. 내가 어디로 발을 옮겨 놓아야 좋을지. 자칫 잘못해서 다른 사람의 밥이 되도록 해서는 안 되지. 그런데 파이아케스 족을 통치하는 장로들은 분별이 있고 도리를 지키는 사람이 아니었던가. 나를 이타카 섬에 데려다준다고 약속하고도 지키지 않았으니 말이야. 제우스 신이여, 부디 그들에게 벌을 내려주십시오. 약속을 지키지 않는 사람에게는 처벌을 내려주신다고 항상 말씀했으니까요. 일단 이 보물이 얼마나 되나 보기로 하자. 배에 싣고 오는 동안 없어진 것들이 있나 확인해야지."

보물을 세어보니 다행히 없어진 것은 하나도 없었다. 그는 고향을 그리며 물결이 출렁이는 바닷가를 거닐면서 비탄에 잠겼다. 이때 팔라스 아테나 여신이 멋진 남장을 하고 나타났다. 그를 발견한 오디세우스는 기쁨에 넘쳐 그에게 큰 소리로 외쳤다.

"반가운 분이여, 당신은 내가 이 땅에 발을 디딘 후 처음으로 만나는 분입니다. 제발 나를 적대하지 마십시오. 그리고 여기 있는 보물들과 내가 무사하도록 보호해주십시오. 나는 당신에게 신께 머리를 숙이듯이 정말로 부탁합니다. 그러니 이곳이 어느 나라이고 또 어떤 사람들이 살고 있는 곳인지, 내가 충분히 알아들을 수 있도록 설명을 좀 해주시오."

그러자 빛나는 눈의 여신 아테나가 말했다.

"낯선 분이시여, 이곳이 어딘 줄을 모르는 걸 보니 당신은 먼 곳에서 오신 분이로군요. 그러나 이곳은 세상에 알려져 있지 않은 땅은 아니랍니다. 꽤 많은 사람들이 이곳을 알고 있지요. 이 섬은 아카이아에서는 먼 곳이지만 트로이까지 알려져 있는 풍요로운 섬입니다. 이름은 이타카라고 하지요."

이렇게 말하자, 오디세우스는 안도의 숨을 내쉬며 자기가 고향 땅에 도착했음을 알게 되었다. 오디세우스는 감정을 억누르며 여유 있게 말했다.

"크레타 섬에서 이타카 섬에 대한 이야기는 들었습니다. 그래서 나는 이렇게 많은 재물을 가지고 온 것입니다. 나는 왕의 사랑하는 아들을 죽였기 때문에 자식들에게서 도망쳐 온 것입니다. 나는 전리품 때문에 온갖 고난을 맛본 사람입니다. 그리고 이곳에 당도하게 되었나봅니다."

빛나는 눈의 여신 아테나는 미소를 짓고 오디세우스를 어루만지며 말했다.

"당신은 능청스럽고 교활한 사나이로군요. 가령 신이라 하더라도, 온갖 지혜가 머릿속에서 돌아가는 당신보다 뛰어나기는 힘들겠어요. 정말로 당신은 애꿎은 일을 좋아하는군요. 말하자면 당신은 모든 인간들 중에서도 책략이나 꾸민 이야기를 좋아하고, 나는 모든 신들 중에서 꽤나 지혜로 유명하니 피차 그런 행동은 그만둡시다. 당신은 모든 재앙을 만났을 때 도움을 주고 보호해주는 제우스의 딸 팔라스 아테나를 모르시는가보군요. 지금 이곳에 온 것도 당신을 도와주기 위해서랍니다. 당신이 궁에 가서 겪어야 할 운명을 낱낱이 알려주기 위해서 왔어요. 당신은 무슨 일이 있더라도 그것을 이겨내야 해요."

그러자 오디세우스가 대답했다.

"여신이여, 가령 아무리 많은 지식을 지닌 사람이라 할지라도 여신 아테나를 알아차린다는 것은 어렵습니다. 당신이 모든 사람들의 모습과 닮았기 때문입니다. 하지만 나는 잘 알고 있습니다. 예전에 트로이 땅에서 우리 아카이아 군사들이 싸우고 있을 때 저한테 호의를 베풀어주신 일을 잘 기억하고 있습니다. 한데 우리가 난공불락의 프리아모스 성을 함락시킨 뒤 제각기 배에 올랐을 때, 신께서는 아카이아 사람들을 뿔뿔이 헤어지게 했습니다.

제우스 신의 따님이시여, 우리는 당신을 보지 못했으며, 우리 배에 타신

줄도 몰랐습니다. 그리고 고난당하는 우리를 도와주시려는 것도 말입니다. 그래서 신들께서 나를 재앙에서 해방시켜주는 날을 기다리면서 가슴을 태우는 방랑을 계속했던 것입니다. 얼마 전에는 파이아케스 족이 사는 유복한 나라에서 말씀을 해주시고 저를 격려해주셨으며, 여신님이 직접 궁에까지 인도해주셨습니다. 그러나 나는 지금 어딘가 다른 섬에서 방황하고 있지 않나 생각이 됩니다. 그러니 제우스 신의 무릎에 매달려 부탁합니다만, 제가 진정 고국 땅에 와 있는 건지 정확하게 말씀해주십시오."

이에 빛나는 눈을 가진 아테나 여신이 대답했다.

"당신은 그런 근심을 하고 있군요. 그러니 당신이 고난을 겪는 것을 그냥 둘 수는 없는 노릇이에요. 당신은 상냥하고 재치도 있고 영리하기 때문이지요. 다른 사람들 같으면 방랑이 끝나 어서 집으로 돌아가고 싶어 할 거예요. 그런데 당신은 그들과는 좀 다르거든요. 당신이 모든 부하를 잃고 고향에 돌아가리라는 것을 나는 알고 있었어요. 하지만 나는 결코 포세이돈 신과는 싸우고 싶지 않아요. 그분은 무엇보다도 제 아버님의 형제이니까요. 그런데 포세이돈 신은 당신이 자기 아들인 거인 폴리페모스를 장님으로 만들었다고 굉장히 원한을 품고 있어요. 아무튼 내 말을 당신이 믿도록 이 이타카 땅의 모습을 보여드리겠어요."

이렇게 말하고 여신이 안개를 걷어내자 땅이 또렷하게 보였다. 오디세우스는 너무 기쁜 나머지 밀밭에 가서 흙에 입을 맞추었다. 그리고 두 손을 들어 님프들에게 기원하듯 말했다.

"시냇가의 님프들이여, 제우스의 딸들이여, 당신들과 다시 만나리라고는 생각지도 못했습니다. 부디 지금은 나의 지극한 기원을 받아주십시오. 그리고 전과 다름없이 제물도 바치겠습니다. 만약 제우스의 따님이신 전쟁의 여신께서 내가 오래 살아서 귀여운 자식이 성장하는 것을 보게 해주신다면 말입니다."

그러자 아테나 여신이 말했다.

"염려 말아요. 그런 것은 걱정하지 않아도 좋으니까요. 우선 보물들을 동굴 속에 숨겨 둡시다."

이렇게 말하고 여신은 그 물건들을 동굴의 마땅한 장소로 운반한 뒤 바위로 입구를 막았다. 그리고 두 사람은 거룩한 올리브나무 밑에 앉아 페넬로페의 교활한 청혼자들의 몰락에 대해서 골똘히 생각했다. 먼저 빛 나는 눈의 여신이 말했다.

"제우스의 후손 라에르테스의 아들인 오디세우스여, 어떻게 해야 파렴 치한 청혼자들을 몰락시킬는지를 모색해보세요. 정말 그들은 당신의 집 에서 3년 동안이나 뻔뻔스럽게 행패를 부리며 지냈어요. 그리고 당신의 아름다운 아내에게 결혼을 졸랐어요. 하지만 당신의 아내는 비탄에 젖어 있으면서도 늘 당신의 귀국을 학수고대하고, 당신을 위해 기원했지요."

이에 대해서 오디세우스가 말했다.

"여신이여, 만약 당신이 나에게 호의를 베풀어주지 않았더라면 나는 아 트레우스의 아들 아가멤논의 불행한 죽음처럼 궁전에서 죽임을 당할 뻔 했습니다. 그러면 어떻게 그들에게 벌을 줄지 묘책을 알려주십시오. 과거 에 부강한 트로이 성을 함락시켰을 때와 같이 제게 용기를 불어넣어주십 시오. 빛나는 눈을 가진 아테나 여신이여, 만약 당신이 그때처럼 제 곁에 있어 주신다면 저는 3백 명의 용사들만 가지고도 싸울 수 있습니다. 당신 이 진정으로 나를 도와주신다면 말입니다."

그러자 이번에는 아테나 여신이 대답했다.

"정녕 나는 당신 곁에서 성심껏 도와드리겠습니다. 청혼자들 모두 필 히 피와 골수가 깨어져서 넓은 땅바닥을 붉게 물들일 것입니다. 우선 당신을 변장시켜드리겠어요. 아무도 몰라보게 구차하고 몰골이 흉한 모습으로 말입니다. 그리고 당신은 우선 돼지치기를 찾아가야 돼요. 당신의 돼지를 치고 있는 사람인데, 마음씨가 좋고 당신의 아들을 소중히 보살펴주며, 현명한 페넬로페에게도 충성스러운 사람이에요. 그 사람은 돼지들 옆에서 살고 있으니 찾기가 쉬울 거예요. 그동안 나는 스파르타로 가서 당신의 사랑하는 아들 텔레마코스를 불러오도록 하지요. 오디세우스여, 당신의 아들은 광활한 라케다이몬에 있는 메넬라오스를 찾아갔어요. 당신의 생사를 소문으로나마 들으려고 말입니다."

이에 지략이 풍부한 오디세우스가 말했다.

"그렇다면 모든 것들을 다 알고 있으면서 왜 아들에게 말해주지 않았습니까. 설마 그 아이도 거친 바다 위를 여기저기 헤매면서 고난을 당하도록 하려는 것은 아니겠지요. 그동안 다른 녀석들이 우리 집에서 온갖 것들을 몽땅 탈취해가도록 말입니다."

빛나는 눈의 여신 아테나가 말했다.

"절대로 그 아이 걱정은 하지 말아요. 내가 보냈으니까요. 그 땅에 가서 훌륭한 명예를 얻도록 했어요. 사실 청혼자들의 검은 무리들이 그 아이가 돌아오는 즉시 살해할 음모를 꾸미고 있지만, 그것은 허탕 칠 것입니다. 그 전에 대지가 그자들을 싹 쓸어버릴 거예요."

아테나 여신은 이렇게 말하고 지팡이로 그를 건드렸다. 그러자 오디세우스의 매끄러운 살결은 거칠게 변하고, 갈색 머리카락은 백발이 성성한 노인으로 변했으며, 지금까지 영롱했던 두 눈에는 더덕더덕 눈곱이 껴 정말로 흉물스러워 보였다. 더구나 지금까지 입고 있던 옷 대신 남루하고 때가 덕지덕지 붙은 누더기를 걸치게 했다. 그런 다음에는 두 어깨에 날렵한 사슴의 큰 가죽에서 털을 뽑아낸 것을 걸쳐주고, 손잡이가 달린 너덜너덜한 바구니를 손에 들도록 했다. 그리고 나서 두 사람은 헤어졌다. 여신은 거룩한 라케다이몬으로, 오디세우스의 아들을 찾으러 스파르타로 떠났다.

제 14 권

돼지치기 하인 에우마이오스

포구를 떠난 오디세우스는 아테나 여신이 가르쳐준 대로 구불구불한 오솔길을 따라 숲이 우거진 곳으로 올라가 돼지치기 집을 찾아갔다.

에우마이오스는 문간에 앉아 소가죽을 가지고 자기 신을 만들고 있었다. 다른 사람들은 각자 돼지들을 돌보러 나갔고, 어떤 사람들은 내키지 않았지만 청혼자들에게 먹일 돼지를 도살하러 마을로 내려갔다.

갑자기 돼지를 지키던 네 마리의 개들이 시끄럽게 짖어대면서 오디세우스에게 달려들었다. 이때 에우마이오스가 재빨리 달려오지 않았더라면 그는 자기 소유의 오두막 앞에서 난처한 지경에 처하게 됐을지도 몰랐다.

개들을 진정시킨 에우마이오스가 오디세우스에게 말했다.

"노인장, 하마터면 이놈의 개들이 당신을 물어뜯을 뻔했구려. 그랬더라면 나는 당신한테 큰 욕을 먹었을 것이오. 신들은 이런 일 말고도 수많은 탄식과 고통을 안겨준다오. 나도 신과 같은 주인님의 신세가 염려되어 이렇게 비탄과 슬픔에 잠겨 있다오. 지금 나는 남에게 음식을 제공해주기 위해 돼지를 기르고 있지만, 우리 주인님은 낯선 나라에서 아마도 먹을

돼지치기 에우마이오스와 오디세우스

것을 찾아 헤매고 계실 것이오. 그것도 아직 살아서 햇빛을 보실 수 있다
면 말입니다. 일단 나와 함께 집으로 들어갑시다. 그래서 마음껏 잡수시
고, 당신의 사정이나 들어봅시다."

　돼지치기는 이렇게 말하고 앞장서서 오디세우스를 데리고 오두막 안
으로 들어갔다. 바닥에 섶나무 잔가지를 가득 깔고 그 위에서 들염소 가
죽을 펼쳤는데, 그것은 평소 자기가 잠자리로 사용하는 부드러운 모피였
다. 그곳에 오디세우스를 앉히고 융숭한 대접을 하자 오디세우스는 흐뭇
해 하며 그에게 말했다.

"여보시오, 주인 양반. 제우스 신과 불사의 신들께서 당신에게 무궁한 행운을 내려주시기를 빕니다. 이렇게 융숭한 대접을 해주신 보답으로 말입니다."

그러자 에우마이오스가 말했다.

"노인장, 비록 당신보다 더 남루한 차림의 사람이 왔더라도 얕보면 안 되지요. 우리가 베푸는 것이 비록 보잘것없더라도 정성이 담겨 있다오. 사실 내 옛 주인은 우리를 잘 보살펴주시고 가진 물건도 나누어주셨소. 그러기에 주인님이 이곳에서 나이를 드셨다면, 내가 성심껏 돌봐드리면 나에게 후한 보답을 마다하지 않았을 것이오. 그러나 그분은 여기에 계시지 않소. 돌아가셨을지도 모르지요. 정말이지 헬레네 일가족이 모조리 망해버렸더라면 좋았을 것을. 수많은 무사들의 생명을 앗아갔으니 말이오. 더군다나 주인님은 아가멤논을 도우려고 트로이 사람들과 싸우러 일리오스로 떠나셨거든요."

오디세우스는 허겁지겁 고기를 먹고 술을 마시면서, 오만방자한 청혼 자들의 이야기를 묵묵히 들으면서 속으로 증오의 씨를 키우고 있었다.

식사를 끝내고 한껏 배가 불렀을 때, 에우마이오스는 포도주를 가득 따라 오디세우스에게 건넸다. 오디세우스는 그것을 흔쾌히 받아 들고 기쁜 마음에 그에게 소리 높여 말했다.

"아, 정말로 친절하신 분이여. 당신의 주인은 누구시오? 당신을 데리고 있는 분은 그렇게 대단한 부자이고 위력을 가지셨소? 그분이 아가멤논의 복수를 하기 위해 목숨을 바쳤다고 했지요? 말해보시오. 그토록 훌륭하신 분이라면 제우스 님이나 또 다른 불사의 신들만이 그것을 아실 것이오. 나는 여러 곳을 방랑하고 다녔으니, 어쩌면 제가 무슨 소식이라도 알 수 있을지 모르니까요."

그러자 에우마이오스가 다음과 같이 말했다.

"아니지요, 노인장. 여기저기를 방랑한 사람이 그분의 소식을 전해주겠다 하면 결코 그 부인이나 아드님을 믿게 할 수는 없겠지요. 대접을 원하는 사람들은 그냥 거짓말을 하고, 진실을 말하지 않지요. 그래서 이타카 섬으로 오는 방랑자들이 우리 마님에게 터무니없는 소리를 지껄이는데도, 우리 마님은 그들을 친절하게 대접하면서 자초지종을 물으시기도 하지요. 그러고는 이내 슬픔에 젖어 눈물을 흘리시곤 합니다. 그처럼 노인장도 이야기를 꾸며내 말할 참이요? 그분의 뼈는 뭍에서 모래를 뒤집어쓰고 누워 있을 거요. 가족들 모두와 저에게 훗날의 근심과 걱정만 남겨두시고 돌아가셨을 거란 말이오. 그토록 인자했던 주인님이지만 다시는 못 뵐 겁니다. 사실 제 아버님이라도 이렇게까지 애통해 하지는 않을 거요. 그분이 안 계시더라도 그분의 이름을 부르는 것만으로도 황송한 느낌이 든다오. 그분은 나를 특히 염려해주셨기 때문이지요. 나는 그분이 이곳에 안 계시더라도 늘 나의 사랑하는 주인님이라고 생각하고 있지요."

이렇게 돼지치기가 말하자 디세우스가 답했다.

"아, 친절하신 분이여. 당신은 남을 믿지 않는군요. 하지만 나는 진정으로 말하겠는데, 오디세우스 님은 돌아오실 거요. 정말이지 배고파서 아무렇게나 지껄이는 자들은 나에게 지옥의 대문과도 같은 원수거든요. 우선 신들의 으뜸이신 제우스 님께서 굽어살피소서. 그리고 나를 대접하는 탁자며, 또 말끔한 오디세우스 화롯불도 굽어살피소서. 맹세컨대 오디세우스 님은 1년이 지나기 전에 이 섬으로 돌아와 복수를 할 거요. 그분의 부인과 훌륭한 아들을 모독한 사람들에게 말이오."

그 말에 에우마이오스가 대꾸했다.

"노인장, 나는 이 좋은 소식에 대한 사례금을 물고 싶지 않소. 그러니 맹세일랑 집어치우쇼. 하지만 내 소원대로 오디세우스 님이 돌아오신다면 정말 좋겠구려. 그런데 그분의 아드님이신 텔레마코스 님에 대한 일이 나를 슬프게 하는군요. 그분도 오디세우스 님 못지않은 사나이가 되시기를 기대하고 있었는데 말이오. 어느 불사의 신의 농간인지 그는 아버님의 소식을 기필코 알아내겠다고 필로스로 떠났지요. 한데 그가 돌아오는 길목에는 못된 청혼자들이 매복하고 있는 중이라오. 아무튼 이런 이야기는 그만두기로 하고, 당신이 겪었다는 이야기나 한번 들려주구려. 당신이 도대체 어떤 사람인지 알고 싶소. 이곳까지 걸어서 왔다는 것은 도저히 믿기지 않는단 말이오."

지혜로운 오디세우스가 돼지치기에게 말했다.

"좋소. 이제부터 내 사연을 이야기하겠소. 그러나 내가 편안하게 1년 동안 이야기를 한다 해도, 내 가슴속의 고뇌를 모조리 털어놓을 수는 없을 거요. 지금은 이런 행색이지만 나는 크레타 섬의 유복한 지주의 아들이었다오. 사실 나는 돈으로 사들인 첩의 소생이었지만 힐라크스(Hylax)의 아들인 나의 아버님 카스토르(Castor)는 나를 친아들처럼 소중히 길러 주었다오. 그가 죽자 혈기왕성한 친아들들은 유산을 나누기 위해 제비를 뽑았지요. 하지만 첩의 아들인 나에게는 조금밖에는 주지 않았습니다. 그래도 나의 건장한 체구와 담대한 용기를 보고 땅을 많이 가진 지주가 딸을 나에게 주었지요. 정말이지 아레스 신과 아테나 여신은 나한테 용감무쌍한 정신과 적을 무찌르는 재주를 내려주셨습니다.

나는 좀 특이한 사람이었습니다. 남이 할 수 있는 일은 그리 흥미가 없었지요. 나는 항상 마음이 내키는 곳을 향해 노를 저었고, 전쟁과 무용과 활쏘기 등 남들이 소름 끼쳐 하는 일들에 몰두했지요. 왠지 나는 그런 것들이 적성에 맞았는데, 아마도 신께서 내 마음을 그런 쪽으로 돌려

놓은 것인지도 모르지요.

아카이아 사람의 아들들이 트로이 땅을 원정하기 전에, 나는 아홉 번이나 부하들을 이끌고 다른 나라로 출정하여 매번 전리품을 걷어 왔지요. 내 재산은 금방 불어났고, 크레타 섬 사람들로부터 유능하다는 평판을 들었지요. 하지만 천하를 굽어살피시는 제우스 신께서 마침내 저 끔찍스러운 원정을 계획하셨고, 이에 섬사람들은 나와 또 그 유명한 이도메네우스에게 일리오스 원정대의 지휘를 부탁했던 거요. 그것을 도저히 거절할 수 없었던 나는 원정에 나서서 9년 동안이나 싸우고 10년째에 드디어 프리아모스 성을 함락시켰지요. 그 후 우리는 모두 귀국길에 올랐는데, 아카이아 사람들은 그만 뿔뿔이 흩어지고 말았어요. 제우스 신이 재앙을 내리셨던 것입니다. 아무튼 전쟁에 승리한 우리는 9일 동안이나 술잔치를 벌였지요. 그리하여 7일째 되던 날, 우리는 배에 올라타 마치 강물을 내려가듯 유유히 배를 몰았습니다.

이렇게 해서 5일이 지나고 우리는 아이귑토스의 나일 강에 도달하여, 강어귀에 흰 배를 댔지요. 그리고 나는 충성스러운 동지들에게 배를 지키게 하고, 정찰대를 보내 곳곳을 정찰하고 오도록 명령했습니다. 하지만 그들은 혈기왕성해서인지 오만하게도 아이귑토스 사람들이 열심히 가꾸어 놓은 밭을 마구 짓밟아 놓고 말았고, 또 아이들과 여자들을 잡아오고 남자들을 살해했답니다. 그 소문은 금방 온 나라 사람들에게 퍼졌고, 그들이 분노에 차 우르르 몰려오는 바람에 온 평원이 기병과 보병들로 가득 찼습니다.

하지만 제우스 신이 우리 동지들에게 비참한 패망의 마음을 심어 놓으셨기 때문에, 아무도 그들 앞에 나가 싸우려는 자가 없었지요. 재앙이 각처에서 우리를 에워쌌던 것이지요. 이때 동지들 가운데 몇몇은 예리한 청동칼에 맞아 죽거나 포로가 되어 노예로 끌려갔지만, 제우스 신의 도움을 받았는지 나만 간신히 살아남게 되었다오.

나는 차라리 그때 최후를 맞았더라면 좋았을 거라는 생각이 듭니다. 아직도 더 큰 재난이 나를 기다리고 있으니까 말입니다. 나는 투구와 방패와 창을 모두 내던지고, 그 나라 왕이 탄 마차 앞으로 달려가 그의 무릎을 붙잡고 입을 맞추었지요. 구원의 항복을 했던 겁니다. 그랬더니 왕은 나를 가엾게 여겼든지 자신의 대궐로 데려가더군요. 물론 많은 군사들이 나를 죽이려고 혈안이 되어 몰려들었지요.

그곳에서 나는 7년 동안이나 머물렀고 아이귑토스 사람들은 저에게 친절을 베풀며 많은 재물도 선물해주었습니다. 하지만 나는 어느 포이니키아(Phœnícĭa; 시리아 연안의 옛 왕국. 영어로는 페니키아) 사람의 유혹에 넘어가고 말았습니다. 그의 집으로 거처를 옮겨 1년 동안이나 있었는데, 그는 나를 리비아로 향하는 배에 태웠습니다. 겉으로는 그와 함께 동행한다는 것이었으나, 실상은 나를 팔아넘겨 돈을 벌려는 속셈이었습니다. 그리하여 배는 세차게 불어오는 북풍에 밀려 리비아로 갔습니다. 그런데 배가 바다 한복판에 이르자 제우스 님이 시커먼 구름을 몰고 오시더니 요란한 천둥 소리를 울려 퍼지게 하고 배 위에 벼락을 내렸습니다. 낙뢰를 얻어맞은 배는 빙글빙글 돌면서 유황 냄새로 가득 찼고, 선원들은 모두 바다에 빠지고 말았지요. 이때 제우스 신께서는 손수 배의 돛을 내 두 손에 쥐어주셨고, 나는 그 돛대에 매달려 저주스러운 바람이 부는 대로 이리저리 떠다녔습니다.

9일 동안 그렇게 표류하던 중, 10일째 되는 어두운 밤에 큰 파도가 밀려와 나를 테스프로티아(Thesprotia; 이오니아 해 동남쪽에 접한 지역) 바닷가로 쓸어가더군요. 거기서 테스프로티아 사람의 왕인 페이돈(Pheidon)

은 고맙게도 나를 노예 아닌 손님으로 맞아주었습니다. 피로와 악천후 때문에 엉망이 된 나를 마침 그의 아들이 구해서 왕의 궁전으로 데려갔기 때문입니다. 그곳에서 나는 오디세우스에 대한 소문을 들었습니다. 그 왕은 자기가 오디세우스를 융숭하게 대접했다는 겁니다. 또한 궁에서 일하던 모든 사람들은 오디세우스에게 온갖 보물들을 선물했다면서, 청동이며 황금 등을 보여주더군요. 거기에는 아마 10대째 자손들까지도 먹고살 수 있을 만큼 엄청난 보물들이 쌓여 있었습니다.

그때 오디세우스는 도도네(Dodona; 그리스 북서부의 에페이로스 지방 산속에 있는 제우스의 신탁의 땅)로 떠났다고 합니다. 그곳에 있는 신의 나무인 키 큰 떡갈나무에게 제우스 신의 뜻을 알아보고, 이타카 섬으로 무사히 돌아갈 수 있는 방도를 찾기 위해서였답니다. 그리고 왕은 내 앞에서 몸소 신에게 술을 올리면서 그를 고향으로 귀국시키기 위해 배도 항구에 대기시켜 놓았으며, 선원들도 모두 채비를 마쳤다고 맹세하더군요. 하지만 그는 먼저 나를 돌려보내게 되었습니다. 때마침 테스프로티아 사람들의 배가 밀이 많이 나는 둘리키움(Dulichium; 이오니아 해에 있는 섬)으로 떠나게 되었기 때문입니다. 그래서 왕은 선원들에게 나를 정중히 호송하도록 명령했습니다. 하지만 그들은 나를 노예로 팔아먹을 생각이었습니다. 그들은 내 겉옷과 속옷을 벗겨버리더니 누더기 같은 것을 던져주더군요. 지금 내가 걸치고 있는 옷이 바로 그것입니다.

저녁때가 되어 이타카에 이르자, 널빤지를 잘 깔아놓은 배 안에 나를 묶어 놓고 그들은 배에서 내리자마자 식사를 하러 가더군요. 그런데 신께서 다시 나를 고난에서 구해주시더군요. 밧줄을 쉽게 끊을 수 있어 머리를 누더기로 가린 채 바다로 뛰어내린 나는 헤엄을 쳐 그들에게서 빠져나왔습니다. 그리하여 우거진 숲으로 들어가 간신히 몸을 감추고 있었지요.

그들은 내가 없어진 것을 알고 고함을 지르며 사방으로 나를 찾아 헤매더군요. 그러나 얼마 뒤 포기를 했는지 그냥 배를 타고 떠나버렸어요. 내가 안전하게 몸을 숨긴 것은 신의 덕택인 것 같습니다. 그리고 나를 친절하신 당신 곁으로 가까이 오게 한 것도 아직 더 살라는 신의 계시인가 봅니다."

그러자 돼지치기 에우마이오스가 말했다.

"아, 당신은 참으로 가엾은 손님이시구려. 당신의 고난과 방황을 듣자니 가슴이 뭉클합니다. 나는 그동안 당신의 심정이 어떠했을지 조금은 짐작이 가오. 하지만 당신의 말 중에 왠지 앞뒤가 안 맞는 데가 있는 것 같소. 당신 같은 분이 거짓말을 할 까닭이 없겠지만, 우리 주인님이 행방불명된 것으로 알고 있는 나로서는 당신 이야기가 믿기지 않소. 그런데 나는 돼지들을 지키느라, 고을에 내려가지 않고 사람들과도 접촉이 없답니다. 만약 어디서 소식이라도 있어서 페넬로페 님이 와 달라고 할 때를 빼놓고 말입니다. 그러니 당신도 꽤 고생을 한 모양이지만, 신께서 당신을 이곳으로 보낸 이상 거짓말까지 해가며 비위를 맞추려는 생각은 아예 접어주시오."

이에 대해 오디세우스가 대답했다.

"당신은 왜 그리 사람을 믿지 못하는 마음을 품고 있습니까. 이토록 맹세를 하는 이야기까지 믿으려 하지 않으니 말입니다. 그럼 우리 서로 약속을 합시다. 그리고 이제부터 올림포스에 계신 신을 증인으로 세우도록 합시다. 당신의 주인어른이 돌아오신다면 나에게 겉옷과 속옷을 새로 입혀 둘리키움으로 돌아갈 수 있도록 보내주시오. 나는 그곳으로 가는 것이 예전부터 소망이었으니까요. 또한 당신 말대로 당신의 주인님이 돌아오지 않는다면, 하인들을 시켜 나를 절벽 밑으로 떠밀어버리도록 하시오. 다른 거지들이 더 이상 헛소리를 지껄이지 못하도록 말입니다."

그러자 착한 에우마이오스가 말했다.

"노인장, 내가 그런 짓을 한다면 세상 사람들은 나를 비난하고 그런 소행을 널리 퍼뜨릴 것이오. 나더러 당신에게 융숭한 대접을 하고 나서는 이번에는 귀중한 당신의 생명을 빼앗으란 말이오? 정녕 내가 그런 짓을 한다면 일부러 제우스 님을 모독하는 것이오."

이렇게 두 사람 사이에 이야기가 오가고 있었는데, 얼마 후에 돼지들과 돼지치기 들이 몰려와 돼지들을 각기 우리 속에 가두어 쉬게 했다.

이때 에우마이오스가 동료들을 부르며 말했다.

"가장 살찐 돼지 한 마리를 잡아 오게. 먼 나라에서 온 손님을 위해 제물을 바치고 대접도 해드려야겠어. 또 우리도 맛있는 것을 좀 먹어보세그려. 못된 놈들의 식성만 맞추느라고 그동안 고생만 했지 않은가."

에우마이오스는 청동칼로 사정없이 장작을 팼다. 부하들은 포동포동한 다섯 살배기 돼지를 데리고 오더니 불 옆에 세웠다. 순박한 에우마이오스는 불사의 신들을 잊지 않았다. 그래서 우선 의식의 첫 순서로, 흰 이빨을 가진 돼지의 머리털을 잘라 불속에 던지고 모든 신들에게 거룩한 오디세우스가 고향으로 돌아올 수 있게 해 주십사 기원했다.

그다음에 타다 남은 장작 토막을 치켜들었다가 내리치자, 돼지가 숨을 거두었다. 그러고는 돼지의 목을 자르고 턱을 그을려 순식간에 모두 발라냈다. 우선 다리에서 잘라낸 날고기를 푸짐한 비곗살 속에 끼우고, 보릿가루를 뿌린 다음 불속에 던졌다. 다음에는 나머지 부분을 잘게 썰어 꼬챙이에 꿰어 조심스럽게 구워냈다. 이때 사리분별이 확실한 에우마이오스가 몫을 분배하려고 일어섰다.

모두 잘라 일곱 몫으로 분배하더니, 그중 한 몫은 님프들에게, 또 한 몫은 마이아(Maia; 티탄족 아틀라스와 플레이오네 사이에 태어난 플레이아드들 중 맏딸)의 아들인 헤르메스 신에게 바쳤다. 나머지는 각자에게 나누어주

었는데, 흰 이빨 달린 돼지 등덜미의 살코기는 고스란히 오디세우스에게
성의껏 대접했다. 이에 오디세우스가 말했다.

"에우마이오스여, 이 같은 행색을 한 나에게 이렇게 훌륭한 영접을 베
풀어주시니 정말 감사합니다. 부디 나와 마찬가지로 당신에게도 제우스
신께서 호감을 가지시길."

그러자 에우마이오스가 말했다.

"아주 특이한 손님이시군요. 차린 음식은 마음껏 드세오. 사람이 바라
는 일에 대해서는 신께서 해주실 일도 있고, 안 해주실 일도 있다오. 이
는 무슨 일이든지 신께서는 뜻대로 행하실 수 있다는 말이오."

그들은 모두 음식을 실컷 먹은 뒤, 이윽고 잠자리에 들었다. 그날은 밤
새도록 제우스 신께서 비를 내려주셨다

제 15 권

텔레마코스가 에우마이오스의 오두막을 찾다

한편 팔라스 아테나는 텔레마코스에게 하루빨리 귀국할 것을 종용하
기 위해 라케다이몬으로 떠났다. 텔레마코스는 좀처럼 잠을 이루지 못하
고 있었는데, 그때 팔라스 아테나가 베개 곁으로 다가와 말했다.

"텔레마코스여, 어서 메넬라오스를 독촉해서 귀국하도록 하는 것이
좋겠다. 네 어머니 페넬로페가 부친과 형제들로부터 에우리마코스와 결
혼할 것을 재촉받고 있으니 말이다. 자칫하면 배신을 당하고 집안이 몰

락할지도 모르니 어서 서둘러라. 또 하나 명심해둘 것이 있는데, 이타카 섬과 험준한 사모스 섬 사이에서 그들이 너를 노리고 매복하고 있다는 것이다. 그러나 불사의 신들이 너를 지켜줄 것이다. 밤낮을 가리지 말고 계속 달리도록 해라. 그래서 이타카 섬의 맨 첫 해안에 이르거든 동지들을 마을로 가도록 하고, 너는 에우마이오스의 오두막으로 가야 한다. 너의 돼지를 지키는 그 남자는 충직하고 마음씨가 착한 사람이다. 그래서 거기서 하룻밤을 보낸 다음, 네가 무사하다는 소식을 페넬로페에게 전해 달라고 에우마이오스에게 부탁해라."

여신은 이렇게 말하고 난 다음 올림포스를 향해 떠났다. 그리하여 오디세우스의 사랑스러운 아들은 포근히 잠들고 있는 네스토르의 아들을 조용히 깨우며 말했다.

"페이시스트라토스여, 눈을 떠봐요. 우리가 떠날 수 있도록 채비를 해야 합니다."

부스스 눈을 뜬 페이시스트라토스가 말했다.

"텔레마코스여, 그건 당치도 않은 소리네. 날이 밝으면 떠나도록 하세. 곧 있으면 날이 밝을 테니. 그리고 아트레우스의 아들인 메넬라오스 님이 많은 선물을 건네준 다음 정다운 말로 위로의 말을 전하고 보내드릴 테니 그때까지만 기다리세. 친절을 베풀어준 주인에게 폐를 끼친 손님은 언제나 잊지 않고 생각해야 하니까 말이지."

이렇게 말하자 곧 황금의자에 앉은 새벽의 여신이 찾아왔고, 용맹스런 메넬라오스는 머리카락이 눈부신 헬레네 곁을 떠나 두 사람 앞에 나타났다. 텔레마코스는 부지런히 단장을 마치고 문 밖으로 나가 그의 옆에 다가서며 말했다.

"제우스 신의 후손이며 병사들의 우두머리이신 메넬라오스 님, 제 마음은 고향으로 갈 것을 학수고대하고 있습니다. 그러니 저는 이만 고국으로 돌아가겠습니다."

그러자 메넬라오스가 말했다.

"텔레마코스여, 자네 마음이 그렇다면 나는 억지로 붙잡지는 않겠네. 그 누구라도 손님을 대접하는 데 지나친 애착을 갖거나 또는 소홀히 한다면, 손님은 괜히 부담을 느껴 화를 낼 걸세. 무슨 일이든 정도껏 하는 것이 현명한 게야. 손님이 묵는 동안은 정중하게 대접하고 바라는 대로 해 드리는 것이 도리 아니겠는가. 그러니 잠시만 기다려주게. 훌륭한 물건을 챙기는 동안만 말일세. 그동안에 진수성찬을 들고 가도록 시녀들에게 명령하겠네. 그리고 자네가 원하는 바를 헤라 여신의 남편이신 제우스 신께서 이루어주시길 빌겠네. 그럼 선물로 내가 가장 아끼는 보물들을 주겠네. 우선 섬세하게 세공된 황금 혼주병을 주지. 이것은 헤파이스토스 신의 작품이라네. 시돈(Sidon; 레바논 남부의 지중해 연안 지역)의 국왕 파이디모스(Phaidimos)가 내게 선물로 주신 거라네."

그리고 아름다운 헬레네는 자신이 손수 만든 옷가지를 두 손으로 받쳐 들고 말했다.

"텔레마코스 님, 나도 헬레네의 손재주를 기념하는 뜻으로 이것을 드리겠습니다. 부디 당신께서 무사히 귀국하시길 바랍니다."

그래서 오디세우스의 아들은 그것을 기꺼이 받았다. 시녀가 아름다운 황금 그릇에 물을 담아 와 은쟁반 위에 손을 씻도록 부어주고, 늙은 시녀가 온갖 요리들을 식탁으로 날라 왔다. 그들은 이 음식들과 술을 맛있게 먹고 마시고 했다. 이윽고 텔레마코스와 네스토르의 뛰어난 아들은 많은 선물들을 실은 쌍두마차에 올라탔다. 그러자 황금빛 머리카락의 메넬라오스가 오른손에 마음을 흥겹게 하는 포도주 잔을 가지고 다가와

거위를 낚아채 가는 독수리

신들께 올린 다음, 술잔을 높이 들어 인사를 하면서 말했다.

"그럼 안녕히 가시기를. 그리고 네스토르 님께도 안부를 전해주게나. 트로이 성에서 우리 아카이아 인들이 싸웠을 때 정말 내게는 아버님이나 다름없이 정겹게 대해 주셨소."

이에 대해 영리한 텔레마코스가 대답했다.

"그럼요. 제우스 님이 돌보시는 군주님, 도착하자마자 말씀대로 보고 해드리지요. 제가 고향으로 돌아가서 제 아버님을 만날 수 있다면 얼마나 좋겠습니까. 훌륭한 보물을 선물해주신 것과 융숭하게 대접해주신

은혜의 말을 아버님께 할 수 있다면 말입니다."

이렇게 그가 말했을 때, 독수리 한 마리가 안뜰에서 곱게 자란 하얀 거위를 발톱에 움켜잡고 한 바퀴 돌더니 오른쪽으로 날아갔다. 이 광경을 보고 모두들 기뻐했다. 그러자 네스토르의 아들 페이시스트라토스가 먼저 말을 꺼냈다.

"제우스 신이 돌보시는 메넬라오스 님, 우리 두 사람을 위해 신께서 이런 신기한 징조를 보이셨는지, 아니면 병사들의 우두머리인 당신을 위한 것인지 알 수 있을까요?"

이렇게 말하자, 메넬라오스는 이리저리 궁리해보았다. 그러자 긴 치맛자락을 드리운 헬레네가 대신 나서서 말했다.

"여러분, 잠깐만. 나는 저 새 점을 이렇게 풀이하는데요. 방금 집 안에서 자란 저 거위를 독수리가 낚아채 갔지요. 자기 새끼들을 산에 남겨두고 말입니다. 마찬가지로 오디세우스도 많은 재앙을 겪으면서 이곳저곳을 방랑한 끝에 고국으로 돌아와 반드시 보복을 할 것입니다. 어쩌면 벌써 돌아와 있을지도 모르며, 청혼자들에게 복수하기 위해 자신의 계책을 궁리하고 있을지도 모릅니다."

그 말에 오디세우스의 영리한 아들인 텔레마코스가 외쳤다.

"제발 제우스 님께서 그렇게 해주시기를 바랍니다. 그렇게 되면 집으로 돌아가 신에게와 마찬가지로 당신께도 기원을 드리고 싶어질 것입니다."

마차를 하루 종일 몰아 드디어 해가 저물고 사방이 잿빛으로 어두워졌을 때 두 사람은 페라이로 들어서서 강의 신 알페이오스(Alpheius)가 낳은 오르틸로코스(Ortilochus)의 아들인 디오클레스의 저택에 도착했다. 거기서 하룻밤을 대접받은 다음, 새벽의 여신이 나타나자 두 사람은 다시 마차를 타고 채찍을 휘두르며 말을 몰아 순식간에 필로스의 험준한 섬에 이르렀는데, 그때 텔레마코스는 네스토르의 아들 페이시스트라토스에게 말했다.

"네스토르의 아드님이여, 우리는 처음부터 인연이 깊은 주객 간으로서 선조 때부터 절친한 집안이었소. 게다가 같은 연배이고요. 더구나 이번 여행은 우리를 한층 더 가깝게 해주었지요. 그러니 제발 나를 대접하실 작정으로 저택으로 데려가지 마시고 배를 타게 해주십시오."

네스토르의 아들은 어떻게 할까 고민 끝에 마차를 돌려 배가 있는 곳으로 가서 훌륭한 선물들을 실어 주고 텔레마코스를 격려했다.

"자아, 어서 배에 오르시오. 내가 집에 돌아가 아버님께 말씀드리기 전에 어서 떠나세요. 아버님은 완고하시기 때문에 당신을 그대로 보내지 않고 이리로 쫓아오실 겁니다. 제 아버님이 쫓아오시면 곤란하니 어서 떠나시오."

이리하여 오디세우스의 아들은 물론 모두들 배를 타고 노잡이들은 노를 잡았다. 이렇게 바삐 서두르고 또 정성을 다하여 아테나 여신께 기원하고 있을 때, 한 사나이가 다가왔다. 그는 먼 나라 사람으로 아르고스에서 살인을 저지르고 도망쳐 온 점쟁이로 멜람푸스(Melampus; 예언자 족의 시조. 뱀이 그의 귀를 핥았기 때문에, 그는 모든 생물의 말을 이해하고, 예언의 능력을 얻었다고 한다.)의 후손이었다. 이 집안은 예전에는 많은 양을 길러낸 필로스의 부자였는데, 폭군인 넬레우스(Neleus)에게서 도망하여 타향인 아르고스로 옮겨 왔던 것이다. 온 천하의 누구보다도 거룩하다는 넬레우스가 그의 많은 재산들을 1년 동안이나 무력으로 탈취했던 것이다.

그 점쟁이의 이름은 테오클리메노스(Theoclymenus; 폴리페데스의 아들이자 멜람푸스의 증손자)였다. 뱃머리에서 신께 기원을 하고 있던 텔레마코스 옆으로 그 점쟁이가 다가와 말했다.

"마침 당신이 여기서 제사를 올리기에 간절히 말씀드리는 바입니다. 이 제물과 신의 가호와 당신과 동행하는 모든 분들께 맹세합니다. 당신은 어느 가문의 자손이며 어떤 분인지. 그리고 당신의 나라와 부모님은 어디 계신지를 부디 솔직하게 대답해주시오."

이에 텔레마코스가 대답했다.

"처음 뵙지만 말씀대로 대답해 드리리다. 나는 이타카 사람으로 아버님은 오디세우스라고 합니다. 하지만 지금은 행방불명되셨기 때문에 저는 아버님 소식을 수소문하러 여기까지 찾아온 것입니다."

이에 대해 테오클리메노스가 말했다.

"당신과 마찬가지로 나도 고국을 떠나온 사람입니다. 참으로 여러 나라를 떠돌아다니는 것이 아마도 내 운명인가 봅니다. 사람을 죽였기 때문이죠. 아무튼 망명자로서 간절히 부탁드리니, 그들에게 붙잡히지 않도록 제발 이 배에 좀 태워주십시오."

그 말에 텔레마코스가 대답했다.

"그렇게 하시지요. 기꺼이 당신을 환영하겠습니다."

그리하여 텔레마코스는 배에 오른 데오클리메노스를 자기 옆자리에 앉혔다. 그리고 동지들을 격려해서 돛을 올리라고 명령하자, 곧장 돛대를 끌어올려 구멍에 맞춰 세우고 앞쪽의 밧줄을 비끄러맸다. 그리고 견고한 소가죽 끈으로 흰 돛폭을 끌어올렸다. 그러자 돛을 향해 빛나는 눈을 가진 아테나가 순풍을 보내 주었다. 모두들 텔레마코스가 과연 죽음을 모면할 수 있을는지, 아니면 청혼자들에게 당하고 말 것인지를 염려하면서 조금이라도 빨리 목적지에 도착하려고 일렁이는 파도를 힘껏 헤쳐 나갔다.

한편 오디세우스와 에우마이오스는 저녁식사를 하고 있었다. 그 옆에서는 다른 사나이들이 먹고 마시고 있었다. 이때 오디세우스는 자기를 그대로 오두막에 머물도록 할 것인지를 떠보기 위해서 다음과 같이 말을 걸었다.

"에우마이오스 님. 그리고 다른 분들도 좀 들어주시오. 나는 내일쯤 이곳을 나갔으면 합니다. 구걸을 하러 말입니다. 당신들의 양식을 축내는 게 미안하니 나에게도 일을 시키십시오. 내 부족하나마 당신네들의 힘이 되어 드리겠소. 그러니 나에게 유능한 안내자를 하나 딸려주셨으면 좋겠소. 나 혼자 거리에서 구걸하러 다니면 빵조각 하나 던져주지 않을 테니 말이오. 그리고 거룩한 오디세우스 님의 궁전에 이르게 되면, 아름다운 페넬로페 님께 소식을 전해드리고 나서, 우쭐거리는 청혼자들 틈에 끼여 곧 멋진 것을 보여주겠소. 무엇이든지 바라시는 대로. 허나 내가 지금 말한 것들을 명심하시오. 모든 인간들이 행하는 일에 대해 성공을 내려주시는 전령의 신이신 헤르메스님께서 저를 도와주기 때문에 아무도 시중드는 일에 나를 따를 사람이 없을 것이오. 불을 잘 피우는 일, 마른 장작을 패는 일, 고기를 썰어서 굽는 일, 술시중을 드는 일, 그리고 무엇이나든 천박한 자가 신분이 높은 사람에게 시중드는 일 등, 아무거나 시키시오."

그 말에 몹시 성난 표정의 에우마이오스가 말했다.

"노인장, 무슨 그런 말씀을 하시오. 정말 당신은 그 자리에서 그대로 죽고 말 작정이오? 청혼자들이 얼마나 난폭하고 흉악한지를 아직 모르고 있는가 보군요. 그들의 종노릇을 하기란 결코 쉬운 일이 아니라오. 젊고 얼굴이 반듯해야만 그들의 시중을 들 수 있다오. 그러니 잠자코 여기에 있도록 하시오. 나도 그렇고 다른 누구라도 당신을 푸대접할 사람은 없으니까요. 또 오디세우스의 사랑하는 아드님이 오신다면, 그분이 당신에게 겉옷과 속옷과 입을 것을 줄 것이고, 당신이 가고 싶은 대로 어디든 보내줄 것이오."

이에 대해 참을성 있고 존엄한 오디세우스가 대답했다.

"에우마이오스 님, 참으로 나를 대해주신 것만큼 제우스 신께서도 당신을 보호해주시도록 빌겠소. 당신은 나의 고달픈 방랑과 괴로운 한탄을 덜어주셨으니 말이오. 정말 어쩔 수 없이 방랑을 하는 것만큼 고통스러운 것은 없을 것입니다. 하지만 기왕이면 존엄한 오디세우스 님의 부모 이야기를 부디 내게 말해주시면 고맙겠소."

이에 돼지치기 에우마이오스가 말했다.

"노인장의 청을 들어드리지요. 라에르테스 님은 아직 살아 계시오. 하지만 항상 제우스 신께 기도를 드리는 게 일과지요. 한 번 떠난 채 돌아올 줄 모르는 아드님 때문에 무척 슬퍼하시고 있는 데다가, 부인마저 돌아가셨으니 말입니다. 참으로 마님께서는 막내딸 크리메네(Ctimene) 님과 나를 조금의 차이도 없이 길러 주셨지요. 또한 우리들이 나이가 들자, 아가씨는 사메(Same)로 시집을 보내시고 나에겐 좋은 옷가지를 입히시고 좋은 샌들을 신겨 주신 다음 시골로 보내셨지요. 나는 그분이 살아 계신 동안 가끔 찾아뵙는 게 낙이었어요. 그분은 고매한 아드님을 밤낮으로 그리다가 애처롭게 돌아가셨지요."

그러자 오디세우스가 말했다.

"아아, 불쌍한 에우마이오스여, 당신도 부모 밑을 떠나서 무척이나 떠돌아다닌 모양이로군요. 어서 이야기를 계속해보시오."

그러자 어려서부터 돼지치기가 된 에우마이오스가 말했다.

"노인장, 참으로 그런 사연을 캐물으셨으니 술을 드시면서 조용히 들어

보시구려. 마침 이야기를 즐기기 딱 좋은 밤이고, 게다가 너무 오래 잠을 자는 것도 건강에 안 좋으니까요. 그러니 졸린 사람은 잠자리로 돌아가도록 하시게. 우리는 오두막에서 요리를 먹으면서 지난날을 추억하면서 이 밤을 즐겨볼 테니 말이야. 만리타향에서 유랑한 자에게는 고생도 낙이 되니 말일세.

자, 그럼 당신이 듣고 싶어 하는 이야기를 하지요. 혹시 시라(Syra)라는 섬을 아시는지요. 오르티기아(Ortygia) 너머 태양이 방향을 바꾸는 곳인데, 그리 넓지는 않지만 가축을 기르기 좋은 평화로운 섬이지요. 이곳에는 두 개의 고을이 있었는데, 뭐든지 양쪽에서 서로 나눠 쓰곤 했습니다. 그곳들을 제 아버님께서 다스렸지요. 그분은 오르메노스(Ormenus)의 아들 크테시오스(Ctesius)로서 불사의 신과도 같은 인물이었답니다. 그런데 항해로 이름난 포이니키아 인들이 그곳으로 오게 되었어요. 그들은 욕심 많은 사기꾼인데, 많은 보석들을 검은 배에 잔뜩 싣고 왔었죠. 그런데 아버님의 저택에는 몸집이 좋고 늘씬하며 훌륭한 손재주를 가진 포이니키아 태생의 여자가 있었어요. 그녀를 사기꾼인 포이니키아 사람들이 유혹했답니다. 빨래터로 나간 그녀를 붙잡아, 으슥한 배 옆에서 정을 통했지요. 동침을 한 다음 포이니키아 인은 그녀의 신상에 대해 물어보았지요. 여자는 주저 없이 높다란 지붕이 솟아 있는 아버님의 저택을 가리키며 말했지요.

'나는 청동이 풍부한 시돈에서 왔으며, 아주 부자인 아리바스(Arybas)의 딸이에요. 한데 내가 밭에서 돌아오는 길에, 타포스 군도(Taphiae; 이오니아 해의 한 무리의 섬)의 해적들이 날 유괴하여 이곳에다 팔아넘긴 것이지요.'

그 말에 처녀와 동침한 사나이가 '그렇군. 그럼 지금이라도 우리를 따

오디세이아 · 545

라 고향으로 돌아갈 생각은 없나. 그러면 부모님을 만날 수 있을 텐데.' 라
고 말하자, 처녀가 말했답니다.

'당신들이 날 아무 탈 없이 무사히 우리 집에까지 데려다주신다고 약
속만 해주신다면 가지요.'

이렇게 말하자 모두들 여자가 하라는 대로 맹세를 했답니다. 그러고
나서 여자가 다음과 같이 덧붙였습니다.

'그러면 모두 비밀을 지키고, 혹시라도 우물가에서 나를 보고 아는 척
하면 안 됩니다. 누가 집에 가서 우리 주인님께 이른다면 나와 당신네들
은 죽음을 면치 못할 겁니다. 그러니 잠자코 물건이나 빨리 사 들이세요.
그리고 배에 물건이 가득 차거든 나에게 일러주세요. 나는 그동안 내 손
에 닿는 대로 금을 훔쳐 놓겠어요. 또 뱃삯으로 훌륭한 것을 드리겠어
요. 그것은 우리 마님의 아들인데, 무척 영리한 아이랍니다. 그 아이를 내
가 돌보고 있기 때문에 쉽게 빼올 수 있을 거예요. 그 애를 팔면 당신들
은 짭짤한 이익을 볼 수 있을 거예요.'

여자는 이렇게 말하고 주인집으로 돌아왔죠. 한편 포이니키아 무리들
은 꼬박 1년 동안 우리나라에서 많은 물건을 사들였답니다. 그리고 그들
중 꾀가 많은 사나이가 우리 집에 찾아왔던 거죠. 호박을 사이에 끼워 맞
춘 황금 사슬을 갖고 와서 우리 어머님께 보이며 값을 흥정했습니다. 그
틈을 타 그가 몰래 눈짓으로 여자에게 신호를 보내자 그녀는 내 손을 잡
고 우리 집 밖으로 나갔지요. 그때 사랑방에는 잔치를 마친 상이 있었는
데, 그녀는 거기서 술잔 세 개를 몰래 품고 나왔습니다. 나는 그때만 해
도 철부지라 그녀의 손을 잡고 포이니키아 사람들의 배가 있는 곳까지 잠
자코 따라 나섰죠. 그리고 뱃길을 떠났는데, 그때 제우스 님이 순풍을 보
내주셨지요. 그리하여 6일 동안을 항해하다가 드디어 7일째 되던 날 아

화살을 쏘는 아폴론과 아르테미스

르테미스 님께서 그 여자에게 화살을 퍼부었지요. 그 여자가 배 밑바닥
에 요란한 소리를 내면서 쓰러지자 그들은 여자를 바다에 던져버렸답니
다. 그리고 그들은 결국 이타카 섬에 내려 나를 라에르테스 님에게 팔아
넘겼기 때문에 제가 지금 이곳에 발을 붙이게 되었던 겁니다."

　이 말을 다 듣고 난 오디세우스가 말했다.

　"에우마이오스 님이여, 자세한 이야기를 듣고 보니 정말 가슴이 아프구
려. 그래 얼마나 마음이 괴로웠겠소. 그러나 제우스 님은 당신께 재앙과

함께 좋은 일도 내려주셨던 거요. 나는 이렇게 거리를 헤매는 처지이지만, 당신은 마음씨 좋은 주인을 만나 별다른 불편 없이 지내고 있으니 말이오."

두 사람은 잠시 눈을 붙였을 뿐 거의 밤을 새우다시피하며 이야기를 주고받았다.

한편 텔레마코스 일행은 뭍 가까이에 이르자, 돛을 내린 다음 곧바로 노를 저어 포구까지 가서 닻을 던져 밧줄을 잘 묶어놓았다. 그런 다음 바닷가에서 식사를 마쳤다. 그때 텔레마코스가 모두를 향해 말했다.

"여러분, 나는 이제부터 돼지치기 에우마이오스를 찾아가야겠소. 그래서 사정을 살펴본 다음에 우리 집으로 가겠소. 내일 아침쯤이면 당신들에게 훌륭한 요리를 대접해 드릴 수 있을 거요. 달콤한 포도주와 맛있는 고기를 말이오."

이에 신 같은 성품의 테오클리메노스가 말했다.

"그럼 나는 도대체 어디로 가야 될까요?"

이에 영리한 텔레마코스가 대답했다.

"다른 때 같으면 나는 주저하지 않고 우리 집으로 모셨지요. 우리 집에서는 손님을 대접하는 데 모자람이 없으니까요. 하지만 당신도 아시다시피 지금은 당신을 잘 대접해 드리기가 곤란합니다. 그러니 당분간 에우리마코스라는 사람 집에 가 계세요. 그 사람은 현명한 폴리보스의 아들로, 이타카 섬에서는 신과 같은 존재이기도 합니다. 하지만 우리 어머님과 결혼해서 우리 아버님의 뒤를 이으려고 야심을 품고 있습니다. 혼례식보다 재앙의 날이 먼저 그들에게 닥칠 것인지 여부는 제우스 신만이 알고 계실 것이지만 말입니다."

그가 말을 끝내기도 전에 오른쪽으로 신의 충실한 사자인 매가 한 마리 날아갔다. 발톱으로 비둘기를 거머쥔 매는 텔레마코스의 앞으로 날개 털을 떨어뜨렸다. 이것을 본 테오클리메노스는 텔레마코스의 손을 잡고 말했다.

"텔레마코스 님, 저 새는 신의 뜻에 의해 날아온 것입니다. 저는 새 점을 보기 때문에 금방 알 수 있지만, 당신 가문보다 더 권력을 굳게 잡을 수 있는 집안은 없을 것입니다. 영원히 말입니다."

그 말을 듣고 오디세우스의 아들 텔레마코스가 말했다.

"정말 그렇게만 된다면 당신께 내가 우정의 선물을 드릴 것입니다. 남들도 부러워할 만큼 말이오."

이렇게 말하고 그는 충실한 동료 페이라이오스를 향해 말했다.

"클리티오스()의 아들 페이라이오스여, 자네는 동지들 가운데에서도 무슨 일에든 가장 믿음직했었지. 그러니 이번에는 이 손님을 자네 집에 모시고 가서 깍듯이 대접해 드릴 수 없겠나? 내가 우리 집에 들어설 수 있을 때까지만."

그러자 창으로 유명한 페이라이오스가 말했다.

"텔레마코스 님, 말씀대로 이분을 제가 돌봐드리지요. 결코 손님을 모시는 데 실례가 되는 일은 없을 것입니다."

이리하여 텔레마코스의 명령대로 모든 동지들은 밧줄을 풀고 배를 밀어낸 다음 마을로 향했다. 또한 텔레마코스는 날카로운 청동창을 들고 걸음을 재촉하여 돼지치기 에우마이오스의 오두막으로 향했다.

제 16 권

오디세우스와 텔레마코스가 만나다

한편 오디세우스와 돼지치기 에우마이오스는 날이 새자 아침을 준비하고 일꾼들에게 돼지를 몰고 나가도록 했다. 그때 텔레마코스가 당도했는데, 평소에는 마구 짖어대던 개들이 반가워하며 텔레마코스에게 꼬리를 흔들어댔다. 이때 인기척을 들은 오디세우스가 에우마이오스에게 말했다.

"에우마이오스 님, 아무래도 누가 이쪽으로 오는 것 같아요. 이웃 사람이 아니면 잘 아는 사람인지, 개들도 짖지 않고 꼬리를 치는군요."

말을 마치기도 전에 텔레마코스가 문턱에 와 있었다. 에우마이오스는 너무도 놀랍고 반가워 손으로 젓고 있던 붉은 포도주 그릇을 그만 땅에 떨어뜨리고 말았다. 그는 마치 사랑하는 아들이 먼 나라에서 오랫동안 유학하고 돌아온 듯이 젊은 주인인 텔레마코스의 두 손을 마주 잡으며 입을 맞추고 눈물을 흘렸다. 그러고는 울먹이면서 말했다.

"텔레마코스 님, 돌아오셨군요. 다시는 못 만날 줄 알았더니 이렇게 당당하게 돌아오셨군요. 어서 들어오십시오, 도련님. 도련님의 사랑스러운 모습을 실컷 보고 싶습니다."

그러자 영리한 텔레마코스가 대답했다.

"고마워요. 나도 그대가 무척 보고 싶었어요. 그리고 이곳의 상황을 좀 이야기해주세요. 어머님의 신변에 무슨 변화가 있는지, 또 아버님의 소식이라도 들었는지."

그 말에 에우마이오스가 말했다.

"물론 말씀드려야지요. 모친께서는 참을성 있게 성에 머물고 계신답니다. 하지만 날마다 눈물과 한탄으로만 지새고 있지요."

돼지치기 에우마이오스는 텔레마코스의 창을 받아 들었다. 텔레마코스는 문턱을 넘어 안으로 들어갔다. 그러자 아버지 오디세우스가 엉거주춤하면서 밖으로 나오려 했는데, 텔레마코스가 가로막으면서 말했다.

"노인장, 그대로 앉아 계십시오. 자리는 또 만들면 되니까요."

이 말에 오디세우스는 다시 자기 자리에 가서 앉았다. 에우마이오스는 텔레마코스를 위해 푸른 나뭇가지를 펼쳐 간 다음 그 위에 염소 가죽을 깔아 놓았다. 오디세우스의 영리한 아들이 그곳에 앉았다. 그런 다음 돼지치기 에우마이오스는 그들을 위해 전날 밤 먹다 남은 고기를 가져왔다. 이어서 빵과 칡, 그리고 꿀처럼 달콤한 포도주를 들고 왔다. 그리하여 모두들 식탁에 둘러앉아 물릴 때까지 양껏 음식을 먹고 마셨다. 그때 텔레마코스가 천천히 입을 열었다.

"에우마이오스, 이분은 어디서 오셨는가? 걸어서 이곳까지 오기는 힘들고, 어떻게 이타카까지 왔는지 궁금하군요."

이에 에우마이오스가 대답했다.

"도련님, 제가 자초지종을 말씀드리지요. 이분은 크레타 섬 출신이며, 여러 곳들을 떠돌아다녔다고 합니다. 그것은 신께서 내려주신 운명이기도 하지만 말입니다. 그리하여 테스프로티아 뱃사람들에게서 탈출하여 이곳까지 오게 되었답니다. 그러니 주인님께서 이분을 돌봐드리는 것이 좋을 것 같습니다."

그러자 텔레마코스가 말했다.

"에우마이오스여, 내 처지에 어떻게 손님을 모실 수가 있겠소. 지금은 어머님의 청혼자들에게 눌려 있는 형편이고, 게다가 어머님도 두 가지 생각 때문에 갈피를 못 잡고 계시는데 말이오. 하지만 이분이 자네 집을 찾아왔으니 어떡하겠소. 내가 식량과 옷은 충분히 보내줄 테니 그대가 좀 돌봐드리세요. 이분을 청혼자들 틈으로 보내고 싶지 않네요. 글쎄 이만 저만 못된 놈들이 아니라서 말이지. 막무가내로 시비를 걸어오면 어찌하겠소. 그렇게 되면 내가 매우 곤란해질 거요. 아무리 강철 같은 사람이라도 여러 놈들을 상대한다는 것은 힘 드는 일이니까요."

그 말에 참을성 있는 오디세우스가 말했다.

"도련님, 말씀 도중에 끼어들어 죄송합니다만, 정말 분통이 터져 견딜 수가 없군요. 청혼자들이 저택에 몰려와 만행을 저지르고 있다니 말입니다. 이처럼 훌륭하신 분을 없애려들다니. 오디세우스 님이 방랑길에서 돌아오신다면 걱정이 없겠지만, 도련님도 아직 젊으시니까 걱정 없지 않습니까? 무슨 다른 특별한 이유로 지금 곤경에 처해 있는 것은 아니겠지요? 섬 전체 사람이 당신에게 적의를 품고 있다거나, 스스로 자포자기하고 있다거나, 혹은 형제간에 말다툼 같은 것 때문에 말입니다. 하지만 아직은 희망이 있습니다. 내가 그들 모두의 재앙거리로 등장해 라에르테스의 아들 오디세우스의 성 안으로 들어가 본때를 보여줄 수도 있을 겁니다. 내 말이 거짓이라면 목을 쳐도 좋습니다. 그런 못된 놈들을 못 본 체한다는 것은 내 성미가 용납지 않을 것이니까요. 하지만 조만간 일이 끝날 것 같지는 않군요. 사실 나는 끼어들 아무 이유도 없는 주제이지만 말입니다."

이에 오디세우스의 사랑하는 아들 텔레마코스가 말했다.

"손님, 모든 섬사람들이 결코 내게 적의를 품었거나, 나를 경멸하거나 하는 것은 아닙니다. 또한 형제들 사이에 싸움이 있었던 것도 아닙니다. 크로노스의 아드님이 우리 집안을 그만큼 고독하게 만드셨지요. 증조부이신 아르케이시오스(Arceisius)는 라에르테스 한 분만을 낳았고, 또 라에르테스 님은 오직 외아들로서 오디세우스 님을 두셨고, 제 아버님 역시 부자간의 정도 나누지 못한 채 저만을 남겨두고 떠나버렸기 때문입니다. 그래서 지금은 속이 엉큼한 놈들만이 제 집에 잔뜩 모여들었답니다. 둘리키움, 사메, 자퀸토스에서 내로라하는 호족들과 이타카 섬에서도 권세를 가진 유력자들이 앞다투어 어머님께 구혼을 하면서 가산을 탕진하고 있는 실정입니다. 그러자 어머님은 구혼을 거절도 승낙도 못 하고 한숨만 쉬고 있답니다. 이러다가는 저도 오래지 않아 미쳐버릴 것 같습니다. 그러나 모든 것들은 신들께서 하시는 일이니 할 수 없지요. 에우마이오스, 아무튼 자네는 내가 필로스에서 무사히 돌아왔다고 어머니에게 전해주시오. 나는 당분간 여기서 머물 작정이니까요. 또 명심할 것은 누구에게도 내가 왔다는 것을 눈치채지 못하게 해주시오."

이에 돼지치기의 우두머리인 에우마이오스가 대답했다.

"물론이지요, 그래도 라에르테스 님에게는 알려드리는 것이 어떨지요? 너무나 안돼 보여서 말입니다. 집안 걱정 때문에 그저 탄식만 하고 아무 것도 거들떠보지 않아 뼈만 앙상하게 남아 있어서 말입니다."

이에 텔레마코스가 말했다.

"정말 내 가슴이 찢어질 것 같군요. 하지만 할아버님은 잠시 놔두세요. 사람이 모든 일을 자기 마음대로 할 수 있다면 얼마나 좋겠소. 그러니 그대는 어머님께 볼일이 끝나면 곧바로 돌아오시오. 그 대신 어머님께 믿을 만한 시녀를 할아버님께 보내달라고 하세요. 아무도 몰래 말입니다."

이렇게 해서 돼지치기 에우마이오스는 마을을 향해 떠났다. 그때 늘씬하고 아름답고 눈부신 재주를 지닌 아테나 여신이 오두막 맞은편으로 왔다. 신들은 누구에게나 또렷하게 모습을 나타내지 않기 때문에 오디세

오디세우스를 변신시키는 아테나 여신

우스와 개들은 알아보았으나, 텔레마코스는 그 모습을 보기는커녕 알아
차리지도 못했다. 여신이 오디세우스에게 눈짓을 하여 신호를 보내자, 거
룩한 오디세우스는 살며시 벽을 따라 여신 앞에 멈추어 섰다. 빛나는 눈
을 가진 아테나 여신이 말했다.

"제우스의 후손인 오디세우스여, 이제부터는 아들에게 정체를 밝히도
록 하세요. 그리하여 어떤 계책을 써서 청혼자들을 물리칠 수 있을 것인

지를 상의하세요. 나는 그대들 곁에서 도와줄 테니 말이에요."

이렇게 말한 뒤 아테나 여신은 황금 지팡이로 오디세우스를 건드렸다. 그리고 우선 축축하게 젖은 베옷과 속옷을 어깨에 걸치도록 하고, 몸집을 크게 해서 젊음을 더해준 다음, 피부도 거무스름하게 바꾸어 놓고, 이마와 주름살도 펴지게 하고, 턱수염도 거무스름하게 달아 놓았다.

일을 마치고 여신은 다시 올림포스로 떠났다. 그리고 오디세우스는 오두막 안으로 들어갔는데, 이에 깜짝 놀란 텔레마코스는 오디세우스가 신이 아닌가 싶어 경외에 가득 찬 목소리로 물었다.

"손님이시여, 당신은 아마도 신이 아닌가 싶군요. 조금 전과는 아주 다른 모습으로 변했구려. 부디 제가 죄라도 지었다면 용서해주십시오."

참을성이 많은 오디세우스가 대답했다.

"나는 결코 신이 아니라오. 어찌 나를 신에다 비한단 말인가. 나는 네 아버지인 오디세우스란다. 나 때문에 너는 갖은 고생을 했지. 그러니 얼마나 이 아비가 원망스럽겠느냐. 하지만 나는 무사들의 온갖 난장판 속에서도 살아남았단다."

오디세우스는 이제까지 참아왔던 눈물을 쏟으면서 아들의 뺨에 입을 맞추었다. 그러나 텔레마코스는 도무지 믿기지 않아 거듭 부인했다. 그러자 오디세우스는 지난 일들을 낱낱이 설명해 아들을 설득시키고, 그동안의 모든 역경을 곱씹으면서 설움이 복받쳐 사랑하는 아들을 얼싸안았다.

오디세우스의 영리한 아들 텔레마코스가 말문을 열었다.

"당신이 진정 훌륭한 창의 명수인 제 아버님이십니까? 너무도 뜻밖의 일이옵니다."

이에 존엄한 오디세우스가 말했다.

"그렇단다. 아테나 여신의 도움으로 여기까지 오게 된 것이지. 어서 그

엉큼한 청혼자 놈들을 해치울 수 있는 방책이나 생각해보자꾸나. 우선 청혼자들이 몇 명이나 되며, 그들의 이름과 그들이 어떻게 작당했는지를 말해보거라. 우리 둘이 해치울 수 있는지, 아니면 다른 사람들의 도움이 필요한지를 알아야겠다."

그 말에 텔레마코스가 말했다.

"네, 말씀해드리지요. 하지만 우리 둘만으로는 그들을 당해낼 도리가 없습니다. 청혼자들은 열 명이나 스무 명 정도가 아니니까요. 둘리키움 섬에서도 52명의 뛰어난 영주들과 함께 6명의 수행원이 따라왔고, 사메에서는 24명의 용사들이 왔으며, 자퀸토스에서는 아카이아 족인 혈기왕성한 청년 20명이 왔습니다. 그리고 이타카 섬에서도 20명의 청혼자들이 나섰답니다. 모두들 하나같이 뛰어난 무사들입니다. 그러니 여차해서는 우리가 그들에게 말려들어 변고를 당할 수도 있습니다. 아버님, 지금은 누구든지 우리를 진심으로 돕고 보호해줄 수 있는 사람을 물색해야 합니다."

이에 존엄하고 참을성 있는 오디세우스가 말했다.

"그렇다면 우리 모두가 정신을 바짝 차려야겠구나. 그리고 아테나 여신과 아버지 신이신 제우스의 힘을 빌려야겠다. 그래도 다른 지원자들을 더 물색해야 되겠구나."

이에 영특한 텔레마코스가 말했다.

"지금 말씀하신 두 분의 신이시라면 너무나 유능하신 지원군들입니다. 높은 구름 속에 앉아 계시기는 하지만, 그분들은 인간들뿐만 아니라 다른 불사의 신들도 지배하니까요."

그러자 오디세우스가 말했다.

"진정으로 두 분의 신께서 우리를 도와줄 것이다. 그냥 멀리서 구경만

하시지는 않으실 것이니까 말이다. 그러니 너도 아침 햇빛이 온 누리에 퍼지거든 집으로 가도록 하라. 그래서 오만방자한 청혼자들 틈에 있도록 하라. 나는 나중에 돼지치기 에우마이오스의 안내로 성 안으로 갈 것이니. 하지만 그놈들이 나를 성에서 내쫓으려고 못된 짓을 하더라도, 분하겠지만 꾹 참아야 하느니라. 설령 내 다리를 잡고 집 안에서 끌어내 온갖 푸대접을 하더라도 말이다. 그리고 아테나 신이 네 마음에 무언가 신호를 보내실 때에는 지체 말고 집 안에 있는 모든 무기들을 높다란 광 속에 숨겨놓도록 해라. 그리고 만일 청혼자들이 무기가 없어진 것을 눈치채고 심상치 않은 표정으로 너에게 묻거든, 적당히 둘러대거라. 하지만 우리 두 사람이 사용할 검 두 자루와 창 두 자루는 남겨두도록 해라. 또한 소가죽 방패도 여차하면 우리가 곧 손에 집어들 수 있도록 준비해 두어라. 이리하면 지혜로운 제우스 님과 팔라스 아테나 신께서 청혼자들을 홀려놓을 계략을 펴실 거다. 또 한 가지, 내가 귀국한 것을 아무한테도 말하지 말라. 할아버님에게도 하인들에게도, 또 네 어머님에게도 절대로 말해서는 안 된다. 이 기회에 모든 사람들의 속마음을 떠보기로 하자."

오디세우스와 텔레마코스는 많은 이야기를 주고받았다.

한편 텔레마코스와 함께 온 뱃사람들은 항구 깊숙이 검은 배를 댄 다음 육지로 끌어올리고, 훌륭한 선물들을 클리티오스의 저택으로 가져갔다. 그리고 페넬로페에게 소식을 전하기 위해 전령사를 오디세우스의 성으로 보냈다. 가는 길에 전령사는 돼지치기 에우마이오스와 만나자 두 사람은 똑같은 임무를 띠고 오디세우스의 저택에 이르렀다. 에우마이오스는 곧장 페넬로페에게 달려가 텔레마코스가 일러준 대로 모든 사정들을 말씀드렸다. 그리고 오두막으로 가기 위해 대청에서 물러나왔고, 전령사는 시녀의 지시대로 임무를 수행했다.

한편 골머리를 앓으며 풀이 죽어 있는 청혼자들은 노소를 막론하고 아무도 얼씬 못 하도록 부하들에게 명령을 내린 다음 회의를 열고 있었다. 이윽고 에우페이테스의 아들 안티노스가 말했다.

"오, 이게 무슨 일이지. 신들이 그 녀석을 구해주시다니. 낮이나 밤이나 바람이 몰아치는 곳 앞에서 밤낮을 가리지 않고 망을 보고 있었는데 말이야. 그런데 어느새 신께서 그놈을 무사히 상륙하도록 했단 말일세. 아무튼 우리는 다른 계책을 꾸며야겠네. 그 녀석은 눈치가 빠르고 사려분별력도 뛰어나기 때문에 자칫하다가는 우리가 그놈의 함정에 빠질 수 있단 말이야. 그 녀석이 살아 있는 한 모든 계획들은 차질을 빚을 수밖에 없을 것이니, 얼른 없애버리는 것이 상책일세."

모두들 쥐 죽은 듯이 고요했다. 그때 암피노모스(Amphinomus)가 일어서서 말했다. 밀이 많이 나고 풍부한 목초지가 있는 둘리키움에서 온 청혼자들 중 가장 뛰어난 그는 아레티아스 왕(king Aretias)의 손자이자 니소스(Nisus)의 아들이었다. 그는 페넬로페에게 특히 잘 보인 사람이었는데, 왜냐하면 사리분별력을 갖추고 있었기 때문이었다.

"여러분, 나로서는 텔레마코스를 살해한다는 것에 찬성할 수가 없군요. 왕족을 살해한다는 것은 도리에 어긋난 일입니다. 그러니 우선 신들의 의견을 묻는 게 옳을 것 같소. 만일 제우스신이 이 일을 좋다고 승낙하신다면, 나도 그때는 쾌히 가담하겠소. 하지만 신이 허락을 안 하고 나무란다면 모두 거사를 그만두는 게 옳을 듯하오."

암피노모스가 이렇게 말하자 사람들은 모두 그에게 동의했다. 한편 페넬로페는 못된 짓을 일삼는 청혼자들 앞에 나서려고 했다. 청혼자들이 아들을 파멸시키려고 음모를 꾸미고 있다고 전령사 메논이 넌지시 말해주었기 때문이다. 그리하여 그녀는 시녀들을 거느리고 궁전의 홀로 갔다. 그녀는 여왕다운 위엄으로 청혼자들 앞에 이르자 베일을 두 볼까지 가리고 안티노스에게 말했다.

"안티노스 님, 당신은 아주 훌륭한 사람이로군요. 더구나 예전에 입은 은혜도 저버리고 말입니다. 그것은 제우스 님도 뻔히 알고 계신 일이 아닙니까. 그 일을 당신은 벌써 잊으셨네요. 당신의 아버님이 이곳으로 도피했을 때의 일을 말입니다. 당신의 아버님은 데스프로티아 사람들을 헤치고 괴롭혔기 때문에 백성들이 격분해서 당신 아버님을 살해하고 재산마저 탈취하려고 할 때, 오디세우스가 그들을 타이르고 날뛰는 사람들을 제지시켰던 일을 말이에요. 그런데 당신은 그런 은인의 재산을 탕진하며, 저에게 구혼을 하고 또 내 아들까지 죽이려 하다니 정말 나쁜 분이시로군요. 어서 당신의 음모를 중지하도록 하세요. 그리고 다른 사람들에게도 명령하여 다시는 그런 생각을 갖지 못하도록 하세요."

이에 폴리보스의 아들인 에우리마코스가 말했다.

"이카리오스의 따님이시며 눈치 빠른 페넬로페여, 안심하십시오. 또한 그런 일로 절대로 상심하지 마십시오. 그런 인간은 결코 있지도 않고 또 생겨날 리도 없으니까요. 내가 이 지상에서 두 눈을 뜨고 살아 있는 한 말입니다. 당신의 아들 텔레마코스를 살해한다는 것은 말도 안 됩니다. 이 자리에서 그런 인간이 나온다면 내가 당장 그놈과 이 검으로 결투하여 검은 피를 흘리게 할 것입니다. 트로이 성을 함락시켰던 오디세우스는 무릎에 나를 앉히고 구운 고기를 손에 놓고 먹여주었으며, 달콤한 포도주를 따라주기도 했으니까요. 또한 텔레마코스 님은 누구보다도 저와는 친한 사이입니다. 그러니 신께서 행하신 일이 아니면 청혼자들이 그를 죽일 수는 없을 것이니 안심하십시오."

이렇게 위로를 하는 에우리마코스야말로 텔레마코스를 죽일 음모를 항상 품고 있던 자였다.

페넬로페는 자기 방으로 돌아와 사랑하는 남편 오디세우스를 그리며, 빛나는 눈의 여신 아테나가 그녀의 눈에 잠의 술잔을 기울일 때까지 내내 울먹였다.

한편 돼지치기 에우마이오스는 저녁때가 되어서야 오디세우스와 그의 아들이 머물고 있는 오두막으로 돌아왔다. 그때서야 팔라스 아테나는 오디세우스를 지팡이로 건드려 이전처럼 백발노인에 거지 차림으로 변신시켰다. 돼지치기가 돌아오자 텔레마코스가 먼저 말했다.

"에우마이오스여, 이제 돌아왔는가. 그래 갔던 일은 잘 되고, 성 안에서 어떤 소문이 나돌고 있는지 좀 알아가지고 왔는가?"

그러자 돼지치기의 우두머리인 에우마이오스가 말했다.

"페넬로페 님에게 몰래 소식을 알리는 데만 정신을 쏟아 그럴 겨를이 없었습니다. 하지만 가는 길에 전령사를 만났지요. 또 한 가지 제가 분명히 목격한 사실을 말씀드리지요. 헤르메스 언덕 부근을 지나오다가 보았는데, 빠른 배가 우리 섬의 포구로 들어서고 있었습니다. 그 배에는 수많은 남자들이 타고 있었고, 방패와 삼지창을 들고 있었습니다. 그들은 틀림없이 어떤 계획을 감춘 자들 같았는데, 확실히는 잘 모르겠습니다."

그 말을 듣고 용맹한 텔레마코스와 존엄한 오디세우스는 서로 눈짓을 보내며 에우마이오스가 눈치채지 못하도록 의미심장한 웃음을 띠었다.

일을 마친 그들은 만찬이 준비되어 모두 실컷 먹고 마셔댔다. 만찬이 끝난 후 춤과 노래 순서가 있었다. 사람들은 만찬이 끝나자 달콤한 피로에 젖어 각기 자기들의 잠자리로 돌아갔다.

제 17 권

거지 차림으로 귀가한 오디세우스

장밋빛 손가락을 가진 새벽의 여신이 찾아오자, 거룩한 오디세우스의 아들 텔레마코스는 샌들을 신은 뒤, 손에 꼭 맞는 커다란 창을 집어 들었다. 어제 저녁에 오디세우스와 의논한 대로 저택으로 갈 생각이었다. 그리고 돼지치기 에우마이오스에게 말했다.

"에우마이오스여, 나는 성으로 가서 어머님을 만나야겠소. 아무래도 나를 직접 보시기 전에는 슬픔이 가시지 않으실 것 같아서 말이오. 또 그대에게 부탁하고 싶은 것이 있는데, 사정이 딱한 이 손님을 성에서 구걸을 할 수 있도록 모셔다 드리시오. 나는 할 일이 많아 모든 사람들을 다 돌볼 수 없으니 말이오. 그렇다고 손님을 여기에 계속 있게 할 수는 없는 노릇 아닙니까."

그러자 지혜로운 오디세우스가 말했다.

"도련님, 나도 언제까지나 여기에 남아 있기를 원치 않습니다. 거지는 거지답게 구걸을 하며 다녀야 훨씬 마음 편하니까요. 누구든 생각이 깊은 사람이라면 먹을 것을 나눠주겠지요. 그러니 어서 떠나시오. 나는 잠시 동안 불을 쬐고 난 뒤, 이 사람을 따라갈 겁니다. 이 차림으로 지금 성으로 떠났다가는 차가운 새벽이슬을 맞아 병을 얻기 십상일 테니까요."

이리하여 오디세우스의 사랑하는 아들 텔레마코스는 빠른 걸음으로 자기 집에 도착했다. 그의 모습을 맨 먼저 알아본 사람은 유모 에우리클레이아였다. 그녀는 염소 털을 평상 위에 펼치고 있다가 젊은 주인이 들어서는 걸 보자 이내 울먹이며 달려왔다. 다른 시녀들도 모두 달려 나와 그를 반가이 맞이했으며, 이어 아름답고 상냥한 페넬로페도 눈부신 치맛자락을 끌며 홀로 나왔다. 그녀는 울먹이면서 사랑하는 아들에게 두 팔을 내밀었다. 그리고 아들의 아름다운 두 눈에 입을 맞추고 감격에 겨워 말했다.

"장하다, 사랑스러운 내 아들아, 이제야 돌아왔구나. 나 몰래 배를 타고 필로스로 떠났다고 하기에 너를 영원히 못 볼 줄 알았는데 말이다. 어서 그동안에 있었던 일이나 말해 주려무나. 무슨 일들을 보고 겪었는지 말이다."

이에 슬기로운 텔레마코스가 말했다.

"어머님, 저는 아슬아슬한 파멸의 고비를 넘기고 오는 길입니다. 그보다도 어머님께서는 깨끗한 새 옷으로 갈아입으신 다음, 모든 신들께 기도를 올리도록 하십시오. 저는 돌아오는 길에 함께 온 손님이 있으니 그분을 모셔 오도록 하겠습니다."

그래서 페넬로페는 목욕을 한 다음 깨끗한 새 옷으로 갈아입고 2층으로 올라가 신들께 기도를 올렸다. 텔레마코스는 아테나 여신의 도움으로 품위를 빛내면서 대청을 가로질러 청혼자들이 있는 방으로 걸어갔다. 이 모습을 본 사람들은 모두 감탄하면서 입을 다물지 못했다. 그리고 오만 방자한 청혼자들은 텔레마코스의 주위에 몰려들어 속으로는 갖은 음모를 꾸미고 있지만 겉으로는 온갖 아첨을 다 떨었다. 마침 그때 창 잘 쓰기로 이름 높은 페이라이오스가 손님을 데리고 회의장으로 들어섰다. 텔레마코스는 바로 그들에게로 다가갔는데, 그때 페이라이오스가 앞질러 말했다.

"텔레마코스 님, 당신의 시녀를 우리 집에 좀 보내주십시오. 메넬라오스 님이 주셨던 선물을 당신께 돌려드릴 수 있게 말입니다."

그러자 영리한 텔레마코스가 말했다.

"페이라이오스여, 그것은 잠시 자네가 보관하고 있게나. 내가 만일 청혼자들에게 쥐도 새도 모르게 살해된다면, 차라리 자네에게 선물을 넘겨주는 편이 낫지 않은가. 다른 청혼자들에게 빼앗기느니 자네에게 주어 행복을 누리도록 하고 싶네."

그리하여 그들은 궁전의 홀로 들어가서 겉옷을 벗어 팔걸이의자에 던진 다음, 시녀가 시켜 주는 목욕을 했다. 목욕이 끝나자 시녀들은 그들의 온몸에 올리브유를 바른 다음 양털로 된 겉옷과 보드라운 속옷을 입혀 주었다. 그리고 손을 씻을 수 있도록 황금대접에 물을 담아 와 은그릇에 부어 주었다. 그것이 끝나자 매끈하고 휘황한 탁자를 펼치고 늙은 시녀가 구미에 맞는 온갖 음식을 날라 왔다. 이때 페넬로페는 맞은편 기둥 옆에 자리를 잡고 앉았다. 이윽고 자상한 페넬로페가 텔레마코스를 바라보며 말했다.

"텔레마코스여, 너의 아버님인 오디세우스께서 이곳을 떠나신 뒤로 나는 늘 슬픔과 걱정에 싸여 있단다. 게다가 너마저 시원스럽게 필로스에서 있었던 이야기를 안 해 주니 답답하기 그지없구나. 그러니 나는 기고만장한 청혼자들이 몰려들기 전에 이만 내 방으로 가서 누워야겠다."

그러자 텔레마코스는 자상한 어머니 페넬로페에게 백성들의 목자이신 네스토르를 찾아 필로스에 갔던 일이며, 메넬라오스 님을 만났던 이야기를 했다. 하지만 아버지인 오디세우스의 소문은 그다지 신통치 못한 것뿐이었다고 말하면서 어쩔 수 없이 귀국길에 올랐다고 했다.

그때 신이나 다름없는 테오클리메노스가 말했다.

"존엄한 오디세우스의 부인이신 페넬로페 님이여, 지금 아드님이 하신 이야기를 잘 모르시는 것 같아 제가 틀림없는 신탁을 해드리겠습니다.

거짓 없이 말입니다. 그러면 아무쪼록 제우스 신께서 굽어살피시기를 바라옵니다. 저는 거룩한 오디세우스 님의 신탁을 믿고 여기를 찾아왔습니다. 진정으로 말씀드리지만, 제가 새 점을 보니 오디세우스 님은 이미 조국 땅을 밟고 계십니다. 앉았거나 걸어 다니거나 말입니다. 또한 청혼자들의 악랄한 소행들도 이미 알고 계시며, 그자들에게 재앙을 내릴 계책을 꾸미고 계십니다."

그러자 페넬로페는 기뻐서 이렇게 말했다.

"손님이시여, 진정 그 말씀대로만 된다면 얼마나 좋겠습니까. 그렇게만 된다면 나는 당신께 많은 선물과 환대를 베풀 것입니다. 보는 사람마다 당신을 부러워할 정도로 말입니다."

한편 돼지치기 에우마이오스는 성으로 내려올 채비를 하고 있었다. 오디세우스는 보기에도 흉한 동냥자루를 둘러메고 울퉁불퉁한 지팡이를 잡았다. 늙고 볼품없고 구질구질한 행색의 오디세우스는 에우마이오스의 뒤를 따라 성으로 향했다. 그래서 이윽고 성 부근의 맑은 우물가에 이르렀을 때(이 우물은 마을 사람 전체가 사용하는 것으로, 네리토스와 이타코스, 그리고 폴리크토르가 만들었으며, 사방이 둥그스름한 형태로 되어 있었고, 버드나무가 그늘을 이루고 있었다), 그 옆에는 높다란 바위틈에서 맑은 물이 잔잔히 흐르고 있었고, 그곳에는 님프들을 위한 제단이 마련되어 있었다. 그리하여 그곳을 지나는 길손들은 모두 제물을 바치고 기도를 드리는 관습이 있었다. 험한 길을 따라 여기까지 온 오디세우스와 에우마이오스는 청혼자들의 만찬용으로 으뜸가는 염소를 끌고 가던 멜란티오스(Melanthius)와 마주쳤다. 그의 옆에는 여러 마리의 염소와 함께 두 사람이 따르고 있었다. 이때 이 패거리들은 오디세우스 일행을 보자, 시비를 걸고 입에 담지 못할 욕설을 퍼부어 오디세우스를 화나게 했다.

"저것 좀 보게. 정말 지저분한 놈이 저와 똑같은 놈을 달고 가는군. 신들은 역시 공평하단 말이야. 이렇게 비슷한 놈끼리 짝을 지어 놓으시니 말이야. 돼지치기, 너는 도대체 무얼 믿고 저렇게 더러운 거지를 끌고 다니냐? 도대체 어디로 갈 작정이냐. 문전걸식을 하며 이 집 저 집의 기둥에 어깨를 비벼대는 놈을 말이다."

이렇듯 함부로 입을 놀리면서 오디세우스의 옆구리를 발길로 걷어찼다. 오디세우스는 너무도 노여워 이 인정머리 없고 흉물스런 인간을 어떻게든 처리해버릴까 생각했다. 하지만 마음을 한층 더 굳게 먹고 화를 참았다. 그러자 돼지치기 에우마이오스는 그자들을 훈계하고 두 손을 높이 들어 기도했다.

"우물을 지키시는 님프들이시여, 아무쪼록 선의를 베풀어주시옵소서. 성은 이처럼 싸늘하고 난장판이 되어 있습니다. 어서 오디세우스 님이 오셔서 이런 안하무인격인 사람들의 허세를 송두리째 뽑아 산산조각이 나게 해주소서."

이에 염소치기 멜란티오스가 말했다.

"뭐라고? 이 돼먹지 못한 천한 인간아! 이 거지 녀석은 내가 조만간 배에 실어 이타카 섬에서 멀리 떨어진 곳으로 팔아다 주지. 정말이지 당장이라도 아폴론 님이 텔레마코스를 쏘아 죽이든지, 아니면 청혼자들의 손에 의해 급살을 당하든지 하면 좋겠네. 그리고 네놈도 성 안으로 들어오기만 하면 무사님들에게 몰매를 맞고 말 거다."

이렇게 지껄이던 염소치기는 서둘러서 궁전으로 향했다. 오디세우스 일행도 천천히 걸어서 성으로 갔다. 그리하여 염소치기가 먼저 만찬이 벌어지고 있는 궁전에 이르자, 곧 안으로 들어가 청혼자들 틈에 끼어 앉았다. 그는 에우리마코스와 가장 친한 사이였기에 그의 맞은편에 앉았다. 그러자 시녀들이 고기 조각과 음식을 날라다 그의 앞에 놓아주었고, 페미오스는 청혼자들을 위해 하프를 뜯으며 노래를 시작했다. 오디세우스 일행도 그 앞에 서 있었다. 울려 퍼지는 하프 소리와 훌륭한 궁을 본 오디세우스가 돼지치기 에우마이오스에게 말했다.

"이게 틀림없이 오디세우스 님의 궁전입니까? 대들보가 여러 개 겹친 데다가 대리석으로 된 벽면이며 세밀한 조각이 새겨져 있고, 숱한 나무와 꽃으로 둘러져 있는 이 훌륭한 저택이 말입니다. 게다가 고기 굽는 냄새가 코를 찌르고, 하프 소리가 울려오는 것을 보니 잔치가 벌어지고 있는가보군요."

그러자 에우마이오스가 대꾸했다.

"그런가보구려. 노인장은 눈치가 빠르시니까. 아무튼 여기서 서성거리지 말도록 합시다. 누군가가 우리를 보고 뭘 던지거나 비웃기라도 하면 곤란하니까요. 우리 둘 중 아무나 먼저 들어가 청혼자들 틈에 끼어듭시다."

그 말에 대해 오디세우스가 말했다.

"잘 알았습니다. 나는 이대로 남아 있는 것이 좋을 것 같네요. 내게도 생각은 있습니다. 아시다시피 나는 워낙 배짱이 두둑해서 어지간한 곤경쯤은 견딜 수 있어요. 그런데 꼬르륵거리는 이 배라는 놈은 어찌할 재간이 없다오. 사실 이놈의 배 때문에 망망대해를 넘어 적국으로 재앙을 실어 가기도 했지만 말입니다."

두 사람이 이렇게 수군거리는 바람에 지저분한 오물 속에 누워 있던 개가 꼬리를 쳐들었다. 이 개가 미처 제 구실도 하기 전에 주인인 오디세우스는 일리오스로 떠났었다. 아르고스(Argos)라는 이 개는 오디세우스가 사슴과 토끼 사냥에 데리고 다녔던 충견이었다. 요즘은 누구도 돌봐주지 않아 개벼룩이 들끓는 몸뚱이를 두엄더미에 비벼대고 있었다. 아르

오디세우스를 알아본 충견 아르고스

고스는 20년 만에 만난 오디세우스를 보자, 주인에게 달려갈 기력도 잃었는지 양쪽 귀를 늘어뜨리고 꼬리만 칠 뿐이었다. 오디세우스는 그 모습을 보자 눈물이 핑 돌았다. 그리고 에우마이오스 몰래 눈물을 훔치면서 말했다.

"에우마이오스 님, 저 개가 두엄 속에 묻혀 있기는 하지만 정말 모습만은 훌륭한데요. 그런데 과연 이 개가 겉모습처럼 빨리 달릴 수 있는지, 아니면 나리님들의 체면과 겉치레를 위해서 상머리에 놓아두고 있는지 모르겠군요."

이에 돼지치기의 우두머리인 에우마이오스가 말했다.

"이 개는 타국에서 돌아가신 주인님의 개랍니다. 만일 트로이를 향해 오디세우스 님이 떠나실 때의 모양 그대로라면, 당신은 아마 몹시 감탄했을 거요. 이 녀석은 깊은 숲속에서 무엇을 쫓든지 결코 짐승들을 놓친 적이 없다오. 그런데 이렇게 형편없는 꼬락서니가 되고 말았군요. 게다가 주인님은 고국을 떠나 타국에서 돌아가셨고, 여자들은 이 개에게 관심도 없어 음식 찌꺼기도 제대로 안 준다오."

그리하여 돼지치기 에우마이오스는 오만방자한 청혼자들이 있는 홀로 향했다. 돼지치기 에우마이오스를 금방 알아본 사람은 텔레마코스였다. 그는 에우마이오스에게 눈짓을 했다. 돼지치기의 우두머리인 에우마이오스는 자기도 눈짓으로 신호를 하고 마침 눈에 띄는 의자(이것은 고기 자르는 사람이 늘 앉아서, 식사하는 청혼자들에게 고기를 나누어 주던 의자였다)를 집어 들고 텔레마코스의 식탁 맞은편으로 가지고 가서 걸터앉았다. 그러자 늙은 시녀가 접시에 고기를 담아 가지고 와 그 앞에 놓고 빵도 갖다 주었다.

그 뒤를 따라 초라한 늙은 거지 행색의 오디세우스가 슬그머니 들어와 측백나무 기둥에 기대어 쪼그리고 앉았다. 흥겨운 만찬을 즐기고 있던 텔레마코스는 돼지치기 에우마이오스를 불러 오디세우스를 가리키며 빵과 고기를 갖다 주도록 했다. 그리고 그곳에 있는 모든 청혼자들에게 구걸을 하라고 일렀다. 에우마이오스는 음식을 오디세우스에게 갖다 주면서 텔레마코스의 말을 전했다. 그러자 오디세우스는 초라한 동냥자루 위에 그것을 받아 들고 말했다.

"제우스 신이시여, 부디 텔레마코스 님께 인간들 중에서도 가장 많은 복을 내려주시옵소서. 그리고 그분이 바라시는 모든 일이 성취되도록 기도드립니다."

그래서 오디세우스는 음유시인이 노래를 부르는 동안에 에우마이오스가 가져온 빵이며 고기를 먹었다. 오디세우스가 싫증이 나도록 음식을 먹고 나자, 신성한 음유시인의 노래도 그쳤다. 그러자 주위는 온통 시끄러운 소리로 떠들썩해졌다. 이 기회를 틈타 아테나 여신은 오디세우스 옆으로 다가와 충고하기를, 모든 청혼자들에게 가서 구걸을 하라고 말했다. 그래서 누가 율법을 어기는 무지막지한 사람이며, 누가 분수를 지키는 올바른 사람인지 가려보라고 했다. 그리하여 오디세우스는 몸을 일으켜 마치 옛날부터 거지 생활을 해왔던 것처럼 오른편에서부터 죽 손을 내밀며 구걸하기 시작했다. 그러자 염소치기 멜란디오스가 입을 열었다.

"세상에서도 가장 아름다운 왕비님께 구혼하시는 여러분들, 이제부터 제가 하는 말을 똑똑히 들어주십시오. 나는 조금 전에 이 사람을 보았습니다. 지금 저기 텔레마코스 님과 함께 앉아 있는 돼지치기 에우마이오스가 이 사람을 데려올 때 말입니다. 사실 저는 이 사람에 대해 많은 것을 알고 있지 못하지만, 도대체 어느 나라에서 온 사람인지 한번 물어보시기 바랍니다."

그러자 안티노스가 말했다.

"여보게, 돼지치기 에우마이오스. 자네는 왜 그자를 여기까지 데리고 왔나. 잔치를 망치고 음식을 축내기 위해 불러들였단 말인가."

그 말에 에우마이오스가 말했다.

"안티노스 님, 무슨 말씀을 그렇게 하십니까. 당신이 훌륭하다는 것은 모든 사람들이 다 알고 있는데, 어느 쓸개 빠진 녀석이 거지를 끌고 들어오겠습니까? 그것도 타국에서 말이오. 그런데 가만히 보니 당신은 여러 청혼자들 중에서도 유독 오디세우스님의 하인들에게 짓궂게 구는군요.

특히 나에게 말이오. 그러나 나는 모든 것들을 한 귀로 듣고 한 귀로 흘려버리겠소이다. 꿋꿋한 마음을 가지신 페넬로페 님과 영리한 텔레마코스 님이 이 궁전에 버젓이 살아 계시는 한은 말이오."

이에 텔레마코스가 조심스럽게 입을 열었다.

"에우마이오스여. 참으세요. 이 사람들은 원래 남을 비꼬는 일로 허송세월을 하는 사람들이니까요. 아예 대꾸도 하지 마세요."

그렇게 말하고 다시 안티노스를 바라보며 말했다.

"안티노스 님, 당신은 참으로 자애로우신 분처럼 행세하는군요. 마치 아버지가 자식에게 거지를 내쫓는 교육을 시키듯이 내 손으로 저 손님을 몰아내기를 바라니 말입니다. 하지만 신께서는 이런 일을 시키지 않습니다. 차라리 당신이 그에게 무얼 좀 갖다 주시지요. 그러면 나는 군소리도 하지 않을 테니까요. 하지만 당신은 그럴 생각이 조금도 없을 것입니다. 당신은 남에게 음식을 나누어주느니 당신 배가 터져버리도록 먹는 것을 더 좋아할 테니까요."

그 말에 화가 난 안티노스가 큰 소리로 말했다.

"건방진 소리 말게, 텔레마코스. 이만큼 청혼자들이 적선해주었으면 되었지, 또 무얼 바란단 말인가. 동냥주머니가 저만큼 찼으면 석 달 동안은 족히 배를 곯진 않을 걸세."

이렇게 말하고 나서 그는 다리를 올려놓았던 식탁 밑의 발판을 들먹거렸다. 오디세우스는 청혼자들에게 빵이나 고기 따위를 구걸하여 동냥자루에 담기 바빴다. 그런 다음 안티노스 앞으로 다가가서 말했다.

"적선하십시오, 나리. 제가 보기에 여기 계시는 모든 아카이아 사람들 가운데에서도 당신이 가장 높으신 영주님같이 보입니다. 그러니 다른 사람들보다도 더 두둑하고 먹음직한 빵을 적선해주십시오. 그러면 저는 당신의 존엄하신 이름을 사방팔방으로 알리고 다니겠습니다. 사실 저도 예전에는 의젓하게 살아갈 수 있을 만큼 대단한 재물을 많이 가지고 있었는데, 크로노스의 아들이신 제우스 신께서 빼앗아가버렸지요. 저는 키프로스 섬에서 위세를 떨쳤던 사람이요. 허나 거역할 수 없는 운명의 힘으로 인해 그만 이렇게 온갖 고난을 겪고 떠도는 신세가 되고 말았소."

이에 안티노스가 말했다.

"대관절 어떤 불사의 신께서 이렇게 귀찮은 놈을 보내셨나. 잔치를 완전히 망쳐놓는군. 정말 뻔뻔스럽고 염치라곤 눈곱만큼도 없는 놈이군. 돌아가면서 누구한테나 달라붙어 구걸하는군. 썩 꺼지지 못할까!"

그러자 오디세우스는 조금 뒤로 물러서며 말했다.

"당신은 보기보다 사려분별을 갖추지 못하신 분이로군요. 남의 집 음식에 신세를 지면서 가엾은 늙은이에게 빵 한 조각도 내주지 않겠다니 말이오."

그러자 안티노스는 치밀어 오르는 화를 못 참고 눈을 치켜뜨며 외쳤다.

"이 추잡한 놈. 그래 네가 여기서 온전하게 빠져나갈 수 있다고 생각하느냐."

그러면서 그는 발판을 들어 오디세우스의 오른쪽 어깨를 후려쳤다. 그러나 오디세우스는 꿈쩍도 하지 않은 채 오만한 안티노스를 바라보며 말했다.

"명심해두십시오. 세상에서 가장 아름다운 부인의 청혼자들이여, 내가 내 마음에 명령을 하여 말하는 것입니다만, 애당초 한 사나이가 자기 재산을 지키기 위해 싸우다가 뭇매를 맞았을 경우에는 한탄할 여지도 없을 것입니다. 그러나 나는 순전히 굶주린 창자 때문에 이런 쓴맛을 보고 있는 것입니다. 하지만 혹시 거지들을 수호하시는 신이나 복수의 신이 계신다면, 부디 나를 때린 저 안티노스가 혼인을 하기 전에 재앙을 받기를 비는 바입니다."

이에 에우페이테스의 아들 안티노스가 대꾸했다.

"떠돌아다니는 거지 주제에 잔말이 많구나. 그 주둥아리를 틀어막고 묶어서 강물에 처넣기 전에 얌전히 구걸한 음식이나 처먹어라."

지나친 안티노스의 말에 성미가 급한 몇몇 젊은이들이 화를 내며 말했다.

"안티노스여, 불운에 처해 있는 떠돌이를 자네가 때린 것은 온당치 못한 일이네. 그것은 오히려 재앙을 부르는 거나 다름없지. 만일 이 사람이 하늘에 계시는 불사의 신들 중 하나라면 어쩌려고 그러나. 사실 신들께서는 온갖 모습으로 변장하여 인간 세상에 내려와 인간의 본심을 떠보는 수가 있으니 말일세."

그러나 안티노스는 귀담아듣지도 않고, 거만스러운 몸짓으로 구차한 오디세우스를 노려볼 따름이었다.

한편 이런 상황을 모두 들은 페넬로페는 유모에게 이렇게 말했다.

"유모, 정말 모두가 보기 싫은 사람들뿐이야. 불쌍한 타국 사람이 어쩔 수 없이 구걸을 했다는데, 죽음의 신 같은 안티노스가 매정하게 그 사람의 등덜미를 때렸다오."

그리고 그녀는 한숨을 쉬면서 유모와 시녀의 위로를 받으며 내전의 베틀에 앉아 있다가 갑자기 돼지치기 에우마이오스를 불러들여 말했다.

"에우마이오스여, 내 부탁할 게 있어서 불렀다네. 그 손님을 좀 데리고 오게. 여러 나라를 많이 돌아다닌 모양이니, 혹시 어디선가에서 오디세우스 님에 대해 얻어들은 말이라도 있는지 알아보게 말이야."

그 말에 대해 에우마이오스가 말했다.

"마님, 그 사람은 보통 사람이 아닌 것 같습니다. 그 사람의 말은 틀림없이 마님의 마음을 사로잡을 것입니다. 저와도 꼬박 사흘 밤을 같이 보냈지요. 그는 크레타 섬을 다스리는 미노스 왕의 친척이라고 하는데, 온갖 고초를 다 겪으며 여러 곳을 떠돌아다닌 끝에 이곳에 온 모양입니다. 또 오디세우스 님에 대한 소식도 들었다고 우기고 있습니다. 그 사람의 말에 의하면 오디세우스 님은 풍성한 테스프로티아(Thesprotia; 그리스 서부의 이피로스 지역. 북쪽은 알바니아와 접하고 남서쪽은 이오니아 해에 접하고 있는 곳)의 마을에서 엄청난 재물을 가지고 오려고 준비하고 있답니다."

그러자 페넬로페는 만일 그 손님의 말이 사실이라면 구차한 옷을 버리게 하고, 겉옷이며 속옷 등을 주겠다고 하면서 얼른 그 손님을 모셔 오도록 했다. 그리하여 에우마이오스는 빵을 거머쥐고 먹고 있던 오디세우스 곁으로 가서 말했다.

"손님이시여, 어서 나를 따라오시오. 페넬로페 님이 당신을 찾고 계시오. 텔레마코스 님의 모친께서 말입니다. 오디세우스 님에 대해 묻고 싶은 것이 있는 모양입니다. 그리고 당신의 말이 확실하다면, 당신이 원하는 대로 다 베풀어주겠다고 하오. 성 전체를 돌아다녀 얻은 적선보다도 더 많은 것을 말입니다."

이에 인내심이 강한 오디세우스가 말했다.

"에우마이오스 님, 지금은 좀 곤란합니다. 내가 내전으로 들어간다면 오만방자한 청혼자들이 또 무슨 흉악한 짓을 벌일지 모르니까요. 당신도 조금 전에 보셨던 것처럼 아무 죄도 없는 나에게 뭇매를 가하지 않았습니까. 그러니 마음은 급하시겠지만 해질녘까지 기다려 달라고 하십시오. 그때에는 오디세우스 님의 귀국 날짜를 물어봐도 좋으니까요."

돼지치기 에우마이오스는 오디세우스의 뜻을 페넬로페에게 전했다.

그러자 자상한 페넬로페는 눈을 동그랗게 뜨면서 말했다.

"어째서 그런 생각을 했을까? 떠돌아다니는 처지에 그토록 조심성이 있는 것도 딱한 일이군."

그러자 돼지치기 에우마이오스가 말했다.

"자신을 구하자면 누구든지 그런 생각을 가지고 있을 것입니다. 우쭐거리면서 온갖 고약한 짓을 하는 놈들과 마주치지 않도록 말입니다. 그러니 마님께서도 해질녘까지 기다렸다가 조용히 그 사람의 이야기를 듣는 것이 좋을 것 같습니다."

이에 현명하고 눈치 빠른 페넬로페가 말했다.

"좋소, 타국에서 오신 손님의 뜻을 무시해서는 안 되지. 글쎄 어떤 신분인지는 모르겠지만, 안티노스처럼 악랄한 사람은 아니겠지."

페넬로페와 여러 가지 말을 주고받고 난 돼지치기 에우마이오스는 다시 청혼자들이 먹고 마시고 즐기는 자리로 갔다. 그리고 텔레마코스에게 허리를 굽혀 소곤거렸다.

"도련님, 저는 이제 그만 가볼까 합니다. 도련님과 저의 생활 밑천인 돼지들을 지켜야 되지 않겠습니까. 그리고 도련님의 신변에 무슨 일이 생기지 않도록 조심하시기 바랍니다. 아카이아 족들 중에는 못된 짓을 꾸미는 사람들이 많으니까요. 도련님은 항상 마음속으로 충분히 생각하면서 모든 일들에 잘 대처해 나가십시오."

이렇게 말하고 그는 잔치가 벌어지고 있는 홀을 떠났고, 텔레마코스는 그에게 내일 아침에 제물로 쓸 살진 돼지를 가져오라 명했다.

제 18 권

오디세우스와 거지 이로스의 실랑이

연회장에 이타카 거리에서 온통 구걸하고 다니는 젊은 거지가 한 명 나타났다. 그는 남달리 커다란 창자를 가지고 있었기 때문에 항상 무언가를 삼키고 마시는 것밖에 모르는 자였다. 이름은 아르나이오스(Arnaeus)라고 했는데 그것은 태어날 때 그의 어머니가 붙여준 이름이었고, 이 마을 청년들은 심부름꾼인 그 거지를 이로스(Irus; '심부름꾼'이라는 뜻)라고 불렀다. 이자가 나타나 오디세우스를 쫓아내려고 그에게 심한 욕설을 퍼부으면서 말했다.

"이 영감쟁이야, 지금 당장 너의 목덜미를 잡고 끌고 나가기 전에 어서 문 밖으로 썩 꺼지지 못해. 모두들 너를 끌어내라고 나에게 눈짓하고 있는 것도 모르는가. 그러니 나하고 한바탕 하기 전에 당장 꺼지란 말이야."

그자를 쳐다보면서 오디세우스가 말했다.

"건방진 소리 작작해라. 나는 너에게 피해준 적도 없거니와 그런 말도 하지 않았다. 그리고 누구든지 많은 물건을 너에게 적선하더라도 나는 조금도 샘을 내지 않을 거다. 게다가 이 저택은 아직 우리 두 사람이 같이 서 있을 만큼 넓다. 너도 다른 사람의 몫을 탐낼 필요는 없지 않은가. 너나 나나 똑같은 거지인데, 행복이라는 것은 신께서 우리에게 나누어주시는 몫이라고 생각해. 그러니까 힘으로 너무 나에게 덤비지 않는 것이 좋을 걸세. 내 화를 돋우지 않도록 말이야. 나는 비록 이렇게 늙었어도 네 가슴이나 혀를 피투성이로 만드는 것쯤은 식은 죽 먹기지만 그래서는 안 되니 하는 말이다. 그렇게 되면 내일부터 네가 라에르테스의 아들 오디세우스의 궁에는 다시 들어올 수 없게 될 테니까."

그러자 거지 이로스는 화가 치밀어 함부로 말했다.

"이것 봐, 이 허수아비 같은 녀석이 무슨 말을 지껄여대는 거냐. 부엌 일보는 늙은 할망구처럼 말이야. 지금 당장에라도 이 두 손으로 아래턱을 쳐서 땅바닥에 뿌려 놓을 테다. 논밭을 파헤치는 돼지새끼처럼 몽둥이를 안겨줄 테니까. 그럼 자, 준비나 하시지. 너 같은 녀석이 이렇게 젊은 나와 싸울 수 있는가 여기 있는 사람들이 잘 봐줄 테니. 한바탕 해보자구."

이렇게 두 사람은 높은 창문 앞의 잘 닦여진 방바닥 위에 서서 서로 화가 치밀어 거칠게 말을 주고받았다. 이 두 사람의 말을 듣고 패기에 넘쳐 보이는 젊은 안티노스는 통쾌한 듯 웃으면서 청혼자들 사이에서 소리쳤다.

"들어보시오, 여러분. 여태껏 이런 일은 한 번도 없었습니다. 신께서 우리에게 이런 즐거움을 보내주신 것입니다. 이 낯선 손님과 이로스가 한판 겨뤄보겠답니다. 그러니 지금 당장 맞붙여 놓는 것이 어떻겠습니까."

이렇게 말하자 거기 있는 사람들이 모두 웃으며 자리에서 일어나 거지들의 주변에 몰려들었다. 그러자 다시 안티노스가 말했다.

"모두들 잘 들어보시오. 용감한 청혼자 여러분, 잠깐 할 말이 있습니다. 여기에 기름과 피를 가득 넣은 염소 창자가 화덕 위에 몇 개 놓여 있습니다. 두 사람 중 이긴 사람에게 그가 바라는 것을 마음대로 갖게 합시다. 그리고 이제부터는 여기서 늘 우리와 함께 식사를 하도록 허락해줍시다. 그러나 진 거지에게는 다시는 여기에 구걸하러 오지 못하도록 합시다."

이렇게 안티노스가 말하자 모두들 동의했다. 그들 사이에서 오디세우스가 말했다.

"귀하신 여러분, 온갖 고생으로 지쳐 있는 이 늙은이가 저 젊은 사람과 싸울 수는 없습니다. 하지만 내 굶주린 창자가 나를 싸움으로 내몰고 있소. 그러니 고귀하신 여러분들께서 제발 약속을 해주십시오. 절대로 누구든지 이로스의 편을 들어 힘센 손으로 나를 때려누이는 무도한 일은 하지 않겠다고 말입니다."

이렇게 말하자 사람들은 모두 그의 요구를 들어주었다. 그래서 그들이 맹세의 말을 끝내자, 이번에는 패기에 넘친 텔레마코스가 모든 사람들 앞에 나섰다.

"손님, 당신의 마음과 용기가 그토록 원한다면 이 사나이와 싸워도 좋습니다. 그리고 다른 아카이아 족 인간들을 무서워할 필요가 없습니다. 당신을 치려는 사람이 있다면 더 많은 사람들과 싸워야 할 겁니다. 바로 이 집 주인 노릇을 하는 사람은 나이며, 지체 있는 영주님 두 분께서도 찬성했습니다. 안티노스와 에우리마코스는 분별이 있는 분들입니다."

이렇게 말하자 사람들은 모두 찬성했다. 이윽고 오디세우스가 해진 겉옷을 벗어 허리에 감자 훌륭하고 튼튼한 허벅지와 떡 벌어진 어깨와 울룩불룩한 근육이 발달한 두 팔이 보였다. 게다가 아테나 여신이 옆에서 돌봐주어 그의 손발은 더욱 강인해졌던 것이다. 그러자 청혼자들은 모두 당황해서 서로 얼굴을 바라보면서 말했다.

"이제 이로스는 자기가 자청해서 끌어들인 화를 입게 될 거야. 저 노인네 다리 좀 봐."

모두들 이렇게 말하자, 이로스가 어쩔 줄 몰라 하고 있는데 하인들은 아랑곳하지 않고 겁에 질려 있는 그를 억지로 끌어냈다. 손발을 덜덜 떨고 있는 그를 안티노스는 꾸짖고 이름을 부르면서 말했다.

"이 느린 소 같은 놈아, 정말 네가 이 노인이 무서워서 벌벌 떨 거라면 차라리 이 자리에 없었던 편이 더 좋았을 것이다. 아니면 이 세상에 나오질 말았어야 해. 저 늙은이는 고생만 해 지칠 대로 지쳐 있는데도 겁을 내다니. 내 분명히 말해둔다. 만약 이 늙은이가 이긴다면 너를 검은 칠을 한 배에 태워 에케토스 왕이 있는 땅으로 보낼 테다. 그 왕은 모든 인간들을 무지막지하게 대하거든. 그는 분명 네 코와 귀를 무자비하게 칼로 베어 그대로 개들에게 먹게 할 것이다."

이렇게 말하자 이 사나이는 사시나무 떨듯 다리를 떨었다. 그런 그를 마당 가운데로 끌어내 두 사람 다 손을 들고 싸울 자세를 취하도록 했다. 이때 인내심 많고 거룩한 오디세우스는 여러 가지 생각에 잠겼다. 때려누인 다음 그대로 숨지게 할 것인지, 아니면 살짝 주먹질을 해 땅바닥에 뉘어버리고 말지, 여러 가지 생각 끝에 아카이아 족들의 주의가 자기에게 쏠리지 않을 정도로만 살짝 때려주기로 마음먹었다. 두 사람은 싸움을 시작했다. 이로스가 오디세우스의 오른쪽 어깨를 치자 오디세우스는 상대편 귀밑 목줄기를 쳐서 뼈를 부러뜨렸다.

그러자 이로스는 새빨간 피를 토해내면서 비명을 지르고 바닥에 쓰러졌다. 그러더니 발버둥을 치면서 이빨을 갈았다. 그러자 기분이 통쾌해진 청혼자들은 두 손을 들면서 배가 터지도록 웃었다. 오디세우스는 이로스의 다리를 질질 끌고 현관 앞을 가로질러 복도 아래 창문이 있는 앞뜰에 도착하자 정원 울타리에 그를 기대어놓고 한쪽 손에 지팡이를 쥐어주며 외쳤다.

"너는 개와 돼지나 쫓으면서 여기 앉아 있어. 너 같은 녀석은 다른 나라에서 온 사람들이나 거지들의 우두머리 노릇을 하려는 허튼수작은 그만 접어라. 치사스러운 놈아, 잘못하면 더 심한 봉변을 당할 테니까."

이렇게 말하고는 두 어깨에 초라한 자루를 메고 다시 제자리로 갔다. 한편 청혼자들은 통쾌하게 웃고 안으로 들어가면서 그에게 인사의 말을 던졌다.

"이봐, 제우스 신이나 다른 불사의 신들께서는 자네가 바라는 것과 좋아하는 것을 얻을 수 있게 해주실 걸세. 자네가 저 욕심쟁이 녀석이 온 나라 안을 떠돌아다니지 못하도록 해주었으니 말일세. 저놈을 당장 에케토스 왕에게 보내버려야겠어."

그들이 말하는 뜻을 알아차린 오디세우스는 흐뭇하게 생각했다. 안티노스는 여기서 기름과 피를 가득 채운 큰 주머니를 그에게 집어 주었다. 마음이 강직하고 사리분별력이 있어 페넬로페의 호감을 산 암피노모스는 바구니에서 빵을 두 조각 집어 그에게 건네준 다음 황금술잔을 권하며 말했다.

"손님이여, 반갑구려. 그대가 오랫동안 행복하길 바라오. 하지만 지금은 모진 고통을 겪고 있구려."

그러자 오디세우스가 대답했다.

"암피노모스 님, 정말 당신은 분별력이 있습니다. 당신이 훌륭한 조상을 모시고 있기 때문이오. 나는 둘리키움의 니소스의 명성을 익히 알고 있소. 그분의 아들이니 어련하시겠습니까. 그러니 제 말을 들어주십시오. 이 땅 위에서 살면서 움직이는 모든 것들 중에서 인간보다 더 가엾고 나약한 존재는 없습니다. 잘못을 저지르면 화를 입는다는 것을 전혀 깨닫지 못하기 때문입니다. 하지만 불행히도 신들께서 노여움을 품고 계실 때는 참을성 있게 그 노여움을 견디어 나가야 하는 것이 인간입니다. 이 땅 위에 살고 있는 인간이란 그런 것이며, 제우스 님이 마련해주시는 하루하루도 그렇습니다. 나도 전에는 인간들 사이에서 부귀와 영화를 누리고 있었고, 힘과 권력을 믿고 난폭하고 도리에 어긋나는 행동도 했습니다. 부모나 형제들을 믿고 말입니다. 그러니 어떤 분이든지 도리에 벗어난 짓을 해서는 안 됩니다. 그리고 신들의 권유를 순순히 받아들이는 것이 좋습니다.

그런데도 한 무사의 재산을 탐내고 그 부인께 무례한 짓을 하고 있으니 인간들은 얼마나 많이 법과 도리에 벗어나는 행동을 하고 있는 걸까요. 그러나 그 무사가 자기 고국을 오래 떠나 있으리라고는 생각지 않습니다. 아니 바로 근처에 와 있을 것입니다. 그분이 그리운 고국에 돌아왔을 때는 누구도 그분과 만나지 말고 조용히 집에 있도록 신들께 기도드리겠습니다. 청혼자들과 그분이 만난다면 결코 피를 흘리지 않고는 끝을 맺지 못하리라고 생각하기 때문입니다."

이렇게 말하자 꿀 같은 포도주를 신에게 먼저 따른 다음 건배를 하고 나서 암피노모스의 손에 잔을 돌려 주었다. 그는 온갖 고민을 안은 채 고개를 흔들면서 궁 안으로 걸어갔다. 그는 무슨 변고가 생길 것 같아 마음에 걸렸으나, 죽음의 운명을 피할 수는 없었다. 아테나 여신이 이미 그의 운명을 예정해 놓아 텔레마코스의 창에 불가항력적으로 찔려 죽게 될 테지만, 지금은 다시 자기 자리로 돌아가 앉았다. 그때 빛나는 눈의 아테나 여신이 이카리오스의 딸이며 눈치가 빠른 페넬로페에게 이런 생각을 불어넣었다. 즉 청혼자들의 정열을 부추겨 자신이 더욱 소중한 존재라는 것을 남편과 아들에게 알려주기 위해 청혼자들 앞에 자기 모습을 드러내는 것이었다. 그래서 억지로 얼굴에 미소를 짓고 시녀를 불러 말했다.

"에울리노메여, 전에는 한 번도 생각해본 적이 없는 일을 지금 해보고 싶어. 청혼자들의 눈앞에 내 모습을 보여주는 거야. 나는 그들을 좋아하지 않지만 말이야. 그리고 아들에게 무슨 일이 있어도 흉포한 청혼자들과는 사귀지 말도록 일러주겠어. 그들은 입으로는 훌륭한 말을 지껄여대지만 돌아서서는 음흉한 흉계를 꾸미고 있으니까."

그러자 나이가 많은 시녀 에울리노메가 말했다.

"네, 정말 말씀하신 뜻은 사리에 맞습니다. 그러면 몸을 깨끗이 씻고 얼굴에 화장을 하신 뒤 아드님에게 가서 잘 말씀드리세요. 그렇게 눈물에 얼룩진 얼굴로 가시면 안 돼요. 마님이 특별히 불사의 신들에게 기도를 드려 턱수염이 덥수룩하게 난 아드님의 모습을 보고 싶다고 하셨던 만큼 이제 아드님도 어른이 되셨답니다."

그러자 이번에는 페넬로페가 말했다.

"에울리노메여, 그대의 친절한 마음은 알겠지만 몸을 말끔히 씻고 얼굴에 화장을 하는 일로 내 기운을 돋우려고 하지 말라. 꽃다운 내 매력은 이미 그분이 배를 타고 떠난 뒤 올림포스를 지키시는 신들이 내게서 빼앗아 갔으니. 궁전에서 내 옆을 지켜주도록 아우트노에(Autonoe)와 히포다미아(Hippodamia)에게 이리 오도록 전해라. 나 혼자서는 청혼자들 앞에 나타날 수 없으니 말이야."

이렇게 말하자 늙은 시녀는 다른 하녀들에게 명령을 전하기 위해 떠났다.

이때 아테나 여신은 또 다른 일을 생각해내어 페넬로페에게 달콤한 잠이 오게 했다. 그 틈에 거룩한 여신은 아카이아의 청혼자들이 매혹되어 바라보도록 귀중한 선물을 주었다. 우선 페넬로페를 멋진 관을 쓴 아프로디테 여신이 선녀들의 무도회에 갈 때의 옷차림으로 아름답게 꾸며 주었다. 그다음에는 좀 더 늘씬하고 풍만하며 살결도 깎아 놓은 흰 상앗빛으로 보이게 해 주었다. 그리고 나서 여신은 어디론가 사라져버렸다. 잠시 후 시녀들이 이쪽으로 오면서 재잘거리는 소리에 그녀는 단잠에서 깨어났다.

"내가 그만 깜박 잠이 들고 말았었네. 제발 이처럼 달콤한 죽음을 지금 당장 성스러운 아르테미스 님이 나에게 내려주셨으면 좋겠는데. 사랑하는 오디세우스의 뛰어난 덕망을 연모하면서, 더 이상 한탄이나 마음고생을 하지 않도록 말이야. 그분은 정말 아카이아 족의 용사들 중에서도 가장 훌륭한 분이었어."

이렇게 말하고 그녀는 두 시녀를 데리고 찬란하게 빛나는 2층 계단을 내려왔다. 마침내 청혼자들이 있는 곳에 도착한 그녀는 탄탄한 기둥 옆에 멈춰 섰다. 그리고 얼굴 앞의 넓은 베일을 눌러 쥐었다. 그 양쪽을 시녀들이 지키고 있었다. 그녀의 모습을 보자 그곳에 있던 청혼자들은 연모의 정이 솟구쳐 모두 매혹되고, 한번 안아보고 싶다는 욕망에 사로잡혀 무릎에 힘이 빠져버렸다. 그녀는 자기 아들 텔레마코스에게 말했다.

"텔레마코스, 이제 네 마음이나 생각이 분명치 못하구나. 어렸을 때는 지금보다 더 사리분별력이 뛰어났었지. 그런데 지금은 성인이 되었고 부귀영화를 갖춘 분의 자제라고 자부하는데, 너의 생각이나 마음은 그렇지 않은 것 같구나. 지금 이 궁 안에서 손님이 수치를 당하는 걸 그냥 바라보고만 있다니. 손님이 우리 궁전에 와서 받은 불친절한 대접 때문에 변고라도 생긴다면 어찌 되겠느냐. 그야말로 네 치욕이 되고 세상 사람들에게서 조롱을 당하게 될 거다."

이에 대해 텔레마코스가 대답했다.

"어머님, 아무리 화를 내시더라도 저는 할 말이 없습니다. 하지만 저도 속으로는 충분히 사리판단을 할 수 있습니다. 물론 모든 일에 다 현명한 생각을 가진다는 것이 불가능하지요. 여기 계시는 분들이 모두 음흉한 속셈으로 요리조리 핑계를 대면서 올바른 길에서 빗나가게 하지만 한 사람도 도와주는 사람이 없기 때문입니다. 그리고 아까 손님과 이로스와의 싸움은 청혼자들이 원했던 대로 끝나지 않았어요. 정말 제우스 대신이나 아폴론 신께 부탁드립니다만, 아까와 마찬가지로 청혼자들이 우리 궁 안에서 참패를 당해 머리가 거덜이라도 났으면 좋겠습니다. 마치 저 이로스가 문 앞에서 목을 건들거리고 있는 것처럼 모두 지쳐버렸으면 좋겠습니다. 주정꾼들처럼 발로 바로 서지도 못하고 손발의 뼈가 빠져 집에도 못 돌아가도록 말입니다."

이렇게 두 사람은 서로 말을 주고받았다. 그러자 에우리마코스가 입을 열어 페넬로페에게 말했다.

"이카리오스의 딸인 현명한 페넬로페여, 만일 아카이아 사람들 모두가 당신의 모습을 보았다면 더 많은 청혼자들이 당신의 궁전으로 몰려와서 아침부터 파티에 참석했을 것입니다. 그것은 당신이 어느 여인보다도 그 자태나 키나 또 마음속의 주도면밀한 생각까지 남달리 뛰어나기 때문입니다."

이에 대해 이번에는 현명한 페넬로페가 대답했다.

"에우리마코스 님, 아르고스 사람들이 일리오스를 향해 출발했을 때, 신께서 이미 나의 뛰어난 자태나 몸매를 앗아가고 말았습니다. 이 사람들 중에는 제 남편 오디세우스도 함께 갔습니다만, 그분이 돌아와 나의 명예를 되찾아주기 전까지는 그저 눈물만 흘리고 있을 뿐입니다. 남편은 고국을 떠나면서 출정할 때 나의 오른쪽 손목을 잡으면서 이렇게 말씀하시고 떠나셨습니다.

'아내여, 나는 아카이아 용사들이 트로이에서 모두 안전하게 귀국하리라고는 생각지 않소. 트로이에도 당당한 무사들이 많기 때문이오. 그러니 신께서 나를 귀국시켜 줄지 말지는 알 수가 없소. 그러니 당신에게 모든 것을 부탁하오. 내가 멀리 떠나 있지 않았을 때보다 궁전 안에 계시는 아버님과 어머님을 잘 보살펴주오. 그리고 내 아들이 어른이 되었다고 생각될 때, 그대는 집을 떠나 그대가 좋아하는 상대를 선택해서 다시 결혼

해도 좋소.'

이 말이 이제는 현실이 되고 말았습니다. 그렇지만 지금 심한 괴로움이 가슴을 짓누르고 있습니다. 청혼하는 분들의 관습이 전에는 이렇지 않았기 때문입니다. 상대의 부모나 처녀에게 청혼하는 자들은 소나 양을 여러 마리 가지고 와 처녀의 집안 사람들에게 대접을 하고 귀중한 선물을 보내기도 했습니다. 남의 집 재산을 보상하지도 않고 축내는 일은 하지 않았습니다."

이 말을 듣고 오디세우스는 속으로 기뻐했다. 모든 청혼자들의 마음을 달콤한 말로 속여 용서해주면서 선물을 받으려는 것이었으나, 사실 그녀의 생각은 다른 데 있었다.

그러자 그녀에게 이번에는 에우페이테스의 아들 안티노스가 말했다.

"현명한 페넬로페여, 아카이아 족 중 청혼을 원하는 사람들은 선물을 가지고 올 것입니다. 선물을 받지 않고 거절하신다면 결코 예의가 아닙니다. 당신이 아카이아 족 중에서 가장 뛰어난 남자와 결혼하기 전까지 나는 어느 곳으로도 돌아가지 않으렵니다."

이렇게 안티노스가 말하자 그의 말에 모두 동의했다. 그래서 그들은 각자 하인을 집으로 보내 선물을 가져오게 했다. 안티노스의 하인은 훌륭한 오색찬란한 옷을 선물로 가져왔는데, 거기에는 열두 개의 황금 브로치가 붙어 있고 갈고리 쇠가 달려 있었다. 그리고 에우리마코스는 정교한 황금 목걸이를 가져왔는데, 거기 달린 호박구슬은 태양처럼 빛났다. 또 에우리다마스(Eurydamas)의 하인들은 귀고리 한 쌍을 가지고 왔는데 오디 같은 구슬이 세 개 달려 있었다. 그리고 폴릭토르(Polyctor)의 아들 페이산드로스 왕(king Pisander; 트로이 전쟁에서의 뮈르미돈의 대장)의 집에서는 더욱 훌륭한 목걸이를 가져오는 등, 아카이아 족의 청혼자들은 저마다 훌륭한 선물을 가져왔다.

이윽고 페넬로페는 2층으로 올라갔으며 시녀들은 아주 훌륭한 선물들을 날랐다. 한편 사람들은 가슴을 흔드는 춤과 노래에 마음껏 즐거워하면서 저녁때가 오기를 기다렸다.

모두들 즐겁게 보내는 동안 어둠이 찾아왔다. 얼마 후 불을 밝히기 위해 큰 촛대 세 개가 궁전에 설치되었다. 그리고 오디세우스의 시녀들이 번갈아가며 그것을 밝혀 주었다. 그런데 제우스의 피를 이어받은 지혜로운 오디세우스가 그녀들에게 말했다.

"오디세우스 님의 시녀들이여, 거룩한 왕비님이 계시는 궁전으로 돌아가 그 곁에서 왕비님을 위로해 드리세요. 내가 이 큰 촛대에 불이 꺼지지 않도록 할 테니까요. 아름다운 발코니에 새벽빛이 비칠 때까지 여러분들이 안 오시더라도 제가 지켜 드리지요."

이렇게 말하자 시녀들은 깔깔대며 웃었다. 붉은 볼의 멜란토(Melantho)는 그에게 마구 욕설을 퍼부었다. 그녀는 돌리오스(Dolius; 페넬로페가 오디세우스에게 시집갈 때 딸려 보낸 노예 정원사)의 딸이었는데, 페넬로페가 자기 딸처럼 키워주었는데도 불구하고 페넬로페에게 고마움을 느끼지 못하고 있었다. 더구나 에우리마코스와 정분을 맺고 있는 여자였다. 그녀가 비꼬는 투로 오디세우스에게 욕설을 퍼부었다.

"볼품없는 떠돌이야, 머리가 어떻게 된 것 아니야. 지체 높으신 분들이 계신 곳에서 주책 떨지 말고 대장간에 가서 잘 생각이나 해라. 술에 취해 당치도 않은 소릴 지껄이고, 부랑자 이로스에게 승리했다고 우쭐대는군. 앞으로 이로스보다 더 강한 자가 곧 나타나 네놈 머리를 때려 피투성이를 만들어줄 거야. 힘센 손으로 방 밖으로 끌어낼 테니 조심해야 할 걸."

그녀의 얼굴을 쏘아보면서 오디세우스가 말했다.

"뻔뻔스러운 계집 같으니. 당장 네 손발을 잘라 없애도록 지금 곧 텔레마코스 님에게 말해줄 테다."

이렇게 시녀들의 간담을 서늘하게 만들어 놓자, 시녀들은 모두 두려움으로 파랗게 질렸다. 오디세우스는 타오르는 촛대 옆에서 불을 지키며 장승처럼 서서 모든 사람들을 살피고 있었다. 그러면서도 그는 반드시 해야 할 일들을 깊이 궁리하고 있었다.

아테나 여신은 교만한 청혼자들이 무자비하게 구는 것을 멈추게 하지 않았다. 라에르테스의 아들 오디세우스의 분노를 더욱 솟구치도록 하기 위해서였다.

먼저 에우리마코스가 오디세우스에게 욕설을 퍼부어 동료들의 웃음거리로 만들려고 했다.

"세상에서도 유명한 왕비의 청혼자 여러분, 내 말 좀 들어보시오. 이 사나이가 오디세우스의 궁전에 온 것은 신의 뜻에서가 아닙니다. 지금 이자의 머리털이라곤 하나도 눈에 보이지 않으니, 마치 촛불이 그의 머리에서 비치는 것 같습니다."

이렇게 말하고 나서 오디세우스에게 권했다.

"이봐, 나그네, 내 하인이 되지 않겠는가? 돌을 모아 울타리도 만들고 큰 나무를 심어 키우기도 한다면, 나는 먹을 것을 거르지 않고 주고 또 신발도 줄 테다. 그러나 넌 밭일은 싫어할 것이다. 그래서 거리를 돌아다니며 구걸을 하는 것이지. 언제나 허기에 지쳐 있는 네 창자를 채우려고 말이야."

그러자 오디세우스가 말했다.

"에우리마코스 님, 정말로 우리 둘이서 해도 긴 여름에 밭일을 할 수 있었으면 좋겠습니다. 만약 목초 베기를 한다면 난 휜 낫을 사용하겠소.

그리고 당신도 그런 것을 들고 잔뜩 우거진 곳에 가서 식사도 하지 말고 아주 어두워질 때까지 겨뤄 봅시다. 예를 들어 소를 모는 일이라면 제일 좋은 다갈색의 황소를, 그것도 풀을 실컷 뜯어먹고 나이도 같고 등에 업은 짐 무게도 같아 그 힘을 절대로 무시 못 할 정도의 소로 말입니다.

이건 또 다른 이야기지만 크로노스의 작은 신이 어디선가 싸움을 걸어오게 한다면, 방패와 창 두 개와 관자놀이에 꼭 맞는 청동제 투구만 준다면 나는 앞장서서 싸우는 것을 보여드리겠습니다. 그때 당신은 내 배 창자를 업신여기지는 못할 것입니다. 그리고 당신은 자기를 너무나 훌륭한 사람이라고 자부하는 것 같습니다. 교제 범위가 좁은 데다가 번변하지 못한 놈만 사귀기 때문입니다. 저 대문이 굉장히 넓게 열려 있지만, 이제 곧 현관에서 그곳으로 도망칠 때는 아주 좁게 보일 것입니다."

오디세우스가 이렇게 지껄여대자 에우리마코스는 더 화가 치밀어 큰 소리로 말했다.

"뭐라고, 이 못된 놈아! 어디다 대고 무슨 불손한 소리를 지껄여대는 거냐. 함부로 입을 놀리는 것을 보니 술이 취했거나, 아니면 부랑자 이로스에게 승리했다고 정신이 돌아버린 게구나."

이렇게 소리를 지르고 나서 발판을 집어 들었다. 오디세우스를 향해 던진 발판은 술을 따르는 시종의 오른팔에 맞았다. 이에 시종은 비명을 지르면서 쓰러졌다. 그러자 청혼자들 사이에서 와자하게 떠들어대는 소리가 들려왔다. 그중 한 사람이 말했다.

"정말 저 떠돌이가 여기에 오기 전에 어디 길가에서 죽었더라면 좋았을걸. 그랬다면 이런 소동은 일어나지 않았을 것 아닌가. 그런데 지금 거지가 소란을 피우고 있으니 맛있는 음식을 즐기려던 생각이 싹 가시고 말았네. 돼먹지 못한 놈이 판을 치고 있으니 말이야."

이에 용감한 텔레마코스가 말했다.

"별말씀을 다 하십니다. 당신들은 정신없이 식사도 했고 마실 것도 다 마셨습니다. 아마 신께서 당신들에게 화를 내고 계시는 것 같습니다. 어느 분이든 내가 쫓아내지는 않겠지만, 여러분들이 알아서 댁으로 돌아가셨으면 합니다."

그러자 청혼자들은 모두 입술을 깨물고 눈을 부릅뜨며 텔레마코스를 노려보았다. 그리고 아레티오스의 손자이자 니소스의 아들인 암피노모스가 대꾸했다.

"아, 여러분, 저 손님은 오디세우스의 궁 앞에서 텔레마코스가 도와주도록 내버려 둡시다. 우리는 어서 술이나 더 마시도록 합시다."

그러자 모두 이 말에 찬성하고, 다시 제자리에 앉았다. 그들을 위해서 물리오스(Mulius)가 혼주병에 술을 섞었다. 둘리키움에서 온 전령사이며 암피노모스의 시종인 그 사람이 모든 사람들에게 돌아가면서 술을 따랐다.

여기서 그들은 지복한 신들에게 신주를 바친 뒤, 실컷 술을 마시고 잠을 청하기 위해 각자 집으로 돌아갔다.

제 19 권

오디세우스가 페넬로페 앞에 나타나다

모든 사람들이 잠자리로 돌아가자, 마침내 오디세우스와 텔레마코스만이 저택에 남게 되었다. 오디세우스는 팔라스 아테나 여신의 힘을 빌려 아들에게 말했다.

"텔레마코스, 무기를 감춰 놓도록 하자. 만약 청혼자들이 무기를 찾거든 차분히 이렇게 얘기하거라. '연기를 쐬지 않도록 간수해 두었습니다. 오디세우스 님이 두고 가실 때와는 달리 모양이 형편없이 달라졌기 때문입니다. 또 속담에 쇠붙이라는 것은 무사들을 유혹하는 힘이 있다고 하니 혹시 당신들이 술에 취해 무기를 함부로 다루면 잔치는 물론 청혼도 못 하게 될 테니까요.'라고 말이다."

그러자 텔레마코스는 아버지의 말에 따라 유모 에우리클레이아를 불러내 다음과 같이 말했다.

"유모, 모든 시녀들은 한 명도 방에서 나오지 못하게 했으면 좋겠어. 아버님의 무기를 모두 창고에다 감추어버릴 때까지 말이야. 아버님이 안 계시는 동안 무기를 너무 소홀히 했어. 내가 철이 없었던 탓이기도 하지만, 이제부터는 불기가 닿지 않는 곳에 보관해 두어야겠어."

유모는 조용히 시녀들의 방문을 모두 닫았다. 오디세우스와 영리한 아들 텔레마코스는 빛나는 눈의 여신 아테나의 힘을 빌려 모든 무기를 다 운반했다. 그들 앞에는 아테나 여신이 황금 촛대를 손에 들고 밝은 빛을 비쳐 주었다. 그러자 영리한 텔레마코스가 말했다.

"아버님, 모든 것들이 정말 이상합니다. 방의 벽들이나 마른 전나무로 된 칸막이들이 모두 타오르는 불길 같아요. 하늘에 계시는 불사의 신들 중의 한 분이 분명 우리 집에 찾아오신 것 같습니다."

이에 오디세우스가 말했다.

"텔레마코스, 잠자코 있어라. 이것은 올림포스에 계시는 신들이 하는 일이란다. 그러니 너는 이제 그만 침실로 돌아가거라. 나는 여기 남아서 시녀들이나 네 어머니를 시험해보아야겠다."

이리하여 텔레마코스는 횃불의 인도를 받아 침실로 향했다. 오디세우스는 홀로 대청에 앉아서 아테나 여신의 도움으로 여러 가지 궁리를 하고 있었다. 이때 페넬로페가 시녀들과 함께 나왔다. 황금의 아프로디테나 아르테미스 여신과 같은 모습의 페넬로페는 상아와 은으로 된 소용돌이 무늬가 새겨져 있고, 보들보들한 산양가죽이 덮여 있는 안락의자에 앉았다. 그러자 시녀들이 빵과 고기와 포도주 잔을 식탁 위에 날라다 놓기 시작했다. 그때에 멜란토가 오디세우스를 보자 이내 야단을 쳤다.

"이 거지야, 아직도 여기 남아 있었구나. 어서 썩 나가지 못해. 그래 밤새도록 우리를 골탕 먹일 작정이냐. 궁 안 구석구석을 돌아다니면서 시비를 걸려고 작정했나. 이 불붙은 장작개비로 쫓아내기 전에 썩 꺼지라고!"

그 말에 오디세우스가 푸념을 하면서 답했다.

"여보시오, 시녀님. 아무리 내 행색이 이렇지만 너무 푸대접을 하는구려. 사방팔방을 떠돌아다니는 거지라고 괄시를 하는 건가. 하지만 예전에는 나도 남보란 듯이 산 적이 있었다오."

이렇게 시녀와 실랑이를 벌이고 있는 광경을 보자 페넬로페는 시녀를 꾸짖고 에우리노메(Eurynome)에게 이렇게 말했다.

"에우리노메, 의자와 그 위에 덮을 양털을 가지고 오너라. 그리고 저 손님을 모시고 오너라. 오디세우스 님에 대해 알고 있다니 자세히 묻고 싶구나."

이렇게 명령하자 늙은 시녀 에우리노메는 의자를 가져다 놓고 그 위에 양털을 깔았다. 그러자 오디세우스가 그곳에 가 앉았다.

페넬로페가 먼저 입을 열었다.

"타국에서 오신 손님, 제가 지금부터 여쭙는 말에 거짓 없이 대답해주세요. 우선 당신은 어디서 온 분이며, 대체 어떤 신분의 사람입니까?"

낮에는 짜고 밤에는 풀다 시녀들에게 들킨 페넬로페의 베짜기

그러자 오디세우스가 말했다.

"아름다운 부인이시여, 당신은 정말로 지체가 높고 이 세상 어느 누구
도 당신을 비난할 사람은 없을 것입니다. 그런데 당신은 제 쓰라린 사연
을 되씹게 하는 것 같아 마음이 아플 뿐입니다. 제발 제 쓰라린 과거를
묻지 말아주십시오. 분별도 없이 항상 슬픔에 젖어 있는 것은 참으로 어
리석은 일이니까요."

이에 페넬로페가 말했다.

"손님이시여, 지금 제 처지도 무척이나 고통스럽고 슬프답니다. 오디세우스 님이 일리오스로 떠나기 전의 저는 어느 여자도 따르지 못할 정도로 우아하고 아름다웠답니다. 그러나 지금은 오디세우스 님을 연모하는 마음으로 가득 차 있는 저를 수많은 청혼자들이 괴롭히는 바람에 무척 초췌해졌고 한숨과 고통으로 나날을 보내고 있을 뿐입니다. 처음에 저는 청혼자들을 피하기 위해 베틀을 방 안에 들여다 놓고 폭 넓은 베를 짰었습니다. 그 이유를 청혼자들에게 말해주었지요. '여러분들, 당신들의 마음은 무척 초조하겠지만 좀 기다려주십시오. 저는 연로한 시아버지 라에르테스 님의 수의를 만들 베를 짜야겠습니다. 만일 시아버지의 수의를 지을 베도 없다면 이타카의 여자들은 나를 욕할 것입니다.' 그렇게 청혼자들을 설득시켰지요. 그리고 낮에는 큰 베틀에서 베를 짜고 밤에는 횃불을 켜 놓고 그것을 다시 풀곤 했답니다. 그리하여 3년 동안은 청혼자들을 속일 수 있었는데, 돼먹지 못한 시녀들이 고자질하는 바람에 그것도 헛일이 되고 말았습니다. 지금은 혼인을 피할 수도 없고 다른 꾀도 생각해내지 못하고 있는 실정이지요. 그동안 제우스 신의 도움으로 아들은 의젓한 어른으로 성장했어요. 아무튼 당신의 이야기를 듣고 싶군요. 당신이라고 돌멩이나 측백나무에서 태어난 것은 아니겠지요."

그러자 오디세우스가 대답했다.

"존엄한 오디세우스의 눈치 빠른 부인이시여, 저의 사연을 듣고 싶어하는 까닭이 무엇입니까. 정 소원이시라면 이야기해드리지요. 지금의 저보다 더한 슬픔으로 가득 차게 될지라도 말입니다. 저는 크레타 출신입니다. 그 섬은 쪽빛 바다 한가운데에 자리 잡고 있는 매우 아름답고 풍요로운 땅입니다. 그곳에는 90개의 마을이 있으며 언어가 다른 주민들이 섞여 살고 있습니다. 아카이아 족도 있었고 용맹스런 에티오크레티스 족

(Eteocretans; 크레타 원주민), 부족이 셋인 도리스 족(Dorians)과, 고명한 펠라스고이 족(Pelasgi) 등이 있지요. 그 가운데에서도 크노소스(Cnossus)라는 거대한 성도(成都)가 있는데, 미노스 왕이 9년 동안 왕위에 올라 제우님의 법령을 베풀었답니다. 바로 그분이 저의 조부이시며, 도량이 넓으신 데우칼리온(Deucalion; 미노스와 파시파에의 아들이자 카트레우스, 글라우코스, 안드로게오스의 형제. 그는 테세우스의 친구이며 칼리돈의 사냥에 참가했다. 메리오네스의 조부이기도 하다.)의 부친이십니다. 데우칼리온 님은 저와 이도메네우스(Idomeneus)를 낳았는데, 그는 흰 배들을 이끌고 아트레우스 집안의 두 왕과 함께 일리오스 원정길에 올랐습니다. 제 이름은 아이톤(Aethon)이라 하는데 그때 바로 오디세우스 님을 보았습니다. 저희 집에서는 그분을 초대하여 많은 선물을 드리고 정중히 대접해드리기도 했습니다. 물론 그분과 함께 온 동지들에게도 달콤한 붉은 포도주를 대접하고 희망하시는 모든 일들이 성취되시도록 제물로 바치는 소까지 대접해드렸습니다. 그래서 12일 동안 존엄한 아카이아 분들은 저의 집에 머무르셨습니다. 그러다가 13일째가 되는 날에야 오디세우스 님은 배를 띄우셨습니다."

오디세우스는 거짓말을 하면서도 진짜 이야기를 하는 것처럼 자연스러웠다. 그래서 그 말을 듣는 페넬로페는, 마치 높은 산에 쌓였던 눈이 녹아서 흐르는 듯 눈물을 흘리며 처절한 모습으로 오디세우스를 바라보았다. 비탄에 젖어 우는 아내의 모습에 오디세우스는 가슴이 찢어질 것만 같았으나 끝내 신분을 감추고 두 눈을 미동도 하지 않았다. 하염없이 눈물을 흘리면서 줄곧 흐느끼던 페넬로페가 다시 말문을 열었다.

"그러면 손님, 이번에는 당신 이야기를 시험해보려고 합니다. 진정으로 당신이 존엄하신 내 남편과 신이나 다름없는 동지들을 대접하셨다고 하니 당신도 증명하실 수 있을 것입니다. 그때 내 남편의 차림새며 얼굴 모습이며, 또 남편을 따라온 동지들은 어떤 사람들이었는지요."

그 말에 대해 오디세우스가 말했다.

"그토록 오랫동안 헤어져 있던 분 이야기를 한다는 것은 정말 어렵습니다. 그분이 배를 타고 떠나신 지 벌써 20년이나 됐으니까요. 하지만 제 기억을 더듬어보도록 하지요. 그러니까 오디세우스 님은 자홍색 털실로 짠 망토를 걸치고 계셨습니다. 두 겹으로 된 것이었지요. 또 옷 고리는 황금으로 된 두 개의 버클로 되어 있었습니다. 그 앞면에는 그림이 그려져 있었는데, 신음하고 있는 알록달록한 사슴을 개가 앞발 사이에 잡고 있었습니다. 바지는 마치 양파 껍질처럼 반짝거렸습니다. 그 모습이 눈부시게 찬란해 많은 시녀들은 그분을 감탄의 눈길로 바라볼 뿐이었습니다. 그런데 한 가지 명심할 것은, 그 옷이 본래의 자기 옷이었는지 아니면 누구에게서 선물 받았는지 모른다는 것입니다. 아무튼 그분 옆에는 전령이 따르고 있었다는 것도 말씀드리겠습니다. 그 사람은 어깨가 둥그스름하고 살결이 검으며 은발을 가진 자로서 오디세우스 님보다 나이가 많아 보였습니다. 그분의 이름은 에우리바테스(Eurybates)라고 했고 오디세우스 님은 누구보다도 그분을 위하셨습니다."

그렇게 확실한 여러 가지 증거를 들은 페넬로페는 가슴이 벅차 눈물을 흘리면서 말했다.

"손님, 전에는 정말 불쌍하신 분이셨지만 지금은 우리 집의 귀중한 손님이 되셨습니다. 방금 이야기하신 옷들은 모두 제가 지어 드린 것이었습니다. 만일 청혼자들 중에서 당신에게 해코지하는 자가 있다면 그는 더 큰 봉변을 당하게 될 겁니다. 그자가 아무리 화가 나더라도 여기서는 아무 일도 못 할 테니까요. 당신은 변변하지 못한 차림새지만 지식이 많으신 것 같군요. 인간이란 본디 유한한 존재이기 때문에, 인색하고 악행을 좋아하는 사람은 분명 죽은 뒤에도 고통을 받으며, 살아 있는 동안에도 재앙을 얻을 겁니다. 그러나 고결하고 깨끗한 좋은 사람이라면 그에게 대접받은 사람들이 그 평판을 널리 세상에 알릴 것이며, 그 덕망을 많은 사람들이 찬양할 겁니다."

이에 오디세우스가 말했다.

"아아, 존엄하고 지혜로운 오디세우스 님의 부인이시여. 당신은 정말 훌륭하신 분입니다. 저는 방랑생활을 하면서부터 담요도 이불도 싫어졌습니다. 그저 쉬고만 싶을 뿐입니다. 또 발을 씻을 물도 바라지 않고, 이 궁전의 시녀가 제 발을 씻어주는 것도 거절하겠습니다. 다만 저와 같은 고생을 많이 해서 마음이 다져진 분이 계신다면 그분께 제 발을 씻어주도록 부탁하고 싶습니다."

이에 눈치 빠르고 현명한 페넬로페가 말했다.

"다정스러운 손님, 여태까지 타국에서 우리 집에 오신 손님 중에서 당신처럼 현명하고 무엇이든 잘 아시는 분은 없었습니다. 마침 여기에 분별력이 있고 마음이 넓은 나이 든 시녀가 있답니다. 그분은 오디세우스 님을 지극하게 돌봐주신 둘도 없이 착한 분이랍니다. 이제는 일할 나이가 지났지만 당신 발을 씻겨줄 것입니다. 사리가 밝은 에우리클레이아, 속히 주인님과 같은 연배가 되시는 저 손님의 발을 씻겨드려라. 혹시 오디세우스 님도 지금 이분과 같은 행색을 하고 계실지도 모르니까. 정말 마음이 아프구나. 인간이 불행해지면 늘 저런 모습이 되고 말거든."

그녀가 이렇게 말하자 늙은 하녀는 손님의 모습이 너무나 불쌍해 얼굴을 두 손으로 가리고 뜨거운 눈물을 흘리면서 울먹이는 소리로 말했다.

"아, 손님을 위해서라면 무슨 일이든 못 하겠습니까. 당신은 신을 공경하는 것 같은데도, 제우스 님이 당신을 미워하시는 것 같군요. 당신만큼 제우스 신께 제물을 바치고 살찐 돼지의 허벅지를 바친 사람도 드물 테지요. 그런데도 당신은 사방천지를 헤매면서 온갖 고통을 맛보고 고향에 돌아갈 기회마저도 빼앗겨버렸으니 말이에요. 우리 오디세우스 님도 당신과 같은 곤경을 겪고 계실지도 모르지요. 여기서 당신이 겪은 모든 일과 마찬가지로, 주인님도 어느 훌륭한 저택에 들어갔을 때 뭇 여자들과 몹쓸 사내들이 조롱하며 욕설을 퍼부었을지도 모르죠. 그 여자들의 욕설과 모욕을 피하려고 당신은 발 씻기를 거절하시겠지만 저는 당신의 더러워진 발을 씻겨 드리겠어요. 저는 그 일이 조금도 싫지 않으니까요. 더구나 당신은 지금은 안 계시지만, 저의 주인님과 비슷하거든요. 오디세우스 님은 당신과 같은 목소리와 걸음걸이를 가지고 계셨지요. 이제 당신의 발을 씻겨 드리겠어요. 자상하신 페넬로페 님이 제게 시키신 일이고, 저 또한 당신의 불행한 모습을 눈뜨고 볼 수가 없으니까요."

이에 오디세우스가 말했다.

"감사합니다. 당신이 이렇게까지 비천한 저를 생각해주시다니. 저는 이따금 사람들로부터 제가 오디세우스 님을 닮았다는 이야기를 들었습니다."

그러자 늙은 시녀는 큰 대야를 가지고 와서 찬물을 부은 뒤 뜨거운 물로 알맞게 온도를 맞추어 놓았다. 오디세우스는 난로 가까이에 등을 돌리고 앉아 되도록 어두컴컴한 쪽으로 발을 돌렸다. 자칫하다가는 자기의 신상이 드러날지도 모르기 때문이었다. 그의 다리에는 아테나 여신의 불찰로 예전 오디세우스의 흉터가 그대로 남아 있었다. 그래서 늙은 유모는 구차한 손님의 발을 잡고 샅샅이 씻겨주기 시작했을 때 얼핏 그의 상처를 발견했다. 그것은 일찍이 아우톨리코스(Autolycus)와 그의 아들들

오디세우스의 발을 씻겨주는 에우리클레이아

과 함께 파르나소스(Parnassus; 그리스 중부 코린트 만 북부의 델포이 중앙에 위치한 석회암 산)에 사냥을 하러 나갔을 때 멧돼지의 이빨에 물린 상처였다. 아우톨리코스는 오디세우스의 외할아버지로서 세상 사람들 사이에 훔치는 솜씨와 거짓말을 잘 하는 재주로 유명한 사람이었다. 그것은 아우톨리코스가 헤르메스 신의 마음에 들 만한 어린 염소와 살찐 돼지의 허벅지를 제물로 바친 덕택에 얻은 재주였다. 아우톨리코스가 이타카의 풍요한 땅으로 자기 딸이 낳은 어린아이를 보러 왔다. 만찬이 끝난 뒤 에우리클레이아는 사랑스런 갓난아기를 아우톨리코스의 무릎에 올려놓고 말했다.

"아우톨리코스 님, 당신이 직접 이 갓난아기에게 이름을 지어주십시오. 당신은 귀여운 따님이 어서 아이를 낳기를 무척 기다리셨지요. 어서 좋은 이름을 생각해보십시오, 아우톨리코스 님."

이에 아우톨리코스가 대답했다.

"나의 의젓한 사위와 사랑스러운 딸아, 이제 내가 지어주는 어떤 이름이든 간에 이 아이에게 반드시 붙여주기 바란다. 나는 여태껏 온 누리를 메우고 있는 모든 사람들로부터 증오의 대상이 되어왔단다. 수완이 좋은 나를 모든 사람들은 두려워했었지. 그러니 이 아이의 이름을 오디세우스 (증오, 적의를 받은 자)라고 붙이는 것이 좋겠다. 그리고 이 아이가 자라서 어른이 되어 어머니의 고향인 외갓집을 찾아 파르나소스를 방문한다면 나는 거기에 있는 내 재산을 나눠줘서 오디세우스를 기쁘게 해주고 싶다."

그리하여 오디세우스는 혈기 있게 성장하자 파르나소스로 갔던 것이다. 훌륭한 선물을 받고 외할아버지의 모습도 볼 겸 해서 그가 거기에 당도하자 아우톨리코스와 그의 아들들은 오디세우스를 환영했다. 외할머니인 암피테아(Amphithea)는 오디세우스를 두 손으로 얼싸안고 기쁨의 눈물을 글썽이면서 그의 손과 두 눈에 키스를 했다. 또한 외할아버지인 아우톨리코스는 아들들을 불러서 식사준비를 시켰다. 아들들은 아버지의 명령에 따라 즉시 다섯 살이 된 암소를 잡아 요리 준비를 하고 갖은 과일과 붉은 포도주를 곁들여 잔치를 베풀었다. 그날은 온종일 해가 서산으로 완전히 사라질 때까지 마음껏 먹고 마시고 했다. 그리고 드디어 칠흑 같은 어둠이 찾아오자 모두들 잠의 여신이 베푸는 잠자리로 들어가 포근한 잠을 청했다.

다음 날 장밋빛 손가락을 한 새벽의 여신이 찾아오자, 모두들 일어나 식사를 준비하여 실컷 먹고 난 뒤 아우톨리코스의 아들들은 숲속으로 사냥을 나섰는데, 오디세우스도 따라갔다. 그리하여 파르나소스 산의 험준한 구릉지대를 지나 사방에 나무가 울창한 숲속에 이르렀다. 이름 모를 짐승들이 우는 소리가 간간이 들려오고 괴상한 모양의 고목들이 음침하게 드리워진 곳이었다. 이에 사람들보다 먼저 사냥개들이 짐승이 지나간 발자국을 뒤쫓아갔으며, 그 뒤로 아우톨리코스의 아들들이 쫓아갔고, 오디세우스는 그들에 섞여 사냥개를 바짝 뒤따라 창을 흔들면서 뛰어갔다. 그곳은 비도 새어들지 못할 정도로 나무들이 꽉 들어차 있었고, 나뭇잎이 수북이 쌓여 있었다. 나무가 빼곡하게 들어찬 그 음침한 그늘 밑에 거대한 멧돼지의 잠자리가 있었다. 개를 몰며 사냥꾼들이 가까이 다가오는 소리를 들은 멧돼지는 등줄기의 털을 곤두세우고 눈에는 불을 켠 채 사냥꾼들 바로 앞으로 달려들었다. 이때 용감한 오디세우스가 다부진 손으로 긴 창을 들고 단번에 찔러 죽이려고 앞으로 나갔다. 멧돼지는 달려오는 오디세우스를 앞질러서 비스듬히 뛰어와 그의 무릎에 부딪히면서 뾰족한 이빨로 종아리를 찌르고 말았다. 하지만 뼈까지는 닿지 않았다. 동시에 오디세우스는 번쩍이는 날카로운 창으로 멧돼지의 어깨를 찔렀다. 순간 굉장한 신음소리와 함께 큰 멧돼지가 땅바닥으로 고꾸라져버렸다. 죽은 멧돼지를 아우톨리코스의 아들들이 잘 처치하고, 또한 기백이 넘치고 신과도 같은 오디세우스의 상처를 붕대로 잘 감아 검붉은 피를 지혈시켰다. 그리고 모든 장비를 챙겨 아우톨리코스의 저택으로 돌아왔다.

아우톨리코스와 그의 아들들은 오디세우스를 정성껏 치료해주고 값비싼 선물들을 주었다. 그러자 오디세우스는 무척 기뻐했으며, 그런 모습을 본 아우톨리코스가 더 기뻐했다. 얼마 동안 머문 뒤 오디세우스는 다시 그리운 이타카 섬으로 돌아왔다. 그리고 부모님에게 파르나소스에서 있었던 모든 일들과 또 사냥을 가서 멧돼지를 잡다가 입은 성스러운 상처를 보여주기도 하면서 덕분에 굉장한 멧돼지를 잡은 일 등을 자랑스럽게 이야기했다.

지금 늙은 유모는 그 흉터를 발견하자 너무도 기쁨에 넘치고 놀라워서 그만 손바닥으로 받치고 있던 오디세우스의 발을 떨어뜨리고 말았다. 그러자 그의 다리는 청동 그릇에 소리를 내면서 한쪽으로 기울어지고 바닥에 물이 엎질러졌다. 늙은 유모는 너무도 감격스러워 두 눈에 눈물이 가득 괴면서 목이 메어 소리도 나오지 않았다. 잠시 후 그녀는 목 메인 소리로 말했다.

"틀림없이 오디세우스 님이시군요. 그런데 저는 당신의 다리를 만져보기 전에는 주인님인 줄 몰랐답니다."

그러고는 페넬로페 쪽을 바라보았다. 그것은 자상한 안주인에게 존엄한 오디세우스가 지금 이 궁전 안에 계시다는 것을 알려드리려는 마음에서였다. 한편 페넬로페는 아테나 여신의 유인으로 아무것도 눈치채지 못한 채 다른 곳에 마음을 쏟고 있었다.

오디세우스는 늙은 유모의 팔목을 붙잡았다. 그러고는 조심스럽게 말했다.

"유모, 자네는 나를 파멸시키고 싶진 않겠지. 내가 태어났을 때부터 나를 돌봐주고 키워준 사람이니까. 나는 온갖 고초를 겪은 끝에 20년 만에 간신히 돌아온 거야. 그러니 그대가 알아챘다고 하더라도, 또 신께서 그대에게 나의 귀국을 알게 해주셨다고 하더라도 자네는 조용히 있어야 해. 궁전에 있는 모든 사람들이 눈치채지 못하도록 말일세. 만일 이를 어길 경우에는, 신께서 내가 교만한 청혼자들을 처치하도록 해주셔서 내 궁전에 있는 다른 시녀들을 죽일 때 그대가 유모라고 해도 결코 용서해주지 않을 거야. 이 일은 내가 지금 말했듯이 반드시 실현될 테니 말이야."

그 말에 대해 남달리 눈치가 빠른 에우리클레이아가 대답했다.

"제가 언제까지나 섬기는 주인님, 정말 무슨 말씀을 그렇게 하십니까. 제가 얼마나 입이 무겁다는 것을 잘 알고 계시면서 말입니다. 신께 맹세하지만 절대로 비밀을 지키겠어요. 그런데 한 가지 말씀드리고 싶은 것이 있답니다. 만약 신께서 주인님 손으로 오만무례한 청혼자들을 처치하도록 해주신다면 그때에는 궁 안에 있는 시녀들 모두의 본심을 가르쳐드리죠. 누가 무례한 짓을 했고 누가 죄를 지었는지 말이에요."

이에 지혜로운 오디세우스가 말했다.

"유모, 그런 시녀들에 대해서 자네가 무슨 말을 할 수 있겠나. 조금도 그럴 필요가 없어. 그건 내 힘으로도 충분해. 그러니 그런 것에는 신경 쓸 필요 없다네. 다만 입 조심하고 모든 일들을 신들께 맡겨두게나."

그리하여 늙은 시녀는 조용히 일어나 대야의 물을 다시 떠 왔다. 이윽고 그녀는 오디세우스의 발을 씻긴 다음 올리브유를 골고루 발라 주었다. 오디세우스는 흉터를 누더기 속에 감추고 페넬로페가 있는 난롯가의 의자로 다가갔다. 그리고 발을 말리기 시작했는데, 이때 페넬로페가 말문을 열었다.

"친근하신 손님, 한 가지만 더 물어보겠어요. 이 물음에만 답해주시고 편안한 잠자리로 들어가셨으면 합니다. 조금 있으면 아무리 괴롭고 머리가 복잡한 사람이라도 달콤한 잠에 들 시간이니까요. 신들께서 저에게 헤아릴 수 없는 슬픔을 내리셨으므로 낮에는 탄식하기도 하고 울기도 하나, 그래도 제 일에 전념을 해보려고 시녀들이 일하는 것을 일일이 돌보면서 마음을 달래기도 합니다. 하지만 일단 밤이 되어 모든 사람이 잠들면 저는 잠자리에 누워 끝없는 번뇌에 가슴을 태우면서 탄식에 젖어 몸을 뒤척이다가 그대로 밤을 지샌답니다. 정말 하루하루가 괴롭기만 합니다. 저 판다레우스(Pandareus; 남편 제토스의 쌍둥이 형제인 암피온(Amphion)과 그의 아내인 니오베(Niobe)가 여섯 명의 아들과 여섯 명의 딸을 둔 것을 시기하였다. 그래서 아에돈은 니오베의 맏아들을 죽이려고 했다. 그러나 실수로 그만 자신의 아들인 이틸로스를 죽이고 말았다.)의 딸 회갈색 나이팅게일(nightingale)이 기운이 돌기만 하면 얼마나 고운 소리로 울부짖는지, 그리고 우거진 나뭇잎에 앉아 몇 번이고 목청을 돋우어 사랑하는 아들 이틸로스(Itylus)의 일을 탄식하며 얼마나 울어대는지 당신은 아십니까. 예전의 그 아들은 제토스 왕(king Zethus)의 자식이었는데 그녀의 실수로 죽였답니다. 그와 마찬가지로 지금 제 가슴도 갈가리 찢겨 번민하고 있어요. 저는 하인들과 지붕이 높은 큰 궁전을 지키면서 제 아들과 더불어 남편을 위해 수절하며, 백성들의 평판을 소중히 간직하려고 애를 쓰고 있어요. 그러나 한편으로는 아카이아 사람 중에서 가장 뛰어난 분이 궁전에 와서 청혼을 하며 끊임없이 결혼 선물을 보내오고 있는데, 그분을 따라갈까 하는 마음이 생기기도 하지요. 아들이 아직 철도 들기 전에는 재혼은 생각할 엄두도 못 냈었지요. 지금은 아들도 커서 어른이 다 되었고, 텔레마코스는 저더러 친정으로 돌아가 있으라고 합니다. 아카이아 족들이며 모든 청혼자들이 우리의 재산을 축내고 있어 아들도 속으로 무척 초조해 하고 있답니다.

아무튼 지금 제가 말하고 싶은 것은 제 꿈을 좀 해몽해주셨으면 하는 거예요. 꿈에 우리 집에서 거위 20마리가 물통에서 밀을 먹고 있었어요. 저는 그것을 바라보면서 마음을 달래고 있었지요. 그러자 산 쪽에서 큰 솔개가 날아오더니 거위들의 목을 물어 모두 죽여버렸어요. 그리고 솔개는 하늘 높이 날아 올라가고 죽은 거위만이 이리저리 나동그라져 저를 슬프게 했답니다. 저는 그 꿈속에서 흐느껴 울고 있었는데, 곱게 머리를 땋아 올린 아카이아 족 여자들이 내 곁에 모여들었어요. 그러자 하늘 높이 날아갔던 솔개가 다시 날아와서 대들보 꼭대기에 앉아, 울고 있는 저에게 사람의 음성으로 말하는 것이었어요.

'염려하지 말라, 타국에까지 평판이 자자한 이카리오스 님의 딸이여. 이건 꿈이 아니라 현실이 될 것이다. 거위는 청혼자들을 가리킴이고, 나는 솔개로 보이겠지만 너의 남편이다. 그리하여 모든 청혼자들에게 비참한 최후를 안겨줄 것이다.'

그래서 저는 안도의 숨을 내쉬고 달콤한 잠에서 깨어났답니다. 그리고 사방을 둘러보니 거위들은 평소와 다름없이 물통에서 파닥거리며 밀을 쪼아 먹고 있더군요."

이에 대해 오디세우스가 말했다.

"그 꿈은 다른 방법으로는 도저히 해몽할 수가 없을 것입니다. 꿈속의 오디세우스 님이 그것을 정확하게 해명해주셨으니 말입니다. 그러니 청혼자들은 전부 몰살될 것이 확실합니다. 그들 중 누구도 죽음의 운명에서 헤어나지는 못할 것입니다."

이에 페넬로페가 말했다.

"다정스런 손님, 본래 꿈이라는 것은 믿을 수 없는 것이며 정해진 이치도 없고, 또 그 해몽이 실현될지 안 될지 모르는 것입니다. 하지만 허망한 꿈에는 두 개의 문이 있다더군요. 하나는 뿔로 된 것이고 또 다른 하나는 상아로 되어 있답니다. 꿈 중에서도 쪼개진 상아로 된 문에서 나오는 꿈은 사람을 속여 성취되지 않습니다만, 손질된 뿔의 문을 통해 나오는 꿈은 언제든 누구에게나 사실 그대로 실현된다고 합니다. 만일 제가 꾼 그 꿈이 뿔의 문을 통해 나왔다면 얼마나 좋겠어요. 그렇다면 저나 텔레마코스에게는 그보다 경사스러운 일이 없을 거예요. 당신에게 한 가지 밝혀두고 싶은 것이 있군요. 이제부터 밝아오는 새벽의 여신은 검은 먹구름을 갖고 오실 것이라는 사실입니다. 저는 이 궁전을 떠나게 될지도 몰라요. 그러기에 저는 청혼자들에게 솜씨 자랑 내기를 시키려고 해요. 그래서 경기의 과녁으로 쌍날 도끼를 놓겠어요. 그 도끼는 오디세우스 님이 배의 용골을 버텨주는 받침대처럼 이 집 안에 줄줄이 놓아두었던 것인데, 모두 열두 개가 있습니다. 그분은 꽤 먼 곳에서 활을 쏘아 그 도끼 구멍 과녁을 맞히셨지요. 그러니 누구든 활을 쏘아 열두 개의 도끼 구멍 과녁을 꿰뚫는 분을 따라서 저는 이 궁을 떠날 것입니다."

이 말에 지략이 풍부한 오디세우스가 대답했다.

"존엄하시고 지혜로운 라에르테스의 아들 오디세우스 님의 아름다운 부인이시여. 저도 그 경기를 여는 것에 찬성합니다. 청혼자들이 그 과녁을 맞히기 위해 활을 쥐고 줄을 당기기 전에 오디세우스 님은 이리로 오실 테니까요."

그러자 페넬로페가 말했다.

"손님이시여, 진정으로 말씀드리지만 당신이 이렇게 제 옆에서 언제까지나 이야기를 해주신다면 저는 절대로 졸지 않을 거예요. 하지만 누구든 영원히 졸음이 안 올 수는 없겠지요. 잠이란 생명의 근원이니까요. 오디세우스 님이 저주스러운 도시(트로이)로 떠나신 뒤로는 언제나 눈물 젖은 침실이었지만 그래도 내전으로 들어가겠어요. 당신도 편히 주무시도록 하세요."

그러면서 그녀는 2층 침실로 올라갔다. 그녀는 침실에 가자마자 무너지듯이 몸을 쓰러뜨리고, 팔라스 아테나가 그녀의 눈꺼풀에 잠을 쏟아줄 때까지 사랑하는 남편 오디세우스를 생각하며 눈물을 흘렸다.

제 20 장
거만한 청혼자들과 재앙을 알리는 데오클리메노스

오디세우스는 잠자리에 들었다. 먼저 황소 가죽을 바닥에 깐 다음, 그 위에 청혼자들이 잡아먹은 양의 털을 깔아놓았다. 오디세우스가 자리에 눕자 에우리노메가 이불을 덮어 주었다. 그리고 시녀들은 밖으로 나갔는데 그녀들은 청혼자들과 동침을 하며 깔깔거리고 문란한 밤을 보내고 있었다. 이에 오디세우스는 격분하여 당장 일어나 청혼자들을 하나씩 처치해버릴까, 아니면 그냥 잠들도록 놔둘까 이리저리 궁리했다. 그는 마치 낯선 사람을 보고 으르렁거리는 개처럼 마음을 억누를 수가 없었지만 북받치는 감정을 스스로 꾸짖었다.

"심장아, 참아라. 너는 이보다 더 심한 것들도 참아냈도다. 무시무시한 키클롭스가 네 동지들을 잡아먹던 때에도 말이다. 그때 너는 잘도 참아냈었지. 기지를 발휘해 그 동굴에서 빠져나올 때까지 말이다."

이렇게 가슴을 어루만지며 꾸짖자 심장은 이내 잠잠해졌다. 하지만 그의 머리는 온갖 상념들로 가득 차 있었다. 그는 그 생각들을 하나씩 정리하느라 여념이 없었다. 이때 잠의 안식을 채워주기 위해서 아테네 여신이 오디세우스의 머리맡을 찾아와 다정스럽게 말했다.

"오, 가엾은 사람아. 왜 이리도 잠 못 이루고 있나요. 이곳은 당신 집이고, 또 사랑스러운 아내와 자랑스러운 젊은 아들이 있는데 말이에요."

그러자 오디세우스가 말했다.

"여신이여, 그건 나도 모르는 바가 아닙니다. 하지만 내 마음속을 괴롭히는 것이 있습니다. 어떻게 하면 사악한 청혼자들을 내 손으로 해치울 수 있느냐 하는 것입니다. 게다가 더 어려운 고민이 있습니다. 비록 내가 제우스 신이나 당신의 도움으로 그놈들을 처치하더라도 그 뒷감당을 어떻게 할 수 있을까요."

이에 아테네가 말했다.

"무슨 말을 하는 거예요. 대부분의 신들은 나의 지혜만 못하고 사람들도 나를 믿고 의지하는데, 당신만 못 미더워하고 있어요. 나는 여신이고 당신의 모든 재앙을 막아주지 않았나요? 당신에게 분명히 이야기해두지요. 50명이나 되는 포악한 무리들이 우리 둘을 죽이려고 에워싼다 하더라도, 당신은 그들의 소 떼나 양 떼들을 빼앗아 올 수 있을 거예요. 그러니 이제부터는 잠들도록 하세요. 뜬눈으로 밤을 지새운다는 것은 무척 힘든 일이니까요. 당신은 이제 재앙으로부터 벗어날 테니 그리 염려하지 마세요."

오디세우스의 눈꺼풀에 잠이 오게 만들어준 아테나는 올림포스로 되돌아갔다. 이내 온몸을 나른하게 하는 잠이 오디세우스를 사로잡았고 온갖 번민에서 그를 해방시켜 주었다.

그 무렵 마음씨 착한 페넬로페는 설움이 북받쳐 흐느끼고 있었다. 그녀는 울음을 그치고 아르테미스 여신에게 기도를 올렸다.

"제우스의 따님이신 위대한 아르테미스 여신이여, 제발 저의 가슴에 화살을 쏘아 죽여주세요. 아니면 폭풍이 판다레오스의 딸들을 하늘 높

폭풍이 하늘 높이 데려가는 판타레오스의 딸들

이 데려갔듯이, 저를 낚아채 소용돌이치는 오케아노스 강어귀에 떨궈주세요. 신께서 부모를 앗아가는 바람에 그녀들은 고아가 되었습니다만 아프로디테가 치즈와 꿀과 달콤한 포도주를 먹여 키워주었습니다. 헤라 여신도 그녀들에게 모든 여인들 중에서도 가장 뛰어난 용모와 현명함을 갖추어주셨고, 아테네 여신은 훌륭한 손재주를 부여해주셨습니다. 그런데 어느 날 아프로디테가 올림포스 산으로 올라가 그녀들에게 혼례를 치러주려고 제우스 님에게 갔습니다. 그분은 모든 인간의 행복과 불행을 잘 알고 계시기 때문이었지요. 하지만 그 사이에 폭풍이 그녀들을 유괴해 무시무시한 복수와 저주의 여신들에게 시녀로 넘겨버렸습니다. 이처럼 저도 하늘에 계신 신들께서 저버려주시길 원합니다. 그리하여 오디세우스 님과 저세상에서 다시 만나게 해주세요. 낮 동안에는 가슴 태우며 하염없이 한탄하고 흐느낄지라도, 밤이 되어 잠의 노예가 된다는 것은 정말 싫어요. 그 잠이라는 것은 좋은 일이든 나쁜 일이든 잊게 하지요. 그런데다 신께서는 제게 악몽을 꾸게 하고 있어요. 바로 이전 밤에도 남편과 꼭 닮은 분이 제 곁에 누워 있었답니다. 그 모습은 남편이 원정을 떠날 때와 마찬가지였어요. 정말 꿈이 아닌 듯싶었지요. 제 남편은 과연 어디에 계시는 걸까요."

이렇게 기도를 마치자 밤이 지나고 날이 밝았다. 오디세우스는 아내의 울음소리를 듣자 잠시 마음이 산란해지고, 페넬로페가 이미 자기를 알아보고 머리맡에 다가와 있는 것만 같았다. 그래서 덮고 있던 겉옷과 양털을 걷어 안락의자에 올려놓고 황소 가죽은 밖으로 가지고 나가 치워버린 뒤, 두 손을 높이 쳐들고 하늘에 기도했다.

"제우스 신이여, 당신께서 저를 땅과 바다 위를 이리저리 끌고 다니신 뒤 결국은 조국으로 돌아오게 하셨으니, 정말이지 저한테는 엄청난 고뇌를 주셨습니다. 그러니 부디 이 집 안에서 잠이 깨어 있는 자들 중 그 누구든 입을 열어 좋은 예언을 하도록 해주십시오."

오디세우스의 기도를 들은 제우스는 곧 드높은 구름 사이로 번쩍이는 올림포스 산에서 우레를 울려 주었다. 이 소리를 들은 오디세우스는 기뻐서 어쩔 줄을 몰랐다. 때마침 집 안에는 열두 명의 여자들이 빵을 만들기 위해 밀과 보리를 빻고 있었다. 그중에서 다른 여자들은 일을 마치고 잠자리로 들어갔는데, 아직 한 여자만이 남아 일을 하고 있었다. 그때 이 여자는 절구질을 멈추고 예언을 중얼거렸다.

"제우스 신이여, 신들과 모든 인간들을 지배하는 당신은 맑은 하늘에서 우레를 울리셨습니다. 그런데 구름은 어디에도 보이지 않습니다. 이것은 분명 누군가에게 특별한 예언을 하시려는 것입니다. 그렇다면 가엾은 저에게도 한마디만 하게 해주십시오. 청혼자들이 오디세우스 님의 궁에서 만찬을 드는 것도 오늘이 마지막이 되도록 해주소서. 그들은 저희를 끝없이 일을 시키고 있습니다. 제발 그들이 어디서도 만찬을 들지 못하도록 해주소서."

이 말을 들은 오디세우스는 무척 기뻐했다. 몹쓸 청혼자들에게 복수할 수 있을 것 같은 느낌이 들었기 때문이다.

아침이 되자 다른 시녀들이 대청으로 몰려와 화덕에 불을 지폈다. 텔레마코스는 잠자리에서 일어나 의관을 갖추고 어깨에 칼을 둘러맨 다음 가죽신을 신었다. 예리한 청동촉을 끼운 창을 손에 쥔 그는 대청으로 나와 에우리클레이아를 불러 물었다.

"유모, 손님 대접은 어떻게 했소. 어머님은 착하신 분이시지만 가끔 신경에 거슬리는 일을 하시잖소."

그러자 에우리클레이아가 대답했다.

"도련님, 어머님은 손님을 정중히 모셨으니까 제발 아무 잘못도 없는 어머님을 꾸짖지 마세요. 먹을 것도 많이 나누어 주시고, 손님이 잠자리에 들 때에는 시녀들에게 잠자리를 갖추어 드리라고 분부하셨답니다. 하지만 그분은 온갖 학대를 받아온 처지라서 그런지 잠자리에 요를 깔고 자는 걸 마다하시며, 손질도 안 한 황소 가죽과 양가죽을 깔고 헛간에서 주무신다고 하셨어요. 그렇지만 대청 방 하나를 내드리고 겉옷을 덮어드렸답니다."

텔레마코스는 복도를 가로질러 개 두 마리를 데리고 밖으로 나갔다.

그러자 에우리클레이아는 시녀들에게 집 안 청소와 음식 준비를 시키고 살림을 돌보았다.

이때 돼지치기 에우마이오스가 가장 튼실한 돼지 세 마리를 끌고 오디세우스의 저택으로 들어왔다. 그 돼지들을 뜰에 풀어 둔 다음 에우마이오스는 오디세우스에게 다가와 상냥하게 말을 걸었다.

"손님, 어떻습니까. 아카이아 족 사람들이 당신을 이전보다 잘 대접해 주던가요, 아니면 여전하던가요?"

그러자 오디세우스가 말했다.

"정말이지 에우마이오스 님, 신들께서 이런 못된 짓에 천벌을 내렸으면 좋겠습니다. 그들은 무례하기 짝이 없소. 정말이지 남의 집에서 염치도 없이 이 무슨 짓이란 말이오."

이때 염소치기 멜란디오스가 다른 염소치기 두 사람과 함께 청혼자들의 상에 올릴 가장 좋은 염소를 끌고 왔다. 염소치기들은 누각 밑에 염소를 매어놓고 오디세우스에게로 다가왔다. 그중에서 멜란디오스가 큰 소리로 오디세우스를 나무랐다.

"이놈의 부랑자가 아직도 여기에 있다니, 언제까지 귀찮게 굴며 구걸할 작정이냐. 다른 곳은 갈 생각도 없느냐? 그렇다면 너와 나는 서로 주먹맛을 볼 수밖에 없겠구나. 네놈은 체면도 없이 동냥질을 한단 말이야. 다른 곳에도 아카이아 사람들의 잔치는 얼마든지 있단 말이다."

이에 오디세우스는 아무런 대꾸도 하지 않고 고개를 숙이며 꾹 참아냈다. 마음속으로는 이 몹쓸 놈을 호되게 혼내 줄 생각을 하면서.

그때 목동들의 우두머리인 필로이티오스가 새끼를 낳지 않은 암소와 몇 마리 염소들을 끌고 들어왔다. 그는 암소를 뜰에 매어놓은 다음, 돼지치기 에우마이오스에게 오디세우스를 가리키며 말했다.

"에우마이오스여, 저 손님은 누구입니까. 아는 분이요, 아니면 친척입니까? 보아하니 영주님같이 보이는데 말이오. 신들께서는 비록 영주라 할지라도 그들 신상에 슬픈 운명을 안겨줄 때는 형편없이 남루하게 만드신단 말이야."

그는 오디세우스에게 다가가 오른손을 잡으며 말했다.

"손님이시여, 지금은 몹시 고생스럽겠지만 점차 나아질 겁니다. 손님을 보니 괜히 이상스레 마음이 설레는군요. 오디세우스 님이 생각나서 눈물이 앞을 가립니다. 아마 그분도 살아계신다면 이런 누더기를 걸치고 어디에선가 헤매고 계실 겁니다. 하지만 이미 돌아가셔서 하데스의 궁전으로 가셨다면 어찌 그 원통함을 풀 수 있겠습니까! 그분은 참으로 자상한 분이었답니다. 지금은 못된 청혼자들이 이 집 안에서 설치고 있으니 가슴만 답답할 뿐이오. 그래서 나는 다른 곳으로 도망칠까도 생각했으나, 나보다 더 불운한 오디세우스 님을 포기할 수가 없었답니다. 혹시라도 오디세우스 님이 돌아오셔서 못된 청혼자들을 이 저택에서 몰아내지나 않으실까 해서 말이오."

이에 오디세우스가 말을 받았다.

"소 치는 분이여, 당신은 매우 선량한 이의 말귀를 알아듣는 사람 같습니다. 그래서 말해두겠소이다. 당신이 여기 있는 동안에 분명코 오디세우스 님은 이리로 돌아올 것입니다."

그러자 필로이티오스가 대답했다.

"지금 그 이야기를 제우스 신께서 들어주신다면 얼마나 좋겠소. 그렇게만 된다면 아마 당신도 내가 얼마만큼 재능을 지녔는지를 알게 될 거요."

한편 청혼자들은 텔레마코스를 살해할 음모를 꾸미고 있었다. 이때 갑자기 뒷발톱에 한 마리의 비둘기를 움켜쥔 독수리가 그들을 향해 왼쪽에서 날아왔다. 그러자 암피노모스가 모두를 보고 말했다.

"동지들이여. 아무래도 텔레마코스를 죽이려는 이 계획은 이루어질 것 같지 않네. 그 대신 만찬이나 들러 가세."

그리하여 그들은 오디세우스의 대청으로 올라가 겉옷을 의자에 걸쳐놓은 뒤 양과 염소와 돼지들을 제물로 도살했다. 그리고 내장을 구워 모두에게 돌렸다. 한편 소치기들은 포도주를 대접에 따라놓고 마시고 있었고, 우두머리인 필로이티오스는 모두에게 빵을 나누어 주었다. 식탁은 고기와 음식으로 가득했으며 모두들 분주히 왔다 갔다 했다. 오디세우스는 대청 문턱에 자리 잡고 앉았는데, 아테네 여신은 오디세우스의 마음을 시험하기 위해 오만한 청혼자들을 도구로 선택했다. 거기에는 오디세우스의 가슴속에 고통의 참맛을 느끼게 해주려는 의도도 들어 있었다.

안하무인격의 청혼자들은 오디세우스에게 온갖 욕설을 퍼부었다. 이에 텔레마코스는 다부진 말로 오디세우스에게 이 잔치에 참석할 특권을 안겨 주었다. 그러자 오디세우스의 앞에도 시녀들이 구운 내장과 빵을 내다 주었다. 이때 야비한 사메(Same) 출신의 크테시포스(tesippus)라는 사람이 청혼자들에게 말했다.

"청혼자 여러분들, 내가 한마디 해야겠소. 저 손님은 이미 우리하고 똑같은 몫을 받아 챙겼소. 텔레마코스를 찾아온 손님을 푸대접한다는 것은 좋지 못한 일이니까 말이오. 그래서 나도 저 사람한테 선물을 할까 하오. 저자가 아니면 목욕탕 청소부든 다른 어느 하인이든 고맙게 받아 가지도록 말이오. 이 오디세우스의 저택에 있는 사람이라면 누구든지 그것을 기꺼이 받아들일 것이오."

이렇게 말한 그는 접시에 놓여 있던 암소다리를 손으로 집어 오디세우스의 머리를 향해 힘껏 던졌다. 하지만 오디세우스는 고개를 살짝 피해 그것을 탄탄한 벽에 부딪치게 했다. 그러고는 속으로 몹시 비아냥거리며 잔인한 웃음을 지었다. 그러자 텔레마코스가 크테시포스에게 나무라듯 말했다.

"크테시포스 님, 이건 당신을 위해서 참 다행이었습니다. 손님이 당신이 던진 물건을 훌륭하게 피했으니 말이오. 만일 그것이 손님의 머리에 맞았다면 내가 창으로 당신을 찔러버렸을 거요. 아마도 당신 아버지는 여기서 결혼식은커녕 장례식을 치렀을 것이오.. 그러니 모두들 이 저택에서 오만방자한 짓은 그만두도록 하시오. 나는 무척 오랫동안 참고 견디어 왔소, 아무튼 더 이상 나한테 악의를 품고 난폭한 짓은 하지 말아주시오. 이제 나도 어린아이는 아니니까요."

그러자 사람들은 모두 물을 끼얹은 듯이 조용해졌다. 잠시 뒤 다마스토르(Damastor)의 아들인 아겔라오스(Agelaus)가 말했다.

"여러분, 텔레마코스의 말에 어느 누구도 화를 내거나 시비를 걸 수는 없을 것입니다. 그의 말은 하나도 틀린 게 없으니까요. 그러니까 우리도 이제부터는 저 이방인과 하인들을 대하던 태도를 고치기로 합시다. 하지만 텔레마코스 님과 어머니에게도 해주고 싶은 말이 있습니다. 지금 두 사람은 마음속으로 오디세우스의 귀국을 바라고 있습니다만, 사실상 지금으로서는 오디세우스 님이 돌아온다는 것은 불가능합니다. 그러니 당신도 마음을 돌리시고 어머님에게 누구든지 가장 뛰어나고 선물을 가장 많이 보내는 사람과 결혼하시도록 권하십시오. 그러면 당신은 아버님의 유산을 지키며 편안하게 식사나 술을 마실 수 있을 것이고, 페넬로페 님은 새로운 남편의 저택으로 가서 새 살림을 맡게 되실 테니 말이오."

이 말에 텔레마코스가 답했다.

"아겔라오스여, 나는 결코 어머님의 결혼을 늦추려는 것은 아닙니다.

오히려 누구든지 멋진 분과 결혼하기를 바라고 있습니다."

이에 청혼자들은 의미 있는 웃음을 입가에 띤 채 가슴을 졸이고 있었다. 이들은 과연 누가 페넬로페와 동침을 하고 오디세우스의 재산을 차지할 갓인지를 생각하며 기대에 부풀어 있었다. 이때 예언자 데오클리메노스(Theoclymenus)가 말했다.

"정말 불행한 인간들이군. 당신들 앞에 드리워진 이 무서운 그림자는 도대체 무엇이란 말인가. 당신들은 머리끝부터 발끝까지 온통 시커먼 악귀의 혼으로 덮여 있도다. 뺨은 눈물로 흠뻑 젖었고, 공중에는 곡소리가 넘쳐나는군. 더구나 훌륭한 이 궁전의 벽과 천정에서는 핏물이 떨어지고, 마당에는 지옥으로 가는 유령들이 가득 줄지어 있노라. 아, 태양은 하늘에서 자취를 감추고 불길한 어둠이 사방을 내리깔고 있구나."

이에 폴리보스의 아들 에우리마코스가 코웃음을 치면서 말했다.

"지금 막 굴러온 이방인인 것 같은데, 정신이 얼떨떨한 모양이군. 여봐라, 뭣들 하느냐, 저 사람을 당장 길거리로 내쫓아버려라."

그 말에 대해 데오클리메노스가 답했다.

"에우리마코스여, 당신에게 결코 배웅할 사람을 붙여달라고는 하지 않겠네. 나에게는 두 눈과 귀가 있네. 그리고 두 다리도 멀쩡하고. 게다가 분별력도 남보다 뒤지지 않다네. 이것들에 의지해서 나는 밖으로 나가려 하네. 오디세우스 님의 저택에서 난폭한 짓을 하고 무도한 일을 꾸민 당신들에게 닥쳐올 재앙이 분명히 보이는구나. 이제 청혼자들 그 누구도 그 재앙을 면치 못하리라."

이렇게 말하고 데오클리메노스는 저택에서 나와 곧바로 자기를 반겨주는 피라이오스(Piraeus)의 집으로 향했다. 하지만 청혼자들은 서로 얼굴을 쳐다보고 껄껄거리면서 데오클리메노스를 비웃었다. 어떤 오만한 청혼자는 텔레마코스에게 빈정거리며 약을 올렸다. 이에 텔레마코스는 파렴치한 청혼자들을 처치할 기회를 엿보면서 대청 문간에서 음식을 먹고 있는 오디세우스를 힐끔 쳐다보았다.

제 21 권

청혼자들과 활쏘기 시합을 하는 오디세우스

한편 페넬로페는 2층 창문가에 앉아, 웃고 떠들고 조롱하고 말다툼하느라 온 집 안이 떠들썩한 광경을 바라보고 있었다. 이때 빛나는 눈의 아테나 여신은 페넬로페의 마음속에 한 생각을 떠오르게 했다. 오디세우스의 저택 안에서 청혼자들끼리 경기를 벌이게 한다는 생각이었다. 그래서 그녀는 상아로 된 손잡이가 달린 청동 열쇠를 쥐고 내실의 높은 층계를 올라갔다. 거기에는 황금이며 청동, 또 많은 보물들이 가득했으며 오디세우스가 사용하던 화살들도 있었다. 그 화살은 오디세우스가 예전에 빚을 받으러 라케다이몬에 갔을 때 역시 열두 필의 암말을 찾으러 온 이피토스(Iphitus)가 선물로 준 것이었다. 그래서 오디세우스는 그 답례로 날카로운 검과 튼튼한 창을 선물했다. 하지만 제우스의 아들 헤라클레스가 이피토스를 살해하는 바람에 함께 식사를 할 수가 없었다. 오디세우스는 이 활을 우정의 기념으로 남겨 두었기 때문에 집에서만 사용했다.

페넬로페가 으리으리한 문을 달아놓은 창고 앞에 이르러 그 문을 열어젖히자 황소 울음소리를 내며 문이 열렸다. 그녀는 약간 높은 마루방으

오디세우스의 활을 무릎 위에 놓고 통곡하는 페넬로페

로 걸음을 옮겼다. 그 창고에는 여러 개의 함들이 있었으며, 그 속에는 향내 나는 옷들이 들어 있었다. 그녀는 우선 벽에 걸린 화살 자루를 벗겼다. 이것은 화려한 천에 감싸여 있었다. 그녀는 남편의 화살을 꺼내 무릎위에 올려놓고 통곡했다. 마음이 후련해질 때까지 실컷 눈물을 흘린 그녀는 화살통을 들고 오만한 청혼자들이 모여 있는 홀로 향했다. 그녀의뒤를 두 명의 시녀가 얌전히 따랐다.

이들 일행이 이윽고 청혼자들 앞에 이르자 페넬로페가 말했다.

"참으로 용맹이 넘치는 청혼자들이시여, 제 말을 똑똑히 들으세요. 당신네들은 주인도 없는 제 집에 와서 끊임없이 많은 것들을 요구했어요. 그리고 저에게 청혼하겠다는 명목으로 제 재산 일부를 축내고 계셨지요. 그렇다면 청혼자들이여. 저는 경기를 열기로 하겠습니다. 여기 존엄하신 오디세우스 님의 활이 놓여 있으니 누구든지 이 활을 당겨서 열두 개의 도끼 구멍을 단번에 뚫는 분이 있다면 그분과 결혼하겠습니다. 그리고 꿈에도 잊지는 못할 이 집을 정식으로 떠나기로 하겠어요."

이렇게 말한 뒤 페넬로페는 돼지치기 에우마이오스에게 잿빛 강철 도끼를 받아서 내려놓도록 했다. 그러자 에우마이오스는 눈물을 글썽거렸고, 옆에서 주인의 활을 본 소치기도 흐느껴 울었다. 그러자 안티노스가 그들을 불러 나무랐다.

"너희 촌놈들은 정말 어린애처럼 철딱서니가 없구나. 둘이서 약속이나 한 듯 눈물을 찔끔거려 마님의 마음을 흩트려놓다니. 안 그래도 마음이 뒤숭숭하실 텐데 말이다. 어서 눈물을 그치고 화살을 받아 놓거라. 내 생각에 이것은 호락호락하게 다룰 물건이 아닌 것 같구나. 사실 여기 모인 사람들 중에서도 옛날에 오디세우스만큼 힘센 사람은 없을 것 같다. 내가 아직 어렸을 때였지만, 내 눈에는 오디세우스 님의 활 쏘는 모습이 지금도 눈에 선하구나."

말은 그렇게 했지만 그는 마음속으로는 그 열두 개의 과녁을 모두 맞힐 생각을 하고 있었다. 누구보다도 먼저 명예로운 오디세우스의 솜씨를 존중할 입장이면서도 그는 마음이 들떠 있었다. 그러고는 동지들과 덩달아 홀에 있는 오디세우스를 깔보고 업신여겼다.

이때 그 무리들 속에서 텔레마코스가 용기를 내서 말했다.

"아, 내가 망령이 들었나보군. 정말로 크로노스의 아드님이신 제우스 신이 내게서 사리분별력을 모두 앗아가셨단 말인가. 내 어머님이 정말 현

오디세우스의 활을 청혼자들에게 가져가는 페넬로페

명하시기는 하지만, 이 집을 떠나 다른 사나이를 따라가신다니! 그런데
도 나는 웃으면서 철부지처럼 즐기고 있다. 하지만 청혼자 여러분, 기왕
이렇게 된 바에야 한번 겨뤄보시기 바랍니다. 지금으로서는 이처럼 뛰어
난 여인은 아카이아 전체를 뒤진다고 해도, 또한 신성한 필로스에도 아
르고스에도 미케네에도 없을 것입니다. 그건 당신들 자신에게 물어봐도
잘 아실 것입니다. 그러니 지금 새삼스럽게 어머님 칭찬을 할 필요가 있
겠습니까. 자, 어서 갖은 핑계를 대서 우물거리거나 미루지 말고 당장 결
판을 짓는 게 좋겠지요. 당신들은 용감한 사람들이니. 나도 직접 시합에
나설 생각입니다. 내가 이 활로 명중시켜 어머님이 나를 두고 떠나지 못

하도록 하겠어요. 이제는 나도 제법 아버님의 훌륭한 무기를 다룰 수 있으니까요."

이렇게 말하고 난 그는 두 어깨에서 붉은 겉옷을 벗어던지고 날카로운 검을 어깨에서 내려놓았다. 그리고 맨 먼저 도끼를 세워 고랑을 판 다음 주위의 흙을 돋아 꼭꼭 밟아서 다졌다. 그가 이렇게 빈틈없이 도끼를 세워 놓자, 그곳에 있던 모든 사람들은 그 모습을 감탄한 듯 바라보았다. 그다음 그는 문지방으로 가서 활을 이리저리 살펴보았다. 그리고 세 번이나 그것을 당기려고 부들부들 떨며 애를 썼지만 모두 헛수고에 그치고 말았다. 마음속으로는 시위를 당겨 쇠도끼를 관통시키려고 했지만 마음먹은 대로 되지 않았다. 그가 네 번째로 화살을 들려고 했을 때, 오디세우스는 눈짓으로 그만두라는 신호를 보냈다. 그래서 텔레마코스는 다시 힘차게 모두를 보고 말했다.

"정말 안타깝군요. 장차 나는 졸장부가 되고 말 모양입니다. 아니면 아직 어린 탓에 팔에 힘이 모자랐던 모양입니다. 아무튼 나보다 팔 힘이 뛰어나신 분들은 활을 손에 쥐어보십시오. 그래서 이 경기를 마무리하도록 합시다."

이렇게 말하며 활시위를 단단히 죄어 윤이 나는 판자 위에 내려놓았다. 그러자 모두를 향해 안티노스가 말했다.

"그럼 동지 여러분, 오른쪽에서부터 차례로 시합에 응해보기로 합시다."

그러자 모두들 그에 찬성했다. 안티노스는 맨 먼저 오이노프스(Oenops)의 아들 레이오데스(Leiodes)를 지명했다. 이자는 땔감을 관장하고 있었는데, 항상 훌륭한 혼주병 앞에 앉는 게 버릇이었다. 그동안 그는 다른 사람들의 못된 행동을 못마땅하게 여기고 분개하고 있었다. 그는 문지방에 서서 활을 시험해보았으나 줄을 당길 수가 없었다. 줄을 당기기도 전에 팔에서 힘이 빠져버렸기 때문이었다. 결국 그는 다른 청혼자들을 향해 말했다.

"여러분, 나는 못 하겠습니다. 다른 분에게 넘겨드리지요. 그러나 이 활은 숱한 용사들에게 재난을 가져올 것입니다. 생명에도 영혼에도 말이지요. 이제는 누구든 간에 마음속으로는 오디세우스의 부인 페넬로페와 결혼할 것을 희망하는 동시에 절망할 것입니다. 그러니 차라리 가져온 선물로 다른 아카이아 처녀들에게 청혼하는 것이 나을 것 같습니다. 그리고 페넬로페 님도 누구든지 가장 많은 선물을 보낸 사람, 그래서 연분으로 나타난 사람과 결혼하시는 것이 옳을 것입니다."

그러자 그를 비난하면서 안티노스가 말했다.

"레오데스여, 자네는 지금 무슨 돼먹지 못한 소리를 지껄이는 것인가. 몹시 불쾌하군. 정말이지 이 활이 용사들의 생명이나 영혼에 화를 미치게 한단 말인가. 자네가 활시위를 당길 수 없다니 말일세. 하지만 그건 자네 모친께서 자네를 활의 명수로 낳아주지 않은 탓이네. 그러니 두고 보게나. 이제 나와 용맹스런 다른 청혼자들이 활시위를 당겨줄 테니까."

이렇게 말하며 염소치기 멜란디오스에게 명령했다.

"멜란디오스여, 어서 여기에다 불을 피우게. 젊은 양반들이 몸을 좀 녹인 다음 기름을 몸에 바르고 활 겨루기를 시작해야겠네."

그러자 멜란디오스는 이내 양탄자를 평상 위에 깐 다음 남겨 두었던 기름덩이를 꺼내 왔다. 그리고 평상 옆에 불을 피워 올려 젊은이들이 몸을 녹이도록 해 주었다. 몸을 녹인 젊은이들은 순서대로 나와 활시위를 당겨보았지만, 아무도 당기는 자가 없었다. 그러나 안티노스와 에우리마코스만은 포기하지 않고 안간힘을 쓰고 있었다.

그때 돼지치기와 소치기는 슬그머니 밖으로 나갔는데, 오디세우스도 그들의 뒤를 따라 나갔다. 이윽고 그들이 안마당을 지나 대문 밖으로 나설 때 오디세우스가 그들에게 말을 걸었다.

"이보시오, 두 분. 잠깐만 내 말에 귀를 기울여주시오. 이것은 내 가슴 속에 숨겨 두고 싶은 말일지도 모르지만, 내 마음이 발설을 허락하였습니다. 만일 오디세우스 님이 돌아오신다면, 당신들은 오디세우스 님 편에 설 겁니까 아니면 청혼자들 편을 들 겁니까?"

이에 소치기가 말했다.

"구름을 지배하시는 제우스 님께서 오디세우스 님이 귀국하게 해주신다면야 얼마나 좋겠소. 그렇게 된다면 내 팔이 어떤 역할을 할지 당신은 아시게 될 텐데 말이오."

그러자 에우마이오스도 그와 마찬가지로 대답했고 모든 신들에게 기도를 드리며 존엄한 오디세우스가 귀국하기를 간절히 빌었다. 오디세우스는 그들의 속내를 헤아리자 두 사람을 향해 말했다.

"내가 바로 예전의 너희들의 주인 오디세우스다. 나는 수많은 고난을 겨우 이겨내고 20년 만에 고향 땅을 밟은 것이다. 정말 너희들만이 내 귀국을 애타게 바라고 있었구나. 그러니 너희들에게 당연한 일이긴 하겠지만, 진실을 말해주마. 신들이 오만한 청혼자들을 내 손으로 물리치게 해준다면, 그때는 충분히 보상을 해주겠다. 이후로는 텔레마코스와 친형제처럼 지낼 수 있게 해주겠다. 이제 나를 확실히 알아볼 수 있도록 증거를 보여주마."

이렇게 말하며 오디세우스는 누더기를 젖히고 정강이의 큼직한 흉터를 보여 주었다. 그러자 그들은 울음을 터뜨리며 기쁨에 겨워 오디세우스의 머리와 어깨와 손에 입맞춤을 했다.

이에 오디세우스는 마음을 진정시키고 말했다.

"자, 둘 다 눈물을 거두어라. 그리고 이제부터 내가 이르는 말을 명심해야 한다. 너희들은 성 안의 문을 모두 닫고 누구도 이곳을 빠져나가지 못하게 해야 한다. 그리고 에우마이오스는 내게 활을 가져다오."

그들이 명령을 수행하러 떠나자 오디세우스는 다시 홀로 돌아왔다. 이 때 안티노스와 에우리마코스는 지칠 대로 지쳐 아폴론 신의 제사를 핑계 대고 술잔치에 여념이 없었다. 이때 오디세우스가 말했다.

"세상에 이름 높은 왕비님의 청혼자이신 여러분, 내 말을 똑똑히 들어주시오. 특히 에우리마코스 님과 안티노스 님께 부탁드리겠습니다. 우선 활쏘기를 멈추고 신들께 맡겨버리자는 게 내 의견입니다. 그리고 나도 한 번 팔 힘을 시험해보도록 허락해주십시오. 혹시 왕년의 그 실력이 남아 있는지 말이오, 죄송하지만 나도 당신들 틈에 끼어 시합을 해보고 싶습니다."

이렇게 말하자 그들은 당치도 않다는 듯이 화를 냈다. 그리고 여기저기에서 오디세우스에게 갖은 욕설과 야유를 퍼부었다. 이에 눈치 빠른 페넬로페가 외쳤다.

"청혼자 여러분, 조용히 하세요. 텔레마코스의 손님을 못살게 구는 것은 예의에 어긋납니다. 저분도 활시위를 당길 수 있도록 해줘야 됩니다. 모든 사람은 다 평등하니까요."

이렇게 말을 주고받는 동안, 돼지치기는 구부러진 활을 들고 오디세우스에게 가까이 가려고 했다. 그러자 청혼자들은 모두 이를 나무라며 욕설을 퍼부었다.

"도대체 그 활을 어디로 가져가는 것이냐, 고리타분한 돼지치기 놈아. 네놈은 곧 네가 기른 개한테 물려 죽을 것이다, 이 불한당 같은 놈아."

청혼자들이 일제히 달려드는 바람에, 돼지치기는 기가 죽어 들고 가던 활을 그대로 그 자리에다 놓아버렸다. 그러자 텔레마코스가 위엄 있게 말했다.

"여보게, 상관 말고 어서 활을 가져다드리게. 내가 아직 나이는 어리지만 그대를 시골로 쫓아버리지는 않을 걸세. 오만방자한 청혼자들이 함부로 사람을 다루는 것은 옳지 못한 짓이라네."

그러자 청혼자들은 두려움이 섞인 눈초리로 그를 바라보면서도, 어리석은 마음에 조그만 소리로 그를 비웃고 있었다. 한편 지혜로운 오디세우스는 활을 손에 들고 구석구석 살피고 나서, 이내 마치 커다란 하프나 노래를 잘 익힌 사람이 양쪽 끝에다 잘 꼰 양의 창자에서 뽑은 실을 건 후, 익숙하게 새 줄을 고리에 죄는 것처럼, 힘 하나 들이지 않고 활시위를 죄었다. 때마침 제우스 신이 천둥을 울리자 불길한 조짐을 느낀 청혼자들은 초조해지면서 급기야 얼굴까지 창백해졌다. 오디세우스는 여유 있게 목표를 똑바로 겨누어 화살을 쏘았다. 그러자 나란히 세워 놓았던 열두 개의 도끼 구멍을 한 치도 빗나가지 않고 모두 꿰뚫어버렸다. 그는 텔레마코스를 향해 말했다.

"텔레마코스여, 나는 홀 문 앞에 앉아 있을망정 당신을 욕되게 하진 않았소. 내 근력은 아직 녹슬지 않고 튼튼하구려. 조금 전만 해도 청혼자들은 나를 조롱하고 비웃었지만 말이오. 하지만 이제는 아카이아 족 사나이들을 위해 저녁 준비를 할 시간이오. 식사가 끝나면 이번에는 다른 시합을 벌입시다. 잔치의 흥을 돋우어주는 가무나 하프 연주를 곁들여서 말이오."

이렇게 말하며 텔레마코스에게 눈을 찡긋해서 신호를 보냈다. 그러자 텔레마코스는 날카로운 검을 허리에 차고 손으로 창을 집어 들었다. 그리고 번쩍이는 청동으로 온몸을 무장한 채 아버지 곁의 평상으로 걸어왔다.

제 22 권

오디세우스가 청혼자들을 토벌하다

오디세우스는 누더기를 벗어 던지고, 우람한 모습으로 문지방으로 뛰어올랐다. 그리고 활과 화살이 가득 들어 있는 화살통을 메고 청혼자들 앞에 나서서 말했다.

"이제 바야흐로 너희의 운명의 날이 다가왔다. 나는 아폴론 신께서 나한테 영예를 주실지 시험해보겠다."

이렇게 말하면서 그는 안티노스를 향해 날카로운 화살을 겨누었다. 이때 안티노스는 황금술잔을 들고 포도주를 마시려던 참이었다. 그는 향연에 참석한 사나이들에게 죽음의 여신이 찾아오리라는 것은 꿈에도 생각지 않고 태연자약하게 웃음을 짓고 있었다. 그러나 그의 목줄기에 화살이 박히면서 모든 꿈은 자취도 없이 사라지고 손에서 술잔이 떨어졌다. 붉은 피가 그의 콧구멍에서 샘물처럼 쏟아져 내렸다. 순간 그가 앞의 탁자를 걷어차는 바람에 빵과 구운 고기 등이 온통 피로 물들었다.

그가 고꾸라지는 것을 보고 청혼자들이 놀라 자빠지자 향연장은 일대 아수라장이 되었다. 자리에서 펄쩍 뛰어 일어난 그들은 집 안을 이리저리 살피며 창이나 방패를 찾아보았지만 눈에 띄지 않았다. 그들은 화가 치밀어 오디세우스를 비난했다.

"부랑자 주제에 무사에게 활을 당기다니, 천벌을 받을 놈이다. 이제 곧 험악한 벌이 네놈한테 내릴 것이다. 네놈은 우리가 보고 있는 앞에서 이타카 섬의 젊은이들 중에서도 가장 뛰어난 자를 무참하게 죽였다. 그러니 네놈은 여기서 당연히 독수리 먹이가 되어야 한다."

청혼자들에게 활을 겨누는 오디세우스

이에 너나 할 것 없이 한 마디씩 거들었다. 그때까지도 그들은 오디세우스가 어쩌다 실수로 무사를 죽인 줄로만 알았다. 실은 자기들에게도 모두 파멸의 오라가 걸려 있다는 것을 전혀 눈치채지 못했던 것이다. 한편 그들을 노려보며 오디세우스가 말했다.

"이놈들아, 내가 이제는 영원히 못 돌아올 줄 알고 내 집 재산을 축내고 시녀들을 강제로 끌어다 동침을 했더냐. 내가 이렇게 눈이 시퍼렇게 살아 있는데 내 아내에게 추파를 던지다니. 네놈들은 하늘이 무섭지도 않더냐. 네놈들에게 쏟아지는 세상 사람들의 분노도 느끼지 못하느냐. 허나 이제 네놈들은 모조리 파멸의 오랏줄에 걸려들었다."

그의 말에 청혼자들은 모두 얼굴이 새파랗게 질렸다. 이윽고 사태를 알아차린 그들은 그 자리에서 도망치려고 주위를 두리번거렸으나, 에우리마코스만은 그래도 떨리는 목소리로 입을 열었다.

"당신이 틀림없이 이타카 섬 사람인 오디세우스라면 방금 당신이 한 말은 모두 지당하오. 아카이아 족 사내들이 저지른 온갖 행위들이 도리에 어긋나는 것은 사실이오. 하지만 모든 악업의 장본인이던 안티노스는 이미 죽었소. 이 사람이 모든 만행을 저질렀는데, 그는 페넬로페 님과의 결혼보다는 스스로가 이타카 왕국의 왕이 되려는 생각을 품고 있었소. 그래서 당신의 아들까지도 없애려는 음모를 꾸몄던 것이오. 하지만 지금은 이미 그자도 죽었으니, 당신은 자신이 다스리는 나라 사람인 우리를 넓은 아량으로 용서하시오. 그러면 우리도 이제 각자 집으로 돌아가 궁에서 탕진한 재산을 배상하겠소. 제각기 소 20마리와 흡족할 만큼의 황금과 청동을 보상하도록 하지요. 그때까지는 당신이 아무리 화를 낸다 할지라도 부당한 짓이라고 비난할 사람은 아무도 없을 것입니다."

그를 줄곧 노려보던 오디세우스가 대꾸했다.

"에우리마코스여, 자네들이 조상 대대로 물려받은 재산을 모두 배상한다 하더라도, 아니 더 가져온다 해도 나는 노여움이 풀리지 않을 것이다. 자, 맞서 싸우든지 아니면 도망가든지 마음대로 해라. 혹시 자네들 중에 죽음과 재앙을 막을 수 있는 자가 있다면 말이다. 하지만 이 파멸의 불씨를 피할 자는 아무도 없을 것이다."

그의 말에 청혼자들은 모두 다리가 벌벌 떨리고 가슴이 조마조마해 그만 자리에 주저앉고 말았다. 그래도 에우리마코스가 다시 입을 열었다.

"동지 여러분, 저기 있는 자는 무적의 솜씨를 그대로 거두지는 않을 거요. 우리를 모조리 없애기 전에 활을 쥔 손을 멈추지 않을 거요. 그러니 우리도 함께 맞서 싸우는 게 어떻겠소. 만일 그를 문간에서 몰아낼 수 있으면, 그리고 거리로 달려 나가 소리를 칠 수 있다면 이자가 활을 쏘는 것도 이것이 마지막일 것입니다."

그는 큰 소리로 외치더니 양면에 날이 선 청동칼을 뽑아 들었다. 그와 동시에 무섭게 고함을 치며 오디세우스를 향해 달려들었다. 그러자 오디세우스가 그를 향해 화살을 날려 가슴을 겨냥한 것이 간장에 가서 박혀 버렸다. 그는 손에 쥔 칼을 떨어뜨리고 탁자 위에 몸을 걸치며 그대로 쓰러져버렸다. 에우리마코스는 단말마의 고통 때문에 땅에다 이마를 박고, 두 다리로 팔걸이의자를 걷어찼지만, 두 눈에는 벌써 검은 그림자가 드리워졌다.

이때 암피노모스가 오디세우스에게 정면으로 달려들어 칼을 뽑아 들고 어떻게든 문간에서 비켜 세우려고 애를 썼지만, 텔레마코스가 재빨리 청동을 끼운 창으로 뒤에서 등을 찌르자 쿵 소리와 함께 쓰러졌다. 텔레마코스는 암피노모스한테 꽂힌 창을 내버려둔 채 물러섰다. 그 이유는 자기가 창을 뽑고 있을 때, 청혼자들 중 누군가가 칼을 들고 달려들거나, 앞으로 엎드린 사이에 찌를지도 모른다고 여겼기 때문이다. 그는 사랑하는 아버지 곁으로 바싹 다가서서 근심스럽게 속삭였다.

"아버님, 이제 곧 방패와 창 두 개와 청동 투구를 갖다 드리겠어요. 저도 속히 달려가 무구를 갖추고 오겠습니다. 그리고 돼지치기와 소치기에게도 무장을 하라고 이르고 오겠습니다."

그러자 오디세우스가 대답했다.

"내 손에 방어할 수 있는 화살이 아직 남아 있는 동안에 얼른 다녀오너라. 저들이 한꺼번에 문을 문 쪽으로 밀려오는 날에는 큰일이다."

이 말을 듣고 텔레마코스는 아버지의 말대로 광으로 달려갔다. 거기에는 훌륭한 무기들이 보관되어 있었다. 그는 그중에 방패 네 개와 창 여덟 개에 청동을 끼우고, 말털 장식이 달린 청동투구를 집어 들었다. 그것들을 가지고 아버지 곁으로 달려온 그는 먼저 청동 무기로 무장을 했다. 그러자 오디세우스는 남아 있는 화살로 청혼자 한 명을 겨냥해서 쓰러뜨렸다. 마침내 화살이 떨어지자 홀의 한쪽 벽에 활을 세워 놓고, 두 어깨에 네 겹의 소가죽 방패를 걸쳤다. 그리고 머리에 말꼬리 장식을 단 황금투구를 썼다. 그러고는 손에 청동을 끼운 튼튼한 창 두 개를 집어 들었다.

그런데 튼튼하게 쌓아올린 벽에는 뒷문이 있었다. 또 문지방 가장 높은 곳 바로 옆에는 거대한 홀에서 옆으로 난 통로가 있고, 거기에는 꼭 들어맞는 판자문이 통로를 막고 있었다. 오디세우스는 바로 그 문을 돼지치기에게 망을 보도록 명령해 두었다. 그곳만이 유일한 공격 지점이었기 때문이다. 아겔라오스가 입을 열어 모두에게 말했다.

"여러분, 누가 뒷문으로 빠져나가 마을 사람들에게 알려 구원을 청하는 것이 가장 좋은 방책 같습니다. 그렇게 되면 이 사나이도 활 쏘는 것이 마지막이 될 거요."

그러자 이번에는 염소치기 멜란디오스가 입을 열었다.

"아겔라오스 님, 그건 당치도 않은 말입니다. 공교롭게도 바로 옆에 안마당으로 통하는 커다란 문이 있습니다. 옆으로 난 그런 통로는 지나기가 무척 어려우며, 자칫하면 혼자서 모두를 거기로 밀어 넣을 수도 있습니다. 그러니 이렇게 해봅시다. 여러분이 무장할 수 있도록 제가 무기를 가지고 오지요. 오디세우스와 그 아들이 무기를 감추어 둔 곳을 알 수 있을 것 같아서요."

멜란디오스는 이렇게 말하고 오디세우스의 내전으로 향했다. 그래서 거기에 숨겨진 열두 개의 방패와 창, 그리고 그 수만큼의 말꼬리를 단 청동투구를 재빨리 끄집어내 청혼자들에게 넘겨 주었다. 이리하여 청혼자들이 무장을 하고 기다란 창을 휘둘러대자 오디세우스도 무릎에 힘이 빠지고 마음이 졸아드는 것 같았다. 정말로 큰일이라는 걸 느끼자 곧 텔레마코스에게 말했다.

"텔레마코스, 이건 아무래도 시녀들 중 누군가가 저들과 내통하고 있는 것 같은데. 아니면 멜란디오스 놈일까."

이에 이번에는 텔레마코스가 대답했다.

"아버님, 이건 제 잘못입니다. 창고 문을 그만 열어놓은 채 달려왔어요. 그걸 누군가가 눈여겨보았던 모양입니다. 에우마이오스, 어서 창고 문을 잠그고 오세요. 그리고 이것이 시녀들 짓인지 아니면 멜란디오스의 짓인지 알아보고 오시오. 틀림없이 그놈 짓일 거야."

그들이 서로 이런 이야기를 주고받고 있을 때 멜란디오스는 또다시 내전의 창고로 갔다. 그런데 마침 돼지치기가 그것을 보고 옆에 있는 오디세우스에게 말했다.

"오디세우스 님, 저놈이 제가 짐작한 대로 창고로 가는군요. 이리로 끌고 올까요. 저놈이 저지른 죄를 모두 합쳐 죗값을 치르게 해야 합니다."

이 말에 오디세우스가 말했다.

"그래, 나와 텔레마코스는 오만한 청혼자들을 이 홀 안에 붙들어놓겠다. 그러니 너희 둘이서 저놈을 창고 속에 처박고 뒤의 판자문을 꼭 잠가두어라. 그리고 오랏줄로 저놈을 꽁꽁 묶어서 오랜 고통을 맛보도록 천장 대들보에 매달아 놓아라."

이 말이 떨어지자마자 두 사람은 곧 창고로 갔다. 그리고 입구의 기둥 모퉁이에서 멜란디오스를 기다렸다. 그때 염소치기 멜란디오스는 한 손에 휘황찬란한 투구를 들고, 다른 손에는 낡고 폭이 넓은 방패를 부둥켜안고 문지방을 넘어섰다. 그때 이것을 보고 있던 두 사람이 그에게 달려들어 머리를 잡아 안으로 끌고 들어가 몹시 당황하는 그를 땅바닥에 내동댕이친 다음 묶어버렸다. 그를 향해 돼지치기 에우마이오스가 큰 소리로 꾸짖었다.

"이놈 멜란디오스, 이제야말로 온종일 뜬눈으로 망을 보게 생겼구나. 포근한 잠자리에서 말이다. 아무튼 너는 일찍 탄생하서서 황금의자에 앉아 계시는 새벽의 여신이 오케아노스 강 옆에 나타나시는 것도 볼 수 있겠지. 네놈이 염소를 가져다가 청혼자들에게 바치는 시간에 말이다."

이렇게 말하고 이 두 사람은 무장을 하고 문을 잠근 다음, 오디세우스에게로 돌아갔다. 거기에서 그들은 기세등등하게 대치했다. 바로 그때 청혼자들 근처에 아테나 여신이 멘토르로 변신을 하고 내려왔다. 그 모습을 보자 오디세우스는 기쁨에 들떠 말했다.

"멘토르 님, 이 재앙에서 우리를 보호해주십시오. 나는 당신한테는 정성을 다했다고 생각합니다. 어릴 적 친구니까요."

이런 말을 한 것은 그가 용사들의 기상을 돋우어주는 아테나 여신이란 것을 짐작했기 때문이다. 한편 청혼자들은 저마다 욕설을 내뱉었다. 맨 처음에는 다마스토르의 아들 아겔라오스가 외쳤다.

"멘토르여, 자기편이 되어 청혼자들과 싸우라는 오디세우스의 감언이설에 넘어가지 말게나. 이제 우리의 계획이 어떤 것이라는 걸 보여줄 테니. 오디세우스를 돕다가는 이놈들 부자를 한꺼번에 때려잡았을 때 네놈도 함께 당할 거야. 그리고 네 목을 청동칼로 쳐버릴 때는 네놈의 재산도 남김없이 오디세우스의 재산과 함께 날아갈 줄 알아라. 그리고 네 자식들도 가만 두지 않을 것이고, 네 아내도 이타카 마을을 자유롭게 다니지는 못할 거다."

이 말을 듣고 아테나 여신은 한층 화가 치밀어 오디세우스를 나무랐다.

"오디세우스여, 당신은 이제 백전불굴의 기개도 용기도 없단 말이오. 옛날에 헬레네를 되찾기 위해 9년 동안 트로이 군과 싸웠던 때처럼 말이오. 그때는 수많은 용사들을 이끌고 처절한 전쟁에서 승리했었지. 그런 재주가 이제는 다 어디가고, 자기 집과 재산을 찾으러 왔으면서도 청혼자들을 막을 용기가 없다고 한탄한단 말이오. 그렇다면 어서 이리 와 내 옆에서 지켜보도록 하시오. 그럼 당신도 알키모스의 아들 멘토르가 남의 빚을 갚는 데는 얼마나 명백한 사람인가를 알게 될 거요."

이렇게 말했지만 아테나는 결코 일방적인 승리를 거두게 하지 않고, 오디세우스와 그의 아들의 기력과 무술을 시험해보려 했다. 그래서 여신은 제비의 모습으로 날아올라 검게 그을린 홀의 천장 서까래에 앉았다.

한편 청혼자들 쪽에서는 아겔라오스, 에우리노모스(Eurynomus), 암피메돈(Amphimedon), 데모프톨레모스(Demoptolemus)와 폴리크토르의 아들 페이산드로스, 그리고 용맹한 폴리보스 등을 격려했다. 이들이 아직 살아남은 청혼자들 중에서도 특히 힘에서나 일에서나 가장 뛰어난 자들이었다. 이때 청혼자들을 보고 아겔라오스가 입을 열어 청혼자들을 격려했다.

"여러분, 이제는 이미 저 사나이도 지쳐버려 곧 손을 멈출 거요. 그리고 멘토르 놈도 허황된 큰소리만 치고 달아나버렸으니 저놈들은 문 앞에 혼자 남아 있는 셈이오. 그러니 우리 모두가 한꺼번에 창을 던지지 말고 우선 여섯 사람만 던집시다. 어쩌면 제우스 신이 허락하셔서 오디세우스를 명중시킬지도 모를 일이니. 다른 놈들은 생각할 필요도 없어요. 저자만 없애버리면 되오."

모두가 그 말에 따라 창을 던졌지만, 아테나 여신께서 그 창을 모두 빗나가게 했다. 이윽고 청혼자들의 창을 모두 피한 오디세우스가 그들을 향해 말했다.

"이젠 내가 말을 할 차례군. 우리도 청혼자들에게 창을 던지라고 말이야. 저놈들이 이전에 못된 짓을 하고도 부족해서 우리를 죽이려 안달이 난 꼴을 더 이상 지켜볼 수가 없구나."

이렇게 말하자마자 네 사람 모두 날카로운 창을 일제히 던졌다. 오디세우스는 데모프톨레모스를, 텔레마코스는 에우리노모스를, 돼지치기 에우마이오스는 엘라토스(Elatus)를, 그리고 소치기인 필로이티오스는 페이산드로스를 쓰러뜨렸다. 쓰러진 사람들이 모두 땅바닥을 이빨로 물어뜯는 것을 본 남은 청혼자들은 홀의 구석으로 몸을 피했다. 그래서 이쪽에서는 시체에서 여섯 개의 창을 뽑아냈다.

청혼자들은 또다시 기세를 높여 창을 던져보았지만, 이 창들도 아테나 여신이 빗나가게 했다. 그나마 암피메돈의 창이 텔레마코스의 손목을 스쳤기 때문에 약간의 상처를 입었다.

한편 크테시포스는 방패 위를 넘어서 긴 창으로 에우마이오스의 어깨에 상처를 입혔는데, 그것도 위로 빠져나가더니 땅바닥에 떨어졌다. 다음에는 또다시 현명하고 지략이 뛰어난 오디세우스 편에서 청혼자들에게 창을 던질 차례였다. 그래서 오디세우스가 에우리다마스를, 텔레마코스는 암피메돈을 쓰러뜨리고, 돼지치기는 폴리보스를, 소치기는 크테시포스의 가슴에 창을 던졌다. 필로이티오스는 우쭐해져서 상대에게 소리쳤다.

"이 더러운 입을 가진 폴리테르세스(Polytherses)의 아들 크테시포스야, 너는 주제넘은 생각에 우쭐해서 큰소리치지 않는 게 좋을 거다. 네 운명은 신들에게 맡기는 편이 좋을 거란 말이다. 신은 너보다 몇 배나 현명하시니까 말이다. 이건 아까 네가 오디세우스 님에게 던진 소다리에 대한 보답이다."

한편 오디세우스는 긴 창으로 아겔라오스의 가슴을 찔렀다. 이것을 본 텔레마코스는 레이오크리토스의 배를 창으로 찔러 쓰러뜨렸다. 이때 아테나 여신이 인간의 생명을 앗아가는 염소 가죽 방패를 서까래 위에서 높이 쳐들자, 청혼자들은 간담이 서늘해져서 이리 뛰고 저리 뛰며 갈팡질팡하는 꼴이 마치 때로 몰려다니는 암소와도 같았다.

그런가 하면 다른 한쪽은 발톱이 꼬부라지고 날카로운 부리를 가진 독수리들이 산기슭으로부터 급강하해서 작은 새들을 덮쳤을 때와도 같았다. 마치 꼼짝도 못 하고 움츠리고 있던 새들이 겨우 아지랑이 속으로 날아가려 했으나 독수리들이 다시 덮치는 바람에 꼼짝도 못 하는 경우처럼, 청혼자들도 그와 같은 꼴을 당해 땅바닥에는 온통 유혈이 낭자했다.

그런 와중에 레이오데스는 오디세우스에게 달려와 그의 무릎에 매달려 애걸복걸했다.

"오디세우스 님, 당신 무릎에 매달려 간청하오니 부디 저에게 자비를 베푸소서. 나는 이 저택의 시녀들을 희롱한 적도, 못된 짓을 저지른 적도 없습니다. 오히려 난 다른 청혼자들을 말린 사람입니다. 하지만 그들은 내 말을 못 들은 체했습니다. 다만 점쟁이 노릇을 했을 뿐인데 함께 죽어야 한다면, 좋은 일을 해도 아무런 대가가 없다는 말이 되지 않겠습니까."

그러나 오디세우스는 그를 노려보면서 말했다.

"정말 네가 점쟁이라면, 넌 여기서 수없이 기도를 드렸을 텐데. 그때마다 나의 귀국이 멀어지고, 또 사랑하는 내 아내가 누구든 따라가서 그의 아이를 낳도록 빌었겠지. 그러니 네놈도 죽어 마땅하다."

이렇게 말하며 오디세우스는 창을 하나 집어 들더니 그의 목덜미에 내리꽂았다. 이것을 본 음유시인 페미오스 역시 마지막 불행을 피할 생각으로 끙끙대고 있었다. 그는 손에 큰 하프를 들고 문 옆에 어정쩡하게 서 있으면서 갈피를 잡지 못하고 있었다. 홀에서 빠져나가 정원에 있는 제우스의 제단 뒤에 숨을까? 아니면 오디세우스의 발밑에 엎드려 항복할까? 그는 고민 끝에 오디세우스의 무릎을 끌어안고 애원하는 편이 낫겠다는 결론을 내렸다.

그는 바닥에 하프를 놓아두고 급히 오디세우스에게로 가서 무릎을 잡고 말했다.

"오디세우스 왕이시여, 그대 앞에 엎드려 빕니다. 부디 은혜를 내리시어 저를 불쌍히 여기소서. 만일 신과 인간에게 음악을 들려주는 음유시인인 저를 베신다면, 후에 슬픔이 따를 것입니다. 노래는 따로 누구한테서 배운 것이 아니라 제 스스로 익힌 것입니다. 신께서 입김을 불어 제 마음속에 많은 노래를 심어주었지요. 제 목을 베기를 원치 않으신다면, 당신께도 신이 심어 주신 제 가슴속의 노래를 뽑아 올리겠습니다. 또한 아드님이신 텔레마코스께서도 저의 무고함을 증명해주실 겁니다. 저는 자발적으로 연회석상에서 노래를 부른 것이 아닙니다. 그들은 수도 많았고 모두 저보다 힘이 세서 어쩔 수 없이 불려 나왔던 것입니다."

이렇게 애원하는 음유시인의 소리를 옆에서 듣고 있던 텔레마코스가 아버지에게 말했다.

"아버지, 잠깐만 참으십시오. 이 무고한 음유시인에게 칼을 대지 마소서. 그리고 저의 시종 메돈도 구해주소서. 저 사람은 제가 어렸을 때 늘 저를 돌보아주었습니다. 부디 그가 분노의 칼을 맛보지 않게 해주소서."

메돈은 의자 밑으로 기어들어가 쇠가죽을 뒤집어쓰고 숨어 있어 죽

오디세우스에게 목숨을 구걸하는 음유시인 페미오스

음을 면하고 있던 중이었다. 텔레마코스가 말하는 것을 듣고 있던 그는 재빨리 의자 밑에서 쇠가죽을 벗고 뛰쳐나와 엎드려 애원했다.

"왕자님이시여, 전 여기 있었습니다. 제발 제 목숨을 살려주시도록 아버님께 여쭈어 주소서. 무섭도록 시퍼런 칼을 제 목에 대지 않게 해주소서. 왕께서는 지금 그대의 가족과 집안을 모욕해온 청혼자들에게 크게 분노하고 계셔서 칼날을 주체하지 못하실 겁니다."

그러자 오디세우스가 웃으면서 그에게 말했다.

"메돈, 걱정 말아라. 안 그래도 그자들을 처단하는 중에 네가 죽지 않을까 걱정했다. 네 목숨은 무사할 테니, 이제 세상으로 나가 악보다 덕이 얼마나 고귀한지를 널리 전하도록 하라. 어서 저 음유시인과 함께 시체에서 떨어져 뜰로 나가 있거라. 내가 이 집에서 할 일을 모두 마칠 때까지 거기서 기다려라."

그리하여 두 사람은 홀을 빠져나와 제우스 신의 제단 옆에 앉았다. 그러나 아직도 죽음의 공포에서 벗어나지 못해 불안스럽게 주위를 살피고 있었다.

그러는 사이 오디세우스는 집 안을 이리저리 둘러보았다. 혹시 청혼자들 중 누군가 살아남은 자가 있지 않을까 하는 생각에서였다. 하지만 그들은 모두 피와 모래로 뒤범벅이 되어 있었다. 마치 바닷물이 그리워 모래사장에 즐비하게 뒹구는 물고기들의 생명을 뜨거운 햇볕이 앗아간 것처럼, 오디세우스에게 죽음을 당한 청혼자들은 어깨를 나란히 하고 늘어져 있었다.

이때 오디세우스가 아들을 향해 말했다.

"텔레마코스여, 어서 유모 에우리클레이아를 데려오너라. 내 생각을 그녀에게 전해야겠으니 말이다."

텔레마코스는 아버지의 지시에 따라 유모 에우리클레이아에게 일렀다.

"유모, 그대는 우리 집 시녀들의 우두머리이니 어서 이리 나오게. 아버님이 부르신다네. 자네한테 하실 말씀이 있다고 하시네."

그러나 그녀는 대답도 못 한 채 겁에 질려 있었다. 그녀에게는 피와 먼지로 범벅이 된 오디세우스가 마치 사자처럼 보였다. 그는 다리와 팔, 손, 할 것 없이 모두 피투성이였던 것이다. 한참 후에야 그녀는 그 자리에서 참혹하지만 뭔가 기뻐해야 할 일이 이루어졌다는 걸 짐작하고 환호성을 질렀다. 그러자 오디세우스는 그녀를 가로막으며 말했다.

"이보게, 속으로만 좋아하게나, 죽은 사람들 앞에서 의기양양하게 군다는 건 그리 좋은 행동이 아니라네. 이자들은 신들께서 정해 주신 운명과 만행 때문에 신세를 망쳐버린 거야. 자, 그럼 이제 자네는 시녀들을 홀로 불러 모으게나. 나를 푸대접한 시녀들뿐만 아니라 죄가 없는 시녀들도 불러 모으게."

그 말에 상냥한 유모 에우리클레이아가 대답했다.

"그렇다면 주인님, 제가 사실대로 말씀드리겠습니다. 이 궁 안에는 모두 50명의 시녀들이 있습니다. 그녀들은 모두 여러 가지 일을 맡아보도록 훈련시켜 놓았습니다. 그런데 그중 열두 명이 뻔뻔스럽게도 청혼자들에게 몸을 맡겼으며, 저를 얕보고 페넬로페 님에게까지도 건방지게 굴었답니다. 더구나 도련님은 이제 겨우 어린 티를 벗은 때라 마님께서는 아직 도련님께 시녀들을 부리는 걸 허용하지 않았는데도 말입니다. 하여간 제가 마님께 알려드려야겠습니다. 마님은 어느 신께서 잠을 주셔서 곤히 주무시고 계십니다."

그러자 오디세우스가 말했다.

"아직은 마님을 깨우지 말게. 자네는 못된 짓을 저지른 시녀들이나 이리로 불러오게나."

이렇게 말하자 늙은 시녀는 급히 걸어 나갔다. 한편 오디세우스는 텔레마코스와 소치기, 돼지치기를 불러 지시했다.

"그럼 지금부터 시체를 치우도록 하게. 그리고 시녀들에게도 그렇게 전하게. 그래서 온 집 안을 말끔히 정리한 다음, 시녀들은 홀 밖으로 끌어내 안뜰에 모아놓고 목숨이 끊어져 애욕의 상념이 아주 없어지도록 장검으로 처단하는 거야. 그런 생각에 사로잡혀 청혼자들과 어울려 놀아났으니까."

그 사이에 시녀들이 몰려왔다. 시녀들은 흐느끼면서 시체들을 날라다 앞뜰 주랑 밑에 서로 기대어 놓았다. 오디세우스가 직접 명령을 내렸기 때문에 어쩔 도리가 없었다. 마침내 홀이 말끔히 정돈되자 시녀들을 빈틈없는 안뜰의 울타리와 둥그런 정자 사이의 비좁은 곳에 가두었다. 이윽고 그들을 향해 텔레마코스가 말을 꺼냈다.

"정말이지 목을 베더라도 너희들의 더러운 죄는 씻어지지 않을 것이다. 너희들은 나와 어머님의 얼굴에 먹칠을 했지. 더군다나 밤이면 청혼자들과 함께 밤을 지샜다."

텔레마코스는 검푸른 배의 뱃머리를 매놓은 굵은 밧줄을 정자의 둥그런 기둥에 맨 다음, 발이 땅에 닿지 못하도록 빙 둘러 높게 줄을 매어 놓았다. 시녀들은 마치 둥지로 돌아가 잠을 청하려는데 비참한 죽음을 맞게 된 새들처럼 울타리 안에서 고스란히 목을 내밀어야만 했다. 그 목에는 모두 밧줄이 걸려 있었다.

시녀들의 차례가 끝나자 이번에는 멜란디오스가 끌려 나왔다. 그는 코가 잘리고 남근마저 뽑혔다. 이것으로 모든 일은 끝난 셈이었다. 이윽고 오디세우스는 상냥한 유모 에우리클레이아를 향해 말했다.

"유모, 재앙을 막는 유황을 가져오게. 그리고 불도. 그리고 나서 자네는 페넬로페에게 이리 오라고 전하게. 또 궁 안의 모든 시녀들을 모두 이리 모이도록 서둘러 주게나."

그러자 유모 에우리클레이아가 대답했다.

"참으로 주인님의 말씀은 모두 지당하십니다. 곧 속옷을 가져오겠으니 그 남루한 옷은 이제 벗으십시오."

그 말에 오디세우스가 말했다.

"우선 홀에 불부터 피워주게."

그의 분부대로 에우리클레이아는 곧 불과 유황을 가져왔다. 오디세우스는 유황을 피워 홀과 안뜰 구석구석을 깨끗이 정화시켰다. 그러는 동안 늙은 시녀는 여자들에게 오디세우스의 분부를 전하고 홀로 모이도록 일렀다.

제 23 권

오디세우스와 페넬로페의 재회

이윽고 늙은 시녀는 오디세우스의 소식을 알리려고 활짝 웃으면서 2층으로 올라갔다. 페넬로페는 텔레마코스의 말대로 내전에 머물고 있었다. 유모는 흥분을 감추지 못하고 잠들어 있는 페넬로페를 깨워 공손히 자초지종을 설명해 주었다. 하지만 페넬로페는 그 말을 믿으려 들지 않고 오히려 에우리클레이아가 농담을 한다고 꾸짖었다. 그러면서도 페넬로페는 한편에 약간의 희망을 안고 아래층으로 내려왔다. 오디세우스는 제단이 있는 높은 마루에서 아래를 내려다보고 있었다. 아직도 남루한 차림으로 서 있었기 때문에, 아니 그보다도 오디세우스가 살아 돌아왔다는 사실이 너무 믿기지 않아서 페넬로페는 그의 모습을 그저 멍하니 쳐다보고만 있을 뿐이었다. 그런 서먹한 광경을 보자 텔레마코스는 어머니에게 나무라듯 말했다.

"어머님, 왜 이리도 냉정하십니까. 아버님을 눈앞에 두고 말입니다. 정말이지 다른 사람 같으면 살아 돌아온 남편에게 당장 달려갈 텐데 말이에요. 그런데 어머님은 그렇게 서 계시다니 정말 냉정하시군요. 기막힌 고초를 겪고 20년 만에 겨우 고향에 돌아온 남편에게 말입니다. 어머님 마음은 늘 이렇게 돌처럼 차갑단 말입니까."

그러자 페넬로페가 대답했다.

"텔레마코스, 내 마음은 너무 놀라 마비되어버린 것만 같구나. 이 마음을 무엇으로 표현할 수가 있겠느냐. 하지만 이분이 정말 오디세우스 님이시며 집으로 돌아오셨다는 것이 틀림없다면, 나는 확인하고 싶구나. 너도 알고 있겠지만 오디세우스 님만이 가지고 있는 그 표적을 말이다."

참을성 있고 거룩한 오디세우스는 미소를 머금으며 텔레마코스에게 말했다.

"텔레마코스여, 어머님께 나를 마음대로 시험해보라고 하거라. 곧 알게 될 테니까. 또 그렇게 하는 것이 당연하지. 지금은 내가 너무 초라한 행색이니까 말이다. 그리고 우리는 죽은 청혼자들을 어떻게 처리하는 것이 좋은지를 상의해보자. 귀하고 뛰어난 사람들을 무자비하게 죽였으니 말이다."

이에 대해 텔레마코스가 말했다.

"세상 사람들은 아버님이 생각해내신 계책이 가장 옳다고 여길 것입니다. 사실 죽어야만 하는 인간 세계의 그 누구도 아버님과 대결하려는 자는 없을 것입니다. 우리는 모두 아버님을 따를 것이고, 우리의 힘이 자라는 데까지 늘 아버님을 모실 것입니다."

그러자 오디세우스가 말을 받았다.

"그렇다면 우선 목욕을 하고 정갈한 옷으로 갈아입도록 하자. 시녀들

페넬로페와 재회하는 오디세우스

에게도 모두 제각기 말끔하게 꾸미도록 일러라. 그런 다음 신성한 음유시
인에게 노래를 부르고 하프를 뜯게 하여 이타카 섬을 온통 환희로 물들
게 하라."

　이리하여 오디세우스의 명령에 따라 시녀들이 물을 데워 목욕할 준비
를 해놓자, 에우리클레이아가 오디세우스의 몸을 씻겨주고 올리브유를
발라 주었다. 그리고 부드러운 속옷과 정갈한 겉옷을 입혀 주었다. 또 아
테나 여신은 오디세우스에게 머리끝부터 발끝까지 골고루 아름다움을

듬뿍 뿌려 주었다. 헤파이스토스와 팔라스 아테나가 온갖 기술을 습득시킨 자가 만든 훌륭한 작품처럼 오디세우스를 가꾸어 놓은 뒤, 그가 목욕탕에서 나왔을 때는 마치 불사의 신과도 같았다.

마침내 페넬로페와 재회한 오디세우스는 언제나 진실로 사랑하는 아내를 끌어안고 하염없이 눈물을 흘렸다. 또한 페넬로페도 오디세우스와 마찬가지로 설움과 환희에 복받쳐 몸 둘 바를 모르고 있었다. 마치 바다에서 풍랑을 만나 한없이 떠돌다가 육지를 만난 것처럼 남편의 귀환을 기뻐하며 남편에게 잠시의 틈도 주지 않고 그 옆에 매달려 있었다. 밤이 깊어가는 줄도 모르고 두 사람은 그동안 못 다한 이야기들을 주고받았다. 빛나는 눈의 아테나가 다른 일을 생각해내지 않았더라면, 그들은 새벽의 여신이 찾아올 때까지 밤새도록 들뜬 마음으로 울고 웃고 했을 것이다. 아테나 여신은 밤의 여신을 오래도록 붙잡아놓고, 새벽의 여신은 태양의 여신 옆에서 꼼짝 못하도록 했다.

드디어 오디세우스가 아내에게 말했다.

"페넬로페여, 우리는 아직 고행에서 벗어난 것이 아니라오. 그러니 이제부터는 더욱 조심스럽게 만사를 처리해야 하오. 나는 몹시 어렵고 힘든 일들을 끝마쳐야만 하오. 아무튼 침실로 갑시다. 상쾌한 잠에 몸을 맡기고 그동안 온갖 시름에 시달리던 마음을 위로해야겠소."

그러자 자상한 페넬로페가 말했다.

"침실은 언제라도 편히 쉴 수 있도록 준비되어 있습니다. 신들께서는 당신의 귀국을 내다보고 계셨으니까요. 하지만 당신에게 아직 남아 있다는 힘든 일을 저도 돕고 싶군요. 그러니 이야기를 좀 해주세요."

그리하여 말이 오가는 동안에 유모 에우리클레이아와 시녀는 활활 타오르는 횃불 밑에다 보드라운 천을 펼쳐 잠자리를 마련했다. 침실을 빈틈없이 꾸미는 일이 끝나자, 시녀들의 안내로 페넬로페와 오디세우스는 오랜만에 달콤한 잠에 취하도록 침실로 갔다. 그리하여 두 사람은 그리움과 사랑으로 마음을 달래고, 쌓이고 쌓인 이런저런 회포를 풀면서 서로의 마음을 위로했다.

이야기는 우선 오디세우스가 키코네스 족을 이겨낸 것부터 시작해서 개와 비슷한 요괴 스킬라의 이야기며, 또한 동지들이 태양신의 소를 죽이는 바람에 하늘을 관장하는 제우스 신이 벼락을 떨어뜨린 이야기 등 도무지 끝이 없었다. 이야기를 끝마쳤을 때, 나른한 잠이 그들의 근심 걱정을 모두 잊어버리게 해 주었다.

빛나는 눈의 여신 팔라스 아테나는 오디세우스와 페넬로페가 서로 실컷 회포를 풀고, 상쾌한 잠도 충분히 취했으리라고 짐작될 무렵 오케아노스의 황금의자에 꼼짝 못 하게 만들어놓았던 새벽의 여신을 곧바로 하늘에 오르게 했고, 세상 사람들에게 빛을 내려주었다. 그때 오디세우스도 푹신한 침상에서 일어나 아내에게 말했다.

"아내여, 이제는 둘 다 싫증이 날 만큼 고난을 겪어왔소. 나는 제우스 신의 시험에 이리저리 고생했고, 당신은 나를 기다리느라 울면서 세월을 보냈소. 그러나 지금은 우리가 똑같이 오랜 세월 동안 기다리고 기다린 보람이 있어 다시 만나게 되었으니 지금부터는 남아 있는 재산을 당신이 잘 관리해주시오. 그리고 나는 나무들이 무성한 아버님 농장에 다녀오겠소. 훌륭한 아버님을 뵈러 말이오. 아버님은 그동안 나 때문에 몹시 슬퍼하며 세월을 보내셨다고 들었소. 그러니 말하지 않아도 당신은 이미 알고 있겠지만, 한 가지 일러둘 것이 있소. 머지않아 태양이 떠오르자마자 청혼자들에 대한 소문이 사방으로 퍼질 것이오. 그러니 당신은 시녀들을 데리고 위층에 올라가 꼼짝 말고 있어요. 절대로 누구를 만나서도

페넬로페에게 앞으로 조심할 일들을 일러주고 아버지께로 떠나는 오디세우스

안 되며, 누구를 문책해서도 안 되오."

그러고 나서 그는 두 어깨에 무사 도구를 걸머지고, 텔레마코스와 소치기와 돼지치기를 깨워 떠날 채비를 갖추라고 명령했다. 모든 준비가 끝나자 오디세우스를 선두로 일행은 라에르테스가 있는 저택으로 향했다.

제 24 권

평화를 되찾은 이타카 섬

키레네(Cyllene) 산에서 태어난 헤르메스 신은 청혼자들의 영혼을 불러냈다. 헤르메스 신은 황금 지팡이(카드케우스Caduceus 라고 불린다)로 영혼들을 정렬시켜 끌고 갔다. 영혼들은 신음소리를 내다가 곧 웃음소리를 내며 헤르메스의 뒤를 따라가는가 하면, 마치 박쥐들이 커다란 동굴 속에서 가냘픈 소리를 내며 이리저리 날아가듯이 서로 엉켜 훌쩍훌쩍 울면서 따라가기도 했다. 이들은 오케아노스 대양과 레브카스(Levkas; 영어로는 Leucas) 바위를 지나자 태양의 문과 꿈의 동산에 다다랐다. 그 위에 있는 극락 초원에 이르자 죽은 자들의 망령들이 서로 신세타령을 하고 있었다.

한편 오디세우스 일행은 마을을 떠나 라에르테스의 농장으로 향했다. 이곳은 예로부터 라에르테스가 가꾸던 땅으로 무척 고생한 끝에 얻은 것이었다. 이곳에는 그의 훌륭한 집이 있고 그 집을 사방으로 둘러싼 소작인들과 하인들의 작은 집이 줄지어 있었다. 오디세우스 일행은 노인 돌리오스(Dolius)의 안내로 모두 저택 안으로 들어가 라에르테스 노인을 찾았다.

오디세우스의 아버지는 잘 손질된 밭에서 잡초를 뽑고 있었다. 그는 누덕누덕 기운 초라하고 지저분한 옷을 입고, 머리에는 때에 찌들어 꾀죄죄한 염소가죽 두건을 쓰고 있었다. 존엄하고 참을성 있는 오디세우스는 아버지의 너무도 노쇠하고 비참해 보이는 모습을 바라보고 배나무 밑에 멈춰 서서 눈물을 흘렸다. 그리고 마음속으로 이 생각 저 생각을 하

헤르메스의 뒤를 따라가는 청혼자들의 영혼

며 망설였다. 지금 당장 아버지에게 달려가 입을 맞추어야 할지, 아니면
차근차근 자초지종을 밝혀 아버지의 마음을 떠보아야 할지를. 오디세우
스는 아버지를 향해 걸어갔다. 마침 늙은 아버지는 머리를 숙이고 밭을
걸어가는 중이었다. 오디세우스가 그에게 말을 걸었다.

  "저어, 노인장, 당신은 참 훌륭하신 분처럼 보이는군요. 이렇게 손질이
잘 된 과수원을 소유하고 계시니 말이오. 올리브나무도, 배나무도, 무화
과나무도, 거기에다 채소밭도 잘 손질되어 있군요. 그러나 단 한 가지 흠
잡히는 데가 있는데, 부디 화내지 말고 들어주세요. 다른 것들을 다 잘
돌보면서 당신 자신에게 충분한 뒷바라지를 하지 않고 않군요. 입으신

옷도 보기 흉하고 노년의 추함에 얽매여 있으니 말입니다. 당신의 모습은 조금도 남의 하인같이 보이지는 않는데 왜 그런 모습을 하고 계십니까. 저에게 그 이유를 말씀해주세요. 저는 지금 멀리서 이곳에 막 도착해 이 마을의 습관에 익숙하지가 않으니까요."

이에 라에르테스가 눈물을 흘리면서 대답했다.

"타국에서 오신 분이여, 여기는 이타카라는 섬입니다. 하지만 이곳에는 지금 난폭한 사나이들이 모여 만행을 저지르고 있다오. 내 아들은 오디세우스라고 하는데, 이곳의 영주였소. 그런데 그는 돌아오지 않고, 이 이타카 섬은 점점 패망의 그림자가 짙어가고 있다오. 나는 아들이 돌아오기 전에는 두 눈을 감지 못하고 죽을 것이오. 정말이지 내 아들의 모습을 단 한 번만이라도 볼 수 있다면 소원이 없겠소. 그렇게만 된다면 나는 아무런 바람도 없이 세상을 떠날 수 있을 텐데 말이오."

이렇게 말하고 나서 노인은 깊은 절망에 빠져버렸다. 그는 두 손에 잡초를 움켜쥐고 백발을 흩날리면서 통곡했다. 아버지의 이런 모습을 보자 오디세우스의 마음은 심히 요동치고 콧구멍에서는 단 콧김이 마냥 새어 나왔다. 그는 곧장 아버지에게 달려들어 입을 맞추고 말했다.

"아버님, 제가 바로 당신의 아들 오디세우스입니다. 저는 20년 만에 고향을 찾아왔습니다. 그리고 못된 짓들을 일삼던 청혼자들을 모조리 처치하고 오는 길입니다. 그러니 어서 눈물을 거두십시오."

이에 깜짝 놀란 라에르테스가 말했다.

"정말 당신이 내 아들이란 말이오. 너무 얼떨떨해서 나는 믿을 수가 없구려. 그렇다면 당장 내가 납득할 만한 증거를 보여주시오. 정말로 당신이 내 아들이라면 말이오."

그러자 오디세우스는 자기만이 증명할 수 있는 흉터를 보여 주었다. 드

잡초를 뽑고 있는 늙고 초라한 아버지를 몰래 지켜보는 오디세우스

디어 아버지와 아들은 서로 얼싸안으며 감격의 눈물을 흘렸다. 한참 뒤 그들은 정신을 차리고 앞으로 다가올 마지막 재난에 대비하기 위해 저택으로 들어가 모든 군사들을 무장시켰다. 살육당한 청혼자들의 친척들이 보복을 하거나 보상을 받기 위해 이곳으로 몰려올 것이 분명했기 때문이었다.

이야기는 바뀌어 천상에서도 아테나 여신과 제우스 신이 자리를 마주하고 있었다. 이때 빛나는 눈의 아테나 여신이 먼저 말을 꺼냈다.

"신들의 아버지이시고 크로노스의 아드님이신 제우스 신이여, 왕 중에서도 최고이신 당신의 그 가슴속에는 무슨 생각을 감추고 계십니까. 제물음에 대답해주시기를 바랍니다. 앞으로도 더 하계에 무서운 싸움을 시키실 겁니까, 아니면 양쪽을 화해시켜 평화를 가져올 겁니까?"

그러자 제우스 신이 대답했다.

"내 딸 팔라스 아테나여, 어째서 그걸 나에게 물어보느냐? 오디세우스가 귀국하면 청혼자들을 모두 죽이고 보복을 하게 한 것은 애초에 네가 꾸민 일이 아니었더냐! 그러니 네 생각대로 모든 것을 처리해도 난 너를 꾸짖지 않을 것이다. 네 마음대로 하려무나. 하지만 내가 충고는 해주지. 내가 생각하기에 가장 합리적인 걸 말이다. 오디세우스가 청혼자들을 무찌른 다음에는 마을 사람들의 형제와 아들들이 서로 용서하고 살육을 잊도록 해라. 그리고 서로 평화의 서약을 맺게 하여 오디세우스가 왕위를 오래 보존토록 해주어라."

이렇게 말한 제우스는 서둘러 아테나와 함께 올림포스의 봉우리를 뛰어넘었다.

한편 세상에서는 라에르테스와 오디세우스 일행이 식사를 마치고, 오디세우스가 먼저 말을 꺼냈다.

"누구든지 밖을 좀 살펴보고 오게나. 마을 사람들이 몰려와 우리 가까이에 있으면 큰일이니까."

그러자 돌리오스의 아들 중 하나가 밖으로 망을 보러 나갔다. 그리고 마을 사람들이 아주 가까이 다가오는 걸 본 그는 이내 되돌아와 오디세우스에게 보고했다.

"큰일입니다. 그들은 벌써 이 근처에 와 있습니다. 우리도 당장 공격할 준비를 해야겠습니다."

이에 모두들 일어나 재빨리 무장을 했다. 오디세우스 일행 네 명과 돌리오스의 아들 여섯 명, 그리고 백발이 성성한 라에르테스와 돌리오스도 그들처럼 갑옷을 입었다. 모두들 번쩍거리는 청동 갑옷으로 무장을 마치자 오디세우스를 선두로 문밖을 나섰다.

이들 바로 근처에 제우스 님의 딸인 아테나 여신이 멘토르(Mentor)로 변장하고 나타났다. 그의 모습을 보고 오디세우스는 몹시 기뻐하며 자신이 사랑하는 아들을 향해 말했다.

"텔레마코스여, 이제는 너도 어른이 되었으니 각오는 단단히 하고 있겠지. 신들께서는 전쟁에 나서는 용사들 가운데서 누가 가장 뛰어난가를 판가름할 것이다. 우리 집안은 대대로 무력에서는 흠잡을 곳이 없었으니 너도 막중한 사명감을 갖고 싸워야 한다."

이에 텔레마코스가 대답했다.

"자애로우신 아버님, 저를 지켜봐주시기를 바랍니다. 결코 아버님과 우리 집안의 명예를 실추시키지는 않을 겁니다."

라에르테스는 부자가 주고받는 말을 듣고 기뻐하며 말했다.

"도대체 오늘이 무슨 날인가. 친절하신 신들이여, 참으로 기쁜 일입니다. 아들과 손자 녀석이 용맹을 놓고 서로 겨루어보겠다니 말입니다.."

이때 아테나 여신이 그에게 다가가 말했다.

"이봐요, 아르케이시오스(Arceisius)의 아들이여, 나의 가장 친한 친구여. 파란 눈의 여신과 그의 아버지 제우스 신에게 맹세를 한 다음 자세를 취해 창을 힘껏 던져 보시오."

이렇게 말하고 팔라스 아테나는 커다란 용기를 노인에게 불어넣어 주었다. 그래서 그는 제우스 신과 아테나 여신에게 기도를 올리고 곧바로 기다란 창을 힘껏 던졌다. 그것은 에우페이테스(Eupeithes)의 투구에 맞아 오른쪽을 꿰뚫었다. 이에 그가 큰 소리를 내며 넘어지더니 갑옷이 그 몸 위에서 덜거덕하고 소리를 냈다. 그러자 오디세우스와 명성 높은 그 아들은 적군의 선두 대열로 달려들어, 칼과 쌍갈래 창으로 사정없이 찔러 댔다. 이런 상황을 고려해볼 때 염소가죽 방패를 지닌 제우스의 딸 아테나 여신이 적의 군사들에게 큰 소리로 외치지 않았더라면 모두 몰살당해 한 사람도 살아 돌아갈 수 없었을지도 몰랐다.

"이타카 사람들이여, 더 이상 피를 보지 말고 이 무시무시한 전투를 당장 멈추시오."

이렇게 외치는 아테나 여신의 말은 창백한 공포가 되어 적들을 옴짝달싹 못하게 했다. 공포에 질린 사람들은 손에서 무기를 떨어뜨리고는 모두 목숨을 건지려고 자기 고향을 향해 줄행랑을 쳤다. 하지만 오디세우스는 높은 하늘을 나는 독수리처럼 무서운 소리로 외치며 도망치는 자들을 뒤쫓아갔다. 그때 크로노스의 아들 제우스 신이 화염을 뿜는 벼락을 던지자 바로 아테나 여신의 앞에 떨어졌다. 그것을 본 아테나는 오디세우스를 향해 말했다.

"제우스의 후손인 라에르테스의 지혜로운 아들 오디세우스여, 이제 싸움을 그만 두시오. 그렇지 않으면 제우스 신께서 크게 화를 내실 거요."

팔라스 아테나의 말에 오디세우스는 흐뭇해 하면서 기꺼이 순종했다. 그리하여 염소가죽 방패를 가진 제우스의 딸 아테나는 멘토르의 모습과 음성을 빌려 양쪽을 설득하고 화해시킨 뒤 평화의 서약을 맺도록 했다.